Né en 1968, Akhenaton est auteur-compositeur et interprète de rap français. Membre emblématique du groupe IAM, il est également producteur de nombreux rappeurs et a réalisé plusieurs films.

Akhenaton
avec Éric Mandel

LA FACE B

Don Quichotte éditions

TEXTE INTÉGRAL

ISBN 978-2-7578-2273-9
(ISBN 978-2-35949-002-2, 1re publication)

© Don Quichotte, une marque des éditions du Seuil, 2010

Je voudrais remercier tous ceux et celles qui m'ont accompagné dans mon parcours en tant qu'homme ou en tant qu'artiste, que ce soit pour quelques minutes ou pendant de longues années.
Je vous en remercie du fond du cœur.

Pour mes soleils et mes lunes, mes parents, mon frère et ma sœur.

Akhenaton

Prologue

« J'ai parfois l'impression d'avoir vécu plusieurs vies. »

Cette réflexion est souvent revenue dans la bouche d'Akhenaton durant la série d'entretiens réalisés pour l'écriture de *La Face B*. Sans doute faut-il lire dans cette pensée énoncée à haute voix un vécu riche en aventures, ponctué de virages et de ruptures. De son enfance à Plan de Cuques aux nuits interlopes du quartier de Belsunce, le creuset de l'épopée IAM. De Marseille à New York où il fit ses premières armes de rappeur à dix-sept ans. De l'école à la rue pour vivre pleinement son rêve de hip-hop. Des premières interrogations religieuses au mysticisme… La vie de Philippe Fragione n'a rien d'une route linéaire. Elle s'apparente à un long cheminement avec pour seule boussole des intuitions, et l'urgence d'assouvir sa passion pour le rap. À quarante et un ans, Akhenaton s'est forgé un destin, celui d'un pionnier du rap made in France, le premier à avoir su créer un rap hexagonal intimement lié aux États-Unis mais profondément ancré dans la réalité culturelle, sociologique et historique de son pays, et de sa ville, Marseille.

Qui est Philippe Fragione, tantôt Akhenaton, Chill ou Filipo (du surnom donné par sa famille napolitaine) ?

Pour le grand public, il est le leader d'IAM, un type passionné d'égyptologie et le créateur du *Mia*, hymne rigolard aux années funk et premier tube dans l'histoire du rap français. Pour les fans, il a apporté, avec IAM, ses lettres de noblesse au rap français, au fil d'albums pointus et populaires, mélanges d'humour méridional et de conscience politique affûtée. Il est aussi un auteur salué pour sa plume et le premier rappeur à avoir invité l'introspection dans le rap français, notamment avec son album solo *Métèque et Mat* (1995), un disque conçu comme une authentique autobiographie rappée. Racines italiennes, enfance, perte de l'innocence, odes à la mère et au père, flash-back sur une adolescence mouvementée… Rarement un rappeur se sera autant livré en chansons.

J'ai rencontré Chill pour la première fois en 2003 à Marrakech. IAM assurait la promotion de son quatrième album *Revoir un printemps*. Le groupe était au sommet de sa popularité. Son précédent album, *L'École du micro d'argent*, le premier disque de rap français écoulé à plus d'un million d'exemplaires, avait propulsé les rappeurs de *La Planète Mars* dans la cour des grands. L'interview avait débuté en fin d'après-midi, l'entité IAM réunie au grand complet. Soit Shurik'N, Kheops, Imhotep, Khephren, Freeman et Akhenaton. Elle fut écourtée pour cause de planning surchargé. Devant mon air dépité, Akhenaton me promit un petit bonus. L'interview a repris dans la soirée, sous le ciel étoilé de « la ville rouge » avec Shurik'N et Imhotep, respectivement rappeur et architecte musical d'IAM. Par la suite, j'ai eu l'occasion d'interviewer Akhenaton à plusieurs reprises. Au gré de nos rencontres, l'envie d'aller plus loin dans un livre s'est peu à peu imposée.

Avec *La Face B*, nous avons souhaité explorer plus avant les pistes, éclairer les indices, récits et confessions contenus dans l'œuvre pléthorique d'Akhenaton (cinq albums avec IAM, quatre albums solo, et une multitude de projets), pour mettre en lumière l'homme derrière l'artiste, ses racines, ses ressorts, ses envies, les grands moments de son existence comme ses zones d'ombre… Ce livre est le fruit d'une vingtaine d'entretiens réalisés dans son studio de La Cosca. Cette ancienne bergerie nichée sur les hauteurs de Marseille, à Château-Gombert, est devenue, dans les années 1980, le siège d'une radio libre. Depuis 1998, elle est son antre et celle d'IAM. Voir Akhenaton évoluer au quotidien, c'est constater l'absence de décalage entre l'artiste, son image publique et l'homme privé : simple, convivial, et bosseur impénitent. Toujours au bureau avant 9 h 00 du matin, jamais parti avant 19 h 00. Un stakhanoviste en action, un artisan du rap totalement voué à sa passion. Un jour, il enregistre un morceau avec des rappeurs venus de Naples, un autre il fignole des sons, enregistre un featuring avec un rappeur allemand, répète avec IAM…

Pendant ses moments de répit et durant plusieurs mois, Akhenaton s'est livré avec franchise, relisant et corrigeant le manuscrit qui allait devenir *La Face B*. Ce livre est un portrait, récit d'une carrière de vingt-cinq ans et de toute une jeunesse.

Éric Mandel

Entrer dans la légende

Guider sa vie sous le phare de la victoire
Être gravé dans le marbre de l'histoire
Avoir une flamme à sa mémoire
Comme ce soldat inconnu
Marquer les esprits de mythiques exploits
En bref, entrer dans la légende

L'été, j'avais des nuits de fou, j'allumais les clopes, j'étais saoul
De notes, qui résonnaient dans ma tête, accroupi dans le trou
Entouré de plein de vies, d'amours échouées
De rêves de gosse floués, de personnes proches écrouées
Style de mec sage, plein de pages dans le cahier
Souvenirs émaillés, flashes détaillés
Soleil dans les yeux, équilibré, posté dans le milieu
Seul un superstitieux prend le hasard au sérieux, fils
Pris dans le train-train on se prend plus tard à mentir
Pire, on se donne un sens, aux choses qui ne veulent rien dire
Dire que zélé, j'étais, finir dans une pièce scellée
Jamais, la peau est intacte mais le cerveau zébré
La feuille vierge, comme un cahier neuf immaculé
Acculé à l'extrême, je vis ces jours désarticulé
Accusé de mille mots, tant pis j'ai pas récusé
Un peu usé, abusez : à la longue je deviens rusé
Excusez, j'ai carburé au t'es pas cap, t'es pas chiche
Je ne me suis jamais fait à l'ennui et aux repas chiches
Dans cet état d'esprit, on ne refuse pas le bakchich
On essaie d'oublier en se fumant des tchoks de haschich

En écrivant ces quelques ratures
Pourquoi je rappe sur des mélodies tristes
Il faut croire que c'est ma vie, ma nature
Mon amertume crie à la face du monde
À la faveur des ténèbres, je vomis sur tous les fastes du monde
Demain me fait peur, pourtant je traîne ma silhouette
Efflanquée et flanque des tannées aux girouettes
Car ceux qui tournent avec le vent, perdent leur âme avec le vent
J'envoie mes vœux avec le vent vers le Levant

Entrer dans la légende
Marquer les esprits de mon son, de mon sceau, de mon sang
Être finalement quelqu'un
Faut-il pour autant, que j'parte à trente ans
Dieu seul le sait
Lui seul le sait

Entrer dans la légende
Marquer les esprits de mon sang, de mon sceau, de mon son
Être finalement quelqu'un
Faut-il pour autant, que j'parte à trente ans
Dieu seul le sait
Lui seul le sait

À la réflexion, ils critiquent mes génuflexions
Mais seules comptent les actions
Introspection comme remède, une attitude neuve
Du torrent à la rivière, de la rivière au fleuve
Dans la mer, molécules éparpillées, noyées, évaporées
Retour métempsychique dans les cieux sous forme de nuages
[chargés
Pluies cycliques, éveil du disque
L'âme purifiée revient sur terre tel un phénix
Comme un prince bédouin, simplement, sans atours
Rempli d'amour pour la haine, ou plein de haine pour l'amour
Degré d'élévation zéro, 90, 180
Trente ans déjà, les anges me tendent la main
Fier, solide comme une pierre

Troquée cher pour une carrière
Machine arrière, je noyais mon destin dans la bière
Collapse dans le temps, illuminé, soif de savant
Micro entre les dents, regard injecté de sang
Balbutiements, murmures, textes, style chaotique
Alchimiste verbal, architecte de rythmes psychotiques
Pas déluré, dénaturé, trahi, incurvé
Intelligence cuvée, passablement perturbée
Persuadé que le temps m'était compté sous cette forme
Ma foi était réduite, moyenne, puis énorme
Et conte mes versets, versants d'une adversité rude
Je chante ces mélodies par habitude
Chaque jour, mon stress se laisse porter
Et la portée de ma vie est à la porte sur une portée de notes
Quand un rien peut tout faire voler en éclats
Je parade pour un dernier coup d'éclat.

Entrer dans la légende
Marquer les esprits de mon son, de mon sceau, de mon sang
Être finalement quelqu'un
Faut-il pour autant que j'parte à trente ans
Dieu seul le sait
Lui seul le sait

Entrer dans la légende
Marquer les esprits de mon sang, de mon sceau, de mon son
Être finalement quelqu'un
Faut-il pour autant que j'parte à trente ans
Dieu seul le sait
Lui seul le sait

Avoir existé entre mythe et réalité
Avoir son image pour premier exemple
Fossilisée pour l'éternité
Les principes, des axiomes instaurés
Pour des générations entières
C'est pour l'humanité, enfin
C'est ce que j'aimerais

Un Italiano à Plan de Cuques

Je suis venu au monde un 17 septembre, de l'année 1968. En pleine rentrée scolaire. J'ai toujours détesté fêter mon anniversaire deux jours après la reprise des classes. Une période honnie, avec l'arrivée de l'automne, les feuilles mortes, le souffle du mistral, le mois de novembre glacial. Celui-là m'insupporte tout particulièrement. Aujourd'hui, je l'esquive, je prends la tangente direction le Maroc dès que j'en ai la possibilité.

Du temps de mon enfance, les vacances jouaient les prolongations jusqu'au 15 septembre. L'école n'était pas encore une fabrique à génies avec des horaires de fonctionnaires et un emploi du temps de ministre, mais c'est une autre histoire, microscopique dans le tumulte de 1968 : Printemps de Prague écrasé par les chars soviétiques ; création du mouvement amérindien aux États-Unis ; explosion de la première bombe H française au-dessus du lagon de l'atoll de Fangataufa... Certains des événements qui eurent lieu cette année-là m'ont intimement marqué, a posteriori : l'assassinat de Martin Luther King, le 4 avril 1968 à Memphis, et les émeutes sans précédent que connurent dans la foulée les « ghettos unis d'Amérique ».

Le 17 octobre, Tommy Smith et John Carlos, deux athlètes afro-américains médaillés, invitaient la politique aux JO de Mexico. Sur le podium, ils saluaient, le poing levé et ganté de cuir noir à la façon des Black Panthers, pour protester contre la ségrégation aux États-Unis. Cette imagerie, on la retrouve dans certains des premiers textes d'IAM. Sans oublier la guerre du Vietnam. J'ignore pourquoi, mais ce conflit m'a chamboulé, sans doute à cause des hymnes antimilitaristes de Bob Dylan et Joan Baez, que ma mère écoutait à la maison.

Plus tard, je m'en inspirerais pour une chanson, *Le Soldat*, ou l'horreur de la guerre vécue par un GI traumatisé devant les massacres de civils au Napalm.

10 h 50, les combats font rage
L'orée du bois est couleur pourpre et jonchée de cadavres
Quand je pense à la nuit dernière sans étoiles
Où les balles traçantes tissaient leur toile létale
J'avais si peur de mourir, d'être blessé et pourrir
La peur me tétanise et j'ai trop de mal à me nourrir
Ceux d'en face ont peut-être le même âge que moi
Ils ont une mère qui sera inconsolable s'ils n'en reviennent pas
Et qui sait, ils auraient pu être mes amis ?
Chaque fois que j'en vois un sans vie, je vomis

Moi, Philippe Fragione, j'ai grandi loin de l'ébullition planétaire, à Plan de Cuques, un village tranquille en pleine garrigue dont le quotidien fut à peine bouleversé par les événements de mai 1968. Si à Marseille le climat social était tendu, à Plan de Cuques, on déplora seulement quelques soucis de pénurie alimentaire, ce qui poussa mon arrière-grand-mère maternelle à faire des réserves de sucre et d'huile ; elle en referait en 1974, après le premier choc pétrolier. Des années pénibles, bien loin de la reconstruction euphorique de la décennie 1950. J'ai grandi dans le désenchantement mondial, dans une ambiance de stress et d'inquiétude palpables.

Mais chez les enfants, seuls les bons souvenirs restent gravés dans le disque dur de la mémoire.

Plan de Cuques… Le nom de mon bled fleure bon la Provence rurale. Une commune agricole nichée sur les hauteurs de Marseille, entourée de montagnes et d'oliviers. Une ligne droite, avec des bars tous les 5 mètres, des maisons provençales et des champs à perte de vue. Eh oui, désolé pour le cliché qui voudrait qu'un rappeur pousse au milieu du bitume et des ensembles urbains lépreux. Moi, j'ai grandi au grand air. Les champs, les ruisseaux et les collines étaient mon terrain de jeu. Sur le chemin de l'école, je pouvais croiser des dindes, des poules, toutes sortes d'animaux chers à nos paysans, et ce fut la plus belle des enfances. Je suis foncièrement un gosse de la campagne. Quand ma mère nous emmenait en vacances en Haute-Savoie avec mon frère Fabien, on faisait des randonnées de dix heures, on ramassait des myrtilles, des champignons et tout ce que la nature pouvait nous offrir ; on cueillait des coquelicots et on s'amusait à en presser les pétales pour en extraire une encre de couleur violette. J'ai évolué, petit, au milieu d'une faune et d'une flore d'une diversité incroyable. Je connaissais tous les insectes, toutes les plantes vénéneuses ou médicinales, figuiers de Barbarie, scorpions, couleuvres, petites vipères – plus rares celles-ci, mais j'ai eu la chance d'en voir – sans parler des lézards verts, dont je déplore la disparition. J'aimais les attraper, malgré les risques : quand ils mordent, de leurs dents crantées vers l'arrière, ils ne lâchent plus prise. La technique de mon père consistait à leur brûler la tête avec la braise d'une cigarette pour leur faire desserrer la mâchoire.

Évidemment, ce cadre-là a changé. La faute à l'urbanisation des années 1980 et aux incendies, fréquents dans la région. J'ai grandi avec la peur des feux de forêt. J'en ai connu enfant, un spectacle terrifiant : le ciel s'obscurcit sous l'effet de la fumée et devient soudain lugubre en pleine journée… À dix ans, je me rappelle un monstrueux incendie qui avait brûlé des milliers d'hectares de forêts entre Cassis et La Ciotat. Mais c'était sans commune mesure avec l'incendie de 1999 : des flammes d'une vingtaine de mètres de haut s'étaient propagées jusqu'à notre maison et les pompiers nous avaient demandé de nous préparer à évacuer. Je me suis donc empressé de préparer un sac que j'ai rempli de photos ; les photos de nos vies. Les Canadair se sont mis à bombarder des hectolitres d'eau pour éviter aux flammes de s'étendre aux habitations, les collines étaient rouges en pleine nuit, on aurait dit une éruption volcanique ; ils sont arrivés à bout des flammes au terme de quantité d'heures d'effort. Des spectacles comme celui-là nous font prendre conscience de notre insignifiance dans l'univers… L'incendie a tout détruit et les collines magnifiquement arborées se sont métamorphosées en désert. Depuis, la nature a repris ses droits et les montagnes sont redevenues verdoyantes, mais le paysage est resté bien loin du panorama de mon enfance. Mes convictions écologiques viennent tout droit de cette époque : depuis l'âge de dix-huit ans, je vote vert, je suis dans mon élément au milieu de la faune et de la flore, comme si cela était inscrit dans mes gènes. Jeune adulte, j'ai adoré vivre en ville, au cœur du Marseille sauvage et interlope du milieu des années 1980. Mais quand je suis devenu père, pour le bien de mes enfants, j'ai renoué avec un mode de vie plus paisible et suis retourné m'installer à la « campagne ».

Mon enfance fut rurale, ou plutôt semi-rurale, car une partie de ma famille vivait également en zone urbaine. Certains de nos cousins habitaient aux Flamants ou à La Bégude sud, une petite cité particulièrement difficile, très enclavée, constituée d'immenses tours dans un état lamentable de délabrement. D'autres logeaient à La Rose, un quartier bétonné où se dressaient les premiers HLM de Marseille et où j'ai fait une grande partie de ma scolarité. Dans les années 1980, le climat social n'y était pas franchement tranquille : beaucoup de racket, de rixes, et de drogue. Christine Ockrent avait même un jour présenté un reportage sur le coin, et les habitants de La Rose lui en avaient voulu parce que les journalistes avaient fait passer le quartier pour Chicago. L'ambiance était chaude, bien sûr, mais ça n'avait rien à voir avec la pire période des années 1970.

Mon village, comme bien des communes en périphérie de Marseille, était particulier ; certaines familles d'origine italienne, arménienne ou corse, installées dans le secteur, trempaient dans le banditisme. Elles étaient issues du centre-ville de Marseille : La Belle de Mai, Les Carmes, Belsunce, Le Panier… Hauts lieux de la « voyoucratie ». C'était le temps de la French Connection, du trafic de stupéfiants et des réseaux de prostitution. À l'école, on se marrait quand l'instituteur interrogeait les fils de malfaiteurs sur la profession de leur père : « Mon père, il est maçon. » « Mon père, il est charcutier. » Tu parles ! Vous en connaissez beaucoup des maçons ou des charcutiers qui viennent chercher leur gosse à la sortie de l'école en grosse cylindrée ? Et qui disparaissent du jour au lendemain pour un petit moment ?

Quant à nous, on grandissait normalement, sans se poser trop de questions. Dans les bars, on écoutait les anciens parler de tout et de rien. J'ai compris plus tard qu'ils n'évoquaient pas seulement les pâquerettes… Ils faisaient leurs affaires en dehors du village, des activités menées discrètement, sous le sceau du secret, sauf lorsqu'elles avaient le malheur d'exploser au grand jour. L'année de mes douze ans, j'ai ainsi assisté à une exécution dans le bar tabac du village, face à l'église où nous avions l'habitude de jouer avec mon frère. J'étais sur mon vélo quand deux types sont entrés dans le bar, armés et visage découvert : ils ont tué l'un des hommes et laissé l'autre vivant, sûrement un coup de P38 ou de 11/43, comme c'était l'usage. Pas une grosse détonation, mais un coup sec. C'était impressionnant, la vue du sang bien sûr, mais surtout la réaction nonchalante, presque indifférente, des piliers du bar qui se contentaient d'un « ça devait arriver »…

Petits déjà, on s'inventait sans même s'en rendre compte des jeux pour toiser la mort. On adorait faire du vélo le long du canal, et pour nous, ce canal symbolisait la mort. On roulait en équilibre sur une fine bande de béton entre la terre ferme et l'eau. On s'amusait aussi à sauter d'une rive à l'autre. Le jeu était risqué : certains avaient déjà été emportés par le courant, comme ce fut le cas du meilleur ami de mon père, qui mourut noyé dans le canal. Nous le savions mais cela ne nous inquiétait pas plus que ça, peut-être était-ce dû à l'inconscience de l'enfance. L'exécution du bar tabac fut en revanche une confrontation bien réelle avec la grande faucheuse. Traumatisante, même. J'en ai fait des cauchemars des nuits durant, loin de me douter que l'avenir me réservait d'autres visions d'horreur.

Attention ! Plan de Cuques n'était pas Chicago, ni même Le Panier, où une partie de ma famille était restée vivre. Au contraire, ce lieu permettait à certains de casser l'hérédité du gangstérisme. Beaucoup de fistons de mafieux ont fait carrière dans la fonction publique et certains ont même fini policiers. On peut reprocher des tas de choses aux mecs du milieu mais ils ont tout fait pour éviter que leurs enfants soient happés par le banditisme.

Du côté de ma mère, j'avais quatre oncles, qui habitaient Allauch. C'étaient des types chauds, des montagnes, 2 mètres de haut, 130 kilos. L'un d'entre eux avait, paraît-il, tué un homme avec ses dents. J'ai le souvenir des albums de ma grand-mère maternelle, et de mes oncles posant sur une photo tous flingues dehors... Ils habitaient Saint-Gabriel, dans les quartiers nord de Marseille ; ils n'y sont pas restés longtemps, ils ont tous été extradés en Italie. Et puis il y avait le cousin de ma mère, Gilbert... Lui, il me fascinait. Il habitait le quartier de La Fève, à Allauch, un village tranquille, avec des familles d'agités et de vrais repris de justice. Il sévissait dans une équipe de furieux, comme son pote Jacky, un Marocain à la peau très foncée. Un soir, une dizaine de types de La Rose étaient venus en moto à Allauch pour régler avec eux un différend : Gilbert et Jacky les ont massacrés. À deux. Comme ils appréciaient le travail bien fait, ils ont rassemblé leurs motos et les ont brûlées dans un grand bûcher. Ce genre d'anecdotes me captivaient. Gilbert était fiché au grand banditisme. Il a pris dix ans ferme et s'est suicidé six mois après sa libération.

Mon frère et moi n'avons heureusement pas été élevés dans la fascination du milieu. Mes grands-parents ont sué sang et eau pour se faire une place et mes parents sont des pacifistes. Mon père s'est toujours distingué par son profond détachement à l'égard de l'argent. Idem pour ma mère, même si elle se montrait plutôt économe. Tous deux ont grandi dans l'amour des choses simples, des bons moments, et aussi dans le respect de l'autre. Ces valeurs qui m'ont été transmises durant mon enfance ont dessiné mes propres limites, ces lignes jaunes à ne jamais franchir. Ainsi, plus tard, quand certains de mes amis se sont compromis dans des affaires douteuses, j'ai su chaque fois rentrer chez moi, en temps voulu. Et les rares occasions où j'ai participé à des vols, après l'adolescence, j'ai été rongé de remords, et privé de sommeil. C'est une question d'éducation.

Je suis né à Marseille, comme mes parents, enfants d'immigrés italiens élevés dans la nature et le bitume. Mon père a vu le jour à Plan de Cuques mais son père à lui a grandi au cœur du Petit Saint-Jean, près du port, la partie la plus basse du Panier et le quartier de l'immigration napolitaine à Marseille ; ma mère, ce fut aux Carmes, à Belsunce, dans le 1er arrondissement. Le Panier et Les Carmes sont deux quartiers installés sur une butte, rivaux, ennemis à mort. Derrière cette haine se cachent de vieilles histoires de rivalités, de vendettas débutées au pays, avec leur lot d'expéditions punitives.

Mes parents se sont connus au collège Jean Giono, à La Rose. Mon père était en classe de quatrième, ma mère en sixième. À l'époque, elle en était déjà tombée amoureuse, mais lui avait jeté son dévolu sur une autre fille. Rien d'étonnant : à cet âge-là, deux ans d'écart c'est énorme. Ils se sont retrouvés plus tard, ma mère était devenue une jeune femme. Ils se sont mariés en 1967, un an avant ma naissance. J'ai vu le jour dans une clinique toute proche du jardin zoologique, avec en fond sonore les rugissements des lions en cage. Quand j'ai eu six mois, mes parents ont choisi de s'installer à Plan de Cuques. Ma mère est une mordue de la nature, alors elle ne supportait plus la ville. Et puis tous les deux souhaitaient offrir à leurs enfants une meilleure qualité de vie. Ils voulaient également se rapprocher de leur famille : mon grand-père maternel, Paul, habitait à Allauch, dans le quartier de La Fève ; quant à mon grand-père paternel, Blaise Fragione, il vivait juste à côté à Plan de Cuques depuis la fin de la guerre.

Tout comme Allauch et le quartier de La Rose, Plan de Cuques est un lieu chargé d'histoire : ce fut un point de chute pour tous les immigrés italiens expulsés du Panier sous l'Occupation. À l'époque, Le Panier, c'était Little Italy. Là-bas, les gens vivaient dehors, se déplaçaient en bande, parlaient italien dans la rue... Les conditions de vie étaient précaires, mais la solidarité jouait. Elle a disparu avec l'arrivée de la télévision, quand les gens sont rentrés chez eux, mettant un terme définitif à la vie de quartier. Pendant la guerre, au cœur du Panier, on comptait chaque jour un soldat allemand assassiné ; en général, ils se faisaient égorger. Cette petite résistance de ruelle suffit à susciter le courroux de Hitler, qui avait poétiquement surnommé le quartier « la verrue de l'Europe » et les Italiens les « Nègres de l'Europe ». Il était convenu, donc, de raser cette « verrue ». La Libération empêcha la destruction totale du Panier, mais mes grands-parents n'échappèrent pas à l'expulsion par les nazis. On les déplaça dans un camp de travail à Fréjus – l'équivalent d'un camp de prisonniers militaires. Blaise ne m'en a jamais parlé, question de pudeur sans doute. Je l'ai su car ce fut le lot de beaucoup d'habitants de Plan de Cuques.

Si mon grand-père a gardé le silence sur cet épisode, en revanche il m'a raconté son arrivée à Marseille, gare

Saint-Charles, à l'âge de treize ans, avec sa mère et sa sœur. Direction Le Panier donc, à pied, et pieds nus. Ce détail m'avait marqué. En Italie, il n'avait jamais porté la moindre paire de chaussures et en débarquant à Marseille, il n'en avait toujours pas. Quand tu entends ça, tu relativises. À dix ans, il avait quitté l'école pour turbiner sur les chantiers, puis sur un chalutier, à Sperlonga, près de Naples. Son nom de famille raconte l'histoire de ses aïeux, d'origine ibérique. En italien, Fragione signifie « le pêcheur espagnol ». Dans le film de Spike Lee, *Do the Right Thing*, le mec de la pizzeria s'appelle aussi Sal Fragione. Il s'agit d'un patronyme très rare, localisé dans un village, celui de Sperlonga, dont mon grand-père est originaire. Quand plus tard j'irais à New York, mes potes américains ne cesseraient de me chambrer là-dessus.

Blaise avait quitté son pays pour fuir la misère. Et il avait rapporté avec lui l'une de ces anecdotes qui illustrent parfaitement le sens d'un tel mot. En Italie, le dimanche, c'était le jour des pâtes en sauce. Après manger, il prenait donc soin de se maculer la chemise et le tour des lèvres de sauce tomate, pour prouver aux autres qu'il avait mangé copieusement (il a d'ailleurs gardé ce réflexe lors de nos repas familiaux du dimanche). Il m'a même fait part un jour d'un proverbe, pourtant cher à ses « ennemis fascistes » : « Tu sais, il vaut mieux vivre un jour comme un lion que cent comme une chèvre. » Mon grand-père a aussi vécu le mussolinisme : l'uniforme et l'embrigadement à l'école, les défilés au pas militaire. Il détestait l'autorité et j'ai hérité ça de lui. Il avait des mots très durs contre le fascisme, même s'il n'était pas un militant communiste, et encore moins un fervent catholique. Il vouait une haine féroce aux gens d'église, qui vivaient dans l'opulence quand la populace crevait de faim. Sous ce régime, lorsque le peuple cherchait refuge dans les églises, il se heurtait le plus souvent aux suppôts du pouvoir. L'anticléricalisme de certains Italiens découle de cette réalité sociale et politique. Même si, au fond, mon grand-père devait vivre dans la foi, il insultait les curés, ce qui ne l'empêchait pas de célébrer les grandes fêtes religieuses. Blaise est un peu abrupt, comme tous les hommes de son village et de sa génération. Avec mon frère, petits, on l'avait surnommé « le rustre ». Je l'adore.

Ma grand-mère, Imacolata Conception, « Immaculée Conception », se distinguait quant à elle par sa discrétion et sa réserve : le contraire de son mari, qui occupait tout l'espace par son tempérament et son charisme. Jeune, elle avait été très sportive mais sa vie avait basculé le jour où elle s'était fait faucher par une moto à un arrêt de bus. Elle ne s'est jamais totalement remise de cet accident : le cerveau a été touché. Elle souffre régulièrement de vertiges, de pertes de mémoire, de difficultés dans la motricité. Elle a même parfois du mal à garder les yeux ouverts. Si elle est plus effacée, elle s'impose néanmoins comme une femme douce et maternelle, qui fut un peu ma « deuxième maman », une personne tactile, câline et une merveilleuse cuisinière. Lorsque j'étais enfant, elle nous préparait tous les dimanches, pour le repas de famille, son succulent lapin en sauce rouge, un rituel culinaire. Elle l'accompagnait systématiquement de *macaroncini*, des macaronis longs avec un trou au milieu. C'était ces pâtes-là et jamais d'autres. Avec mon frère et mon cousin, on se régalait à aspirer bruyamment la sauce par le trou, au grand dam de la famille, agacée par nos mauvaises manières. La sauce rouge de ma grand-mère, je l'appelais « la sauce irréversible ». Elle était préparée à base de tomates et de colorants alimentaires. Si par malheur elle tombait sur des vêtements, la tache s'incrustait de façon irrémédiable, ad vitam aeternam. Ma passion pour la cuisine, je la dois à ma grand-mère et à ma mère. J'ai appris à cuisiner très jeune, en les regardant. Le lapin, je le prépare exactement comme elles, peut-être le goût en moins. Imacolata parle peu mais pardonne tout, elle est comme le ciment de la famille.

Avec Blaise, c'est 50 % d'engueulades, 50 % de rigolade. Il s'exprime avec un fort accent napolitain et défonce les mots. Son expression favorite, c'est « bordille » – comprendre « immondice », « déchet ». Nombre de ses blasphèmes sont impossibles à retranscrire. Il n'a jamais réussi à prononcer le mot « parabole ». Dans sa bouche, ça devient la « carambole ». Les noms de famille, il les écorche systématiquement. « Putain, j'ai vendu des draps au Gakan », disait-il à propos de l'Aga Khan, le chef spirituel des Ismaéliens – une personne qui compte énormément dans ma vie. Quand il regardait la télé, il insultait systématiquement Guy Lux. Il l'appelait « Gulux », c'était son souffre-douleur, son bouc émissaire : « Putain, cet enfoiré de Gulux, quel arnaqueur ! » Rien à faire, il l'avait pris en grippe.

Il m'avait raconté son travail au pays, puis sur le port de Marseille, comme pêcheur. Il m'avait montré des photos avec ses potes italiens. Un jour, j'ai trouvé dans son garage une énorme barre de fer torsadée. Elle m'avait impressionné : « Papy, tu fais quoi avec cette barre ? » – « J'ai tué un requin avec. » Un requin massacré à la barre de fer ? C'était sûrement vrai, il avait dû l'attraper dans son filet et l'achever en la frappant. À Marseille, il pêchait aussi à la dynamite. Quand les Napolitains crevaient la dalle, c'était un massacre dans la nature. Une version revue et corrigée, du *Vieil Homme et la Mer* d'Ernest Hemingway... Par la suite, il a travaillé comme vendeur de tissu. Il était bon. Son talent, c'était justement sa tchatche napolitaine. Je me souviens pourtant d'un jour de grande honte en sa compagnie. J'avais une dizaine d'années et je le suivais dans sa tournée à travers le quartier de Belsunce. Nous sommes entrés chez un grossiste juif avec lequel il était ami. Ça négociait sévère. Et d'un coup, pendant la discussion, j'entends mon grand-père lui balancer : « Putain, Hitler, il t'a raté toi ! » J'étais choqué et honteux alors que l'ami de mon grand-père, lui, rigolait : c'était une vanne, dans une négociation mercantile serrée, entre deux Méditerranéens. Moi, j'en ai été profondément offusqué, j'en avais parlé à ma mère ; à mon grand-père, ce n'était même pas la peine d'y penser, ça n'aurait servi à rien. Et puis cette phrase n'avait heurté que moi, son ami n'en avait même pas tenu compte. On s'adore, j'ai un profond respect pour lui, mais des civilisations entières nous séparent. Il fonctionne selon un autre système, fondé sur le commerce et le rapport de force, mais je le considère comme un être foncièrement gentil et attachant, à l'image de mon grand-père, Paul Malano.

Paul est né à Marseille dans les années 1920, sa famille étant arrivée avec la première vague d'immigration italo-communiste. Une famille de cocos, des rouges, tous inscrits au PC. Le 10 mai 1981, je vois encore le visage de Mitterrand se dessiner progressivement sur l'écran de télévision. À la maison, ça trépignait dans tous les coins, ça hurlait de joie, les bouchons de champagne volaient. Malheureusement, elle n'a pas changé grand-chose son élection, et je suis ce qu'on appelle communément un « déçu de la gauche ». Mais en 1981, le premier président de gauche dans l'histoire de la Ve République, ce n'était pas rien.

Dans la famille de ma mère, tous ont fait carrière chez EDF – la consécration pour des immigrés. Paul, je l'adore tout autant que Blaise, même s'ils sont différents. Chez Blaise, ça tchatche fort, ça hurle... Paul est un peu plus provençal, plus discret dans son attachement aux racines italiennes. Il vient du nord de l'Italie, indo-européen, c'est une autre culture, moins exubérante, moins fanfaronne. Rien à voir avec le sud, qui est sémite. Le pays est ethniquement divisé en deux.

Paul nous gardait souvent le mercredi, mon frère et moi. Quand le temps le lui permettait, il nous accompagnait lors des sorties organisées par l'école ; dans le car, il était le premier à faire des blagues et à faire rire tout le monde ; mes camarades de classe l'adoraient. Il aimait bricoler et j'étais sans cesse fourré dans ses pattes. Très doué de ses mains, il consacrait tout son temps à construire ou à réparer quelque chose, quand il n'était pas occupé à couler le béton ou à faire des « gâches ». Il s'occupait aussi de ses multitudes d'animaux, une vraie arche de Noé à mes yeux d'enfant : des moutons, des oies, des poules...

Durant l'Occupation, en bon communiste, il avait volé à des soldats SS une moto qu'il gardait en souvenir dans son garage, vestige des années sombres de la guerre. Je m'amusais à la chevaucher, tant bien que mal, car mes pieds ne touchaient pas le sol. Quelque part, Paul avait contribué à « l'effort de la résistance ». Durant la guerre, sachant qu'il avait été repéré comme activiste de gauche, il avait choisi de s'engager dans la police pour passer inaperçu... Manque de chance, alors qu'il suivait une formation au stade Vélodrome, il avait été arrêté lors d'une rafle des Allemands et envoyé dans un camp en Autriche pour effectuer le STO. Il turbina pendant un an et demi et faillit mourir d'une infection. À son retour, il apportait régulièrement de la nourriture aux résistants cachés dans les collines environnantes. Quand j'étais petit, il m'emmenait en balade pour me montrer les endroits où les maquisards se planquaient, ou bien les bunkers construits par les Allemands autour de Marseille quand ils avaient envahi la zone libre en novembre 1942. Je l'écoutais avec fierté, même s'il n'avait appartenu à aucun réseau organisé, même s'il fut, au risque de sa vie, un « résistant du dimanche ». Il s'était marié le jour du débarquement de Provence. Les Allemands, en pleine débâcle, pratiquaient alors la politique de la terre brûlée ; dans leur fuite, ils tiraient sur tout ce qui bougeait. À la sortie de l'église, il avait essuyé une rafale et avait dû sauter dans le Jarret, un cours d'eau du côté d'Allauch, en contrebas de la route, pour se cacher. Voilà comment il manqua mourir le jour de son mariage.

Durant mon enfance, Paul et ma grand-mère Berthe nous emmenaient souvent, Fabien et moi, en vacances à La Ciotat. Je garde des souvenirs extraordinaires des après-midi à la plage, des baignades, des bons repas, de nos séances de pêche nocturne… Il m'apprenait à pêcher à la palangrotte de petits poissons dissimulés dans les trous des roches. On confectionnait des appâts à base de Vache qui rit et de pain de mie.

Paul est d'une jovialité exemplaire, même si la vie ne l'a pas épargné. Pour nous, petits, il était le « nounours ». Berthe incarnait, elle, l'autorité. Elle était d'un caractère plus sévère et grave, hérité de sa mère, Mémé Giannotti, une femme qui s'était constamment vêtue de noir du jour où son mari avait tragiquement disparu. Les Génois sont ainsi, austères et bruts, avec un côté rigide. J'arrivais pourtant à nouer une certaine complicité avec Berthe. Elle s'occupait souvent de moi le mercredi après-midi. Je me rappelle son élégance, son port altier ; elle se tenait toujours droite, jamais voûtée, malgré la vieillesse. Elle ne s'était pas vraiment habituée au fait d'avoir quitté Belsunce pour Allauch. Berthe était une femme des Carmes, du centre-ville. Ses parents avaient tenu une épicerie rue Sainte-Barbe. Toute sa vie était là-bas. Elle a mal vécu le passage de l'urbain au campagnard. À Allauch, elle s'habillait comme si elle habitait toujours la ville et je la voyais prendre le bus pour aller faire ses courses dans le centre. Plus tard, à l'adolescence, je ferais le parcours inverse de mes grands-parents en allant vivre au centre-ville.

À Plan de Cuques, mes grands-parents paternels vivaient dans le quartier de La Montade. C'était un lotissement de maisons et de cabanes en bois ou en tôle, éparpillées sur une colline. Mais rien à voir avec un bidonville. Toute la communauté italienne s'était concentrée là-bas. Mes oncles, dockers sur le port de Marseille, y baladaient leur tronche et leur carrure de boxeurs. À La Montade, mon grand-père avait retrouvé tous les habitants du Panier, eux-mêmes issus de son village natal. L'esprit du Panier flottait partout, dans les ruelles, les bars et les maisons ; j'ai donc baigné dans la culture italienne dès ma plus tendre enfance. Dans ma classe, on trouvait des Corses, des Arméniens, des Espagnols, des pieds-noirs, des Provençaux, et 80 % de Ritals. Nous étions majoritaires.

Dans mon imaginaire, tous les Français étaient comme nous. Ils portaient des noms italiens comme nous, mangeaient du lapin en sauce et des poulpes le dimanche comme nous, ils étaient cent cinquante à table comme nous, et parlaient haut et fort comme nous… La cuisine française, je ne l'ai découverte qu'à la cantine du collège. Je l'avais en horreur : quenelles, sauces au lait cuit, légumes en conserve. Malheureusement trente ans plus tard, c'est encore le quotidien de nos enfants. La cuisine française, j'ai dû attendre les premières tournées d'IAM pour l'apprécier réellement – même si, pour moi, elle demeure très inférieure à la cuisine italienne.

Petits, on se fichait des origines des uns et des autres. La génération de mon père et la mienne n'ont pas connu le racisme anti-Italiens. Pour mes grands-parents, ce fut une autre histoire. Quand ils ont débarqué à Plan de Cuques, la cohabitation avec les Provençaux « pure souche » fut, disons… difficile. Il régnait à l'époque une mentalité paysanne. Du jour au lendemain, les grandes familles locales se retrouvaient submergées sur ce petit bout de Provence par des flopées d'Italiens qui parlaient à peine le français, encore moins le provençal… Un vrai choc des cultures. Rien à voir pourtant avec le racisme violent qui dévorait Le Panier dans les années 1940, avec son lot de ratonnades et de traques aux Italiens. Lorsque ma grand-mère rentrait de l'école, elle recevait des volées de pierres. Je passe sur les injures et autres sobriquets : « macaronis », « babis », « nabots »… Comme tous les Italiens qui se respectent, mes grands-parents demeurent discrets sur cette histoire, pour ne pas dire mutiques. Toutes les informations sur le pays, l'exil, la vie dans Le Panier, j'ai dû les extirper au prix de grands efforts et après un vrai travail d'investigation, d'enquête obstinée ! Ma grand-mère peut avoir un jour envie de parler ; un autre, ne pas piper mot. La jovialité italienne existe bel et bien, mais elle disparaît aussi sec quand on aborde des sujets douloureux. L'interlocuteur, alors, devient hermétique. Cette culture du secret n'a, contrairement au cliché, rien à voir avec la mafia, mais remonte à l'Empire romain. Je pense avoir hérité de cette dualité.

Je n'ai découvert le racisme subi par mes grands-parents qu'à l'adolescence. Et les rares fois où ils se sont confiés, ce fut pour exprimer du ressentiment. Ils n'ont jamais pardonné l'accueil brutal et les quolibets qu'on leur avait réservé. Ils en ont tiré un esprit de revanche, mais de revanche muette. On ne parle pas de la souffrance, dans les familles italiennes. On donne vite des prénoms français aux enfants, on oublie parfois ses racines pour mieux s'intégrer, et devenir plus français que les Français. Quitte à voter Front national, parfois. Que tant de pieds-noirs, d'immigrés espagnols ou italiens aient voté pour « la flamme » me désole. C'est un report de racisme : on fait subir aux nouveaux immigrés ce dont on a été victime. Nous avions ainsi une tante, très gentille, mais horriblement raciste ; avec mon père, on ne s'énervait jamais devant elle, on se contentait de la charrier. On lui disait : « Non mais tu as vu ce que font les Américains au Nicaragua ? » Et là, elle répondait : « Bien fait pour ces Arabes ! » Elle n'était pas militante FN, aller aux meetings et coller des affiches, ça n'était pas son genre. Son racisme prenait plutôt la forme d'une mesquinerie franchouillarde.

Quand on embrasse le drapeau français trop fort, on en embrasse aussi les défauts. Alors on cherche des fautifs ailleurs, pointant du doigt le dernier arrivé, reprochant aux Arabes de voler… Et on oublie que dans notre propre communauté, certains vivent du racket ou de la drogue.

À Marseille, 80 % des familles d'origine napolitaine ont gommé leurs origines. Les Italiens y sont délavés, « stone washed » : ils sont devenus des Provençaux, nettoyés au jet de pierres, et ont perdu leur couleur. Même chose dans le nord et l'est de la France : la communauté a fait profil bas pour être assimilée et donner des Nadine Morano. Ce phénomène d'assimilation à toute force ne se produit pourtant dans aucun autre pays au monde. Les Napolitains du Canada, d'Australie, des États-Unis, de Suisse, d'Argentine ou de Belgique ont préservé leur identité. En France, c'est l'inverse, le modèle raciste et républicain, fondé sur un soi-disant concept d'intégration pensé en réalité comme assimilation, prédomine. Je préfère parler de modèle « désintégrationniste » : tu seras français à condition de renoncer à ta culture d'origine, de l'oublier, de l'effacer. Et tant pis si cette culture représente une force, un atout, une source de richesse et de diversité pour la France. On s'en passera. Alors seulement, tu pourras devenir un mouton comme les autres. Combien de familles italiennes ont francisé leurs noms sur leur carte d'identité nationale ! C'est arrivé, et pas plus loin que dans celle de ma mère. Paul, ça l'a toujours énervé. Il me racontait souvent comment certains membres de sa famille avaient fait modifier leur nom. Un Malano se rend à l'état civil, paye une certaine somme, et l'administration remplace le « o » final de son nom par un « d ». Maland, ça sonne plus terroir.

Chez les Fragione, il ne s'est rien produit de tel, peut-être parce que leur immigration était plus récente. Ils ont souffert du racisme mais n'ont pas courbé l'échine, et encore moins renié leur culture. Je les appelle les Malcolm X italiens. Il y avait chez eux une affirmation constante, une fierté italienne omniprésente. Le point d'orgue ? Les déjeuners du dimanche chez les grands-parents Malano ou Fragione. C'était l'apothéose. Ce rituel dominical, je l'attendais avec impatience et je le revois comme un moment de bonheur, avec nourriture sur-abondante et famille au grand complet, tantes, cousins, oncles… Un véritable film italien ! Dans mes souvenirs, il faisait toujours beau ce jour-là. Je me souviens des rosiers de Blaise, du jardin, et de son exceptionnelle main verte. Il adorait chanter de vieux refrains napolitains et romains, notamment *Tu vuò fa l'Americano* de Renato Carosone, une chanson importante pour moi. Plus tard, j'écrirais *L'Americano* sur l'album *Métèque et Mat*, pour raconter ma fascination de l'Amérique.

La transmission de la culture italienne passait également par la sacralisation du pays – une île en l'occurrence : Ischia, dans la baie de Naples, l'« Isola verde », ou île verte en français. Quand j'étais gamin, nous allions régulièrement retrouver la famille demeurée là-bas. Depuis le bateau, l'île ressemble à un tapis de mousse. Sur ce bout de terre volcanique s'étend une végétation tropicale, comme dans les Antilles, avec des palmiers et des arbres du voyageur. Cette région fut un temps l'une des plus pauvres d'Italie. Aujourd'hui, grâce aux thermes et aux sources d'eau chaude, appréciées dès les lendemains de la guerre par les soldats américains, elle est devenue l'une des plus riches : des hôtels ont fleuri, le tourisme s'est développé ; c'est un vrai coin de paradis.

Mon tout premier souvenir d'enfance se situe là-bas, à Ischia. J'avais deux ans et demi. Je me revois dans la maison familiale, je revois ma tante Gérarde dans l'embrasure de la porte, et la petite voiture bleue qu'elle venait de m'offrir. Gérarde a énormément compté pour moi. Elle était la sœur de ma grand-mère paternelle. Une femme au tempérament bien trempé. Elle est restée célibataire toute sa vie : elle a vécu des aventures, connu des amants, mais ne s'est jamais mariée. L'impensable pour une femme de sa génération et de sa culture. Elle était ainsi réputée la femme libre de la famille. Elle n'a pas eu d'enfants, mais reportait volontiers son amour maternel sur ses nièces et neveux. Et je lui dois mon premier voyage à New York, à l'âge de seize ans. Mais restons à Ischia. Ce premier souvenir, en Italie, est révélateur de mon attachement à mes racines.

Nombreux sont les traits qui font de moi un Italien, et un Napolitain : mon amour de la tchatche et du charriage ; mon goût pour le standing, la coquetterie, les fringues – mon seul péché mignon – ; et puis la cuisine, encore et toujours. Il m'est inconcevable de passer une semaine sans manger un plat napolitain. L'Italie chez moi, c'est aussi le côté bosseur et obstiné. Je me retrouve dans mon grand-père Blaise qui, le dimanche, nous écrivait des mots en phonétique sur des morceaux de papier. C'est cette force de faire que j'admire, comme je l'écris mot pour mot dans la chanson *Où sont les roses ?*

Où sont les roses, que je ne vois plus dans le jardin ?
Où sont ces roses, que j'aimais tant accrocher à ma poche ?
Quelle est la cause ? Serais-je aveugle ou bien le destin
                                        [les figea, closes ?
Où sont les roses ? Où sont les roses…

Sur les hauteurs du golf de Naples, mon olivier a poussé
Dominant l'azur élevé entier dans la fierté
Des origines latines où tu sens chaque mètre
Que le danger guette derrière le linge pendu aux fenêtres
Mais un jour gris, l'orage déchaînant les éléments

Le bel arbre fut arraché emporté par le vent
Humilié, les branches affaiblies
Mussolini et la misère avaient trop pressé les fruits
À dix ans mon grand-père embarqua sur un chalutier
Son père est mort à Brooklyn, qu'aurais-tu fait à sa place ?
Huit ans après la frontière est traversée sans regrets
Il peut encore se regarder dans une glace
Les débuts furent durs sous les critiques des gens, tête baissée
Regards fuyants comme des chiens dressés
À cette date, il me relate la terre ingrate
Ou la salle habitude de lapider ceux qui étaient mats
Avec rage, à la force des bras, grâce à la persévérance
Ils ont leur paradis en Provence
Comme germe dans mon âme cette prose
Dans les jardins, fleurirent les roses

Tu glousses, mec, là-bas les gamins te détroussent
Ils te font sourire de profil avec l'ongle du pouce
Ceux qui moussent tôt ou tard sont sur la touche
Coulés dans du béton, les testicules dans la bouche
Je comprends ceux qui ont fui la pauvreté
Que ces gens n'étaient pas dépourvus de qualités
Je m'amuse en relisant les messages typiques
Que mon grand-père m'écrivait à grand-peine,
                              [en français phonétique
C'est cette volonté de faire que j'admire
C'est une rose aux pétales de soie et de cire
J'aimais courir, me distraire dans l'allée
Emballé, à grandes enjambées, la pente dévalée
Que c'était doux de faire la sieste au frais dans le canapé
Les mains imprégnées, d'odeur de basilic et de poisson grillé
Pendant que le soleil frappait sur les murs blancs
Jusqu'au moment des croassements, vers le couchant
L'Italie fournit vingt millions d'immigrés dans le monde
Certains crièrent « Immonde, cette vermine abonde »
Au moins en ce temps, les fleurs étaient écloses
Maintenant, où sont les roses, où sont les roses ?

J'ai beau chercher partout mais je ne les vois plus
Ont-elles disparu ? Se sont-elles vendues ?
Ont-elles gravé dans leurs racines, les douloureuses plaies
Des pogroms où par dizaines furent tuées
L'histoire se répète dans l'infamie de l'époque
Les chasseurs sont les anciens chassés, ceci m'évoque
La sale mentalité des Italiens qui ont tout oublié
« Se la jouer » plus autochtone que les vrais
On peut aimer un pays où l'on immigre
Mais la CNI ne change pas tes origines
Sauf pour les traîtres qui ont arrosé l'état civil
Afin d'ôter la lettre à la fin de leur nom de famille
Concédons aussi que nous sommes mal placés
Pour donner des leçons, des solutions sur l'insécurité
Qui faisait les braquages ? Qui agressait ? Qui rackettait ?
Qui vendait la drogue ? Qui violait ? Répondez
Cette hypocrisie se lit dans l'avenir de vos fils
Vous étiez voyous, eux finissent dans la police
Parfait exemple social
Preuve que la personnalité n'est pas propre au facteur racial
Changement de décor dans l'Italie du Nord
La Ligue lombarde vocifère de plus en plus fort
Profitant des ouï-dire, clame que les enfants volent
Parce qu'ils viennent du sud leur refuse l'entrée des écoles
Chaque syllabe désagréable fait de nous des coupables
Ils nous appellent sales Arabes
Alors dites-moi, quoi ? Comment bascule-t-on dans le racisme ?
Quand dans un pays il y a déjà un schisme
Et c'est pourquoi tes réactions sont si minables
Et que ton vote sur tous les plans est déplorable
Car la flamme est l'ennemi du règne végétal
La rose est une fleur ne sera jamais animale
Notre culture est méditerranéenne
Mais je rappelle pour les crétins que celle du Maghreb
                                                      [est la même

39

Je ne vois pas la raison de gonfler les rangs
D'un mouvement qui nous classe comme étant des sous-Blancs
Assieds-toi à ma table, découvre ta culture
Nettoie le jardin et vide l'ordure
Tes enfants ne pourront plus jamais dire telle chose
Où sont les roses ? Où sont les roses ?

Blaise n'était jamais allé à l'école, ou si peu, mais il se forçait à écrire, sans honte. Dépasser ses difficultés et ses handicaps, foncer, ce sont des traits typiquement italiens. Je crois avoir hérité aussi de cette obstination. Sur ce point, je suis un bon Rital ; le rap n'était pas gagné, loin de là, mais j'y croyais, je me suis donné les moyens.

Chez moi, il y a enfin une joie de vivre, mêlée à une mélancolie sourde, latente, où résonnent les joies du présent, la fuite du temps, l'approche inéluctable de la mort. Tout ça, c'est encore napolitain. Dans l'argot de Naples, par exemple, le futur n'existe pas, ce qui en dit long sur la conception de la vie. Personne là-bas ne se projette dans l'avenir, trop incertain. Et les avis de décès sont écrits sur les murs. Gamin, j'ai eu droit à mon lot de connexions avec la mort, omniprésente, dans la famille comme dans la culture napolitaine. La chanson *Il n'est jamais trop tard* fait écho à cette atmosphère.

Jeune au contact d'histoires tristes
Convaincu que la vie est une suite de deuils
J'en ai oublié les doux moments

J'ai souvent assisté durant mon enfance à des discussions de grands, anxiogènes, sur la maladie et la mort. C'était la spécialité des femmes, des grands-mères, des tantes… Du côté de ma mère, l'histoire familiale est jalonnée de morts accidentelles. Le jour des fiançailles de son frère, Paul a perdu son père, sa mère, le frère en question et son cousin dans un accident de voiture. On n'en parlait pas, car mon grand-père est d'un courage exemplaire, avec une joie de vivre contagieuse.

Mémé Giannotti qui, soit dit en passant cuisinait la meilleure polenta au monde, avec la sauce rouge et les cèpes, portait le deuil en permanence et vivait dans une maison austère et sombre : chez elle, les volets étaient croisés, on n'entendait ni radio ni télé, seulement le cliquetis de l'horloge. J'y allais le mercredi, avec mon frère, et ça m'angoissait. Mémé avait perdu son mari dans des circonstances terribles, par un mauvais coup du sort. Un jour qu'ils s'étaient disputés, il était retourné à son travail sans s'être réconcilié avec elle. Elle ne l'avait jamais revu. Il travaillait sur un poste EDF et il était mort électrocuté. Elle me disait souvent : « Philippe, quand tu seras marié, ne pars jamais en dispute de ta maison, embrasse toujours ta femme avant de la quitter. » Ce conseil, je ne l'ai pas oublié.

Les deuils, bien sûr, n'étaient pas quotidiens, mais la conscience précoce de la mort suffit à forger un tempérament, et à développer une propension à la mélancolie. Ce trait, on le retrouve aussi dans la poésie arabe ou persane, qui parle de la mort pour mieux célébrer la vie. La gifle de ma vie, en écriture, je la dois ainsi à Omar Khayyām et à son chef-d'œuvre *Robaïyat*. J'adore aussi ce poème arabe antéislamique, qui raconte le deuil impossible d'un guerrier rongé par la disparition de sa fiancée. Ses amis essaient de le consoler et il tombe prostré à l'endroit où il l'a rencontrée. Une simple roche. C'est d'une tristesse et d'une beauté extraordinaires. Les Arabes ont ce point commun avec les Italiens qu'ils ont beau être convaincus de par leur religion de l'existence d'une vie après la mort, tous continuent d'en douter. Et l'on sent bien, à les côtoyer, qu'ils perçoivent la mort comme une fin et non comme une continuité.

Pour moi, la mort reste un passage, une étape. Je crois en l'éternité de l'âme. Les atomes constitutifs de l'homme survivent à sa mort physique, se reconstituant partout, dans l'air, la nature, la carrosserie d'une voiture. Les voitures dans lesquelles on roule sont sûrement constituées d'atomes ayant appartenu à des êtres vivants, humains ou animaux. L'immortalité, elle est peut-être là.

Paese

Beaucoup de gens nous détestent, ils voudraient être
[comme nous
Reconnaissons que dans le monde, il y en a peu,
[classe comme nous
Les Ritals, je viens de là où parler avec les mains, c'est vital
Où on te recoud le bras à la place d'une jambe à l'hôpital
Je viens de là où le sourire s'affiche sans complexe
Où les relations avec la loi sont difficiles et complexes
De là où les cités sont ennemies depuis des temps
[immémoriaux
Sans cesse aux mains de colons, venus d'Espagne
Du monde arabe ou de France, du royaume normand
Je viens de là où la terre ferme tremble en dormant
Là où on se pète un plat de penne all'arrabiata
Sur une terrasse au soleil, relax avec des grosses losas
Je viens de là où les maisons se font et se finissent pas
De là où les équipes et les quartiers ne s'unissent pas
Où la majorité s'acquiert dans la strada
Où on rêve tous de luxe, de femmes qui claquent
[et de costumes Prada
De là où y a plein de gens honnêtes aussi
Des travailleurs qui se lèvent, et des fous qui vivent des rêves,
[des dancings
Des boîtes de nuit qui jouent du... (house music)
Des putains de bandits qui jouent du... (revolver)
Je viens de là où sur les murs, y a les avis de décès

43

De là où Pipo plonge quand il joue les blessés
D'où les mecs préfèrent, aux hommes, les animaux seuls
Car très étrangement ils aiment tout ce qui ferme sa gueule

Je viens de la ville où « à peu près » est synonyme
                                                   [de « très bien »
Faut pas nous en vouloir, c'est un système mis en place de très
                                                         [loin
De là où les filles sont belles et les frères jaloux
Mais comment dire, une fois libres, elles se laissent aller
                                                         [au… (sifflet)
Quand elles sont seules, de là où
Viennent Alban et Romina, là où
Les mômes défilent en ville avec 6 kg de gomina
Sur les scooters à trois, attention au sac à main
Ici le rétroviseur fait office de glace de salle de bains
Je viens de là où les blondes généreuses squattent la télé
Blondes, eh ouais, le complexe mon frère, la Méditerranée,
                                                           [tu sais
De là où les cartouches de clopes sont bourrées de sciure
De là où on te fait un Nike sur la figure
Où les paris clandestins embrasent un pâté entier de maisons
Si bien que tu vois les chevaux se tirer la bourre dans la rue
Là où les petites stars du foot tirent et courent dans la rue
Là où les petits caïds de douze ans tirent et tuent dans la rue
Je viens de là où les mères lisent et disent l'avenir dans le tarot
Où on adule le sang de San Gennaro
Santa Lucia, dis-moi comment va le Vésuve, et l'Isola verde
Où gosse je me baladais, et je me perdais
Je viens de là où les bougainvilliers sont immenses
Le porte-monnaie mince, mais où l'hospitalité est immense
Où les gens ont le sens du secret, c'est pas qu'ils se terrent
Mais ils savent que si on a rien de bon à dire, alors vaut mieux
                                                           [se taire

Ce soir on est là et je fais le bilan
J'ai commencé à rapper c'était le silence. Y a pas mille ans

Mais assez de temps pour que je vois le changement
De ceux qui écoutaient des merdes et se branlent
                              [sur le hip-hop maintenant
Tu sais, je suis pas aigri, au contraire je suis fier
Que Dieu me foudroie si je mens, je suis une personne entière
Entièrement, quand j'aime, c'est pas un tiers
Sentir qu'un tiers retors s'en tire sans enterrement au mic
                              [m'atterre
Surtout s'il pense le mal qu'il vomit, où qu'il pense
                              [qu'il vaut mieux
Vois les vivre ma vie et devenir bouffons au mieux
Avec les thunes, changés en beaufs, en bon toutous
Et se comporter avec les gens comme un petit Mobutu

Qu'est-ce qu'on se rappellera de moi ? Plus tard des tas
                              [de faux ébats
Des coups d'éclat radiophoniques, futiles débats, des potes
                              [laissés bas
Mes mollards dans le caniveau
Mes conneries en classe, faisant face à mes profs disant
                              [que je ne suis pas au niveau
Mes soirs de cafard en bas, au métro
Mes excès, les mots de trop, vexé, en vérité, le rap me plaît trop
Je ne cherche pas d'excuses, Masar le dit dans ses phrases
Mec, c'est eux qui m'ont enragé, j'étais pas méchant à la base
Est-ce qu'on se rappellera de l'aimant
Et de moi comme étant le premier MC en France
                              [à écrire sur la rue vraiment
Dis-moi, est-ce qu'on se rappellera que je parlais décemment
Récemment, je pensais encore au morceau dédié à Maman
Mes sourires dans les moments de stress
Souvenirs évaporés partis dans la sess
Mon ascension a révélé autour de moi la bassesse
Là-bas 16 dans la main, je connus la gloire du quartier
Espoir brisé comme un vase, par la grâce de Dieu je suis entier

Est-ce qu'on se rappellera que j'étais trop normal
[pour être une star
Troquant une partie de vos rêves pour une part de cauchemar
Je joue pas de rôle, t'as un problème ? Essuie ton rimmel
Mec, ma vie je la définis comme la distance séparant opinion
[d'opinel

Première enfance

Durant ma petite enfance, la semaine s'écoulait selon un emploi du temps serré, réglé comme du papier à musique : réveil tôt le matin, douche, petit déjeuner, école toute la journée, retour à la maison, devoirs, dîner et dodo. À l'époque, je n'étais pas encore fâché avec le système éducatif français. J'aimais l'école. Ça changerait avec le collège, où j'ai appris l'ennui, et le stress. Mon école ressemblait à n'importe quelle école de village : une petite bâtisse, très simple, avec un perron. J'étais un bon élève, sans avoir à trop travailler. L'un de mes instituteurs s'appelait M. Daumas, il était l'archétype de l'instituteur de la République, avec la barbe style communiste. C'était un type bien, passionné, à l'écoute, juste et paternel, qui savait se faire respecter sans jouer à l'autoritaire. Et puis il adorait le football ! Il nous organisait des matchs, au grand malheur des deux seules filles de la classe qui devaient se coltiner des parties de foot avec nous. Monsieur Daumas m'a également enseigné les échecs, et j'ai fini par le battre en CM2.

Notre première maison se trouvait à La Montade. C'était une habitation modeste avec deux chambres, pour mes parents et moi, une cuisine et une petite salle à manger. À la naissance de Fabien, nous avons emménagé dans le quartier des Boileaux, dans une maison en pierre dont nous habitions le premier étage et partagions le jardin avec la locataire du dessous. Mon père travaillait comme informaticien à la Sécurité sociale, ma mère était femme au foyer. Ainsi, passait-elle beaucoup de temps avec nous. Nous avions nos rituels. Le samedi, il était culinaire : soupe de poisson et supions sautés nous attendaient, un vrai régal, j'en ai encore le goût à la bouche. Ma mère possédait une réelle fibre artistique, elle nous organisait des ateliers de dessin, de peinture. Nous fabriquions aussi des marionnettes, puis l'on créait des spectacles de Polichinelle. Un jour, j'ai eu le malheur d'offrir l'une des marionnettes à ma maîtresse. Ma mère avait moyennement apprécié, elle qui avait passé des heures à la fabriquer !

Parallèlement, elle suivait des cours par correspondance. Autrefois, elle avait été une élève dissipée et rebelle, du genre à sécher les cours avec une belle régularité. Elle était douée en sciences, mais un zéro en conduite l'avait empêchée d'entrer au lycée. Une fois mariée et mère de famille, elle avait donc choisi de reprendre ses études. Elle se levait tous les matins à 5 h 30 et s'enfermait dans sa chambre jusqu'à 23 h 00. Elle a ainsi décroché son BEP et commencé à travailler comme secrétaire chez EDF, comme tout le reste de sa famille avant elle. Du moment où elle a repris une activité professionnelle, Fabien et moi avons été responsabilisés. Dès nos sept ans, elle nous préparait un thermos, des habits pour la journée, et elle partait travailler pour rentrer vers 18 h 30. Nous nous levions seuls, prenions notre petit déjeuner seuls, puis allions seuls à l'école. C'était pareil pour les devoirs. Quand elle rentrait, elle n'avait plus qu'à nous faire réciter nos leçons. Je mettais la table, la débarrassais, faisais le ménage et cuisinais pour elle quand elle revenait tard. « Adulte à neuf ans », comme je l'écris dans la chanson *J'voulais dire*. Fabien et moi avons été indépendants très jeunes, et sommes devenus débrouillards par la force des choses. Il faut dire que nous n'avions pas le choix.

En plus de son travail, ma mère militait à la CGT. Son temps libre, elle le consacrait à la défense de l'ouvrier contre le patronat. Mes parents nous emmenaient parfois à des réunions politiques à La Matelasserie tenue par nos voisins grecs ; pour ma part, je m'en fichais... Beaucoup de bruit pour pas grand-chose, et je le pense encore. Bien sûr, il existe au Parti communiste des gens sincères et investis. Mais le PCF a les défauts de tout regroupement humain. Comme chez les patrons, les bandits ou les humanitaires, on y trouve un lot non négligeable de bassesses, compromissions, rivalités et jalousies... et puis des « jaunes », comme on dit. Ma mère était profondément militante et activiste. Elle écoutait les disques de Joan Baez, ne ratait aucun meeting politique, aucune fête du PC, aucun défilé CGT. Sans oublier la vente du muguet le 1er mai, des journaux et la distribution des tracts à l'entrée du métro, à 7 h 30 du matin... Tout cela prend du temps, énormément de temps. Peut-être avons-nous un peu souffert affectivement de cet activisme. C'est sûrement la raison pour laquelle Fabien et moi avons développé une sorte d'aversion pour le militantisme politique. Ma mère dédiait son temps libre aux autres, on ne peut lui reprocher ce sacrifice de l'individu pour l'intérêt collectif. Et puis la cause était juste : sans les syndicats, les patrons aujourd'hui nous pousseraient à travailler quatre-vingt-dix heures par semaine sans jamais prendre de congés.

Nous n'avons jamais connu l'ennui. Nous savions occuper nos journées. Je passais tout mon temps avec mes copains et Fabien. J'étais l'aîné et j'avais la responsabilité de mon petit frère : il était constamment collé à mes basques, mais je ne l'ai jamais vécu comme un poids, bien au contraire. Son absence m'aurait paru anormale. Il faut dire que Fabien causait du souci à mes parents. Il est mon double inversé. À l'époque, il était plutôt petit et rondouillard, j'étais grand et sec ; il avait un visage d'ange, moi un faciès plus anguleux et sévère ; j'étais un enfant sage et pudique, lui un fanfaron, un authentique casse-cou, un nerveux ; quand il s'est calmé, à l'adolescence, c'est moi qui suis parti en vrille, à dix-sept ans, après mon premier voyage aux États-Unis. Les conneries, Fabien les a collectionnées très tôt, dès l'âge de cinq ans. Pour ça, il était fort ! Je ne me rappelle plus dans quelles circonstances, mais un soir de Noël, il s'est fracassé la mâchoire, un autre jour, une voiture lui a arraché un bout de mollet, puis il a eu les gencives transpercées par un banc en fer, allez savoir comment... Enfin, je me rappelle une fois où, dévalant une rambarde rouillée à toute vitesse, il avait fini la tête la première contre le poteau en crépi, puis dans les rosiers, et s'était relevé le crâne en sang. Vision terrifiante pour ma mère, mais vision malheureusement fréquente, et qui valut à Fabien quelques belles raclées. Notre mère est une femme douce, mais quand il le fallait, elle savait être rude. Avec deux gamins aussi rapprochés en âge, avait-elle le choix ? Le soir, nous devions nous coucher à 20 h 30 pétantes. Je nous revois, Fabien et moi, traînant systématiquement devant la télé. Quand on exagérait vraiment, ma mère filait au disjoncteur ôter le fusible. Couvre-feu ! La maison se trouvait soudain plongée dans le noir, et elle, elle s'endormait avec le fusible sous l'oreiller ; elle ne s'épuisait pas à crier pendant des heures, préférant la méthode radicale, à la soviétique.

Fabien, pour en revenir à lui, c'était un vrai Rital, un gamin au sang chaud, et sensible en même temps, capable de tendresse. Il était surtout bagarreur, avec tout le monde. Entre nous, les bastons étaient quotidiennes, fraternelles mais viriles. Pendant le tournoi de Roland Garros, on s'organisait tous les deux des matchs de tennis à la maison : un fil à linge tendu dans le couloir en guise de filet, des raquettes et une balle de ping-pong. Au bout de dix minutes – dès la première tricherie –, les raquettes volaient dans la tronche de l'autre, et on visait plutôt bien. Fabien s'énervait rapidement alors que moi, j'étais plus long à la détente. Mais quand je sortais de mes gonds, je devenais infernal, au point d'en avoir des trous de mémoire. Une fois, je l'ai poursuivi dans toute la maison avec un couteau de cuisine ; il s'était cloîtré dans notre chambre. Alors j'ai attaqué la porte à grands coups de lame. Heureusement, il n'a pas ouvert, qui sait ce qui aurait pu se passer, pour des broutilles…

Nous n'avions pas forcément les mêmes occupations. J'adorais jouer à la guerre avec mes soldats grecs, romains ou égyptiens. Mes parents m'avaient acheté des pinceaux taille zéro et je m'amusais à les peindre un par un, avec application. Dès que mes petits soldats étaient prêts pour la bataille, on pouvait commencer à jouer. Minutieusement, on installait nos armées respectives, mais très vite, Fabien, dont la patience n'était pas la première vertu, envoyait tout valser d'un coup de pied rageur. Cela ne pouvait se terminer qu'en bagarre.

J'avais six ou sept ans, et les civilisations anciennes me passionnaient déjà, comme les vieilles pierres. À l'école, j'avais fait un exposé sur le sujet à la suite duquel

mes copains m'avaient surnommé « fushite », du nom
d'une de ces pierres. Je voulais être paléontologue, je
m'intéressais à la préhistoire, aux volcans et aux dinosaures, dont je collectionnais les autocollants Panini
dans l'album offert par mes parents. Je possédais aussi
une belle collection de dinosaures miniatures qu'ils
m'avaient achetés dans un magasin de jouets sur le
Vieux Port. Ce furent les prémices de ma passion pour
les origines, et j'y trouvai des débuts de réponse à mes
interrogations sur le présent. Petit, je me posais souvent des questions existentielles, je me disais : « Ok,
l'univers est infini, mais pourquoi l'est-il, comment
est-ce possible ? Et si l'univers est infini, alors il existe
forcément d'autres planètes, d'autres systèmes solaires,
une vie extraterrestre. » Ces questions, tout gamin se
les pose, je m'en rends compte aujourd'hui avec mes
enfants. Et c'est une démarche naturelle, nécessaire ;
les problèmes viennent quand on cesse de s'interroger. La nuit, dans mon lit, je scrutais le plafond pour
essayer d'observer le fond de l'univers, et comme il
était infini, je m'assoupissais en imaginant le ciel. C'était
ma façon à moi de compter les moutons. Plus jeune
encore, pour m'endormir, mes parents me récitaient
des fables. J'avais déjà une mémoire d'éléphant et
du coup, à dix-huit mois, je récitais *Le Corbeau et le
Renard* par cœur. Ma tante m'avait même enregistré
sur une cassette ; ce fut sans doute mon premier enregistrement sonore. Je l'ai d'ailleurs utilisé en intro du
titre *Je combats avec mes démons* sur l'album *Métèque
et Mat*.

À bien des égards, Plan de Cuques ressemblait à un
village italien, mais il m'évoque aussi le Maroc : les

gens palabraient dans la rue, vivaient dehors, les jeunes évoluaient en groupes. Entre l'âge de six et quatorze ans, on se déplaçait systématiquement en bandes de vingt. Aujourd'hui, les rassemblements de jeunes sont pratiquement interdits, comme le prouve entre autres l'instauration du couvre-feu pour les mineurs de moins de treize ans par le maire de Nice... Nous, notre temps libre, on le passait au grand air, mais ces habitudes sont révolues, je le vois avec mes enfants : ils jouent aux jeux vidéo et discutent avec leurs amis sur messagerie électronique ; c'est le gouvernement qui doit être content ! Les jeunes se réunissent en grand nombre via le net, en restant cloîtrés chez eux. Quand la France de demain s'abrutit à coups de « lol, mdr, ptdr... », nous, on fabriquait des carrioles, des ballons et tant d'autres choses avec un rien, et on s'amusait ; la nouvelle génération, avec tout ou presque tout, elle s'emmerde, la faute à qui ? L'enfant est roi. À Marrakech, la grosse révolution technologique n'a pas encore touché tous les foyers : si Internet et les téléphones ont pris une place énorme dans la société (alors qu'il y a quinze ans le téléphone fixe n'était même pas installé dans la majorité des foyers), on peut voir encore aujourd'hui des gamins fabriquer carrioles en pleine rue... L'effet madeleine de Proust est garanti. Souvent, je me retiens de leur donner des conseils – « Non, ne faites pas comme ça, essayez plutôt comme ça » – même si je ne m'inquiète pas pour eux.

Petits, on s'amusait avec rien, ou en tout cas pas grand-chose, on faisait travailler notre imagination et notre créativité. De toute manière, est-ce qu'on avait le choix ? Non, malgré l'amour que nous portaient nos parents, l'enfant n'était pas encore le monarque absolu. Le sport demeurait notre activité principale : le mercredi après-midi, c'était foot ; on jouait au stade du village des matchs à vingt sous un soleil de plomb, toute la journée. J'ai encore le souvenir de l'odeur de la terre et de son goût âcre dans la bouche. Chaque champ, chaque forêt, chaque rivière constituait une aire de jeux, ici nos cabanes, là nos murs d'escalade, là-bas nos parcours de vélo. Ces petits chemins dans la forêt, au bord des rivières asséchées, on les dévalait à toute vitesse, c'était du VTT avant l'heure mais sans le VTT. J'avais un vélo à rétropédalage, et ce sport me plaisait tellement que mes parents m'avaient inscrit au Vélo Club de Plan de Cuques. Tous les dimanches matin, je partais à 8 h 00 pour parcourir 70 km et rentrais exténué. Nous n'éprouvions ni le besoin ni l'envie de nous rendre au centre-ville de Marseille. À quoi bon ? Nous avions tout à disposition. Le désir d'aller vers le centre est plutôt venu à l'adolescence, surtout avec l'installation du métro à La Rose, dans les années 1980. Ce fut le désenclavement des villages, Plan de Cuques, Allauch, Château-Gombert, La Rose... Même si Château-Gombert et La Rose font partie du 13e arrondissement de Marseille, ces quatre villages, qui se jouxtaient, vivaient encore en indépendance, et l'on voyageait de l'un à l'autre à vélo, puis à moto.

Des conneries, on en faisait aussi, comme tous les enfants de notre âge. On grimpait à des arbres de 20 mètres de haut, et on s'accrochait aux branches. Un jour, l'un de mes copains est tombé de l'arbre, il l'a dévalé de branche en branche, et dans son malheur, ce qui a failli le tuer lui a sauvé la vie, il fallait voir comment : une branche s'était plantée dans son dos et il pendait, retenu par la peau. On s'amusait également à escalader des falaises qui pouvaient atteindre 30 ou 40 mètres. Avec le recul, je me rends compte que tout cela n'était pas très malin, heureusement que nos mères ne nous voyaient pas faire… Mais ne me restent en mémoire que de très bons souvenirs de ces années-là. L'insouciance laisserait place à la dure réalité, bien plus tard.

À la maison, l'ambiance était souvent animée. Ça parlait sans cesse politique. Surtout ma mère, qui ne rigolait pas, toujours à commenter l'actualité à voix haute, et avec virulence. Quand elle tombait sur un film avec Yves Montand, elle le pourrissait, le qualifiait de « jaune », un traître à la cause ; idem pour Costa-Gavras, notamment quand elle a vu Z. Il avait osé dénoncer le système totalitaire soviétique ! Intolérable. En grandissant, on s'amusait souvent à la charrier, Fabien et moi. On l'appelait « le Politburo », ce qui ne la faisait pas trop rire ; au contraire, elle rigolait jaune. Sur les questions politiques, ma mère ne connaît pas le second degré, mais heureusement, elle est pleine de qualités humaines qui font d'elle une femme extraordinaire. Mon père, je pourrais le décrire comme un être posé et juste. Je me suis toujours bien entendu avec lui. Il déteste le conflit, et sur ce point je lui ressemble, c'est un homme facile à vivre, qui se plaint rarement ; les fois où j'ai pu l'entendre râler sont peu nombreuses, mais quand cela lui arrivait, on se le rappelait long-temps ! Je me souviendrai toujours de notre visite du site de Pompéi : durant toute la balade, il avait traîné des pieds, fumant cigarette sur cigarette. Les visites, ce n'était pas son truc. Quand la balade se prolon-geait, ça le gonflait, on le voyait à la position de son corps : il se renfrognait, le dos avachi, les bras et les épaules plongeant vers l'avant.

Je garde des images fugaces du bonheur conjugal de mes parents. Le divorce, je l'ai quand même senti venir. Mon père n'était pas souvent là et j'ai souffert de ses absences, comme un enfant souffre d'être avec son père seulement par intermittence. Je guettais son arrivée, je tendais l'oreille au bruit particulier du moteur de sa voiture quand il se garait sur le parking. Ce bruit, je le connaissais par cœur, c'est dire... Mes parents ont divorcé quand j'avais neuf ou dix ans, mais mon père a quitté le foyer bien avant. Je pense que c'était joué entre eux depuis un moment déjà. Pourtant, je n'ai aucun souvenir d'engueulades, mes parents ayant eu l'intelligence de nous épargner : ils n'ont jamais eu d'altercation devant nous. Sur la forme, on pouvait difficilement faire plus « clean ». Avec le recul, je préfère un divorce à un bonheur conjugal de façade, factice, ponctué d'animosité, de scènes de ménage et de crises de nerfs. Et puis, contrairement à ce que me laissaient croire mes angoisses d'enfant, mon père ne nous a jamais abandonnés. J'écris dans la chanson *Il n'est jamais trop tard* : « Le jour où papa est parti, j'ai cru qu'il ne reviendrait plus. » Ce fut l'inverse.

Après le divorce, mon père fut présent comme jamais auparavant, très attentif à notre éducation et à notre bien-être. Il n'a pas fait une croix sur ses responsabilités. Il habitait dans le secteur, venait à la maison, nous suivait pour les devoirs qu'il jugeait sévèrement d'ailleurs. Il m'emmenait aussi en week-end, au stade Vélodrome, dont j'adorais l'ambiance, quand des milliers de personnes fusionnaient dans un même élan. Je me souviens de Fabien, qui tapait toujours des crises pour venir avec nous. Alors mon père le baratinait pour le calmer : « Je conduis ton frère chez le dentiste. »

Pour en revenir au divorce, je peux dire qu'il fut traumatisant. Ma mère avait beau se retenir devant nous, elle était effondrée ; maintes fois je l'ai vue en larmes, et quand elle ne pleurait pas, elle portait le masque de la tristesse sur son visage. La séparation s'est faite à l'initiative de mon père et je pense qu'au fond, elle l'aimait toujours. On évoquait la situation de temps en temps, mais elle ne s'étendait pas sur le sujet. J'ai grandi vite, en peu de temps. Je n'étais déjà pas expansif, mais à partir de là, je me suis enfermé un peu plus dans ma bulle, replié sur moi-même. Le divorce a sonné le glas d'une certaine insouciance. C'est le moment où je me suis dit : « La vie n'est peut-être pas si cool. »

J'voulais dire

À ceux qui m'appellent enculé
J'voulais dire qu'la première fois où ma main
A touché un mic j'voulais rire
J'avais quinze ans à peine, j'crois
C'est drôle c'qu'un môme croit, un rêve
Une grosse croix sur ma vie plus tard
Voir c'qu'on aime plein d'soucis ça fait trop d'peine
Et comme les peines ne viennent pas seules
Dans l'bus j'revois ma tante visiter son fils
Purger une lourde peine, les camarades d'classe
Le mercredi au catéchisme, l'église, la place
Mon frère et moi on f'sait du vélo en face
La famille rouge, mon grand-père n'a jamais cru en Dieu
Peut-être Dieu lui a volé ce qu'il aime
Le même jour lui laissant qu'une paire d'yeux
Perdu parmi les immigrés de Naples
Et les environs du Vésuve
On s'contait les vives violentes, des dards
On crucifiait comme Jésus, traumatisés
Visant bar tabac, visage découvert
P38 explose la tête visée, d'sang t'couvert
Moi, bouche bée, virage dans l'passé
Ce jour-là j'compris tout
En regardant les autres s'conduire
Comme si s'était rien passé merde
Instinct d'voyage, s'virer d'là
Loin des histoires d'jeunes assassinés

L'jour de leur mariage, c'est dingue putain
Si là j'crache le venin, tas d'rimes en pipe-line
Du Freetime, au son d'mon walkman j'répétais half-time
Aux sœurs qu'j'ai traitées mal, j'm'excuse t'sais
J'avais rien à offrir, sans amour
Juste un autre jour à souffrir rien de plus
Juste un autre jour à s'faire chier, à mourir comme d'hab'
Mais là j'fais pénitence cloîtré dans mon lab'
J'revois des potes d'avant et j'parle des p'tits
Eux m'parlent de Rolex, puis l'silence
On r'garde la montre, même si on s'sépare
Disons qu'on reste collègues
Ex-frères de fête, la vérité
Aujourd'hui je crois qu'on a plus rien à s'dire c'est bête
Adulte à neuf ans, j'ai fumé ma jeunesse
Là j'nie regretter cette perte
J'nie, mais j'compte sept ans d'gâchis
Et tant bien qu'mal j'me dresse
Le stress de moi s'emparant
Sans guide, sans parents
Je m'suis tellement effacé que j'en suis devenu transparent
J'voulais être comme eux
Draguer les minchs, craquer les francs d'vant
M'élevant, mes potes braquaient les riches
Sans sentiment, d'naïf à méfiant
De méfiant à paranoïaque
La rue plus la paraffine t'rendent trop nerveux
Et l'estomac plein d'Prozac
Avec les filles j'ai foiré aussi
Tu vois l'problème à force de fréquenter les clebs
Tu crois qu'ces connes t'arnaquent ton pollen
Quand elles attendaient d'moi un peu d'passion
J'comprenais pas, y'avait dans l'magasin
Que stress et pression
À traîner là où les patates s'perdent
On encaisse bouche close
Et la vision s'déforme en rêve
On s'engraisse, bouche rose, puis

On s'trouve où les ennuis sont
Démon s'amuse, Marseille la nuit
C'est comme avoir sa figure devant un anus
Quand ça arrive, ferme les yeux
Essaie d'rigoler, parce que l'pognon
T'rend pas la santé qu'cette vie d'chien t'a volée
Parfois j'ai des nausées et des soirs ma poitrine s'comprime
C'qui faut comprendre ou prendre des comprimés
Faut croire que j'déprime
J'te jure j'flippe, comme j'ai flippé cette fois
Sauvé par l'avens c'putain d'soir d'été
Où ils m'ont tiré d'ssus au Mac 10
Moi, j'veux vivre peinard mais j'traîne
C'vécu l'boulet et les barils pleins d'moulailla
Q'j'ai vus, c'est pas en écrivant qu'j'les ai trouvés
Ça c'est Chill, trente ans, pas d'bluff, lyrics de dard
On clape, histoire vraie, action
Pas d'invention d'fanfaron du rap
Famille dure, on vit d'vant des exemples durs
On a pas l'choix sous les jets d'pierres
J'ai porté cette 'zique, c'est mon chemin d'croix
Quand j'tends la main franco
J'tends la main d'bon cœur
Frère si j'suis si gentil
C'est qu'j'ai vu trop d'gars qui blissent
Blessent dans l'cœur
Trop d'gens qui portent le Mal
Comme j't'apporte cette nouvelle
J't'apporte mon cœur ouvert
Comme des faux frères t'apportent leurs poubelles en prose
Frimousse, des p'tits gars maigres solitaires
À l'origine solidaires, à goûter l'miel
Trop d'frères attrapent le ver solitaire

Des Roses blanches à Jam-Jam

Mon premier souvenir musical remonte à la petite enfance, et il n'est pas franchement gai. Je devais avoir cinq ou six ans, j'écoutais d'une oreille distraite la radio dans la maison des Boileaux, quand j'entendis la voix éraflée, couleur sépia, d'une tragédienne réaliste nommée Berthe Sylva. Elle chantait *Les Roses blanches*. Dans le genre chanson mélancolique, c'est à se tirer une balle. Au-delà de la mélodie, j'avais été profondément ému par les paroles, d'une intensité émotionnelle rare. Elles racontent l'histoire d'un gamin et de sa mère malade. Tous les dimanches, il lui rend visite à l'hôpital et lui offre un joli bouquet de roses blanches, ses fleurs préférées. Il veut lui faire plaisir... Elle est mourante. Le rituel se poursuit jusqu'au jour du dernier bouquet, mortuaire celui-là. La chanson m'avait stressé, j'avais fait un transfert sur ma maman. Elle porte en elle ces échos napolitains, très présents dans la chanson française de l'époque. Aznavour le dit, d'ailleurs : tous les chanteurs français des années 1940 et 1950 ont été directement ou indirectement inspirés par la chanson napolitaine. *Vierno*, qui signifie hiver, un classique du répertoire italien, c'est *Les Roses blanches* made in Naples : l'histoire d'un fils immigré dans le nord de l'Italie, trop fauché pour retrouver sa mère mourante restée dans le Sud ; la chanson est à se pendre, mais elle est magnifique. Dans un autre registre, finalement assez proche, *C'était l'hiver* de Francis Cabrel, un sommet en terme de mélancolie, m'a profondément marqué. C'était la chanson fétiche de ma mère et nous l'écoutions en boucle tous les dimanches à la maison ; ça a forgé mes goûts et ma propension indéniable à la mélancolie. Ce sentiment méditerranéen (à ne pas confondre avec la « larmiche »), reste mon domaine de prédilection. Je l'ai écrit dans *Entrer dans la légende* : « Pourquoi je rappe sur des mélodies tristes, il faut croire que c'est ma vie, ma nature. »

Personnellement, j'ai toujours assumé la part de tristesse de mes chansons. Mon album *Sol Invictus*, je l'ai écrit dans le courant de l'année 2000, en état de dépression. Je ne m'en suis jamais caché, même si beaucoup ont eu du mal à lire entre les lignes ; pour moi, c'est une question d'honnêteté avec soi-même et avec le public : exprimer sa tristesse reste la meilleure façon de la transcender, et c'est pourquoi j'adore la chanson *Buongiorno Tristezza*, « Bonjour tristesse, amie de ma mélancolie… » Dans un reportage sur Planète, un chanteur napolitain affirmait : « On chante parce qu'on est heureux d'être triste. » Ces mots illustrent à eux seuls la poésie napolitaine et un sentiment universel devant la fuite du temps, la mort inéluctable. C'est la raison pour laquelle la chanson *Mon amie la rose* de Françoise Hardy me touche particulièrement. Je la considère comme l'une des plus belles pièces du répertoire français avec *Ne me quitte pas* de Jacques Brel. La jeunesse fanée, les souvenirs, la foi en la vie malgré tout… En deux minutes, tout est dit avec un art de la métaphore très proche de la technique d'Omar Khayyām, le grand poète soufi, l'une de mes influences majeures.

À la maison, mes parents écoutaient énormément de musique, surtout le dimanche matin car la semaine, nous n'en avions pas le temps. Ma mère ouvrait les fenêtres et poussait la sono à fond. Je me souviens encore des pochettes de ses vinyles et de sa discothèque, caractéristique de son tempérament : poète et militant ; enfant, j'entendais chanter à la maison des artistes comme Santana, Crosby Stills Nash & Young, Jean Ferrat, Georges Brassens, Jacques Brel, Bob Dylan et Joan Baez... Ma mère était également fan de Dire Straits, de Bob Marley, de la musique folk, de la chanson française et de la musique noire. Elle avait des goûts sûrs. Mon père, lui, écoutait beaucoup de blues, et du rock, mais celui des premières heures : Elvis, Eddy Cochran, Chuck Berry, Little Richard, Johnny aussi, mais surtout son artiste favori : Ray Charles. Mon parrain, Marcel, le petit frère de ma mère, a joué un rôle prépondérant dans mon éveil à la musique. Il possédait, lui aussi, une collection impressionnante de vinyles, les murs de sa chambre étaient tapissés de posters de musiciens, d'albums, d'affiches de concerts : un petit musée de la musique. Je n'oublierai jamais sa dégaine, et ses cheveux crépus. Ça donnait un Italien avec une coupe afro, à la Jackson Five. Il faut dire que les Maures sont passés par l'Italie.

Marcel était batteur dans un groupe de musique amateur. Il m'emmenait aux répétitions dans son garage ; il jouait essentiellement du rock et de la soul : des reprises des Stones, de Sly & The Family Stone, de James Brown, Jimmy Hendrix, Pink Floyd ou Led Zeppelin. Le rock, c'est de l'énergie brute, j'y suis moins sensible. Aux débuts d'IAM, il représentait même l'ennemi à abattre et l'on voulait « tuer le rock », par principe. Nous étions des intégristes du hip-hop, même si, il faut le reconnaître, IAM n'aurait jamais existé sans l'apport et le soutien de la scène rock alternative. Aujourd'hui le rock n'est toujours pas ma came, mais je suis assez fan de Led Zep, comme beaucoup de rappeurs (P-Diddy par exemple, qui a même repris *Kashmir*). J'adore leur puissance de feu, la science du riff de Jimmy Page, la voix hurlante et diablement sensuelle de Robert Plant, et puis je suis sensible à leurs expérimentations world, notamment avec les Gnawas du Maroc. J'aime aussi les Beatles pour la finesse de leurs mélodies, ils ont bercé la jeunesse de ma mère. Led Zep, au fond, c'est du bon blues lourd et électrifié, à haut voltage. On y entend directement l'influence de la musique du diable. Le reproche a souvent été fait aux rappeurs de piller les autres musiques. Cependant il y eut une époque où les groupes de rock ne disposaient pas de sampler, alors ils pompaient sans vergogne les vieux bluesmen, parfois à la note près, sans même les créditer ni leur reverser le moindre cent, mais avec quel talent ! La musique, c'est comme la chimie, rien ne se perd, rien ne se crée, tout se transforme ; on emprunte, on s'inspire, on adapte à sa façon. La création spontanée, je n'y crois pas, mis à part quelques génies de la musique comme Beethoven, Mozart, Charlie Parker, Miles Davis, Chuck Berry ou encore le rappeur Rakim, qui a créé son flow ex nihilo, en réaction au rap ambiant. C'est rare et je tiens à le souligner.

Si je n'ai jamais eu de fibre musicale pour le rock, je lui dois néanmoins l'un de mes tout premiers chocs esthétiques. Un jour, je devais avoir six ans, Marcel m'avait fait écouter dans son garage le concert de Jimi Hendrix, donné à Woodstock, en pleine guerre du Vietnam ; j'ai été subjugué par sa virtuosité, et par sa version magnifiquement subversive et électrifiée de l'hymne américain *The Star-Spangled Banner*. Il fallait voir comment il martyrisait son instrument pour fondre dans un hymne patriotique le bruit des bombardiers, les explosions, les déflagrations… Et tout ça avec une seule guitare, devenue soudain une arme de guerre redoutable. Arriver à dire autant de choses avec un instrument et quelques notes, c'est à mes yeux le stade ultime de la création. À ce propos, je garde en mémoire une phrase de Bashung, immense chanteur rock devant l'éternel : « Faire simple, c'est compliqué. » Quand je fais des sons, quand j'écris un texte, j'ai toujours ces mots de Bashung à l'esprit, je prends garde d'aller à l'essentiel, de vider un instrumental de l'accessoire, du superflu. Même chose pour les textes, à quoi servent ces quatre rimes ? À rien ? Alors vire-les. C'est un principe rigoureux de fonctionnement dans la musique, surtout pour moi qui ai naturellement tendance à aller vers la complexité, par goût. Dans le classique, j'apprécie les compositions sophistiquées de Chostakovitch. Pareil pour la soul, dans ses compositions très chargées et ses riches orchestrations. Mais l'épure a aussi son charme et on retrouve les deux aspects dans ma musique.

Grâce à Marcel, j'ai surtout découvert la musique soul. Il écoutait beaucoup James Brown, Joe Tex, les Supremes… Le premier morceau de soul que j'ai entendu devait être du Solomon Burke ; j'étais trop jeune pour me souvenir du titre de la chanson, mais je me revois tenant le disque dans la main, et je me rappelle la pochette orange avec son portrait. Je garde en revanche un souvenir précis de la chanson *A Change is gonna Come* de Sam Cooke, sur l'histoire, dans le sud des États-Unis ségrégationniste, d'un gamin qui raconte son quotidien, le racisme, les humiliations, sans jamais perdre foi dans la vie et dans l'avenir de son pays. Quand il chante : « It's been too hard living, but i'm afraid to die. » (« La vie fut difficile, mais j'ai peur de mourir »), tout est dit, là encore, en deux phrases. C'est l'histoire de tous mes textes. La musique soul m'a attiré instinctivement : elle me correspond pour le feeling, pour la dimension mélancolique mêlée d'allégresse. C'est une musique de la vie, elle ballotte qui l'écoute d'une émotion à une autre. J'ai pleuré de joie et de tristesse en entendant les ballades de Marvin Gaye ou de Curtis Mayfield. Dans son classique *Suffer*, les ténèbres côtoient la lumière et inversement. La soul possède cette particularité d'élever l'auditeur ; même quand elle exprime une tristesse sans fond, elle tire vers le haut, et l'on en sort toujours grandi. On retrouve également cette élévation dans les chansons de Bob Marley comme *Redemption Song, Bad Card...* ; son album *Uprising*, c'est le sommet.

Toutes ces chansons m'ont accompagné et inspiré le long de ma vie. Dès nos premiers enregistrements en 1986, j'ai intégré la musique soul dans les premiers morceaux d'IAM. Plus largement, la soul, grâce au rap et à l'émergence du sampling, a connu une seconde vie, près de dix ans après avoir été balayée par le disco.

Ma découverte du rap, je la dois à mon copain d'enfance Lawrence, un Plan-de-Cuquois d'origine espagnole. On traînait toujours ensemble, ce n'est pas juste un pote, mais un ami que je vois encore aujourd'hui. Il a bossé un temps comme animateur social dans les cités chaudes de Marseille : il organisait des matchs de foot dans les prisons. Aujourd'hui, il travaille au contact des personnes handicapées, sourdes et muettes. C'est un type intègre, drôle, bon danseur et surtout mélomane ; il a baigné très tôt dans une grosse culture musicale, il écoutait énormément de disques, il avait ça dans le sang. Il a notamment été rappeur dans mon premier groupe, Lively Crew, mais nous a quittés quand nous avons pris une tangente ultra-fanatique dans le hip-hop ; lui était surtout passionné par les percussions et la batterie. Pour l'anniversaire de mes douze ans, il m'avait offert un disque de Sugarhill Gang, *Jam-Jam* ; ce fut la gifle musicale de ma vie. Ce morceau m'a retourné le cerveau, j'y découvrais une forme de musique totalement nouvelle et pourtant intimement liée à la soul. On n'en était pas encore au rap social, politique et contestataire, cette tendance-là ne devant apparaître qu'avec *The Message* de Grand Master Flash en 1981, et son clip tourné dans le Bronx – le tiers-monde à l'époque. Chez Sugarhill Gang, le message était plus basique, mais essentiel : fun, danse, positivité. *Peace, Unity, Love and Havin'Fun*, c'était le credo de la Zulu Nation d'Afrika Bambaataa, ancien chef de gang devenu apôtre de la non-violence après l'assassinat d'un de ses proches, et pionnier de la culture hip-hop. Cette musique née dans le ghetto exprime une urgence festive salvatrice et contagieuse ; il s'agit de transcender la douleur, la misère, la souffrance et la violence par la musique, dans un esprit fun et d'émulation collective ; ça m'a immédiatement parlé. Dès lors, je n'ai plus décroché du rap et je suis passé à côté de toutes les autres musiques des années 1980. J'avais des œillères et mon casque de walkman, solidement vissé sur mes oreilles, crachait des classiques de Schooly D, Public Enemy, Rakim…

À partir de 1981, je suis devenu un auditeur assidu de l'émission de rap « Startin Black » animée par Philippe Subrini sur Radio Star (cette radio associative jouerait par la suite un rôle décisif dans la diffusion et l'explosion du rap dans la région, et dans ma vie, à plus d'un titre). Avant chaque émission, j'étais comme un fou, c'était magique. « Startin Black » était diffusée le vendredi soir, heureusement, sinon ma mère ne m'aurait jamais laissé veiller si tard, couvre-feu oblige. Toute la semaine, je me languissais et, le jour fatidique, je me postais devant la chaîne et j'enregistrais. À ce moment-là, je n'imaginais pas un instant rapper, j'étais dans la position du fan, avide de découvrir une culture musicale mais sans aucune ambition artistique ; je me contentais d'immortaliser chaque émission en appuyant sur « rec » pour graver les morceaux sur mes cassettes. Des cassettes, j'en ai enregistré et enregistré, plus de quatre cents au total ! Petit à petit, je constituais la Bible de ma culture hip-hop.

Du mauvais côté des rails

Refrain
Juste un p'tit gosse sans ambition
Aucune contrainte, aucune mission
Cherchant dans c'monde sa direction
Sans quotidien d'vie d'exception
J'ai vu les corbeaux d'vant moi se poser
Me disant qu'j'étais du mauvais côté
Mais j'ai maintenu mes positions
Bien radical dans mes actions
Élargissant mes horizons
J'ai amorcé ma guérison
En étant pas comme la majorité
On creuse un fossé du mauvais côté
La solitude fut ma punition
Mes stylos sombres mes munitions
Quand les aut' suivaient leurs pulsions
Cambriolages et intrusions
On m'disait con car j'voulais pas croquer
Donc ils m'ont rangé, du mauvais côté

Akhenaton
On a voulu m'faire dire qu'j'étais bad, mais j'ai crié
Qu'j'étais cool, et que j'me plaisais à ce stade, j'ai amené
L'sourire quand l'rap avait les boules, on m'prédisait
                                                [une fin proche
Et là j'ai commencé à rassembler les foules
Au quartier on disait qu'j'rêvais et que jamais j'arriverais

71

À faire c'que j'avais dans ma tête
Le peu d'trébuchants eh beh ils partaient dans les pets
Le cul sur les bancs et mes iris à Ouarzazate
Les aut' s'moquaient quand ils voyaient mes baskets
Et m'casser à New York pendant six mois avec du vent
                                        [dans les pockets
J'aimais les études, la musique, autour ? Ça vendait l'shit
Ça parlait boxe thaï et putes à Phuket
J'haïssais la violence gratuite, le racket, les arrachées
                                [la « hagra » sur les bourges
Ils pensaient qu'j'étais une tapette
J'm'en tapais, j'étais un poète, pour moi, j'arpentais l'monde
Pour eux ? J'avais attrapé la grosse tête
J'ai plus appris sur l'homme de la haine que de l'amour
Et mon stylo pleure l'encre afin d'éponger ma dette

Refrain
Dans leur recherche d'absolution
Certains voient la force comme solution
Laissant la place à la confusion
Pour compter les bleus, les contusions
L'abîme nous sépare, il faut bien sauter
Quand on est posté du mauvais côté
Les bonnes consciences, elles, font pression
Dans les quartiers, c'est la sédition
50 % sont sans profession
Jettent leur cœur dans les agressions
Le tarif est lourd quand on a fauté
Menottes et procès du mauvais côté

Akhenaton
J'voulais voyager, ma piste de décollage ? Ma feuille blanche
Partir pour un monde forcément meilleur
Les p'tites méchancetés du quotidien devenaient imbuvables
Et les ratés sur mon carnet d'route un buvard, mais en plein
Cœur du pire des ouragans, j'étais calme, les potes disaient
                                                [qu'j'étais
Fou et que j'n'étais pas assez brave

La preuve par les poings, moi j'la trouvais détestable, à l'époque
De la rue comme maintenant où j'suis plus stable
J'ai damé les quignons pour lustrer l'blason de c'foutu hip-hop
Mon amour, et composé d'belles fables
Pas pour passer des nuits en compagnie d'belles femmes
Et dégueuler quand on est saoul en espérant qu'elles s'cassent
J'l'ai fait pour ma gueule et montrer qu'j'étais là aux doigts
Qui m'avaient pointé, comme un vulgaire marginal
Le p'tit gars exotique dans cette serre à racailles
Où le Mektoub a donné ses putains d'places à la razbaï
La meilleure des répliques a été : « Dire bye bye » et d'accepter
D'rester à jamais c'gosse du mauvais côté des rails

Refrain
Sur la voie d'la perdition
J'ai croisé l'vent d'la suspicion
J'ai dû défendre mes convictions
Pas question pour ça de reddition
J'ai fait ma route avec le poing levé
Même considéré, du mauvais côté
J'suis pas une bête de télévision
Dis trop franchement c'que j'ai dans l'cœur
Aujourd'hui y a plus d'inhibition
Et leur travail d'image m'écœure
À la vue d'cet univers faussé
J'ai compris qu'j'étais du mauvais côté
Aucune porte ne s'ouvre naturellement
J'ai dû pratiquement les enfoncer
Devoir parler fort cruellement
Afin de mériter le respect ? Non !
Désolé mais j'peux pas me forcer
Mais j'préfère rester, du mauvais côté

L'école de l'ennui

Nous avons souvent déménagé, mais jamais trop loin du village de ma petite enfance. Mes parents tenaient à rester proches de la famille. J'avais à peine six ou sept ans quand nous sommes allés vivre à Saint-Mitre chez ma tante Maryse, la sœur de mon père. La propriétaire de la maison des Boileaux voulait récupérer notre appartement pour son fils et nous n'avons pas eu le temps de nous retourner ; on s'est donc retrouvés tous les quatre chez Maryse. Elle nous a hébergés pendant presque deux ans, deux années de transit.

Mes parents n'avaient pas encore divorcé, mais c'était tout comme. Pour autant, je n'ai pas vécu le déménagement comme une cassure, au contraire : Fabien et moi restions scolarisés dans la même école à Plan de Cuques, et nous gardions les mêmes amis. Le soir, nous rentrions simplement à un endroit différent ; l'école assurait une continuité avec notre ancien mode de vie, c'était confortable.

Ma tante habitait aux Prairies, quartier Saint-Mitre, dans le 13e arrondissement de Marseille, un coin plus bétonné, moins rural, mais qui n'avait rien à voir avec une cité délabrée. On y trouvait un ensemble de résidences de classe moyenne avec une immense tour, et beaucoup de jeunes. Bien sûr, quand tu es nouveau dans un quartier, il faut jouer des coudes pour te faire une petite place, mais on s'est vite acclimatés, surtout mon frère, qui s'est fait remarquer dès son arrivée. Des mecs l'avaient charrié, je ne sais plus pourquoi, le ton est monté et quand il s'est retourné pour partir, l'un d'entre eux lui a lancé une pierre dans le dos… Comme il n'était pas du genre à se laisser faire, il a pris son vélo tout en vociférant : « Je vais le tuer, cet enculé ! » La réplique fut rapide et spectaculaire, jamais je n'oublierai cette scène, en pleine rue : de loin, j'ai vu mon frère débouler à toute vitesse sur son bolide, attraper au passage le type par les cheveux et le traîner sur plusieurs mètres : du grand Fabien, dans toute sa splendeur, un Joe Pesci italo-marseillais. Après ça, les grands du quartier l'ont adoré, il avait su se faire respecter.

Je me suis tout de suite senti très bien chez Maryse et mon oncle Bernard. Il travaillait pour une société qui posait des climatiseurs et des chauffe-eau, elle, était monitrice d'auto-école. Des gens simples, généreux, équilibrés et pleins d'amour. C'était agréable, surtout à cette période délicate de notre vie où mon père était rarement présent. Avoir du monde à la maison nous mettait un peu de gaîté et de baume au cœur. Fabien et moi jouions beaucoup avec mon cousin Johan, le fils de Bernard et Maryse, que je considère comme mon petit frère. Il était plus jeune que nous, et bon client avec ça, alors on lui faisait un peu la misère, surtout Fabien, qui prenait un malin plaisir à le taquiner. Trois garçons à la maison, c'était du sport… On partageait la même chambre, et le soir, ça tchatchait, ça rigolait… Ma mère, qui ne plaisantait toujours pas sur l'heure du coucher, se marrait moins : en terme de couvre-feu, on était passés de 20 h 30 à 21 h 00 pétantes, sans possibilité de négociation.

Comme tous les jeunes, nous jouions dehors : vélo et foot, nos journées étaient sportives. On avait également pris l'habitude de squatter le pied de l'immeuble pour s'affronter aux billes, encore une activité qu'il est presque interdit de faire aujourd'hui ; les parties pouvaient durer de longues heures et j'étais un tueur… Le reste du temps, je lisais dans le salon ; ma passion pour la lecture a débuté très jeune.

Ma mère avait eu la riche idée d'acheter à un colporteur l'encyclopédie *Tout l'univers* : un crédit sur trente mois mais un bon investissement, surtout pour moi. L'encyclopédie a marqué un tournant dans mon enfance, elle m'a énormément servi, aussi bien pour mes devoirs que pour satisfaire ma curiosité personnelle. Elle m'a permis de nourrir mon intérêt pour les origines : la préhistoire, les dinosaures, l'astronomie, les volcans, la tectonique des plaques, l'Antiquité, les civilisations anciennes, perse et égyptienne… Un enseignement fondamental pour un jeune enfant qui avait des questions existentielles plein la tête. Comprendre les origines permet de comprendre tout le reste. En théologie par exemple, quand tu comprends le judaïsme, tu comprends le christianisme, et quand tu comprends le christianisme, tu comprends l'islam, tout est lié, il n'y a pas d'événements dissociés.

J'ai trouvé dans l'encyclopédie de nombreuses réponses à mes interrogations. Comment l'univers, dans son infinité, est-il constitué ? Le Big Bang, le système solaire… Je connaissais par cœur le tableau périodique des éléments, le nombre de protons, de neutrons et d'électrons dans chaque atome. Ma mère en restait scotchée. C'est bien simple, j'ai lu les vingt-quatre tomes de l'encyclopédie de la première à la dernière page.

L'école, c'est une autre histoire, surtout le collège. En primaire, je n'étais pas encore fâché avec le système éducatif de la République. J'ai eu quelques bons instituteurs qui savaient nous écouter et instaurer un dialogue avec les élèves. Le système d'apprentissage « napoléonien », fondé sur le principe du « Écoute, et ferme ta gueule », ne nous avait pas encore gagnés. Au collège, en revanche, j'ai appris l'ennui et le stress, je ne me suis pas amusé un instant. Les cours de 8 h 30 à 16 h 30, enfermé dans une classe, m'ont vite gonflé, j'avais l'impression d'attaquer le service militaire ; aujourd'hui encore, rien n'a évolué. Selon moi, la situation a même empiré.

Et puis, le passage de l'école au collège a marqué un changement radical d'environnement. De Plan de Cuques au quartier de La Rose, du petit village rassurant au béton, il y avait un gouffre. À l'école, de la fenêtre de ma classe, j'avais une vue imprenable sur le village, les toits rouges des maisons et les champs. Au collège, le panorama sur les HLM était nettement moins bucolique. Pour m'y rendre, je devais prendre le bus de ramassage scolaire jusqu'à la cité de La Bégude et après, il fallait encore marcher. Aller jusqu'au métro La Rose, pas la peine d'y penser, c'était le racket assuré ; le blouson flambant neuf, on le laissait à la maison, bien rangé dans l'armoire. De toute façon, ma mère n'avait pas les moyens de m'offrir de belles fringues. Nous menions une vie sans extras – payer les courses, le loyer, les factures –, mais nous n'avons jamais vécu comme des pauvres. J'ai toujours eu de la nourriture correcte dans mon assiette, et c'est l'essentiel.

Même ambiance à la sortie du collège, où tous les jeunes en décrochage scolaire squattaient pour dépouiller ou draguer les filles (qui adoraient du reste les types plus âgés). Bref, il valait mieux ne pas traîner, d'autant qu'il n'y avait strictement rien à faire dans le secteur. À part une boulangerie et quelques petits commerces, rien, pas même un café. À la fin des années 1970, La Rose souffrait d'une réputation justifiée de quartier difficile. Lors de l'assassinat du juge Michel, en 1981, avant même le début de l'enquête, une rumeur circulait, avec insistance, comme quoi les assassins présumés habitaient dans l'un des bâtiments de la cité face à notre collège.

Le 13e était et demeure l'arrondissement le plus dense de Marseille, et La Rose un secteur très peuplé avec ses quatre collèges : Jean Giono au quartier Saint-Théodore ; Gérard Philipe, à côté de Frais-Vallon, une grande cité aux tours de vingt-cinq étages et aux barres longues de 200 mètres. Le collège Stéphane Mallarmé, au Clos de la Rose, on l'avait rebaptisé « Stéphane Bien Armé » ; c'était du charriage, mais je suppose qu'ils avaient d'autres vannes pour nous. À l'époque, beaucoup d'armes blanches circulaient, couteaux, cutters... L'établissement Stéphane Mallarmé se trouvait à 400 mètres du mien, mais c'était « l'ennemi ». Parfois, quand notre cantine était pleine à craquer, on nous envoyait déjeuner là-bas ; on se retrouvait alors à trente au milieu de mille cinq cents mecs dans une ambiance pour le moins tendue et hostile. J'étais scolarisé au collège André Malraux, du côté des cités de La Bégude et des Vieux Cyprès, une usine de mille élèves ; rien que pour la sixième, on comptait douze classes, toutes surchargées. J'y retrouvais des potes de Plan de Cuques, d'Allauch et les gars des cités nous traitaient de bourges : nous venions de la campagne, donc pour eux, nous étions des bourges, même si quelques petits kilomètres seulement nous séparaient. Je me suis cependant vite acclimaté à mon nouvel environnement. Le jour de mon arrivée au collège André Malraux, j'avais été marqué par les classes de CPPN réservées aux redoublants multirécidivistes. Ils redoublaient, redoublaient, redoublaient, à croire qu'ils avaient pris un abonnement ! Certains arrivaient même au collège en voiture.

L'établissement était dans un état terrifiant, du fait des dégradations en tout genre et autres incivilités qui lui donnaient un cachet unique. À l'intérieur du bâtiment, les murs, en laine de verre ou de roche, n'étaient pas d'une solidité à toute épreuve. Ils s'écroulaient, littéralement : on s'appuyait contre une cloison, et hop, elle s'effondrait ; les murs tombaient par pans entiers et à l'arrivée, c'était open space avant l'heure : on suivait les cours dans une classe avec « fenêtre sur le couloir ». Un matin, en débarquant, nous avions trouvé toutes les vitres du bâtiment fracassées, sans doute le fait des bandes déscolarisées ; un ouragan n'aurait pas fait pire. Fort de cette expérience, le directeur du collège a donc fait poser des grilles énormes, c'était beau, et stimulant ! De l'intérieur, tu n'avais pas tellement l'impression de croupir en prison. L'hiver, tous les élèves étaient transis de froid, on suivait les cours en doudoune. L'été, on crevait de chaud.

En classe, je passais ma journée à rêvasser, assis près de la fenêtre. Je rêvais de voyages, des prochaines vacances, je comptais les jours qui me séparaient de la libération. Quelle souffrance lors des derniers décomptes, J-5, J-4... ! Pour les congés, je partais souvent en colonie, notamment grâce au CE du travail de mon père ; j'ai commencé à y aller dès l'âge de six ou sept ans ;

je préparais mes affaires seul, comme un grand. J'adorais la colonie, une longue parenthèse de liberté au grand air, j'y ai découvert le camping en altitude, les randonnées. Pendant les excursions, on construisait des cabanes, on se lavait dans les rivières et le soir, je m'allongeais dans la verdure et je scrutais le ciel, un mur blanc d'étoiles, comme dans ma chambre, mais sans le plafond. Ma mère est venue avec nous à deux reprises pour travailler ; elle s'occupait de la cuisine et des courses. Je suis fréquemment parti avec ma tante, aujourd'hui professeur à Clichy-sous-Bois, en région parisienne. Elle dirigeait alors des colonies pour ados à problèmes, souvent délinquants. Je passais mes vacances avec des barjots, des trépanés du cerveau de Saint-Denis, Rennes, Lyon ou Marseille, mais moi je m'en foutais, je ne faisais aucune différence entre eux et nous. On se retrouvait chaque fois, toujours les mêmes, une bonne bande de fous furieux, de véritables machines à conneries, et question conneries, nous étions fortiches. Jamais je n'oublierai nos batailles navales sur le Canal du Midi. Nos moniteurs étaient aussi barges que nous, ils nous laissaient piloter les péniches. Inutile de préciser qu'on s'en donnait à cœur joie pour attaquer les autres embarcations. Certaines finissaient sur la pelouse du Canal ; l'une d'elles s'était carrément fait éventrer ! Le soir, on lançait des assauts et des abordages sauvages, on organisait des expéditions punitives, tels des pirates des océans.

Les colonies m'ont permis de voyager à l'étranger, en Tunisie, en Grèce, et en Sicile notamment. Un voyage important car il m'a fait découvrir beaucoup de choses sur mes racines et sur le passé grec du sud de l'Italie. J'avais également adoré la Grèce et les visites sur les sites historiques. Là encore, j'étais avec des flèches… Les colonies, ce fut aussi le temps des premiers flirts. Au collège, je ne flirtais pas trop, j'étais trop stressé pour ça, mais en vacances, je me trouvais dans mon élément, j'étais plus relax, ça favorisait les audaces, les rapprochements, les premiers baisers d'adolescents…

Après ces bouffées d'oxygène, le retour au collège et à la routine scolaire, c'était la déprime. Cela dit, il ne faut pas trop noircir le tableau, j'ai eu la chance d'avoir de bons profs, comme M. Bianco et sa barbe de communiste lui aussi, comme tous les profs d'histoire ; M. Brun, mon prof de sciences naturelles, nous donnait un enseignement fantastique. Je n'étais pas tant fâché avec les professeurs qu'avec le système scolaire élitiste républicain, et je le suis encore… On parle souvent de « l'explosion de la violence » à l'école. Mais en ce temps-là, elle existait déjà. IAM l'a d'ailleurs chanté dans *Petit Frère* :

Les journalistes font des modes, la violence à l'école existait
[déjà
De mon temps, les rackets, les bastons, les dégâts
Les coups de batte dans les pare-brise des tires des instituteurs
Embrouilles à coups de cutter…

La différence, c'est qu'alors, les faits de violence n'étaient pas médiatisés et surmédiatisés. Aujourd'hui, les journaux télévisés font leur une sur les virées en bandes, les profs qu'on insulte et qu'on frappe, et on oublie que tout ça se produisait dans les années 1980. Les bandes sévissaient, s'affrontaient dans des bastons d'une violence inouïe, à cent contre cent, et je ne parle pas des voitures de profs, massacrées à coups de parpaings ou de barres à mine. Dans mon lycée, des types avaient carrément éclaté toutes les bagnoles des profs en une après-midi ; on a beau pousser des cris d'horreur sur l'aggravation de la violence scolaire, je doute que la situation ait vraiment empiré. Elle reflète surtout l'évolution récente de la société, plus violente, plus inégalitaire, plus consumériste. Alors au lieu de fouiller les cartables des élèves et de faire entrer les flics dans les écoles, il serait peut-être pertinent de s'interroger sur les racines de cette violence. Pourquoi tant de jeunes pètent-ils les plombs en cours ? Pourquoi se retrouvent-ils en situation de décrochage et d'échec scolaire ? Je ne veux pas faire de politique, mais j'ai mes idées de réforme pour la société, et je suis persuadé qu'on peut faire reculer la violence dans ce pays, ne serait-ce qu'en refondant le système scolaire. La clef de voûte est là.

Pour le bien des générations suivantes, il est temps d'en finir avec le bourrage de crâne. On ne fait pas du détail, mais du bétail, et si on produisait plus de génies que les autres pays, cela se saurait. L'école, telle qu'elle est organisée, accueille des adolescents à qui l'on ordonne : « Écoute et ferme ta gueule, c'est ton seul droit. » On s'imagine enseigner à nos enfants le respect par l'autorité, grave erreur ! C'est au contraire le meilleur moyen de favoriser la transgression. Il faut de l'autorité, bien sûr, mais il faut surtout des programmes et des horaires moins chargés. On gagnerait tellement à organiser des activités qui impliqueraient les enfants, encourageraient le dialogue et un véritable échange avec les adultes… Comme en Allemagne, où les élèves parlent à égalité avec les profs et effectuent l'après-midi des heures de sport obligatoires ; si l'on se donnait la peine de prendre modèle sur eux, on gagnerait peut-être plus de médailles aux JO. On peut penser que remporter des compétitions sportives ne justifie pas un changement de système mais ces compétitions sont de véritables symboles de l'émulation d'un pays, de sa culture de la victoire. Pour l'heure, en France, nous institutionnalisons la culture de la « lose ».

Il nous faudrait aussi développer les activités culturelles comme le théâtre ou la musique. En Angleterre, les élèves étudient les Beatles, les Rolling Stones, l'histoire du jazz... Ils apprennent à jouer d'instruments comme la batterie, la guitare, la basse, et nous, on en est toujours aux cours de flûte à bec ! Après ça, il ne faut pas se plaindre si les Anglais sont des petits génies de la musique alors qu'en France, on doit se coltiner des karaokés géants en prime time à la télévision et des émissions célébrant une musique digne de nos meilleurs services d'anesthésie, voire des pompes funèbres.

Et, de grâce, épargnez-nous les devoirs jusqu'à 10 h 00 du soir. Quand j'étais enfant, ma mère ne pouvait pas nous suivre, elle n'avait simplement pas le temps. Aujourd'hui, c'est pareil pour moi avec mes enfants. En France, l'école est supposée ne pas donner de devoirs écrits aux élèves des écoles primaires, ce qui n'empêche pas certains instituteurs d'en imposer quand même. Et nos enfants rentrent à la maison bardés de travail. On vit dans une drôle de société, où des parents pleurnichent pour travailler trente heures par semaine, mais réclament lors des réunions parents-professeurs toujours plus de devoirs pour leurs enfants, qui finissent, eux, par en travailler quarante-cinq !

Trop de professeurs choisissent la voie de l'enseignement par dépit. Certains n'ont rien pu faire d'autre, alors ils deviennent profs ; or il existe deux professions capables de bousiller une société si leur travail n'est pas fait correctement : flics et professeurs. Des profs qui s'en moquent, j'en ai rencontré, dans mon enfance et maintenant avec mes enfants ; en une année, ils peuvent gâcher la vie d'un môme. C'est vrai que le métier est difficile, insuffisamment valorisé, mal payé, mais il faut aussi tenir compte des difficultés des gamins qui ont une situation familiale délicate qui vivent dans un F2 et doivent faire leurs devoirs sur le palier… Je ne fais pas dans le misérabilisme, mais ce système conforte et creuse les inégalités sociales. Il a été conçu et construit pour l'élève bon ou moyen, pour ceux qui pourront se fondre dans le moule de la République ; les autres ne comptent pas, on les orientera en CAP ou BEP, et qu'on n'en parle plus ! Les élèves à la traîne, on les guillotine, et à la traîne, ils risquent ainsi de le rester toute leur vie. Cela dit, ils ne sont pas les plus à plaindre : chaque année, cent vingt mille élèves quittent l'école sans diplôme, les mains vides, sans aucune formation. On les appelle les « décrocheurs ». Ils sont grillés, définitivement… Ils ne seront pas comptabilisés dans les chiffres du chômage, pour la société ils n'existent pas, ils ne feront pas partie de la soi-disant « élite », qu'on aimerait créer en France, et dont on est pourtant si loin.

L'éducation est le fondement d'une société, je pense à mes enfants et à tous les autres, à l'avenir du pays. On se doit de les éduquer, bien sûr, mais aussi de les responsabiliser, de les impliquer et de les amuser. Pourtant on ne cesse de les mettre en garde : « Attention petit, si tu ne fais pas bien tes devoirs, tu vas avoir de mauvaises notes. Si tu n'as pas ton bac, tu vas galérer pour trouver du travail, tu n'auras pas d'argent, pas de maison et tu finiras SDF. » Le dialogue avec les jeunes est globalement fondé sur le drame. On le veut flippant et anxiogène. On communique sur le négatif, et c'est bien mon principal grief à l'encontre de cette société : envisager la vie par le négatif.

Écœuré

De retour dans l'atmosphère, six ans d'absence, toujours les
Mêmes cris d'guerre, toujours les mêmes valeurs, toujours les
Mêmes mystères, DJ Elyes opère les machines et les platines
C'est l'fiyads dans l'distinct

Comme Lyricist et Masar c'est du lyrix strict, écoute parce que
De plus en plus ici-bas y a des balances comme à Hill Street
Du fond du cœur y en aura pas pour longtemps
Si t'es visé, c'est sûr, tu prendras du bon temps, ouais

C'que j'ai acquis, j'le dois à qui ? Suffit d'conter ma vie
Qu'y s'mettent le feu tous ceux qui s'plaisent à inventer ma vie
Self street érudit, après-midi plein d'vide, étudie
T'as été à ma place, qu'est-ce tu dis ? Planté dans

Une place vide avec mon poste la nuit, j'voyais pas ta poire
Quand c'était positif, mais tu t'ramènes quand il y a
                                                    [des tragédies
Bétacam au poing, tes news couvrent « l'insurrection »
Des perdus s'voient à l'écran et c'est de suite l'érection,
                                                    [tu l'sais bien

L'topo est clair, voilà comment ces imbéciles nous représentent
Mentalité formatée malfaisante, biaisée, frère si à c'propos
J'chante, laisse-moi m'exprimer
Car sur c'bout d'terre, nos parents et amis aussi ont trimé

À qui la faute ? si c'pays est si déprimé, si déchiré
Quand l'fait divers est érigé en généralité
Leurs magazines d'infos font peur, à qui ça profite ?
La France a besoin de peu, pour réveiller c'racisme historique

Il y a quatre ans c'était l'euphorie, les yeux dans les bleus story
Depuis des journalistes ont ramené la vie sociale vers un
Faux rythme, vers mensonge et audimat, car plus que les
Gosses d'Irak, le Français veut savoir si sa putain d'Audi
                                                    [marche

Entendu, par ces vendus peu scrupuleux, tous font la
Une sur l'insécurité, le racket et l'crapuleux, c'est vrai
Les séries françaises montrent flics et parias
Si bien qu'ces chaînes sont d'vrais commissariats,
                                          [mais c'est pas
L'pire, ils font croire aux gens que c'est l'état d'siège
Parce que Chirac a parlé sécuritaire, pour garder son siège

J'suis effondré

Alors ne reste que d'nous, une pâle caricature
Style ils ont pété le World Trade, ils peuvent niquer ta voiture
C'est ça la France ? Un bled d'aigris et d'mesquins
Alors on fait tous d'la merde, on vote Giscard d'Estaing,
                                                [j'préfère
Écœuré si j'buvais, j'serais beurré
Comme Salif, j'conterais comment tout un public fut leurré

Comment des journalistes condamnent les auditionnés
Lavent le cerveau des vieilles qui ont peur de s'faire
                                          [saucissonner
Attribuant des couvs à des clowns, qui font rien d'concret,
                                                  [indulgents
Subjectifs, partisans intéressés, le véridique est délaissé

Délétères, rédac plein de chichis
Quand j'vois tout ça, j'pense que l'info ici c'est Vichy,
[on a pas d'bol
Et voire pas d'couilles, moi j'en ai ras l'bol
Et si encore l'a priori, pouvait rester rien que sur nos albums

Douze ans de batailles et y a encore des clichtons sur
[not'compte
Ici l'rap pour eux, c'est délinquant sans bifton sur son compte
Alors on va leur donner c'qu'ils veulent, ouais
Une caricature minable de nous avec une grande gueule

J'suis en galère, j'ai quinze pitbulls à la maison
J'suis un tueur quand j'tape, c'est un génocide, j'vis dans la rue
J'baise la police et éventuellement les pompiers
C'est pas ma faute, j'parle pas bien français
Pour m'en sortir, c'est l'foot ou l'rap mec si j'ai
D'la fraîche, j'achète un roadster, nous dans not'cité
[on est des gangsters
Moi c'est l'racket, t'sais j'ai traîné cinq vieilles et
[on m'a relâché
J'veux dealer des kilos d'shit dans l'monde entier

Refrain (x2)

J'te dis franchement, j'suis écœuré, le visage que ça prend
[coupé d'nos bases premières
Écœuré, passif, dégun dit rien tous laissent faire, j'suis
Écœuré, à la merci d'patrons qui gazent dans leur building
Écœuré, y a d'quoi pleurer

Y a d'quoi se barrer d'ici
Je suis effaré
On a rien à carrer

Six mille kilomètres trop à l'est

Je me suis souvent fait cette réflexion dans ma petite tête d'adolescent : je suis né au mauvais endroit, du mauvais côté de l'Atlantique, « six mille kilomètres trop à l'est ». Cette idée s'imposait comme une certitude. J'avais douze ans et je rêvais d'Amérique. Je ne voulais plus exercer le métier de paléontologue, je voulais être flic à New York, la faute à Starsky et Hutch. J'étais un petit Americano, sans la panoplie (casquette, pantalon taille large et coupe de cheveux à la Big Daddy Kane) ; elle est venue plus tard, au grand dam de mes oncles qui s'en sont donné à cœur joie pour charrier mon look. Ma fascination pour les États-Unis est apparue à la suite des visites que nous rendait régulièrement notre famille installée là-bas. Quand mes oncles, mes tantes et cousins venaient à Naples ou à Marseille, je les trouvais flamboyants, de vrais Américains : dans la manière de se présenter, de parler, avec cet accent new-yorkais et cette tronche typique des Italiens de Brooklyn... On les aurait dits échappés d'un film de Francis Ford Coppola ou de Martin Scorsese. J'étais ébloui et, je dois l'avouer, un peu complexé, tant la différence de niveau de vie entre les États-Unis et la France était béante. Elle se lisait dans le standing, les fringues, les voitures. Ils étaient l'incarnation vivante du rêve américain, de ceux qui avaient réussi à donner corps à leur espoir. Mes grands-parents paternels, eux, avaient fui l'Italie avec l'intention de s'installer en Amérique, mais après leur arrivée à Bordeaux, où ils avaient momentanément travaillé dans le vin, leur rêve à eux s'était arrêté net à Marseille. Mon arrière-grand-père paternel, Pépé Giuseppe, le père d'Imacolata Conception, avait tout de même tenté l'aventure Outre-Atlantique en solitaire, lors de l'émigration des années 1930. Il est mort d'une crise cardiaque à Brooklyn, dans la misère. Je lui ressemble de façon saisissante : même regard ombrageux, mêmes sourcils, même faciès anguleux. Quand il est mort, je suis allé rendre visite à ma vieille tante Carmen, chez elle, à Barano d'Ischia, en Italie. Elle était malade et m'a tenu la main pendant plusieurs heures, en pleurant. Elle a succombé le lendemain. Sa fille m'a dit : « Tu lui ressembles tellement qu'elle a eu l'impression de voir Pépé Giuseppe plus jeune. » Et elle s'est laissé mourir, peut-être en croyant voir son frère disparu.

Dans ma passion violente pour les États-Unis, il y avait sans doute l'envie inavouée de concrétiser l'espoir déçu de mes grands-parents. J'étais à ce point obnubilé par l'Amérique qu'à l'âge de douze ans, je fis promettre à tante Gérarde de m'emmener à New York quand j'en aurais seize. En attendant, je prenais mon mal en patience, fantasmant sur l'affiche géante qui occupait un mur entier de ma chambre. Dans mon lit, je dormais collé tout contre le poster de la Grosse Pomme, contre Manhattan et ses gratte-ciel… Ma mère venait d'acheter un appartement dans une résidence à Plan de Cuques, et pour la première fois de ma courte existence, je disposais enfin d'une chambre à moi. Fini le partage avec Fabien. Ma chambre, c'était mon appartement dans l'appartement, mon univers, et je la décorais à mon goût ; j'avais tapissé un pan de mur avec les couvertures du magazine *Première*, auquel j'étais abonné, et aussi de mini-affiches de films comme *Mean Streets*, *Blow out*, *Mourir à trente ans*... Sur une étagère, trônait la collection de canettes rapportées de mes voyages à l'étranger : des canettes de Fanta, de Coca-Cola, de toutes les couleurs. J'avais également ma première chaîne stéréo. Ma chambre fut le hall de départ de tous mes voyages à accomplir. Musique, cinéma, envies d'ailleurs... Tout ce que je fais depuis vingt ans, s'y trouvait déjà à l'époque. Alors c'est vrai, je n'ai pas encore lancé le « Chill Cola », mais cela viendra peut-être un jour, qui sait ?

Je m'enfermais souvent à clef, pour rester tranquille. Fermer ma chambre à double tour marquait mon retrait symbolique du monde et mon ouverture sur un autre, celui de mon imaginaire. Je le baptisais « l'armée des ombres ». Dans ma chambre, je pouvais passer des heures entières sans m'ennuyer une seconde : je dessinais des graffs sur des tickets de métro, sur les blousons de mes potes, je lisais et, surtout, je me saoulais de rap. J'écoutais avec assiduité ma fameuse collection de cassettes enregistrées à la radio. Je décortiquais les textes, le phrasé des rappeurs, j'analysais les instrumentaux, j'identifiais les samples... Et je rêvais. C'était mon moteur. Il faut dire qu'à ce moment-là, ma vie se résumait aux responsabilités du quotidien : veiller sur Fabien, cuisiner quand ma mère rentrait tard, essayer d'être un tant soit peu bon élève. Alors ma liberté, je la cultivais *Sur les murs de ma chambre*.

Sur les murs de ma chambre
Il y a tant de mondes qui s'éveillent

93

De nouveaux horizons
Où personne n'est jamais allé, non
Sur les murs de ma chambre
Mes rêves s'émerveillent
Remplis d'émotions
Figés dans l'éternité

Dans ma chambre, j'ai croisé le fer
Avec RUN et DMC en live au Madison Square
Baie vitrée sur downtown où s'érigent les tours de verre
J'ai chanté NY-NY avec Liza Minnelli
Dans ma chambre, j'ai gravé sur mes cahiers glacés
Mes souvenirs du Zaïre, au son d'Ali Boomayé, c'est peu dire
Ouais j'ai joué dans *Mean Streets*, rencontré les Meters
Au sein de ce district, un chien de réservoir comme
[Harvey Keitel
Tête d'affiche, Apollo Theater qui fait tilt
J'ai featuré sur *We People*, avec Curtis Mayfield
Au Latin Quarter, dropé mon premier maxi
Accroupi aux côtés d'Eric B et Rakim
Allongé dans ma chambre, me sont poussées des ailes
J'ai volé et détourné in extremis le flingue qui visait BIG. L
Scott la Rock, Tupac et Biggie, debout avec Mic et Riddim
À fond dans ma chambre, poussé mon premier freestyle
[véridique

Sur les posters, pas de roadster dans ma chambre,
[ni feu de l'amour
Mais entre Bruce Lee et Karim Abdul, jouant au jeu de la mort
Comme tout le monde, écarté la foule, le long du playground
Danser avec Bob, dans les faubourgs de Trenchtown
Dans ma chambre, j'ai prié qu'on regarde mes flammes
Sur le parquet après une passe de Michael Jordan, avec les Bulls
Larmes et frissons mêlés sur la voix de Mahalia
Posé un 6 septembre, musique de la jungle avec Aaliyah
Dans ma chambre avec la pose à Canto
J'ai savouré mon but à San Paolo, avec Diego Armando
Il était une fois ma révolution, j'ai croisé Sergio

Pour faire la peau à Clint Eastwood sur une BO d'Ennio
De retour de La Mecque, Malcolm X s'est fait « tendre »
Et parlait de colombe, et de son rêve le plus cher de voir
                                      [ses ailes s'étendre
Peu après il s'est fait descendre, triste jour dans ma chambre
La paix voulait parler, quand six balles ont ruiné ses chances

On sous-estime le pouvoir du rêve et la force de l'imagination chez un gamin. Lorsque je contemplais New York sur mon affiche, je fermais les yeux, je pensais fort à cette ville fantasmée, et je me téléportais… J'avais l'impression que les murs perdaient de leur solidité, qu'ils tombaient soudain pour s'ouvrir et dévoiler des territoires vierges. Comme dans *Je combats avec mes démons*, j'appelle cela « l'abstraction de la solidité des barrières ». Je voyageais réellement, mais dans ma tête. Faire de ses rêves des objectifs, c'est crucial. Avec IAM, nous avons réussi car nous avons toujours cru mordicus en ce que nous faisions. On a dû s'accrocher, batailler, trimer, mais nous nous sommes donné les moyens de nos ambitions.

Ma chambre, c'était aussi le refuge idéal pour fuir l'atmosphère confinée du village, où tout le monde se connaissait, où tout le monde s'espionnait. On pouvait difficilement faire un truc sans que famille, amis, voisins, connaissances regardent par-dessus notre épaule comme des corbaques. Ce côté étouffant commençait à me peser. Bien sûr, avec les potes, on continuait à s'amuser, c'était le temps des premières boums du samedi après-midi, dans des ambiances sirop Teisseire et fraises Tagada… J'aimais bien nos fêtes, la musique était souvent bonne, les filles jolies, même si pour les slows, je restais le plus souvent en retrait car j'étais trop timide et discret pour jouer les Casanova avec ces demoiselles. La nuit, on s'organisait des parties de foot sur le stade avec pour seul éclairage la lumière du rond-point, on sonnait aux interphones pour réveiller les gens, on faisait sauter l'éclairage public, des conneries de gamins...

C'est à cette époque que j'ai rencontré Omar, par l'entremise d'un ami d'enfance. Il habitait La Castellane, l'une des cités les plus peuplées et les plus pauvres de Marseille – et célèbre pour avoir vu naître un certain Zinedine Zidane. Omar avait deux ans de plus que moi, il était un peu comme un grand frère. Un type formidable, généreux, droit, bosseur et marrant. Nous sommes très vite devenus amis. Je venais le voir dans son quartier, on jouait généralement au foot et sinon, notre passe-temps favori consistait à rouler en voiture en écoutant de la musique à plein volume, essentiellement du funk. Il possédait une Renault 12 avec volant en fourrure et pionner à ailettes. Omar, c'était vraiment le Mia et les années funk, même si moi, j'étais plus branché rap. Tous les week-ends, on allait au Freetime de la Canebière, ou au Palais d'or, une salle de jeu, pour faire des parties de baby-foot. Grâce à Omar, j'ai connu le clan Zidane : Nordine, Jamel et bien sûr Zinedine, que tout le monde surnommait Yazid. Je n'ai jamais joué au foot avec lui, il était plus jeune de trois ans, et à cet âge, ça fait une différence énorme. En revanche, j'ai assisté à ses faits d'armes footballistiques d'enfant prodige. Nordine était aussi un joueur extraordinaire, qui aurait pu faire une carrière professionnelle, s'il l'avait voulu. Nous avons passé beaucoup de temps à jouer au foot ensemble, à fréquenter les premières soirées funk à Marseille. Je connaissais aussi leur frère

Farid ; il travaillait comme agent de sécurité au centre commercial Centre Bourse, au cœur de Marseille. Quand j'ai habité le quartier de Belsunce, on allait s'entraîner à la danse hip-hop dans les galeries marchandes. Farid était cool, normalement, il aurait dû nous virer, mais il nous laissait nous exercer, non sans nous donner ses recommandations : « Déconnez pas, vous pouvez danser là, mais pas devant les boutiques. » C'était un grand, on le respectait et on l'écoutait.

Au début des années 1980, Plan de Cuques a radicalement changé de physionomie. Le petit village s'est transformé en cité-dortoir pour les classes moyennes aisées. L'urbanisation des lieux de mon enfance, je l'ai vécue en temps réel. De notre maison, on avait une vue bucolique sur un cours d'eau, le Jarret, et une forêt. Et du jour au lendemain, les promoteurs immobiliers ont investi les champs, ces champs mêmes qui nous servaient de terrain de jeu, pour y construire des bâtiments. Ils ont englouti les endroits où nous avions élevé nos cabanes, les étables abandonnées où nous aimions à nous retrouver et nous cacher. Assister au ballet implacable des bulldozers me plongeait dans une rage noire. Avec les copains de ma résidence, nous avons mené la résistance, des troupes de soixante, soixante-dix jeunes organisés en commandos ultra-mobiles. On avait pris les pauvres gars du chantier à coups de pierre pour les empêcher de construire sur nos terrains. Les hostilités durèrent deux jours, soit deux jours de caillassage en règle, une petite « intifada » en Provence. On leur jetait des pierres, ils nous envoyaient les gendarmes – qui par ailleurs nous connaissaient tous. Ils pouvaient bien courir pour nous attraper… Nous maîtrisions les moindres recoins du village, parkings et rues étriquées.

On avait beau être des gamins naïfs, j'ai vécu cette résistance comme mon premier acte de rébellion. À bien des égards, l'urbanisation de Plan de Cuques a annoncé la fin d'une époque, et marqué le début d'une période plus sombre ; elle a signé notre passage de l'enfance à l'adolescence : gamin, tu traînes sur les places du village avec un ballon, tu vas au stade, tu fais du vélo ; ado, tu gares ta moto, tu t'assieds sur un banc et tu restes toute la journée planté au même endroit à fumer des pétards, pour commencer.

Les années 1980 ont vu également l'irruption des drogues dures. Le quartier de La Rose, par exemple, a été « pacifié » à l'héroïne. Je déteste ce mot, mais il décrit pourtant une réalité. Le shit circulait en abondance et, du jour au lendemain, les robinets se sont fermés, on ignore comment… Alors l'héroïne a fait d'un seul coup son apparition. Toute la génération des têtes dures, des plus teigneux, des plus houleux, y a basculé sans exception. Dans le village, on a assisté à une véritable hécatombe. C'est l'histoire de la chanson *Au fin fond d'une contrée*.

Les ombres sont des rêves…

Cette histoire est une fable, le conteur de celle-ci est fiable
Et sans parler du Diable, le bonheur est friable
Car mon règne en fait n'a jamais été minable
Ma contrée était de sable, mes sujets des ombres innombrables
Où l'amitié était le ciment, le jeu, le piment
L'amour, l'agrément, la joie, l'aliment
Nous vivions tous dans nos rêves et nos passions
Mais la vie d'adulte a déclenché un processus d'élimination
De formidables randonnées à vélo
À poutre sustentatoire dans une station de métro
Où sont passés les rois, les reines qui naguère

Fabriquaient des cendriers pour la fête des pères ?
Pourquoi ai-je perdu le sourire, avec un air si triste
Pour mes amis qui se sont trompés de piste
L'enfant qui sommeillait en moi s'est évaporé
Et malgré, je désire rester

Au fin fond d'une contrée par les vents battus
Je suis le roi fou, désuet, souverain d'un peuple de statues
Ils ont tous quitté mes rêves, et moi je me souviens

Les ombres sont des rêves…

Je regrette ces soirs d'été où nous faisions des parties
[de cache-cache
Les tee-shirts pleins de taches, planqués sous des bâches, sache
Que nous étions des gosses comme les autres
Épris de liberté, les poumons gonflés de fierté
Pour mon malheur, l'enfance n'est pas éternelle
Le miel donna du fiel, et le rêve devint sel
L'enveloppe corporelle a crû
Les ombres m'ont quitté, mes compagnons sont devenus
[des statues
De tous ceux qui jouaient aux soldats avec moi
La moitié ont désormais des traces sur les bras
Et je ferme les yeux afin que s'envole
Le souvenir de voir leurs mères les chercher à la sortie
[de l'école
L'amour qu'elles leur portaient, l'attention qu'elles
[leur donnaient
Se doutaient-elles qu'un jour, ils voleraient dans leurs
[porte-monnaie ?
Mais JP, tu as grandi trop tôt
Ton visage aujourd'hui me fait froid dans le dos
Tu as quitté mon royaume sans prévenir
Ton ombre est un souvenir, statue de glace fut ton devenir
Tu hantes ma contrée avec un regard figé
Ici, tu as laissé notre amitié

Au fin fond d'une contrée par les vents battus
Je suis le roi fou, désuet, souverain d'un peuple de statues
Ils ont tous quitté mes rêves, et moi je me souviens

Comme le peuple de Loth, ils n'ont pas cru à la miséricorde
Et quand je les aborde, dans leurs cœurs il pleut des cordes
Sans ignorer qu'un peu d'amour peut changer la statue
                                                    [en ombre
Libre, souple et sombre
Pour pouvoir absorber le maximum de lumière
La licorne chevauchant la crinière d'un éclair
Et tout est clair dans la nuit des songes
Au moins je peux y chasser ces terribles regrets qui
                                                    [me rongent
La réponse au changement de cap
Pourquoi suis-je devenu comme un souverain de l'île
                                                    [de Pâques ?
Heureusement, une reine d'Orient m'a épousé
Elle m'a redonné un peuple d'ombres afin de pouvoir gouverner
Ma destinée est jonchée de paysages verts
Depuis que j'ai quitté l'ennui de mon désert
Ensuite, si mon mental va, des fois
Je ne puis l'éviter, je me revois

Au fin fond d'une contrée par les vents battus
Je suis le roi fou, désuet, souverain d'un peuple de statues
Ils ont tous quitté mes rêves, et moi je me souviens

La moitié de mes copains ont fini avec une seringue
plantée dans le bras. Un commerçant du coin a carrément tué son fils toxicomane au fusil de chasse : il
volait dans la caisse et dans les poches de ses parents
pour payer sa dope, alors le père a craqué, désemparé
par la déchéance de son fils. Certains de mes potes
faisaient des trucs de fous pour financer leur dépen-
dance, comme braquer une boulangerie ou exploser les
vitrines de commerçants à la voiture bélier. Bienvenue

dans les années 1980 et dans Marseille rongé par la crise.

Déjà fragilisé par la perte de son statut de port colonial, Marseille s'enfonçait en effet dans la récession, l'ennui et la violence. Je suis de nature optimiste, mais j'ai vécu mon adolescence dans un climat hostile. Le film *Comme un aimant*, que j'ai réalisé en 1998 avec Kamel Saleh, raconte l'histoire de notre génération sacrifiée, de tous ces amis qui se sont trompés de voie pour atterrir en prison, en asile psychiatrique ou tout droit dans un cercueil. Sans parler des copains morts dans des accidents de moto... Après les vélos, on est passé aux cyclos, j'ai eu un 103, puis un 51. C'était cool, le frisson de la vitesse, le sentiment de liberté, la possibilité de voyager d'un village à l'autre. J'ai rapidement déchanté devant l'hécatombe. Il faut dire que le casque, à l'époque, servait surtout à protéger le coude.

Même sur le plan culturel, je garde un triste souvenir de ces années. Après les décennies 1960 et 1970, après la richesse et l'inventivité du rock, de la folk, de la soul et même du disco, l'heure fut à l'indigence musicale. On voyait débouler la pop FM décervelée, la new wave neurasthénique et la house européenne, véritable insulte à la house de Chicago. Je trouve les années 1990 beaucoup plus fines culturellement. Elles ont offert plus de diversité et de profondeur. Nous avons tout de même recueilli les fruits du combat du rock alternatif, qui avait aiguisé les oreilles et ouvert une porte de sortie à la logique commerciale des années 1980. Par un étrange phénomène de bascule, j'ai l'impression de retrouver depuis 2000 la pauvreté de ces années-là. Elle s'illustre différemment, dans le concept du vedettariat à tout prix, et de la gloire par la petite lucarne. Cette pauvreté est profondément attachée à la culture

de la téléréalité, de la star jetable et du chanteur catho-
dique kleenex ou mieux, du chanteur mort. Même bascule pour la drogue : aujourd'hui, chez les jeunes, la
cocaïne a remplacé l'héroïne. Beaucoup de gamins ont
le pif dans la poudre. Normal, le prix du gramme a été
divisé par deux. Et dans cinq ans, on va inévitablement
se retrouver avec une génération d'explosés du cerveau.

Bref... J'ai traversé les années 1980 avec des œillères
et des boules Quiès, sauf pour quelques exceptions :
Prince, « The Artist », même si son personnage de diva
me fatigue. Il est à moitié italien, ça le sauve à mes
yeux ; et puis Michael Jackson, évidemment... Aux
débuts d'IAM, j'avais carrément défié « The King of
Pop » dans la chanson *Je suis vexe*. J'avais lu dans la
presse qu'il se prenait pour Akhenaton, le pharaon mystique. Putain, Michael me piquait mon concept ! Impossible de laisser passer ça ! J'avais donc écrit ce morceau
à la rigolade, très second degré, pour le « remettre à sa
place ».

Quand j'ai appris sa mort, je suis resté incrédule,
comme nous tous : on avait fini par le croire éternel,
Michael ! Mais c'était sans compter son come-back historique à Londres, qui l'a tué : il avait donné son accord
pour quinze ou dix-sept dates, pas pour cinquante ! Il a dû
céder sous la pression de ses producteurs, alors pour
dormir, il se faisait des anesthésies par injection, au
penthotal, un anesthésiant pour cheval. Et puis, des
années plus tôt, la presse people, les rumeurs et les
ragots – dont le monde est tellement friand – avaient
déjà entamé leur travail de sape. Cet homme a été jeté
en pâture aux médias, et ne s'est probablement jamais
remis de son procès pour pédophilie. Par ailleurs, il
devait souffrir de son relatif divorce d'avec la commu-

nauté afro-américaine : pour beaucoup de ses membres, il avait trahi la cause noire en se faisant blanchir la peau. Ces critiques-là, je les comprends. Mais il faut se mettre à la place de l'artiste : Michael Jackson incarne aussi le destin tragique d'un enfant star devenu un adulte détraqué. À sa mort, j'ai eu de la peine pour l'homme, moins pour le musicien qui, à mon avis, s'était perdu depuis de longues années. Quand j'étais gamin, j'adorais sa période Jackson Five, et ses albums *Ben*, *Off the Wall* et *Thriller*. Une musique funk et disco, sophistiquée, novatrice, façonnée avec Quincy Jones. Mais j'ai vite décroché. Son album *Bad*, je l'ai zappé. Quand il est sorti, je m'étais transformé en taliban du hip-hop, vent debout, envers et contre tous. « Us against the world », comme chantait 2Pac. J'allais sur mes seize ans, je venais d'écrire mon premier texte de rap, je rêvais toujours d'Amérique, et je n'avais de cesse de rappeler à tante Gérarde sa promesse. Elle allait tenir parole.

Quand ça se disperse

Frère on se ressemble tant
Que j'ai du mal à voir tout ce temps, nous séparer
Besoin d'espace, mais la vie est une chienne à ce qu'il paraît
Eh, tu te souviens, je venais en jacquard noir
Sur le canapé, un Get 27, souriant, je sentais bon le Drakkar
[noir
On parlait filles, on se disputait sur la musique, se fendant
[de rire
Maintenant je suis là où les gens font semblant de rire
Mais tout va bien je t'assure
Et même si d'autres joies me bercent, je rigole plus autant
[je te jure
Paraît que les autres montent au ballon souvent,
[putain ce gâchis
Et les petites filles ont fait place aux mères de trente ans
[en pantalons flashy
Je fais rire les darons qui me voient tondu
Je revois leur regard, comme je revois mes traces de pas
[sur le bitume fondu
En plein été, la 12 blastait les basses
Allongés dans le siège, on était en place
On voulait tous la même chose tu sais, une douce princesse
[à nos côtés
Mais tous, à force de fuir la vie à fond, on finit avec un point
[de côté
Spéculant sur nos destins un soir étoilé
J'étais le rayon de ma mère, si elle savait que la roue est voilée

J'entends encore mon cœur battre, quand je rentrais dans
[les boums
Cherchant le flirt ici, elle se tenait là debout et magnifique
Douce, hâlée, peau de sucre et moi je rêvais d'un rendez-vous
En douce avec elle au fond d'une allée
Des fois tu sais les choses ne se passent pas comme on veut
J'ai changé de lycée, puis je l'ai revue
Se pavanant avec des petits bouffons dans la rue
Moi mouss dans la poche, cocard sur la joue gauche
Comptant mes putains de galères dans la rue
Je me sentais petit, et face à elle en ce plein mois d'hiver
Je compris qu'on ne vivait plus dans le même univers
Je l'ai laissée partir souriante, je suis resté planté là
[avec mes bagages d'ennuis
Comme background la dure réalité des bagarres la nuit
Et quoi qu'on dise on cherchait tous le même nid
Et quoi qu'on fasse ici, on voulait tous la même vie

Trop de poids sur les épaules
En fait rien d'extraordinaire
Comme ces soirs où ça merde
Je ne suis pas des premiers qui se lèvent
Je ne suis pas des premiers qui se taisent
Même quand le stress écrase
Je suis de ceux qui restent quand ça se disperse

Dis-moi, je repensais, le soir de mon premier essai
Onze ans avec ma fiancée, osant à peine l'embrasser
Pensée immaculée, dix ans après je pressurise
Les sœurs innocentes en leur cœur, car l'agressivité m'a acculé
La monotonie scolaire vite évacuée, j'ai joué au con
J'ai gagné, parlons de moi en « termes » street miraculé
Étonnant, comme je kiffais avec une balle de cuir
Maintenant, les soirées champ' m'emmerdent à mourir
Rendez-moi les rampes de spots dans les garages, les regards
Qui cherchent si elle est venue, mon dieu, je réalise,
[c'est impossible
C'est mon adolescence que je réclame, la page est tournée

Chill fais-toi au fait que ce n'est qu'au fond des yeux,
                                        [ces journées
Explique-moi pourquoi des mains qui se tiennent, quinze ans
Après se lâchent, et se noient dans des excuses lâches
Comment se fait-il que tant d'amour
S'évapore si vite, en un jour
Et tous ces « je t'aime » dégénèrent en « quitte-moi,
                            [pars pour toujours, je te déteste »
Et tu sais je t'aime, je suis le seul qui reste
Aide-moi à passer ce cap, ces derniers temps trop de frères
                                        [tournent leur veste
T'envole pas love si je lâche du lest
Ne m'en veux pas love, du fond du cœur au diable
                                        [l'image du reste

New York New York

Étonnamment, je n'ai aucun souvenir de mon arrivée à New York. En revanche, j'ai gardé en mémoire des images précises des balades que tati Gi m'emmenait faire à Manhattan. Elle me répétait inlassablement : « Philippe, tu marches toujours la tête en l'air, regarde un peu devant toi... » Comment faire autrement ? Moi, le petit Americano marseillais, je me retrouvais soudain dans la ville de mes rêves ! J'avais constamment un morceau de funk en tête, *Take me for a Night in New York* du groupe Elbow Bones & The Racketeers. Combien de fois l'avais-je écouté dans ma chambre ? Et là, j'étais au cœur de Manhattan, je flânais sur la 5th avenue, j'admirais l'immeuble PanAm, situé sur Madison à l'angle de la 45th street, l'un des plus gros buildings de la ville, traversé à sa base par un tunnel.

Nous n'avons parcouru le quartier de Harlem qu'en voiture, mais à Times Square, j'ai assisté à des battles de breakdance. J'avais déjà vu à Marseille des spectacles de danse hip-hop, donnés en pleine rue, mais jamais avec cette impulsion, cette virtuosité et ce niveau de performance. Les gens s'arrêtaient éberlués, admiraient le spectacle, jetaient des pièces et des billets dans les chapeaux posés au sol. Les danseurs s'imposaient comme d'authentiques athlètes, ils effectuaient des figures aériennes impressionnantes, tournaient sur la tête avec une aisance époustouflante... Leurs prestations révélaient toute l'essence du hip-hop : la positivité, l'ultra-créativité, le dépassement de soi... Au lieu de rester dans le ghetto à faire des conneries, on se donne corps et âme à sa passion et on descend en ville pour exposer son art et gagner un peu d'argent. Une leçon de vie.

Cette première rencontre avec New York, celle d'une réalité à la hauteur de mes fantasmes, m'a retourné la tête. J'avais l'impression d'évoluer dans l'un de ces films ou séries américaines que je regardais à Marseille. Tout était exactement comme je l'avais imaginé, désiré, devant mon poster : les buildings tutoyaient le ciel, les taxis jaunes pullulaient, New York scintillait de part en part la nuit venue... Je me régalais du gigantisme de cette ville cosmopolite et de son dynamisme contagieux : ici, tout semblait possible, à portée de main. « Sky is the limit », disent les Américains. Je l'ai vécu ainsi.

Avec tati Gi, nous sommes allés passer un mois dans le Connecticut, près de New York, chez ma tante Maria et mon oncle Vito. Longtemps, Maria et Vito avaient habité à Brooklyn, puis ils s'étaient finalement installés du côté de Norwalk, un coin typique de la Nouvelle-Angleterre, très vert, garni de forêts, de lacs, de pelouses... Ils résidaient dans une maison dont le rez-de-chaussée était occupé par leur épicerie ; l'étage était réservé à leur appartement, avec une grande véranda et des baies vitrées. Maria et Vito me parlaient toujours en italien ; la ressemblance de Maria avec mon arrière-grand-mère paternelle était frappante. Elle se montrait adorable, maternelle avec moi ; elle me gâtait en me préparant de bons plats, et d'autres plus étranges, notamment la *jello*, une gelée aux citrons verts, ou encore les sandwiches au boloni (tomates, oignons, laitue et charcuterie de sanglier).

Frankie, mon autre oncle, était professeur d'histoire, alors tous les deux nous parlions beaucoup de l'antiquité grecque, romaine et de l'Égypte. Il était heureux de voir un adolescent s'intéresser aux civilisations anciennes. C'était amusant de se retrouver ballotté entre Frankie l'érudit et le basique Vito, Dieu ait son âme. Lui avait deux marottes : l'Italie et le base-ball. Il était fanatique de ce sport, que je considérais plutôt comme un jeu. Des mecs avec de l'embonpoint qui mâchent du chewing-gum pendant les matchs… difficile de leur trouver une aura d'athlètes. Vito m'avait invité à une rencontre où régnait une ambiance qui m'évoquait le Vélodrome. Quand tu vas voir les Mets ou les Yankees, tu débarques dans une atmosphère familiale, à base de sandwiches dans le papier d'alu et de supporters de mauvaise foi qui gueulent contre les joueurs. Quels que soient le sport, la ville, le pays ou l'époque, le stade reste une enceinte particulière où le peuple vient communier, passer du bon temps et oublier ses misères. Depuis les jeux antiques, c'est le seul endroit où les individus se mélangent au mépris des classes sociales et des opinions politiques.

L'Amérique, c'est aussi la société de consommation et le temple des centres commerciaux géants. Une donnée nouvelle pour moi : en France, il n'existait pas de grandes surfaces de cette envergure, et encore moins des supermarchés ouverts 24 heures sur 24 (on n'en trouve toujours pas, d'ailleurs). Nous allions souvent au centre de Trumble, à côté de Fairfield, pour faire des courses et flâner. C'était un « shopping center » gigantesque avec au moins huit cents magasins ; j'y ai acheté mon premier blouson Starter des New York Yankees, tout brillant. À l'école, je le portais fièrement, je voulais montrer ma différence, et ça marchait, même si les premières réactions avaient été moqueuses : « Ouah le rappeur ! » En ce temps-là, porter une casquette n'était pas commun, et je ne parle pas des railleries des vieux, que mon look sidérait : pantalon large et coupe de cheveux avec « une autoroute » au milieu, comme ils disaient. Moi je m'en fichais, j'en rigolais avec eux. Ce look, aussi étrange fût-il, me permettait de marquer mon appartenance à la sphère hip-hop ; les fringues, la flambe, le standing sont des signes fondamentaux pour faire émerger une culture. On retrouve cette volonté de s'affirmer par le look, à des degrés divers, dans tous les courants musicaux. Le heavy metal en a beaucoup joué et, avec le recul, les « métalleux » me paraissent très proches des rappeurs, à ce détail près qu'ils sont restés plus fidèles que nous aux fondements et aux idéaux de leur musique.

À ce moment de ma jeunesse, j'ai vécu mon rêve américain les yeux grands ouverts, emplis d'étoiles. L'autre histoire de l'Amérique, celle d'une nation bâtie dans la guerre, le sang, l'oppression ou l'extermination des minorités ethniques, je ne devais la découvrir que plus tard, au fil de lectures décisives, comme l'autobiographie de Malcolm X[1] ou bien le livre *Nations nègres et culture* de l'anthropologue Cheikh Anta Diop[2]. Cela ne m'empêche pas de garder une profonde admiration pour ce pays.

1. *L'autobiographie de Malcolm X*, Malcolm X et Alex Haley, Grasset, 1993.
2. *Nations nègres et culture : De l'antiquité nègre égyptienne aux problèmes culturels de l'Afrique noire d'aujourd'hui*, Cheikh Anta Diop, Présence africaine, 2000.

Après mon premier voyage, je suis rentré à Marseille gonflé à bloc, avec le sentiment âpre de retrouver un petit village, ou pire, d'être revenu à Ploucland. Je n'avais déjà plus qu'une idée en tête : repartir.

L'Americano

Le Babi, Napolitain Fana
Oui, j'ai bouffé du poulpe pendant vingt ans, comme
[Antonio Montana
Pour moi, tous les Français étaient de la sorte
Mais que savais-je de la vie enfermé derrière une porte ?
Quelque chose dans le sang parle tout bas
À Paris je suis perdu, en Sicile je suis chez moi
La Méditerranée chante dans mes paroles
Qui s'envolent, je me rappelle à l'école
Je voulais être différent, original, dans le vent
Ça criait l'Amérique dans tous mes vêtements
Interloqués, les ignorants gloussaient comme des idiots
« Ma chi è questo ? Uno nuovo ?! »
OK, j'ai laissé passer les rires
J'ai flippé puis pardonné, car j'aime mon peuple à en mourir
Je fais l'Américain, c'est un fait, mais qui se la joue
[Français ?
Et baise les pieds du petit Mégret ?
« Minchia » Je hais ces types aux origines truquées
Que Dieu fasse miséricorde à la mémoire étriquée
Si tu n'es pas de ma famille et que ton crâne sonne creux
Chante-moi tant que tu veux

Tu vuoi fare l'Americano
Tu veux faire l'Américain
Tu vuoi fare l'Americano

115

(x2)
Vai, Vai, Vai

Tout gosse déjà, j'étais fasciné par le pays des buildings
Des taxis jaunes et Sing-Sing
Des filles en maillot bronzées sur la plage
Des limousines et des méchants Indiens
Des policiers qui gagnent toujours à la fin
Moi qui voulais devenir flic à New York
Paie désormais les affres d'être une crapule à Marseille
La télé faisait tout pour que mon songe vive
Je me nommais Philippe et rêvais de m'appeler Steve
Jusqu'au jour où j'ai pris l'avion en 84
Et tout a changé dans ma tête, ce fut une belle claque !
En fait, très vite, j'eus une honte terrible
Pour les quatre millions d'Indiens d'Amérique
Jeté mon casque de base-ball
Qui faisait rigoler mes amis à l'école
Et pourtant, ils étaient aussi tous des petits Ritals, pourquoi
Ils voulaient danser le disco comme John Travolta ?
Le rêve américain ruine
J'irai poser des fleurs sur la tombe de Pépé Joseph à Brooklyn
S'il m'avait vu à quinze ans, il aurait sûrement dit
Avec son accent

Tu vuoi fare l'Americano
Tu veux faire l'Américain
Tu vuoi fare l'Americano
(x2)
Vai, Vai, Vai

Le pays des rêves américains, je peux en parler puisque
[j'en viens
De toutes ces choses étranges qui font rire les anciens
Les moqueries qui redoublaient pour que je craque
« Fili' che cazzo 'a fatto, 'na autostrada 'n goppa a capa »
J'avais un trait dans ma coupe et c'était cool
Ils appelaient ça une autoroute et pour eux, j'étais fou

Mon blouson Starter qui valait tant de thunes
À leurs yeux était une veste pour marcher sur la Lune
Mon style, ma vie, « Che cosa strana »
C'est un drame. « Tu vuò' fa' l'Americano »
Je suis né dans cette génération moderne
Où « I love you » est plus facile à dire que « je t'aime »
Mais les vieux ont gardé cette antipathie
Depuis que les soldats américains ont débarqué, quand
                                       [leurs filles
Tombèrent amoureuses des yeux bleus et que ces hommes
Achetaient leurs nuits avec un chewing-gum
Alors quand on me taquine je souris et
Si je ne suis pas d'accord, je respecte et je me tais
Je ne m'étonne plus quand mon peuple vit de passions
Tant est vraie cette chanson

Tu vuoi fare l'Americano
Tu veux faire l'Américain
Tu vuoi fare l'Americano
(x2)
Vai, Vai, Vai

Activistes hip-hop

Mon premier texte de rap, je l'ai écrit à quinze ans et demi. Un texte fun, léger, pour charrier mon ami Omar et les copains de La Castellane après un match de foot. Je l'avais enregistré sur une cassette avec un micro externe. Pour la musique, j'avais utilisé la version instrumentale d'une chanson de Run DMC, *It's like that*… La fameuse face B. Sur les premiers vinyles de rap, comme dans la tradition du reggae jamaïcain, on trouvait la chanson sur la face A et sa version instrumentale sur la face B. Sans ces faces B, je n'aurais jamais osé prendre le micro, elles ont été mon support pour rapper. Toute la puissance de cette musique réside aussi dans son accessibilité : pas besoin de suivre des cours de solfège, de chant, de guitare ou de piano. Un stylo, un micro, un peu d'imagination et une face B font l'affaire. Au fond, le rap m'est venu d'une frustration, d'une urgence et d'un impératif : me faire une place dans le mouvement hip-hop.

Quand, à seize ans, je suis rentré de mon voyage à New York, je m'y suis investi corps et âme. Le hip-hop est une culture qui forme un arbre à plusieurs branches, cinq au total : la danse, le rap, l'art du DJ, le beat-making et le graffiti. Toutes ces disciplines sont fondées sur l'émulation, le dépassement de soi, le défi et l'excellence. Dans ce mouvement, il faut tout donner pour occuper le haut du podium : le hip-hop n'aime pas les seconds, les figurants, les Poulidor... À l'époque, le breakdance faisait office de discipline reine ; pour briller, il fallait savoir danser ; seuls les danseurs entraient dans la lumière, et ils étaient nombreux à exceller dans l'art du break. Dans ce domaine, j'étais hors compétition : je suis un piètre danseur, assez pathétique, pour ne pas dire tragique. Je continuais donc à écouter du rap, mais je sévissais via le tag et le graff. Je signais « Kougar », du nom du lion des montagnes ; les félins m'ont toujours fasciné, et celui-là particulièrement, pour son indépendance.

J'ai aussi graffé dans le métro new-yorkais, dans les années 1986-1987, avec MC Serch ; je n'avais aucune prétention d'artiste, mais je garde de grands souvenirs de nos virées nocturnes. À Marseille, les espaces de jeux se faisaient plus restreints, les murs du métro étaient recouverts d'un produit anti-graffitis : un simple jet d'eau faisait disparaître fresques et tags. Le métro marseillais était bien plus récent que le métro parisien et la municipalité avait tiré les leçons des années héroïques du graff sur Paname. Avec Joe, alias Shurik'N, mon alter ego rappeur dans IAM, on s'est quand même offert de sacrées sorties, armés de nos gros marqueurs. Une nuit, on avait carrément repeint tous les murs de La Plaine, et le lendemain, on se marrait devant nos faits d'armes. Notre attitude n'était pas forcément cool pour les habitants du quartier ni pour les commerçants, mais elle nous permettait d'affirmer notre existence. Selon moi, le tag va au-delà du vandalisme, et je ne parle même pas du graff qui est à mes yeux *la* discipline du hip-hop, un art majeur. Voir son propre nom inscrit partout sur les murs provoque un sentiment jouissif, c'est la base de la reconnaissance, aussi éphémère soit-elle. Car nos signatures étaient rapidement effacées par les services sanitaires de la ville ou recouvertes par d'autres adeptes du tag. Ils se faisaient « toïer », selon l'expression consacrée, compétition oblige… Aujourd'hui, le rap a cessé d'être compétitif car il vend énormément, alors une rivalité demeure entre les rappeurs, mais elle tourne autour des chiffres.

Quand je ne graffais pas, je rappais dans ma chambre. Très vite, chez moi, le rap prendrait le dessus sur la pratique du graff ; il représentait alors une frange marginale de la culture hip-hop en France, un espace vierge à conquérir. À Marseille comme dans tout l'Hexagone, le hip-hop avait fait ses premiers pas avec la danse, notamment grâce au film *Beat Street* produit par Harry Belafonte, un classique dans l'histoire du hip-hop, qui a contribué à sa propagation dans la jeunesse française. La cité phocéenne comptait aussi, avec la troupe des Marseille City Breakers, des danseurs parmi les meilleurs du pays. Le rap, lui, faisait encore figure de continent sauvage ; seule une petite trentaine d'avant-gardistes l'occupait entre Paris, Marseille et quelques autres villes. J'en retirais un sentiment d'immensité et de liberté totale, même si nous étions jugés avec condescendance et moquerie, quand nous rappions avec nos casquettes vissées sur le crâne. Les vannes fusaient : « Yo le rappeur ! » Pour la plupart des jeunes des quartiers, cette discipline se réduisait à une musique de zoulous ; eux écoutaient du funk, Bob Marley, Dire Straits et Francis Cabrel, le cocktail des cités à l'époque. Ils adoraient Cabrel pour ses paroles, comme quoi les gamins dans les cités regardent les textes de près ; et puis surtout pour la chanson *Saïd et Mohamed*, qu'il avait écrite après une visite dans les quartiers déshérités de Marseille, notamment La Castellane. Ainsi, le premier à avoir parlé de la condition des enfants d'immigrés dans les banlieues ne fut pas un rappeur, mais un gars du Sud-Ouest rural. Sans oublier Pierre Perret et sa chanson *Y a cinquante gosses dans l'escalier*, autre photographie pleine d'acuité sur le désœuvrement des banlieues.

Grâce à la radio, j'ai pu nouer des liens avec le microcosme hip-hop. Entre 1981 et 1988, ce média a joué un rôle déterminant dans la diffusion et l'explosion du rap à Marseille, et plus largement en France. C'étaient les grandes années des radios libres et j'étais un auditeur assidu de l'émission « Vibrations », animée par Philippe Subrini. Il allait devenir mon mentor et, même si beaucoup l'ignorent, le mentor d'une flopée de rappeurs français. Un type volubile, doté d'un tempérament passionné, avec un côté mystique, féru d'ésotérisme. Philippe était un homme fin et sec, de petite taille, mais un grand du rap, le représentant officiel de la Zulu Nation en France et un proche d'Afrika Bambaataa. Il avait découvert cette culture en 1978 grâce aux émissions des marines américains, diffusées depuis le porte-avions USS Forrestal qui avait jeté l'ancre dans la rade de Marseille. C'est ainsi qu'il avait repéré le mythique *Rapper's Delight*. Depuis lors, il n'avait cessé de promouvoir le hip-hop via des émissions pointues, pédagogiques et ouvertes aux auditeurs.

L'année de mes onze ou douze ans, Philippe officiait déjà sur les ondes avec sa fameuse émission rap « Startin Black », sur Radio Star. Une radio historique : là même où Madonna a donné sa première interview en France ; là même où Coluche a lancé les Restos du Cœur en 1985. Après « Startin Black », « Vibrations » s'était imposée comme l'émission culturelle de référence pour les musiques noires, à savoir le funk, la soul, la musique africaine et le rap. Elle était diffusée sur Radio Sprint, la radio du Parti communiste.

Un jour, alors que Philippe Subrini animait une spéciale sur New York, je me suis décidé à passer un coup de fil au standard de Radio Sprint pour partager mon expérience. Je rentrais tout juste de mon premier voyage à la Grosse Pomme. « Voilà, je m'appelle Philippe Fragione, je suis un fan de rap, je fais du graff, j'étais à New York cet été… » Ils m'ont pris à l'antenne en direct et j'ai raconté mon séjour. Dans la foulée, Philippe m'a invité à assister aux émissions. J'ai sympathisé avec lui et les autres animateurs : Éric Mouries, surnommé le Grand Éric, un spécialiste du funk devant l'éternel ; Richard Voulgaropoulos, alias « le Dramator », un grand balaise stoïque. Il deviendrait le manager de mes deux premiers groupes, Lively Crew et B-Boy Stance ; puis il y avait son frère Christian, et Frankie Malet, qui officiait dans l'émission précédant « Vibrations ». La spécialité de Frankie, c'était la musique soul et africaine : il possédait une collection phénoménale de vinyles. Il fut le troisième manager d'IAM et il nous a d'ailleurs refilé pas mal de ses disques – notamment de la musique africaine –, que nous avons utilisés pour nos premiers samples. Radio Sprint a marqué le début de l'aventure hip-hop, ses locaux officiaient comme lieu de rencontre, carrefour et laboratoire pour la scène émergente. Tous les acteurs du renouveau musical de la Cité y faisaient un tour : Joe Corbeau, mythique inventeur du reggae phocéen, Leda Atomica et les Massilia Sound System, qui ont joué un rôle déterminant dans le début de carrière d'IAM.

J'ai commencé par participer à toutes les émissions, le dimanche soir, en spectateur, jusqu'au moment où Éric Mouries a quitté Marseille pour effectuer son service militaire ; une place se libérait. J'ai alors été propulsé DJ de l'émission, mais un bien pauvre DJ : le DJ pousse-bouton, cantonné à la technique. Et puis un jour, a déboulé dans les locaux un type, pas très grand, sec, avec un sac rempli de disques : Éric Mazel, premier membre de l'entité IAM et futur DJ Kheops, venait de croiser mon chemin. D'emblée, je n'ai pas pu le sacquer. Kheops, c'est une carapace, un bonhomme froid, abrupt, méfiant au premier abord, mais doux et tendre à l'intérieur, et très drôle aussi, toujours à débiter des conneries à la chaîne.

À Radio Sprint, je le vis arriver, l'air suspicieux. Le gars me regarda tout de suite de travers, me toisa d'un œil noir, limite dédaigneux. Il devait se dire : « C'est qui ce bouffon qui se prend pour un DJ et veut me piquer ma place ? » Il n'était venu là qu'en tant qu'invité, mais il raisonnait déjà en termes de rivalité. Passablement énervé, je demandai illico à Phil : « C'est qui ce fatigué qui se prend pour Grandmixer DST ? » Comme l'illustre DJ américain, Kheops trimballait des disques vinyles impossibles à identifier, il découpait le nom des artistes et les titres des chansons au cutter : une technique classique des DJ's outre-Atlantique pour protéger leurs sources, l'origine de leurs scratches, et éviter ainsi de se les faire piquer.

À Marseille, Éric n'avait aucun concurrent, mais il était quand même en compétition. C'était un fou furieux, un authentique « vinyle addict ». Il pouvait se lancer dans des périples à Bordeaux ou Paris pour dénicher avant tout le monde les nouveautés. Au moment de jeter ses disques usés, il les découpait consciencieusement avec des ciseaux pour que personne ne puisse les récupérer. Quand il achetait les tout derniers titres parus à la Fnac, il prenait trois ou quatre exemplaires du même album et les autres, il les rayait discrètement avec son tournevis, histoire d'être le seul DJ de Marseille à en disposer. C'est bien simple, à Marseille, le premier album de Public Enemy fut accessible aux autres DJ's seulement deux mois après sa sortie. Kheops était passé par là.

Quand des jeunes venaient lui demander conseil, il les dirigeait toujours vers les dernières daubes sorties dans les bacs. Il était en guerre, la transmission du hip-hop n'était pas son truc… Il se montrait si peu enclin à partager les richesses de sa cagnotte qu'on l'a longtemps surnommé DJ Salluste, en référence à Don Salluste dans *La Folie des grandeurs*. Il consentait seulement à prodiguer ses conseils à Faf La Rage, le frère de Joe, et à Def, du groupe Soul Swing. Kheops est issu d'une famille modeste d'origine espagnole et italienne, installée aux Crottes, un quartier populaire au nord de Marseille où Yves Montand a vécu durant sa jeunesse. Il ne payait pas de mine, il ne jouait pas de l'apparence ni du déguisement, mais il scratchait comme un DJ américain sous le nom de Lil Crazy Mix ; sur ses premières cassettes, on pouvait entendre sept couches de scratches superposées sur un même titre, une véritable prouesse technique. À Marseille, il était l'équivalent de Dee Nasty. Ses mixes en direct, il les exécutait avec une dextérité époustouflante. Seul problème : il se produisait sur Radio Méditerranée, qui émettait uniquement à Marseille. Radio Sprint, au contraire, touchait la grande périphérie jusqu'à Salon-de-Provence, et même Avignon.

Kheops connaissait Philippe Subrini depuis 1982, ils s'étaient croisés dans un magasin de disques Dan Import où Éric faisait ses armes comme DJ. Philippe Subrini avait passé un deal avec Dan Import : en échange des dernières nouveautés filées à l'œil, il s'engageait à faire la promotion du magasin dans son émission. Kheops le tannait pour rejoindre Radio Sprint, mais Philippe avait refusé, estimant que deux émissions dédiées au rap à Marseille valaient mieux qu'une. Raison pour laquelle Kheops m'avait méchamment toisé lors de notre première rencontre, quand il m'avait vu aux platines, à cette place qu'il convoitait tant.

Cependant, très vite, Kheops prit le relais comme DJ et devint un membre à part entière de l'émission. Quant à moi, je m'installai au micro pour animer une rubrique hip-hop. À partir de la deuxième émission, nous sommes devenus inséparables. En revanche, un conflit de générations a commencé à poindre entre Philippe et nous, les intégristes du hip-hop. Lui voulait varier les genres, passer du funk et de la musique africaine ; pour nous, seul le rap comptait. Je me souviendrai toujours de cette anecdote cruelle, mais caractéristique de notre intransigeance : Philippe diffusait un morceau de Fela Kuti, le Black President nigérian, inventeur de l'afro-beat. En pleine antenne, il sollicita notre avis : « Alors les gars, Fela, il évoque quoi pour vous ? Vous appréciez sa musique ? » Kheops balança, l'air de rien : « Je me demande surtout ce qu'il fait là. » Ce furent les mots de la scission. Nous étions fermés et moi, j'étais bien le plus sectaire de tous, « le soldat le plus dur du côté obscur ». Mais sans cet intégrisme, aurions-nous réussi à faire avancer aussi vite cette musique émergente ? Le contexte était à la lutte, il fallait imposer le rap face à tout le reste, quelles que soient la valeur et la qualité de ce reste-là.

Bientôt, Philippe quitta Radio Sprint et nous laissa les rênes de l'émission. Nous sommes restés aux manettes jusqu'en 1987 : chaque semaine, nous programmions deux heures de rap non-stop avec des rubriques, des débats, des mixes en live et les dernières nouveautés dénichées par Kheops. Mieux encore, on réalisait des interviews de pointures de la scène rap : au téléphone, depuis New York, on parlait avec T La Rock, Docteur Jekyll & Mister Hyde, ou encore avec Afrika Bambaataa – des contacts qui se sont révélés fort utiles lors de mon deuxième voyage à New York. Là-bas, le rap américain traversait ses « golden years », son âge d'or, avec l'émergence d'une nouvelle génération de rappeurs emmenée par Rakim, Kool G Rap ou Public Enemy.

Notre émission devint un rendez-vous incontournable, à un moment où la « mode » du breakdance commençait à décliner. Beaucoup s'étaient empressés d'écrire l'acte de décès du rap et nous, nous nous acharnions à prouver au contraire qu'il était bien vivant. Tous les amateurs de hip-hop nous écoutaient mais le standard restait silencieux. Comme personne n'appelait à l'antenne, on lançait des punitions : une sélection de variétés aux petits oignons, dans le genre Mireille Mathieu et Nana Mouskouri, qu'on lâchait sur les ondes avec un avertissement : « On continuera à passer de la daube tant que vous n'appellerez pas. » Dans la minute retentissaient trois cents appels d'auditeurs, paniqués : « Arrêtez le massacre, mettez-nous du rap, on enregistre, c'est pour ça qu'on n'appelle plus au standard ! » Régulièrement, nous organisions des opérations commando de nettoyage, qui débutaient infailliblement par cette annonce : « Ce soir, c'est autodafé nécessaire : épuration dans les bacs de Radio Sprint ! » On attrapait tous les disques de variétés et on les balançait par la fenêtre, directement sur le parking Shell du centre-ville. Le coin avait la réputation d'être tellement mal famé que la ville a fini par raser le parking pour construire le cours d'Estienne d'Orves.

Nous étions imbuvables, insupportables, au point de nous faire virer de Radio Sprint en 1987. Peu importe, nous avons continué à sévir sur les ondes via Radio Dialogue, la radio de l'archevêché de Marseille ! On l'appelait W.D.I.A. Alors qu'il n'existait plus à Marseille une seule émission dédiée à la culture hip-hop, c'est grâce aux catholiques que nous avons pu poursuivre notre mission de promotion du rap. On prenait l'antenne juste après le programme des catholiques italiens, on plaisantait avec eux, découvrant des gens chaleureux, tolérants, qui accueillaient des jeunes de confession musulmane sans le moindre a priori. Leur émission se terminait sur un accord d'orgue et des chants, et nous enchaînions avec notre générique : *It's a Demo* de Kool G Rap. De 22 h 00 à 6 h 00 du matin, on mixait au studio situé au cœur de la cathédrale de La Major, dans le centre, en bas du Panier. Kheops était aux manettes pour un programme invariable : musique à fond et déconnade. On se filait des rencards avec les potes, en direct à la radio : « Rendez-vous à 16 h 00 au Freetime. » On commandait nos sandwiches, toujours en direct : « Hassan, tu passes nous voir ? Bon, alors rapporte-moi un kebab, mais sans mayo. » Le Père était un homme adorable, une fois seulement, il nous a fait une remarque : « S'il vous plaît, évitez de mentionner à l'antenne le nom des snacks de restauration rapide. » Pour le reste, nous jouissions d'une liberté totale.

Grâce à nos émissions, Kheops et moi étions devenus des activistes reconnus sur une scène rap marseillaise encore balbutiante. Nous avions aussi créé un groupe, Lively Crew (« La bande active »). Kheops assurait aux platines et moi, je rappais avec trois potes d'enfance : NMB, MCP One et Sudio. Nous étions sans cesse à l'affût des nouveaux titres. À la sortie du disque *Public Enemy Number One*, en 1986, ma mère nous avait prêté une paire d'enceintes. J'avais dû pousser le son à fond quand j'ai mis le disque, les enceintes n'ont pas supporté le choc : elles ont littéralement explosé et sont tombées du mur.

À ce moment-là, on s'entraînait à rapper en reprenant les textes des artistes américains, mot pour mot et en phonétique. On peut parler de formation « karaokesque ». S'exercer en anglais, disséquer les phrasés, s'imprégner des différents styles de rap, il y avait là tout un travail de décryptage minutieux et d'apprentissage rythmique. Car le rap, c'est de la percussion. Grâce aux disques américain, j'ai été formé à varier mes flows en fonction des instrumentaux. Aujourd'hui, tout le monde rappe de la même façon sur des instrus différents ; dans ma philosophie, il faut rapper différemment selon l'instrumental.

Nous sommes rapidement passés à la scène. Notre premier concert, nous l'avons donné en mars 1986 à la MJC Corderie, à deux pas du Vieux Port. J'avais dix-sept ans et demi et nous étions programmés dans un sound system organisé par le fanzine *Vé* et Philippe Subrini : une soirée reggae-ragga, avec des groupes parisiens comme Saï-Saï, Jo Corbeau, le Massilia et Puppa Leslie. Les aficionados du ragga comptaient une bonne longueur d'avance sur la scène rap. Les premiers « toasters » parisiens sévissaient déjà au début des années 1980. Historiquement, c'est dans les clubs et les sound systems jamaïcains du Bronx, sous la houlette du jamaïcain Kool DJ Herc, que le rap est né. La salle de la MJC accueillait deux cents personnes, dont une écrasante majorité de rastas coiffés de dreadlocks.

Pour ma part, je n'étais nullement dépaysé par l'atmosphère de la soirée. J'écoutais abondamment des artistes jamaïcains comme Franky Paul et Gregory Isaac... Autant d'influences sensibles à mes débuts dans ma façon de rapper. Les DJ's passaient des faces B de chanteurs comme Yellowman et Sugar Minott, le tout dans une atmosphère suffocante ; j'avais beau être habitué aux ambiances fumette, je n'avais encore jamais fréquenté d'endroit aussi enfumé... La scène était minuscule, 2 mètres de large au maximum, et sur le mur s'étendait un drapeau aux couleurs jamaïcaines. Je ressentis de la tension avant de monter sur scène, une montée d'adrénaline, mais au fond, j'ai surtout retenu de ce moment l'amusement qu'il m'a procuré. Je rappais essentiellement en anglais, et puis je devais être bien bourré, comme à chacun de mes premiers concerts.

Une évidence s'est alors imposée à nous : jusque-là, notre répertoire se limitait à des reprises de classiques du rap américain, il était temps de jouer sur scène nos propres morceaux. Nous avons donc commencé à écrire des textes sur les faces B de Kheops, essentiellement de l'ego-trip, un exercice de style rituel dans le rap, fondé sur la fanfaronnade et la vantardise hypertrophiée : il s'agit de clamer sa supériorité et d'écraser la concurrence dans un esprit de rigolade et de saine émulation. Un art séculaire finalement, présent en Orient dans toutes les joutes verbales, ou encore chez les griots africains. En ce sens, le rap s'inscrit dans une tradition ancienne.

Notre deuxième concert, nous l'avons donné devant une petite foule de deux cents personnes rassemblées sur l'esplanade du centre commercial Bonneveine. Philippe Subrini avait mené toutes les démarches administratives auprès de la responsable du centre. Elle lui avait demandé : « Mais ils jouent quelle musique, ces jeunes gens ? » Et il avait répondu : « Du rap, ces jeunes gens s'expriment sur un fond musical. » Interloquée, elle avait insisté : « Mais il n'y a pas d'instruments, de guitares ? » « Non, juste des platines… » Épaulé par Kheops, j'ai chanté mes premiers textes en français, sans renoncer encore à l'anglais. Nos accoutrements scéniques valaient le détour : des pantalons treillis aux couleurs bariolées, des tee-shirts peints à la main, et enfin des bobs « Ricard » avec des tags de Run DMC au marqueur.

Je me souviens précisément de la date du concert, le 21 juin 1986, jour de la Fête de la musique et du quart de finale de Coupe du monde France-Brésil. Le lendemain, je repartais pour New York.

Petite apocalypse

Ma petite apocalypse
Musique de la jungle
Regarde le fond du calice
Une traînée de poudre
Ma petite apocalypse

J'aurais pu être à la table des princes
À vomir sur le petit monde, immonde
Assouvir mes fantasmes et serrer des pinces, aux quatre
[épingles
Traîner une potiche nommée Simone, que mes potes tringlent
J'aurais pu porter un flingue
Exploser, à l'occasion être un putain de dingue
Un big pingre, un mec de la pègre, un juge peu intègre
Un traître, un prêtre qui appelle nos fils des sales nègres
J'aurais pu être un tigre, j'aurais tué
Dans mon lit le pouvoir prostitué, ex-roi destitué
J'aurais pu mâcher la coca, traîné au barreau entouré
[de cinquante avocats
Planquer la locale au kilo
Cellophane et moka, la refourguer en petits lots
Ça demande du courage d'être honnête, c'est plus l'âge
[d'être bête
Le loup qui dort en moi a pris le dessus
[morsure et la rage se transmet au fait
J'aurais dû la fermer
Cerné par plus de RG que la vie permet

J'aurais pu te serrer, te sourire, te servir
Mais l'époque a voulu que j'n'aie confiance en personne
                              [même pas aux souvenirs
Musique de pouilleux, de ratures
Réputé immature, une vraie force de la nature
Et quand ça tape dans nos voitures, les tympans perforés
C'est le cri déchirant jailli de la forêt

Rien ne sert de courir, de prier le veau doré
Strict dès le réveil
Pieds dans le pourri, mains vers le progrès
Sept sens en éveil

Choisir de servir le meilleur ou le pire
Rouler sur une route sûre, ou pavée de soupirs
Tout se passe entre le néant et le devenir
Regarde pas en bas, bouge, ralentir c'est mourir

Choisir de servir le meilleur ou le pire
Rouler sur une route sûre, ou tachée de soupirs
Tout se passe entre le néant et le saphir
Regarde pas en bas, tourne, ralentir c'est mourir

J'aurais pu noyer mes nuits dans le rhum, là où ça brille
Étais-je à l'abri ? Car je l'ai appris : je ne suis qu'un homme
Relax, palabrer, conter mes exploits fictifs
Combler le déficit affectif
Comme une illusion attire le regard, dégâts,
Quand la raison s'égare, par mégarde, le cœur foutu
                              [de tes gars
Au cœur des débats, et moi
Comme une chouette prise dans les bas du filet, je me débats
Mince assise, là où beaucoup lâchent prise, mon amour
J'aurais pu sacrifier le tout, sur l'autel d'une vie
                                        [qui n'en vaut pas le coup
Musique de la jungle, musique de la foi, musique de la vie
Musique qui balaie la fiente établie
Pressurisé par le sablier

Chaque minute qui passe voit ma voix s'évaporer dans l'oubli
Fou à lier, ignore l'ascenseur pour emprunter l'escalier
Droit et habillé
Ombrageux Naja, voici le volet 3 de ma saga
La science, pas l'apologie de la « hagra »
Cheik Anta l'a dit, nos gènes gardent la mémoire de l'Afrique
A-K-H descendant de Sem, homme blanc, Imperial Asiatic
L'aube se lève, les marchés s'excitent
Coincés dans leurs chiffres, ils savent à peine qu'on existe
Pourtant nos tam-tam déchirent l'air depuis des saisons
Saisis par la passion, on incendie des pâtés de maisons
À tort ou à raison, on croque l'instant présent
Renforce la liaison, quand Blîss devient pressant
Moi, je descends, nu sur les tessons, le chemin est stressant
Seul bagage : la foi à la lueur du croissant naissant

New York City Transit

Je débarquai à New York avec la ferme intention d'infiltrer le milieu du rap. Je voulais entrer dans le vif du sujet, évoluer au cœur de l'action, fréquenter les clubs hip-hop, en rencontrer les acteurs... Cette fois, j'avais décidé de partir en solo, sans Tante Gérarde. J'étais gentiment accueilli chez Tante Marie et Oncle Red, à Fairfield, mais je passais le plus clair de mon temps à New York. Je prenais le Amtrack pour des allers-retours quotidiens entre Fairfield et Manhattan. Dès mon arrivée, je fis jouer mes connexions, nouées depuis Marseille. J'appelai Andre Harrell, rappeur au sein du groupe Dr Jekyll & Mister Hyde et, accessoirement, mentor de Puff Daddy et de Mary J. Blige. Je l'avais déjà interviewé pour l'émission « Vibrations ». Andre, un type de taille moyenne, aux lunettes rondes, jovial, a toujours conçu la culture hip-hop comme un partage. Il se souvenait très bien de moi et me donna un rencard entre la 47th et 48th street, au Latin Quarter, *la* boîte rap de l'époque. Comme tous les mardis, les soirées étaient réservées exclusivement aux rappeurs de l'industrie. J'étais venu accompagné de mes deux cousines, Marie et Barbara, que j'avais réussi à convaincre malgré leurs réticences. Nous étions tous les trois mineurs, et elles pensaient à juste titre que l'entrée du club nous serait refusée. Mineur, majeur ou senior, avec un guide comme Andre, toutes les portes nous étaient ouvertes, et en grand.

Je pénétrai donc dans le temple du hip-hop new-yorkais. Toute l'aristocratie du rap était rassemblée dans une même salle : Just Ice, Grand Master Flash, Run DMC, Furious 5, Biz Markie, KRS One, Stetsasonic. À Marseille, j'écoutais leurs albums et soudain, je les côtoyais en chair et en os. J'avais des étoiles plein les yeux. Ces artistes commençaient à vivre de leur musique, mais ils restaient abordables. Et puis je disposais d'une arme de séduction redoutable : mon survêtement en peau de pêche Adidas. C'était un modèle laser noir en velours avec des bandes vertes et jaunes, non commercialisé outre-Atlantique, au point que certains types dans la boîte venaient me proposer de l'acheter ; l'un d'eux m'en avait même offert 500 dollars. À cette époque-là, à New York, on trouvait seulement des survêtements brillants, « inflammables », popularisés par Run DMC, ceux-là mêmes qui reviennent à la mode aujourd'hui.

Je devais être le seul Blanc dans le club, mais je ne sentais aucune animosité ni agressivité. On était encore dans le prolongement de la Zulu Nation et de son mot d'ordre « Peace, Love, Unity and Havin' fun ». Le rap entamait sa révolution, portée par une nouvelle vague de MC's, Rakim en tête. Rakim est la référence ultime, mon influence majeure, le rappeur avec lequel je me sens en filiation directe. Au Latin Quarter, j'ai pu assister au lancement de son classique *Eric B is President*, avec, en face B *My Melody*, un disque historique, en rupture avec les canons esthétiques du moment. En terme de phrasé, Rakim innovait avec un ralentissement du flow, alors que tous les MC's rappaient d'une voix haut perchée et d'un débit ultrarapide. Rakim, lui, rappait avec classe et nonchalance ; il a introduit la pause dans le flow, multiplié les formules de styles époustouflantes, et imposé au milieu du couplet des ruptures de rimes, reportées à la première mesure. D'un point de vue technique, on peut parler d'une quintuple révolution. Sans compter les scratches d'Eric B. et les samples du producteur Marley Marl. Il fut le premier à utiliser des échantillons de soul, notamment *Funky President* de James Brown et la ligne de basse du tube *Over like a Fat Rat* quand tous les producteurs travaillaient encore avec des boîtes à rythmes pourries.

J'ai eu le privilège de vivre cette révolution en direct au Latin Quarter. Ce soir-là, j'étais avec une amie, Denise, et le rappeur MC Serch. Trop impressionné pour approcher Rakim, je demandai à cette dernière d'aller lui faire dédicacer son album. Je possède toujours ce disque, sur lequel est inscrit : « To Denise, love makes the world go round, 1986. » En toute logique, Rakim l'avait dédicacé pour elle. C'est le seul disque que Kheops n'a pas réussi à me gratter. Il n'a même jamais osé me demander de le lui prêter. Néanmoins, au cours de la soirée, j'ai réussi à surmonter ma timidité et à approcher Rakim et Eric B. On a parlé musique, très simplement, c'était magnifique. L'impact de cet album a été décisif dans ma façon de rapper. Je suis directement passé à un style plus fluide, coulant, *laydback* avec des pauses. Miles Davis aimait jouer avec le silence, Rakim en a fait autant.

Ce séjour dépassa mes rêves les plus fous. J'assistai au premier concert de Kool G Rap, une autre de mes grandes influences pour le flow et la puissance des textes, conçus sur le storytelling (l'art de raconter une histoire, caméra à l'épaule, comme un réalisateur de

139

documentaire). À l'époque, il s'appelait The Termi-nator et ne s'était pas encore associé avec DJ Polo ; c'était juste avant la sortie de son classique *It's a Demo*. Je vis les débuts de MC Lyte sur scène : elle fut l'une des premières femmes à se faire une place comme rap-peuse.

Une nuit, je fis le tour de Manhattan sur un « circle line », un bateau où l'on donnait un concert. New Edi-tion et Big Daddy Kane rappaient sur une petite scène, et moi je me retrouvai assis à la table de Mister Magic, Red Alert et Russell Simons, le futur boss du mythique label Def Jam. Je ne parlais pas trop, je me contentais d'écouter, j'avais à peine dix-huit ans, je laissais les choses couler. Tous ces moments inoubliables, je les dois à Andre.

Andre m'avait également recommandé à Tony D, fondateur du label Idlers Records et producteur de rap installé à Coney Island, à l'extrême sud de Brook-lyn. Notre rencontre fut déterminante. J'avais fait sa connaissance au Latin Quarter, le deuxième soir de mon séjour. Nous nous sommes rapidement liés d'ami-tié. Il m'a ouvert les portes de sa maison et de son studio, situé dans une cave, mais aussi celles du rap new-yorkais. La maison de Tony se trouvait au cœur du ghetto, entre Neptune avenue et la 36th street. Coney Island était un quartier très vaste : quatre avenues et plus de quarante blocs. En 1986, au cœur des fameuses « crack years », la consommation de crack ravageait les quartiers, transformés en champs de bataille. Des réseaux de drogue importants, et surtout structurés, s'étaient montés ; la criminalité explosait, on se serait cru dans une zone de guerre. Dans les rues, on enten-dait le bruit des fusillades, les sirènes incessantes de la police et le crépitement des mitrailleuses automatiques.

Quelques années seulement après l'épisode douloureux du bar tabac, j'ai vu de mes propres yeux des homicides. Ainsi, une nuit, alors que je dormais, une rafale s'était logée dans la maison de Tony. Des tirs perdus, sans doute.

Chez Tony, l'ambiance était animée, surtout le soir. Dans son appartement, à une époque où le monde de la musique se mêlait intimement au milieu de la drogue, j'ai rencontré beaucoup de rappeurs et de trafiquants. La plupart des disques, même si ce n'était pas le cas pour Tony, étaient financés grâce au trafic de coke. On les appelait les « Cocaïne Records ». C'était l'ère du système D et des labels indépendants, quand le rap faisait encore figure de musique marginale, négligée des grandes maisons de disques. Dans le studio, on croisait des MC's hors pair et des gangsters réputés, tout le monde se mélangeait. Un rappeur et son pote étudiant, ou encore sportif de haut niveau, y côtoyaient naturellement un revendeur de crack. J'évoluais au milieu de cette faune sans parvenir à déterminer clairement les fonctions de chacun. Des armes traînaient dans toute la maison, je dormais avec une mitrailleuse et un fusil à pompe à côté de l'oreiller : la paranoïa ambiante de ces années-là justifiait la présence d'armes à feu dans chaque foyer probablement, surtout au sein de tels quartiers.

Chez Tony, je me suis retrouvé dans des situations invraisemblables. Je n'oublierai pas cette nuit où je me suis réveillé, un sac de plusieurs kilos de coke posé sur mon lit, entouré de types et de filles occupés à discuter, sans que ma présence paraisse les gêner le moins du monde. C'était l'étrange prix à payer pour être au cœur de la musique. Tony bossait avec le gotha du rap, des pointures comme Whodini, Chubb Rock, King Sun... Son studio était une vraie plaque tournante musicale. J'ai assisté ainsi à l'enregistrement du premier single des Jungle Brothers, *Jimbrowski*, puis, en 1987, à celui de leur album *Straight out the Jungle*. Je me suis lié d'amitié avec MC Serch, grand gaillard sympathique, activiste hip-hop issu d'une famille juive du Queens. Lors de virées nocturnes, il m'emmenait graffer sur les murs du métro new-yorkais. En studio, je l'admirais tandis qu'il exécutait ses freestyles, de longs raps sur des faces B, des heures durant. Il rappait avec une énergie contagieuse. Je l'enregistrais sur une cassette et, de retour à Marseille, je diffusais ses morceaux à la radio. Serch rappait tout le temps, sous n'importe quel prétexte, et surtout n'importe où, comme bon nombre de ces stars de quartier qui s'exerçaient à même le bitume. À New York, les mecs tapaient sur des seaux d'eau, rappaient, tout ça au beau milieu de la rue. Les Américains n'ont pas cette réserve propre aux Européens. Pour eux, s'exprimer ainsi est une attitude normale. Serch était donc en travail permanent, en progression constante.

C'est à lui que je dois mon surnom de Chill. En studio, je restais assis dans un coin, tranquille, parlant peu... À quoi bon m'exprimer ? J'étais dans le rôle de l'observateur, tout se déroulait sous mes yeux. Regarder et apprendre, voilà qui me suffisait amplement. Alors Serch me disait : « Phil, you always chill out ! » (Phil, t'es toujours relax !) Je suis ainsi devenu « Chill Phil ». Kheops et Richard le Dramator étaient présents le jour où Serch m'a donné ce surnom ; ils l'ont à leur tour adopté, et ont continué à m'appeler Chill à Marseille, où tout le monde les a imités.

Tony D et MC Serch savaient communiquer leur passion et partager leur connaissance. Ce partage est l'essence même du hip-hop et il est d'autant plus important de le rappeler qu'aujourd'hui se dessine un vrai problème de transmission dans le rap : beaucoup de radios n'assurent plus ce travail-là, privilégiant leurs revenus publicitaires. Je suis bien placé pour m'en rendre compte : mon fils Yanis connaît tous les nouveaux rappeurs, mais pas les anciens. Je suis bon pour lui concocter une compilation en dix volumes de l'histoire du rap par années et par styles.

Grâce à Tony D et à mes observations en studio, j'ai su très vite utiliser un sampler. J'ai découvert la cuisine du rap, la production, l'art de poser sa voix, la diction, la prise de son... J'ai appris à faire marcher les machines, comment composer un morceau, comment travailler une écriture par rapport au rythme. Tony bossait énormément la nuit ; Serch, quant à lui, m'a surtout enseigné les vertus du travail. Tu as beau posséder un talent gros comme un diamant de mille carats... Pour le faire briller, il faut le tailler, le polir, jour après jour ; ce côté stakhanoviste ne m'a plus jamais quitté.

Dès ce voyage, New York a occupé une place centrale dans mon existence. Entre 1986 et 1990, j'ai passé deux ans de ma vie là-bas. Le rap vivait son âge d'or, sa période la plus créative, et le mouvement évoluait à une vitesse époustouflante. Aller à New York était indispensable pour rester dans le coup, affiner sa technique, doper son inspiration... Mes potes et moi rentrions toujours à Marseille gonflés à bloc, les valises pleines de disques, la tête emplie d'idées et de souvenirs. En 1987, j'en ai rapporté les premières boîtes à rythmes, les SP 1200, Studio 440 et, dans les années 1990, les MPC 60. Personne n'en possédait encore à Marseille. Elles nous ont permis de prendre une importante avance technique sur les autres rappeurs marseillais.

Cette année-là, j'étais retourné en pèlerinage à New York avec Kheops et Richard. Je les emmenai au Latin Quarter, où l'ambiance s'était durcie. On voyait des types mi-dealers, mi-rappeurs flamber en boîte. La drogue, quasi inexistante dans le club en 1986, y circulait largement. Il m'arriva même d'assister là-bas à des fusillades, à cause du crack. Le rap était en train de se politiser et de se conscientiser, notamment sous la bannière de Public Enemy et KRS One. Parallèlement, émergeait un rap de quartier, caractérisé par la description et parfois la dénonciation de la violence quotidienne du ghetto, un rap ancré dans le réel… Cela n'empêchait pas tous les styles de cohabiter dans un même élan : rap hardcore, rap conscient, rap festif, les branches n'étant pas encore cloisonnés.

Le 27 août 1987, Scott La Rock, le complice de KRS One dans le groupe Boogie Down Productions, se faisait descendre, quelques mois seulement après la sortie de leur premier album, *Criminal Minded*. Je me rendis à ses funérailles, organisées au Latin Quarter. La scène était recouverte de fleurs, ses potes avaient installé des platines, un micro, les morceaux défilaient, mais personne ne rappait. Pas même KRS One. J'ai le souvenir d'avoir vu des filles pleurer, hurler, tomber dans les pommes ; l'ambiance était la fois spectaculaire et terriblement émouvante.

Avec Kheops, nous squattions toujours chez Tony D. Au programme : glande, musique et sport. Le dimanche, nous allions jouer au foot avec les Jamaïcains, puis, après le match, on se régalait de barbecue en regardant les Dominicains jouer au « softball ». Je me rappelle une partie de basket avec Christophe, un copain marseillais : c'était un « two on two » contre Tony D et un de ses potes. J'avais parié mon survêtement de l'équipe de France de football de l'Euro 1986. Évidemment, Christophe et moi avons perdu. Je n'ai plus aucun souvenir du score, seulement que l'on s'était fait rétamer ; c'était tragique et logique : ils faisaient deux têtes de plus que nous et jouaient au basket depuis leur plus tendre enfance.

Quelques mois plus tard, à ma grande surprise, je retrouvai le survêtement que j'avais perdu dans cette inoubliable partie de basket sur la pochette de l'album *It's yours* du rappeur T La Rock, qui le portait fièrement. T. La Rock était un pote de Tony. Il avait dû le lui prêter pour la séance photo. Je tenais ma satisfaction à jamais : mon beau survêt bleu-blanc-rouge sur la pochette d'un rappeur, et pas n'importe lequel.

À Coney Island, Kheops et moi étions deux Marseillais dans le ghetto noir et portoricain. On détonait, c'est certain, mais nous étions toujours très bien accueillis. Les Afro-américains ne nous considéraient pas comme des Blancs, mais comme des Français. C'était très différent, à en croire l'un de nos copains jamaïcains. Ce copain, nous l'avions surnommé Napoléon en raison de son érudition ; Napoléon était un Black Panther complètement paranoïaque, mais éduqué. Il savait situer la France sur une carte – et distinguer Paris de Marseille – et vantait les vertus du système scolaire jamaïcain, proche du système européen. C'est pourquoi nous avions plus d'affinités avec cette communauté qui, de par son éducation européenne, était plus ouvertee que celle des Dominicains, des Portoricains ou des Afro-Américains.

Avec Napoléon, nous avions des discussions animées et passionnantes. Il évoquait constamment l'histoire de France, les grandes batailles comme celle d'Austerlitz, la guerre d'Algérie et les autres conflits coloniaux. Je garde un souvenir amusé de ce « bad boy » parlant politique et philosophant longuement, un pistolet calé à la ceinture... Avec Harlem, Coney Island concentrait la plus importante communauté de Black Panthers de New York. Napoléon nous avait dit : « Vous savez pourquoi les mecs d'ici vous aiment ? Parce que vous êtes des Français et pas des esclavagistes. Ici, tout le monde est curieux des petits Français, c'est comme si vous veniez d'une île lointaine, vous êtes exotiques. » Eh oui, nous étions « exotiques ».

Tony D m'avait même offert une Cadillac, couleur crème, avec des sièges en cuir... Le même genre de voiture que « J », le porte-flingue de l'équipe, un tueur à gages – un « agreement » dans le jargon local –, conduisait presque allongé, le siège rabattu en position horizontale, laissant seulement dépasser sa tête. Il était du genre sociopathe, complètement barjo. Pour lui aussi, nous étions « exotiques », il nous demandait toujours de lui raconter des tas d'histoires sur la France. Son jeu favori consistait à se garer devant le Club 88, à Staten Island : il s'asseyait sur le capot de sa caisse et insultait les mecs devant l'entrée de la boîte. « J » était loin d'être commode. Une fois, lors d'une de nos multiples escapades, il me montra l'endroit où il disait achever ses contrats, une ruelle de la 31st street, au milieu d'une cité.

J'eus l'occasion de le croiser dans des circonstances dramatiques. Un jour, il débarqua, l'épaule en sang, une balle logée dans l'omoplate : des types d'une équipe rivale d'East New York lui avaient tiré dessus. « J »

discutait avec moi, comme si de rien n'était, m'expliquant comment il s'était pris le coup de flingue et appli-
quant du papier journal sur sa blessure. J'étais resté
bouche bée devant tant d'aplomb et de je-m'en-foutisme.
J'apprendrais par la suite qu'il avait réussi à mettre la
main sur les trois tireurs et qu'il les avait « séchés ». Plus
tard aussi, j'écrirais une chanson ayant pour thème
cette liaison dangereuse, *Murder*, sur la face B de *L'Americano*. Aux dernières nouvelles, « J » aurait changé
d'État.

C'est marrant je revois ton visage nettement
C'était évident, tu ne vivais pas honnêtement
Mais qui a pu cerner ton caractère mieux que moi ? Personne
J'observe et reste aphone
Je revois ces après-midi, où sur les escaliers
Tu jurais rattraper ces types et les tuer
Localisés, une heure après tu me bassinais
Pour que je vienne avec toi, les assassiner
Je répondais : rien ne te heurte
Mais moi, je ne suis pas venu sur terre pour commettre
                                   [le meurtre
Comment le raisonner, c'est vrai
Alors qu'il avait 2 g de cocaïne dans le nez
J'avais dix-sept ans, enfant naïf
Quand pour la première fois, j'ai rencontré le crime
                                   [et l'assassinat
Tu m'as fait peser ici qu'est-ce que la vie vaut
Dans les virées meurtrières à la fenêtre de ta Volvo
Étrange, plus je te regardais
Plus j'avais de mal à réaliser que tu tuais
Je n'aurais jamais pensé sur mon chemin
Qu'un jour, je serais ami avec un assassin

Te rappelles-tu quand ces trois filles
Avaient fait à manger à tous sauf pour toi ?

Les traits de ton visage sont les plus malheureux

                                  [que j'ai vus dans ma vie

Jamais je ne les oublierai

Comme si Dieu t'avait jugé, non pas pour le repas

Tu avais compris pourquoi tu étais un paria

Éclaircie de lucidité dans l'orage de ta vie

Le soir même tu avais changé d'avis

Tard, tu t'es glissé seul dans le couloir

Pour braquer les filles et les mettre sur le trottoir

Aujourd'hui qu'elles remercient

La chance qu'elles ont eue d'être vite parties

L'inconnu vous tend les bras

Non, on ne peut pas jouer contre un caractère instable

                                        [comme ça

Des petits braquages au McDonald

Pour aller bouffer sur le compte du clown Ronald

Si tes potes avaient peur de te le dire

Ce genre de conneries, il n'y avait que toi que ça faisait rire

Tu croyais être aimé, mais tu étais craint

Les impacts de balles sur ta piaule n'étaient pas là pour rien

Malgré tout ça j'ai essayé de te détester

Mais je n'y suis jamais arrivé

Juin 1987 j'arrive à la maison

Un coup de fil de toi de la prison

Pour me dire que très bientôt tu sortais

Et deux jours après, tu avais déjà tué

Tu es arrivé cet après-midi tôt

Tout souriant avec une balle dans le dos

Je me suis dit ta vie est écrite par le flingue

Tous les jours je comprends que t'es de plus en plus dingue

Comme ton ami, qui s'est fait shooter sept fois à bout portant

Et qui n'est pas mort pourtant

Ce n'est pas vrai des fois je me disais

Mais Chill qu'est-ce que tu fais avec cette bande de cinglés ?

Ça fait cinq ans que l'on s'est pas vus et

On m'a dit, que désormais, tu travaillais

À dire la vérité, franchement, j'apprécie

Et j'espère que tu réalises la valeur d'une vie
Tu t'excusais par la manière dont tu avais grandi
Mon Dieu, quel gâchis !

J'ai fait mes classes hip-hop à New York, en transit. Avec Kheops, on a beaucoup appris tout en traînant énormément, comme à Marseille. Mais c'était de la glande haut de gamme. Tony D nous emmenait partout, en soirées, aux émissions radio de Red Alert, dans des endroits insolites de Coney Island, comme ce bâtiment, situé dans la 31st street, l'un des plus hauts du secteur. On grimpait sur les toits pour admirer le panorama de nuit, c'était féerique. Évidemment, nous étions fauchés, nous vivions de l'argent gagné à Marseille, grâce à de petits boulots alimentaires.

Néanmoins à New York, en étant hébergés, on pouvait s'en sortir avec un minimum d'argent. On mangeait très mal, mais pour deux dollars seulement. On allait souvent dans une chaîne de restaurants, *All you can Eat* la bien-nommée, située à l'angle de Fulton ; on payait notre ticket d'entrée huit dollars et l'on mangeait à volonté, jusqu'à l'indigestion. Là-bas, on passait des heures entières à s'éclater la panse.

Nous fréquentions assidûment les disquaires pour acheter les nouveautés rap, des perles de musique soul, introuvables en France. Les Warehouse Records vendaient des vinyles à un dollar l'unité. À l'époque, nous devions cependant affronter un ennemi : les Japonais. Ces derniers disposaient d'un pouvoir d'achat énorme et raflaient les disques par murs entiers. Dès le réveil, Kheops se levait, motivé, et balançait son cri de guerre : « Allez, on va niquer les Japs aujourd'hui ! » De son premier voyage à New York, il a rapporté au bas mot trois cents vinyles.

Quand nous n'avions rien à faire, nous squattions le Key Food, un supermarché en face de la maison de Tony. C'était notre repère. Des après-midi entiers à tuer le temps, accrochés au grillage devant le magasin, à écouter de la musique sur un poste et à écrire des textes de rap. Il y avait à portée une rangée de téléphones publics d'où, de temps à autre, j'appelais mes parents pour leur donner de mes nouvelles. J'ai su bien plus tard que ma mère, rongée par l'inquiétude, s'endormait le soir les doigts croisés sous l'oreiller pour me porter chance.

À Marseille, je ne sortais jamais en boîte. En revanche, à New York, je m'éclatais dans les soirées du Latin Quarter, au Disco Fever, à l'Union Square et même au Studio 54, quand la mythique boîte disco passait du rap ; plus tard, j'allais au 10-18, au Palladium et au Tunnel. J'ai assisté, aux côtés de Keith Haring, au concert de Schooly D, originaire de Philadelphie et pionnier du gangsta rap (car, contrairement au cliché, le berceau du gangsta rap n'est pas Los Angeles). Nous allions également au Roxy, le point de ralliement de la Zulu Nation. Là-bas, on nous installait dans une sorte de tribune vitrée au-dessus de la piste de danse. Les soirées micro-ouvert au Lyricist Lounge restaient cependant le must : tous les types du label Rawkus y ont fait leurs armes. À partir de 1988, nous avons nous aussi organisé des soirées micro-ouvert à Marseille, notamment à La Maison hantée, une salle qui a beaucoup compté pour nous et fut notre bastion.

Nous passions généralement nos après-midi et nos soirées en studio, à observer attentivement les séances d'enregistrement. De l'espionnage industriel, à la chinoise. Avec Kheops, nous étions des notices ambulantes. Quand Tony partait, nous pouvions faire fonctionner le studio tout seuls et œuvrer dans son antre ; nous enregistrions des titres et quand il rentrait, il n'en revenait pas.

Ma première apparition discographique, je la dois à Tony et Chubb Rock, un pote de MC Serch et une figure incontournable du rap de la seconde moitié des années 1980. Ce jour-là, j'assistais à une séance d'enregistrement de jeunes rappeurs de Brooklyn, les Choice MC's, produits par Tony et Chubb Rock, lorsque l'un des deux rappeurs s'est mis à peiner sur son couplet. Tony, qui avait déjà écouté nos maquettes, s'est alors tourné vers moi en me disant : « Chill, montre-leur ce que tu sais faire. » Je ne me suis pas dégonflé, l'occasion était trop belle. J'ai repris le couplet d'une maquette enregistrée en 1987 avec Kheops au Petit Mas, le studio de nos premières démos. C'était un simple free-style, où je parlais de Marseille, de moi, du rap… En français, *of course*. J'ai fait l'enregistrement en une prise et en pyjama, les mecs en sont restés bouche bée. Au niveau du flow, des placements, ils ne pouvaient pas imaginer qu'un Français puisse rapper ainsi. Mon premier enregistrement, sur une « galette » comme dirait Bouga, a donc été produit par Chubb Rock, remixé par Todd Terry sur un album des Choice MC's. Je l'ai fait écouter à mes potes, de retour à Marseille. C'est l'une de mes plus grandes fiertés.

New York est le lieu des possibles, le lieu où j'ai appris, grandi, mais où j'ai aussi frôlé la mort. Une nuit, lors d'une « basement party » à East New York, dans une soirée jamaïcaine organisée au fond d'une cave, je me suis trouvé coincé dans une fusillade. Pourquoi ? Un pote, Little John, s'était mis à faire le malin avec un mec en tentant de lui arracher la chaîne en or qu'il portait autour du cou ; j'ignore quelle mouche l'avait piqué pour se risquer à un acte pareil, qui plus est dans un quartier qui n'était pas le nôtre. En tout cas, les représailles furent rapides : à peine avions-nous quitté la soirée que deux voitures blanches sont soudain apparues ; des mecs ont sorti des Mac 10 et ont arrosé la rue. Je sens encore le souffle des balles sur ma nuque. Cela dit, ils ont dû tirer en l'air... S'ils nous avaient visés, ils nous auraient tous tués, nous n'avions ni l'espace ni le temps de fuir.

Ces instants-là n'effacent en rien les moments de douceur avec des petites amies, des flirts, pas de grandes histoires d'amour. Avenda, je l'avais rencontrée grâce à Tony. Culturellement, les Américains ont un caractère et un style de vie complètement différents du nôtre, nous ne sommes pas sur la même longueur d'ondes. Ils sont les héritiers d'un passé beaucoup plus difficile à porter, plus houleux, et cela donne énormément de gens lunatiques. Notre histoire n'a duré que quelques mois, mais nous sommes restés des amis. En 1988, elle nous a même hébergés, avec Kheops, après que Tony nous a demandé de lui laisser quelques jours de tranquillité, histoire de passer du temps libre avec sa copine, qui débarquait d'une autre ville. J'avais d'abord déniché une chambre d'hôtel. Et puis je me suis fait braquer au 45 automatique sur la 43rd street : sans un mot et sans me laisser impressionner, j'ai vidé mes poches et donné au type le peu d'argent que j'avais sur moi. Il a pris les thunes, a reculé, puis il est parti. C'était le 17 septembre 1988, le jour de mes vingt ans. Avec Kheops, on s'est retrouvés sans le sou, alors ce

soir-là, on a dormi dehors devant la poste. Le lendemain, Avenda nous recueillait chez ses parents, à Fort
Greene Projects, Brooklyn, juste en face de Manhattan.
Son appartement se trouvait au rez-de-chaussée et donnait sur une cour en demi-cercle. Avec Mme Hamilton, la
maman d'Avenda, le deal était simple : elle nous héber-
geait gracieusement, nous faisions le ménage et la
cuisine. Mme Hamilton était une femme pleine de courage, avec des valeurs chrétiennes très fortes, à cheval
sur les principes, d'une droiture exemplaire. Elle occupait
un poste de secrétaire à la cour de justice de Brooklyn.
Elle nous a régulièrement accueillis chez elle jusqu'en
1991, quand Joe et moi sommes revenus à New York
pour enregistrer *Les Tam Tam de l'Afrique*. C'est à des
gens comme elle qu'il faudrait ériger des statues. Elle a
peiné, souffert ; ses deux fils, menant une vie plutôt
mouvementée, lui ont causé bien du souci… Ce sont eux
d'ailleurs, qui m'ont présenté un certain Fifty Cent.
Pas le rappeur mondialement connu aujourd'hui. Non,
le porte-flingue dont Curtis Jackson, alias Fifty Cent,
a emprunté le surnom. C'était un gars petit, sec et trapu.
Il faisait partie de l'entourage d'Eric B et de Rakim. Dans
le quartier de Fort Greene, Fifty Cent était un mythe, un
peu l'équivalent de Sammy le Taureau dans la mafia
italienne. Il dépouillait de gros dealers pour le compte
d'autres gros dealers. J'ignorais qu'il allait devenir une
légende urbaine « grâce » à sa réputation.

C'est durant mes séjours à Fort Greene Projects que je
me suis lié d'amitié avec un voisin, Little John. Il habitait
l'appartement en face de chez Mme Hamilton ; j'étais tout
le temps fourré chez lui, à regarder des films avec son
frère Smurf. Quand nous squattions la cour, il me
conseillait toujours de m'asseoir sur les deux bancs du
fond. Pas pour mon confort, non, pour ma sécurité. Ces

bancs étaient installés dans un angle mort. Si des mecs s'avisaient de tirer, nous étions hors de portée, intouchables. C'est à Little John que j'ai dédicacé un couplet de ma chanson *New York City Transit*, sur l'album *Sol Invictus*.

Dans le hip-hop, je crois en la puissance de la prod,
[en la puissance de la prose
Et pas qu'on rappe mieux quand on s'touche le zob
C'est ce que me disait Petit John
Aujourd'hui, il est mort, moi j'm'en sors
Putain, je pense à sa femme et ses mômes

Little John appartenait à l'équipe de « T. ». Il me disait souvent : « Ce n'est pas l'attitude qui fait le rappeur. » Ces paroles furent un enseignement. Ça l'horripilait de voir des musiciens sans talent singer les gangsters, prendre des pauses de mauvais garçon pour se donner de la consistance au lieu de travailler leur musique. Little John aimait le rap, il aurait aimé rapper. Mais il est mort trop tôt, assassiné sur les escaliers de son bâtiment alors qu'il rentrait chez lui, il y a une dizaine d'années.

Je pourrais écrire un livre entier sur New York. Avec mes potes, nous étions devenus Ricains musicalement parlant, dans la mentalité et le professionnalisme. Mais je garde surtout en mémoire une image, précise. Malgré l'intensité de nos séjours, il nous arrivait de traverser des périodes d'ennui, de doute et de ras-le-bol ; c'est inévitable quand on reste longtemps dans un même endroit, même à New York City. Dans ces moments-là, Kheops, Richard et moi allions nous poser au parc de Coney Island, sur un banc. De là, nous avions une vue imprenable sur les tours jumelles du World Trade Center, illuminées au coucher du soleil : « Quand même !

Quand même ! C'est pas possible, c'est trop bon. »
Mot pour mot. Trois cons, sur un banc, à s'émer-
veiller devant les Twin Towers. Le 11 septembre 2001,
j'ai assisté en direct à l'effondrement de ces tours en
regardant la télévision dans le studio B de La Cosca.
Ce jour-là, des tas de souvenirs et de rêves se sont
effondrés avec elles.

New York City transit

N.Y.C. transit, ce son transpire, l'essence du rap, gars
N.Y.C. transit, où se forge mon art, la base même

Qu'est-ce que je comprends ? Je suis là que pour signer
[l'autographe ?
Carpette à la télé, et faire le pantin devant les photographes ?
Dans les dérapages d'auto graves
Ma renommée naît à New York, dans le D
[et se propage bientôt sur un phonographe
Moi et ma trempe, pas de Sony, ni de phonogramme
J'affûte mes armes là où se vend la coke en kilogrammes
Tellement j'ai la dalle, je pyrograve, mes rimes oscillent
[au grave
Lave dans mes veines, tous se rappellent de moi
[comme d'un minot brave
Cul sur les marches 36 et Neptune avenue
Paumes de mains vers le ciel, priant, hélas le miracle
[n'est pas venu
Ainsi coule ma routine, weed et cornflakes
Des potes s'évaporent de la surface, dommage, cette vie
[est complexe
Alors je m'évade casque koss sur les lobes, gloire à la fraude
Je traverse Brooklyn comme on traverse le globe
Dans le hip-hop, je crois en la puissance de la prod
[en la puissance de la prose
Et pas qu'on rappe mieux quand on se touche le zob

C'est ce que disait petit John, aujourd'hui il est mort,
                                        [moi je m'en sors
Putain, je pense à sa femme et ses mômes
À fond dans les rues d'east-ny, g-rap dans le poste
Michetonneuses « pazza vita e note »
Petit Rital dans les ghettos de la Grosse Pomme
Tout jeune on rêve d'amour, et on se tape que
                                    [des grosses connes
Acheter les phyllies raide au comptoir des drugstores,
                                        [on parle fort
Mais faut savoir se tenir quand les merdes rappliquent,
                                        [ça part fort
C'est là où j'ai fait mes classes
Coney Island, 36e rue, nerfs de glace
Mec, accepte ou déteste le son
J'en ai rien à foutre de toute façon

C'est N.Y.C. transit
Là où la vibes naît où l'énergie du rap se construit
Imbrications de phrases complexes et de métaphores à
                            [Fort Greene : tranches de vie
Ici combien l'espoir mange de vies ?

Entre taf et java, les coups de fil à ma mère pour voir si ça va
Je brûle mon temps dans le park
On tape le foot avec les Jamaïcains, gratte deux côtes
                                        [au barbecue
Gratte ces premières notes, le dos sur un érable
Coup de boutoir dans un quartier minable
J'entraîne mes synapses, apprécie mes laps
                            [de temps de bonheur formidable
Brown bag et bière avec Derreck au Key Food
Une voiture banalisée, ça regarde mal, qu'est-ce qu'ils foutent
Descend à la 31st, putain là-bas qu'est-ce qu'ils shootent
Croise des équipes lourdes, les jeeps se roulent, ça parle
                                        [« crack et loot »
Été 87, nuits de fou
Scott La Rock perd la vie dans le Bronx, (Allah rah mou)

Nous, on traîne à « Nathans », c'est midi pile, ouais
On entend le bruit des glocks, et le chauffeur qui braille :
                                        [« Last stop Stillwell »
C'est N.Y.C. transit
Deux ans et demi de ma vie où les ans sont des jetons luisants
                                        [qui se dépensent vite
Ma mémoire lie ces rimes éparses, comparses
De la revanche d'un gosse aux mille stigmates
                                [marque d'un départ dégueulasse
Qui était là quand je tombais à part Aisha ?
Qui souriait à ma gueule de craps, en ce temps-là
                                [A.K.H. n'était pas official
Affiche ça, fais-le savoir, comme à ces putes qui ignorent
                                [qu'ils sont là grâce à Richard
Pour nos rêves communs, mon stylo verse des larmes
                                                [aussi charge
Un bac de maxis à l'Eden et lis ça
Les trains portent nos délires, dans ce dédale, superbe caravane
Dieu sait où ça ramène, si je crois les paramètres, apparemment
                                                        [ça rame
Par respect je mets du vrai dans l'histoire
Et narre un des plus beaux volets du rap qui soit

N.Y.C. transit ce son transpire, l'essence du rap
Le sens quand le rap empire
N.Y.C. transit, trempé dans le berceau
Comme les petites « dans les sixties » jouaient au cerceau

Genèse

Dès mon retour à « Ploucland », les événements se sont accélérés. Durant le mois de novembre 1986, j'ai rencontré coup sur coup deux futurs membres de l'entité IAM : François Mendy, puis Geoffroy Mussard. François deviendrait Khephren, l'un des deux danseurs d'IAM ; et Geoffroy – Joe – mon alter ego rappeur sous le nom de Shurik'N. À ce moment-là, ils sévissaient à Marseille comme breakers chevronnés, et rivaux. Ils officiaient dans les deux meilleurs groupes de danse hip-hop de la région : Joe chez les Flash Breakers, et François chez les Belsunce City Breakers.

François était l'un des plus anciens danseurs de la ville. Il avait découvert le break lors d'un séjour à Paris au début des années 1980. Ses cousins des Mureaux l'avaient emmené à une soirée hip-hop au Bataclan. Là, ce fut le « choc de sa vie ». Depuis lors, il s'était lancé tête baissée dans la danse. Avec son équipe, il assistait à chacun de nos concerts, mais nous avons véritablement établi le contact à l'occasion de la Fête de la jeunesse.

En ce jour de novembre, Lively Crew jouait au parc Chanot, le concert avait lieu sous un chapiteau. Kheops était aux platines, moi au micro. Mes trois acolytes rappeurs, eux, étaient partis pour de nouvelles aventures :

nous étions devenus des fanatiques du hip-hop ; ils avaient raccroché pour assouvir d'autres passions musicales, notamment la batterie. Ce jour-là donc, l'effet New York se fit ressentir. Je réussis à tenir seul en scène durant une heure et demie avec un répertoire exclusivement français. Grâce aux innombrables faces B de Kheops, je m'étais affranchi des classiques américains et autres « new-yorkeries » pour écrire mes propres textes. Le concert avait bien fonctionné et François, accompagné de Tonio et K-Rhyme le roi, avait même fini par me rejoindre sur scène pour une démonstration de break. Trois danseurs et un rappeur : le concert prit immédiatement une nouvelle dimension, plus spectaculaire, plus vivante.

Avec François, nous nous sommes alors liés d'amitié, comme si nous étions destinés à nous rencontrer. François, c'est l'ami intime, le complice. Il est d'origine sénégalaise, de la Casamance, une région qui a été colonisée par les Portugais – d'où son nom, Mendy, anciennement Mendes. Je le charriais souvent : « Mais vous portez un nom d'esclave ! Vous devriez le rejeter, comme Malcolm X a rejeté son nom d'esclave, Little. » Depuis, histoire de les chambrer, je m'amuse à remplacer les noms de mes potes originaires d'anciennes colonies portugaises par X : Yves X, Jacques X, Louis X, Marcel X, François X…

François a grandi dans une grande cité de Marseille, La Castellane. Quand je l'ai rencontré, il habitait dans le centre-ville, à Belsunce, le quartier interlope de Marseille devenu plus tard le creuset d'IAM, la « base ». C'est un être honnête et droit, qui a toujours su se tenir à l'écart des embrouilles, des larcins et des conneries de quartier. Au début, il se destinait à une carrière de footballeur, mais ses résultats scolaires l'ont empêché d'entrer à l'Institut national du football à Vichy. Il a néanmoins poursuivi ses études et obtenu un CAP de mécanicien ajusteur et également de dessinateur industriel. Après avoir effectué son service militaire en Lorraine, il a intégré le groupe IAM comme danseur, avec Malek, que nous avions rencontré à la même époque au cours d'une partie de basket, près du boulevard de Strasbourg. Humainement, François et moi avons toujours été sur la même longueur d'ondes. Il me ressemble à bien des égards : il est posé, passionné de foot, de musique en général, et de hip-hop en particulier. Il a la discussion facile, adore parler longuement, et fort ! On le charrie souvent en lui disant qu'il est « amplifié ». Il possède ses mots clefs, ponctue chacune de ses phrases par « voilà ! » ou encore « faites ce que vous voulez, je ne suis pas d'accord ». C'est sa formule fétiche, et elle veut tout dire. Aujourd'hui, beaucoup me demandent quel est son rôle au sein d'IAM. Sa passion pour le foot lui a été préjudiciable et depuis quelques années, il ne danse plus, à cause des entorses aux chevilles qu'il a subies à répétition. Il assure désormais une sorte de management artistique, une fonction d'autant plus naturelle qu'il a toujours participé activement au processus de création des morceaux, donnant des avis francs, directs et pertinents. Nous avons eu l'occasion de le constater durant l'enregistrement de *L'École du micro d'argent*.

Quelques jours après le concert au parc Chanot, nous jouions à la salle François Moisson, au cœur du centre-ville, à la jonction du Panier, de Belsunce et des Carmes. Il n'existait pas encore de lieux affectés au hip-hop et nous étions des artistes itinérants, amenés à donner des concerts dans des soirées organisées par des associations culturelles. Nous venions de rebaptiser notre groupe B-Boy Stance. J'avais trouvé ce nom dans un couplet de Schooly D : « Standing on a corner in a B-Boy Stance ». B-Boy Stance, c'est une expression décrivant la posture « old school » des B-Boys : bras croisés, poitrine gonflée, regard haut et fier. Je garde un souvenir mémorable de ce concert. Nous partagions l'affiche avec un très bon groupe de funk, Marché noir. Une atmosphère électrique régnait jusque dans les moindres recoins de la salle. Nos concerts étaient le terrain de jeu privilégié des équipes de danseurs du coin, ils venaient pour se défier dans des concours de danse, les fameuses « battles » ; au point, je dois l'avouer, que l'attraction se trouvait plus souvent dans la fosse, au beau milieu du public, que sur la scène. Nous, rappeurs, n'étions jamais en « front line », nous ne faisions pas à proprement parler figure de vedettes, encore moins d'attraction numéro un de la soirée. Nous le vivions plutôt bien d'ailleurs, sans nous en formaliser, ni en prendre ombrage. On rappait et on se régalait du spectacle.

Ce soir-là, les Belsunce City Breakers de François et les Flash Breakers de Joe, associés aux MCB de notre ami José Mendès-Leal, s'étaient retrouvés pour une battle d'anthologie. J'étais sur scène, Kheops aux platines, je balançais mes rimes et, dans la fosse, je voyais se former de grands cercles : ça dansait de toutes parts. L'ambiance était à la compétition, l'esprit à l'émulation collective. Les groupes se toisaient, se jaugeaient, fraternisaient peu, mais le respect restait de mise. Le verdict fut sans appel : Joe et son équipe surclassèrent haut la main le « crew » de François. Joe avait réussi des figures d'une incroyable complexité, comme la Coupole ou le Toma... Il avait même réussi à tourner sur les mains en sautillant, sans toucher le sol. À l'époque, les breakers capables de réaliser de telles prouesses étaient rares. François était un excellent danseur, mais ce soir-là, il n'avait pu rivaliser avec l'équipe de Joe, qui avait élaboré des chorégraphies impressionnantes aussi bien sur le plan technique que créatif. Elle avait notamment mimé un match de basket au ralenti. Joe était et demeure un authentique athlète, féru d'arts martiaux de surcroît. En 1988-1989, il a remporté deux championnats d'Europe de kung-fu ; il pratiquait – et pratique toujours – une forme de cet art martial sino-vietnamien, appelée hoa-lin. Sa musculature et sa tonicité lui permettent de défier les lois de la pesanteur. Je l'ai vu se tenir le corps en position horizontale, parallèle au sol, en s'appuyant sur ses seuls bras tendus ! Il en faut, de l'entraînement, pour résister à la gravité. Et puis il possède le tempérament martial du compétiteur, adepte du défi et du dépassement de soi. Il fonctionne à l'orgueil ; si tu le bats dans n'importe quelle discipline, il repart la tête haute, s'entraîne assidûment et revient quand il est certain de l'emporter, histoire de remettre les pendules à l'heure. Du point de vue du caractère, il peut se montrer communicant et jovial et, soudain, renfermé et solitaire. Il est très droit en amitié et, par conséquent, pardonne peu les erreurs. Joe n'est pas un indulgent. Quand les gens se manquent gravement, il les raye de son entourage, y compris ses amis. Moi, je pardonne un peu plus facilement. Lui, il conclut : « Il n'y a que Dieu qui pardonne. »

À ce moment-là, Joe et moi n'étions jamais loin l'un de l'autre, mais nous n'avions pas encore noué de contacts. On se croisait au gré des concerts réunissant le microcosme hip-hop. Dès l'année 1985, quand Kheops et moi animions l'émission « Vibrations », Joe passait ses soirées à deux pas de là, au 24, en face du fameux parking Shell sur lequel nous balancions les disques de Radio Sprint. Le 24 était un bar réputé à Marseille, fréquenté essentiellement par des Africains et des Antillais : Bero, Darryl, Daryo, les grands frères Boko, Jean-Pierre, Alex, les jumeaux béninois, José, Mamadou… Une équipe de dévisseurs de têtes. Joe devait écouter l'émission, mais nous n'avions jamais eu l'occasion de faire connaissance. Et pour cause : la différence d'âge… À mes yeux, il était un « grand » ; il est mon aîné de trois ans. Lorsqu'on en a seize, cela fait une grosse différence. Nos caractères sont opposés : il est plus « speed », plus nerveux que moi, et à l'époque, c'était un bagarreur redoutable qui n'avait jamais peur de jouer des poings. Quand il était môme, le proviseur de l'école pouvait convoquer sa mère trois fois par mois… Joe a canalisé son trop-plein d'énergie grâce aux arts martiaux. Durant son enfance, il a vécu dans le quartier Airbel, une cité-ville de douze mille habitants, puis il a déménagé à Eyguières, un village dans les Alpilles. J'allais souvent à Airbel, car mon club de volley se trouvait dans la cité. Mon ami d'adolescence Christian Rouillard, un Antillais, était du coin, comme mes cousins par alliance. Airbel ressemble à n'importe laquelle de ces cités où l'on parque les gens : c'est un lieu très enclavé avec une entrée unique, par un petit pont situé en dessous d'une voie ferrée. Le quartier se composait de bâtiments de quatre étages qui rampaient au ras du sol et de quatre grandes tours, illuminées par de sordides éclairages orange. Ces quatre tours que j'ai chantées dans *Demain c'est loin*.

Rien ne nous prédestinait à nous rencontrer, sinon la passion du rap. Quand je glandais au lycée, il avait déjà une copine, un boulot et un appartement. Un jour, il m'a accosté au métro La Rose où il bossait comme chaudronnier pour me dire qu'il m'avait vu en concert. Son frère et lui écrivaient également des textes : il aurait aimé les rapper et me les faire écouter. J'étais curieux de l'entendre et de voir s'il se révélait aussi bon rappeur que danseur. On s'est donc retrouvés chez Jali, du Massilia Sound System, le groupe phare de la scène reggae-ragga à Marseille. Durant toute la période Lively Crew et B-Boys Stance, les Massilia ont joué un rôle déterminant, ils étaient comme des grands frères. Notre fonctionnement bordélique devait les amuser, et ils nous ont mis le pied à l'étrier. Sans le Massilia, nous n'aurions jamais pu enregistrer, en 1989, *Concept*, notre première K7. Elle fut le véritable déclencheur de la carrière d'IAM.

Chez Jali, Joe s'était donc mis à rapper avec son frère Faf. Lui devait sévir plus tard au sein du Soul Swing and Radikal – l'autre formation rap emblématique de Marseille – avec Def, K-Rhyme le roi, DJ Rebel Juice et DJ Majestic. Comme je m'y attendais, la petite démonstration de Joe s'avéra convaincante. Avec sa voix de bronze, il rappait depuis peu mais possédait déjà un sens rythmique aigu, du style, des tripes et une détermination en acier. Il écoutait beaucoup de rap américain et connaissait son sujet. Si la rencontre avec Kheops avait précipité ma décision de me lancer sérieusement dans le rap, là, je venais de trouver mon complémentaire rimeur.

Nous sommes deux compétiteurs, deux gros bosseurs, deux perfectionnistes obsessionnels. Et deux passionnés des civilisations anciennes. Joe est fasciné par la Chine ; moi par l'Égypte. Nous avons rapidement noué une complicité fondée sur la franchise absolue. Un texte moyen, une rime facile, un rap mal exécuté, et le verdict tombait, de manière souvent abrupte, mais toujours dans un esprit constructif. On peut parler de rivalité saine, d'émulation authentique, chacun incitant l'autre à se dépasser. Il m'est arrivé d'écouter un texte de Joe et de me dire : « Putain, j'aurais bien aimé l'écrire celui-là. » C'est notamment le cas de son classique *Samouraï*, et surtout du *Dernier Empereur* dans *Ombre est Lumière*. J'ai pu réécrire un texte entier parce que je le trouvais inférieur à celui de Joe ; je pense à *La Fin de leur monde* et à l'un des textes dont je suis le plus fier dans ma carrière, *Manifeste*. Ce titre, je l'ai écrit et chanté en duo sur son album solo *Où je vis*. Nous l'avions conçu après les victoires du Front national à Toulon, Marignane, Vitrolles et Orange.

Je porte les sales manies du pays dans le cœur, cosi sta bene
On est 13 % chez toi, tu voudrais bien qu'on y retourne, hein ?
Je débarque dans l'univers des nantis
Des claques se perdent dans les gueules des dandys
C'est pas le pays de Candy, des Gandhi, ici y en a pas petit
[du mec honnête au bandit
La France taxe les types au RMI, eh ouais, 10 %, qu'est-ce que
[t'en dis ?
Quant à moi, je bosse à 50 pour l'État proxo, pour l'état
[de mes droits
Je suis l'une de ses putes préférées, quoi ?
Avec 10 % de ce putain de cerveau

C'est la servitude dans les blocs à Clairvaux
Où nos ganaches qui servent au MacDo
Y a pas d'arraches qui se payent pas un jour, le fifty-fifty
Devient tout-nada, si tu caftes, superbe lifting
Le « zezoir » n'a pas d'âme, Madame, plein de strass à Paname
À l'Assemblée on ignore ce qui se passe sur le macadam
0 % de mes potes aujourd'hui se cament
Y a plus de révoltes en vue, ce putain de pouvoir achète
                            [à quel prix le calme ?
Sur le terrain de football, ce petit gosse en veut
Mais 99 % échouent et nous, on prie tous en Dieu
On est les seuls à croire au Père Noël jusqu'à trente ans, vieux
0 % des gens portent le triple 6 en eux
Marcher sur la tronche des autres, pour une vie glauque
Et trois cents types possèdent 50 % des richesses du globe
C'est normal, leurs pantins ont l'index sur un bouton
Et ce putain de peuple broute comme un mouton
Chez moi, la flamme fait 30 %, attends, je fais mes comptes, et
Ça veut dire qu'il y a minimum un type sur trois
                            [qu'on devra claquer
Debhak au menu ce soir, fiston, qu'est-ce que tu en dis ?
Finie la paix à Marseille, on va rallumer l'incendie
En ce lendemain d'élections, j'ai si peur pour les miens
On prend les devants, garçon, pour museler les chiens
Ah, chienne de vie prédestinée à trop de cavales historiques
Non, Front de libération de Mars, canal historique
Lis dans mes yeux, trop de rancœur, trop grand cœur
Trop con, je suis pas ton chanteur, tueur de collabo,
                            [poète planteur
Planté au piquet depuis la maternelle, couvé par le voile
                            [de l'amour maternel
On en oublie que rien n'est éternel
Ni tes proches, ni ce qu'il y a dans tes poches, moi
                          [j'en ai rien à foutre de la fauche
Eux rient quand on accroche des sacoches

Y a pas de degré d'inclinaison de mon corps, l'inclinaison
[de ma tête
Est une réponse directe à l'inclinaison de mon cœur

Au banc des accusés, ma ville trône
Où matrones ces rimes écœurées
Je griffonne ces lignes sur un vieux bout de papier

Y a pas de degré d'inclinaison de mon corps
L'inclinaison de ma tête
Est une réponse directe à l'inclinaison de mon cœur

Courber l'échine, connais pas
Je mettrai pas le genou à terre
Je resterai fier au nom de mes frères
Je scelle ces mots d'un sceau de fer

Y a pas de degré d'inclinaison de mon corps
L'inclinaison de ma tête
Est une réponse directe à l'inclinaison de mon cœur

Mes phrases dérangent toujours aux alentours
J'arrêterai peut-être le jour où les êtres
Élus au deuxième tour cesseront de faire les sourds
Je donne ma vision des choses, pas roses
Aux écoutés qui veulent la prose
Et parfois morose
Qu'est-ce que j'y peux
Mon âme déclame ce que voient mes yeux
C'est ce que j'aime faire
C'est ce que j'aime écrire, ce que j'aime entendre
Des textes vrais, sur des faits qui donnent envie de rendre
Faut pas vous méprendre
Le délire loue mon cerveau à l'année, basané
Je perds pas de vue ceux qui veulent m'étendre
Prêt à zapper, c'est mieux que de se rendre
Il fallait pas nous chercher
Fallait pas croire qu'on allait rester là, les bras croisés

À boire un thé, quand la haine dure comme l'amitié
Tenace, elle persiste, invite les ex-Noirs sur la piste
Les lettres sautent, pieds-noirs et Italiens grossissent la liste
Le kyste et les temps empirent, et si on le dit pas nous,
                                        [qui va le dire
Et si on l'écrit pas, qui va le lire, qui va s'en souvenir
Le pire, c'est qu'on est pas sûr que ça serve
Trahir filerait la gerbe
Fuir n'existe pas
Trop de gens courtisent Gégène, sèment la gangrène
Sur Mars pendant dix ans, j'ai porté ce nom avec fierté
Maintenant, j'hésite à le prononcer, jamais l'idée
                                        [ne m'a effleuré
Fanée, la rose du sud s'éteint
Même Notre-Dame pleure
Sous la chaleur les cœurs flétrissent
Toujours le front en sueur
La peur de l'autre donne des ailes
On se sent moins seul au pluriel
La tête pleine de rien
Les corps remplissent des bulletins criminels
Les oubliés plient
L'État jouit, les jeunes jouent les bandits
Les parents triment, s'usent la vie
Avec un job de jour, un job de nuit
Un mec sur trois me vise et ça fout les glandes
Pense qu'il y en a plus d'une centaine
Auxquels je fais la bise
Qui cachent un couteau dans leur manche
Le soupçon plane désormais
À tout moment, sur St Fé quelqu'un peut me saluer
Du genre : salut poto, ciao enfoiré
Même cachés, les pauvres m'auront pas
La fierté du hip-hop sera pas la honte du pays
Je le dis en vrai, mais je croise les doigts
Les mains aussi, je prie pour la première fois
Que la catin d'aujourd'hui redevienne princesse d'autrefois

Joe a naturellement rejoint B-Boy Stance comme rappeur. Sa venue a créé une nouvelle dynamique ; nous avons écrit beaucoup de nouveaux textes, nos propos ont gagné en maturité et en profondeur, révélant une conscience politique nourrie de nos lectures diverses. Dès lors, nous avons créé un collectif à géométrie variable d'activistes hip-hop, constitué de danseurs, DJ's, rappeurs et graffeurs. Nous l'avons baptisé le Criminosical Possee. Comprendre : « Le crime par la musique ». L'idée était simple : « Pas de violence, juste de la musique. » Au départ, nous formions un noyau dur d'une quinzaine de membres avec le Soul Swing, c'est-à-dire Faf La Rage et Def, Izi, Khaidi, Rhazi, DJ Mox, DJ Rebel Juice, Bena, Banana, Art no, etc. Mais aussi Richard le Dramator, manager de Lively Crew, puis de B-Boy Stance. Beaucoup de nos connaissances gravitaient autour du collectif, amis d'amis, gens de passage… Certains jours, nous pouvions nous rassembler jusqu'à soixante sur les marches du Centre Bourse ou à la station de métro du Vieux Port. Nous étions animés par le sentiment d'appartenir à un mouvement, un clan musical, une famille de cœur. On squattait avec des ghetto blasters, ces chaînes portatives, le volume monté à fond ; certains dansaient, se lançaient dans des démonstrations de break, mais nous ne rappions jamais dans la rue. Marseille n'est pas New York.

Nos premiers spectacles, nous les avons donnés à La Maison hantée. Le Massilia nous avait ouvert les portes de cette salle dédiée aux concerts rock et reggae. La Maison hantée fut le ciment de B-Boy Stance et du Criminosical Possee. Je me souviens des proprios, Christophe et Yann, deux bikers chevronnés, et de leur mère, elle aussi adepte des bécanes Harley Davidson.

Des amours, adorables et ouverts d'esprit. Ironie du sort : pour le Criminosical Possee, les Hells Angels et autres Bandidos – les « Harley Man » comme on les appelait –, représentaient le contraire du hip-hop. Ils avaient beau être des passionnés comme nous, c'était bien le seul lien qui nous unissait à eux. Ah oui ! Un grand choc des cultures nous opposait aux vrais bikers, mais on faisait tout de même front contre les « faux Harley ». Sur le port, on charriait avec férocité les bikers de pacotille, ces minets qui paradaient pour brancher la « gazelle ». Nous les mimions. La horde sauvage, tu parles ! Pour eux la moto était un hameçon, ils nous faisaient hurler de rire. On a même écrit une chanson, *Harley Davidson*, pour moquer leur attitude de frimeurs : barbe de trois jours taillée avec soin, casque au coude pour montrer la belle gueule et veste en cuir en plein cagnard. Cela ne nous empêchait guère de soigner notre look avec la même application : un effort crucial, comme le révèle la chanson *Nos heures de gloire*, pour marquer notre différence et affirmer notre appartenance à la culture émergente du rap.

Et si on se moquait des cavés en tiag
On travaillait le standing pour briller en soirée manjaque

Quand nous partions à New York, l'objectif numéro deux consistait, après les disques, à rapporter des fringues. Je revenais avec deux valises pleines à craquer de sapes pour les potes : blousons starters des Celtics ou des Yankees, jeans ultra-larges, casquettes de base-ball, baskets montantes... Moi, j'arborais un look tragique : jeans délavés couleur neige, pompes Jordan et la fameuse coupe de cheveux à la Big Daddy Kane, avec la raie tondue au milieu du crâne, celle qui bouleversait tant mes oncles.

La Maison hantée fut notre bastion, l'antre de nos années de formation scénique. Le lieu était sommaire : un bar avec des tables disposées dans un long couloir, un porche, une mezzanine et une petite scène au fond. On rentrait à cent cinquante personnes bien tassées. Nous étions payés de sangria, de tapas, et d'éventuels biftons s'il y avait quelques entrées, mais nous avions la chance de pouvoir organiser nous-mêmes nos soirées hip-hop. Celles-ci se déroulaient souvent selon le même rituel : un DJ set de Kheops, puis le concert B-Boy Stance, suivi d'une session micro-ouvert, comme dans les soirées du Lyricist Lounge à New York. Le public se composait essentiellement de fans de rap et de gens issus de la scène rock alternative. Nous faisions des clashs amicaux avec le Massilia, le micro passait de main en main, chacun rappait, toisait l'adversaire dans une ambiance de défi, mais toujours bon esprit. Le centre-ville fut indéniablement le fer de lance du rap marseillais. Par la suite, les premiers groupes rap issus des quartiers nord, comme Uptown ou B-Vice de La Savine, allaient s'inviter pour participer activement aux soirées de La Maison hantée. Entre 1986 et 1989, l'endroit deviendrait le repère des fondus de hip-hop de toute la région, et un lieu incontournable pour les Parisiens de passage, comme Dee Nasty, Ministère Amer ou Assassin. Tous hallucinaient devant une telle effervescence ; une scène rap existait bel et bien à Marseille.

Durant cette période, je jonglais entre la musique et les études, avec une prédilection évidente pour la musique. Depuis mon premier voyage aux États-Unis, j'étais sur orbite, paré pour planter ma scolarité en beauté. À l'époque, je traînais beaucoup avec Omar, mon pote de classe, qui habitait La Bégude sud. On est restés fourrés ensemble de la seconde jusqu'à la fac. Le soir, nous rentrions à La Rose en parlant foot et musique, même si lui n'était pas trop branché rap. Il écoutait plutôt les Rolling Stones, et beaucoup de pop. On s'entendait bien sur un point : notre aversion pour le système éducatif.

Je garde cependant de la seconde de grands souvenirs de rigolade collective. Notre classe comptait dix mecs – des barges, des fous furieux, des déconneurs bien allumés – pour un contingent de vingt filles, dont quelques-unes étaient plutôt mignonnes ; c'est important d'avoir de jolies filles dans sa classe, ça donne un peu de courage pour aller en cours le matin. J'étais bon élève par intermittence. J'adorais les sciences naturelles et l'anglais ; l'histoire-géo m'intéressait, tout comme les arts plastiques, le grec, le latin, et les expériences en science physique. En revanche, les cours de français me plongeaient dans un ennui profond. Tous ces textes classiques, tous ces pavés de la littérature passéiste… Molière, Balzac, *Ondine*, impossible à lire… Je me contentais des résumés. Mon prof, M. Martin, me disait toujours : « Mais qu'est-ce que tu veux que je te dise mon pauvre, c'est nul ! » en me balançant ma copie. Je stagnais à sept de moyenne. Au bac, j'ai tout de même obtenu douze et treize sur vingt.

Soyons honnêtes, certains livres m'ont quand même touché : *Candide* de Voltaire, *Les nouvelles* d'Edgar Allan Poe, *Le Meilleur des mondes* d'Aldous Huxley, *L'Iliade* et *L'Odyssée*. J'adorais aussi la poésie de Charles Baudelaire et de Paul Verlaine. La littérature me permettait de voyager et de rêver. Aujourd'hui, je tanne mes enfants pour qu'ils ouvrent un livre ; la lecture est déterminante pour le développement intellectuel de n'importe quel môme, à la condition, bien sûr, que le livre en question soit passionnant pour celui qui s'y plonge. Du côté des mathématiques, c'était quasiment le même topo. J'étais fort en algèbre, nul en géométrie. Faut-il préciser qu'avec Omar, nous fumions de gros joints avant d'entrer en cours ? Nous n'étions pas très assidus mais on se marrait bien.

J'ai commencé à décrocher en première S. Finie l'ambiance propice à la déconnade, place à la compète avec les matheux, et au stress du bac français. Le jour J, j'ai d'ailleurs rebroussé chemin devant la file d'attente. Trop de monde, trop de temps à patienter avant l'examen... Et puis je redoublais, donc le bac français, j'allais forcément le passer l'année suivante. Ce jour-là, j'ai préféré aller jouer au foot. Sans surprise, ma mère a piqué une bonne crise ; mon père, quant à lui, a opté pour une autre stratégie : il s'est contenté de remettre le sujet sur la table régulièrement. Comme souvent, il trouvait les mots justes : « Des situations où tu devras attendre, tu en trouveras tous les jours dans ta vie. Ce n'est ni la première, ni la dernière. » Cette année-là, j'habitais encore chez ma mère, mais plus pour longtemps. Elle avait choisi de refaire sa vie avec son nouveau compagnon, dans les Hautes-Alpes, et de quitter le village de mon enfance. Elle nous avait proposé de nous emmener, mon frère et moi, mais en bons Marseillais attachés à notre ville, nous avions refusé : il nous était impensable d'habiter ailleurs. Le rap commençait à prendre de l'ampleur et je vivais une aventure collective avec un noyau d'activistes. J'étais triste, mais sincèrement heureux pour ma mère. Comme je l'ai écrit dans *Une femme seule*, à l'âge de trente-six ans, elle allait enfin vivre sa vie comme mon père, qui avait eu une fille avec sa nouvelle femme : Christelle, notre petite sœur. Après le départ de notre mère, Fabien et moi nous sommes donc installés chez lui.

Les relations entre nous étaient parfois tendues car mon père se faisait du souci pour moi, pour mon avenir. À la maison, je vivais en décalage, tel un oiseau de nuit. J'étais rarement présent au dîner, je sortais tard le soir, je visionnais des films jusqu'à 4 h 00 du matin. Toutefois, nous n'avons jamais ripé dans la rancœur ; nos seules engueulades portaient sur la politique. J'étais un petit con radical, limite anarchiste. Quand je commentais l'actualité, j'insultais copieusement les politiques de droite comme de gauche, avec déjà une prédilection pour le PS : « Des connards, des vendus corrompus, des pourris, je leur mettrais une bombe à ces enfoirés. » Mon père détestait mon côté anar, et je le comprends aujourd'hui. Sur l'album *Sol Invictus*, j'ai d'ailleurs écrit *Le Fiston*, une chanson dans laquelle j'exprime ses inquiétudes, légitimes, à mon égard.

J'entends la porte claquer, comme tous les soirs : je ne dors pas
C'est deux heures et quart, qu'est-ce que ce gosse
                       [peut faire dehors si tard
J'aurais jamais cru angoisser comme ça
Lui parler ? Je ne crois pas ! Il a tête dure comme ça
Repas tendus, depuis un an il me nargue
Faisant preuve d'intolérance gratuite, bêtement il se marre
Quand les sujets débordent, et la discussion devient âpre
Autour de nous, les visages se ferment, quand les mots tapent

Rebondissant sur les murs de l'incompréhension, vivement
Abrégé de la courte vie d'un gosse qui a grandi trop rapidement
Comme ces mégots cartonnés que je trouve des fois

L'odeur sur les pulls, et trous de brûlures sur le survêtement
Je réagis sèchement, lui semble s'en foutre
Et ses potes viennent le chercher, musique à fond dans le doute
Je regarde par la fenêtre, ils n'ont pas l'air trop fute-fute
Mais les autres parents doivent dire la même chose de mon fils,
                                                          [brut

Hier j'ai appris qu'il dormait à l'arrière du bus, tous les matins
Au lieu d'aller en cours de terminus en terminus
Qu'est-ce qu'il va faire ? L'avenir foutu en l'air, au juste ?
Se lever, après qu'on se couche, regarder Canal Plus ?
C'est pas la vie, envie de le serrer dans mes bras
Lui dire combien je l'aime, dire combien il compte pour moi
Chacun de ses regards ; un coup de couteau dans le foie
Mais c'est mon fils, et rien ni personne ne me l'enlèvera

T'es minable, regarde lui, bac, terminale
Toi, t'es juste connu de la bac et de leur terminal
C'est les mêmes remarques
Ça se voit qu'il ne marche pas dans mes air max
Il flippe parce que je resserre le masque *(x2)*

Jeudi 11 h 00, les gendarmes sont venus le chercher
Il n'était pas là, tu penses en plein été, je ne le vois même pas
J'espère qu'il ne vole pas, il a toujours eu le nécessaire
Mais je sais, c'est une génération de superflu
Vie super-floue, je ne m'en remettrais pas d'aller le voir
                                                    [à l'hosto
Demi-mort, allongé sous perfu
Mensonges, vice et subterfuges, il a bien fallu que
                                              [je m'habitue
Inquiétude au quotidien, vile solitude
Faisant appel à Dieu et sa mansuétude
Faites qu'il lève la tête et finisse ses études
Au lieu de ça, j'ai trouvé des cotons imbibés de sang
Flacons d'alcool, des pansements et le bordel dans
                                              [les rangements
L'adjudant parlait de blessé grave

178

Je ne l'écoutais même plus, qu'il aille au diable
                    [et l'autre se faire foutre lui et son rap
Tant de moments de rédemption à prier à genoux
Je compris que l'heure était venue de payer
Tempête dans un sablier aujourd'hui le temps m'échappe
Même dans mes souvenirs, les belles années d'enfance
                    [du petit s'échappent
Et qu'est-ce qu'il me reste ? Douleurs et soucis
Attendre patiemment que la mort frappe avec sa faux, si
C'est pas la vie, envie de le serrer dans mes bras
Lui dire combien je l'aime, dire combien il compte pour moi
Chacun de ses regards, un coup de couteau dans le foie
Mais c'est mon fils, et rien ni personne ne me l'enlèvera

T'es minable, regarde lui, bac, terminale
Toi, t'es juste connu de la bac et de leur terminal
C'est les mêmes remarques
Ça se voit qu'il ne marche pas dans mes air max
Il flippe parce que je resserre le masque *(x2)*

Malgré les prises de bec, nos relations étaient empreintes d'un respect mutuel. Il s'inquiétait seulement de me voir rentrer tard le soir, d'abandonner peu à peu mes études. Ses craintes se sont révélées fondées. À la fin de la première et en terminale, j'étais entré en stade avancé de décrochage scolaire. Cela s'est manifesté d'une manière très simple : la rébellion pour le temps libre. Nous étions déjà cloîtrés de 8 h 30 à 16 h 00 et, comme si ça ne leur suffisait pas, les profs commençaient à nous fixer des interros le mercredi après-midi, après toute une matinée de cours. Pour moi, cette demi-journée avait toujours été dédié au foot. J'ai donc refusé de m'adapter, purement et simplement. J'ai séché toutes les interrogations du mercredi – interrogations auxquelles les profs ne daignaient pas assister du reste, préférant nous coller des surveillants.

Quand je suis passé en terminale D, la situation est devenue catastrophique. Je choisissais mes cours, à la carte : telle matière m'ennuyait, je la séchais, et je partais jouer au foot, dessiner des graffs sur des tickets de métro, écouter de la musique, écrire, rapper. Malgré tout, j'ai obtenu cette année-là une des meilleures notes de la région en sciences naturelles : dix-sept de moyenne en terminale. L'hiver, je prenais le bus et m'endormais illico ; il m'arrivait de faire cinq fois l'aller-retour d'un terminus à l'autre ! Fort logiquement, je me suis fait virer du lycée au troisième trimestre. Motif : soixante-deux absences. Quand j'ai appris mon exclusion, je n'ai strictement rien ressenti : ni tristesse ni remords, ni regrets ni fierté. Pour l'expression des sentiments, je ressemble à Kheops : stoïque, planqué sous une carapace ; à fond dans ma musique. Une fois de plus, mon père a trouvé les mots. Au lieu de m'engueuler, il m'a mis au défi : « Tu n'auras jamais ton bac » – un avis partagé par mes professeurs. Probablement piqué au vif, j'ai entrepris de passer mon bac en candidat libre. Je révisais chez mon père, installé sur le balcon, en plein soleil, peinard au milieu de mes livres. Le jour de l'examen, j'ai débarqué dans la salle le teint hâlé, comme si je revenais d'un long séjour aux Antilles. Je l'ai décroché avec 21 points d'avance, mention passable.

Grâce à mes notes en sciences naturelles, j'aurais même pu entrer en médecine. Mais je refusais d'envisager dix années d'études, et puis la fac de médecine était loin de représenter mon idéal d'avenir. Je me suis donc inscrit en sciences, à la grande satisfaction de mon père. Il a rapidement déchanté. Au bout de trois mois, j'ai arrêté les études. Comme je le répète souvent, je suis allé à la fac jusqu'à la cafétéria. La faute au rap, une fois encore. Pour la musique, j'étais déterminé comme jamais. Même si mes parents l'ont vu ainsi, cela n'avait rien à voir avec une crise d'adolescence tardive, je vivais simplement ma passion. Quand un sujet me branche, je le dissèque, je le démonte, je le tourne dans tous les sens ; je l'ai fait avec les dinosaures, les volcans, l'Égypte, alors pourquoi pas avec le rap ? Je vivais hip-hop, je bouffais hip-hop, je dormais hip-hop. J'ai ainsi renoncé à tous mes plaisirs d'enfance : la mer, le sport, les bons plats italiens... Les filles ? Elles n'étaient toujours pas une priorité dans ma vie. Je les considérais plutôt comme des boulets, des obstacles à mon investissement musical ; je n'avais donc que des relations éclairs, sans lendemain.

Le rap n'est pas une musique comme les autres. C'est un mode de vie qui exige une implication totale. Le reste devient superflu. Mon basculement définitif s'est produit fin 1987, alors que je rentrais tout juste de mon troisième voyage à New York. De l'aéroport, j'étais allé directement à la fac, dépité par la perspective de reprendre les cours. Dans la foulée, le Massilia nous a fait une proposition impossible à refuser : ils partaient en tournée à Toulouse et dans ses alentours et nous offraient de les suivre pour assurer leurs premières parties. Avec Joe, nous avons accepté sans l'ombre d'une hésitation. Ma décision était prise : j'arrêtais les études pour me consacrer au rap. Avec le recul, j'ai le sentiment que ce fut un grand saut dans le vide, avec un parachute de fortune s'ouvrant à 40 mètres du sol. Quand j'ai annoncé ma décision à mon père, il a eu du mal à comprendre. Pourquoi gâcher mon potentiel dans une activité ludique ? Il a tout de même pris la nouvelle avec calme et logique : « Tu veux arrêter tes études pour vivre de ta musique, très bien, alors tu t'assumes et tu subviens à tes besoins. » Il avait raison, rester chez lui impliquait de me plier à des règles forcément contraignantes. Mon départ s'est déroulé sans rancœur, dans la souplesse, même si mon père a dû souffrir de me voir m'en aller. Je le comprends d'autant mieux aujourd'hui que je suis père. La chanson *Le Fiston*, je l'ai écrite pour lui rendre hommage et lui exprimer mon amour. J'ai eu beaucoup de mal à dire « je t'aime » à mes parents. Aujourd'hui, je laisse ma pudeur de côté.

La tournée avec le Massilia a marqué un cap décisif pour B-Boy Stance. Ce fut le début du professionnalisme. Kheops n'avait pas pu venir avec nous car il exerçait encore un métier à l'époque : chef du rayon « liquides » à Prisunic. Joe et moi, en revanche, nous sommes produits dans de vrais concerts, en première partie du Massilia. Nous avons touché nos premiers cachets. C'étaient de petites sommes, à peine 150 francs, mais nous étions payés pour notre rap, une reconnaissance symboliquement importante. J'ai rencontré Zebda pour la première fois quand nous avons rappé dans la fête de leurs quartiers, à la cité Bourbaki ; ils assuraient eux-mêmes le service de sécurité. Je me rappelle qu'après le concert, nous avons passé la soirée à tchatcher et à rigoler dans une ambiance détendue et souriante. Nous sommes souvent retournés jouer à Toulouse, devenue notre ville d'adoption. Des années plus tard, nous avons même donné un concert sur un char à travers toute la ville, et ce fut un grand souvenir de fête collective. À ce moment-là, à Marseille, nous ne disposions d'aucun lieu pour nos concerts à l'exception de La Maison hantée. Toulouse, au contraire, se distinguait par son dynamisme. Musicalement, cette ville avait dix ans d'avance sur les autres en France.

C'était le « petit Paris du Midi », avec bars, cafés-concerts, fêtes à gogo et une belle ouverture d'esprit.

Au retour de la tournée avec le Massilia, je me suis installé dans le centre de Marseille. Ce furent les prémices de ma deuxième vie.

Quand ils rentraient chez eux
remix (nouvelle version)

Quand ils rentraient chez eux remix
Condamné pour un délit de sale gueule
Célibataire endurci dans le deux pièces d'un immeuble
Enfance de fils unique, grandir sans frère ni sœur
Père succomba, Mère ne supportait plus d'être veuve
Beau-père alcoolique, placement en famille d'accueil
Dans la cour de récré, toujours de ceux qui restaient seuls
Sans chagrin d'amour, vibration d'un premier flirt
Goût du baiser, odeur, parfum d'une amoureuse

On se sent seul, dans le même cas on est si nombreux
Isolés les uns des autres, on communique peu
Eux quand ils rentraient chez eux, le regard amoureux
Tout pouvait s'écrouler autour d'eux
On se sent seul, en même temps de plus en plus nombreux
Pas besoin de grand-chose pour se sentir heureux
Mais on se fait déjà trop vieux a beau fermer les yeux
Espérant qu'un jour tout ira mieux

Comme ces instants où je rêvais de voir la ville en feu
Après altercation avec tous ces hommes en bleu
Question de respect, on mettait notre parole en jeu
Brisant les clichés de gars venus d'un quartier dangereux
Quand ils rentraient chez eux, je trônais comme un roi
                                        [sur mes bancs
À forcer l'entrée de tant de soirées dansantes
Le hip-hop, ouais, c'est ça qu'on avait dans le sang

Autour de moi, peu de lettres, mon gars, ça parlait en francs
Cette impression de voir Mars séparé en deux
Ceux qui tirent les fils et ceux qui vivent sans enjeu
Qui voient jamais rien de neuf et se niquent entre eux
Portant sur les épaules un gros passif de contentieux
Je revois le village où jadis je vivais enfant
Puis l'escalade des noises et son tracé en pente
Ma place dans le quartier, assailli par les cancans
Tes lèvres sur mon front, et mes blessures qui guérissent
                                                    [dans le temps

On se sent seul, dans le même cas on est si nombreux
Isolés les uns des autres, on communique peu
Eux quand ils rentraient chez eux, le regard amoureux
Tout pouvait s'écrouler autour d'eux
On se sent seul, en même temps de plus en plus nombreux
Pas besoin de grand-chose pour se sentir heureux
Mais on se fait déjà trop vieux, a beau fermer les yeux
Espérant qu'un jour tout ira mieux

Victime anonyme à la recherche du bonheur
Dans l'obscurité, à se dire que la solitude fait peur
L'individualité te condamne à vivre seul
Te donne l'impression d'être passé à deux doigts du bonheur
Dans l'indifférence, je prends place dans l'ascenseur
Quotidien, se coucher tard pour se lever de bonne heure
S'ouvrir une boîte, s'endormir devant le téléviseur
Personne ne se souciera si un jour je pars avant l'heure

Streetlife

Quand j'ai quitté le domicile paternel, j'étais trop fauché pour louer une chambre d'hôtel. J'étais à la rue, les poches vides, mais je l'avais bien cherché. J'ai commencé par squatter chez des potes du Massilia. Puis, très vite, je me suis installé chez Joe. Avec sa petite copine, Nany, il habitait un studio rue Saint-Pierre, dans le quartier de La Plaine, en plein centre-ville. J'étais un peu l'enfant du couple. Du monde allait et venait chez Joe jusque tard dans la nuit. Nous passions des soirées entières à écouter de la musique à plein volume et à parler pour refaire le monde. Nous avons aussi beaucoup travaillé. Vivre avec Joe a permis d'énormes avancées car nous étions 24 heures sur 24 ensemble. Son domicile était devenu notre local de répétition. Au menu : écoute des nouveautés hip-hop, textes écrits en flux tendus, puis rappés sur les faces B rapportées par Kheops.

C'est d'ailleurs chez Joe que nous avons fondé IAM, en 1988. Frankie Mallet était également présent. Le nom du groupe, nous l'avions trouvé sur des photos prises pendant la marche pour les droits civiques des Afro-Américains. Les manifestants arboraient des pancartes avec le mot d'ordre : « I am a man. » IAM est la contraction de cette revendication. « J'existe, je ne suis

187

pas un animal ou un numéro mais un être humain. »
Par la suite, nous nous sommes amusés à jouer avec les
initiales du nom du groupe, ce qui a donné « Imperial
Asiatic Men », « Invasion arrivant de Mars » ou encore
« Indépendantistes autonomes Marseillais ». Mais le
sens véritable d'IAM réside dans cette affirmation, cruciale pour nous : « Je suis, j'existe. » À l'époque, nous
n'étions ni des chômeurs ni des travailleurs, seulement
des artistes sans maison de disques. Bref, des « rien du
tout », des êtres transparents, socialement inexistants.
Nous traînions à longueur de jour et de nuit sur les
rampes chromées des escaliers de la station de métro
Vieux Port, à l'angle de la Canebière et du quai des
Belges. Le Vieux Port était le point de ralliement du
Criminosical Possee.

Je me suis installé chez Kheops en 1988, dans son
appartement de psychopathe, sorte de hangar désigné
pour le hip-hop : une pièce avec un canapé-lit, une
chambre et une cuisine dans un état de chaos avancé.
Dans le salon, le mobilier se réduisait au strict minimum : deux platines Technics achetées à crédit et la
collection de disques de Kheops. Il devait posséder
au moins cinq mille vinyles. Notre emploi du temps ?
Réveil à 14 h 00, écoute musicale et écriture jusqu'à
16 h 00, puis descente au Vieux Port jusqu'à 4 h 00
du matin, moment où l'on saluait les éboueurs pour
leurs premières rondes et où l'on rentrait chez nous.
Rap et glande. Glande et rap. Nous menions ces deux
activités avec une égale ferveur. Nous passions nos
après-midi et nos soirées à tuer le temps avec Malek,
François, Kheops et les autres. C'était notre job.
Rester là, squatter la station Vieux Port entre Le Freetime, un fast-food, et l'Office du tourisme. Aux heures
de pointe, nous formions une bande de soixante-dix

gars, occupés à tenir les murs sous les arcades de l'office. Nous faisions partie du décor, ce qui n'empêchait pas les touristes, venus admirer le cadre pittoresque du Vieux Port, de nous considérer avec un étonnement mêlé d'inquiétude. Les employées de l'office, nous les croisions tous les jours sans pour autant les connaître. Nous étions naturellement persuadés qu'elles nous méprisaient, voire nous détestaient. Pourtant à Noël, au cœur d'une journée glaciale, l'une d'elles était sortie pour nous offrir une grande boîte de chocolats. Je n'oublierai jamais ce geste. On devait vraiment faire pitié avec nos tronches d'asociaux. C'était une attention touchante, à laquelle nous n'étions pas franchement habitués. Nous étions plutôt familiers des frictions quotidiennes avec les flics, des courses poursuites dans les ruelles de Marseille, des contrôles musclés de la Brigade canine et de la BAC, la tête plaquée contre les murs.

Nous étions les gars du métro. Une équipe haute en couleurs souvent montrée du doigt et stigmatisée. Le quotidien *Le Méridional* s'était même fendu un jour d'un article titré : « Pourquoi tous ces jeunes au métro Vieux Port ? » Dans le texte, le rédacteur demandait à « ce groupe d'une quinzaine de jeunes Africains d'aller s'amuser ailleurs ». Mais nous restions en place, nous écoutions de la musique à fond en pleine rue, Joe et moi nous entraînions à rapper au walkman, et certains danseurs se lançaient dans des démonstrations de break à même le bitume, histoire de s'entraîner. Notre musique, nous la vivions en bande, avec le Criminosical Possee. On faisait du rap pour les soixante mecs autour de nous et, bien sûr, le charriage était notre activité favorite. Il prenait toutes sortes de formes :

chambrer, rigoler, taquiner, bref, se confronter à l'autre par la parole. C'est une tradition orale ancestrale présente dans les sociétés méditerranéennes. Quand j'ai lu pour la première fois des textes des Xe et XIe siècles dans une anthologie de la poésie arabe, j'ai été subjugué par les multiples correspondances qu'elle entretenait avec le rap : les poètes se vannaient, littéralement, se mesurant par le verbe. Les textes faisaient douze pieds, comme dans le rap ; ils pouvaient se scander et être mis en musique, comme dans le rap ; les noms des musiciens et des compositeurs chargés d'accompagner les joutes verbales étaient également mentionnés, comme ceux des producteurs de rap. Docteur Dre existait à Bagdad au XIe siècle.

À notre petit niveau, le charriage représentait une formidable gymnastique intellectuelle. Il nous incitait à muscler notre imagination, nos réflexes, notre sens de l'observation, de la répartie, du tac au tac... La vanne était omniprésente, une façon comme une autre de tuer l'ennui. Car le temps passait lentement sur le Vieux Port. Et c'était tous les jours dimanche. Nous avions beau être en nombre, notre véritable compagnon restait l'ennui. L'ennui, le sentiment d'inutilité, la transparence furent mes ennemis intimes, je les ai combattus au quotidien... Durant nos longues nuits au quartier, j'étais toujours le premier à rester zoner, le cul posé sur une barre en fer comme si j'étais le roi de la ville, alors que j'étais un zéro. Je n'avais aucune obligation familiale, je vivais chez Kheops et surtout, j'avais peur de rater quelque chose dans la rue, une baston, une rigolade, un pote de passage, une fille, peu importe. Musique et rue étaient intimement liées et le côté happening du dehors nourrissait notre rap.

Pour comprendre cet état d'esprit, il faut se replonger dans le Marseille du milieu des années 1980. En termes d'animations et de vie nocturne, Marseille s'apparentait à une ville de banlieue parisienne : Bobigny avec un million d'habitants. Le soir tombé, elle ressemblait à une ville morte, sous couvre-feu. Des magasins et restaurants fermant à l'heure des poules, peu ou pas de transports en commun, un métro cessant de fonctionner après 21 h 00… On en venait à se demander si tout n'était pas fait pour dissuader les gens de sortir. Sur le plan culturel, hormis les institutions comme le théâtre et l'opéra, rien n'était dédié aux musiques du moment, rien n'existait pour les jeunes des classes populaires. Sans la thune et le faciès adéquats, impossible de festoyer dans les boîtes fréquentées par la jeunesse dorée de la ville. Pour les Noirs et les Arabes, passer une soirée en discothèque relevait de la mission impossible. Moi, je m'en fichais, je n'ai jamais aimé les boîtes. Mais je sentais la frustration du reste de l'équipe. Alors nous nous rabattions sur les soirées funk, organisées dans des salles par des associations culturelles. Je garde le souvenir de fêtes animées, dans tous les sens du terme. Je les revois comme *nos* soirées, ambiance frime, chaleureuse et festive. Les soirées funk, c'est toute l'histoire du tube d'IAM *Je danse le Mia*. Les filles étaient jolies, des concours de danse s'organisaient, on se régalait d'accras de morue et de pastels sénégalais. Les DJ's passaient essentiellement des classiques funk, mais aussi du zouk, de la musique africaine, et un peu de rap…

Au début des années 80, je me souviens des soirées
Où l'ambiance était chaude, et les mecs rentraient
Stan Smith aux pieds, le regard froid

191

Ils scrutaient la salle, le 3/4 en cuir roulé autour du bras
Rayban sur la tête, survêtement Tacchini
Pour les plus classes, des mocassins Nebuloni
Dès qu'ils passaient, Cameo, Midnight Star
SOS Band, Delegation ou Shalamar
Tout le monde se levait, des cercles se formaient
Des concours de danse, un peu partout s'improvisaient
Je te propose un voyage dans le temps via planète Marseille
Je danse le Mia

Hé DJ, mets-nous donc du funk, que je danse le Mia
J'ai poussé le Pioneer à fond, pour danser le Mia
Ce soir les bagues brilleront, pour danser le Mia
Hé DJ, mets-nous donc du funk, que je danse le Mia

Je dansais le Mia, jusqu'à ce que la soirée vacille
Une bagarre au fond et tout le monde s'éparpille
On râlait, que c'était nul, que ça craignait
Mais le samedi d'après on revenait, tellement qu'on
[s'emmerdait
J'entends encore le rire des filles
Qui assistaient au ballet, des Renault 12 sur le parking
À l'intérieur, pour elles, c'était moins rose
« Oh cousine, tu danses ou je t'explose ? »
Voilà comment tout s'aggravait, en un quart d'heure
Le frère rappliquait : « Oh, comment tu parles à ma sœur ?
Viens avec moi, on va se filer
Tête à tête je vais te fumer derrière les cyprès »
Et tout s'arrangeait ou se réglait à la danse
L'un disait : « Fils, t'y as aucune chance… »
Hé les filles, mes chaussures brillent, hop ! Un tour, je vrille
Je te bousille, tu te rhabilles
Et moi, je danse le Mia

Même les voitures : c'était le défi
KUX 73, JM 120, mon petit
Du grand voyou, à la plus grosse mauviette

La main sur le volant : « Avec la moquette ! »
Pare-soleil collé sur le pare-brise arrière
Dédé et Valérie, écrit en gros : « Sur mon père ! »
La bonne époque où on sortait la 12 sur « Magic Touch »
On lui collait la bande rouge, à la Starsky et Hutch
J'avais la nuque longue, Éric aussi
Malek coco, la coupe à la Marley
Pascal était rasta, des afros sur François et Joe
Déjà à la danse, à côté d'eux, personne ne touchait une bille
On dansait le Mia

En direct sur Radio Chacal
En duplex live avec le New Starflash Laser Light action club…
C'est tout de suite
3 – 2 – 1 – DJ !

Merci à tous et à toutes d'être avec nous ce soir
        [au New Starflash Laser Light action club
Nous sommes ensemble ce soir pour une soirée de bonheur
                                [musical
Avec un grand concours de danse
De nombreux super-cadeaux
Pour les heureux gagnants, il y aura des tee-shirts Marlboro
    [des autocollants Pioneer, des caleçons JB, des peluches !
À la technique, c'est Michel
Le light-jockey, c'est Momo
On monte sur les tables
On lève les bras bien haut…
Allez, c'est parti !

Je danse le Mia, pas de pacotille
Chemises ouvertes, chaînes en or qui brillent
Des gestes lents, ils prenaient leur temps, pour enchaîner
Les passes qu'ils avaient élaborées dans leur quartier
Et c'était vraiment trop beau, un mec assurait
Tout le monde criait : « Oh oui Minot ! »
La piste s'enflammait, tous les yeux convergeaient

Les différends s'effaçaient et des rires éclataient
Beaucoup disaient que nos soirées étaient sauvages
Et qu'il fallait entrer avec une batte ou une hache
Foutaises, c'étaient les ragots des jaloux
Et quoi qu'on en dise, nous, on s'amusait beaucoup
Aujourd'hui encore, on peut entendre des filles dire
« Aya, IAM, ils dansent le Mia… »

Nous fréquentions également les mariages africains, comoriens entre autres. Comme elles nous voyaient galérer dehors, les mamas sortaient pour nous offrir des gâteaux et nous invitaient parfois à la fête. Tout le monde était en costard, sur son trente et un, et nous, nous déboulions en jeans. L'hospitalité et le partage sont des spécialités comoriennes. Je n'ai vu cela dans aucun autre mariage.

Durant les mois de mai et de juin, on s'offrait également des sorties à la plage, sur deux jours. On partait en bande, quinze mecs, pas une seule fille, tous les « rongeurs » au chômage du secteur étaient là. On squattait les calanques pour des journées entières de bronze et de baignade, tous sauf nos potes sénégalais. Ils détestaient le soleil et l'eau. On les appelait les « Miaou », c'était le surnom de François, qui restait toute la journée au sec, à l'ombre, ou au soleil à condition d'avoir une serviette sur la tête. Et quand la monotonie de Marseille se faisait trop pesante, nous prenions la tangente direction Toulon, pour des virées épiques, à cinquante dans le train sans un seul ticket. Les flics nous attendaient sur le quai et nous les esquivions en nous dispersant dans tous les sens au pas de course. On se retrouvait ensuite dans des soirées à la cité Berthe, du côté de La Seyne-sur-Mer. François avait de nombreux cousins installés dans le secteur, nous passions donc beaucoup de temps à Toulon. Les Toulonnais ont une mentalité très proche de celle des Marseillais, alors on s'amusait à les taquiner. La vanne récurrente était : « Toulon aurait pu être une grande ville, mais malheureusement pour elle, cinquante kilomètres la séparent de Marseille. Vous êtes dans notre ombre. » On ne le pensait pas mais la blague avait un effet terrible. Avec des potes et le temps d'un week-end, je m'offrais également des escapades à Barcelone, histoire de faire la bringue dans les bars et en boîte – autant d'activités inenvisageables à Marseille.

Au fond, Marseille était une ville de glande et de violence. Pendant la journée, La Canebière et le Vieux Port vivaient, grouillaient, comme sur un cliché de carte postale ; à la nuit tombée, la ville changeait radicalement de physionomie pour devenir le repaire de tous les marginaux, putes, toxicos, clochards… La cour des miracles. Le touriste en vadrouille s'y faisait dépouiller fissa, preuve que la ville a depuis fait de gros progrès.

Durant mes années dans la rue, beaucoup de marines circulaient dans le centre de Marseille. Les porte-avions américains jetaient régulièrement l'ancre dans le port, les marines s'offraient alors des sorties en ville. Ils étaient aux anges quand ils traînaient à Belsunce. Alors forcément, vu leur technique de drague agressive, l'ambiance était électrique, donnant lieu à des conflits, voire de grosses bastons avec leur lot de blessés. Et parfois de morts : c'est, je pense, la raison pour laquelle les Américains ont cessé de venir à Marseille. Nous nous battions ainsi contre des masses de 110 kilos. Dans la bande, je n'étais pas le pire des casse-cou, ni le plus bagarreur, mais quand il fallait aller au charbon, je prenais mes responsabilités, sans me défiler. J'y ai d'ailleurs laissé quelques dents.

Parmi les marines, nous nous sommes certes fait des ennemis, mais aussi des amis, comme Herbie, un Afro-Américain de Philadelphie. Nous avons sympathisé avec lui dans la rue. Tandis que nous écoutions du rap américain sur nos postes, volume à fond, il est passé, s'est arrêté et nous a accostés ; il n'en revenait pas de voir de petits Marseillais fondus de hip-hop. Les marines s'extasiaient toujours devant la prépondérance de la culture africaine ou afro-américaine à Marseille. Ils écoutaient nos émissions de radio, nous appelaient pour entendre tel ou tel titre et nous, nous écoutions les leurs, animées depuis leur navire. Avec Herbie, on a traîné pendant deux semaines, le temps de l'escale du navire USS *Shenandoah* dans le port de Marseille ; il nous prêtait des cassettes avec les nouveautés rap, on l'emmenait avec nous aux soirées, dans nos concerts à La Maison hantée. Certains jours, on pouvait compter jusqu'à cent GI's dans la salle. Une ambiance de fous.

Bizarrement, la plus grosse baston avec les marines nous a opposés aux gars du bateau de Herbie. Tout est parti d'une embrouille un peu tordue avec les « clandos ». C'est le nom donné aux immigrés clandestins maghrébins qui débarquaient à Marseille pour travailler au noir sur les chantiers. Ils squattaient le plus souvent à Belsunce et, entre nous, c'était forcément un choc de cultures, ponctué d'échanges de mauvais procédés. Coups bas des deux côtés. On les arnaquait, en se faisant passer pour des flics avec des cartes Azur (les cartes d'abonnement du métro). Quand ils téléphonaient dans des cabines publiques, on bloquait la porte pour les enfermer à l'intérieur. Eux ne rigolaient pas, ils s'armaient toujours de lames ou de rasoirs qu'ils dissimulaient dans leur poche ou dans leur bouche. Ces types étaient de passage ; la plupart du temps, ils finissaient expulsés, ils n'avaient donc rien à perdre. S'il fallait te planter, ils y allaient sans hésitation. Nos accrochages étaient récurrents, violents, et je me baladais constamment avec une matraque télescopique qui, si le cas se présentait, me permettait de les désarmer à distance.

Mais revenons à notre affaire avec les marines. Ce jour-là, l'un de nos amis, Kader, s'était violemment accroché avec des clandos dans un bar situé à l'angle du Vieux Port. Baston générale, jets de gaz lacrymogène, tout le monde s'échappait du bar dans la confusion. Le scénario classique. Je me trouvais à l'extérieur quand l'embrouille a éclaté. J'ai vu Kader sortir en furie, casser une bouteille. J'ai suivi la meute en demi-footing, et sans que j'aie eu le temps de me retourner, trois mecs m'ont attrapé par-derrière, soulevé, et un autre m'a envoyé une droite monumentale. Elle m'a coûté deux dents. C'était un GI. Il était revenu avec tous ses potes pour régler son compte à un clando qui les avait arnaqués. Je portais une veste en jean, j'étais coiffé comme lui... Dans la précipitation, il m'avait donc confondu avec le type en question. Cet épisode m'a inspiré un passage du titre *La Face B* :

Tu es jeune, tu es le roi, tu as peur de rien
Jusqu'au jour où tu prends un pain d'un marine américain
Je pesais 65 kilos et ce type 120
Je suis tombé sec, un cocard, et deux dents en moins
Mais fils, qu'est-ce que j'ai pu rigoler
Chaque fois qu'un se faisait balafrer par les clandos
[du quartier
Maintenant je vis tranquille
Toujours dans la même ville, mais plus d'embrouilles
[débiles

Je suis passé sur la face A, j'ai eu la renommée
Mais putain ce que j'aime déchirer sur la face B

Pendant ce temps, ça bastonnait dans tous les sens. Clandos, Marseillais, marines, une grande mêlée… On ne savait plus qui tapait sur qui. La police militaire a débarqué et ordonné aux marines de retourner sur le bateau, pour leur sécurité. Ils y ont été consignés. Une semaine plus tard, ils sortaient en permission et nous les attendions de pied ferme. Quand ils sont apparus, nous les avons pris à coups de bouteilles. Ils sont remontés illico dans leur bus. Le sol était jonché de tessons.

La baston était malheureusement une activité fréquente. On se fritait aussi avec les Gitans qui, comme nous, squattaient le Freetime, près du port. Là-bas, on commandait une glace et on restait l'après-midi entier à parler. Nous occupions l'étage, les Gitans le rez-de-chaussée. Ils nous appelaient « les mecs d'en haut » ; en retour, nous les surnommions « les mecs d'en bas ». Parfois, nos échanges dégénéraient en bagarres à l'ancienne. Huit ans plus tard, nous les avons retrouvés, les mêmes, à un concert d'IAM, en train de chanter nos chansons. Cette fois, nous avons rigolé en souvenir du bon vieux temps et de nos embrouilles stupides. Je me souviens aussi d'une soirée à Toulon, aux Floralies, près de la cité Berthe. Comme d'habitude, nous étions venus à cinquante. Dans la salle, un pote, le plus petit d'entre nous, a fait le con avec un mec de La Seyne. Il l'a pris par la tête et lui a fait mimer une fellation en dansant l'« uprock » ou « danse de combat ». C'est parti en vrille. Les types venaient du Messidor, une subdivision de la cité Berthe. Ils ont rameuté en nombre. La situation aurait pu dégénérer gravement, mais nous nous en sommes sortis avec quelques cocards.

À Marseille, c'est surtout sur les skins que nous nous sommes acharnés. Et je le dis avec fierté : nous avons débarrassé la ville de tous ses fachos décérébrés en bombers. Avec le Criminosical Possee, nous nous sentions investis d'une mission, et nous mettions un point d'honneur à l'accomplir avec une sévérité implacable. Les skins, nous savions où les débusquer. Ils traînaient leurs Docs à la périphérie du centre-ville, du côté de La Plaine, ou sur la place Estrangin. Alors nous organisions des opérations éclairs. Nous débarquions en masse, tels les Huns ou les Mongols, et nous les prenions aux poings. Notre groupe comptait de nombreux adeptes des arts martiaux ou de la boxe. Les choses se réglaient donc à mains nues, sans pitié ni rémission. Pour finir le travail, nous les attachions aux poteaux et brûlions leurs bombers, faisant régner « l'ordre et la justice », selon notre conception ; j'exagère à peine. Après ce genre de punition, les skins n'osaient plus s'afficher. Nous les avons éradiqués, et même reconvertis pour certains, comme Buck et Loris. Ces deux-là étaient venus nous voir à une soirée, encore accoutrés comme des skins – jeans moulants et Doc Martens – mais ils avaient décousu le drapeau français de leur blouson. Ils nous ont simplement demandé s'ils pouvaient entrer dans notre soirée, ils adoraient le ska et le reggae. Ils sont devenus des amis. À la fin, ils étaient fringués comme des hip-hopers. Comme quoi la haine n'est pas irréversible et nous ne sommes pas aussi intolérants que les médias veulent bien le raconter ; nous n'avons pas arrêté notre opinion à la tenue qu'ils arboraient lors de notre première rencontre et eux ont réussi à dépasser leur idéologie.

Demain, vu le manichéisme planant sur l'information et la façon dont il dresse les uns contre les autres, nous aurons malheureusement plus de risque de rencontrer des Buck et des Loris version bombers avec drapeaux français sur l'épaule.

Je pouvais rester longtemps sans donner de nouvelles à mes parents. J'évitais de revenir au contact de ma famille, ça me rassurait. Mon défaut est là : loin des yeux, près du cœur. Mon frère devait les tenir informés, même si nous avions moins l'occasion de nous croiser tous les deux. Il habitait toujours à Plan de Cuques, nous n'avions plus les mêmes fréquentations ni la même vie. Il étudiait en BTS, avait des amis rangés, draguait les filles en boîte de nuit… Parfois, quand il rentrait de soirée avec ses potes et mon cousin, tard dans la nuit, je le voyais passer en voiture. Il me saluait de la main tandis que je zonais avec l'équipe du métro. Un jour pour son anniversaire, il m'a invité en boîte. J'étais venu avec François et Karim. Nous sommes restés toute la soirée le cul sur un fauteuil, à faire la gueule. Il devait faire 60 °C à l'intérieur, et pourtant on n'a pas pris la peine d'enlever nos blousons. La musique m'horripilait, je détestais danser, la drague, n'en parlons pas. Comme je le raconte dans *Je suis peut-être*, j'étais un animal, un vrai chat sauvage. J'avais beau m'éclater dans les boîtes de New York, à Marseille, je m'emmerdais comme un rat mort.

Dans les boîtes, je me fais chier pour de bon
Je suis comme ET : je veux rentrer maison

À partir de 1988, je me suis acoquiné avec la bande du parc Bellevue, même si tous ses membres n'étaient pas issus de ce quartier : Kader, Jean, Nasser, Houari, Kamel Saleh, Brahim, Kamel Fé – la future équipe du film *Comme un aimant*, que j'allais coréaliser avec Kamel Saleh en 1998. Tous sont restés des amis intimes. Ils habitaient à Félix Pyat, à quelques centaines de mètres de l'appartement de Kheops, situé boulevard de Paris. Félix Pyat faisait partie des cités les plus dures de France. À dix minutes en voiture du centre-ville, c'était le tiers-monde, sans exagérer. Un chaudron, une cité d'urgence comme tant d'autres, frappée de plein fouet par la crise des années 1980. 51 % de la population active y était sans emploi, la proportion grimpant à 85 % chez les 16-25 ans. Comme dans beaucoup de quartiers, on trouvait un mélange incroyable d'énergie, de chômage, d'immigration et de mixité culturelle : Italiens, Juifs d'Algérie, Siciliens de Tunis, Maghrébins, Sénégalais et Comoriens étaient confinés dans des immeubles délabrés avec vue sur la mer. Félix Pyat n'était pas un amas de HLM gérés par un office, mais une résidence construite dans l'urgence au lendemain de la guerre d'Algérie et que ses propriétaires ont laissée dans un dramatique abandon, au grand dam des locataires… Ce ne sont pas des HLM gérées par un office. Quand nous montions en haut de la grande tour, le panorama offrait une vue imprenable sur la Méditerrannée et les bateaux au large.

En 1991, au moment de la sortie de notre premier album *De la planète Mars*, nous avons tourné le clip de *Red Black and Green* là-bas. Les meubles étaient balancés depuis les étages, les entrées des bâtiments arrachées, les appartements squattés, abandonnés ou brûlés. N'en déplaise à Charles Aznavour, auquel je voue un profond respect, la misère n'est pas moins pénible au soleil…

Je me suis donc rapidement lié d'amitié avec Kamel Saleh et toute la bande. Certains faisaient de la musique, d'autres poursuivaient des études, gagnaient de l'argent dans le commerce légal ou illégal. Des liens culturels implicites nous rapprochaient : les Maghrébins, Africains et Italiens du Sud possèdent de nombreux points communs, dans les attitudes, la tchatche. Les amis de Félix Pyat m'ont également permis de nouer mon premier lien avec l'islam. Lorsque j'habitais à Plan de Cuques, je fréquentais essentiellement des jeunes d'origine espagnole, arménienne, corse ou italienne, tous chrétiens. Là, j'étais en contact permanent avec la culture musulmane. Aux côtés de mes amis – comoriens, algériens, maliens, sénégalais, tunisiens ou marocains – j'ai commencé à faire le Ramadan, par solidarité, par respect aussi, et ce bien avant ma conversion à l'islam. Ils jeûnaient, alors moi, pour ne pas dénoter, je jeûnais aussi. J'ai jeûné un jour, deux jours, trois jours… et puis j'ai fini par faire tout le Ramadan avec eux.

J'ai pu constater au quotidien le racisme à leur encontre : les regards hostiles des gens dans la rue, les gestes méprisants, les contrôles systématiques des flics, au faciès. Ils avaient beau nous connaître tous, nous étions dix fois sommés de présenter notre carte d'identité. Personnellement, je n'ai pas eu à subir de réactions racistes de la part des flics. J'ai été la cible d'autres préjugés, liés à mon histoire familiale.

Un jour, durant un contrôle, un policier, avec lequel j'aurais l'occasion de rigoler des années plus tard, a jeté ma carte d'identité et m'a intimé l'ordre de dégager sur-le-champ. J'ai refusé, il m'a lancé : « Et tu vas faire quoi ? Appeler ta famille ? » Un préjugé social et familial. Pour autant, je ne suis pas devenu un anti-flic primaire. Des flics, il en faut. Mais dans les années 1980, beaucoup de cow-boys à la main lourde, et parfois à la gâchette facile, ont sévi dans la police nationale. Nous avions régulièrement des heurts avec les « condés », mais j'en ai rencontré de bons. Je me souviens de René Giancarli, un flic honnête et droit, qui travaillait sur quarante-huit cités de Marseille. Il emmenait les jeunes jouer au foot, faire de la plongée... François avait d'ailleurs participé à des stages organisés par Giancarli dans le cadre des opérations « anti-été chaud ». Durant deux semaines, il avait fait de la moto sur le circuit du Castelet. Et il en garde un souvenir extraordinaire. Mais « les flics ne sont pas des animateurs sociaux », c'est du moins l'avis d'un ancien ministre de l'Intérieur. Giancarli a pourtant sauvé plus d'un gamin de la prison ou de la mort. Un homme comme lui travaillait sur le plan humain ; les directives des ministères et de ses supérieurs l'ont sommé de faire du « chiffre », du répressif, de travailler sur le plan financier. Aux dernières nouvelles, il aurait démissionné pour œuvrer au Samu.

Avec Kamel Saleh et la bande de Bellevue, nous avions recréé une famille. Nous nous voyions plus souvent qu'avec nos familles biologiques. Nos soirées consistaient à fumer et à rouler dans le centre-ville. Nous avions trouvé une astuce pour animer nos errances nocturnes : un caméscope de fortune. On se filmait entre nous, on filmait la ville et ses oiseaux de nuit en se faisant passer pour une équipe de télévision : « Bonjour, c'est pour la chaîne M Suss », en référence à M6. On interviewait des putes, des toxicomanes, des noctambules solitaires... À Marseille, les gens sont bons clients, ils se laissent facilement filmer. Nous étions en quelque sorte devenus des documentaristes urbains. Nous avons immortalisé les nuits fauves de la ville sur des images volées, prises sur le vif à 5 h 00 du matin, avec leur cortège d'embrouilles, de courses-poursuites, d'arrestations, de fous rires... C'est une technique que nous utiliserions plus tard pour le clip de *Demain c'est loin*. Kamel Saleh l'a réalisé avec des images nocturnes de Marseille et des quartiers, notamment de Félix Pyat. Malheureusement, la police nous a saisis un jour cinq heures d'images, car nous avions filmé des civils en train d'insulter des gamins à Belsunce. Chaque image volée illustrait nos textes de façon explicite ou allégorique. Ce type de clip, avec son esthétique au ras du bitume, en a inspiré bien d'autres par la suite.

L'encre coule, le sang se répand, la feuille buvard
Absorbe l'émotion, sac d'images dans ma mémoire
Je parle de ce que mes proches vivent, de ce que je vois
Des mecs coulés par le désespoir, qui partent à la dérive

Des mecs qui pour 20 000 de shit se déchirent
Je parle du quotidien, écoute bien, mes phrases font pas rire
Rire, sourire, certains l'ont perdu, je pense à Momo
Qui m'a dit à plus, jamais je ne l'ai revu

Tenter le diable pour sortir de la galère, t'as gagné frère
Mais c'est toujours la misère pour ceux qui poussent derrière
Pousse, pousser au milieu d'un champ de béton
Grandir dans un parking et voir les grands faire rentrer les ronds

La pauvreté, ça fait gamberger, en deux temps,
[trois mouvements
On coupe, on compresse, on découpe, on emballe, on vend

204

À tour de bras, on fait rentrer l'argent, on craque
Ouais, c'est ça la vie, et parle pas de RMI ici, ici

Ici, le rêve des jeunes c'est la Golf GTI, survet' Tacchini
Tomber les femmes à l'aise comme Many
Sur *Scarface*, je suis comme tout le monde je délire bien
Dieu merci, j'ai grandi, je suis plus malin, lui, il crève à la fin

La fin, la faim, la faim justifie les moyens, quatre, cinq coups
[malsains
Et on tient jusqu'à demain, après on verra bien
On marche dans l'ombre du malin du soir au matin
Tapi dans un coin, couteau à la main, bandit de grand chemin

Chemin, chemin, y en a pas deux pour être un Dieu
Frapper comme une enclume, pas tomber les yeux
[l'envieux toujours en veut
Une route pour y entrer, deux pour s'en sortir, 3/4 cuir
Réussir, s'évanouir, devenir un souvenir

Souvenir, être si jeune, en avoir plein le répertoire
Des gars rayés de la carte qu'on efface comme un tableau,
[tchpaou ! C'est le noir
Croire en qui, en quoi, les mecs sont tous des miroirs
Vont dans le même sens, veulent s'en mettre plein les tiroirs

Tiroirs, on y passe notre vie, on y finit avant de connaître l'enfer
Sur terre, on construit son paradis
Fiction, désillusion trop forte, sors le chichon
La réalité tape trop dur, besoin d'évasion

Évasion, évasion, effort d'imagination, ici tout est gris
Les murs, les esprits, les rats la nuit
On veut s'échapper de la prison, une aiguille passe, on passe
[à l'action
Fausse diversion, un jour tu pètes les plombs

Les plombs, certains chanceux en ont dans la cervelle
D'autres se les envoient pour une poignée de biftons
[guerre fraternelle
Les armes poussent comme la mauvaise herbe
L'image du gangster se propage, comme la gangrène sème
[ses graines

Graines, graines, graine de délinquant qu'espériez-vous ?
[Tout jeune
On leur apprend que rien ne fait un homme à part les francs
Du franc-tireur discret au groupe organisé, la racine devient
[champ
Trop grand, impossible à arrêter

Arrêté, poisseux au départ, chanceux à la sortie
On prend trois mois, le bruit court, la réputation grandit
Les barreaux font plus peur, c'est la routine, vulgaire épine
Fine esquisse à l'encre de Chine, figurine qui parfois s'anime

S'anime, animé d'une furieuse envie de monnaie
Le noir tombé, qu'importe le temps qu'il fait, on jette les dés
[faut flamber
Perdre et gagner, rentrer avec quelques papiers
En plus, ça aidera, personne demandera d'où ils sont tombés

Tomber ou pas, pour tout, pour rien on prend le risque
[pas grave cousin
De toute façon dans les deux cas, on s'en sort bien
Vivre comme un chien ou un prince, y a pas photo
On fait un choix, fait griller le gigot, briller les joyaux

Joyaux, un rêve, plein les poches mais la cible est trop loin,
[la flèche
Ricoche, le diable rajoute une encoche trop moche
Les mecs cochent leur propre case, décoche pour du cash
J'entends les cloches, à coups de pioche, creuser un trou
[c'est trop fastoche

Fastoche, facile le blouson du bourgeois docile
Des mémés la hantise, et porcelaine dans le pare-brise
Tchac ! Le rasoir sur le sac à main, par ici les talbins
Ça c'est toute la journée, lendemain, après lendemain

Lendemain ? C'est pas le problème, on vit au jour le jour
On n'a pas le temps ou on perd de l'argent, les autres
[le prennent
Demain, c'est loin, on n'est pas pressé, au fur et à mesure
On avance, en surveillant nos fesses pour parler au futur

Futur, le futur ne changera pas grand-chose
[les générations prochaines
Seront pires que nous, leur vie sera plus morose
Notre avenir, c'est la minute d'après, le but, anticiper
Prévenir avant de se faire clouer

Clouer, cloués sur un banc rien d'autre à faire, on boit
[de la bière
On siffle les gazières qui n'ont pas de frère
Les murs nous tiennent comme du papier tue-mouches
On est là, jamais on s'en sortira, Satan nous tient avec
[sa fourche

Fourche, enfourcher les risques seconde après seconde
Chaque occasion est une pierre de plus ajoutée à nos frondes
Contre leurs lasers, certains désespèrent, beaucoup touchent
[terre
Les obstinés refusent le combat suicidaire

Sidère, sidérés, les Dieux regardent, l'humain se diriger
[vers le mauvais
Côté de l'éternité, d'un pas ferme et décidé
Préférant rôder, en bas en haut, on va s'emmerder
Y a qu'ici que les anges vendent à fumer

Fumée, encore une bouffée, le voile est tombé
La tête sur l'oreiller, la merde un instant estompée

Par la fenêtre, un cri fait son entrée, un homme se fait braquer
Un enfant se fait serrer, pour une Cartier, menotté

Menotté, pieds et poings liés par la fatalité
Prisonnier du donjon, le destin est le geôlier
Le turf, l'arène, on a grandi avec les jeux
Gladiateur courageux, mais la vie est coriace, on lutte
[comme on peut

Dans les constructions élevées
Incompréhension, bandes de gosses soi-disant mal élevés
Frictions, excitation, patrouilles de civils
Trouille inutile, légendes et mythes débiles

Haschich au kilo, poètes armés de stylos
Réserves de créativité, hangars, silos
Ça file, au bloc 20, pack de Heineken dans les mains
Oublier en tirant sur un gros joint

Princesses d'Afrique, fille mère, plastique
Plein de colle, raclo à la masse lunatique
Économie parallèle, équipe dure comme un roc
Petits Don qui contrôlent grave leurs spots

On pète la Veuve Cliquot, parqués comme à Mexico
Horizons cimentés, pickpockets, toxicos
Personnes honnêtes ignorées, superflics, zorros
Politiciens et journalistes en visite au zoo

Musulmans respectueux, pères de famille humbles
Baffles qui blastent ma musique de la jungle
Entrées dévastées, carcasses de tires éclatées
Nuée de gosses qui viennent gratter

Lumières orange qui s'allument, cheminées qui fument
Parties de foot improvisées sur le bitume
Golf, VR6, pneus qui crissent
Silence brisé par les sirènes de la police

Polos Façonnable, survêtements minables
Mères aux traits de caractère admirables
Chichon bidon, histoires de prison
Stupides divisions, amas de tisons

Ou clichés d'Orient, cuisine au piment
Jolis noms d'arbres pour des bâtiments dans la forêt de ciment
Désert du midi, soleil écrasant
Vie la nuit, pendant le mois de Ramadan

Pas de distractions, se créer un peu d'action
Jeu de dés, de contrée, paris d'argent, méchante attraction
Rires ininterrompus, arrestations impromptues
Maires d'arrondissement corrompus

Marcher sur les seringues usagées, rêver de voyager
Autoradios en affaire, lot de chaînes arrachées
Bougre sans retour, psychopathe sans pitié
Meilleurs liens d'amitié qu'un type puisse trouver

Génies du sport faisant leurs classes sur les terrains vagues
Nouvelles blagues, terribles techniques de drague
Individualités qui craquent parce que stressées
Personne ne bouge, personne ne sera blessé

Vapeur d'éther, d'eau écarlate, d'alcool
Fourgon de la Brink's maté comme le pactole
C'est pas drôle, le chien mord enfermé dans sa cage
Bave de rage, les barreaux grimpent au deuxième étage

Dealer du haschich, c'est sage si tu veux sortir la femme
Si tu plonges, la ferme, il n'y a pas de drame
Mais l'école est pas loin, les ennuis non plus
Ça commence par des tapes au cul, ça finit par des gardes
[à vue

Regarde la rue, ce qui change ? Y a que les saisons
Tu baves du béton, craches du béton, chies du béton
Te bats pour du laiton, mais est-ce que ça rapporte ?
Regrette pas les biftons quand la BAC frappe à la porte

Trois couleurs sur les affiches nous traitent comme des bordilles
C'est pas Manille ok, mais les cigarettes se torpillent
Coupable innocent, ça parle cash, de pour cent
Œil pour œil, bouche pour dent, c'est stressant

Très tôt, c'est déjà la famille dehors, la bande à Kader
Va niquer ta mère, la merde au cul, ils parlent déjà de travers
Pas facile de parler d'amour, travail à l'usine
Les belles gazelles se brisent l'échine, dans les cuisines

Les élus ressassent rénovation ça rassure
Mais c'est toujours la même merde, derrière la dernière couche
                                            [de peinture
Feu les rêves gisent enterrés dans la cour
À douze ans conduire, mourir, finir comme Tupac Shakur

Mater les photos, majeur aujourd'hui, poto
Pas mal d'amis se sont déjà tués en moto
Une fois tu gagnes, mille fois tu perds, le futur c'est un loto
Pour ce, je dédie mes textes en qualité d'ex-voto, mec

Ici t'es jugé à la réputation forte
Manque-toi et tous les jours les bougres pissent sur ta porte
C'est le tarif minimum et gaffe
Ceux qui pèsent transforment le secteur en oppidum

Gelé, l'ambiance s'électrise, y a plein de places assises
Béton figé fait office de froide banquise
Les gosses veulent sortir, les « non » tombent comme
                                            [des massues
Les artistes de mon cul, pompent les subventions DSU

Tant d'énergie perdue, pour des préjugés indus
Les décideurs financiers pleins de merde dans la vue
En attendant, les espoirs foirent, capotent, certains rappent
Les pierres partent, les caisses volées dérapent

C'est le bordel au lycée, dans les couloirs on ouvre
                                        [les extincteurs
Le quartier devient le terrain de chasse des inspecteurs
Le dos a un œil car les eaux sont truffées d'écueils
Recueille le blé, on joue aux dés dans un sombre cercueil

C'est trop, les potos chient sur le profil Roméo
Un tchoc de popo, faire les fils et un bon rodéo
La vie est dure, si on veut du rêve
Ils mettent du pneu dans le shit et te vendent ça Ramsellef

Tu me diras « ça va, c'est pas trop »
Mais pour du tcherno, un hamidou quand on a rien, c'est chaud
Je sais de quoi je parle, moi, le bâtard
J'ai dû fêter mes vingt ans avec trois bouteilles de Valstar

Le spot bout ce soir qui est le King
D'entrée, les murs sont réservés comme des places de parking
Mais qui peut comprendre la mène pleine
Qu'un type à bout frappe sec poussé par la haine

Et qu'on ne naît pas programmé pour faire un foin
Je pense pas à demain, parce que demain c'est loin

Le but de nos journées, c'était manger et s'amuser.
Je gagnais un peu ma vie avec les concerts et quand je
voulais partir à New York, je dégottais un job alimentaire pour mettre de l'argent de côté. Je travaillais sur
les chantiers avec mon oncle, ou bien dans la restauration. J'avais notamment trouvé un poste d'aide-cuisinier
dans un restaurant tenu par le père de Christophe, alias

Titoff. Christophe est un ami. On a grandi ensemble à Plan de Cuques, il était dans la classe de mon frère et moi, dans la classe du sien, Laurent. Je bossais de 9 h 30 à 16 h 00 et de 17 h 00 à 1 h 00 du matin, et après le service, je pouvais me détendre, taper le carton avec le cuisinier et le patron. Quand je faisais la plonge, les autres employés me demandaient de scratcher avec les assiettes comme avec un disque. Les jours de mariage, je devais préparer mille sandwiches, au pâté, au jambon… Je détestais ça. La restauration est certainement l'un des métiers les plus difficiles qui soient.

Nous avions également nos petites magouilles peu glorieuses. On refourguait aux immigrés africains des magnétoscopes cassés. Parfois on leur filait juste un carton rempli de pierres et de journaux… Et s'ils sentaient l'entourloupe, on faisait diversion en gueulant : « Attention, voilà les flics ! » On aurait l'occasion plus tard de mettre cette histoire en images dans le film *Comme un aimant*. Nous étions également devenus des experts en contrefaçon de tickets de transport. On récupérait dans la rue les tickets de métro ou de bus usagés, poinçonnés mais non démagnétisés (ou inversement), et on les transformait en tickets valides. Chez Kheops, nous avions installé un atelier clandestin. On les lissait avec une gomme à dactylo et les tickets étaient franchement nickel. Ensuite, on les revendait à moitié prix ou, le plus souvent, on se déplaçait à l'œil. On ne brassait pas des fortunes, juste de quoi se payer un paquet de clopes et un sandwich le midi.

En revanche, je n'ai jamais versé dans les cambriolages, les vols de voiture, les arrachages de sac et la violence aux personnes. Cela va à l'encontre des valeurs inculquées par mes parents. Avec le recul, les petites arnaques « napolitaines » n'avaient rien de glorieux non plus. Le plus tragique, c'est qu'on enfonçait nos semblables. Toujours est-il que lorsque la technique du vol à la carte Bleue s'est répandue à Marseille, même si elle s'opérait sans violence, j'en suis resté à l'écart pour une raison simple : le fric n'a jamais été une fin en soi. Tous les bandits que j'ai fréquentés aspiraient à une autre vie que la leur. Et ils ont fini en dépression ou suicidés. Je me souviens de cet ami antillais, D., un mec sympa mais dur, à l'ancienne, que j'avais connu par l'intermédiaire de Joe. Un soir, au Vieux Port, nous avions longuement parlé et, au fil de la conversation, il avait vidé son sac. Il avait fini par m'avouer : « Moi, j'aurais aimé faire autre chose, tu as de la chance de faire du rap. » Cette discussion m'avait retourné. Souvent, il allait sur le toit du supermarché pour pleurer en paix, loin du regard des autres. Dans le quartier, tu bombes le torse, et il ne faut jamais montrer ses faiblesses, sinon tu es catalogué « tafiole » et ta réputation est finie. D. n'était pas heureux dans sa condition de malfrat, il aurait sûrement voulu rentrer chez lui le soir, tranquillement, sans regarder à gauche, derrière et à droite, et dormir sur ses deux oreilles. Mais il était pris dans l'engrenage. Quand on a touché à l'argent facile, difficile d'accepter de bosser huit heures par jour pour un Smic, surtout avec une famille à nourrir. D. voulait raconter son histoire, laisser une trace et il m'avait plus d'une fois demandé d'écrire une chanson. Je l'ai fait en toute amitié dans *L'Aimant*, sur l'album *Ombre est Lumière*. Cette chanson est un portrait hybride dans lequel je fonds nos deux personnages, racontant son histoire mêlée à la mienne. D. était juste prisonnier du quartier, de l'aimant.

J'ai commencé à vivre ma vie dans les poubelles
Dans un quartier de cramés où les blattes craquent sous
[tes semelles

– Salut !
– Salut ! Ça va ?
Les mecs observent ta voiture neuve
En te félicitant et t'enculent dès qu'ils le peuvent
Putain c'est dément
Les gosses de dix ans, ils parlent déjà de faire de l'argent
Et tu le comprends quand le quartier est l'unique exemple
Où l'on monte des statues aux dealers de blanche
[aux braqueurs de banques
Sur les murs, pas de graff extraordinaire
Que des traces de pisse et « police, le con de ta mère »
J'ai treize ans, quand ma carrière débute
Avec les bagarres des grands dans la rue, avec marteaux,
[cutters et U
Bon gré, mal gré, j'essayais tout pour sortir d'ici
La serviette sur le dos, je traçais à la plage pour brancher
[les filles

Quand elles me demandaient où j'habitais
Je leur répondais : « Chérie, juste à côté », la villa du dessus
« Excuse-moi, ce ne sont pas les mecs de ton quartier
Qui volent les affaires des gens qui sont allés se baigner ? »
Grillé ! Qu'est-ce qu'il vous a pris de venir ici
Ce putain de quartier me suit
Pour leur prouver, je devais voler
Des tee-shirts, des serviettes, des sacs, je partais chargé
Et quand je n'étais pas à la cité assis sur le banc
C'est le quartier qui venait m'étouffer : comme un aimant

Ils nous ont envoyés en colonie
Dans des stations alpines pour aller faire du ski
Au lieu de nous séparer, ils avaient gardé le quartier en troupe
Individuellement, on était pas des mauvais bougres
Mais la mentalité de groupe s'exporte aussi fort qu'on la palpe

On a mis le feu aux Alpes
Le retour fut rude, un choc !
Produisit dans mon esprit un incontournable bloc
                                    [aussi dur qu'un roc
Je raconte c'est tout, je ne veux pas m'absoudre
J'ai gratté du plâtre et l'ai vendu au prix de la poudre
L'acide de batterie, comme une plaisanterie
Si tu n'en riais pas mon gars, tu étais hors de là, aussi
Les nuits d'été, j'allais regarder le ciel sur le toit
                                    [du supermarché
Je ne sais pas pourquoi, tout à coup je me mettais à chialer
Au creux de mes mains
Mon Dieu, mon Dieu, mon Dieu, mon Dieu !
Le jour d'anniversaire de mes dix-sept ans
J'ai plongé comme un âne : quatre ans
Dedans, j'ai vu encore les mêmes têtes
Et les mêmes vices, la même bête
Celle qui m'attire, et m'attire, sans relâche me tire
Appelle mes souvenirs à n'en plus finir, comme un aimant

Oui, j'en suis sorti, pas si bien qu'on le dit
Heureux de pouvoir retrouver la famille, les amis
J'en suis revenu et mon frère y est parti
Mes parents auraient souhaité avoir du répit
Quand je suis descendu, les mêmes poutres tenaient les murs
Salut les gars je vois que vous bossez toujours aussi dur
Qu'est-ce que tu veux qu'on fasse : un tuc ?
Je gagne en un jour ce qu'on me donne en un mois dans
                                    [leur truc
Écoute fils, le biz
Voilà ce qui ramène vite de l'argent et des squeezes
J'ai choisi une autre voie, la musique
Avec mon ami François, on taquinait les disques
En ce temps-là, j'avais une femme, belle comme le jour
La première que j'appelais mon amour
Jusqu'à ce qu'elle me dise qu'elle était enceinte de moi

Comme un gamin, je l'ai priée de dégager de là
Écoute, écoute, écoute, écoute s'il te plaît
Tu m'as piégé, alors fais-moi le plaisir de virer
Douze mois après, je suis allé voir le gosse, c'est fou
Je suis tombé amoureux de ce petit bout de rien du tout
Et décidé de prendre mes responsabilités
Surtout qu'au fond de moi cette fille, je l'aimais
Tout en évitant d'aller avec elle dans le quartier
Pour ignorer les railleries, des crapuleux qui ont bloqué
Puis notre musique est passée de la cave à l'usine
Nos têtes à la télé, en première page des magazines
Mais jamais, oh ! Jamais
Nous avons gagné assez pour pouvoir nous en tirer
Mes parents étaient si fiers
Que je n'ai pas eu la force de dire combien je gagnais
                                                    [à ma mère
Nous étions devenus un exemple de réussite pour le quartier
Ah ! S'ils savaient
Une famille à charge, il me fallait de l'argent
J'ai dealé, et j'ai pris deux ans
Les gens si ouverts qu'ils soient ne peuvent pas comprendre
Ils parlent des cités comme une mode
Ils jouent à se faire peur, puis ça les gonfle au bout
                                                    [de six mois
Mais j'apprécie les chansons qui parlent des crèves comme moi
Je ne suis pas l'unique, je ne veux plus qu'on m'aide
Je ne peux pas tomber plus bas, je suis raide
Accroché à un aimant

D. aurait déménagé, mais j'ai perdu sa trace. La rue,
c'est du concret, des problèmes à résoudre quotidiennement : comment gagner de l'argent, comment récupérer sa thune, comment gérer tel ou tel conflit, comment
préserver sa réputation… Elle laisse peu de place au
rêve et à l'individualité. Si un gars du quartier s'instruit
ou voyage, il est perçu par les autres comme un extraterrestre. Dans le quartier, les mecs voulaient trouver

des solutions sur place, occuper le terrain, défendre leur territoire. Le quartier finit toujours par te bouffer. Moi, je voulais découvrir de nouveaux horizons, réussir dans le rap. Et ne surtout pas finir prisonnier de l'aimant.

Mon texte le savon

Ce que je te livre, non, rien de complexe
C'est juste mon texte, c'est le savon
Tu sais, j'ai trop de scrupules et je suis lucide sur mon état
Ce qu'ils nous ont laissé ? Espoirs et fausses joies
On cessera de parler de ça peut-être jamais, ouais je sais,
                                        [c'est noir
Demain c'est loin, je l'ai dit ! Si je le répète c'est mieux
                            [si je foire ma vie je m'en carre
Mais je foire aussi la vie des miens
Je vis mieux depuis que j'écoute plus souvent l'avis des miens
Ravi d'un rien, parce qu'habitué à peu
J'ai vécu chichement, chiche Man
On se tire d'ici, vivement ce jour, mais ce jour n'est pas venu
J'ai passé dix ans tristement
La rue a eu ton fils, pour oublier, je fumais trop de cannabis
                                                        [Man
Là au milieu des parrains, j'ai vu plus de fric que dans *Casino*
Avec mes vingt balles au petit casino
J'ai vécu ma routine seulement dans le fond
Quand mes potes vendaient la popo et par jour se faisaient
                                                [des millions
Le fric ? M'a jamais tourné la tronche
Je pensais petit, à fumer, à rimer, à boire mon punch
À être raide, pour les heures qui suivaient
Plus je buvais plus ça passait et je cuvais, les mains
                            [sur la putain de cuvette rivées
Et là je songeais que les lèches de la classe

219

Avaient peut-être raison : c'était moi le lâche
Puis on lâche ses études pour un prétexte bidon
Et on lâche son étude de la vie sur un premier texte bidon

Et pour ça, je vends mes rimes comme un savon
On sort des tripes tout ce qu'on vit et ce que nous savons
J'applique l'intelligence du turf dans mon giron
Y a pas de putes et pas de place pour les caves que nous bravons
Et pour ça, je vends mes rimes comme un savon
Lâche des bombes sur les vinyles que nous gravons
J'applique l'intelligence du turf dans mon sillon
C'est plein de groupes ici ce n'est que du cœur que
                                                    [nous vendons
Et pour ça, je vends mes rimes comme un savon

Toutes ces années stériles, accroupi sur une rampe
Comptant les secondes s'évaporant dans les pertes
L'estomac en proie aux crampes si violentes
Et les merdes tombent sur la route, tu sais plus, si c'est le doute
                                [la faim ou le stress qui te prend
Avec nos ganaches de craps à l'écran
Je suis fier de pouvoir poser sur l'écrin avec cran
Sans se dire ma face de faits divers fait tache à leur sens
Ce qu'ils pensent, je m'en secoue, tant de silences
                                    [qui voulaient dire au secours
Personne n'est venu grand, je me suis débrouillé seul
Sauf quand mes potes mataient mon dos, si je m'embrouillais
                                                              [seul
Tu connais le truc, les schlass et les clans
Belsunce 86, centre, dangereux de squatter les bancs
Paroles fortes et conneries à deux francs
On en trouvait tremblants par terre, dans le hall
En train de baigner dans leur sang
Frontière mince, transparente, séparant
Les mecs bien sincères, fiers, francs, des embryons délinquants
Des gens brillants, combien s'en sortent ?
Combien regardent leur vie sous le briquet, vont en soirée
                                                    [sous escorte

Ou se content des histoires de faits d'armes violents
On est loin des légendes sur le pays, qui plaisait à nos parents
Ma rime je vends bleu, tout simplement à qui le veut
Et des jours de grand beau temps au fond de ces yeux, il pleut
Reluque la salive sur ma langue et mes dents
Apologie du précédent, timide, clos, stress aidant
À égrener toutes ces minutes, c'est horrible je veux pas
                                          [le revivre
Je me réfugie, derrière ce thème je me livre
Il joue des notes couleur de l'air du temps
Je pourrais jamais plus traîner comme avant
                    [j'ai le sentiment que je perds du temps
C'est idiot mais c'est comme ça que je me sens
Évacuer le fiel par la plume, je n'ai que ça dans le sang

Concept

J'éprouve rarement de la nostalgie pour mes années de bohème. Le cliché romantique de l'artiste heureux dans la misère et la dèche, très peu pour moi. Jusqu'en 1990 et la sortie de notre cassette *Concept*, nous avons traversé des moments très difficiles : les journées à tuer le temps sur le Vieux Port, les repas « low cost », notre avenir incertain dans le rap... Quand nous allions jouer à Aix, au Club 88, on se tapait deux heures de marche de la gare à la salle, en portant les platines à bout de bras. Et une fois sur place, la salle était vide. Heureusement, nos potes nous suivaient. Ils constituaient l'essentiel de notre public.

Le studio du Petit Mas, à Martigues, est un lieu qui a compté pour nous. Si La Maison hantée fut le terrain de notre formation scénique, Le Petit Mas nous a permis d'enregistrer nos premiers titres sur des cassettes. Nous les écoutions en boucle. C'était indispensable pour progresser, développer une oreille critique sur notre travail, identifier nos faiblesses. Et faire découvrir nos morceaux aux copains. Après notre premier enregistrement là-bas, aux alentours de 1986, nous n'avions pas un sou pour rentrer à Marseille. Avec Kheops et Richard, nous avions donc dormi toute la nuit sous un abribus. Au petit matin, on s'était fait dévorer par les moustiques. Nous étions vraiment fauchés, mais la volonté de crier au monde que nous existions en tant qu'artistes et acteurs d'une culture marginale nous donnait des ailes. Dans le rap, chaque obstacle, chaque petit handicap décuple la motivation. Et des obstacles, il y en avait ! Plutôt mat de peau durant mon enfance, j'étais, jeune adulte, devenu blanc comme un cachet d'aspirine. J'avais le teint livide, des tas de boutons et une dentition « en chantier ». Je pensais souffrir de dépigmentation et j'étais donc allé consulter un dermatologue. En guise de diagnostic, il m'avait simplement dit : « Avec votre mode de vie, rien d'étonnant. » Je cumulais en effet sorties nocturnes, pétards, biture, manque de sommeil et alimentation de mauvaise qualité, sans pigment, à base de pâtes et d'huile. À partir de 1991, j'ai commencé à souffrir de crises de spasmophilie : difficulté à respirer, hyperventilation, poitrine comprimée, vertiges… Elles étaient l'héritage de mes années désarticulées et mouvementées. C'est vrai que le corps et l'esprit n'oublient pas, on finit toujours par payer.

Toute cette période nous a endurcis, elle nous a permis d'arriver là où nous sommes. Et puis je suis assez nostalgique des bons moments, comme le concert d'IAM dans le théâtre de Carthage en 1992, nos enregistrements new-yorkais au studio Greene Street, ou encore nos premières parties pour les shows de James Brown. Ce ne sont pas des souvenirs de bourgeois, mais on s'attache toujours aux belles choses, qui éclipsent fatalement le reste et demeurent, fort heureusement pour nous, profondément imprimées dans nos mémoires.

En attendant des jours meilleurs, nous avons persévéré dans notre passion. Chez moi, la nostalgie de la bohème se situe plutôt là : dans nos séances de travail acharnées, dans l'émulation collective et les moments de rigolade. Je vivais toujours chez Kheops, son appartement était devenu notre atelier d'écriture et notre salle de répétition. Nous écrivions des textes, nous tenions à l'affût des nouveautés, produisions des instrus au Petit Mas, ou avec le matériel que nous rapportions de New York. Dans la discothèque de Kheops, un album allait jouer un rôle déterminant pour la création de l'imagerie d'IAM : *Sons et Lumières* de Gaston Leroux et Gaston Bonheur. Nous l'avions « emprunté » à Radio Sprint. C'était notre trésor de guerre, nous le rangions toujours au même endroit, à l'abri des regards ; personne ne devait le voir, le toucher, l'écouter. Musicalement il ne présentait pas grand intérêt, pouvant même paraître rébarbatif et ennuyeux. Il s'agissait de la bande-son des spectacles donnés sur les sites des pyramides à Gizeh, ou au temple de Karnak à Louxor. Cet album a façonné le décorum et le concept pharaonique d'IAM. Nous écoutions en boucle ces récits de l'Égypte antique, déclamés d'une voix professorale, où se mêlaient les divinités et les dynasties des pharaons. Akhenaton, Kheops, Khephren… Nos futurs noms d'artistes étaient déjà gravés sur un vinyle, à l'exception de celui de Joe. Fidèle à sa passion pour l'Asie, il avait pris l'alias de Shurik'N-Shangti, du nom d'une arme de jet, l'étoile des ninjas.

Dans le hip-hop, scratcher son nom de MC (de « maître de cérémonie ») représente le summum, la consécration ultime. Grâce à *Sons et Lumières*, nous pouvions scratcher nos noms sans même avoir sorti le moindre disque, comme des rappeurs confirmés. Sur

nos maquettes, des voix sentencieuses nous présentaient :
« Kheops, deuxième pharaon de la IVe dynastie », « Akhenaton, neuvième pharaon de la XVIIIe dynastie »... Là-
dessus, j'enchaînais avec mon couplet. J'avais choisi le
nom d'Akhenaton, un pharaon poète et révolutionnaire, l'époux de Néfertiti et le premier souverain à
avoir imposé le monothéisme autour du culte d'Aton,
le dieu solaire. Il fut d'ailleurs assassiné. Son hymne
à Aton, on le retrouve intégralement dans la Bible et
le nom de son Dieu a une consonance étrangement
familière... Atonaï. Ces noms ancestraux, ces phrases
tirées de récits historiques, on les a piqués, utilisés et
samplés à toutes les sauces dans nos deux premiers
albums. Ils nous ont permis d'imposer une singularité
et une identité fortes dans l'univers du rap français.
En 1990, cette démarche était rare, voire inexistante.
Et les choses ne sont pas allées en s'améliorant.

Depuis 1988, Joe, Kheops et moi officiions sous le
nom d'IAM. L'entité se verrait bientôt enrichie d'un
nouveau membre, déterminant pour la suite des événements : Pascal Perez, futur Imhotep. Il était venu nous
voir avec Fabi, sa femme, à La Maison hantée. À la fin
du concert, Jali du Massilia avait assuré les présentations. Tout de suite, Pascal m'informa de ses intentions : « Si vous voulez travailler des instrumentaux,
on peut bosser sur mon sampler. J'ai aussi des sons
à vous faire écouter. » Nous sommes passés le voir
chez lui et, effectivement, il montrait un grand talent
de composition. Quand il vivait à Nantes, il avait notamment joué dans le groupe Ticket. Il sévit un temps dans
la scène reggae-rock, puis bascula irrémédiablement
dans le rap à l'écoute de *Paid in Full* de Rakim. Cet
album lui avait « fissuré le cerveau », selon son expression.

Nous menions des vies très différentes. Pascal était plus âgé, on le surnommait gentiment « le vieux ». Nous étions des bohémiens ; il travaillait comme instituteur dans la cité de la Solidarité, un coin difficile au fin fond des quartiers nord. Pascal vivait dans un appartement, en couple, et il était père de famille recomposée ; nous étions célibataires et sans aucune responsabilité. Mais la complicité fut immédiate, grâce à son caractère exceptionnel, sa douceur, sa nonchalance naturelles, et surtout son talent sans bornes. Tout comme Joe et moi, il avait déjà une pensée politique radicale et affûtée, limite anar d'extrême gauche. Quand il était gamin, à El-Biar, sur les hauteurs d'Alger, il avait vu la librairie-papeterie de son grand-père incendiée à deux reprises par des militants de l'OAS qui ne supportaient pas que des Arabes soient autorisés à pénétrer dans ce lieu de savoir, au même titre que les Européens. Ces attentats avaient sans doute allumé la mèche de sa conscience politique. Je l'ai illico baptisé Imhotep, du nom de l'illustre architecte, vizir, homme de science et médecin de l'ancienne Égypte ; ce blaze lui allait comme un gant : dans la traduction littérale, Imhotep signifie, « celui qui vient en paix ». Pascal fut étudiant en architecture avant de devenir l'architecte sonore d'IAM. Et si l'illustre Imhotep fut un précurseur de la médecine moderne, Pascal vouait un culte aux médecines douces faites de plantes aux vertus apaisantes…

Plus sérieusement, grâce à Pascal, nous avons disposé d'une machine révolutionnaire pour l'époque : le W30, un sampler Roland. Un formidable coup d'accélérateur et le futur à portée de main. Cet outil nous a permis de nous affranchir définitivement des faces B pour composer nos propres instrumentaux. Ce fut le début d'une période extrêmement productive : abondance de textes, abondance de sons, idées à foison… Et pour le domicile de Pascal, les prémices d'une longue période d'occupation. Il rentrait à peine de son boulot que nous étions chez lui, Kheops, Joe et moi, pour des sessions de travail qui pouvaient durer jusqu'au petit matin. Nous écoutions des disques pour identifier les séquences à sampler, produisions des sons, écrivions des textes, le tout dans un boucan d'enfer. La femme et le beau-fils de Pascal, Florent, ont fait preuve d'une patience exemplaire. Et surtout Tonton – autre surnom dont nous l'avions affublé. Nous étions de véritables « gremlins », des sauvages toujours prêts à vider son frigo, à liquider ses packs de bière. Pascal pourrait légitimement exiger des droits d'auteur supérieurs sur les chansons d'IAM, en dédommagement de nos « razzias ». Nous mettions son sang-froid à rude épreuve. Quand il s'énervait, son accent pied-noir ressortait fatalement : « Vous m'avez sifflé toutes mes bières, vous avez fumé tout mon shit et vous n'avez même pas payé les disquettes pour la musique ! » Passé une certaine heure, nous étions obligés de travailler au casque, à très bas volume. Nos séances débutaient à 17 h 00 et se terminaient à 5 h 00 du matin. Et Pascal devait enchaîner à 8 h 00 avec ses cours, quand nous rentrions dormir. Grâce à lui, nous avons franchi un nouveau palier, d'un point de vue quantitatif et qualitatif. Il était un musicien « traditionnel », contrairement à nous. Il possédait une grande science de la composition, un savoir-faire musical dont nous étions dépourvus. Sa patience et son sens de l'organisation nous ont permis de mettre de la rigueur dans notre emploi du temps pour le moins bordélique. Sur scène, nous avons commencé à rapper sur nos propres sons, nos instrumentaux, prenant une avance technique indéniable. C'était du moins l'avis de nombre de rappeurs français de l'époque.

Six mois après notre rencontre avec Pascal, le Massilia nous a proposé de produire notre première cassette sur son label Roker Promocion, une occasion unique de faire connaître notre musique au-delà de Marseille. Mais avant d'enregistrer, il me fallait régler un petit problème avec l'armée. J'étais censé effectuer mon service militaire, une perspective impensable ! Je baignais dans la musique à plein temps et je refusais de perdre une année à faire le troufion. Depuis un an, j'esquivais toutes les convocations ; les gendarmes me cherchaient sans parvenir à me localiser. J'étais tout le temps en vadrouille, ils n'arrivaient pas à dégotter d'adresse fixe. Mais je ne pouvais reculer sans cesse l'échéance. Malek s'était fait attraper et il avait fini en cellule. J'ai donc pris les devants. Je me suis présenté au bureau du service national avec la ferme intention de me faire réformer. L'affaire a été bouclée en à peine quatre heures. Sur les conseils d'un ami, j'avais décidé de demander l'Outre-mer car c'était la seule façon de voir un psy et de plaider ma cause. Durant les « trois jours », j'ai visionné un magnifique film sur les mérites de l'armée, j'ai passé les tests et obtenu un 20/20. L'instructeur me proposa d'intégrer l'école des sous-officiers. J'acceptai, mais je voulais l'Outre-mer... Je me suis alors retrouvé devant le psy. Très calmement, il me demanda quelles étaient mes motivations pour faire l'armée. Très calmement, je lui répondis, du tac au tac : « Je suis passionné par les armes à feu, d'ailleurs j'en possède chez moi, je souhaiterais donc en parfaire ma connaissance et éventuellement apprendre le fonctionnement des armes lourdes. » Là, le psy me répondit que je devais rencontrer le médecin chef, lequel m'informa du rejet de ma demande pour l'Outre-mer. Alors j'ai fixé le type, droit dans les yeux : « Attendez, je ne veux pas finir dans une caserne perdue au fin fond de la campagne, j'en ai rien à foutre. En plus, je refuse de dormir dans un dortoir avec quarante mecs qui ronflent et puent des pieds. Je veux une chambre individuelle sinon mes petits camarades, je les égorge un à un. » Il fallait visualiser la scène : j'avais le crâne rasé, un visage dur, anguleux, plein de défiance, et quand je vociférais, je dévoilais mes gold fronts, la dentition en or typique des rappeurs américains. Le médecin chef a dû penser que je n'étais pas serein, il m'a réformé « P4 » et je n'ai même pas dormi à la caserne.

Cette histoire réglée, nous avons pu passer aux choses sérieuses. *Concept* fut enregistré en un temps record : dix-sept titres en une semaine, avec les moyens du bord, sur les quatre pistes du Massilia. Le salon de Jali nous servit de studio pour le mixage final, mais auparavant, nous avions réquisitionné la maison de Pascal pour la musique. Pendant l'enregistrement nous avons eu droit à des séances d'exhibition de sa voisine, que nous avons d'ailleurs chaudement remerciée sur le livret de la K7. Les voix ont été enregistrées dans la cuisine de Kheops, et moi, je rappais devant le chauffe-eau. Nous enchaînions les titres de cinq minutes avec des couplets de quarante mesures, à l'ancienne, en une seule prise. Kheops ne cessait de pester contre sa mixette, cette petite table de mixage sur laquelle sont branchées les platines. Elle avait déconné durant la session et il la bidouillait délicatement tout en vociférant : « Dès que c'est fini, je la balance. » Ça n'a pas raté : une fois le dernier scratch mis en boîte, il l'a fracassée contre le mur.

Quand s'est posée la question de l'emballage, nous avons veillé à y apporter un grand soin. J'avais dessiné, à coup de gros feutres et collages, la pochette de la cassette, une Afrique avec le croissant de l'islam. Dans le livret, nous avions joué à fond sur le concept égyptien avec une cartographie de la vallée du Nil, des photos de chaque membre du groupe suivies de courtes biographies imaginaires sur notre vécu ancestral. Je me présentais ainsi comme le « sinistre sombre seigneur sempiternel serviteur supérieur solaire », descendant direct de Ré-Hor-Akhti Aton. Je situais ma date de naissance aux alentours de « 1385 avant J.-C. ». À la case « nationalité » se trouvait la mention « sans », comme pour tous les membres d'IAM. Dans les crédits, nous avions inscrit : « Musique enregistrée en Égypte en 1700 avant J.-C. dans les ateliers de l'architecte musical, bâtisseur de la pyramide "IAM Concept" Imhotep ». Nous avions également pris soin de remercier nos « sponsors officiels » : la RTM, les transports marseillais et la SNCF pour leurs années de voyages offerts. Les journalistes avaient reçu la cassette avec le sticker suivant : « IAM, le meilleur groupe de rap français ». Et c'était sans doute vrai à l'époque. Cette cassette annonçait, sur la forme comme sur le fond, le style IAM : des textes conscients portés par une verve contestataire, mais sans appel à la rébellion violente ou gratuite. Notre mot d'ordre : l'impératif de l'éducation pour sortir de l'impasse de la victimisation et des pièges du banditisme.

Nos chansons étaient truffées de références aux civilisations anciennes et d'hommages à Marseille, ville millénaire, oubliée de la République (en ce temps elle n'était pas encore « à la mode »). Nous parlions de notre passion pour la musique, de New York, mais aussi de politique internationale, des premiers attentats antioccidentaux au Liban en passant par Kwamé N'Krumah, le père du panafricanisme. Le tout mâtiné d'une critique sociopolitique proche du rock alternatif, sur le thème : « Nous ne sommes pas dupes du jeu et de la stratégie des politiciens, nous aussi nous avons lu *Le Prince* de Machiavel », et accompagné d'une mise en garde féroce à l'intention des hautes sphères de l'État : « On peut payer ses impôts mais demeurer un ennemi… On ne jouera pas dans leur scénario, car si c'est la guerre qu'ils veulent, qu'ils ne tournent jamais le dos à la rue, sinon on leur garantit un nouveau Vietnam. » Enfin, pour la touche humoristique, nous réclamions l'exil politique à Hosni Moubarak ! Oui, nous nous considérions comme des réfugiés politiques. Mieux encore, des monuments qui auraient dérivé de la vallée du Nil à la vallée du Rhône, des statues qu'il aurait fallu rapatrier de toute urgence. Je rappais aussi deux textes en anglais. Côté musique, nous avons d'emblée affirmé notre singularité avec, dans l'intro de la cassette, un sample de musique orientale. Nous l'avions dégotté dans une pâtisserie tunisienne du centre où nous avions l'habitude de prendre le thé. Un jour, nous y avons entendu une superbe musique orchestrée avec du oud et des cordes, alors nous avons demandé le titre au patron pour le sampler illico. Voilà de quoi se nourrissait le son IAM : de Marseille la cosmopolite, de ses multiples apports culturels, et de New York, l'essence même du hip-hop. Le reste des instrumentaux puisait dans le funk et la soul, notamment avec la reprise d'un extrait musical de *Trouble Man* de Marvin Gaye sur *The Real B Side*, le premier morceau *Concept*. Ce sample, on le retrouverait l'année suivante dans *Le Monde de demain* des NTM.

Concept est sorti de l'ombre grâce à Ivan, le cousin de Rockin'Squat du groupe Assassin, pharmacien et mélomane averti. Il habitait à Marseille. Alors qu'il passait une soirée chez sa sœur à Nice pour mater un match de foot avec JoeyStarr, Rockin'Squat et son frère Vincent Cassel, il leur a fait écouter notre cassette. Ils ont halluciné. Ils se sont dit : « Putain, ça c'est de la prod américaine ! » Dans la foulée, Joey, accompagné d'Ivan, est venu à Marseille pour nous rencontrer. Il nous cherchait dans la rue et par chance, il a croisé le chemin de François. Voilà comment JoeyStarr a déboulé chez Kheops. Nous avons passé une petite heure à parler, écouter de la musique, dont certains de nos morceaux, puis il est reparti avec *Concept* qu'il ferait, avec Rockin'Squat et Solo, allègrement tourner sur Paris. Dès cette première rencontre, il nous a vivement déconseillé de signer chez Labelle Noir, un petit label dirigé par Benny, producteur de la première compilation de l'histoire du rap français, *Rapattitude*, bien avant que la soi-disant « première radio sur le rap » ne programme un seul titre de cette musique.

Je me souviens comme si c'était hier de notre discussion téléphonique après la venue de Joey à Marseille. Je l'avais appelé d'une cabine publique et pendant une demi-heure, il avait tenté de me convaincre : « Sony est intéressé, ne signez pas chez Labelle Noir et Benny, ils vont vous arnaquer, vous n'aurez aucun moyen financier… » Alors forcément, quand nous nous sommes engagés chez Labelle Noir, au mois de juin 1990, je pense qu'il s'est un peu vexé. Mais nous n'avons pas dénigré ses conseils, IAM a simplement réagi à la proximité. Benny nous appelait et venait régulièrement nous voir, les gens de Sony n'ont pas fait une seule fois le déplacement à Marseille. À l'époque, on avait trop

« faim » pour attendre, faim d'enregistrer, d'écrire de nouveaux titres, de sortir notre premier album-vinyle. Et puis nous n'avions même pas de quoi nous payer un sandwich, alors prendre un billet de train pour Paris et démarcher les maisons de disques... Nous étions dans l'urgence et nous avons signé avec le premier offrant.

À l'origine, nous avions pensé *Concept* comme une carte de visite à vocation régionale. Elle a permis de faire connaître IAM dans tout le pays. Olivier Cachin, de l'émission « RapLine », s'est déplacé à Marseille pour nous interviewer et tourner deux clips, *IAM Concept* et *Elvis*, qui passèrent en boucle sur M6. Radio Nova a également joué un rôle déterminant dans l'explosion d'IAM à Paris. Jean-François Bizot et Jacques Massadian ont diffusé *Concept* dès les débuts ; ils nous ont régulièrement invités à l'antenne, bien avant la sortie de notre premier album. Ils ont su créer un buzz aussi bien sur Radio Nova que dans le magazine *Actuel* avec Bernard Zekri, et c'est la raison pour laquelle Benny, Cathy et Emmanuel de Buretel nous ont signés. Jean-François Bizot nous adorait. Nous allions souvent lui rendre visite dans son bureau, qui donnait sur le studio de Nova. Il se montrait toujours curieux de notre travail, de nos dernières créations. Il possédait une incroyable culture des mouvements alternatifs, c'était un mélomane, et un authentique amoureux de l'Afrique. Il fut l'un des seuls à réussir à identifier pas mal de nos samples. Néanmoins, j'ai un regret à son sujet. Quelques mois avant sa mort, il se trouvait à Marseille et appelait souvent au studio : « Dis à Chill que je suis dans le coin et que j'aimerais le voir. » Je devais être le seul con à tout ignorer de sa maladie, j'étais négligent. Édouard Baer m'avait dit : « Appelle Jean-François Bizot, ça lui ferait plaisir. » Mais je ne suis pas un grand expert du relationnel. Même si j'aime les gens, je peux laisser passer de longues périodes sans les voir ni leur donner de nouvelles. Je me disais : « Oui, la prochaine fois, la prochaine fois… » Il n'y a pas eu de prochaine fois. Il est décédé six ou huit mois plus tard… ça m'a démoli. Il m'avait envoyé son livre *Vaudou & compagnies*[1] avec la dédicace suivante : « Dans l'espoir de se revoir ». Dans l'au-delà, oui, sans problème Jean-François.

Avec *Concept*, nous avons décroché des articles dans la presse régionale et nationale, dont *Actuel*. Sans le vouloir, je me suis retrouvé « leader médiatique » du groupe. Ce statut est venu naturellement : quand il fallait donner un entretien, tous les autres esquivaient l'exercice de la promotion pour déconner, faire la fête. Les premières années, je me suis donc tapé 90 % des interviews, et suis devenu de fait le porte-parole d'IAM. Comme je suis un « bon client », les journalistes m'ont souvent sollicité. Ils demandaient toujours Akhenaton, et cela a pu créer des frustrations au sein du groupe. J'ai également occupé l'espace médiatique de par mon volume de travail : quatre albums solo, le film *Comme un aimant*, les bandes originales de *Taxi 1 et 2*, *Electrocypher*, mon disque et mon téléfilm *Conte de la frustration*… Forcément, on m'entend beaucoup, et l'on me voit plus souvent que les autres membres d'IAM. Mais je n'ai jamais cherché à tirer la couverture à moi. En revanche, je me reconnais un défaut : j'ai participé à trop de talk-shows. Aujourd'hui, j'ai tendance à tomber dans l'excès inverse. Je dis non à presque toutes les émissions, à part peut-être « Le Grand journal » de Canal Plus. On me demande : « Alors Chill ?

---

1. *Vaudou & compagnies : Histoires noires de Abidjan à Zombies*, Jean-François Bizot, Éditions du Panama, 2005.

On ne te voit plus à la télévision… » Je réponds : « Pour ce qu'il s'y passe… » Se retrouver sur un plateau avec dix invités et avoir droit à cinq phrases maximum, très peu pour moi. Et puis la télé m'a toujours mis mal à l'aise, elle va à l'encontre de ma nature profonde. Je passe pour un type volubile alors que je suis un timide congénital, et que chaque émission est une épreuve avec sueurs froides et vertiges avant de m'installer devant la caméra. Mais je le répète : IAM est une formation sans leader, une démocratie parfaite, ou imparfaite, avec ses qualités et ses défauts. Chaque décision y est l'objet d'âpres discussions et, pour trancher, soumise au vote à main levée de tous les membres. Pour certains choix, nous appliquons le vote à la majorité, pour d'autres plus importantes, chaque membre possède un droit de veto (ce qui a rendu, certaines années, le groupe ingouvernable).

Bref, à l'époque de *Concept*, nous avons enchaîné les concerts dans la région marseillaise. Notre prestation à Valence reste sans doute mon meilleur souvenir. Comme d'habitude nous avons fait le déplacement avec nos troupes, les six membres d'IAM et nos potes, tous cachés dans les couchettes du train. Un journaliste de RFI, Malik, avait auparavant écouté *Concept* et nous avait invités à jouer à la terrasse d'un restaurant. Seul problème, la mairie lui avait mis des bâtons dans les roues. Alors, il a loué un semi-remorque pour le garer devant son resto et nous avons joué sur la plate-forme du camion, en guise de scène. La sono a pété en plein concert et nous avons rappé a cappella, tandis que François et Malek dansaient sur le trottoir. Dans la foule, se mélangeaient nos potes, des fans de rap et un public de curieux, souvent familial, visiblement sensible à notre musique : les papas et les mamans se prenaient au jeu avec leurs gamins, tapaient dans leurs mains. Ils semblaient vraiment apprécier notre prestation. C'est alors que nous avons pensé avoir peut-être une once de talent. Pour ce concert, nous avons touché notre plus gros cachet, négocié par Kheops : 500 francs chacun, cash. Nous avons tout claqué le soir même à Marseille en bouffe et en fringues. Nous avons également donné un concert à Marignane avec les potes du Criminosical Possee ; à la fin, ils ont carrément volé un bus de la ville pour rentrer à Marseille. Le lendemain, nous eûmes évidemment droit à un article en demi-teinte dans *Le Provençal*.

Au moment où les choses ont commencé à se décanter pour IAM, j'ai opéré un virage radical. Je suis parti m'installer à New York. À chacun de mes voyages, je débarquais avec mes productions pour les faire écouter à des maisons de disques. Par l'intermédiaire d'Andre Harrell, j'avais dégotté un job de beatmaker payé 6 000 dollars le titre dans une filiale de Def Jam. Aujourd'hui, j'ai du mal à comprendre cette initiative. Nous avions enregistré la première mixtape de l'histoire du rap, la presse commençait à s'intéresser à nous, je m'étais lié d'une profonde amitié avec les membres d'IAM… Mais le virus de l'Amérique m'avait rattrapé, cette espèce d'obstination jusqu'au-boutiste à vivre mon rêve américain. Ma passion pour New York primait sur Marseille, la France, IAM. Avant *Concept*, j'avais prévenu tout le monde : « On enregistre et après je me barre. » Sans le succès d'IAM, je serais sûrement devenu citoyen ou clandestin américain. Je m'étais de nouveau installé chez la maman d'Avenda, quand, en mars 1990, Kheops m'a appelé : « Reviens vite, on nous propose de jouer en première partie de Jean-Louis Aubert pour l'inauguration du Virgin Megastore de Marseille. Une maison de disques est intéressée. On pourrait signer un contrat. » Il m'a convaincu sans peine. À New York, j'avais trouvé un boulot certes bien payé, mais je travaillais dans l'ombre d'autres artistes. Là, nous avions la possibilité d'enregistrer un album d'IAM, d'entrer enfin dans la lumière. Je suis revenu à Marseille, le concert s'est déroulé dans de bonnes conditions et nous avons rencontré Benny, le patron de Labelle Noir. Il était accompagné de sa femme Cathy et d'Emmanuel de Buretel. Nous avons signé un contrat avec eux le mois suivant à Paris. J'en garde peu de souvenirs, sinon les réticences d'Imhotep : « Les gars, faut pas signer, le contrat est pourri. » Soit. On touchait tout de même une avance de 20 000 francs chacun. Une vraie fortune, et l'aboutissement de trois années de galère. J'ai mis un peu de sous de côté et j'ai quitté la maison ascétique de Kheops pour louer un appartement du côté de La Plaine, un studio en centre-ville, avec une cuisine et une petite terrasse. Le reste, je l'ai cramé en deux minutes : je me suis acheté un vélo, des fringues, des disques.

À cette époque, j'ai fait la connaissance d'une personne appelée à jouer un rôle crucial dans la suite de mon parcours : Grand Jack, un Guadeloupéen de la région parisienne, doux et sympathique, à la corpulence sculpturale et à l'intelligence affûtée. Il avait monté avec son ami Djida Baffalo Security, une boîte spécialisée dans le service d'ordre des concerts et des discothèques parisiennes. Grand Jack avait rencontré Ivan à Nice, qui lui avait fait écouter *Concept*. Dans la foulée, il était venu à Marseille pour nous voir. Lors de notre rencontre, je n'ai pu m'empêcher de m'exclamer :

« Mais d'où peut bien venir cet être humain de 2 mètres de haut pour 120 kilos de muscles ? » Il m'évoquait le x-man Colossus… Grand Jack s'est installé par la suite à Marseille pour créer Baffalo Steps, un magasin de fringues situé rue de La Palud, juste en bas de La Plaine. Baffalo Steps allait devenir le QG du Criminosical Possee et de la communauté hip-hop de Marseille. On y trouvait des baskets, des joggings importés des États-Unis et d'Angleterre, des fanzines ; on venait tchatcher, écouter de la musique… Ce lieu a compté pour IAM. Sur notre morceau *Hold-up mental*, nous lui avons d'ailleurs signé une dédicace.

Grand Jack fait partie de mes amis intimes, comme Djida, son complice et associé en affaires. Je les considère comme mes grands frères. Ils appartiennent à l'ancienne génération, sont cultivés, habités par une conscience politique qui a déserté l'âme de pas mal de gens des quartiers via une association. Ils ont un jour fait venir la pasionaria Angela Davis à Paris. Ils sont pro-Black sans être anti-Blancs. Aujourd'hui, avec la gestion de l'information digne de « l'apéro du camping » qui est celle de notre classe politique tous bords confondus, truffée de clichés, caricaturale, axée sur le sensationnel et profondément ignorante, nous aurions sûrement droit à des : « Mon Dieu, de dangereux activistes noirs et racistes ! » Avec eux, j'ai souvent échangé sur le monde et philosophé sur la vie. À partir de 1994, accompagnés de Buck et Chignole, puis de Yves Mendy, ils ont assuré notre sécurité sur scène.

À Marseille, nous occupions nos journées entre les concerts à La Maison hantée, la glandouille et la préparation de nouveaux morceaux pour l'album à venir. Un jour, au début du mois de juillet, nous squattions sur le Vieux Port quand Imhotep est arrivé, dans un état de surexcitation inhabituel : « Les gars, préparez vos valises, on part demain à Paris pour assurer la première partie de Madonna à Bercy. » On a tous explosé de rire. Devant son insistance, nous avons appelé notre manager, Alain Castagnola, depuis une cabine téléphonique. Alain avait d'abord sévi dans la région via l'organisation de concerts punks. Il s'occupait également d'artistes comme Jo Corbeau, Leda Atomica, le Massilia et nous… Nous lui devons d'avoir joué trois soirs d'affilée devant dix-sept mille personnes. En fait, Emmanuel de Buretel avait été contacté par Warner, la maison de disques de Madonna, et chargé de trouver un groupe susceptible d'assurer les premières parties des dates parisiennes de son artiste pour sa tournée « Blond Ambition Tour ». Elle voulait Les Négresses vertes, qui avaient poliment décliné l'offre. Emmanuel de Buretel avait alors songé à Tonton David, mais Benny l'avait convaincu d'engager IAM. Du coup, un type de Warner International, Jean-Michel Coletti, avait appelé une de ses connaissances à Marseille, Alain Castagnola, pour se renseigner sur nous, sans même savoir qu'il s'occupait de nos affaires… Il nous a magnifiquement arrangé le coup. Et voilà comment nous nous sommes retrouvés à assurer les premières parties de Madonna les 3, 4 et 6 juillet 1990 au palais omnisport de Paris Bercy, sans avoir sorti le moindre disque ! À l'époque, j'avais lancé une vanne sur l'architecture de la salle, lors d'une interview à la presse : « Bercy est une pyramide, nous étions donc prédestinés à venir jouer ici. » En plus de François et Malek, nous avions embauché deux danseurs pour l'occasion : Flav et Shark. Une fois arrivés à Paris, nous avons acheté un synthé pour Pascal, puis nous sommes allés chez Ticaret, un styliste prisé des rappeurs de la capitale, pour choisir nos tenues de scène.

J'entends la clameur assourdissante dans la salle noire de monde. Nous sommes montés sur scène, rongés par le trac, mais avec une bonne dose d'inconscience. De toute façon nous n'avions rien à perdre, une occasion inespérée de nous faire connaître se présentait, autant en profiter au maximum. L'accueil du public fut bon, mais pas extatique. Normal, il s'était déplacé pour Madonna, pas pour écouter un petit groupe marseillais jouer une musique confidentielle. Et puis Joe a trouvé les mots justes. Sans se démonter, il a lancé au public d'une voix ferme : « Oh Paris, vous voulez Madonna ? » Le public a hurlé en retour : « Ouais… ! » Joe a continué de plus belle : « J'ai pas bien entendu. Vous voulez Madonna ? » Le public a confirmé comme un seul homme : « Ouais… ! » Alors il a balancé tout net : « Bah, il faut la mériter, et pour ça, vous allez nous écouter. » Et là, il a enchaîné avec une démonstration de danse spectaculaire. À l'arrivée, nous nous en sommes tirés avec les honneurs, et la conviction que de nouvelles perspectives s'offraient à nous. Mais sans prendre la grosse tête. Nous sommes redescendus sur terre lorsque, le lendemain de notre dernière prestation, nous nous sommes retrouvés à La Maison hantée, à jouer devant cent cinquante personnes. Au niveau du ressenti, c'était à peu près la même chose que de rentrer à Marseille après un séjour à New York. On a tout de même tapé dans l'œil de l'équipe de Madonna. Son management nous a rappelés pour assurer le dernier concert de la tournée européenne de la « Material Girl » au stade du Rey, à Nice. Là, on jouait à domicile, devant trente mille personnes dont au moins dix mille Marseillais. Dans le backstage, on a croisé Bruce Willis, période *Clair de lune*. Nous avons bien tchatché avec les choristes et les danseurs, qui s'échauffaient même sur *Concept*. En revanche, Madonna, nous l'avons à peine entr'aperçue. Au moindre déplacement, elle était escortée par une dizaine de gardes du corps, immenses comme des basketteurs. Un technicien s'était même fait mettre KO par ses sbires, c'est dire s'ils étaient un poil nerveux ! Son tort ? Il se trouvait au mauvais endroit au mauvais moment : sur le passage de la star. Cela dit, de la reine de la pop on se fichait royalement, même si le lendemain du concert, nous avons eu droit grâce à elle à un article de quatre pages dans *La Provence*.

En revanche, avec James Brown, le contact fut plus chaleureux. Peu de temps après Madonna, nous avons assuré la première partie du « Godfather of Soul » à Marignane puis à Biarritz, alors qu'il sortait tout juste d'un séjour dans un pénitencier de Géorgie. Nous avons voyagé dans l'avion avec les JB's, les danseuses et les choristes... la classe ! James, lui, avait son jet privé. Le soir, on squattait le bar avec ses musiciens jusqu'à 3 h 00 du matin. Un rêve éveillé : ouvrir pour James Brown, l'artiste que nous avions samplé dans quasiment tous nos morceaux. Il nous avait grillés, d'ailleurs. À la fin du premier concert, il avait alpagué Imhotep : « Dis-moi, tu m'as piqué tel rythme, tel riff de guitare... » Il aurait pu taper le scandale, mais non. Il avait déjà traîné en justice tous les rappeurs américains coupables d'avoir pillé ses classiques sans autorisation. Alors ça le faisait plutôt marrer de voir de petits Français lui emprunter ses rythmes et chanter en français dessus. Très cool, franchement, James, et d'une simplicité étonnante ! Il nous avait invités dans sa loge, il avait débouché des bouteilles de champagne, nous avait félicités pour notre prestation et avait pris le temps de dédicacer tous les albums de Kheops. Il était avec sa femme et nous avait présentés en ces termes : « Tu vois, chérie, ce sont mes enfants. » Et il s'est souvenu de nous. Sur l'album *Saison V*, nous voulions sampler un extrait de son classique *Take me Just as I Am* pour notre morceau *Tu le sais*. Il nous a donné son accord sur son lit de mort, le 23 décembre 2006. Deux jours après, il disparaissait.

Tu le sais, Part I et II

Back dans la Kasbah, c'est du sérieux ça blague pas
Toujours là et on gaze pas, fidèles aux règles on triche pas
Le team est asiatique pas besoin que je précise
Y a vingt piges qu'on sert des mines et le stock ne s'épuise pas
[(tu le sais)
Donne-moi un son cru, je mordrai dedans à pleines dents
Distillerai des fresques, rares, comme crise de foie au
[Soudan
Dessinerai des mots, pleins de soufre et de roses
Booster la cause, c'est le but, vois son cursus, trop
[d'ecchymoses (tu le sais)
Ici on ose, c'est le mot d'ordre et ceux qui dorment restent
[à la porte coincés
Entre l'oubli et d'autres MC décédés
Fermement décidés, à ne pas se laisser décimer
À grands coups de décibels, les gonds de nos cages dévissés
[(tu le sais)
On vient ruiner le score salement, crânement
Bouillante coulée de lave se répandant sur le ciment
Vise les récalcitrants fuyant, criant comme Siman, ce crew man
[fait si mal
C'est six hommes et six balles (tu le sais)
Range ton six coups, apprécie le flow qui s'écoule
[précis mais lourds on déboule
Sans armes mais avec de grosses...
Hors course, hors normes, sans bornes, loin de là où l'or dort
On puise à la source dès lors on perdure

On est dans le coup et les jours nous entraînent où ils veulent
Et c'est ça qui nous fait avancer, vraiment, blague à part
On doit résister aux assauts d'une poignée de ploucs et de
Cons affamés de pouvoir, ouais, c'est Massada (tu le sais)
Ensuite on leur tend le bâton, ils nous cassent le dos
Quand nos textes et nos flows traitent uniquement
                                    [de bastonnade
MC, c'est quoi tes faits d'armes ? Des battes, des balles et
                                              [des baffes
Des bandes, des barges et des bas, des poings, des blazes et
                                              [des blâmes ?
Le truc c'est la rue, ok, je comprends mais dis-moi que vaut
La palabre de celui qui te fait une belle accolade
Allez soyons clairs entre nous et disons le level de tes
Rimes et tes phrases, Ronald Mc Donald (tu le sais)
Assieds-toi et taffe, et tu sais quoi écrase, commence à écrire
Ton avis est grave, et pense à l'équipe
On est dans la barque avec chaînes, menottes et entraves
Et quoi que tu fasses, notre image est accolée à toi (tu le sais)
L'amour, la passion, la bonté, la patience, le respect
Le phrasé, la beauté, dans tes raps, tout ça, ça passe à l'as
Alors pleure pas, la rafale tu l'as bien méritée
Tu le sais comment on te chasse de là, sans aucun vague à l'âme
                                              [(tu le sais)

Si tu crois que je fais ces sons pour que la FM les matraque
Mauvais casting, moi je suis l'expert en massacre
Ramper devant ces radios, c'est pas ma tasse
Nique ces bâtards, tout ça j'en ai ma claque
Mon rap bavard, droit du quartier des cafards
Des cafés, des caftans, de la CAF, et des kaw-kaw
Des news, macabres, des gars on te passe à la cave
Style de rap New York, tu sais ça c'est ma came (tu le sais)
Tout le monde à l'abri, quand dehors ça fait clac-clac
On a bien grandi, ils sont loin les « mec t'es pas cap »
Ils disent que notre message s'apparente au saccage

Qu'on grimpe aux gravats, agiles comme des macaques
[(tu le sais)
Nos mères voulaient des TB, des waouh dans la classe
Nous on a fait TB, ramené des tracas
Des cartes et braquages, des pertes et fracas
Des car jack en cagoule et survêt Kappa (tu le sais)
Beaucoup d'embrouilles commencent par quelques blablas
Et se terminent dans une rue avec des pla-pla
Des petits cons veulent des repères je crois que c'est fatal
Monte le son, salut c'est moi, eh ouais c'est papa (tu le sais)
À l'aise en trois bandes, à l'aise en costard cravate
Ça chiale, ça se branle, et moi je cravache
Cavale, travaille, ravage, fais de mon mieux
Vendre un disque aujourd'hui relève du gavage (tu le sais)
Même les tafioles, se donnent un rôle de malfrat
Ils sont aux voyous ce qu'au football est ma frappe
Le tsunami cette année est made in Paca
Toi tu rappes au Milan, car tes couplets sont cacas (tu le sais)

Sans faire de faux pas, ni de coup bas
On défriche, on avance, un coup d'œil au rétro
Y a trop d'MC partis en errance
Écoute ce frein à main fait maison
Dis-moi quelles sont leurs chances, pratiquement nulles
Ils seront plus là à la fin de la séance

Rap vs Rock
« Je t'aime moi non plus »

À nos débuts, nous voulions « tuer le rock ». Comme pour la plupart des pionniers du rap français, le rock représentait l'ennemi à abattre. Se positionner « contre » nous permettait d'affirmer notre appartenance à une culture jeune, vivace et puissante, le plus souvent dénigrée.

Nous étions des enfants de la soul, notre fibre musicale se situait aux antipodes des guitares électriques du rock binaire. Mais cette défiance relevait également d'un jeu : sur nos deux premiers albums, nous avons abondamment charrié les rockeurs, comme nous avons charrié d'autres musiques, la new wave, la chanson française rive gauche, la techno, la pop FM… Mais dans les faits, sans le rock, IAM n'aurait simplement pas existé. Le Petit Mas, ce studio où nous avons enregistré nos premières maquettes dès 1986, appartenait à un groupe de rock. Il a été le seul à nous accueillir. Notre premier album fut mis au point à Paris, dans un studio là encore réputé pour ses enregistrements rock, le Mix It, qui avait accepté de nous recevoir à une époque où la citadelle des grands studios de variété hésitait à travailler avec des rappeurs. Le rap était considéré avec dédain, comme une sous-culture (on peut dire qu'il l'est toujours), une sous-musique composée par des galériens dont l'unique chance avait été de sortir du trou : des animateurs sociaux, mais certainement pas des artistes. Comment le prenions-nous ? On voyait là les réactions attendues de l'ennemi. On les ignorait. D'un point de vue artistique, nous avons toujours eu des accointances avec le rock alternatif : une radicalité esthétique en rupture avec les canons de la musique commerciale, la variété en tête ; la volonté d'imposer un certain purisme dans le style musical ; un message contestataire face au pouvoir… Il y a trente ans, Trust hurlait *Antisocial*. Nous avons chanté *Non soumis à l'État*.

On ne me traitera pas de soumis à l'État
D'inactif et passif on ne me qualifiera pas
Non ! Mener la guerre tout seul, je ne le prétends nullement
Préférant la guérilla pour laquelle je suis vétéran
Guidé par l'esprit des samouraïs d'antan
Et mon yin a le yang pour ascendant
Inutile de se laisser aller à des tergiversations
Ennuyeuses et insensées, mais
Réelles à l'esprit plus que rebelles
Dans un domaine où j'excelle
Et sans faire de zèle, je me déchaîne
Et enchaîne un tourbillon de rimes sur un bon rythme
Que Suprême envoie sur les platines

Musicalement on en a pour dix ans
À rattraper le temps qu'on perd en ce moment
Exaspérés par les conneries qu'ils nous font écouter
Tous les jours dans les radios à la télé
C'est normal, elle n'a aucune voix mais elle est bien roulée
Elle chante n'importe quoi mais ça va faire du blé
La France est dépassée, ne soyez pas surpris, non
On préfère le pognon plutôt que la perfection
Membre actif du Criminosical Possee
Le crime par la musique étant mon plus grand hobby

Le bitume est mon fief mais je ne tue pas pour lui
Homeboy je suis mais ne me la joue jamais P.E.
Si bien qu'aujourd'hui, je lance l'édit
Que tous mes scrupules sont anéantis
Non, plus de pitié, ni de sympathie
Les niais seront systématiquement détruits
Et rangés, classés, dans un gros dossier
Qui est très loin d'être terminé, mais vous le savez
Dans les rangs on ne nous fera pas rentrer
Non, à 6 h 00 on ne nous fera pas lever
À la carotte, on ne marche pas, désolé
Désormais, on refuse de tout encaisser
Sans égal, la puissance criminosicale
Infernal, le pouvoir dont elle fait l'étal
Une balle au sifflement digital
Inamicale, impact fatal
La vie d'un homme se compare à une voiture
Nouvelle venue dans le monde, elle a fière allure
Mais de temps en temps une panne survient
Vite un coup de fil, direction le médecin
On te fout à la casse si tu vaux plus rien
Mais de toute façon, il y en aura trois de plus le lendemain

La Mob en plein effet
Non soumis à l'État
HS professe et blesse
Non soumis à l'État
B. Vice, possee de glace
Non soumis à l'État
BTF enfin s'y greffe
Non soumis à l'État

Servile, le peuple vit pour un gouvernement avide
Et ceux qui l'apprennent très bientôt se suicident
Abusant de ses semblables sans aucun scrupule
Et pour avoir de l'argent, devant rien ne recule
La loi de la jungle n'est pas où l'on croit
Les réels prédateurs ne traînent pas dans les rues

Ils fréquentent les clubs et les cercles bourgeois
Ignorant ce que c'est d'avoir les flics au cul
Ceux-là sont tranquilles, on ne les traquera pas
Car ils sont protégés par la police et l'État
Ce sont des PDG, ils siègent à l'Assemblée
Peut-être même que pour eux vous avez voté
Révolution mai 1968
Si j'étais vous, j'essaierais un coup en l'an 2000
Célébration d'acte s'étant avérée inutile
Les seuls qui en ont profité : les huiles
Alors, quoi, vous comptez aller loin comme ça
Ça vous amuse de jouer les proies
Un jour, vous mangerez matin et soir du pain et des oignons
Eux, ils auront des indigestions de pognon
Vous laisserez vos enfants dans une telle merde
Que ça m'étonnerait qu'ils fêtent le tricentenaire
Et ce sera normal, on ne pourra pas les blâmer
On ne peut pas évoluer en vivant dans le passé
Sachez enfin que vous n'y pouvez rien
Contre cette évidence il n'y a aucune chance
Je vous rappelle encore avant de virer de là
Qu'on ne me traitera pas de soumis à ce putain d'État

On ne me traitera, et ça en aucun cas
Dans un premier constat, de soumis à l'État
On ne s'y attend pas, mais c'est un attentat
Voilà le résultat, mesurez les dégâts
Chapitre un, délicat, de la Vendetta
Entre l'État et moi, chef du syndicat, certificat :
Armada, triple A, de poètes et pas de renégats
Ceux qu'on ne traitera jamais de jetons de l'État
AKH, roi titulaire du baccalauréat
Mais toujours pas de métier, alors stoppez là
Les faux, les bourrages de cerveau qui te
Ramènent aussitôt aux abords du niveau zéro
Mental, car l'éducation est complice
Fatale, corrompue par la police et c'est
Normal, la France est un pays de chevaliers

Qui ne cessera jamais de vivre dans le passé
Tu ne piges pas ? Ou tu ne m'entends pas ?
Je vois, t'es fracas, bois du Gambetta
Entre toi et moi, il y a ce lien, cette aura
Ce halo, amigo, si bien qu'à la guérilla
Côte à côte on combat, soit a cappella
Ou suivi d'un rythme de rap, voilà pourquoi ça frappe
Traîtres avertis, les dirigeants nous ont menti
Ils veulent le pouvoir et le pognon, à Paris
J'ai vingt-deux ans, beaucoup de choses à faire
Mais jamais de la vie, je n'ai trahi mes frères
Je vous rappelle encore, avant de virer de là
Qu'on ne me traitera pas de soumis à ce putain d'État

Ce titre est l'un des rares morceaux présent à la fois dans *Concept* et dans *La Planète Mars*, notre premier album. Je suis effondré de constater que rien n'a changé vingt ans après. Et vingt ans après, je peux encore dire qu'« on ne me traitera pas de soumis à ce putain d'État ».

Lors de ses premiers concerts à La Maison hantée, IAM jouait essentiellement devant un public issu de la scène alternative. Avant même le public des quartiers, il vint nous écouter, et je garde le souvenir de superbes soirées. Le public rock a toujours fait preuve d'une ouverture d'esprit supérieure à celle du public rap. Et puis, il faut rendre hommage aux artistes rock, qui nous ont permis de faire nos armes en concert dans toute la France. Très tôt, nous avons bénéficié du réseau de salles tissé par les tenants de la scène rock alternative : ils nous ont ouvert leurs portes, nous ont emmenés en tournée, imposés sur leurs dates, invités à assurer leurs premières parties…

Nous avons joué avec La Mano Negra, FFF, Les Garçons Bouchers, Les Négresses vertes, Oui-Oui, Les VRP,

Les Wampas… Humainement, j'ai partagé des moments extraordinaires avec tous ces artistes, et de sacrées rigolades avec Manu Chao ou Marco Prince, en coulisses. Beaucoup d'entre eux se réjouissaient de trouver dans le rap l'énergie du rock alternatif et nous le prenions comme un compliment. Les Garçons Bouchers, par exemple, avaient un profond respect pour notre musique, ils doivent mourir de rire en écoutant une bonne partie du rap actuel… Mais à l'époque, tous nous ont encouragés et confortés dans notre démarche. Par-dessus tout, ils nous ont insufflé cette science qui consiste à tenir une scène deux heures durant. À l'origine, le rap est une musique de cave, de parc puis de club, ni plus ni moins. Les rockeurs nous ont appris à dépasser la dimension show case de nos prestations scéniques, à maîtriser nos énergies, à varier les tempos durant le concert, à élaborer un tour de chant solide… Bref, à donner un concert digne de ce nom.

Passé ces affinités, il existe entre nos musiques des différences fondamentales. Le rap est une discipline de compétiteurs, où il faut tout donner pour occuper la première place : le deuxième est un naze. Ce n'est pas forcément vrai dans le rock, ce serait même plutôt l'inverse. La mythologie rock se nourrit du destin de ces chanteurs maudits qui meurent dans la dèche pour finalement « jouir » d'une reconnaissance posthume. Chez IAM, un tel romantisme nous a toujours horripilés. Nous avions même trouvé une formule pour le résumer : « La compile du chanteur mort ». Loser toute ta vie, tu crèves et tu deviens un mythe ? Notre première grosse incompréhension du rock vient de là. La mentalité de gagnant est consubstantielle au rap, elle lui insuffle sa vitalité et une créativité rares dans les autres musiques. Elle a pu agacer certains, paraître juvénile et ultralibérale, une compétition de gamins à l'ego hypertrophié. En revanche, la presse rock nous a soutenus dès le début ; ce n'est que bien plus tard, à mon immense regret, qu'elle a assimilé IAM à une machine à fric libérale et sans valeurs, tout comme le rap français en général. Elle a oublié d'écouter nos paroles, notre travail de composition, nos prises de position, en confondant succès et « trahison commerciale ». Ce fut l'une de nos plus grandes incompréhensions et une profonde déception.

Plus tard, les rockeurs et l'establishment rock ont cherché à revivre à travers le rap leurs fantasmes déçus d'extrême gauche. Et là, ils sont descendus de très haut, au point de nous cataloguer parmi les mecs de droite. Sur certains points, nous sommes d'extrême gauche. Quand j'écris des chansons sur la politique internationale comme *La Fin de leur monde*, je me considère comme un putain de gauchiste radical. Mais nous sommes également des libéraux. Les rappeurs n'ont jamais éprouvé de honte à gagner de l'argent et à le revendiquer. Au-delà du folklore – le fameux « bling-bling » –, exhiber des signes extérieurs de richesse est aussi un gage de réussite et d'ascension sociale pour des gens le plus souvent issus des quartiers. Oui, les rappeurs sont des libéraux, mais pas pour autant des enfants du libéralisme débridé à l'anglo-saxonne, cette idéologie qui réunit dix privilégiés autour d'un banquet et laisse sur le côté des gueux affamés par millions. Notre conception du libéralisme n'exclut pas la solidarité et quand un rappeur réussit, il s'empresse de créer son propre label pour produire ses potes, pour les faire venir en pleine lumière, par culpabilité de la réussite, un peu, par volonté sincère de partage, beaucoup. Il faut « portionner » le gâteau, comme nous le disons dans notre chanson *Coupe le cake*, c'est notre conception du libéralisme. Dès 1995, avec la création de notre label Côté Obscur puis de 361 Records, nous avons produit des groupes comme la Fonky Family, mais aussi 3ᵉ Œil, Chiens de Paille, les Psy4 de La Rime, Saïd, L'Algérino, sans oublier les albums solo de membres d'IAM. En ce sens, nous sommes des hommes d'affaires et nous efforçons naturellement de prendre nos intérêts en main. Ce qui m'étonnera toujours dans ce pays, c'est que certains journalistes soient choqués par notre succès et notre esprit d'entreprise alors qu'ils ne le sont pas du tout par les grandes maisons de disques, le grand capital, la grande distribution ou, pire, par les actionnaires de leur journal... Avec Côté Obscur, nous avons récupéré 50 % du catalogue d'IAM chez EMI. Notre label nous a donc permis de rester propriétaires de nos éditions, et ainsi de demeurer maîtres de notre business. C'est crucial pour un artiste, on l'a vu quand Johnny Hallyday a dû traîner en justice Universal pour récupérer ses droits sur son œuvre. En vain...

À ce moment-là, nous étions très proches du Secteur A, le label, fondé par Kenzy, qui regroupait des groupes et artistes comme Ministère Amer, Doc Gyneco ou Arsenik. Nous échangions des infos : comment éplucher les contrats sans se faire entourlouper, éviter les pièges... Grâce au poids économique de nos deux labels, nous étions en mesure de négocier à égalité avec les maisons de disques pour imposer nos conditions et obtenir des contrats avantageux. Nous savions défendre nos intérêts et, plus largement, n'avions plus cette attitude d'esclave, si habituelle face aux maisons de disques. Nous n'avons pu aller au bout de notre démarche, et c'est dommage car s'il avait été autrement, le rap n'aurait pas aujourd'hui une assise de mendiant, celle d'une musique numéro un chez les jeunes, mais boycottée par les grandes radios généralistes. Des articles « commandés » par des patrons de majors sans doute excédés de notre habileté à négocier des contrats, se sont chargés de nous ramener dans notre enclos. Nous étions passés de clébards qui grappillent les miettes à invités surprise à la table des grands, et comme par magie, nos talents de négociateurs sont devenus dans certains journaux des liens avec la mafia pour IAM, une appartenance à un gang mystique, la secte Abdulai, pour le Secteur A. Le tour était joué, nous étions redevenus des malfrats, des galériens fortunés. Quand les maisons de disques se sont retrouvées à sec – du moins selon leurs dires –, nous avons été contraints de chercher un nouveau moyen de financer nos clips. J'ai donc créé avec Didier D. Daarwin, le concepteur de toutes les pochettes d'IAM, une boîte de production audiovisuelle, Alamut Prodz. Avec des budgets dérisoires, nous avons réalisé les clips des Psy4 et d'IAM, le clip de *Stratégie d'un pion*, dont je suis particulièrement fier, mais aussi ceux de mon album *Soldats de fortune* : *Troie*, *Mots blessés*, *Alamo*, *Sur les murs de ma chambre*. La création de cette boîte est l'expression de notre côté « entrepreneur par la force des choses », ou plus exactement « entrepreneur mais je m'en serais bien passé ». Ce n'est pas forcément être de droite que d'avoir l'esprit d'entreprise et d'initiative. Si l'on compte uniquement sur les maisons de disques, on ne fait pas grand-chose, ou rien du tout.

Les Rita Mitsouko, avec qui nous partagions la même maison de disques, comprenaient cette démarche.

Catherine Ringer et Fred Chichin savaient apprécier le rap, et comme de nombreux fans de la première heure, je les ai sentis déçus par son évolution dans les années 2000. Ils nous avaient invités à plusieurs reprises dans leur studio à Pantin, pour des dîners à la bonne franquette. On prenait la bouffe, on s'asseyait par terre avec les enfants au milieu. Je garde un souvenir ému de Fred : tous les deux, on se retrouvait sur le thème du stakhanovisme, même s'il en demeurait le champion incontesté, un bosseur impénitent toujours fourré dans son studio. Nous parlions essentiellement de musique, de sa passion pour le rock, le funk et le blues. Il possédait une culture musicale impressionnante, clairement perceptible dans la musique des Rita. Très vite, ils ont su briser les barrières du rock pour introduire d'autres sonorités, notamment de la musique noire grâce à leur clavier Prince Charles.

L'année de la sortie de notre premier album en 1991, ils nous avaient invités à jouer sur scène à la Cigale, pas pour une courte apparition, non, pour un vrai concert Rita-IAM. Ce fut une création issue de nos répertoires respectifs... Nous avions nos platines et notre DJ, eux leurs musiciens. Et on permutait de l'un à l'autre dans l'improvisation la plus totale. Sur scène, ils avaient installé une déco intimiste avec une table basse, des canapés... J'avais l'impression de jouer à la maison.

Avec les rockeurs, nos soucis ont vraiment débuté en 1992-1993, quand le rap a pris de l'ampleur au point d'assassiner commercialement le rock et de prendre sa place dans les charts, dans les grands festivals, auprès des jeunes et dans la revendication. On sentait de l'animosité et du dépit de la part de certains rockeurs et de la presse rock, qui voyaient cette musique débouler tel un bulldozer et tout raser sur son passage. Un bras de fer s'est alors engagé entre les deux courants, alimenté par les préjugés des uns à l'égard des autres. Nous sommes ainsi entrés dans une relation du type « je t'aime, moi non plus ».

Alamo

La société ne m'aime pas ? Je fais comme Renaud,
[je la baise
C'est quoi le problème, d'où je viens je dois baigner
[dans la Seize ?
Puis couler dans la Seine, ou bien baver dans « le 16 »
Un putain d'Oui-Oui, qui dit amen à leur foutaise
Les mots je les soupèse, je bombais le torse
Je voulais dire : « J'ai mal » ; ils ne m'ont pas capté
[je devais jacter en morse
Mon avis c'est le maquis en Corse, la poésie du pauvre
Ils disent parler clairement mais j'entends que l'écho du coffre
Tout ça pour que leur pouf porte la peau du fauve ?
Je ne peux pas me les voir, je viens de l'école où la paupière
[est mauve
Mes gosses je veux les tirer de cette merde
Mais qu'ils aient les frissons, quand ils écoutent leur père rapper
[sur « Rien à perdre »
Puis ma fille me dessine bien maigre, chérie c'est la fragilité
De qui ignore la facilité
Les plus beaux poèmes se lisent à bas mots
En voici un de papa, tombé pour ses idées, fierté au cœur
[à Alamo
Elles subissent ce que vivent les flics dans « Assaut »
Ça se pose moins de questions chez les actions
[de Marcel Dassault

261

Alamo, fierté, résistance
On prend nos distances, chérit l'existence
On se voit tous à Trinidad et Tobago
Mais beaucoup tombent à terre car leur tête est au magot

Alamo, fierté, résistance
On prend nos distances, chérit l'existence
On se voit tous à Trinidad et Tobago
Mais ça perd son sang-froid et se précipite dans les fagots

Difficile de deviner le mal-être, derrière un sourire
Le bonheur ne s'achète pas avec une mallette bourrée de fric
Je kiffe ma vie simple, le son dans mon système
J'ai tué mon passé, s'il te plaît demande pas si je t'aime
On ne se marie pas avec un fantôme incarcéré
Près du train de l'ennui, ton cœur est passé
M'arrachant à la voie ferrée, déposé dans un jardin
Quand j'allais éclater deux fils de pute avec un parpaing
Jamais violent, toujours sur mes gardes, j'ai fait du mal
                                        [par mégarde
Rejeton du Belsunce Breakdown
Ma mère est née en bas, 17 rue Sainte-Barbe et donc
Trente ans après mes premiers raps près de la rue Longue
L'impression que m'a laissée l'adolescence : une perte
                                        [de temps
Avec des cernes de sang, je voulais qu'on soit fier de quand
Je monterais sur scène avec des projets plein les pognes
Mais merde ! Je suis resté trop longtemps dans les secteurs
                                        [où ça cogne
Dans l'équipe, on a tous l'air équilibré
Mais chacun porte ses merdes, jusqu'à ce que la mort vienne
                                        [nous délivrer
La gamberge pousse à la surface les actifs
J'avais du mal à respirer, sous sédatif, ils m'ont placé
Puis l'élixir parégorique m'a cassé
J'ai fait « Sol Invictus » en dépression, le moral fracassé
Me voilà de retour, les crasses sous serrures à deux tours
Les basses ? C'est ce que la sève de mon hip-hop a de lourd

Je sais pas où je vais, mais rappe jusqu'à pas d'heure
Je suis comme James Dean, sur l'asphalte, au volant
[de sa Spider
Je défoncerai leur barrage, je ne sais pas où je me situe
La vérité, ils l'ont fouettée si fort qu'elle ne crie plus
Je ne m'attends pas à ce qu'elle débarque toute grimée
Des MC comme Faf sont des mecs si sous-estimés
J'aime le rap comme un lycéen, kiffe son premier amour
Mais tant de chippendales lui ont fait la cour
Que j'ai dû me battre pour démontrer par A + B
Que ce rap gonflette ne vaut rien face aux types scarifiés
Je trace ma route avec ce poids sur mes épaules
Sans jamais ressasser le succès passé de l'école

De la planète Mars

Pour l'enregistrement de notre premier album, nous avons choisi la délocalisation à Paris. Labelle Noir souhaitait nous avoir sous la main et sur ce coup, ils avaient bien raison. À Marseille, nous aurions reçu les visites incessantes des potes du quartier, et le studio aurait inévitablement pris des allures de centre social. À Paris, nous ne connaissions personne, c'était parfait. Nous avons travaillé dans des conditions optimales pour rester concentrés sur l'album. Il a plu en continu durant les trois semaines de notre séjour, un phénomène climatique inédit pour moi, mais idéal pour rester enfermé et bosser. Notre hôtel se trouvait juste en face du studio Mix It, rue Saint-Sébastien, près de la Bastille. Benny et Cathy passaient de temps en temps, pour suivre l'avancée du boulot. DJ Cut Killer assistait lui aussi à quelques sessions d'enregistrement. Je l'avais rencontré lors d'une soirée à Bobino, après le concert de Madonna à Bercy. Il fut sans doute le premier en France à développer le concept des mixtapes. Je l'estime énormément, ainsi que l'adorable DJ Abdel : leur talent, leur technique, leur science du scratch et leurs qualités humaines sont incroyables. Pendant notre escapade parisienne, Cut nous invitait souvent à déguster le succulent couscous de sa maman ; il nous a également accompagnés sur scène, aux côtés de Kheops, sur la tournée *De la planète Mars*.

Pour le reste, je n'ai aucun souvenir de virées nocturnes. Nos sorties se bornaient à l'aller-retour entre le studio et l'hôtel et nous mangions tous les jours chez le traiteur asiatique du coin. Dans le studio aussi, c'était atelier chinois : travail acharné et chambrage intensif – la technique IAM. Nous avons toujours vu l'enregistrement de nos albums un moment privilégié pour l'expérimentation et la création, comme dans un laboratoire. Durant sa carrière, IAM a constamment écrit et composé à chaud en studio : lorsque les idées de textes germent, lorsque les trouvailles sonores jaillissent, c'est le plus souvent le fait d'un processus d'échange et d'émulation.

Nous avions choisi de travailler avec Sodi, un ingénieur du son réputé sur la scène reggae-rock. Il s'est vite acclimaté à l'ambiance du groupe pour s'imposer comme le septième membre d'IAM. Nous connaissions Sodi depuis le Massilia, quand il toastait sur Marseille. J'avais également collaboré avec lui pour l'enregistrement du générique de l'émission « Rap-Line ». Pour décrire son travail sur l'album *De la planète Mars*, j'ai l'habitude de dire : « On l'a rêvé, Sodi l'a fait. » Il a parfaitement cerné notre identité musicale, compris nos désirs et nos envies. Nous voulions un album qui suive de multiples directions, un album à notre image, dans le mélange d'humour et de textes conscients ; dans les influences musicales éclectiques, avec emprunts à la soul, au P-Funk, au jazz, mais aussi aux musiques du monde avec percussions orientales et sitars. Nous voulions surtout éviter de donner une couleur monochrome à notre travail. Sodi a su mettre en œuvre cette volonté, et insuffler à notre musique une énergie proche du rock alternatif. À cette époque, nous cultivions le secret du sample. Nos samples, nous les protégions comme des trésors de guerre. Comme nous refusions de lui dévoiler leur origine, Sodi s'amusait à les deviner, c'était un jeu entre nous. Nos compositions prenaient la forme de collages sonores élaborés avec une multitude d'emprunts à des classiques de James Brown, de Jimmy Castor ou des Meters. Sur le titre *Les Tam Tam de l'Afrique*, nous avons samplé *Past Time Paradise* de Stevie Wonder. Nous avons donc envoyé le morceau au management de Stevie, avec les paroles traduites en anglais. Il l'a validé en prenant 10 % sur la totalité des droits – un pourcentage ridicule.

Une fois l'album enregistré, Joe, Sodi et moi sommes partis à Londres pour le mixage. Là-bas, j'ai morflé. Je suis un méridional dans l'âme et cette ville, comme on peut l'imaginer, me procure peu d'émotions. Je l'apprécie à la rigueur pour les matchs de foot et les supermarchés – où l'on trouve de très bons produits, mais à des prix souvent exorbitants. J'avais déjà eu l'occasion d'aller à Londres, en 1988. Le label Gee Street Records avait entendu mon intervention sur le titre *This is the B Side*, réalisée à New York sur l'album des Choices MC's. John Baker, le patron du label, nous avait invités pour une semaine, Joe, le Dramator et moi, mais l'affaire n'avait pas abouti. Durant nos balades, nous avions repéré des tags de Rockin'Squat et Solo sur les murs de la ville : des rappeurs français avaient laissé une trace à Londres… Ça m'avait amusé et fait plaisir.

Pour le mixage de *La Planète Mars*, nous étions logés dans un très bon hôtel, le Nontas, tenu par un couple de Chypriotes. Ils nous avaient pris en sympathie, Joe et moi, et la patronne nous préparait de délicieuses tartes aux fruits rouges. Le mix se déroulait au Ezee Studio, un haut lieu du rock anglo-saxon. La journée, l'endroit était relativement calme, on pouvait bosser tranquillement. Vers 18 h 00, les musiciens rock arrivaient pour leur session de travail et là, le studio prenait peu à peu des allures de club : coke et filles à gogo.

Pour Noël, une grande fête y avait été organisée avec l'aristocratie rock ; tout le monde avait le pif dans la poudre, ça sniffait sur les tables, sur les consoles… Des nanas se baladaient en tenues ultracourtes de mamans Noël libidineuses. On hallucinait, Joe et moi, mais nous sommes restés droits dans nos bottes car nous avions du travail à finir. Les rockeurs devaient nous prendre pour des extraterrestres. À l'époque, nous étions assez spartiates, peu sociables, encore moins communicatifs. Durant le mixage, nous avons ainsi croisé à plusieurs reprises Peter Gabriel, qui bossait sur son album, et auquel nous n'avons pas adressé la parole. Il était transparent à nos yeux, comme tous les autres… Quelques années plus tard, IAM a salué son travail au sein du label Realworld en participant à son festival annuel, le Womad. Dans la foulée de Londres, nous sommes allés jouer aux Transmusicales de Rennes, en première partie de Kid Frost. Ce fut un concert important pour la notoriété du groupe en France.

De la planète Mars est sorti dans les bacs en deux temps : d'abord à Marseille, et deux jours plus tard dans toute la France, le 1er mars 1991. Je n'oublierai jamais le moment où j'ai tenu le disque dans ma main. Niveau son, bien sûr, il ne rivalisait pas avec les maxis américains, mais je ne pouvais m'empêcher de le manipuler comme un objet précieux. J'étais en extase devant mon rêve, devenu réalité après tant d'années à trimer. Nous avions choisi le mois de mars pour marquer le coup, en clin d'œil à notre ville, rebaptisée par nos soins « Planète Mars ».

Le disque s'ouvre sur une intro avec un sample de percussions africaines, des scratches, et une voix établit un parallèle entre l'Égypte et Marseille, « première ville à avoir émergé des eaux ». Nous étions porteurs d'une revendication identitaire forte : réhabiliter Marseille, lui redonner son lustre de cité millénaire fondée en 600 avant J.-C. Et nous avons réussi, en combinaison avec l'OM, puis le cinéma, notamment grâce aux films de Robert Guédiguian. Un ami parisien me l'avait dit en rigolant : « Avec IAM et l'OM, le prix de l'immobilier s'est envolé à Marseille. » Je le prends comme un compliment, même si je trouve Marseille ingrat. Le rap a beaucoup fait pour cette ville ; en retour, elle a peu fait pour le rap. Paris, Lille, Toulouse se sont dotés de lieux culturels dédiés au hip-hop. À Marseille, niente. Les instances dirigeantes de tous bords ne jurent que par le théâtre et l'opéra, et même si des personnages comme Serge Botey, actuel adjoint au maire, essaient d'organiser des choses, leur action demeure marginale.

Aujourd'hui, j'éprouve un sentiment d'amour-haine pour ma ville. J'adore sa convivialité méridionale et sa qualité de vie, mais il y existe toujours une chape de plomb qui l'empêche de se développer comme ses concurrentes directes – je pense à Barcelone et Gênes. Marseille a beaucoup évolué depuis les années 1980, mais elle reste à la traîne. Bref, dans *De la planète Mars*, je prenais fait et cause pour elle dès le premier morceau et pointais un doigt accusateur sur la République : « La France est une garce, elle a osé trahir les habitants de la planète Mars. » La violence du propos illustrait notre sentiment d'abandon, acquis dans les années 1980 – sentiment qui pourrait paraître incompréhensible aujourd'hui, Marseille étant devenu la ville préférée des Français.

En ces années-là, c'était l'inverse. Dans l'imaginaire collectif, elle se réduisait à une ville de bandits, sale et crasseuse, abonnée aux méchants faits divers. Cette vision occultait les aspects positifs de Marseille, notamment la richesse de son métissage. IAM était une émanation de l'esprit et de l'histoire de la ville, comme en témoigne la diversité de nos origines : réunionnaise et malgache pour Joe ; espagnole pour Pascal et Éric ; algérienne pour Malek ; sénégalaise pour François ; et napolitaine pour moi. Nous formions un condensé de la mosaïque marseillaise. Évidemment notre amour pour la cité phocéenne se traduisait par une défiance profonde à l'égard de la France et surtout de Paris, la capitale centralisatrice. Cette défiance ne date pas d'hier, elle trouve ses origines dans l'histoire, au moment où le comté de Provence fut rattaché à la Couronne française, provoquant une résistance locale féroce. C'était en 1481. Pour arrêter les brigands et prévenir les embuscades meurtrières, les soldats du royaume brûlèrent toutes les forêts de feuillus et de chênes. À notre humble niveau, nous étions un peu les héritiers d'un esprit rebelle et insoumis face au pouvoir central et au concept de nation. Dans notre ligne de mire, il y avait surtout l'oppression financière exercée, aujourd'hui encore, par Paris sur notre ville et sur les autres agglomérations de France. Car Paris pompe le sang du pays et des Dom-Tom. Dans les années 1980, Marseille était le deuxième port français en termes de création de richesses mais ne se trouvait qu'au 31e rang pour la redistribution de ces mêmes richesses.

Aujourd'hui encore, je suis partisan d'une autonomie culturelle, politique et économique, sur le modèle de l'Allemagne et de l'Espagne, où les régions disposent d'un pouvoir réel sur leurs ressources et leurs destinées. Entre une république hyper-centralisée et un État fédéral, mon choix est fait, sans l'ombre d'une hésitation.

Avec *De la planète Mars*, nous avions décidé d'exploiter à fond le thème de l'invasion extraterrestre. L'album arrivait comme un ovni, véritable objet musical non identifié, avec son éclectisme, son humour et son engagement, ses références multiples aux civilisations anciennes. J'ai toujours considéré la musique comme de l'« entertainment ». Même radicale, elle doit offrir de la distraction et du rêve. Avec notre imagerie égyptienne et nos clins d'œil au film *Star Wars*, nous voulions apporter une part d'évasion au public, lui offrir de nouveaux horizons : inviter les gens à la culture, mais sans discours professoral. Quand on parvient à créer une étincelle de curiosité dans l'esprit du public, 50 % du travail est accompli. C'est une étape nécessaire pour prendre de la hauteur et briser les chaînes mentales.

Et puis nous voulions remettre à l'heure les pendules de la grande histoire. Avec la chanson *Les Tam Tam de l'Afrique*, Joe racontait l'esclavage, une histoire tout bonnement occultée à l'école, même si elle concerne de nombreux enfants d'immigrés africains.

Ils sont arrivés un matin par dizaines par centaines
Sur des monstres de bois aux entrailles de chaînes
Sans bonjour ni questions, pas même de présentations

Ils se sont installés et sont devenus les patrons
Puis se sont transformés en véritables sauvages
Jusqu'à les humilier au plus profond de leur âme
Enfants battus, vieillards tués, mutilés
Femmes salies, insultées et déshonorées
Impuissants, les hommes enchaînés subissaient
Les douloureuses lamentations de leur peuple opprimé
Mais chacun d'entre eux en lui-même se doutait
Qu'il partait pour un voyage dont il ne rentrerait jamais
Qu'il finirait dans un port, pour y être vendu
Il pleurait déjà son pays perdu
Traité en inférieur à cause d'une différence de couleur
Chaque jour nouveau était annonciateur de malheur
Au fond des cales où on les entassait
Dans leurs esprits les images défilaient
Larmes au goût salé, larmes ensanglantées
Dans leurs esprits, longtemps retentiraient
Les chants de la partie de leur être qu'on leur a arrachée
Mais sans jamais tuer l'espoir qui les nourrissait
Qu'un jour, ils retrouveraient ces rivages féeriques
D'où s'élèvent à jamais les Tam Tam de l'Afrique

Les Tam Tam de l'Afrique

Perchés sur une estrade, groupés comme du bétail
Jetés de droite à gauche tels des fétus de paille
Ils leur ont inculqué que leur couleur était un crime
Ils leur ont tout volé, jusqu'à leurs secrets les plus intimes
Pillé leur culture, brûlé leurs racines
De l'Afrique du Sud, jusqu'aux rives du Nil
Et à présent pavoisent les usurpateurs
Ceux qui ont un bloc de granit à la place du cœur
Ils se moquaient des pleurs et semaient la terreur
Au sein d'un monde qui avait faim, froid et peur
Et qui rêvait de courir dans les plaines paisibles
Où gambadaient parfois les gazelles magnifiques
Ah ! Yeh, qu'elle était belle la terre qu'ils chérissaient
Où, à portée de leurs mains poussaient de beaux fruits frais

Qui s'offraient aux bras dorés du soleil
Lui qui inondait le pays de ses étincelles
Et en fermant les yeux à chaque coup reçu
Une voix leur disait que rien n'était perdu
Alors ils revoyaient ces paysages idylliques
Où résonnaient encore les Tam Tam de l'Afrique

Les Tam Tam de l'Afrique

Jazzy, rappelle-leur, my brother
Qu'ils gardent une parcelle de leur cœur
Et que le sang qui a été versé
Ne l'a été que pour qu'ils puissent exister
Les enfants qui naissaient avaient leur destin tracé
Ils travailleraient dans les champs jusqu'à leur dernière
[journée
Pour eux, pas de « quatre heures », encore moins de récré
Leurs compagnons de chaque jour étaient la chaleur et le fouet
Sur leur passage, on les fuyait comme le malin
En ce temps-là, il y avait l'homme noir et l'être humain
Décrété supérieur de par sa blanche couleur
En oubliant tout simplement son malheur antérieur
Il assouvissait son instinct dominateur
En s'abreuvant de lamentations, de cris, de tristes clameurs
Qui hantaient les forêts longtemps après son passage
Et l'esprit de ceux qui finissaient esclaves
De générations en générations, crimes et destructions
Le peuple noir a dû subir les pires abominations
Et le tempo libère mon imagination
Me rappelle que ma musique est née dans un champ de coton
Mais non, je ne suis pas raciste par mes opinions
Non pas de la critique mais une narration
Je raconte simplement ces contrées fantastiques
Et je garde dans mon cœur les Tam Tam de l'Afrique

À propos d'Afrique, le sommet de la farce fut atteint
quand le président actuel affirma, dans son discours de
Dakar, tenu le 26 juillet 2007, que l'homme africain

n'était pas assez entré dans l'histoire. L'homme africain est entré dans l'histoire en bâtissant – gratuitement – les pyramides et les États-Unis de ses mains. L'homme africain est entré dans l'histoire en assurant richesse et prospérité aux ports négriers comme Bordeaux et Nantes. Peut-être Nicolas Sarkozy lui-même n'est-il pas assez entré dans les livres d'histoire. Ou bien a-t-il trop lu « Nos ancêtres les Gaulois... », sans s'intéresser à l'apparition de l'humanité en Afrique, à l'empire zulu, à la dynastie des Mandingues, au rayonnement de Carthage, aux Nubiens et aux pharaons noirs, à l'empire du Négus, à l'apport de l'Afrique à la civilisation du monde... Dont acte.

J'aime particulièrement la pochette de ce disque. Le logo IAM, inspiré de calligraphies arabes, avait été réalisé par deux graphistes, Didier Daarwin et Stéphan Muntaner. Ils travaillaient avec Alain Castagnola et allaient par la suite créer la boîte de graphisme Tous des K, qui réaliserait les pochettes d'IAM. La photo avait été prise en pleine nuit, depuis les hauteurs de la cité Consolat, dans les quartiers nord de Marseille. Au loin, on pouvait apercevoir le port scintillant dans l'obscurité. Le photographe, Michel Semeniako, avait trouvé un système ingénieux pour obtenir cette luminosité malgré la pénombre. Il avait installé des petites lampes sous les plantes et les buissons au premier plan. Le résultat dégageait une beauté insolite, fidèle à l'esprit de l'album : une végétation dense au devant et des cités de béton au second plan, comme si les barres HLM avaient poussé au milieu d'une forêt.

À Marseille, les grands ensembles urbains ont toujours fait partie intégrante de la ville. À travers cette pochette, nous voulions montrer ces quartiers sous un angle créatif quand la télévision en parlait exclusivement dans des émissions racoleuses sur l'insécurité. En revanche, nous avons toujours refusé le rôle de « haut-parleur de la banlieue ». Nous n'étions des haut-parleurs de rien ni personne, excepté de nous-mêmes et de notre entourage. Nos chansons décrivaient les conditions de vie dans les cités dites « sensibles », mais avec le souci constant d'élargir le propos pour offrir une alternative au discours de la complainte sociale victimaire. Nous parlions des quartiers, en réaction au traitement médiatique habituel et stigmatisant, axé sur la violence, la délinquance, l'immigration. Dans l'inédit *Le Livre de la jungle*, je disais déjà : « La banlieue, la banlieue, matin et soir, la banlieue, tout ce bruit fait leur jeu. »

> Depuis des mois, l'info se focalise vite sur les banlieues
> Les problèmes des gens qui y habitent mais
> À les entendre les ennuis sont récents
> Et les cités étaient tranquilles il y a un an
> La banlieue, la banlieue, matin et soir la banlieue
> Les fafs sont heureux, tout ce bruit fait leur jeu
> Au lieu de dépenser des pellicules, donnez-nous l'argent
> Qu'on puisse enfin construire quelque chose de plus
> [intéressant
> Plus tard on va nous dire qu'on a pas de solution ?
>
>
> Que notre musique est le reflet d'un mal de vivre
>
> Éric, ai-je mal ? Non
> Merci j'ai eu peur, je veille sur mon état
> Gardez vos éducateurs
> Stoppez les clichés du genre idées toutes faites
> Casquette, baskets, pas grand-chose dans la tête
> Je m'avise, expertise leur hantise, dramatise la crise

Je n'ai pas besoin de psychanalyse
Fanatisent, rebaptisent nos entreprises
Les animalisent mais mmmh je me fais une bise
Pourquoi ? Prévoyant malgré tout ça
J'ai gardé beaucoup de lucidité, un brin d'animosité
Si le livre était béni, l'égalité est là
On vient des pages que les gens ne regardaient pas
Avant tout ce qui se passait
Les événements qui auraient dû être prévus depuis déjà dix ans

Nous avons écrit ce texte lors des premières émeutes dans la région lyonnaise, en 1990. Quand les journaux télévisés parlent tous les jours des quartiers sous l'angle exclusivement sécuritaire, le bon citoyen a l'impression de vivre dans un pays en insurrection. C'est pourquoi nous avons toujours refusé de lancer des appels à la révolte gratuite, comme de reproduire et d'entretenir les clichés sur ces « méchants banlieusards » déjà abondamment caricaturés par les médias. À quoi bon ? Sinon pour justifier plus de répression, favoriser des crispations et à terme, entraîner des basculements dans le genre « à droite toute ». Dans notre discographie, le morceau *Hold-up mental* résume bien la pensée d'IAM.

La révolution armée est dépassée
Mais avec de l'intelligence, le but est de s'infiltrer
Ensuite d'observer, pour s'intégrer et dominer

Lorsque nous avons écrit ces paroles, on nous a rétorqué : « technique trotskiste ». Pas du tout : technique de combat chinoise, théorisée à la fin du Ve siècle avant J.-C. par Sun Tzu, dans son traité *L'Art de la guerre*[1].

1. Sun Tzu, *L'Art de la guerre*, Flammarion, Champs essais, 2008.

Sun Tzu développait notamment le concept de « guerre psychologique », appliqué durant la guerre d'Indochine et du Vietnam. À notre niveau, la stratégie consistait à évoluer socialement sans oublier sa mentalité pour modifier la société de l'intérieur.

Le « Hold-up mental », c'est participer à des émissions grand public pour toucher la majorité sans se compromettre ni édulcorer la radicalité du propos. Le « Hold-up mental », c'est lutter contre les préjugés et changer la mentalité des gens avec notre prose. Nous avons reçu des témoignages de jeunes, tels que : « Mes parents votent FN, j'ai écouté vos textes et je ne suis pas d'accord avec eux. Je crois au métissage, ma petite copine est marocaine et mes parents sont dégoûtés. » Là, on crie victoire !

Nous croyons en la révolution quand elle est micro-cellulaire, quand elle passe par l'individu ou la famille. La prise de conscience individuelle vaut toutes les révolutions du monde. Sachant que la France est un pays de flics, le soulèvement violent est voué à l'échec. Descendre dans la rue pour se battre contre les CRS ou contre l'armée ? Le combat frontal est perdu d'avance. J'aimerais d'ailleurs, en toute humilité, donner un conseil aux jeunes des quartiers. Lors de prochaines émeutes, je leur suggère de s'habiller d'un ciré jaune, ou bien de manifester sur des tracteurs. Il paraît judicieux de s'accoutrer ainsi, quand on voit la souplesse des forces de l'ordre et de la justice face aux manifestations ultra-violentes des paysans ou des pêcheurs. Ils écopent rarement d'une peine de prison ferme car ils sont considérés, à juste titre, comme des travailleurs « de dur labeur ». Pour les émeutiers de banlieue en revanche, c'est comparution immédiate devant le juge avec prison ferme à la clef, parce qu'ils sont caricaturés, à tort, comme des casseurs-branleurs. Mais cela n'est qu'une suggestion.

Quand *De la planète Mars* a atterri dans les bacs, notre label s'est trouvé confronté au problème de la promotion du disque. Grâce au succès de *Concept* et aux premières parties de Madonna, nous avions bénéficié d'une bonne couverture médiatique. Depuis un an, journaux, télés et radios étaient rassasiés. Nous avons tout de même réussi à occuper l'espace médiatique grâce au clip des *Tam Tam de l'Afrique*, réalisé par une vieille connaissance : Olivier Dahan. À l'époque de *Concept*, quand il était un simple étudiant en fac de cinéma à Luminy, dans le sud de Marseille, il était venu me voir pour proposer à IAM de participer à son « film de diplôme », un documentaire fiction de 25 minutes, *La Grande Ville*, sur Marseille, l'immigration et le hip-hop. Olivier était un jeune gars timide, mais déterminé et sérieux. Il connaissait son sujet. Nous nous sommes donc prêtés au jeu, et à des entretiens sur notre quotidien.

À la même époque, nous avions également tourné tout seuls une vidéo pro-palestinienne, un truc à la con et manichéen difficile à cautionner maintenant. Durant mes jeunes années, j'étais exalté et un peu naïf, je pensais avoir raison contre la terre entière. Aujourd'hui, je reste convaincu que la situation de la Palestine est indigne et humiliante et que le sort des Arabes israéliens et palestiniens relève souvent d'un régime d'apartheid, mais j'ai tout de même plus conscience qu'auparavant de la complexité de la situation. Bref, ce jour-là, on s'était filmés enveloppés dans des keffiehs et nos potes juifs en pleuraient de rire…

Nous avons gardé le contact avec Olivier et l'avons rappelé pour *Tam Tam de l'Afrique*, son premier clip professionnel. Nous voulions tourner au musée de l'Océanographie, à Paris, mais les types nous réclamaient la somme astronomique de 70 000 francs par jour. Du coup, le tournage a eu lieu dans une villa à Meudon, en région parisienne. Olivier, qui était un amateur d'arts primitifs, avait lui-même dégotté toutes sortes de statuettes africaines pour décorer les lieux. Le tournage s'est fait en flux tendu, faute d'un budget important, et nous avons dû tout boucler en 24 heures, sans dormir. Olivier savait parfaitement où il allait, il a signé un clip magnifique, en noir et blanc, qui marquait une rupture totale avec les canons en béton armé du rap. L'impact du clip, largement diffusé à la télévision, a permis de populariser notre premier album. Nous avons également créé notre propre actualité grâce à la sortie de maxis, avec de nouveaux morceaux à proposer. Durant plusieurs mois, à intervalles réguliers, nous avons donc enregistré une série de vinyles avec, en face A, une version remixée d'un titre de notre album, et deux inédits en face B, notamment *Hold-up mental*. Cette politique a été une constante dans la carrière d'IAM, jusqu'à *L'École du micro d'argent*.

Dès le printemps 1991, nous avons intégré la tournée *Rapattitude* avec Tonton David et Saliha. L'organisation était carrée : on voyageait en bus, on logeait dans des hôtels Ibis ou Campanile. Nous avons joué essentiellement dans des cités de la région parisienne ou des grandes villes de province, devant un public très « quartier », très rap, et dans une ambiance détendue. Grâce à cette tournée, j'ai découvert la France, ses paysages, ses climats et sa diversité. À l'époque, mon horizon se limitait au grand Sud, si bien que lors de mes premiers déplacements, j'ai eu l'impression de découvrir un nouveau pays. Je n'avais de repères ni culturels, ni culinaires, ni géographiques. Tous ces concerts ont contribué à l'explosion d'IAM. Nous devons aussi à Radio Nova d'avoir été programmés dans de nombreuses MJC de la région parisienne, comme à Grigny ou La Grande Borne, un « quartier sensible », selon l'expression consacrée, où peu de concerts étaient organisés. L'après-midi avant le spectacle, on avait fait, avec tous les anciens de la cité, une partie de foot sur le terrain de handball, suivie d'un barbecue. Idem à La Paillade, à Montpellier, à L'Ousse des Bois, à Pau... On s'amusait comme des gamins. Une fois, avant un concert à Toulouse, on a même organisé un laser-quest – sorte de paint-ball avec des fusils laser. Nous avons rampé, crapahuté et couru pendant quatre heures, du coup nous étions dégueulasses et épuisés au moment de monter sur scène.

Nous avions un réel contact avec le public, sans une once d'agressivité, et même quand le climat était tendu, nous parvenions à apaiser les tensions. Comme par exemple lors de ce concert à Amiens, vers 1991, à un moment où la mairie était débordée : peu avant, un jeune était mort, asphyxié par des bombes lacrymogènes, et l'événement avait provoqué des émeutes urbaines. La municipalité nous avait appelés pour donner un concert et calmer le jeu. On nous assignait le rôle de pompier social, en quelque sorte. Du coup, nous nous étions produits dans la grande salle de la ville. Mais je ne suis pas dupe, sans les émeutes, nous n'aurions certainement pas été conviés dans ce beau bâtiment en forme de chapiteau, au centre d'Amiens, mais plutôt dans une MJC de la périphérie. Peu importe, ce concert s'était déroulé dans des conditions fabuleuses ; nous n'avions pas fait de grands discours, juste donné une bonne prestation avec sourire et générosité. À la fin du concert, on s'était retrouvés à quatre cents dans les coulisses, mais dans une ambiance fraternelle, à parler pendant des heures avec les jeunes. Ils étaient fiers de nous recevoir, ils tenaient à bien nous accueillir car le plus souvent, personne ne s'aventurait à donner le moindre concert chez eux. Aujourd'hui, la situation est inverse. Pas mal de gamins veulent prouver que leurs quartiers et eux sont les plus chauds, les plus méchants. Personnellement, j'attribue cela à l'impact négatif de la télévision. Avec tous ces reportages sur la délinquance et la violence, elle a instauré une sorte de concours du coin le plus dangereux, le plus malfamé de France. Le mauvais garçon est à la mode, les journaux télévisés érigent les faits divers en généralités, ils tiennent le haut de l'affiche, abordant les quartiers sous un angle exclusivement négatif et anxiogène. Or les jeunes absorbent les informations, ils comprennent que seule la violence est médiatisée, représentée et récompensée, alors ils s'y ruent.

La tournée *Rapattitude* nous a permis de faire nos armes sur scène et de prendre du bon temps : rigolade, balades à vélo sur la plage de La Rochelle avec Tonton David… Très vite, nous avons enchaîné avec nos propres dates sous le nom d'IAM, avec Cut Killer en renfort aux platines. La tournée s'est admirablement bien passée, en dépit des menaces de plasticage de nos concerts envoyées par l'extrême droite. Elles ont duré jusqu'en 1993. Je passe sur les lettres d'insultes avec lames de rasoir émanant des nazillons. Nous étions devenus l'ennemi en titre du Front national. L'hebdomadaire *Minute* nous avait même fait les honneurs d'un long article. Ses journalistes nous présentaient comme de « purs produits des ghettos maghrébins », pointaient nos

« paroles haineuses » et rebaptisaient notre album *De la planète meurtre*. Ils avaient, de toute évidence, été sensibles à nos rimes :

On vient de M.A.R.S., ce n'est pas une farce
IAM live de la planète Mars-Eille
Soleil, devient un violent poison
Pour ceux qui nous enferment derrière une cloison
Une cité à part, plongée dans le noir
De la délinquance des rues quand vient le soir
Mais que de mots dépassés, que de folies
Ici sont les génies du genre Léonard de Vinci
Et voici, aujourd'hui, juste un cliché
De la ville du Sud qui brûle à plus de mille degrés
Les New Jacks y sont joués comme au tic tac
Toe impro et prennent la fuite en zigzag
Yo, la terre est paniquée : normal
Commandeur Akhenaton du vaisseau amiral
De la flotte asiatic de Marseille invincible armada
Ordonne d'une vive voix
L'invasion immédiate de la France
Putain ! Qu'IAM est hype quand il rentre dans la danse
Subissez, populations éparses
Une attaque en règle venue de la planète Mars
De la planète Mars… eille
Je dompte le beat, impose des paroles en harmonie
Symbole vivant de ma véritable hégémonie
Je suis dope et no joke et me bloque enfin stock les chocs
Et du top, tue le rock et me moque de votre époque
Isolés, éloignés vous étiez en anoxie
Quand IAM a débarqué d'une autre galaxie
On chipe ou on tripe, piqué, on flippe
La venue d'IAM est une rencontre du 3e type
Comme à la télé, on est troublé, mais
Les visiteurs regardent et disent vé, c'est vrai
Nés dans le ciel, vivant dans le soleil
Le vaisseau impérial n'aura jamais de la vie son pareil
Ni son équivalent, sans équivoque

Le A majuscule à la science de M. Spock
Le mic est monté, les MK2 branchés
Le 16 pistes est prêt afin de pouvoir enregistrer
En fait pour abréger nous allons déclencher
Une énorme offensive de la cité de Phocée
Tout le monde crie, tout le monde trace
Devant l'attaque des poètes venus de la planète

Mars… eille, elle-même
A subi des tentatives d'invasion française
Des hordes ténébreuses lors des élections
Qui ne voulaient que diviser la population
Un blond, haineux et stupide à la fois
Au royaume des aveugles le borgne est roi
Je m'en rappelle ce jour-là, la peur
Quand 25 % ont collaboré avec l'envahisseur
Maudits soient-ils avec le rap j'oppresse
Complexe, le Rex proteste contre cette secte
Tu vois le genre de mec, la cervelle en semoule
Qui rapplique avec la croix de feu et la cagoule
Ou le drapeau bleu blanc rouge, bouge de là
Couche-toi et sens la tronche vide que tu touches, ah !

Pour la peine, j'exige une pénalité
Pour avoir essayé de tuer notre identité
L'entité, Extra Terrestre Akhenaton
Attaque encore ensuite ordonne
L'imminence du flot des guerriers khatares
Qui viennent se venger arrivant de la planète Mars
De la planète Mars
Marseille, tu es une autre planète
Et pour te diriger, il faut une autre manette
Depuis cinq ans des rapports nous parviennent et paraît-il
Que l'on observe des ovnis dans le ciel de Paris
L'atterrissage du vaisseau IAM est proche
Nous allons voir les gueules moches et les poches de pleurs
Reproche, qu'IAM comme un flacon d'éther
Explose avec les mots et ne fréquente que des gangsters

Sur ce, Akhenaton remercie
À Marseille, à Toulon la famille Gomis-Mendy
La MOB criminosicale
Les BTF et MB-force, l'alliance de l'islam
Imhotep et Khephren et Kheops assistés de Sodi
Shurik'N et Malek Sultan contrent les félonies

Mars est-il bien le dieu de la guerre
Oui guerre est déclarée à la planète Terre
Invasion immédiate par les ondes hertziennes
Est la première arme des divisions martiennes
Destruction car la France est une garce
Elle a osé trahir les habitants de la planète Mars
Car si je pars et qu'il ne reste plus rien
Tu sais d'où je viens… de Marseille

Ce titre était une référence directe au score du FN
à Marseille durant les élections européennes de 1984.
J'ai assez mal vécu toutes les menaces de l'extrême
droite, mais notre tournée s'était finalement dérou-
lée sans le moindre incident. Elle nous a permis de
défendre notre album de la manière la plus agréable :
en jouant notre musique en live. Nous apportions en
effet un soin particulier à la dimension théâtrale de nos
prestations. Pour nous, la question se posait en ces
termes : comment un groupe de rap accompagné d'un
DJ peut-il rivaliser avec un groupe de rock composé de
cinq ou six musiciens ? L'idée était de proposer un
concert en forme de théâtre musical, avec une mise en
scène, une bande-son, des tenues particulières. Nos
inspirations étaient multiples, et nous nous appuyions
notamment sur la série *Les Envahisseurs*, avec le
fameux David Vincent : nous entrions sur scène munis
de lampes torches et affublés de combinaisons de tra-

vail orange et vertes. Nous avons toujours porté des tenues sur scène.

Pour la tournée *Ombre est Lumière*, nous avions opté pour des kimonos rouges et noirs, ou des pandouras, comme celles des Jedi dans *La Guerre des étoiles*. La dimension spectacle apportait incontestablement un plus à nos concerts. En revanche, musicalement, nous étions intransigeants. Nous refusions mordicus de jouer nos disques sur scène, préférant balancer des morceaux inédits : *Je suis un vrai*, *Funky*, etc. Nous étions ultra-créatifs, toujours en mouvement, en quête de nouveauté. À nos oreilles, les titres du premier album sonnaient déjà comme des vieilleries, et quand nous daignions reprendre des chansons du disque, elles étaient souvent méconnaissables car proposées dans des versions alternatives, avec de nouveaux instrumentaux. Pour le groupe, l'exercice se révélait stimulant ; pour le public, il pouvait s'avérer déroutant. Il nous a fallu du temps pour répondre à son attente ; jusqu'à la tournée *Revoir un printemps*, en 2003, nous n'avons jamais joué en concert un seul de nos anciens titres. Nos classiques, nous les reprenions dans des versions courtes, sous forme de medleys (que l'on rebaptisait « merdleys », c'est dire !), un parti pris encore plus frustrant pour la salle. Je m'en suis rendu compte lorsque je suis allé aux concerts de Busta Rhymes et de Nas, sans doute parmi mes rappeurs préférés. J'étais dans la position du fan et je voulais entendre leurs tubes. Je me suis dit : « Mais bordel de merde, mets-toi à la place du fan d'IAM, il veut entendre *Demain c'est loin*, *Le Mia*, *L'Empire du côté obscur*, *L'École du micro d'argent*… » Et nous les avons jouées avec bonheur à partir de 2006, pour la tournée de *Saison V*.

La tournée *De la planète Mars* s'est achevée en beauté avec trois concerts en Tunisie, à Sousse, Sfax et Carthage, nos premières prestations à l'étranger. On a joué dans le théâtre antique de Carthage, une arène en totale adéquation avec notre concept. Le public nous connaissait à peine, mais il nous a fait un triomphe. À la fin du show, la scène était recouverte de jasmin, les enfants nous offraient des gerbes de fleurs. Pour nous qui étions plutôt habitués à jouer dans des petites salles, des MJC au cœur des cités, et dans une organisation plutôt chaotique, c'était nouveau. Il y avait eu notamment ce concert au festival Banlieues bleues, donné sous un chapiteau à Saint-Denis dans un climat d'insurrection urbaine. Ce soir-là, nous devions jouer avec NTM, KRS One et Shinehead. Ce fut le grand n'importe quoi. Le service d'ordre censé assurer la sécurité était dépassé, les mecs ne travaillant que très rarement au contact des quartiers et de leur public. Si les organisateurs de Banlieues bleues avaient choisi les gars de Grand Jack et Djida, la situation aurait sans doute été sous contrôle, mais là, c'était la guerre. Les chaises volaient, les jeunes distribuaient gratuitement des baffes, certains aspergeaient les vigiles avec de l'essence et les coursaient avec des briquets. Du coup, la plupart des mecs de la sécu avaient enlevé leurs blousons pour passer inaperçus, et dans les coulisses régnait l'anarchie. KRS One n'est même pas sorti de sa loge. Shinehead a assuré le concert tant bien que mal, sans parvenir à esquiver tous les jets de chaussures. Ce soir-là fut une énorme défaite pour le hip-hop et a certainement entaché l'image de cette culture pour de nombreuses années.

Au bout de huit mois, nous avons récolté les fruits de la tournée. *De la planète Mars* a fini par s'écouler à 70 000 exemplaires (presque 200 000 aujourd'hui) – un score honorable pour un premier album de rap. Le disque a séduit au-delà des aficionados de hip-hop, ce qui est sans doute ma plus grande fierté. Je n'oublierai jamais ce coup de fil de Maurice Culaz, le président de l'Académie du jazz. Quand il avait entendu à la radio *Tam Tam de l'Afrique,* il s'était écrié : « Ce groupe, c'est l'avenir du jazz. » Cette marque de reconnaissance nous a touchés car nous avons toujours revendiqué notre appartenance à l'arborescence du jazz, dans son esprit, son esthétique et sa liberté formelle. Maurice Cullaz nous avait proposé de participer à un documentaire sur sa vie et nous avions, à cette occasion, donné un concert au *New Morning* avec de nombreux artistes dont le Ministère Amer – groupe dans lequel je connaissais Passi, qui était souvent venu nous voir à Marseille à nos débuts.

Malgré le succès de *La Planète Mars*, notre train de vie ne connut pas d'amélioration notable : la survie, encore et toujours, loin de Byzance. Ce n'est qu'en 1993, avec le carton du *Mia*, que nous allions commencer à vivre de notre musique. Quant à mes parents, ils étaient fiers, alors évidemment, je n'osais rien leur avouer de ma situation financière. À l'époque, je vivais avec les 1 400 francs des Assedic et les cachets de nos prestations ; on avait d'ailleurs affiché cette phrase sur un mur de notre local de répétition : « 1 400 francs pleins, nets et droits. Droit dans ton cul. » Le statut d'intermittent du spectacle nous avait été purement et simplement refusé : nous n'avions pas rempli les bons papiers à temps. On cotisait pourtant sur tous nos concerts. La chanson *Éclater un type des Assedic*, sur *Métèque et Mat*, est inspirée de ces déboires administratifs. Un jour, l'antenne Assedic m'avait fait attendre trois heures d'affilée. J'ai pété un câble. Je suis allé aux chiottes. J'ai bouché les éviers avec du papier toilette, j'ai ouvert les robinets et je suis parti, tranquillement. Signé Akh.

Horizon vertical

Eh dis, passe-moi ce mic, mec, rejeton de Babylone
Injecte sa théorie, dans le correct je lâche une météorite
Je transpire le rap jusqu'au sphincter
Catastrophique, notre champ d'action s'atrophie

Infime peau de chagrin, je porte trop de chagrin pour
                                        [mes épaules
Je me dis qu'ailleurs des gosses sniffent la colle
Dans quel ghetto tu vis ? Là où on mange sa faim
Où les parents suent pour une paire de Nike à 100 000

MD sans piles ? C'est ça tes soucis ? Ouvre le placard
Et plonge là où les dettes du foyer s'empilent
Samedi après-midi, terre brûlée en ville, traiter les filles
De pétasses inutiles, frictions, pour des conneries vite
                                        [se mutilent

L'histoire, c'est un cercle, on revient à l'origine
Pour contempler toujours les mêmes qui s'enfilent
À l'ère du sans fil, passer deux heures pour rien se dire,
                                        [se déchirer
Avec sa copine, une fois les « ça va » passés, partis

Sans parti, écœuré par les traitements de faveur pardi !
Sans étiquette, juste ma bouche et mes parties

Ce que j'ai au poing, s'ils viennent me chercher
                              [crois-moi ils seront servis
Je chasserai là où le gros Blair vit

Panthère blanche, AKH, verbal assassin
Éclaireur d'une armée de métèques, millier de fantassins
Hé le malsain, reste à un pas, ou je te traverse
Pluie acide, regarde-moi cracher mon averse

Pour celui qui à nos lèvres se suspend
Pour celui pour qui crier est urgent
Horizon vertical eux qui nous parlent de pur-sang
Je rappe pour mes frères avec le turban *(x2)*

Une pièce en import, de Mars là où le talent se cache pas
Dans l'Hilfiger, bon sang, c'est avec le stylo qu'il faut faire fort
Tu crois qu'ils me laisseront de l'air, hein ?
Tu te goures, s'ils passent c'est le train pour moi et les miens

Je me prémunis d'emblée, affronter les chiens
Broyer les barrières dressées, pour noyer le bien
Et dans les tires qui croisent la ville, les idées biaisées germent
Sécurité d'État, on surveille nos faits et gestes

Libre de foutre le camp dans mes rêves
Les images violentes dans le tube, elles, foutent un sacré bordel
                              [dans mes rêves
Ça fait longtemps que je me bats plus pour moi, ni pour
                              [les autres
D'ailleurs, est-ce qu'ils méritent ? Car en guise de retour

C'est la jalousie dont j'hérite, on dit
Première odeur de merde je vois toujours l'hypocrite bondir
Si à l'un de nous le sort sourit
Les faux frères jettent le talent, pour ressortir son côté pourri

Rumeur arme de la pute, psychanalyse tous les sourires
Mielleux, vicieux, qui en leur cœur tiennent de l'âme de la pute

France 2001, horizon vertical
Toujours le même topo, les années passent et rien ne change

Putain de pays de losers, mentalité de merde, bouseuse
Grosse couveuse, même la fidélité devient une partouzeuse
Sûr qu'on était des mômes aux fûtes raccommodés
Si dire des conneries est à la mode, laisse-moi être démodé

Aisha

Ma vie sentimentale a basculé sur un oubli. Un concours de circonstances heureux, pour les uns ; une intervention divine, pour d'autres. Allez savoir… Nous étions au studio Mix It. L'enregistrement de *La Planète Mars* était bouclé et nous devions partir pour le mixage de l'album, à Londres. Seul problème, nous avions oublié certaines bandes au bureau de Labelle Noir. En urgence, nous avons donc appelé Cathy, la femme de Benny. Elle est venue avec les bandes, accompagnée d'une jeune femme d'origine marocaine, une fille magnifique et souriante à la peau noire, comme tannée par le soleil. Aisha.

Aisha était en stage de comptabilité chez Labelle Noir ; elle était aussi la voisine de Cathy et Benny. Sa maman, qui gardait de temps en temps leur fille, est originaire de Casablanca ; son père, d'Ouarzazate, aux portes du désert, ce qui explique le teint foncé d'Aisha. Le jour où je l'ai rencontrée, j'ai eu le coup de foudre, j'ignore s'il était réciproque. J'en doute. À l'époque, j'étais marqué physiquement, j'arborais un visage sévère, constellé de boutons, et j'étais très maigre. En tout cas, j'étais sous le charme de cette rencontre furtive. Après mon retour de Londres, nous nous sommes recroisés à Paris. Elle avait un petit ami, mais je voulais la voir, simplement lui parler, apprendre à la connaître. Nous nous sommes donc revus à plusieurs reprises, en toute amitié, avant de sortir ensemble le 5 mars 1991 (le 5 mars 1998, sept ans plus tard jour pour jour, naissait notre fille Inaya). Depuis, nous ne nous sommes plus quittés.

Quand elle venait chez moi à Marseille, Aisha remplissait le frigo, faisait le ménage et tâchait de me faire entrevoir les bienfaits d'une vie équilibrée. Quand je montais à Paris, elle payait le billet de train car j'étais trop fauché pour m'offrir le voyage. Et pour l'hébergement, je pouvais compter sur l'hospitalité de mes amis Djida et Grand Jack. Sans mes deux « grands frères », peut-être ne serais-je tout simplement pas avec elle aujourd'hui. Saliha, une rappeuse et amie qui a fait partie du premier enregistrement de *Rapattitude*, son frère Saïd et leur adorable mère, m'ont aussi hébergé à Bagneux pendant cette période délicate. Je leur en serai éternellement reconnaissant.

Entre Aisha et moi, ce fut tout de même un travail de longue haleine. Dès sa première visite à Marseille, nous eûmes un clash. Chez moi, le squat était permanent ; tout Marseille passait par mon studio. Les potes débarquaient à tout moment pour des tournois de jeux vidéo, pour écouter de la musique ou simplement prendre du bon temps, tchatcher... Avec Kamel Saleh, on organisait des soirées ciné-club, et l'on restait là, à regarder des films tard dans la nuit. Certains potes de potes se donnaient même rendez-vous chez moi : « Tu vas chez Chill, ce soir ? On se retrouve à son appartement alors. » Et le squat s'éternisait souvent jusqu'au petit matin... Choquée par un tel bordel, Aisha m'a posé un ultimatum, sans négociation possible : elle était fiancée avec moi, pas avec mes amis, alors j'allais devoir mettre de l'ordre dans ma vie, et vite. J'étais un jeune con, célibataire, égoïste, obsédé par le rap ; elle m'a fait entrer dans l'âge adulte. J'ai dit adieu aux conneries, aux sorties nocturnes, aux virées et petits trafics qui, un jour, se seraient fatalement mal terminés. Nos premières années furent très conflictuelles. Elle venait d'avoir vingt ans, moi vingt-deux, et nous avons dû apprendre à vivre ensemble, à nous apprivoiser au quotidien. Aisha a un caractère bien trempé, sanguin et impulsif. Elle parle facilement, déteste les non-dits et aime crever les abcès pour résoudre les problèmes au plus vite. Derrière les apparences, je suis un faux calme et un grand timide, un pudique avare de confidences et de confessions. Il existe deux catégories de timides : les mutiques, qui se taisent, et les bavards, qui parlent, meublant la discussion par peur d'y voir surgir un blanc. J'appartiens à cette catégorie-là, je parle pour effacer les silences, qui me mettent mal à l'aise. Je parle, je parle, mais je peux aussi me refermer d'un coup, dévoilant presque instantanément les deux facettes opposées de mon caractère : ouvert et loquace, renfermé et silencieux. Même si je suis entouré de cinquante personnes, je peux me sentir profondément isolé.

Quand Aisha cherchait à en savoir plus sur moi, sur mon enfance, sur mes années avant le rap, elle se trouvait souvent confrontée à un mur de silence. À son contact, j'ai appris à m'ouvrir, à me confier plus facilement. J'ai aussi appris à me détendre, à prendre du temps pour moi, pour nous, à partir en vacances. Ma femme m'a permis de redécouvrir les plaisirs du voyage, qui se résumaient depuis mes débuts dans le rap à des allers-retours entre Marseille et New York. Et puis elle m'a réconcilié avec l'amour. Le divorce de mes parents m'avait fait douter de la possibilité d'aimer, de construire une relation stable et durable. J'avais vécu des histoires avec des filles, mais sans plus d'importance, je n'avais jamais pris la peine de m'y investir sentimentalement. Ma priorité était ailleurs, et l'on sait où. Quand je sortais avec une fille, je ne lui montrais pas le moindre signe d'affection ; avec Aisha, au contraire, je suis devenu attentionné, aimant et câlin, j'ai exprimé mes sentiments sans rougir. D'ailleurs, quand les potes d'IAM m'ont vu lui tenir la main pour la première fois, ils ont explosé de rire. Ce n'était pas de la moquerie de leur part, simplement ils ne m'avaient jamais vu ainsi enamouré.

Aisha a la fibre maternelle, elle a indéniablement comblé un vide affectif chez moi ; les premières années, elle m'a aidé à instaurer un cadre dans mon existence. Les hommes cherchent toujours une forme de sécurité affective, sans doute parce qu'ils restent des gamins toute leur vie, à la différence des femmes, que je considère plus matures et responsables. Je l'ai écrit dans une chanson : « Comme Kadhafi, je ne fais confiance qu'aux femmes. » Ainsi, j'ai toujours préféré travailler dans un entourage de femmes, comme aux éditions La Cosca, entre Aisha, Nadia, Christelle, Véronique et Leila il y a quelques années. Elles sont plus sérieuses, plus méthodiques et plus fiables.

Nous nous sommes fiancés en 1992, dans l'appartement parisien de mes beaux-parents, 34 rue du faubourg Saint-Martin à Paris dans le 10ᵉ arrondissement. La famille d'Aisha avait préparé pour l'occasion des mets à n'en plus finir, et parmi eux la fameuse spécialité marocaine, la pastilla. Quand j'ai vu arriver le plat, j'ai fait bonne figure et veillé à honorer la cuisine de mes hôtes, mais s'il y a bien un plat que je déteste, c'est la pastilla de poulet et, par extension, tous les plats sucrés-salés. Malgré ce désagrément culinaire, une ambiance chaleureuse et festive régnait dans la maison, les invités parlaient fort, riaient et chantaient… Nos fiançailles se déroulèrent dans la pure tradition marocaine, et nous eûmes droit à la cérémonie du henné. J'étais heureux, et un peu mal à l'aise aussi, déstabilisé par tout ce monde. Aisha et moi étions au centre de l'attention, cela me déroutait, j'avais envie de m'effacer. Je l'ai écrit dans un texte appelé *Hiera technè* : « Briller, c'est encore savoir s'effacer. »

Un an plus tard, le 9 octobre 1993, nous nous sommes mariés ; nous avions loué une salle à Saint-Ouen, en Seine-Saint-Denis, et avions convié deux cents personnes : la famille, les amis de Marseille et de Paris, IAM au grand complet, des rappeurs, Benny et Cathy… C'était sans compter les invités surprises venus s'incruster, de bonne guerre du reste, car nous avions abondamment infiltré les mariages par le passé… Ce jour-là, nous nous sommes finalement retrouvés avec plus de quatre cents convives. La nourriture et les places manquaient forcément. Je m'en suis tiré avec un peu de stress, mais la fête fut réussie. Nous avions installé une scène et des micros pour donner un concert avec IAM, MC Solaar, Fabe, Cut Killer et Kheops aux platines…

Dans la foulée de notre mariage, Aisha est venue s'installer à Marseille. Nous avons loué un appartement rue de la République, en bas du Panier. Ma femme tenait à vivre dans le centre-ville, elle fut servie ! La journée, passait encore, mais la nuit, le coin devenait franchement glauque : les nuits fauves « made in Marseille ». Aux alentours de 1995, quand la situation est devenue insupportable, nous avons radicalement changé de cadre de vie et sommes allés habiter en dehors de Marseille, au beau milieu de la nature.

Aisha et moi avons dû franchir certains caps, notamment à la naissance de nos enfants. Ce fut chaque fois un immense bonheur, évidemment, mais chaque fois il a fallu apprendre à réinventer notre vie de couple et trouver un nouvel équilibre. Avec des enfants, tout devient plus compliqué, l'intimité est vite sabordée. Terminé le côté « freestyle », où tu serres ta femme dans les bras, où tu te laisses glisser… Finis les délires de « teenager » ! Partir en week-end sur un coup de tête devient impossible, un dîner au restaurant demande une organisation rigoureuse et se programme plusieurs jours à l'avance. Aujourd'hui, notre vie de couple, nous en profitons surtout lors de nos déplacements à Paris, où l'on peut se faire des restos en tête à tête, voir des amis, passer du temps tous les deux.

En vingt ans de vie commune, je ne me suis pas ennuyé une seconde avec Aisha. Certains de mes amis éprouvent le besoin de sortir avec leurs copains ; ce n'est pas mon cas. Nous sommes tous les deux des oiseaux de nuit, des couche-tard : moi le hibou, elle la chouette, sans doute un reste de nos jeunes années. Parfois, la nuit, nous pouvons parler cinq heures d'affilée, de tout et de rien, du boulot, de la famille, de la dernière émission télé… Et puis nous partageons des moments de divertissement. Elle adore jouer à la DS Nintendo, regarder des séries télé, notamment *Sex and the City*. J'en suis moins fan, mais nous avons su trouver un terrain d'entente avec des programmes comme *The Shield* ou encore *Les Sopranos*. Il demeure, bien sûr, des divergences importantes entre nous : j'adore les matchs de foot, je n'en rate aucun ; elle les déteste. Elle me dit alors : « T'es relou avec ton football, j'ai l'impression qu'elle est tout le temps verte cette télé ! » Moi, je réponds simplement : « Je décroche, laisse-moi m'aérer le temps d'une partie. » Les matchs me permettent de décompresser, de me vider l'esprit, comme Aisha lors-qu'elle regarde certaines émissions que je ne supporte pas.

Mon côté stakhanoviste doit l'épuiser autant qu'il épuise les membres d'IAM. J'ai toujours en tête une foule d'idées à concrétiser, une foule de projets sur le feu à gérer... Je fuis l'ennui comme la peste, il est mon pire ennemi. Je suis un hyperactif traumatisé par ses années de glande sur le Vieux Port. Je ne conçois pas une journée sans composer un morceau, écrire un texte, enregistrer ou parfaire de nouvelles techniques sur mon ordinateur. Si tel n'est pas le cas, je considère cette journée comme perdue. Je m'accorde tout de même de petites parenthèses de répit, notamment quand je me déclare « officiellement » en vacances. Et encore, je suis incapable de rester au bord d'une piscine à travailler mon bronzage. Il me faut des activités, de l'action, du sport, des balades en vélo, j'ai besoin de crapahuter ici et là... Aisha est plus cool sur ce point, elle laisse les choses arriver.

Aisha occupe beaucoup de place dans ma vie. Elle est ma femme, la mère de mes enfants, mon amante, ma meilleure amie et ma collaboratrice. Notre entente nous permet d'être l'un avec l'autre 24 heures sur 24. Après la naissance de notre fils Yanis, elle a éprouvé le besoin de travailler, aussi je lui ai demandé si elle voulait s'occuper à plein temps de ma société d'éditions. Depuis 1997 que l'on travaille ensemble, la cohabitation se passe à merveille. À chacun son royaume : elle s'occupe de la gestion, de l'édition, de la production et de la promotion ; moi de l'artistique. C'est une répartition des tâches idéale. Aisha n'est pas mon bras droit, elle est mon deuxième cerveau. Elle apprend vite et bien, c'est une surdouée qui peut découvrir un métier et surpasser en peu de temps des gens qui ont dix ans d'expérience. Elle est devenue une éditrice et une productrice hors pair. Le jour où je me suis retrouvé avec un gros contrôle fiscal sur le dos, elle a consciencieusement dépiauté le code des impôts… Et elle a fini par relever des incohérences, repérer certaines failles ; elle s'est battue des mois durant, le fisc nous a certes redressés, mais nous avons également perçu des remboursements. Si on fait le calcul, ce contrôle a coûté plus cher à l'État qu'il ne lui a rapporté – alors qu'il pensait sûrement nous plumer. Aisha est carrée, pragmatique. Je la surnomme Condoleezza Rice. Avec elle, nos projets prennent une allure quasi militaire. Quand elle s'occupe de ma promotion, elle est tout bonnement impitoyable. À la sortie de l'album *Soldats de fortune*, j'ai enchaîné, certaines journées, jusqu'à dix-huit heures de promo non-stop : de 5 h 00 du matin pour faire « La Matinale » de Canal Plus, à 3 h 00 du matin chez Ardisson, pour finir.

J'éprouve une grande admiration pour elle. Dans un couple, l'amour est une condition nécessaire, mais non suffisante, j'en suis convaincu. Il faut aussi admirer l'être aimé pour entretenir la flamme. Aisha a toujours été présente pour moi dans les épreuves, elle m'a aidé à traverser de longs et sombres tunnels. Entre 2000-2001, quand la dépression m'a rendu invivable, c'est elle qui m'a ramassé à la petite cuiller. Elle a su me parler avec les mots justes, sans prendre de pincettes pour autant. Si j'en suis sorti, sans médicaments, sans psychiatre, et sans même l'aide de mes amis, je dois cela à Aisha, à sa fidélité à toute épreuve et à son franc-parler. Elle ne s'adresse jamais à Akhenaton l'artiste, elle parle à Philippe, l'homme.

Évidemment, dans un couple avec deux fortes têtes, les relations peuvent parfois être électriques, et ce fut le cas un temps. Après nos disputes, Aisha pouvait me faire la gueule cinq jours d'affilée, sans décrocher un seul mot. J'ai donc appris à composer. Dans mon travail, j'ai énormément de responsabilités, je suis dur et ne transige sur rien ; alors à la maison, baisser d'un ton m'a fait du bien. Aujourd'hui, je ne m'énerve plus au bout de dix secondes : je temporise, je pense les disputes, je les anticipe. Je prends soin de ne pas prononcer de mots blessants, pour éviter l'escalade. L'envie me prend parfois de réagir, pourtant je n'explose pas. Cet équilibre, je le dois aussi au sport, que je pratique quotidiennement. Mais en toute franchise, je n'ai plus trop l'occasion de composer. Aisha et moi nous sommes beaucoup apporté mutuellement. Nous avons tous les deux évolué et grandi ensemble. Elle m'a aidé à sortir de mon petit univers fermé ; de son côté, elle est devenue moins impulsive. À présent, elle retrouve vite son beau sourire, même après une dispute.

Aisha fait les choses dans la décontraction et l'humour et je lui ai souvent rendu hommage dans mes textes. Mais si je l'ai fait pour ma mère et pour mon père, je n'ai encore jamais écrit une chanson qui lui serait entièrement dédiée. Il faut trouver les mots justes. Et pour elle, je ne veux surtout pas me rater, j'ai trop de choses à dire et je lui dois bien les mots les plus beaux.

Canzone di Malavita

Un jour à Naples, un vieux m'a dit
On chante parce qu'on est heureux d'être triste
On vit avec le volcan sur nos têtes et avec la mort
                    [comme un corbeau sur nos épaules
Alors, on chante la vie et on danse avec l'ange noir
                    [jusqu'à plus de souffle
Ainsi dans le dialecte, aucun verbe ne se conjugue au futur
Et ce qu'il y a de plus vivant en nous : c'est nos mioches !

Si l'horloge marquait 20 au compteur, le monde aurait peur
                    [que je le croque
Il pâlirait devant mon appétit, ma soif de vie
Je pousserais des portes, lutterais à n'en plus finir
Nommerais ces sentiments, que j'ai eu trop de mal à définir
Parcourrais la courbure du globe, fixer ses trésors dans
                    [mes lobes
Plus précieux que ceux qui dorment dans les coffres
Je saurais apprendre, que ceux qu'on chérit d'un cœur tendre
Ne sont pas éternels, un jour, la mort passe pour les prendre
Je dirais pardon, à tous ceux et celles que j'ai lésés
Reprendrais les cours et tous ces projets que j'ai laissés
Un de ces jours où j'étais las des leurres
J'emplirais mes heures où tous ces rêves furent avortés
                    [dans les pleurs
Lirais ce nom sur les façades graffé en pleines lettres
Éloge à la mémoire de potes frappés en pleine tête
Je voudrais pas être star, ni VIP, ni people

Juste gratter mes médailles au champ d'honneur
                              [comme soldat du hip-hop
Je raconterais mes ennuis sur papier à carreaux
Je noierais ma Faço bleue sous un spray Azzaro
J'aurais les mêmes amis, les mêmes galères en fond
Lèverais le pied pour nos mammas, ouais, ça les rend folles
Comme un vieux au pays, ce soir, fredonne pour l'estime
Les contes et les récits issus de nos mauvaises vies
On chante, quand on est si heureux d'être triste
Car on vit avec la mort, princesse à la coiffe magnifique

Prends ma main dans la tienne et égrène les jours
Bois ce temps qui s'envole et ravine mes joues
Écoute-moi chanter nos heures, les hauts et les bas
Canzone di malavita

Je ferais attention, que ces murs ne soient pas mon opium
Car je regrette que les flics fouillent tout, à 6 h 00 du mat
                              [dans nos piaules
C'est pas une vie, rien de palpitant
Assis sur le siège du passager, attendant l'accident
Je tournerais à gauche, quand la masse vire à droite et s'égare
Se vend pour champagne et cigares, beaucoup de sang-froid
Pour un môme de mon âge, à défaut de conscience
Tous mes actes seraient éclos et accomplis en mon âme
Je ferais preuve de bon sens
Ne jouerais plus ma vie, dans les rues de New York à faire
                              [le con bon sang
Je lancerais un petit maxi strict, en live de ma cache,
                              [sous la cape
Il tournerait, juste pour voir, de quoi je suis capable
L'amènerais à ma mère pour qu'elle l'accroche au salon
Je serais sa star, loin du fiston, en séjour au ballon
Te donnerais rendez-vous dans ce café comme avant
Avec mon silence comme seule avance
On materait les passants, des heures délirant ensemble
Reverdissant le jardin de mes joies, parti en cendres
Hors du donjon où j'étais cloîtré

Tu m'emmènerais respirer la vie dans Paris au mois de mai
J'aurais toujours la honte de ne rien avoir à offrir
À part mes lettres, mon cœur, mes si... mes sourires aussi
J'irais au cinoche demander deux places
Et craquer ce qui reste, au fond de mes poches, pour t'acheter
[une glace

Abd El-Hâkim

Je suis né une deuxième fois en 1992. Pour se convertir à l'islam, il suffit de prononcer la profession de foi : « Je témoigne qu'il n'est de Dieu que Dieu et que Mohamed est son prophète » – des mots simples qui attestent de notre foi et de notre aspiration sincère à devenir musulman. Le professeur Hamidullah, une sommité dans le monde musulman, était le recteur de la mosquée où je me suis converti ; mais c'est un imam mauricien qui a procédé à ma conversion. C'est ainsi que j'ai pris le nom d'Abd El-Hâkim, « le serviteur du sage » en arabe.

Ma conversion n'avait rien d'une lubie. J'ai grandi dans un environnement familial propice à l'éclosion d'une forme de spiritualité. Mes parents avaient beau être issus d'une lignée de communistes bouffeurs de curés, ils vivaient dans une foi évidente, dénuée de dogmatisme, quasi mystique. Ma mère refusait de nous envoyer aux cours de catéchisme, elle boycottait la messe le dimanche, mais tous les samedis après-midi, sur les marches de notre maison, elle me lisait des passages entiers de la Bible, une Bible illustrée qui avait appartenu jadis à mon arrière-grand-mère. Je devais avoir huit ans et j'étais déjà captivé par les Saintes Écritures. Je ne faisais aucune distinction entre l'histoire des prophètes et celle de l'Égypte ou des dinosaures. Dans mon esprit, tous ces récits faisaient partie d'un ensemble historique. Ma mère avait une vision orientaliste de la Bible : elle situait l'histoire en Palestine, en terre sainte. En décembre, lorsqu'elle décorait la crèche de Noël, elle n'oubliait jamais de placer les chameaux. Ainsi, j'ai eu très tôt conscience de ne pas vivre un christianisme occidental.

Dès l'âge de six ans, j'ai accepté l'existence d'une puissance supérieure. J'étais superstitieux, comme ma mère, mais d'une superstition rationaliste, dotée d'une pensée scientifique. Aujourd'hui, d'une certaine façon, je le suis toujours. On oppose souvent science et religion, alors qu'elles peuvent s'accorder parfaitement ; je les considère comme des sœurs jumelles. Plus tard, les lectures de Maurice Bucaille comme *L'Homme d'où vient-il ?*[1] ou *La Bible, le Coran et la Science*[2] m'ont conforté dans cette conviction. Gamin, mon esprit était scindé en deux ; mon cerveau bouillonnait de questions existentielles sur le pourquoi et le comment de la création du monde, sur la place de l'homme dans l'univers infini… Alors, je cherchais des réponses dans mon encyclopédie. Et quand je rentrais de l'école, je m'adonnais à d'étranges jeux. Je m'interdisais de regarder à gauche, sinon un malheur se produirait, fatalement. Ou bien mon regard restait tourné du même côté, vers l'Est, sans raison. Je passais aussi des pactes avec Dieu. Comme dans le protestantisme et l'islam, je m'adressais à lui

1. *What is the Origin of Man ?*, Fixot, 1988.
2. *La Bible, le Coran et la Science : les écritures saintes examinées à la lumière des connaissances modernes*, Pocket, 2003.

directement, pour obtenir de bonnes notes à l'école, préserver mes proches de la maladie… La superstition fait sourire par sa naïveté. Dans mon cas, elle a constitué une croyance brute, primaire, non organisée, pour laquelle je me suis inventé un dogme et certains rituels ; elle a marqué une première étape vers la foi. Dans l'hypersuperstition, il existe cependant un côté lourd, parfois infernal au quotidien. J'étais à la limite du toc (trouble obsessionnel compulsif), je me fixais trop de règles irrationnelles et contraignantes, m'interdisais trop de choses… Je vivais dans la crainte permanente de rompre les règles. Quand, à l'âge de dix-sept ans, j'ai découvert la Bible, la Torah et le Coran, le cadre de la religion a naturellement annihilé toute forme de superstition. À cette époque, la plupart de mes amis étaient de confession musulmane, je me suis donc mis à faire le Ramadan. J'en garde surtout des souvenirs de fêtes et de communions : les parties de foot à la porte d'Aix, le ventre vide, les dîners le soir, quand on cassait le jeûne. J'allais chez la mère de Ryad, elle cuisinait de succulents artichauts à l'harissa – les Tunisiens adorent les plats pimentés. J'ai d'abord ressenti les bienfaits physiques du jeûne, car il débarrasse le corps de toutes ses toxines. Durant tout le Ramadan, on a la sensation d'être un débris, mais le mois suivant, on se sent complètement revigoré. Je me suis mis à faire le jeûne dans son intégralité à partir des années 1989-1990. Mais c'est seulement depuis quatre ou cinq ans que je mesure la portée spirituelle d'une telle démarche. Auparavant, je continuais à travailler pendant cette période, je partais même en tournée avec IAM. Aujourd'hui, je m'interdis de le faire. Je veux concevoir le Ramadan comme un moment de répit propice à l'introspection et à la réflexion sur soi. Cela dit, je donne mes concerts

à jeun, comme Charles Aznavour dont j'adore les mots :
« Je monte toujours sur scène le ventre vide pour me
rappeler d'où je viens. » La raison, chez moi, est purement physiologique : quand on a l'estomac rempli, tout
le sang se concentre dans le système digestif et l'on
est moins oxygéné. Ainsi je déjeune ou dîne après le
concert, pour maintenir la tension de mon corps.

J'ai choisi d'épouser la foi musulmane car elle
s'inscrit dans la grande tradition des religions mono-
théistes. L'islam est une réforme du christianisme, et
donc du judaïsme. Voilà pourquoi j'aime me définir
– au grand dam de certains de mes frères musulmans
à l'esprit étriqué – comme « un juif moderne ». Je ne
fais qu'accepter la réforme de Mohamed. En islam,
la grande majorité des prophètes étaient de confession
juive. Beaucoup de mosquées au Yémen sont ornées
d'une Magen David, l'étoile de David. Les Arabes,
musulmans ou non, et les Juifs sont cousins ; ce sont
deux peuples sémites. Les musulmans reconnaissent
cette même étoile, mais ils l'appellent l'Étoile de Suley-
man. David et Salomon, le père et le fils. Juifs, chrétiens
et musulmans célèbrent le même Dieu. En revanche,
il existe chez les musulmans des différences majeures
avec le christianisme : dans l'islam, Dieu n'est pas le
Père, le Fils et le Saint-Esprit, la Trinité n'existe pas ;
Jésus n'a pas été crucifié, mais substitué par Simon de
Cyrène, le gardien du Mont des Oliviers à Jérusalem.
Pour le reste, l'islam est une continuité, non une rupture. Peu de gens le savent en France, c'est d'autant
plus dommage qu'on le comprend très vite en lisant une
bonne traduction du Coran. La faute à la télévision et à
l'enseignement public, ces outils d'éducation et de

savoir que je fustige régulièrement car ils sont les pivots de l'avenir mais ne remplissent pas leur mission. À l'école, l'histoire de l'islam est enseignée en deux jours. Pour raconter quoi ? La conquête du monde par les musulmans sous l'égide de Mohamed. Pour affirmer quoi ? Que l'islam s'est répandu au fil de l'épée, ce qui est archifaux. Et, bien sûr, on ne dit trois fois rien, ou si peu, de l'apport de cette religion à la civilisation moderne. Pire, décomplexés par des hommes politiques de droite, nostalgiques de la colonisation, certains « médiévistes » comme Sylvain Gougenheim, par exemple, proposent même une sorte de révisionnisme historique : Gougenheim affirme ainsi à longueur de pages, et sans fondements sérieux, que le monde médiéval musulman n'a rien apporté à l'Europe chrétienne, surtout dans le domaine philosophique. À l'instar de politiciens de premier plan, il cite souvent Ernest Renan : « L'absence de culture philosophique et scientifique chez les Sémites tient […], ce me semble, au manque d'étendue, de variété et, par conséquent, d'esprit analytique qui les distingue. » Ou encore : « L'islam […], c'est l'épouvantable simplicité de l'esprit sémitique, rétrécissant le cerveau humain, le fermant à toute idée délicate, à tout sentiment fin, à toute recherche rationnelle pour le mettre en face d'une éternelle tautologie : Dieu est Dieu. » Et pour finir : « À l'heure qu'il est, la condition essentielle pour que la civilisation européenne se répande, c'est la destruction de la chose sémitique par excellence […], la destruction de l'islamisme [comprendre ici l'islam][1]. » Un bon petit terreau pour l'islamophobie, voire le racisme. Et dire que des hommes

---

1. *Histoire générale et système comparé des langues sémitiques*, Ernest Renan, Calmann-Lévy, 1928.

politiques comme Alain Juppé, qui n'est pas le seul, s'en remettent à lui à tour de bras ! On comprend mieux l'ambiance délétère dans laquelle nous vivons. La façon dont on se réclame de Renan m'évoque cette récente « béatification médiatique » du professeur de philosophie Robert Redeker, lequel, s'il a parfaitement droit à la liberté d'expression, n'en a pas moins vomi sur l'islam dans les colonnes du Figaro : « Dans l'ouverture à autrui, propre à l'Occident, se manifeste une sécularisation du christianisme, dont le fond se résume ainsi : l'autre doit toujours passer avant moi. L'Occidental, héritier du christianisme, est l'être qui met son âme à découvert. Il prend le risque de passer pour faible. À l'identique de feu le communisme, l'islam tient la générosité, l'ouverture d'esprit, la tolérance, la douceur, la liberté de la femme et des mœurs, les valeurs démocratiques, pour des marques de décadence. » Mahomet est également caricaturé : « Exaltation de la violence : chef de guerre impitoyable, pillard, massacreur de juifs et polygame, tel se révèle Mahomet à travers le Coran. » En somme, Redeker considère que « Jésus est un maître d'amour, Mahomet un maître de haine[1] ». On voit bien quelles sont les intentions du professeur : transmettre une vision ignorante de l'islam et de la pluralité des cultures liée à son ancrage, mais surtout créer une opposition entre deux mondes : il y aurait les musulmans et il y aurait les autres. Mon reproche va aux journalistes et aux intellectuels qui ont larmoyé sur son sort sans avoir lu une seule ligne du texte que l'ignorant a écrit dans un journal trop célèbre pour publier ce genre de brûlots haineux... Ou bien faut-il penser que ses idées rejoignent celles des

1. Robert Redeker, « Face aux intimidations islamistes, que doit faire le monde libre ? », *Le Figaro*, 19 septembre 2006.

éditorialistes ? Autre béatification non moins choquante : Theo van Gogh, ce réalisateur néerlandais assassiné, en novembre 2004, par un extrémiste, a été présenté, à travers moult reportages posthumes, comme un homme libre, courageux et tolérant. Si je déplore et condamne son meurtre, je suis effaré de constater qu'à sa mort pratiquement aucune des phrases racistes, antisémites et fascisantes prononcées par le cinéaste le long de sa carrière n'a été dénoncée. « Les musulmans sont des baiseurs de chèvres. » Élégant, pour nos femmes et nos enfants. De la même manière, je m'interroge face aux caricatures de Mahomet made in Danemark : pour railler et critiquer une minorité intégriste, doit-on blesser des millions de gens qui vivent leur foi dans la paix ? Est-ce que pour détruire une maison on envoie une bombe thermonucléaire ? Et puis, a-t-on seulement débattu du contenu extrêmement droitier de ces dessins ? Pas une seconde… On a brandi la liberté de la presse, évitant ainsi d'aborder le fond de la question. C'est pratique. D'autant que le Danemark s'est doté d'une loi anti-blasphème. Mais, comme c'est dommage ! elle ne concerne que le christianisme. Pour clore le chapitre, les débats inutiles sur la burqa (qui concerne deux cent cinquante femmes en France) ou sur les minarets (qui, je le rappelle, ont une fonction essentiellement décorative : durant les premiers temps de l'islam, l'appel à la prière s'effectuait en effet dans l'enceinte de la mosquée), provoquent un climat de tensions, de suspicion, ils divisent le peuple et ne mènent qu'à la colère et à la frustration. Les hommes politiques français vantent « leurs » valeurs républicaines et critiquent le modèle communautariste anglo-saxon. Et que nous propose la République à la place ? Rien.

Pourquoi France Télévisions, la chaîne du service public, n'a-t-elle pas diffusé ne serait-ce qu'une fois, à une heure de grande écoute, *Le Message*, ce magnifique film de vulgarisation de l'islam avec Anthony Quinn, Omar Sharif et Irène Papas ? Comme *Ben Hur* et *Le Roi des rois* racontent l'avènement du christianisme, ou *Les Dix Commandements* celui du judaïsme, *Le Message* retrace avec pédagogie la naissance de la religion musulmane. Ce film serait pourtant utile pour comprendre l'islam, son implantation en Arabie, une région qui était, avant son apparition, défigurée, déchirée par les guerres tribales, en prise à l'infanticide, au meurtre des filles premières nées, à la négation absolue de la femme… Du temps du Prophète, hommes et femmes priaient ensemble dans la mosquée et l'islam a sévèrement condamné l'infanticide. Non, on préfère programmer *Les Charlots à Saint-Tropez* ou agiter l'opinion publique à grands renforts de faux débats et de clashs. De l'opposition systématique. Du duel télévisé racoleur au dérapage assuré. À de rares exceptions, la télévision française préfère donner la parole aux ambassadeurs d'un islam caricatural et intolérant, aux Talibans, par exemple, qui squattent l'attention et finissent par occuper l'espace médiatique au détriment de tous les autres musulmans, la majorité silencieuse. Mieux, elle parvient à faire passer les femmes et les hommes qui constituent cette majorité pour de « faux musulmans » ; en effet, dans l'imaginaire collectif de notre belle contrée, le « vrai » musulman est sombre, belliqueux et vindicatif. Dans les pays anglo-saxons, on n'assiste pas à des débats sur le port du voile ou sur la montée du communautarisme. Cette montée existe sans doute, mais la France est d'abord et avant tout menacée par l'absence de débats intelligents. Et pendant ce temps, on élude les vraies questions : pourquoi tant de musulmans sont-ils contraints de prier dans des caves ? Pourquoi la France, avec six millions de musulmans, la deuxième communauté religieuse du pays, compte-t-elle à peine une dizaine de mosquées dignes de ce nom ? Attention : sujet sensible, susceptible d'ouvrir la boîte de Pandore, comme on l'a vu lors du référendum en Suisse, en novembre 2009. L'islam reste une religion mal connue et peu acceptée, et une source de fantasmes inépuisable. Aujourd'hui, pour une écrasante majorité de Français, il s'apparente au culte de Shiva ou de Mithra... C'est une religion exotique, étrange ; ils n'imaginent pas qu'elle puisse s'inscrire dans une continuité judéo-chrétienne. Malheureusement, j'ai bien l'impression que l'islam se résume au kebab et, depuis le 11 Septembre, à Oussama Ben Laden. Cette religion suscite des « *Votre* Dieu, Allah ». Mais « Allah » signifie Dieu, tout simplement, le Dieu de l'Ancien et du Nouveau Testament. Ce genre de raccourcis m'a inspiré certains passages de la chanson *Gemmes*.

En secret on taille des gemmes, partenaire, encore
Des nerfs on jette leurs gemmes, parterre, hardcore
Ce qui compte c'est le son que j'aime parfaire assis sur
                                                    [mon siège
On taille des gemmes, on taille des gemmes, partenaire

Je suis apparu un jour, tel une comète déchirant la ionosphère
Un style singulier, caractère d'un MC de la stratosphère
Atypique dans le paysage musical
Espèce en voie d'apparition, chacune de mes apparitions fut
                                                    [drastique que dis-je radicale
84 électro-beat dans le walkman
Je feature dans les cauchemars de l'industrie comme Darkman
Une pierre de Gaza projetée par les gosses philistins
                                                    [de l'Intifada
Une main tendue vers ses proches et qui n'en retire nada

Dans mes terres, Déméter est morte, et les tours rongent
[les éthers
Jours après jours, la vision de lendemains demeure
[un mystère
Blindage austère, pourtant plein de pères se voient rentrer là-bas
Moi j'appelle ce bled à la vraie religion comme Balqis
[à Saaba
Regard dirigé vers l'Est, je pense à Bagdad et ses âmes
L'Europe se manifeste mais qu'est-ce qu'ils savent de l'islam ?
Les clichés de culture, la maladresse d'Ali Baba
Les oasis, les femmes voilées et ce putain d'« ouvre-toi
[sésame »
À croire qu'une civilisation se résume au kebab
Mon amertume met bas et ces drames sont contés en
[ces phrases on nous refuse les débats
Tel un joaillier, je taille ces gemmes en mon lab
Tu sais chaque homme a son heure de gloire, donc voilà venu
[mon laps
Je rime pour le sable qui a porté les mots de ces poètes arabes
[à mon cœur de glace
Comme une flamme dans un pays boréal. Où est ma place ?
Aujourd'hui dans cet univers paradoxal
Comme la vue de nos rues l'hiver et mon escouade
[paranormale
S'emploie à écrire des rimes extras qui sortent hors
[de l'ordinaire
Attachées à ma vie, un livre, parcours extra-curriculaire
De choses simples se crée le complexe
Comme une mosaïque, diverses arabesques et l'histoire
[transportée dans ces fresques

En secret on taille des gemmes, partenaire, encore
Des nerfs, on jette leurs gemmes, par terre, hardcore
C'qui compte c'est l'son que j'aime parfaire assis sur mon siège
On taille des gemmes, on taille des gemmes, partenaire

Donne-moi une bonne raison de renoncer à mon mic et
[mon sabre

Animé d'une verve égale à celle du départ, non ce n'est pas
[le Moët que je sabre
Mais enfin tu me connais pas depuis ?
Je l'ai déjà dit avant, mais quand j'ai commencé petit y avait
[pas de bruit
J'ai prêché dans les coins perdus
Appelé le ciel à mon secours, des signes sont venus
[me montrant ainsi que ce n'était point perdu
Mille illusions plus tard me voilà dans les rames et gares
Prisonnier hagard d'un esprit étroit
Mais à travers des pages, je compris qu'1 n'est pas 3
Soleil noir, et Aïssa lui-même tourne le dos à la croix
Armé d'un spray de krylon, gerbant ma rage sur
[les façades crades
Cherchant dans la reconnaissance l'alcôve où se loge ma foi
Sauvé de justesse par une méthode musicale
Je me poste là et observe le bal, translucide comme hallowman
Si c'est rude des fois, d'être un joaillier sur phonographe
Je souhaite, que ce soit une gemme, que mon stylo grave
Ne pas finir muré vivant, dans un sordide enfer carcéral
Ou à l'angle d'une rue étroite, chuter le cœur truffé de ferraille
Ma zique se joue le soir, poussée à fond de cale dans
[les halls noirs
Ou le regard fixé au plafond et le dos collé au plumard
Quand nos rêves s'évadent, mon âme s'évase
Je vois les étoiles et myriades si proches que je peux
[en sertir mes bagues
Campagne massive, gars, microphonique *Iliade*
Y a pas de pression pas de gaz, pas de cris, pas de fusillade
Ici, c'est hip-hop land, où seuls les MC valables restent debout
Où l'habileté à rimer le sens et le flow font un tout
Attelé à mon cahier dans mon atelier, mon encre une fraise
On taille des gemmes et pas des p…, partenaire

En secret on taille des gemmes, partenaire, encore
Des nerfs, on jette leurs gemmes, par terre, hardcore

Ce qui compte c'est le son que j'aime parfaire assis sur
[mon siège
On taille des gemmes, on taille des gemmes, partenaire

L'islam possède une riche tradition de lumières issue des IXe, X^e et XIe siècles, alimentée par de grands penseurs, philosophes et scientifiques. Qui sait l'importance des savants musulmans dans la transmission du savoir grec à l'Occident chrétien ? Qui connaît encore, à l'exception des gens cultivés de ce pays, le philosophe médiéval Al-Farabi ? Il répandit pourtant la pensée d'Aristote chez les musulmans et fut considéré par Maïmonide comme le « second maître », après Aristote. Qui connaît encore Averroès, dont les œuvres furent longtemps brûlées dans le monde musulman ? Il fut l'un des pères fondateurs de la pensée laïque en Europe de l'Ouest ; il est décrit par les théologiens latins comme le « commentateur » de l'œuvre d'Aristote. Qui connaît Avicenne, « le troisième maître » ? Ou Omar Khayyām, cet immense poète et mathématicien perse du Moyen Âge, particulièrement critique à l'égard du clergé ? Il fut pour moi un guide spirituel. Sa prose hédoniste et mystique célèbre l'ivresse du vin et les plaisirs charnels, ses poèmes portent un regard profond et accessible sur des questions existentielles comme la vie et la mort, la nature de l'homme, sa place, sa destinée… Si l'ivresse ne m'intéresse que très peu, la découverte de ses poésies a marqué un tournant, non seulement dans ma façon d'écrire, mais aussi dans mon approche de la religion. C'est le cas aussi de l'immense Ibn Arabi, qui appartient à la branche soufie de l'islam. Le soufisme se caractérise par une lecture à deux niveaux du Coran, l'une exotérique (Zahir) l'autre ésotérique (Batin). Il accorde une grande liberté de réflexion au croyant. Ce dernier, s'il se place sous la guidance d'un maître (un Cheikh), conserve un libre arbitre, c'est-à-dire un pouvoir de décision sur sa propre pratique.

Une telle vision de l'islam a fait écho en moi qui ai toujours détesté la pression inhérente aux règles. Le droit par le geste et le dogme m'insupporte. Je n'ai pas besoin de me frapper la tête contre les murs, ou de me mutiler pour dire à Dieu combien je l'aime. Les croyants les plus rigoristes ne sont pas forcément les plus vertueux ni les plus légitimes, encore moins les détenteurs d'une vérité absolue et supérieure aux autres. Surtout quand leur pratique est déconnectée de toute dimension spirituelle, quand la crainte de Dieu l'emporte sur l'amour de leur prochain et de Dieu lui-même. Je me suis disputé un jour avec un « frère » pour avoir osé prononcer cette phrase : « Je préfère un laïc qui fait le bien à un musulman qui fait le mal. » Dans nos sociétés occidentales, où le matérialisme fait office de nouvelle religion, il existe un besoin de spiritualité, notamment chez les jeunes. Mais lorsqu'il est mal dominé et mal canalisé, ce besoin débouche trop souvent sur une délinquance spirituelle animée par d'anciens voleurs ou malfrats : une spiritualité de repentis éloignée des valeurs de tolérance, de partage et d'accomplissement personnel. Voilà comment l'on se retrouve avec des prédicateurs zélés aux mines renfrognées qui ressassent leur prêchi-prêcha appris par cœur à l'église, à la mosquée ou à la synagogue. Ce problème, je l'évoque dans *Mots blessés*.

Si avant tout je devais décrire ma vie, elle serait sucrée
[tel le miel d'Alep
Dieu m'a donné une épouse que j'aime

319

Trois petits anges doux à mon cœur, mes yeux, mes viscères
Après le flou de ma jeunesse, je compris à quoi ma vie sert
Mais les cicatrices sont bel et bien là, vestiges de tourmentes
À les entendre, je connus que l'amour brutal au sein
                                                [des tournantes

Comme si l'existence n'était pas éprouvante
En bout de course, il fallait en plus de cela qu'ils nous mentent
Les loups de la Bourse et les chiens de la politique
                      [affichent l'épouvante comme une arme suprême
C'est bien l'humanité entière qui perd de sa superbe
Le genou honnête plie sous le poids dément de l'argent
Insulté mille fois, je voudrais encore avoir confiance aveugle
                                 [en monsieur l'agent

Mais il avance grimé et tourne
Ironie du sort, viscéralement j'ai toujours eu peur des clowns
J'ai vu votre démocratie se mesurer en dollars
Quelques millions et l'Ohio devenir l'Angola
Que dire devant les massacres, que je suis un petit poète
                                 [de zone suburbaine
Au lieu de l'essentiel, ils désignent mes rimes comme étant
                                      [le problème

Blessés, mes mots viennent mourir pour toi
Des mots blessés, blessés, blessés

Si ensuite je devais décrire mon enfance, je la peindrais
                                      [en bleu
Même avec l'amour de mes parents scindés en deux
Car face à l'épreuve, j'ai bâti Alamût, au bord de mes lèvres
Comme Hassan Sabbah, répandu la terreur
                                  [au cœur du monde des lettres
Une armée de vers assassins, live de la retraite
Forgée dans le respect, pas dans la haine qu'on me prête
Car si ce n'est pas à la fin de leur monde avili qu'on assiste
Je vois aussi des soi-disant frères, dans les mosquées, crier
                                 [et donner dans le prêche raciste
Alors qu'ils doivent sourire

Ils lancent des regards noirs et une mine triste
                         [comme si leur mère venait de mourir
Lassé de les suivre, j'écoute « Hamzé, la raison »
Je parle de paix et des barbares belliqueux veulent raser
                         [ma maison
Tous les soirs à 20 h 00, horrifié devant l'écran
Ode à l'amnésie quand dans tes bras, chaque seconde de toi
                         [je m'éprends
Mes peurs se volatilisent quand elles effleurent tes sourires
Je viens de marcher dans cette vie, j'espère que Dieu
                         [me laissera courir
Sinon tant pis, c'est lourd à porter, je ferai mon chemin
Quoi qu'il se passe, tempête, cyclone, orage ou temps serein

Blessés, mes mots viennent mourir pour toi
Des mots blessés, blessés, blessés

Si, pour finir, je devais choisir ma mort, ce serait en sommeil
Fauché en plein rêve avant de revoir le soleil
Si seulement elle pouvait arriver tard, je finirais mes livres
Buvant sur tes lèvres, tellement de nuits, que j'en serais ivre
Traité décisif, ce que je voudrais
Chaque rime subit la gravité, et je pousse mes vers
                         [comme ce fou de Sisyphe
Mon carnet jauni par la lumière des étoiles sous les toits
Peut-être qu'on se rappellera que je noircissais ces parchemins
                         [sous mes doigts
Que je promenais au pays, sous les ficus émeraude
Que je combattais tous les tyrans qui marchaient
                         [sur les traces d'Hérode
Tu sais, la paix se respecte
Sa défense ne se résume pas à quelques caches d'armes
                         [qu'on inspecte
Si certains placent leur avenir sous la toge de Blîss
La justice ne tire aucune gloire de l'assassinat vif de ses fils
On peut se mentir, abrité derrière mille artifices
La vie est une mère, elle gardera le sens du sacrifice

Rien n'est plus noble qu'une cause juste, oppressé
Acculé au mur, dernière défense, c'est mes mots blessés

Le Prophète (que la Paix et la Grâce soient sur Lui) avait toujours le sourire aux lèvres ! Jusqu'au XIIIe siècle, en Espagne et dans le monde musulman, des débats se tenaient dans les mosquées. Aujourd'hui, elles sont devenues des divisions ethniques et sectaires, et y parler de paix ou de rapprochement des peuples, c'est attiser la haine de tous les excités va-t'en-guerre. À plusieurs reprises, j'ai eu des discussions très vives avec des musulmans racistes. Ils vociféraient des ignominies et autres abjections sur les juifs, tels de véritables skinheads, comme si l'âge d'or de l'époque andalouse n'avait jamais existé. Durant cinq siècles, les juifs ont occupé de hautes responsabilités sous les califats. L'histoire commune entre juifs et musulmans constitue un pan entier de la civilisation ; on s'échine à surligner à gros traits les différences, mais ce sont des oppositions infimes comparées au tronc commun. Quand on connaît un tant soit peu l'histoire, on ne peut détester un homme pour sa religion. Enfin, on peut critiquer la politique d'un pays sans jeter l'anathème sur sa population. Je considère, par exemple, la politique du gouvernement israélien comme impérialiste et, je l'ai déjà dit, digne des années noires de l'Apartheid. Mais je ne considère pas tous les Israéliens comme des impérialistes ou des racistes. Et je refuse l'amalgame entre juifs et Israéliens. Durant l'offensive israélienne à Gaza en décembre 2008, je regardais les informations avec ma fille, qui soudain s'exclama : « Les juifs sont méchants. » Je lui ai répondu calmement : « Ne dis plus jamais ça… », en lui expliquant qu'il y avait des militaires proches de l'extrême droite en Israël et qu'ils étaient effectivement « méchants », mais qu'ils ne représentaient pas tous les juifs. Elle a compris. Sans un père pédagogue, elle aurait pu basculer facilement dans le racisme. La jeunesse ne pourra s'en sortir qu'à une condition : qu'elle cesse de déserter les bibliothèques et ouvre enfin des livres. J'estime que c'est aussi le rôle de la télévision publique de l'éduquer et d'aiguiser sa curiosité.

Pour revenir à la religion, je reste un musulman sincère dans ma foi et libre dans ma pratique. Je vais rarement prier à la mosquée. Comme dit le Prophète (Paix et Grâce soient sur Lui), le monde est ma mosquée. Je prie lorsque j'en ressens le besoin, sans obligation, jamais à horaires fixes. Quand j'ai une journée à consacrer à Dieu, je lui consacre une journée ; quand je n'ai qu'une minute, je lui consacre une minute, avec la même ferveur. La prière est comme une respiration, une pause pour recharger les batteries. Pour des raisons personnelles, je n'ai toujours pas accompli l'un des cinq piliers de l'islam : le pèlerinage à La Mecque. Dans un monde idéal, La Mecque se situerait en zone neutre, internationale, et n'appartiendrait à aucune nation. Je ferai le Haj, un jour, mais des questions purement terrestres continuent de me déranger. Je pense à des faits simples comme aux pèlerins escroqués ou violentés par les flics, ou au prix exorbitant du litre d'eau... Je pense surtout à la nature du régime saoudien, cette théocratie pétrolière, née d'une alliance d'intérêts bien compris entre une tribu de Bédouins et le wahhabisme (l'islam rigoriste). La religion instrumentalisée à des fins de domination me gêne profondément. Un livre passionnant, *Le Glaive de l'islam* de Fereydoun Hoveyda[1],

1. Denoël, 1984.

raconte d'ailleurs comment, peu après la mort du Prophète, des fidèles ont tenté de détourner la religion de sa vocation originelle pour la transformer en arme de pouvoir. Dans *Concept*, IAM évoquait déjà cette problématique : nous parlions de Khomeiny et de la différence fondamentale existant entre l'exercice du pouvoir sur la communauté des fidèles et l'exercice du pouvoir sur tout un pays, un peuple, une nation. Dans *J'aurais pu croire*, nous écrivions : « Saddam, tu ne me feras pas croire que tu fais la prière en dehors des caméras. » Ces cas historiques-là sont aux antipodes de la vocation originelle de la religion : la recherche de soi, l'accomplissement personnel, la réponse à des questions existentielles. Ce genre de détournement est vieux comme le monde. Les Romains eux-mêmes ont peu à peu substitué le christianisme à leur divinité, Sol Invictus, pour étendre leur Empire et brûler au passage des millions de juifs, de musulmans et d'« hérétiques ». Ce fut le problème du christianisme en Europe durant l'Inquisition ; c'est le problème que l'islam doit affronter aujourd'hui avec le « Jihad international » déclaré à l'Occident par une poignée de « fous de Dieu ». Le Grand Jihad incarne, en fait la lutte quotidienne et individuelle pour le contrôle du « moi intérieur » (le Nafs), lutte qui consiste à le maintenir en permanence du côté du bien. Alors prier pour tuer ensuite… J'avoue avoir du mal à saisir cette conception de la foi.

Bien sûr, j'ai traversé des périodes de doute religieux. J'ai pu me poser des questions sur Dieu face à la violence du monde, au 11 Septembre ou à la disparition d'êtres proches… Lorsque ma mère a dû affronter un cancer, j'ai ressenti une immense injustice, en pensant aux enfoirés tortionnaires de tous poils qui coulent des jours tranquilles jusqu'à quatre-vingt quinze ans et plus... Tous ces nazis, ou ces collabos, qui affichent une santé insolente. Dans ces moments-là, j'ai pensé que l'enfer était sur terre, il n'y avait pas d'autre explication. Ou alors le mal conserve-t-il bien ses adeptes. Dépourvus de sensibilité, ils se posent moins de questions et vivent plus longtemps.

La religion m'apporte au quotidien une aide trop précieuse pour m'en détourner. Elle m'a permis d'identifier en moi le bien et le mal, de repérer mes démons pour mieux les combattre – c'est le « Grand Jihad ». Les soufis envisagent l'être humain sur le modèle de la Terre : comme elle, il est éclairé par le soleil une partie de la journée, pour ensuite plonger dans l'obscurité ; comme elle, il passe de la lumière aux ténèbres. Les soufis reconnaissent l'existence d'une part d'ombre chez l'homme, qu'il faut accepter, pour apprendre à la connaître et à la dompter, à défaut de la faire disparaître. Il s'agit d'une pratique quotidienne : refuser la médisance, apprendre à faire de son ego un moteur et non un tyran, savoir pardonner sans pour autant tendre l'autre joue. Dans ma vie, j'ai ressenti certaines trahisons comme des blessures profondes, mais j'ai su pardonner. Et quand ma part d'ombre m'a rattrapé, j'ai connu des ennuis de santé, comme mes crises de spasmophilie. Ce fut notamment le cas en 1992 et en 2000, après le succès de notre premier album, puis le carton de *L'École du micro d'argent*. Pour de multiples raisons, j'avais accumulé trop de négativité, un mélange de colère, de rancœur, de désillusion et de désir de revanche. Je suis également très impulsif ; mes réactions épidermiques et mes coups de sang deviennent facilement mes pires ennemis. Il y a dix ans, j'aurais pu faire une crise de spasmophilie pour une grosse contrariété de travail ; aujourd'hui, je parviens à considérer les choses avec philosophie. Cela dit, il m'arrive encore parfois de péter un câble, notamment en voiture, où j'avoue avoir plus de mal à me maîtriser.

À la maison, la religion reste du domaine de l'intime. Aisha est musulmane ; de mon côté, je vis ma foi sans prosélytisme. J'ai bien offert une BD sur l'histoire de l'islam à mes enfants, pour leur culture générale, mais s'ils éprouvent un jour le besoin d'embrasser une autre religion, nous leur laisserons le libre choix ; nous ne voulons rien leur imposer. Forcer la décision d'un enfant est le meilleur moyen d'aboutir à une réaction de rejet. Ils pourraient prendre notre insistance comme une obligation et une punition. Et nous ne voulons pas qu'ils perçoivent la foi en général, et l'islam en particulier, comme une punition.

À vouloir toucher Dieu

Vois pas en ça le blues d'un homme triste
À vouloir toucher Dieu, tu sais ce qu'on risque
Par le biais d'une plume le Mal j'exorcise
Je n'attends rien des autres, la bonté hormise
Complice de forfaits musicaux, dans ces terres arides
J'ai croisé trop de types au caractère avide
De jours à l'estomac immergé d'acide
Je suis pas celui qu'on attend
Juste un rayon latent, futur combattant

Mais qu'est-ce que tu places en moi ? Deux, trois jetons
                              [comme sur un tapis de roulette
Étant sûr que le destin fera le reste, mec t'as les jetons
Mon rap coincé au fond d'une allée, traîné dans la boue
Par de stupides préjugés, n'ouvre l'horizon sur aucune solution
Quelle sorte d'espoir places-tu en moi ? Je ne suis pas celui
                              [qui changera le ciel
Ou allégera le fardeau, ici-bas le fouet est prompt
Le cliquetis des chaînes glisse dans les rues des bas quartiers
                              [malheureusement
Je ne fendrai pas la mer devant, d'un petit coup de bâton
Je débats mon honneur, maintenant l'aplomb dans le son
Droit, c'est ça mon bonheur, expérimenté sur le plomb
Alchimiste verbal, précipite mes secrets au fond d'éprouvettes
                              [et les garde jalousement
Pour en user plus tard avec fond

327

Parcimonieusement car la science est précieuse
[technique rodée harmonieusement
Mis dans les mains de fêlés, ça devient con
Je marche sur les cités comme les Assyriens jadis marchèrent
[sur Tyr et Sidon
Avec une armée de plus d'un million
Malgré cela je ne suis pas de la trempe de celui qui prêchait
[sur les bords du Jourdain
À genoux dans l'limon
Pourtant je rêverais moi aussi d'avoir un frère de la qualité
[de cœur de Simon de Cyrène
Qui un jour dit-on me sauverait de la crucifixion
Ainsi l'époque veut que Judas soit présenté comme bon
Et les gens de sa trempe se multiplient en deçà des murs du
[Lacydon
D'autres s'en lavent les mains, indifférents au code de conduite
[qui régit nos vies
Et voir la moue de ces lâches en dit long

Vois pas en ça le blues d'un homme triste
À vouloir toucher Dieu, tu sais ce qu'on risque
Par le biais d'une plume le Mal j'exorcise
Je n'attends rien des autres, la bonté hormise
Complice de forfaits musicaux dans ces terres arides
J'ai croisé trop de types au caractère avide
De jours à l'estomac immergé d'acide
Je suis pas ce qu'on attend, juste un rayon latent
Soldat assis, futur combattant

Neuf mois de gestation, *Sol Invictus* demeure la manifestation
[de mon humeur
Éparpillée dans dix-neuf directions
M-I-C fumeur comme un hitman Genovese, une équipe
[composée de bras cassés
A monté une frange de la France en érection
Tant pis, à ce qu'il paraît, je ne suis pas celui qu'on attendait
Mais j'ai vu une fissure dans le mur, bien sûr je m'y suis glissé
[comme une guêpe

328

Tel Mathô et Spendius dans Carthage en flammes
Volant le voile de Tanit, plongeant Salammbô dans l'affliction
[la plus noire
Sens en panique, je ne suis pas celui qu'a brisé les Idoles
[dans le temple
Qui suis-je, Dieu seul sait, Sa Science est ample
J'ai pas vu le monde après le déluge sur l'Ararat
Seulement passé ma jeunesse avec le keffieh d'Arafat
[sur l'épaule
Ciseleur de verbe sur beat et pulsions
Comprends-tu, *Beat Street* m'a projeté un jour
[dans une autre dimension ?
Moi, je kicke acide et salive depuis Mathusalem
Air vicié et haleine, complexe dans le thème
[comme qui règne sur Jérusalem
Je vais rien changer, je ne suis pas celui que les Écrits
[annoncent
Juste un esprit libéré de sa mentale prison
Pas celui qui tua Djalout, d'un coup de pierre dans le front
Qui ravit Bethsabée, donna naissance au Roi Salomon
Je revois les pyramides, la terre de Khem, flamboyante
[civilisation
Un pharaon mystique, appelé Akhenaton, fonde
[la nouvelle religion
Le monde est figé, coincé dans ses principes vétustes
Et le serpent rouge s'enroule autour des cariatides
[de l'Erechthéion
Chacun se croit juste, chacun y va de sa version
Le tripe 6 s'empare du mythique concept annoncé :
[retour vers Sion
Non, je ne suis pas celui qui tue les gosses de Cisjordanie
[de Gaza et d'Hébron
Je vois des cités en flammes comme Néron
Je déteste être présenté comme une possible solution
Moi, je fais juste partie des problèmes que nous avons

Vois pas en ça le blues d'un homme triste
À vouloir toucher Dieu, tu sais ce qu'on risque

Par le biais d'une plume le Mal j'exorcise
Je n'attends rien des autres, la bonté hormise
Complice de forfaits musicaux dans ces terres arides
J'ai croisé trop de types au caractère avide
De jours à l'estomac immergé d'acide
Je suis pas ce qu'on attend, juste un rayon latent
Soldat assis, futur combattant

Ombre est Lumière

Je considère *Ombre est Lumière* comme l'album emblématique de l'esprit IAM. Il est le fondement et la base du groupe. Comme *De la planète Mars*, il s'illustre par son dosage savant d'humour et de textes engagés, contre le racisme ordinaire, la délinquance en col blanc, ou bien le fondamentalisme religieux.

Mais dans ce disque nous avons choisi d'élargir notre propos. Avec Joe, nous écrivons souvent nos textes intimistes sur le registre du storytelling, cette manière de raconter les histoires caméra à l'épaule. J'ai toujours apprécié les récits introspectifs. Si je peux me montrer volubile, je reste aussi silencieux qu'une tombe sur certains chapitres de mon passé. Dans mon cas, l'introspection possède des vertus salvatrices, elle fait office de thérapie. Représenter les potes du quartier, c'est essentiel, mais il faut aussi avoir le courage de livrer ses failles, son vécu, et de considérer l'auditeur comme un confident.

Ombre est Lumière faisait cependant la part belle aux interludes humoristiques visant à charrier les autres musiques : pop, musette ou chanson rive gauche, rock ou encore new wave neurasthénique. Eh oui, nous étions toujours aussi sectaires, nous, les IAM ! Sans méchanceté aucune cependant, et sans rancune de la part des artistes visés. En 2009, un groupe de new wave de la région m'a ainsi demandé de faire un remix de l'un de leurs titres ; j'ai accepté, à la condition qu'ils me laissent enregistrer un interlude pour leur album : j'y joue un chanteur romantique dépressif sur fond de synthés.

Plus sérieusement, Joe et moi avons écrit des textes d'inspiration mystique : *Le Dernier Empereur*, chanté par Joe, mais aussi *Le Cosmos*, *Le Dragon*, récit épique du combat entre deux dragons que nous interprétons tous les deux. Et comme nous sommes fous de numérologie, nous avons composé *Le 7*, un morceau sur une rythmique à 7 temps fondée sur le chiffre divin 7 – chiffre qui revient systématiquement dans la Bible, dans l'islam, et où 7 est le chiffre de Dieu et où le ciel comprend sept niveaux... Si la dimension mystique fut absente de notre premier album, elle a constitué en revanche un pilier d'*Ombre est Lumière*, où nous avons exprimé notre dimension spirituelle, taoïste pour Joe, orientale pour moi. Jamais personne dans le rap français ne s'était livré à cet exercice. D'ailleurs, cette dimension ne fut pas toujours bien comprise par le milieu du hip-hop, mais elle nous a ouvert à un autre public, preuve que l'on peut toucher l'auditeur avec un contenu complexe.

Ombre est Lumière est aussi le premier double album de l'histoire du rap, français et américain. Il est sorti juste avant *All Eyes on me*, le cinquième opus de 2Pac. Nous voulions lui donner une touche cinématographique, avec une profusion de textes et de thèmes, d'univers et de sons. Au fil des titres, on trouve des cuivres grandiloquents de péplums, et l'album s'achève en forme de clin d'œil, sur un générique de fin. D'une voix sentencieuse, je présente tous les acteurs du disque (l'équipe d'IAM, les ingénieurs du son…) ainsi que les lieux de l'enregistrement.

La phase d'écriture a débuté immédiatement après la tournée *De la planète Mars*. Nous avons réalisé ce disque dans des conditions de survie extrême : nous vivions grâce aux cachets des tournées, à nos Assedic et à une petite avance sur l'album. Juste après la sortie d'*Ombre est Lumière*, je m'étais d'ailleurs réinscrit à la fac, en archéologie. J'allais me marier avec Aisha et refusais désormais de galérer comme par le passé. C'est au moment où je songeais sérieusement à raccrocher que *Le Mia* a explosé dans les hit-parades.

Bref, notre situation avait beau être difficile, pour la première fois de notre jeune carrière nous avons disposé, pour *Ombre est Lumière*, d'un local à nous – changement majeur en termes de confort de travail. Jusqu'à présent nous avions bossé dans l'improvisation, sans lieu fixe, dans le salon de Kheops, et surtout chez Imhotep. Il devenait pénible pour Pascal de nous recevoir tous les jours chez lui pour améliorer nos morceaux.

Après *De la planète Mars*, notre manager Frankie Malet a fait une demande à La Friche de La Belle de Mai, une association culturelle de la région. Dans un premier temps, elle nous a fourni, au cœur d'un quartier populaire du nord de Marseille, la cave d'une maison qui faisait auparavant office de locaux pour la Seita. Quand l'association a obtenu de la Seita la totalité des 30 000 m² de son ancienne manufacture de tabac, nous avons alors bénéficié d'un lieu plus spacieux, mais toujours en sous-sol. Cela me rendait fou. Nous étions condamnés à travailler dans une pièce de 50 m² sans fenêtre, qui puait le renfermé, la sueur et la cigarette mouillée tandis que des plasticiens inutiles occupaient des locaux de 400 m², à l'étage, avec d'immenses baies vitrées. Et pour faire quoi ? Des statues en papier mâché ! Mais qui ramenait les journalistes à La Friche ? Nous. Après la sortie d'*Ombre est Lumière*, depuis sa cave, IAM a dû donner pas moins d'une trentaine d'interviews télévisées et un nombre fou d'entretiens à la presse – soit une promo d'enfer pour l'association, qui a de fait décroché d'énormes subventions auprès des institutions. Le deal restait tout de même avantageux pour nous : en échange du local, nous devions donner un concert par an.

La Friche fut donc le QG d'IAM jusqu'à *L'École du micro d'argent*. Nous y avions nos petites habitudes. À la cafétéria, Joe et moi formions un tandem redoutable, et imbattable, au baby-foot. Avec Kamel et toute la bande de Bellevue, nous allions de temps à autre aux soirées techno, juste pour chambrer les amateurs d'électro house décérébrée et festive. On se faisait bien sûr traiter d'emmerdeurs, mais quand on joue aux excentriques, il faut accepter la vanne. Grand Jack, qui assurait la sécurité du lieu, nous surveillait à distance : entre les mordus d'électro et nous, on pouvait parler d'un choc culturel. Deux univers aux codes opposés évoluaient en vase clos. On se jaugeait. Comme les plasticiens, ils se méfiaient ; nous, on se contentait de les ignorer. La Friche n'en restait pas moins un lieu de convivialité et de partage, ouvert à diverses sortes d'artistes ainsi qu'aux médias alternatifs. Le magazine *Taktik* y possédait un local, tout comme Radio Grenouille ou Les Internautes Associés, des pionniers du Net emmenés par Christian Artin. Il fut le créateur du premier cybercafé en France. On le squattait souvent pour se détendre et dénicher les sites de rap américains. C'est d'ailleurs Christian qui a créé, dès 1995, un site Internet pour IAM. À La Friche, Joe et MC Solaar ont animé des ateliers d'écriture, Imhotep des ateliers de sampling, et nous avons organisé le premier festival rap de Marseille dans une logique hip-hop : trois jours de concerts pour un prix accessible, avec des artistes américains et européens.

Dès notre installation à La Friche, nous avons exploité toutes les possibilités offertes par notre local. Il est devenu un véritable laboratoire souterrain sans lequel nous n'aurions jamais pu travailler et progresser à une telle vitesse : notre productivité fut multipliée par cinq. En bons stakhanovistes, nous passions nos journées, de 10 h 00 du matin jusqu'à 20 h 00, à faire des sons, écrire des textes et enregistrer nos maquettes. J'étais souvent le dernier à partir, et le seul à venir bosser le week-end. Notre règle, tacite, se résumait à un unique mot d'ordre : créer et produire un morceau par jour. Ainsi, nombre de titres (au moins une trentaine) n'ont jamais figuré sur le moindre de nos albums ; certains existent toujours, d'autres ont tout bonnement disparu, à mon grand regret. Le LP *Donne-moi le micro*, que nous avons commercialisé à dix mille exemplaires avant la sortie d'*Ombre est Lumière*, illustre sur le mode humoristique notre boulimie de travail. La chanson raconte l'évasion de deux rappeurs – Joe et moi – de l'hôpital psychiatrique où ils ont été internés pour cause de « microphonite aiguë ». Comprendre : le besoin compulsif de chanter dans un micro et, à défaut, dans tout objet se rapprochant d'un micro. Durant notre virée à l'extérieur, nous allions ainsi rapper dans le haut-parleur du signal d'alarme du métro, dans les interphones de paisibles retraités, nous piquions la panoplie de chanteur Fisherprice d'un mioche et finissions en apothéose dans le fameux studio télé de la rue Cognacq-Jay, à chiper les micros de Dorothée, Pascal Sevran et Charles Trenet. Avec tout le respect dû par ailleurs à sa personne, on ne l'avait pas loupé, le Fou chantant ! Il faut dire qu'il l'avait bien cherché. Dans une interview accordée à France2, il avait dénié au rap toute dimension poétique et dénigré les rappeurs, selon lui incapables de parler. On l'a donc gentiment bousculé dans une chanson. J'adore ce morceau, tout comme la pochette du disque, pour laquelle nous avions détourné une fresque égyptienne, et montré deux pharaons armés de micros au milieu de lotus.

Durant toute l'année 1992, nous avons engrangé les titres à un rythme soutenu, sans nous poser de questions ni tomber dans l'angoisse du traditionnel disque de la « confirmation » – fatidique pour un jeune groupe. Notre état d'esprit se résumait ainsi : « On enchaîne et on verra bien. » Nous bossions pour progresser, composant une quinzaine de titres pour finalement en dégoter un seul de bon ; notre démarche s'apparentait à un « work in progress ». Au bout du compte, nous avons mis en boîte quatre-vingts morceaux !

À l'époque, IAM était toujours sous contrat avec Labelle Noir, mais cela ne devait plus durer longtemps. Quand Benny et son équipe ont écouté nos nouvelles maquettes, leur réaction fut mitigée. Visiblement, ils souhaitaient mettre un terme à notre collaboration. Ils nous l'ont signifié par l'envoi d'une simple lettre ; ce fut un choc, mais de courte durée car, très vite, Emmanuel de Buretel a racheté notre contrat.

Avec Delabel, IAM a découvert une maison de disques familiale, la possibilité d'échanger des idées et de construire des projets. Trois personnes y ont particulièrement compté : Laurence Touitou, directrice, Luca Minchillo, directeur artistique, et Nicole Schultz, directrice marketing ; ces trois-là ont été la clef de voûte du succès d'IAM. Laurence avait vécu les débuts du rap à New York, elle connaissait bien son sujet, mais elle était surtout visionnaire, et dotée d'un vrai génie artistique. Luca exhibait un CV fourni : originaire de Turin, il avait fait ses premières armes chez Nova pour devenir, à l'âge de vingt-deux ans, le tour manager de Fela Kuti. Avant de rejoindre Delabel, il avait monté son propre label, Eurobond, où il avait signé Les Têtes Raides, Kat Onama et Oui-Oui, le groupe au sein duquel Michel Gondry officiait comme batteur. Il avait deux phrases fétiches : « On a explosé le budget » et « C'est un putain de tube ».

Quand Laurence, Luca et Nicole sont venus nous rencontrer à La Friche, l'entente fut immédiate. Nous leur avons interprété la quasi-totalité des morceaux d'*Ombre est Lumière*, en live. À la fin de la journée, ils étaient épuisés mais convaincus de la qualité de notre travail. Bien sûr nous avons eu par la suite des discussions, des débats animés, des engueulades parfois, mais nous nous en tirions toujours par le haut. IAM avait des exigences légitimes, mais financièrement élevées : soigner le livret et les visuels du disque, privilégier des clips de qualité, sortir un double album, etc. Sur le coup, les responsables de Delabel ont tiqué : « Un double album ? Trop risqué, ça ne se fait pas dans le rap. » C'est justement pour cette raison que nous voulions en sortir un. Personne ne l'avait osé avant nous. Ils nous ont finalement donné les moyens de nos ambitions. Luca n'a jamais dissocié le technologique de l'artistique, et c'est là une grande qualité professionnelle. Pour obtenir un meilleur son, il faisait presser tous nos vinyles aux États-Unis, avec le grammage américain. Dès notre première rencontre, il a compris notre frustration. À ce moment-là, il n'existait pas de vrais producteurs de rap en France, nous étions donc condamnés à bosser avec des ingénieurs du son issus de la variété ou du rock. Naturellement, ces derniers n'entendaient pas grand-chose à notre musique et ne possédaient ni les compétences ni la technologie nécessaires pour valoriser notre son. Alors Luca nous a emmenés, Kheops et moi, à New York, pour rencontrer Nick Sansano et l'ingénieur du son Dan Wood, deux pointures réputées pour leur travail avec des musiciens de la scène rock comme Sonic Youth, mais aussi avec le groupe de rap Public Enemy ou encore NWA. Dépenser de l'argent pour choisir deux ingénieurs, voilà un luxe aujourd'hui impensable. Maintenant, c'est à peine si les producteurs proposent aux artistes d'assister au mix de leur propre album. Il faut rendre hommage à Laurence et Luca et à leur détermination pour défendre nos intérêts face à la maison de disques EMI : malgré le succès et des ventes d'albums équivalentes, IAM peinait à obtenir le même traitement que les artistes de variété établis.

Pour l'enregistrement du disque, nous avions décidé de nous mettre au vert. Durant l'été 1992, IAM a investi le studio La Blaque, à Aix-en-Provence : une grande villa appartenant à l'un des héritiers de Maurice Ravel, bâtie au milieu de la nature, avec un studio au sous-sol, des chambres à l'étage, une terrasse et une piscine. Les conditions y étaient idéales pour travailler en toute convivialité, sans pression ni contrainte de temps. Pour la première fois, on mettait un studio en « lockout », c'est-à-dire à notre disposition. Nous étions en quelque sorte assignés à résidence, travaillant et vivant au même endroit, dans une atmosphère familiale. Nous avons toujours aimé le travail en studio, et ces moments de plaisir, il est important de les partager avec nos proches. Aisha m'avait accompagné, Imhotep et Kheops étaient venus avec femme et enfants. Nick et Dan nous avaient rejoints. Malgré la barrière de la langue, ils n'ont éprouvé aucune difficulté à s'adapter au climat : ils sont devenus des chambreurs invétérés, et des adeptes du Pastis. Voilà pourquoi nous avons réalisé le fameux interlude *La Méthode Marsimil*, dans lequel un ingénieur du son américain jure en français, avec l'accent, après avoir passé un mois enfermé en studio avec IAM. Nick et Dan avaient une approche du son qui surpassait largement tout ce que proposaient à l'époque les ingés français. Ce son nouveau, plus lourd, plus vivant, plus travaillé – en un mot, un son américain – ils l'ont introduit en France grâce à leur travail sur *Ombre est Lumière*.

Les journées s'écoulaient selon un programme toujours identique : réveil à 8 h 30, petit-déjeuner sur la terrasse ensoleillée, enregistrement de 10 h 00 à minuit. Malgré la pléthore d'instrumentaux créés à La Friche, nous avions installé un studio parallèle pour concocter de nouveaux sons. Le Soul Swing et Up Town étaient venus enregistrer deux titres, *Je lâche la meute* et *Bang Bang*... On bossait d'arrache-pied et, quand la saturation nous gagnait, on s'accordait des moments de détente au ping-pong ou au billard, sans oublier nos traditionnelles conneries bien trempées... Notre grand jeu consistait à se voler nos cartes d'identité. Après les avoir photocopiées, on s'amusait à les truquer, changeant les têtes avec des montages de photos ou des dessins – un travail de précision, minutieux, né de l'expérience acquise dans notre petit atelier clandestin de tickets de métro. Pascal a particulièrement morflé. On lui avait fabriqué plusieurs cartes : Pascal avec un front proéminent de scientifique, Pascal en extraterrestre, Pascal en moine…

Lors de cette retraite en studio, nous avons également vécu un grand moment d'euphorie collective. Le 26 mai 1993, l'OM remportait la finale de la Coupe d'Europe des clubs champions face au Milan AC, 1 à 0. But de Basile Boli, et un rêve de gosse soudain devenu réalité. Nous étions sur le toit de l'Europe, enfin. Évidemment Luca, seul supporter du Milan, nous avait bien nargués avant le match, avec sa morgue d'Italien : « Les Marseillais, avant de battre le Milan AC, va falloir s'accrocher. » Il s'était même engagé à plonger tout habillé dans la piscine si l'OM gagnait. Il a tenu parole. Inutile de préciser l'ambiance de furie qui a régné dans le studio ce soir-là : ça a gueulé dans tous les coins jusqu'à 5 h 00 du matin. Nick et Dan ont vraiment dû nous prendre pour des fous. Pour fêter la victoire, Kheops s'est offert une glissade de 10 mètres sur l'entrée en marbre. Lui aussi a plongé dans la piscine tout habillé, comme la plupart d'entre nous. Pendant trois jours, en regardant les informations, nous pleurions de joie. Aujourd'hui, même si l'OM commence à se porter un peu mieux, on pleure tout court…

Une fois l'enregistrement terminé, nous sommes partis à New York pour mixer l'album. Après la nature, place à la jungle urbaine. Si *De la planète Mars* n'avait pu être finalisé à Big Apple, pour cause de budget atomisé, là, nous nous sommes offert un mois intensif dans la Mecque du rap. Je me souviens de notre hôtel, le Gramercy Park Hotel, un bâtiment de style rococo situé du côté de la 23rd street et de Lexington. Il accueillait dans son hall le tournage d'un épisode de *Law and*

Order. Pascal y occupait une chambre avec vue sur un building dont l'horloge était cassée. Ses aiguilles indiquaient toujours la même heure : midi, une anomalie qui lui avait totalement échappé. Notre jeu consistait à rentrer dans sa chambre à n'importe quel moment de la journée pour lui demander l'heure. La réponse venait immédiatement, invariable : « Midi. » C'était devenu la connerie de notre séjour. On se relayait pour ne pas se faire prendre : « Pascal, on file au studio. Mais au fait, quelle heure est-il ? » Réponse : « Midi. » On a poussé le bouchon trop loin, un après-midi vers 16 h 30, il a fini par comprendre.

Didier Daarwin et Stéphan Muntaner nous avaient également rejoints pour réaliser les photographies de la pochette du disque. Ils nous avaient shootés au réveil, au saut du lit. Delabel voulait nous imposer des graphistes parisiens, mais on avait réussi à convaincre Laurence et Luca d'accepter leur travail, qui illustrait parfaitement le concept égyptien d'*Ombre est Lumière*. Ils avaient imaginé un site archéologique avec notre logo sorti de terre, entouré de six piliers surmontés par les six têtes de l'entité IAM, un peu à l'image du Conseil des grands sages dans *Superman*. Pour ce faire, ils avaient construit un temple en argile, un travail remarquable. La maison de disques nous avait dit : « Ce n'est pas une imagerie rap. » Cela tombait bien, c'était bien ce que nous voulions.

Le mixage se déroulait au Greene Street Studio, à Manhattan, un lieu de légende pour le rap et le rock, et qui fut l'antre de tous les enregistrements new-yorkais d'IAM. Nous y avons croisé des rappeurs et producteurs de renom, comme Pete Rock, Busta Rhymes, Capone et Noriega, Run DMC… Nous nous faisions écouter nos morceaux respectifs ; tous étaient franchement impressionnés par la richesse de nos instrumentaux, déjà truffés de musique orientale, indienne, africaine et surtout asiatique. Ainsi lorsque l'on s'entend dire aujourd'hui : « Pas mal vos musiques, ça ressemble à du Timbaland », on rectifie illico : « Non, c'est du IAM, quand il allait, on revenait ! » Grâce au savoir-faire et à la gigantesque discothèque de musiques ethniques de Pascal, nous avons su forger notre identité musicale sans attendre les productions de Timbaland ou les délires mandarins du groupe Wu-Tang Clan.

En studio, nous avions recréé une ambiance quasi familiale. Sur le mur de l'entrée trônait une photo de Pascal, tête carrée et boulons, dans le genre Frankenstein, une de nos œuvres trafiquées à La Blaque. Je servais le thé à la menthe à Lassad, Saïd, Kamel, nos amis marseillais venus nous rendre visite. Et entre deux sessions studio, nous prenions le temps de bosser sur le scénario de notre film *Comme un aimant*. Nos journées de travail étaient chargées : elles débutaient généralement à 10 h 30 et ne s'achevaient jamais avant minuit. Dans sa frénésie d'achats compulsifs, Kheops déboulait souvent en retard pour enregistrer ses scratches, le sac rempli de vinyles dénichés chez les disquaires du secteur. À la différence des autres, je sortais rarement le soir. J'ai toujours été un stressé du travail, alors je préférais éviter de passer mes nuits à écouter de la musique à plein volume dans des bars ou dans des boîtes de nuit, de peur de retourner le lendemain au studio les oreilles esquintées. Je veillais à préserver mon ouïe ; nous étions tout de même en phase de mixage. J'avais loué un micro adapté à ma diction et à ma voix. Il coûtait une fortune, mais il paraissait avoir été conçu pour moi. Sur la facture d'avance était inscrit quelque chose comme « Frank Sinatra »…

J'ai ainsi chanté dans un micro que Mr Sinatra, « The Voice », avait lui-même loué une semaine plus tôt !

Certains jours, comme c'est souvent le cas durant l'enregistrement, nous n'avions strictement rien à faire sinon attendre de longues heures. On en profitait alors pour s'offrir de petits gueuletons avec Tony D et Red Alert, qui passaient en studio pour écouter nos sons. Je rendais visite à Avenda et à sa maman, et aussi à Derek, un bon pote de Napoléon, le Black Panther jamaï-cain de Coney Island. On partait en virée à Brooklyn, au Bronx zoo, ou à la plage, dans le Queens. Mais de la plage je ne garde pas un souvenir mémorable. Je suis bien trop méditerranéen pour apprécier les plages de l'Atlantique, étranges par leur grisaille, leur froidure et leurs buildings construits en bord de mer. Nous nous gavions aussi de films hongkongais des années 1970 grâce à Joe, qui allait dénicher, dans de petits magasins de Chinatown, des cassettes pirates de classiques comme *Eagle's Claw* ou *The 36th Chamber of Shaolin*. Nous pou-vions en visionner trois par jour. Cette filmographie a ins-piré l'univers d'IAM, elle transparaît notamment dans *L'École du micro d'argent*. Depuis New York, nous suivions également l'affaire OM-VA, « l'événement » comme disait Joe. Kheops était comme un fou et se démenait pour dénicher *L'Équipe*.

Un jour, un certain David Charlet, Français expatrié à New York, est venu nous voir en studio, par curio-sité. Le courant est si bien passé qu'il nous a conviés pour interpréter l'un de nos couplets dans l'émission culte « Yo ! » de MTV, soit le programme musical de rap le plus regardé aux États-Unis et par l'internatio-nale hip-hop. Un grand bonheur, et un honneur pour nous.

De retour à Marseille, nous avons dû trancher la délicate question du single. Nous avions songé à la chanson *Harley Davidson*, un titre pêchu et satirique sur les adeptes intermittents des bécanes américaines, conçu également comme un hommage à Serge Gainsbourg, avec une reprise, à la sauce IAM, du refrain de son tube écrit pour Brigitte Bardot. Mais les ayants droit de Gainsbourg ont refusé à l'époque. Apparemment, ils avaient moyennement goûté l'esprit de la chanson, et sa conclusion agrémentée de vomissements explicites. Nous gerbions sur les Harley, juste pour le plaisir de chambrer les mythomanes qui les conduisaient pour la drague... En guise de single, nous avons finalement opté pour *Le Mia*, notre hymne aux années funk marseillaises. Le morceau existait depuis 1990 et fonctionnait parfaitement sur scène. Quatre mois après la sortie du disque nous en mettions au point une nouvelle version, avec la boucle du classique *Gimme the Night* de George Benson : un simple accord de guitare au groove implacable, funky en diable. Cette boucle, nous avions décidé de la rejouer avec des instruments pour éviter de passer par le processus, long et coûteux, du « master use ». Elle évoque merveilleusement la période *Mia*, créant une correspondance parfaite entre le texte et la musique. Seul inconvénient, à l'exception de Nova, aucune radio ne voulait la diffuser, ni aucun titre du disque d'ailleurs. Il a fallu ruser. Pour la petite histoire, un jour que le directeur de la programmation de Fun Radio devait déjeuner avec Laurence et Luca, Luca l'avait emmené jusqu'au restaurant dans sa Lancia Tema Break équipée d'un système de « car audio » ultrasophistiqué, importé des États-Unis. Le type de Fun Radio en était ressorti enthousiasmé et a programmé *Le Mia* dans la foulée ; les autres radios ont suivi. Max Guazzini, le patron de NRJ, a même appelé Laurence pour lui dire : « J'adore ce titre, *Le Mia*, c'est moi ! »

Le succès du *Mia* fut largement amplifié par le travail novateur de Michel Gondry, une bonne connaissance de Luca. Pour son premier clip, Michel avait développé un concept génial du point de vue narratif et visuel : le plan dans le plan, avec des mouvements de caméras nerveux calés sur le rythme du morceau. Pour la discothèque, nous avions choisi une boîte paumée du côté de Marignane, le Light 2000. Le premier jour, toute l'équipe attendait sur le parking l'arrivée du patron. Il a déboulé de la plus belle des manières, comme un authentique Mia, à fond dans sa voiture, tirant le frein à main et se garant sur un dérapage. Là, nous nous sommes tous regardés en nous disant : « On est au bon endroit. » C'était magnifique, ça tournait déjà ! Michel Gondry n'en croyait pas ses yeux. En termes de casting, nous avions opté pour une figuration 100 % IAM : des potes rappeurs et danseurs, des copines, mais aussi mon père et ses amis italiens, Jean-Claude, Gérard... Nous avions tourné à l'Estaminet du camas, le bar où ils avaient l'habitude de se détendre après le boulot. Mon oncle Michel avait même apporté sa contribution : c'est lui qui danse, chemise ouverte et chaînes en or sur le torse, dont une avec la tête de Jésus. L'impact du clip, diffusé quatre fois par jour sur M6, fut phénoménal. Comme dirait Luca, « on a tout pété ». Un million de singles se sont écoulés en quelques mois. L'album a décollé en flèche pour atteindre les 350 000 exemplaires vendus. *Le Mia* est devenu un tube, le deuxième de l'histoire du rap après *Bouge de là* de MC Solaar.

Nous avons d'abord accueilli ce succès populaire avec enthousiasme. Notre travail prenait un sens, une nouvelle dimension. Et puis, aspect non négligeable, pour la première fois de notre carrière, nous pouvions enfin vivre de notre musique : quand les premiers chèques des royalties du *Mia* sont tombés, j'ai pu directement aller m'acheter du matériel pour bosser sur mon projet d'album solo. Seulement très vite, la notoriété de la chanson nous a dépassés, transformant brutalement IAM en phénomène de société. On entendait *Le Mia* partout, à la radio, à la télé, dans les boîtes de nuit, les campings, les mariages, les fêtes de village, les bals de pompiers… Le morceau accédait au rang de monument du folklore musical français. Aujourd'hui, c'est une fierté, mais à l'époque, nous l'avons vécu comme un cauchemar, une incompréhension. Pour être honnête, le succès du *Mia* nous a échappé, et durablement traumatisés. Nous avions la hantise de voir notre carrière se terminer en feu de paille. Ce morceau, que j'aimais, j'ai fini par le haïr à tel point qu'après la tournée *Le dragon s'éveille*, en 1994, nous avons refusé de le jouer sur scène durant treize ans. Nous ne supportions pas de voir IAM réduit à un tube festif.

Dans une seule et même foulée, nous avons donc rectifié le tir en nous fixant un objectif : briser « l'image Mia » du groupe, son côté pittoresque et déconneur. Coup sur coup, nous avons sorti deux singles *Une femme seule* et *Le Sachet blanc*, une chanson de Joe sur les ravages de l'héroïne. Deux titres de cinq minutes, au tempo lent, sans refrain… Pas le rêve pour les radios. Rien à faire, *Le Mia* a continué de nous coller aux basques. Aux Victoires de la musique de 1998, les organisateurs de la soirée voulaient absolument que nous le chantions. Dans les coulisses, le bras de fer a duré tout l'après-midi, mais nous avons tenu bon. Après avoir reçu la Victoire du meilleur groupe de l'année, nous avons interprété *Le Sachet blanc*, plombant sans nul doute l'ambiance de la soirée – un mal nécessaire pour redessiner l'image du groupe.

Dans certaines franges du rap, le succès commercial est perçu, au mieux comme suspect, au pire comme une haute trahison à la cause. En s'écoulant à 650 000 exemplaires et en occupant plusieurs mois d'affilée la première place au Top 50, *Le Mia* a inévitablement suscité des réactions indignées, moqueuses, féroces, et surtout envieuses des « petits juges de l'underground ». Pour les rappeurs autoproclamés garants de l'orthodoxie hip-hop, alors même que notre chanson ne faisait aucune concession aux diktats de l'industrie commerciale et du formatage radio, nous avions vendu notre âme. J'avais imaginé et écrit le titre comme une photographie sociale du Marseille du début des années 1980. Au-delà de sa dimension folklorique et pittoresque, *Le Mia* raconte des gestes, des attitudes, des comportements, et dit comment toute une jeunesse refoulée des boîtes de nuit à cause de ses origines sociales et ethniques a organisé les premières soirées funk. Le microcosme du hip-hop connaissait et appréciait le morceau à l'époque où il n'était qu'un tube confidentiel. Quand il a touché le grand public, il est devenu une daube innommable, et nous des « vendus ». La virulence des attaques a fini par nous atteindre, alors nous avons répliqué avec le morceau *Reste underground*, spécialement dédicacé à tous nos détracteurs. Vu les réactions en cascade, indignées et renfrognées des pseudo-puristes, nous avons visé juste.

Avec *Ombre est Lumière*, nous avons franchi un nouveau cap. Notre audience s'est élargie et diversifiée, nous gagnions notre vie et les autorités se sont intéressées à nos textes. Les RG nous avaient placés sur écoute dès *La Planète Mars*. À l'époque d'*Ombre est Lumière*, c'est un pote employé dans les sous-sols de la préfecture qui m'a confirmé l'existence de dossiers nous concernant, avec des retranscriptions volumineuses et minutieuses d'entretiens téléphoniques des membres d'IAM… Le pays des droits de l'homme, tu parles ! Avec Joe, nous avons donc écrit une chanson sur ce thème, *Dangereux*, dans l'album *L'École du micro d'argent*. Se sentir surveillé n'était guère agréable, mais j'étais cependant habitué à ces méthodes depuis mon plus jeune âge. Le téléphone de ma mère était sur écoute, non pas à cause de ses activités syndicales, mais pour des raisons purement familiales.

Entre 1993 et 1995, nous sommes partis pour une tournée marathon baptisée *Le dragon s'éveille*. On est passés de salles de 800 à 2 000 personnes, et dans certaines villes nous devions doubler les dates pour répondre à la demande. Un soin particulier avait été apporté au décor : des colonnades antiques, comme sur la pochette de notre disque, occupaient le fond de la scène ; cette dernière était encadrée de deux murs d'enceintes ; au centre, suspendu, le buste couronné d'un pharaon. Nous entrions selon un rituel immuable, armés de lampes torches, encapuchonnés dans des tenues de moine à la manière des Jedi de *La Guerre des étoiles*. Dessous, nous portions des kimonos rouge et noir, sortes de costumes de guerriers d'Extrême-Orient inspirés des ninjas ou des moines de Shaolin. J'ai des souvenirs de crises de rire au moment d'enfiler nos combinaisons. Pour notre première date, à Agen, nos tenues n'étaient pas tout à fait au point. Avec nos capuches trop pointues, nous ressemblions aux membres du Ku Klux Klan – petites imperfections « iamesques ».

Lors de notre concert à l'Olympia nous avions voulu faire notre entrée au milieu d'une épaisse fumée, comme dans les boîtes disco. Mais à cause du carbo-glace, la scène s'était transformée en une vaste patinoire. Le lendemain, on dut y renoncer. Je garde un souvenir ému de nos deux concerts dans cette salle. Le public était debout du début à la fin, les rappels interminables… Nous avons fini notre prestation en larmes, ne pouvant nous résoudre à quitter la scène. Mes parents étaient dans la salle, mes beaux-parents aussi, il y avait des oncles et tantes de Naples, sans oublier Michel qui, depuis son apparition dans *Le Mia*, signait des autographes à la chaîne.

Sur scène, nous avons continué à privilégier l'aspect dynamique et théâtral. Les chorégraphies de Malek et Khephren, qui mimaient nos textes comme des acteurs, ont apporté à nos spectacles une dimension exceptionnellement vivante. Quand j'interprétais *L'Aimant*, ils jouaient des scènes quotidiennes du quartier, exprimant le désœuvrement des jeunes, prisonniers entre ses murs. Quand Joe chantait *Le Sachet blanc*, ils recréaient la déchéance du junkie. Et pour *Le Mia*, joué en final, nous sortions toute la panoplie vestimentaire de l'époque : survêtements Lacoste, lunettes chromées, trois-quarts en cuir. Dans un coin, Imhotep bidouillait ses machines et Kheops balançait ses scratches. Les jours de matchs de foot, ce dernier se faisait carrément installer une mini-télé sous les platines. Il lui arrivait même de refuser de jouer, la faute aux parties importantes… En concert, il gardait toujours la tête baissée, comme assoupi ou, mieux, en phase de méditation intense… Les gens ne comprenaient pas. Parfois, il était tellement concentré sur le match qu'il oubliait certains scratches et enchaînements. Mais il nous distillait toujours les scores au fil du concert.

Au début de notre tournée, en 1993, nous avons joué à La Merise, un quartier de Trappes, en région parisienne. Un groupe de jeunes ouvrait notre concert avec un spectacle de danse. Parmi eux, un petit gars tonique a attiré notre attention : Jamel Debbouze. Il ne faisait pas encore de stand-up ; il dansait. Je l'ai rencontré de nouveau à Marseille, plus tard, alors qu'il donnait son premier spectacle dans un café-théâtre, L'Antidote. Par la suite, on s'est souvent croisés à Radio Nova. J'ai pu constater ces derniers temps que la paternité l'avait beaucoup changé, en bien cela dit, mais il reste heureusement toujours aussi déconneur. Il y eut une époque où il fonctionnait à l'heure CFA. Comme le franc CFA, l'heure CFA est la conception temporelle de certains de nos potes sénégalais, qui débarquent systématiquement deux heures après l'horaire annoncé. Dire : « Il arrive à quatorze heures CFA » signifie « Il arrive à seize heures ». Longtemps, Jamel a eu de moi une image austère, il n'osait pas trop faire le con en ma présence, mais il s'est bien rattrapé depuis. On se rejoint sur certains combats politiques, notamment contre le FN. En tout cas, c'est une personne que j'apprécie énormément et qui a un talent fou.

Si certains concerts ont donné lieu à de sympathiques rencontres, d'autres – plus rares – se sont déroulés dans un contexte difficile. À Dijon, nous avons ainsi frôlé la bavure. Depuis les débuts du groupe, le service de sécurité se résumait à IAM. Nous n'avions pas d'autre choix pour assurer notre protection, alors nos loges ressemblaient à des caches du FLNC Canal historique. J'exagère à peine. Il faut dire que nous jouions à six dans des quartiers chauds, avec notre propre matériel sono. Nous n'étions jamais à l'abri d'une embrouille avant, pendant, après le concert. Et puis, certaines personnes qui appréciaient peu le titre *J'aurais pu croire* se chargeaient de nous le faire savoir par l'intermédiaire de courriers extrêmement menaçants.

J'aurais pu croire en George Bush, mais voilà
Sa vision des USA ne me satisfait pas
Justice à deux vitesses pour les Blancs, pour les Noirs
Les gendarmes du monde ne méritent pas d'égards

Ils sont intervenus au Koweït pour le pétrole et l'argent
Les droits de l'homme rien à cirer au pays du clan
Les marchands d'armes contents, les « Patriots » coûtent cher
Cool, la guerre vue d'un fauteuil, les soldats dans le désert

Il paraît que George aime les shiites
Surtout quand ils se trouvent entre le Koweït et l'Irak
Les Kurdes peuvent attendre, vu qu'ils habitent
Près de la frontière turque au nord de Bagdad

Ce justicier fait respecter, les résolutions à qui il veut
S'offrant une sortie de la Maison blanche sous les feux
Quand un « tomahawk » tombe sur un hôtel
Vous savez c'est normal, la DCA irakienne vise mal

Dites-moi je voudrais savoir
Ce que ça vous fait de bomberder un pays qui a six mille ans
                                                    [d'histoire
Rien pour les auteurs d'un génocide
Moi, j'aurais pu croire en Bush, mais je ne le crois pas

J'aurais pu croire en Saddam, mais voilà
Sur le drapeau irakien, il a fait écrire Allah

Comment put-il faire ça ? Après avoir persécuté, traqué
Les fervents musulmans pendant des années ?

Saddam, tu ne me feras pas croire à moi
Que tu fais la prière en dehors des caméras
Sais-tu au moins qu'exhiber son portrait dans tous les coins
Est interdit par notre Livre Saint, le Coran ?

Et tu blasphèmes, blasphèmes et blasphèmes
Te prends pour Saladin, oubliant par là même
Qu'il était d'origine kurde, abusant ton peuple
Manipulant les esprits, à la guerre sainte appelle

« La guerre sainte » se dit en arabe « Al jihad fi sabil Allah »
L'effort sur le chemin de Dieu, un document du Vatican
[précise :

« Le Jihad n'est aucunement le Kherem biblique
Il ne tend pas à l'extermination
Mais à étendre à de nouvelles contrées les droits de Dieu et
[des hommes »

Que les serviteurs du bien le maudissent, moi
J'aurais pu croire en Saddam, mais je ne le crois pas

J'aurais pu croire en Israël mais
Les différentes religions n'y vivent pas en paix
Les deux tiers du territoire que les sionistes ont occupé
Par l'Onu en 1948 n'ont jamais été attribués

Pense à tous ces Russes et ces Polonais
Fraîchement arrivés, et qui ont chassé
Les Palestiniens qui habitaient sur cette terre
Et qui l'ont travaillée et chérie pendant des millénaires

On les a conduits dans des camps et dépouillés, là
Ils furent massacrés à Sabra et Chatila

Dieu a signifié aux hommes de toutes les races
« Ne fais pas aux autres ce que tu n'aimerais pas que
[l'on te fasse »

Après les tueries par ces chiens de nazis
Je ne peux pas croire que vous ayez agi ainsi
J'ai rêvé une nuit de deux beaux frères jumeaux
Palestine et Israël en harmonie, souverains et égaux

Mais balles contre cailloux, canons à pierres
Expulsés aux frontières, je ne puis me taire
Le David d'antan est devenu Goliath, moi
J'aurais pu croire Israël, mais je ne le crois pas

J'aurais pu croire en Khomeiny, en son sectarisme
Son credo manque de beaucoup de réalisme
Incapable de dissocier traditions et islam
Rien qu'à la manière dont il traite les femmes

Dieu n'a jamais rien dit de si indigne
Et chaque Livre Saint s'interprète entre les lignes
Mélanger politique et religion signifie
Donner la victoire au matériel face à l'esprit

À l'humain face au Divin, à l'instant face au passé
Quiconque croit en Dieu sur terre n'a pas besoin de diriger
L'histoire le prouve, à chaque époque, moi
J'aurais pu croire en Ayatollah, mais je ne le crois pas

J'aurais pu croire en l'Occident si
Tous ces pays n'avaient pas eu de colonies
Et lors de l'indépendance, ne les avaient découpés comme
[des tartes
Aujourd'hui, il y a des guerres à cause des problèmes de cartes

Morosité, quelle est la source ?
Ils ne jurent sur jamais rien d'autre que la Bourse

Eux aussi ont leurs intégristes fanas
Catholiques pyromanes, qui mettent le feu aux cinémas

Leur reality show, leur télé pourrie
Leur voyeurisme à faire pleurer les mamies
La poudre aux yeux, telle est leur stratégie, moi
J'aurais pu croire l'Occident, mais je ne le crois pas

Dans tout ce chaos, je sais où je suis
Et je sais désormais où je mets les pieds aujourd'hui
Ce n'est pas sans fierté que j'avoue avec émoi
Que je pourrais croire en Dieu, en toi, en moi et j'y crois

Ce titre ayant suscité plus d'une réaction agressive, nous étions chargés à bloc. Ce soir-là, à Dijon, l'ambiance dans le public prenait une allure inquiétante : dans la fosse, les spectateurs s'agitaient, les bastons se multipliaient, sans parler des jets de projectiles sur scène… J'ai demandé à Kheops d'aller chercher l'artillerie, au cas où la situation échapperait à tout contrôle. Il a mis les flingues sous les platines, des armes chargées, mais sans balle engagée dans le chien. Soudain, en plein concert, tandis que nous étions en train de jouer *Reste underground*, Kheops a commencé à s'amuser avec une des armes. Il a tiré le chien, voulu le remettre en place et boum ! une déflagration a retenti dans la salle. Nous nous sommes retournés : Kheops avait disparu derrière un écran de fumée. Quelques instants plus tard, il refaisait surface, livide. Il avait quand même eu la présence d'esprit de viser le sol, où l'on pouvait voir un trou énorme. J'ai vraiment flippé… De ce jour, nous avons engagé un service d'ordre. Quand nous donnons un concert, nous voulons nous amuser, partager avec le public sans nous soucier des questions de sécurité. Cette mission, nous l'avons donc confiée à Djida, Grand Jack, et bien sûr à notre ami d'enfance Yves Mendy, « el manjaco numero uno », que l'on peut voir dans le clip de *Mots blessés*. Aujourd'hui encore, ils s'occupent de nos concerts, même si, après le pic des années 1994-1997, le climat s'est largement pacifié. Le public est plus mature, et les bastons ont totalement disparu.

Durant la tournée, nous avons reçu un coup de fil de l'association Un enfant, un rêve, parrainée par Sophie Marceau. Cette association s'occupe d'enfants malades ou handicapés et souhaitait nous associer à ses actions. Nous étions alors convenus de faire venir un gamin à l'un de nos concerts. Il s'appelait Steve, avait seize ans, et il était cloué dans un fauteuil roulant. Il vint nous voir à Clermont-Ferrand. Dans les coulisses, nous avions bavardé avec lui ; il nous posait des questions sur nos chansons, notre travail… Un mois plus tard, je recevais un coup de fil de l'association : Steve était mort, des suites de sa leucémie. Il y en a eu beaucoup d'autres encore, des gamins venus en concert et que nous n'avons plus revus. La chanson *Je ne suis pas à plaindre*, sur *Métèque et Mat*, c'est pour Steve que je l'ai écrite.

Je ne suis pas un adepte de l'engagement, sauf pour inciter les jeunes à s'inscrire sur les listes électorales (et cela, IAM l'a toujours fait en agissant sur le terrain). En général, je me méfie des organisations et des fondations trop médiatisées. Mon rôle d'artiste, je le conçois dans le privé, à un niveau cellulaire. Depuis *Ombre est Lumière*, le groupe collabore régulièrement avec Un enfant, un rêve et d'autres associations d'enfants malades ou handicapés. Hormis les concerts, nous leur ouvrons parfois les portes du studio quand nous bossons sur un album. S'ils sont dans l'incapacité de se déplacer, nous allons les voir à l'hôpital.

Il nous arrive d'ailleurs de travailler en direct avec les hôpitaux marseillais, notamment La Timone. Ainsi Joe et moi avons passé une journée à la fondation Ronald McDonald, pour les tout jeunes enfants atteints de leucémie. Ces petits ont trois, cinq, dix ans au plus, c'est bien le plus dur. En les voyant, on pense forcément à nos propres enfants, on fait des transferts. Ce jour-là, nous avons pris conscience qu'au fond nous étions là pour les parents : ce sont eux qui ont besoin de soutien et de réconfort. Les gamins, quand on leur rend visite, on les amuse, on passe du temps avec eux, à parler ou à jouer à la Wii. Karine, l'une de mes amies qui travaille chez Nintendo, leur offre parfois des consoles. Certains petits sont littéralement enfermés derrière une vitre, ou dans une bulle, privés de défenses immunitaires. En les voyant dans leur cocon, interdits de contact, je me dis qu'être là avec eux, c'est ma façon à moi de me sentir utile, même si cela ne dure que le temps d'un après-midi.

Je ne suis pas à plaindre

C'était un jour de pluie où l'on n'aime pas mettre
Un seul pied dehors, la tête à la fenêtre
J'étais très occupé à me plaindre de notre concert
Du lieu, du son, des conditions, de l'atmosphère

Qui régnait, mais peu de temps avant de jouer
Une dame s'est approchée
Et m'a dit : « Cet enfant est condamné
Son rêve est de vous rencontrer »

Il avait fait 400 km en ambulance pour nous voir
Écouter le répertoire ce soir
Quand Steve est descendu, son visage était pâle
Miroir de la maladie, une empreinte du mal

Le concert terminé, il était si content
Que ses yeux retrouvèrent les couleurs du printemps
Puis je lui fis faire des promesses sur une année
Pour empêcher le désespoir de l'emporter

Je suis parti environ trois semaines
Quand je suis revenu, Pascal n'était plus le même
Il m'a dit, tu sais, les plus beaux cœurs ont une fin
Le 23 août au soir, Steve s'est éteint

Je n'ai pas pu te parler, désolé
Mais pour toi ces paroles sont nées, vingt et un jours après

Moi qui me plaignais de mes vacances
De ceci, de cela, de l'argent que j'ai paumé en France
Chill a perdu deux cents balles à Roissy
Et Steve a perdu la vie à dix-sept ans et demi

Depuis ce jour, le caprice dort dehors
Et j'ai promis d'éviter de chialer sur mon sort
Tout ce que j'ai dit, que je n'aurais jamais dû dire
Je le regrette car ma vie jusque-là n'a pas été la pire

Il y a des soirs où je suis si malheureux
J'ai réalisé être un petit con capricieux
Steve d'où tu es, je suis sûr que tu peux me voir
Ces mots sont à jamais pour ta mémoire

Je ne suis pas à plaindre
Non, je ne suis pas à plaindre

Il est arrivé la main tendue vers nous
Moi, je pensais qu'il voulait des sous
Cette nuit-là à Marrakech, je ne l'oublierai de sitôt
Il demandait seulement un escargot

Vois-tu le décalage de rêves qu'il y a entre nous enfin ?
Le bonheur pour lui, pour moi est un rien
Ce sont des faits effrayants
Il était minuit, lui tout seul en haillons, il avait quatre ans

Je suis parti un nœud dans les entrailles
Mais lui heureux tout plein, les cheveux en bataille
Des images douloureuses alors sont revenues dans mon cœur
Que je voulais oublier à jamais

Comme cet enfant qui pleurait
Battu par son père qui semblait enragé
La ceinture dans une main, de l'autre il agrippait ses cheveux
Parce qu'il ne voulait pas faire des trucs avec les messieurs

Je revois la misère, ces gosses qui ne voient pas
La mort flotter sur les bidonvilles de Casa
Les dirhams que j'ai donnés pour une fleur
Et que ce petit a gardés une heure sur son cœur

Moi, étant gamin, je partais faire des footings
Et grognais tous les jours pour un trou dans mon training
Une pièce de cuir, autre défaut dans mon château
Les semelles de mes Kickers et les lacets de mes Tobaccos

Je crisais quand tous mes amis sortaient
Des fois, ma mère ne pouvait pas me donner assez
J'y repense aujourd'hui et le mal devient bon
À côté de ces enfants, nous sommes nés dans le coton

Je ne peux rien changer, je ne peux rien y faire
Les jours où j'ai flippé, j'aurais juste dû me taire

Je ne suis pas à plaindre
Non, je ne suis pas à plaindre

Métèque et Mat

J'ai commencé à écrire mon premier album solo sur la tournée *Le dragon s'éveille*. Depuis le mixage d'*Ombre est Lumière*, à New York, j'avais le cerveau en ébullition. La terre promise du rap avait agi en moi comme un formidable coup de turbo. En quelques semaines, j'avais puisé de l'énergie et de l'inspiration pour les deux années à venir. Une fois la tournée terminée, je me suis donc totalement investi dans la réalisation de *Métèque et Mat*. Je l'ai écrit dans mon appartement rue de la République, seul, en vase clos. Pour cet album, j'avais choisi de tout faire en solitaire. Je me sentais un peu étouffé, certainement à cause de la longue tournée que nous venions de faire. Depuis 1989, j'avançais avec IAM, en ligne droite, sept jours sur sept, huit heures par jour. À tort ou à raison, j'aspirais à une forme de cassure. Et surtout, je voulais me prouver que j'étais capable de réaliser un album seul, sans Joe, ni Pascal, ni Éric. Avec le recul, si je devais refaire *Métèque et Mat*, ce serait avec les membres du groupe, mais, à l'époque, la solitude relevait d'une respiration nécessaire.

J'avais déjà en réserve quelques textes écrits durant l'enregistrement d'*Ombre est Lumière*, notamment la chanson titre : *Métèque et Mat*. Les paroles des autres morceaux me sont venues assez facilement. Le véritable challenge allait plutôt intervenir dans la phase d'écriture musicale. Pour la première fois de ma carrière, je composais seul les musiques sur mes claviers et ma MPC 3000, acquise grâce au succès du *Mia*. Enfant, je n'ai pas pris de cours de solfège mais il m'a toujours semblé que la musique s'approchait des mathématiques. Au temps des premières maquettes de B-Boy Stance, je composais déjà, mais en duo, d'abord avec Bru, au Petit Mas, puis avec Imhotep. À l'arrivée, durant l'année 1994, j'ai écrit vingt-cinq chansons, paroles et musique.

Je traînais moins au quartier. Je n'avais plus ni le temps ni même l'envie de glander. *Le Mia* avait changé la nature de mes relations avec les potes du coin. Je vivais de ma musique, j'étais souvent absent à cause du travail en studio et des tournées. Alors, quand je revenais, j'entendais de petites remarques narquoises : « Tiens, tu te mélanges avec nous ? Sympa. » Au début, on faisait passer cela pour de l'humour. Et puis les mêmes vannes se sont répétées une, deux, trois fois... Chacun y allait de son commentaire pour briller, et moi, ça a fini par me gonfler. J'ai mal vécu ces réflexions empreintes de jalousie et d'aigreur. Les mecs du quartier me serraient la main par-devant et médisaient par-derrière, sans jamais voler très haut : « C'est un enfoiré, il gagne plein de thunes avec *Le Mia*. » Beaucoup s'étaient imaginé que j'allais les faire croquer dans une pomme qui n'existait pas, leur filer du fric ou leur trouver un taf. Ils me prenaient soudain pour une assistante sociale. En revanche, avec Côté obscur, le label d'IAM, puis 361 Records, mon propre label, nous avons tenu à partager les fruits de notre succès et avons signé de nombreux groupes : la Fonky Family,

3ᵉ Œil, Chiens de Paille, Les Psy4 de la Rime, L'Algé-rino et Saïd, devenu, sur scène, un membre à part entière d'IAM. Peu de formations à succès ont produit autant de disques que nous avec les faibles moyens professionnels dont nous disposions : ce sont les faits. Mais pour les mauvaises langues, tous ces efforts importaient peu.

Je suis tombé de haut quand j'ai pris conscience que les premiers tirs venaient des gens qui me ressem-blaient, de mes proches, ou du moins de ceux que je considérais comme tels. Cette désagréable expérience décrit bien ce que j'appelle la « french loose », ou nivellement par le bas. Quand un mec du quartier réus-sit, son succès renvoie aux autres, comme un miroir, l'image de leurs propres échecs. Alors ces autres-là ne souhaitent plus qu'une chose : le voir s'effondrer. Et ils s'acharnent à lui enfoncer la tête sous l'eau. Aux États-Unis, rien de tout ça. Si la jalousie existe, elle fonc-tionne comme un moteur, grâce auquel on s'élève, et l'on détrône le numéro 1. C'est une différence de taille.

J'ai donc continué de fréquenter mes vrais amis tout en traînant moins avec ceux qui, dans le fond, n'en avaient rien à foutre de moi. Je préférais passer du temps à la maison, avec Aisha. Elle était enceinte, j'allais devenir père et cette perspective me plongeait dans une joie immense. Je vivais dans une décontrac-tion, une paix intérieure inédites. La chanson *Le Calme comme essence* illustre bien la sérénité que j'éprouvais à l'époque. *Métèque et Mat* est un disque introspectif, dans le prolongement de certains titres d'*Ombre est Lumière*. Je voulais y exprimer les différents aspects de ma personnalité, à la fois occidentale et profondément orientale, nostalgique et épanouie, rieuse et tourmen-tée, insolente et introspective… Dans mon album, ce sont Abd El-Hâkim, Chill et Akhenaton qui parlent tour à tour. Et pour cause : j'évoque un homme, spirituel, passionné d'histoire, préoccupé par le monde et cependant fan de football – autant de passions faciles à conjuguer, sans antinomie.

On oppose trop souvent la culture, synonyme d'intelligence, et le foot, sport d'abrutis avinés. Le raccourci est facile et méprisant, tant il est aisé de dénigrer la passion du peuple des stades. Le football n'est autre qu'une amplification du quotidien, mais dans les extrêmes. Il peut exacerber des attitudes dégueulasses (le hooliganisme, la violence et les insultes racistes) comme souder une nation, favorisant des phénomènes de liesse collective, de fraternité et d'amour extraordinaires. Ce fut le cas lors de la victoire de la France à la Coupe du monde 1998. Le pays était instantanément devenu « Black Blanc Beur ». Sur les Champs-Élysées, les jeunes des cités festoyaient avec ceux des beaux quartiers. L'impact de masse du foot est mille fois plus efficace qu'un discours politique ou qu'un texte de rap. Il brasse largement, rassemble au-delà des classes sociales et des générations. Malheureusement, ses effets positifs ne sont pas toujours pérennes. La parenthèse enchantée de 1998 s'est évaporée quand la France a perdu son premier match lors de la Coupe du monde 2006. Les débats pullulaient sur les grandes radios : « Les Français parviennent-ils à s'identifier à l'équipe de France ? » Une question déguisée. La formulation exacte en aurait plutôt été : « Y a-t-il trop de Noirs dans l'équipe de France ? » Et puis, quand les joueurs, contre toute attente, sont allés en finale, ils n'étaient plus noirs. Miraculeusement, ils étaient redevenus bleus.

Le foot est un sport noble et populaire, qui a le mérite de passionner des milliards de gens sur les cinq continents. Alors il m'est insupportable d'entendre des esprits chagrins persifler sur les salaires indécents des joueurs. Encore une illustration de la « french loose » ! Quand TF1, Ford ou Carrefour gagnent des milliards grâce au football, personne ne s'indigne. On préfère s'insurger devant le salaire d'Anelka ou la prime de huit cent mille euros touchée par Raymond Domenech après la qualification de la France pour la Coupe du monde de football en Afrique du Sud. La somme paraît vertigineuse ? Elle représente un dix millième des contrats de sponsoring sur l'équipe de France et de la cagnotte recueillie par tous les gens occupés à manger au râtelier des Bleus. Domenech gagne moins que certains entraîneurs de clubs ; même si je ne suis pas de ses admirateurs, la haine gratuite à son encontre me paraît devoir cesser. Dans le palmarès mondial des sportifs les mieux payés, le premier footballeur arrive en 17e ou 18e position, loin derrière les golfeurs, les basketteurs américains ou les pilotes de formule 1…

Tous les assauts intellectuels contre le football m'agacent au plus haut point, en ce qu'ils témoignent d'une profonde ignorance sociologique et sont souvent lancés par des types qui ont une tête à avoir été dispensés de sport dans leur enfance.

Ne nous égarons pas. *Métèque et Mat*, donc, est l'album intimiste par excellence, sans doute la première autobiographie de l'histoire du rap. Au fil de l'écriture, je replongeais dans mon enfance et mes premiers émois mystiques ; je revenais, dans la chanson *Au fin fond d'une contrée*, sur ma fascination d'adolescent pour l'Amérique, sur mes premiers faits d'armes de rappeur, sur mes amis d'enfance disparus, emprisonnés, assassinés ou morts par overdose. J'aime énormément ce morceau qui, sur une musique calme et douce, exprime une émotion violente. Plus tard, Jean-Louis Murat a repris le titre dans l'un de ses albums ; j'ai trouvé cette démarche très gratifiante, surtout venant d'un artiste qui n'appartient pas à la caste du rap, mais à la chanson française de qualité. Pour la touche humoristique, je me suis aussi livré à un auto-portrait plein de dérision dans *Je suis peut-être*, où je m'amuse du physique de mes vingt ans, de mes piètres talents de danseur en boîte et de ma dentition ; j'ai repris les vannes qui m'avaient été adressées pendant des années par mon frère ou mes amis, mettant tout de même le point final sur une affirmation pleine de morgue : « Mais putain qu'est-ce que je tue sur le micro ! »

Métèque et Mat est aussi le disque de mes racines. Il raconte mes origines, retrace le parcours de mes grands-parents immigrés napolitains, évoque ma culture italienne, loin des clichés sur le folklore, le côté bordélique des Ritals, et surtout loin de la vision hollywoodienne de la mafia. L'album s'ouvre justement sur *La Cosca*, une chanson écrite comme un scénario. Je m'y glisse dans la peau d'un mafieux de l'ancienne génération pour relater son histoire et celle de la secrète Cosa Nostra : les conditions culturelles, sociologiques et politiques de sa naissance en Sicile, son implantation politique aux États-Unis pendant la Seconde Guerre mondiale, quand les mafieux furent récompensés par Oncle Sam pour leur contribution au combat contre Mussolini et le nazisme, sans oublier les dérives de « l'honorable société », convertie aux trafics de drogues, d'organes humains, de déchets toxiques… Cette chanson est la seule fiction de *Métèque et Mat*.

Le livret du disque est illustré de photos de famille : mon arrière-grand-père Joseph, enterré à Brooklyn, mes oncles dockers, ma mère, ma sœur, mon parrain Marcel avec sa coupe afro… Sur la pochette, j'ai choisi un cliché de Scipione, le meilleur ami de mon oncle paternel, que je considère aussi comme un oncle. À l'époque d'*Ombre est Lumière*, il était venu nous voir en concert à l'Olympia. Scipione habitait Naples, et quand nous y allions avec Aisha, il prenait des vacances pour nous faire visiter la ville. On appelle cela l'hospitalité napolitaine : lorsqu'une personne arrive, elle doit obligatoirement repartir avec une bonne image du lieu et de ses habitants. Scipione savait honorer cette règle. Pour toutes ces raisons, je tenais à lui rendre hommage.

Fort logiquement, j'ai décidé d'enregistrer et de mixer mon disque à Naples, puis sur l'île de Capri. Deux ambiances, deux beautés différentes : Capri pour le panorama, la tranquillité, la mer et le tourisme « haut de gamme » ; Naples, pour le peuple et les ruelles, où beau et laid se côtoient en harmonie. Je crois au pouvoir des lieux et des villes sur l'inspiration. Naples compte énormément pour moi, au même titre que New York et Marseille. Cette ville, je l'ai d'ailleurs célébrée dans *Paese* sur l'album *Sol Invictus*. Naples, c'est la ferveur quasi païenne autour de San Gennaro, ce saint protecteur de la ville que les Napolitains portent chaque année dans une longue procession pleine de passion. C'est la mélancolie qui n'efface pas le sourire sur le visage des habitants. Ce sont les coupures de courant incessantes et les coups de klaxon érigés en mode de communication. C'est l'amour de la bonne bouffe, la frime et la tchatche, les vespas et la gomina, les gamins adeptes du ballon rond et du coup de canif. C'est une ville où les gens prennent le temps de vivre et où les paris clandestins provoquent des courses de chevaux dans les rues ou sur les autoroutes. Naples, c'est enfin l'omniprésence de la mort, les actes de décès affichés sur les murs, et l'effervescence du jour de l'An, quand les Napolitains balancent leurs meubles par la fenêtre, tirent à la carabine de leur balcon ou de leur appartement, vers le plafond. Naples n'est pas seulement une ville, c'est un pays à elle toute seule. Les personnes qui m'ont accompagné au pied du Vésuve m'ont confié que cette métropole leur évoquait les villes sud-américaines.

Quand j'étais minot, nous allions tous les ans visiter la famille demeurée là-bas, notamment sur l'île d'Ischia : c'était le tiers-monde. Aujourd'hui, la situation s'est améliorée et, à Ischia la qualité de vie est même supérieure à la nôtre. Naples s'est européanisée, elle est devenue plus « carrée » mais conserve heureusement certaines de ses aspérités. Et le touriste crédule s'y fait toujours arnaquer aussi facilement : pour l'enregistrement de *Métèque et Mat*, un pote de Marseille m'avait rejoint. Une minute trente après son arrivée, un type voulait déjà lui refourguer une cartouche de clopes bien tassées avec de la sciure. Luca, lui, avait l'habitude de décrire Naples comme « la Jamaïque de l'Italie ». La circulation anarchique y fait partie du folklore : conduire requiert audace, témérité et un brin de folie. Le jour de leur arrivée, Nick et Dan ont voulu louer une voiture, mais ont abandonné l'idée quand ils ont croisé un mec, en pleine nuit, sur l'autoroute, en marche arrière dans un virage ! Malgré ses racines napolitaines, Nick a morflé à cause des incessantes coupures de courant… Il disait comprendre pourquoi ses grands-parents avaient quitté la ville. Mon ami Didier Daarwin, venu pour réaliser les photos de la pochette du disque, a lui aussi rapidement pris la mesure du climat ambiant. Dix minutes après son arrivée en ville, alors qu'il était bloqué dans les embouteillages sur l'autoroute, il a vu un type sortir d'une voiture, pistolet à la main, slalomer entre les véhicules pour régler un différend à coups de flingue. Je me souviens également d'une anecdote troublante. Durant notre séjour, nous avions loué une voiture, une Renault Espace ; quelques jours plus tard, nous nous la faisions voler ; trois jours se passèrent encore, et nous la retrouvâmes au même endroit, dans un état de destruction avancée. Les vitres étaient explosées, la carrosserie défoncée et la place du conducteur maculée d'une énorme flaque de sang. Visiblement, des types l'avaient empruntée pour un braquage, mais ils avaient eu la délicatesse de nous la rendre...

Luca nous avait dégoté un studio à Agnano, à l'ouest de la ville – un quartier très populaire, mais sans commune mesure avec les villes ghettos de la périphérie. Agnano a sa singularité : le site trône sur un volcan en veille, vaste cratère aux émanations de fumée. C'est le quartier de l'hippodrome, de la beauté du quotidien, de la convivialité à chaque coin de ruelle ; le territoire de l'amitié facile. Nous avons été pris en sympathie par tout le monde : le propriétaire du bar tabac, le patron du Frustino d'Oro, un restaurant sans luxe apparent mais à la cuisine succulente et, surtout, arborant une carte des vins digne des grandes tables. Le taulier nous adorait. Quand les Napolitains prennent l'habitude de voir une personne, elle devient de facto leur amie. Je n'oublierai pas l'épicier, qui voulait à tout prix me caser avec sa fille, Anna, une jolie brune. J'avais beau lui expliquer que j'étais marié, que j'allais bientôt devenir père, il ne voulait rien entendre. À chacune de mes visites, il me parlait d'elle, la faisant venir illico presto. Elle se tenait dans un coin, silencieuse et timide, me mettant dans une situation à la fois drôle et embarrassante. Les Napolitains ont ce point commun avec les

Arabes : dès qu'ils repèrent un bon parti, ils tentent de lui refourguer leur fille. Pour eux, j'en étais un. Il faut dire qu'à Naples les artistes ne sont pas considérés comme des bohémiens ou des clochards, ils bénéficient d'une respectabilité rare dans d'autres pays. Cette ville compte d'ailleurs un nombre impressionnant de musiciens confirmés, traditionnels, ou encore de jazz – un style prépondérant en Italie et très présent dans la variété et la chanson : il suffit pour cela d'écouter les disques de Paolo Conte, Lucio Battisti ou Carusone. J'ai même rencontré des artistes spécialisés dans les musiques ethniques, des Napolitains virtuoses d'instruments africains ou indiens – ainsi les flûtes que nous avons enregistrées sur le titre *361 degrés*. Au cours de l'enregistrement, nous n'avons d'ailleurs eu aucune difficulté à dégoter au pied levé d'excellents musiciens pour rejouer des parties instrumentales.

Notre studio était minuscule mais se trouvait dans un vaste hangar occupé par le label de house music Flying Records. La cabine pour les prises de voix était attenante aux écuries de l'hippodrome. Quand j'enregistrais, je pouvais entendre les chevaux hennir ou ruer dans le mur. Évidemment, les écuries comme l'hippodrome appartenaient à la Camorra, la mafia napolitaine. Pendant la journée, on voyait les parrains arriver en grosses cylindrées pour visiter leurs pur-sang, escortés par leurs gardes du corps.

Des temps en temps, je me trouvais le témoin de batailles entre chiens en meute : deux gangs de chiens, l'un contre l'autre, vingt clébards contre vingt clébards, qui s'affrontaient pour le contrôle d'un territoire. Je me disais : « C'est pas possible, eux aussi ? »

Dans le hangar, nous avions installé un panier de basket et l'on faisait des matchs avec la Fonky Family, venue enregistrer deux titres, *La Face B* et *Bad Boys de Marseille*. Cut Killer officiait aux platines et, à la différence de Nick, il s'est bien acclimaté. À Naples, les nombreuses invasions du lieu se lisent sur le faciès des habitants. On croise donc de purs Napolitains basanés comme des Maghrébins, tandis que d'autres sont aussi blonds que les blés. Cut se faisait appeler « Tony » pour rigoler, et tout le monde le prenait pour un gars du coin, même mes cousins ! Quand ils ont entendu son vrai nom, ils ont dit, incrédules : « Cat Killer ? » (Le tueur de chats ?)

Je voulais collaborer avec Cut depuis longtemps, j'apprécie sa créativité, sa sensibilité musicale et sa science du scratch. Nous nous sommes organisés selon ma technique : à chaud et de manière interactive. Il a découvert les morceaux sur place, pour préserver fraîcheur et spontanéité dans le travail. Ses platines étaient constamment branchées et quand j'enregistrais, il pouvait scratcher en direct, comme il le souhaitait. Nous avons véritablement travaillé en tandem, sur l'instant, sans trop cogiter. Comme toujours en studio, j'ai écrit beaucoup de morceaux, notamment *L'Americano*. D'autres sont restés sur les bandes, complètement inédits.

Métèque et Mat est l'album que j'ai réalisé dans la plus grande décontraction. J'ai subi peu de contraintes de la part de la maison de disques, même si, au départ, Emmanuel de Buretel était opposé à mon projet. Selon lui, un album solo d'Akhenaton ne pouvait pas marcher ; Laurence et Luca ont dû le convaincre. Quand le disque a rencontré son public, il a signé tous les albums solos des membres d'IAM.

Laurence, c'est la grande classe. Elle est la représentante de label que tout artiste aimerait et devrait avoir pour sa carrière. Elle avait la délicatesse et l'intelligence de venir à Naples les jours off, bien consciente qu'une séance d'enregistrement est un moment sacré pour un artiste. Je lui faisais écouter les morceaux, puis nous allions nous balader en ville, manger dans de bons restaurants… Pour parler des conditions de la sortie de *Métèque et Mat*, nous avions décidé de passer la journée à Ischia ; après avoir pris le bateau, nous avons discuté à tête reposée sur la plage, avec les résurgences d'eau chaude. À Ischia, j'avais également emmené La Fonky Family, Didier Daarwin et son associé Stéphan Muntaner visiter ma tante Marie. Tous gardent un souvenir mémorable de ses repas, délicieux, copieux, interminables et abondamment arrosés de Spumante, ce vin blanc pétillant de fabrication artisanale. Le Spumante n'est pas spécialement fort, mais chez ma tante, dès qu'un verre se vide, on le remplit promptement. Et comme les repas durent trois heures, tous les convives sortent de table sonnés et passablement éméchés.

Une fois l'enregistrement terminé, nous avons changé de studio pour le mixage : direction l'île de Capri, en face de Naples. Après la ville bouillonnante, place à la nature apaisante. Nous avons pris nos quartiers au Capri Digital Studio, construit en plein cœur d'un hôtel de luxe habituellement fréquenté par une clientèle argentée. Mais nous étions les seuls locataires du lieu, qui ferme ses portes aux touristes lorsqu'il abrite le travail d'un groupe ou d'un musicien. Le studio cumule grand standing, tranquillité et technologies de pointe avec débauche de matériel : 24 pistes analogiques et numériques en rangée, enceintes sur mesure, prises pour micros disséminées partout… Vu l'organisation de l'endroit, on pouvait faire des voix au lit, sous la douche ou sur la terrasse. Le studio était alimenté par un énorme groupe électrogène indépendant. Sting, INXS, Mariah Carrey ou Aerosmith y étaient déjà venus pour parachever leurs disques et goûter, depuis la grande baie vitrée le panorama imprenable sur la mer, la baie de Naples et le Monte Solaro, cette masse rocheuse qui couve la ville et tutoie les nuages du haut de ses 600 mètres. Un lieu propre à l'inspiration, idéal pour travailler et décompresser. Quand je bloquais sur un titre, quand je doutais, je sortais prendre l'air pour une promenade silencieuse et solitaire sur les petits sentiers, au milieu des bougainvilliers, pins et palmiers. Je me rendais également sur un petit mausolée d'inspiration mauresque construit par les chrétiens. À flanc de falaise, en contrebas, je pouvais apercevoir la villa de l'écrivain Curzio Malaparte à front de colline, accessible uniquement par bateau ou hélicoptère – là même où fut tourné *Le Mépris* de Jean-Luc Godard, avec Brigitte Bardot et Michel Piccoli. Dans les pays plats, je me suis toujours senti mal à l'aise, confiné, alors je suis naturellement sensible à ces points de vue en hauteur. Habiter dans une maison en haut d'une colline avec la mer en ligne de mire favorise l'élévation de l'esprit. Il existe ainsi un endroit extraordinaire dans les montagnes du nord de la Grèce, avec un point de vue sur les champs d'oliviers et la mer. Devant de tels paysages, je ne m'étonne pas que les fondements de la philosophie ou d'antiques religions aient été dressés dans ce pays. Même sans prédisposition, dans de tels endroits, on devient forcément mystique.

Les journées à Capri étaient moins chargées, plus détendues qu'à Naples. Nous trouvions le temps de nous baigner, de faire des parties de foot, de visiter la ville. Avec Nick, nous avons testé tous les restaurants de l'île, même si nous avions un cuisinier à disposition à l'hôtel. L'après-midi, je m'autorisais des siestes de deux heures ; allongé dans un hamac, je réfléchissais à de nouveaux textes, de nouvelles idées, dont certaines se retrouveraient dans *L'École du micro d'argent*. Tout se passait pour le mieux, professionnellement et sentimentalement. Je pensais à Aisha, repartie à Marseille. À mon retour, je l'ai retrouvée magnifique et radieuse, le ventre gonflé comme une belle pastèque. Une semaine plus tard, j'allais devenir papa.

Bien paraître

Tu sais, Chill, comme tout le monde j'ai des souvenirs
Ma part de Jour, ma part d'Ombre et des sourires
Y a sept ans, mon père m'amène à Schignano
Le village que ma famille a fui soixante-dix ans plus tôt
Peu distant de ton studio mais tellement loin, c'est tout petit
Quelques âmes près Delle Lago di Como
Les maisons n'ont qu'une pièce, tout tourne autour
[du fourneau
Et si tu voyais les sonnettes, la moitié des locaux portent
[mon nom pour bon nombre
Connaissent mes tantes et le 06, ils sont de mon monde
Dans cette région profonde et sombre, la vie c'est le taf
Le reste oublie, ça se lit cash quand ils sourient
C'est ma première venue, alors mesure l'impact
Quand je capte qu'ils ont maintenu liens et contacts intacts
Tu sais mon père, c'est pas le genre à l'ouvrir
Et sur la place de l'église, face à ces gens, je vais le découvrir
Il est connu, parle italien couramment
Surprise pour mon frère comme pour moi et pour sa M'man
À l'époque, j'avais vingt-trois ans
En vingt-trois ans, il m'a jamais dit un mot de cette langue
[avant
Maintenant je comprends, pour mes tantes, c'est la même
L'instant me rappelle des phrases qui me ramènent à elles
Elles ont fui la misère et en guise d'espoir
N'ont trouvé en France que la misère sans les chemises noires
Bannies par les institutions, fallait se fondre dans la masse

375

Occultant leurs origines jusqu'à leur prénom
Haïes par les instituteurs, elles n'étaient qu'ombres dans
[la classe
Montrées du doigt car ils étaient onze dans le cabanon
Dès lors, il y a une vie pour soi, et une pour le monde
De la première, on ne parle pas, tant la peine est profonde
Chill, j'ai découvert les pizzocheri
Tes pâtes, je les kiffe mais celles-là n'existent qu'au pays
Français d'origine italienne, trente piges à peine
J'ignore tout de ces racines qui m'appartiennent
Il est grand temps que je me retourne et retrouve ce qui
[me manque tant
Mais le brouillard est partout depuis l'époque de mes grandes
[tantes
On ne veut léguer que des victoires à ses mômes en tant
[qu'homme
Mais les souvenirs qu'on efface restent chez eux des fantômes
Je pense que mon père a voulu me dire tout ça
Et Joe, vas-y, dis-lui qu'on l'a compris tout bas

Ils voulaient bien paraître alors ainsi
Les anciens ont campé dans leur position
Se coupant de leur pays, de leur langue et des racines
Délavant leur âme sans opposition

Il saute le portail, le jardin est désert
Avec son pote, il braque la table, charge les chaises dans le Vito
Vite fait, démarre aussitôt
Et se félicite, riant bêtement en longeant le lido
Ils arrivent à sa piaule, déchargent le mobilier sur son carré
[de pelouse
C'est vrai, c'est pas le Louvre, mais au moins il n'a rien payé
Embrasse son épouse et va se relaxer au salon
[et enfiler son pyjama rayé
Ouvre le journal, page des faits divers
Hier soir, « ils » ont volé deux phares chez le voisin à côté
Il se redresse proférant des beuglements racistes
Raccourcis faciles, eux passibles des assises

À ses yeux c'est correct, comme si le vol « bougnoule »
                                        [est crapuleux
Et le vol rital honnête
Les discussions de famille sont comiques
                        [effeuillent tous les crimes commis
Par ces jeunes qui ont pas la peau nette
Eux, c'est « bien paraître » et avoir l'air du cru
La croix, le Christ, bref là où le mal n'a pas prise ? Mon cul
Réunis autour des tisons
Au salon, ça donne des leçons, quand ils totalisent mille ans
                                        [de prison
T'entends des front-ci, front-ça, dans la bouche d'assassins
Y a des nouveaux, tiens on leur file le linge sale
Je revois la scène, dix ou vingt fois
Y a plus de flammes dans un « monseigneur » que dans
                                        [un 11.43
Allons, gardons le sens des choses, bon qui est l'ordure ?
Disons qu'on marche sûrement sur la bordure
Je réclame dûment à mes Ritals de regarder
Cinquante ans avant, comment la France les a traités
Comment leurs pères ont caché leur langue maternelle
Après avoir décrété qu'elle empestait l'échec
Avec le harpon ou la truelle, payé le prix des études
À leurs gosses, avec la mémoire en désuétude
Sako, tu sais d'où on vient, c'était le Tiers-Monde et
                                        [la terre promise
C'était les quartiers des « terroni »
Maçon, pêcheur, gangster, docker ou commis
Nous sommes de cette communauté où le paraître domine

La naissance d'un père

Yanis a vu le jour le 7 août 1995, à 19 h 05. Avec ma mère et mon père, j'attendais, fébrile, dans une salle attenante au bloc opératoire. J'étais inquiet pour Aisha, qui était au bloc depuis 7 h 00 du matin. Les médecins devaient lui provoquer les contractions mais, en fin d'après-midi, vers 18 h 00, notre enfant n'était toujours pas venu. La césarienne s'est révélée nécessaire, raison pour laquelle je n'ai pu assister à la naissance de mon fils en salle d'accouchement. Nous apprendrions plus tard que, contrairement à la majorité des femmes, Aisha ne pouvait avoir de contractions, pour des raisons génétiques. Cent ans plus tôt, elle serait morte en couches.

Ne pas avoir été à ses côtés quand elle a mis au monde nos enfants est certes une grande déception, mais bien dérisoire comparée au bonheur immense d'être devenu père. Après l'accouchement, sous l'effet de l'anesthésie, Aisha était encore dans les vapes et délirait un peu. Je l'ai embrassée tendrement, puis j'ai pris Yanis dans mes bras, il était tout rond, tout beau, avec une belle bouille de poupon. Un joli bébé de 3,6 kilos. Je n'ai pas pleuré mais j'étais animé d'une joie indescriptible. C'est là mon premier souvenir. Le deuxième concerne la sage-femme qui lui a donné son premier bain. Sur le coup, je l'ai trouvée un peu brusque, j'aurais aimé la voir agir avec plus de délicatesse. Mon enfant, c'était du sucre. J'avais envie de lui dire : « Oh, doucement avec mon fiston… » Mais je me suis abstenu, j'ai bridé mon instinct protecteur, bien conscient qu'elle connaissait son métier. Je n'allais pas taper un esclandre en pareilles circonstances, en ce premier jour de ma nouvelle vie.

Peu avant la naissance de Yanis, j'ai décidé de quitter notre appartement. Exit le centre-ville, je refusais de voir mon enfant pousser sur le béton, dans la pollution et la violence. La rue de la République pouvait s'enorgueillir d'être la pire artère de Marseille en termes de circulation. La journée, il me semblait que les camions roulaient dans notre salon. Et puis j'avais vécu la plus belle des enfances au grand air, au milieu de la nature, je voulais offrir pareil cadre de vie à mon enfant.

Le climat en ville était devenu insupportable, délétère et franchement hostile. Depuis bientôt un an, à cause d'une sérieuse embrouille avec des clandos, je me baladais constamment armé d'un flingue. Tout avait commencé à l'époque du *Mia*. Mon frère s'était fait voler sa voiture par de jeunes clandos. Avec des amis, nous étions descendus à La Coutellerie, un bar où ils se réunissaient, pour leur mettre la main dessus et récupérer les affaires piquées dans la caisse. Nous en avions attrapé deux et les avions cuisinés pour leur faire cracher le morceau. Mon ami Houari distribuait les baffes, Babou cachait une batte de baseball dans son jean, et les autres, dans la voiture, planquaient avec les armes, au cas où la situation dégénérerait. Les types niaient en bloc, on les a finalement laissés partir. Je n'allais pas les torturer dans une cave pour quelques affaires, mais c'était une question de principes. Personne parmi nous n'ignorait les règles du quartier et le rapport de force permanent qu'il instaurait. De l'avis de mon pote Saïd, qui était encore vivant, j'aurais dû marquer le coup. J'entends encore ses paroles : « Tu aurais dû leur faire mal Chill, ils savent où tu habites, ils vont revenir pour te planter. Sois prudent le soir. »

À partir de ce jour, je suis rentré chez moi la peur vissée au ventre. Le hall de l'immeuble était souvent plongé dans le noir car des squatteurs explosaient régulièrement les lampes de l'escalier. J'avais toujours mon flingue à la main : il était devenu une extension de mon avant-bras. J'ignore si j'étais tombé dans la paranoïa, mais je préférais assurer mes arrières. Les clandos ne plaisantent pas. Je n'avais bien sûr rien dit à Aisha, mais elle devait percevoir mon inquiétude. Être armé, ce n'est pas une vie, plutôt une source de soucis constants. Un soir, alors que je traînais dehors avec des amis, une voiture de police s'est arrêtée brusquement pour nous contrôler. Mon flingue était dans un sac, j'ai eu la peur de ma vie. En 1990, j'avais déjà pris du sursis à Paris, au tribunal de Bobigny, pour port d'arme. Là, je me baladais avec un flingue non conventionnel, l'ancêtre du flash ball. Si les flics me fouillaient et le trouvaient, je prenais du ferme. Je m'imaginais déjà le pire : « Mon fils va naître et je serai en taule, je ne le verrai pas venir au monde. » Heureusement, l'un des policiers était un pote de Malek, nous avons donc échappé au contrôle et tranquillement tapé la causette. Après cet épisode, je n'ai plus jamais porté d'arme à feu sur moi.

Quelque temps plus tard, les événements ont pris une tournure glauque. L'appartement du voisin a été ravagé par un incendie. Rien à voir avec un banal incident domestique. Des mecs avaient versé de l'essence sous sa porte, juste en face de la nôtre, et mis le feu. J'étais parti en tournée et Aisha était restée seule à la maison avec Jinky, notre chienne. Heureusement que Jinky était là. Lorsque le feu s'est déclaré, elle a reniflé l'odeur de la fumée et s'est mise à aboyer ; on peut dire qu'elle l'a sauvée. Aisha, enceinte, était en pleine sieste, et si Jinky n'avait pas été là, elle aurait pu mourir asphyxiée, ou brûlée. J'ignore si les incendiaires me visaient, s'ils s'étaient trompés d'appartement... Mais j'étais déjà certain d'une chose : nous vivions nos derniers jours dans le quartier. Après l'incendie, des toxicomanes se sont mis à squatter dans l'appartement carbonisé et dans le hall de l'immeuble. Je devais les enjamber pour rentrer chez moi. Ils picolaient, foutaient le bordel, se shootaient. Les personnes impressionnables qui refusaient de leur donner de la thune, ils les menaçaient de leur filer le sida en les piquant avec leurs seringues. Yanis et Aisha ne pouvaient pas vivre dans de telles conditions, une prise de conscience qui a précipité notre déménagement, et donné le titre *Au quartier*.

On te dira que rester habiter au quartier est un gage
[de réussite
Réfléchis deux secondes, mon pote, sois lucide
À part la crédibilité, t'auras que des emmerdes
Et la débilité fera écho à ces cours qui t'enferment
Moi, l'année où Yanis est né, je suis parti sans me retourner
C'était un soir de printemps
Mon frère s'est fait braquer sa caisse, par des clandos
[d'vingt ans
Des petits violents, qui sévissaient près de Camille-Pelletan
J'ai vite pris une équipe, direction La Coutellerie
Personne, place d'Aix, personne, de retour à Sadi-Carnot

On en aperçoit deux de l'autre côté de la rue
Ils bougent pas, on était plein, trop tard pour la ruse
Mon frère, j'ai rien fait, ils étaient en crise
Y aura pas de pet si tu ramènes la marchandise
Haouri envoie des claques, Babou avec une batte dans le jean
Nouar qui discute, les autres avec des guns dans la tire
Les petits partent, tu voulais quoi ? Qu'on les tue ?
J'ai su qu'on verrait rien, ni les affaires, ni les thunes
À ce moment, Saïd, Dieu ait son âme, dit : tu sais
Chill, t'aurais dû leur faire mal, ils vont revenir pour
              [te planter

De tes gars personne n'habite ici à part toi
Ils ont peur de rien, quand tu rentres le soir, méfie-toi
Et mate bien, derrière les murs si tu le sens
Ou ils te laisseront gisant, agonisant dans une mare de sang

Et tu veux que je reste au quartier ?
Que je consigne ma haine sur du papier ?
Y a plus rien de bon ici à part les souvenirs, les potes, les vrais
La vie bâtit des stèles pour les sourires
Les murs gris sont là pour regarder les meilleurs partir

Depuis ce jour, je suis plus rentré dans mon hall normalement
Mais avec une extension de l'avant-bras aux normes allemandes
Longe les murs, le dos collé à la peinture écaillée
Tape le minuteur prudemment
L'index crispé sur la gâchette en acier, pendant plus d'un an
En haut des escaliers, cache le feu dans le sac
Rentre, dis rien à Aisha, faut pas qu'elle le sache
Pourquoi lui faire peur ? Plus tard, quand on passe à table
Elle n'a pas remarqué mon cœur qui battait la chamade
Ça sonne, je descends, deux potes m'attendent assis dans
              [une Uno

On tchatche dix minutes, boit le Sprite au goulot
D'un coup, on entend un crissement, une 309 dérape
Tape le trottoir, les voilà qu'ils se mangent
Le rideau de fer du bar d'en face

Putain, on était à l'arrêt et je capte pas pourquoi autant
[de casse ?
Les mecs de la Peugeot sortent pour se bagarrer, tout part
[si vite
Connards, les mains sur le capot, merde, c'est les civils
Pas le temps de jeter le sac, ils entament la fouille
Dans dix secondes, ils vont trouver le gun, j'ai la trouille
Mais soudain, un cri : « Oh, mais c'est le pote à Malek ! »
J'habite aux Lauriers, je suis son voisin, je crèche dans
[ce quartier
J'te dis pas le soulagement quand ils s'arrêtent
Depuis ce soir j'ai plus sorti le feu du placard
C'était une leçon, le sort joue pas que des tours de bâtard
Je suis parti deux semaines après
Aisha m'appelle en pleurs, l'appart du voisin a cramé
Ils ont pipé l'essence sous la porte et allumé
Enceinte elle a failli mourir brûlée
J'ai jamais su si c'était pour moi, ou alors l'autre palier
Mais quelques jours après quand je suis rentré
On devait enjamber les tox, qui squattaient les marches
Devant l'appart carbonisé, éviter les seringues et faire gaffe
Chaque soir, j'en trouvais en train d'agoniser
Faire le bordel, se chiffonner ou bien de tiser
Je savais comment ça se terminerait
Envoie le sac et les clefs ou je te tanque le HIV

Et tu veux que je reste au quartier ?
Que je consigne ma haine sur du papier ?
Y a plus rien de bon ici à part les souvenirs, les potes, les vrais
La vie bâtit des stèles pour les sourires
Les murs gris sont là pour regarder les meilleurs partir

Trois mois avant la naissance de Yanis, nous quittions
la rue de la République sans jeter un regard en arrière.
Nous nous sommes d'abord mis au vert chez mes grands-
parents, à Allauch, puis à Plan de Cuques. Je retrouvais mes racines profondes, le lieu de mon enfance, cette

source où l'on revient toujours. Aujourd'hui encore, j'habite dans le même secteur, près d'un village de dix-sept mille habitants.

À Plan de Cuques, je me sentais dans mon élément, en sécurité. Je ne vais pas, bien sûr, sortir les violons et les trémolos, d'ailleurs je ne demande pas à être enterré là-bas. Non, je préférerais reposer au pied de l'Atlas, d'où sont partis certains de nos ancêtres lointains. Tous viennent d'Espagne. J'ignore s'ils étaient dissidents, juifs ou musulmans, mais ils furent chassés pendant la Reconquête, au XIVe siècle, et s'installèrent en Italie – d'où les origines très diverses de ma famille. Les vestiges de ce passé métissé resurgissent en effet aussi bien chez mes parents napolitains que chez les marseillais : on croise des blonds à la dégaine de Vikings et des basanés avec des têtes d'Arabes. Mes enfants, d'ailleurs, sont de couleurs très différentes. Yanis a la peau noire et les cheveux raides. Reyan, le petit dernier, a le teint clair, assorti d'une belle crinière bouclée et blonde. Avec sa petite tête d'ange, il porte bien son nom – Reyan est, en arabe, l'une des portes du paradis. Et ma fille Inaya, « Providence divine » en berbère, est un beau mélange des deux garçons. Elle me ressemble, a le même regard, les mêmes sourcils… C'est là toute la beauté et la richesse du métissage, n'en déplaise à certains chroniqueurs télé en vogue du service public, qui se gargarisent de théories fumeuses sur les concepts de race noire, race blanche, etc.

Ces premiers mois à Plan de Cuques restent gravés dans mon esprit comme l'une des périodes les plus heureuses de ma vie. Avec Aisha, nous emmenions Yanis où que nous allions, y compris en interview pour la promotion de mon album *Métèque et Mat*. Il s'endormait partout, le bruit ne le dérangeait aucunement. Mieux, le silence l'empêchait de dormir ou le réveillait immédiatement : il avait besoin du bordel ambiant pour trouver le sommeil ; c'est toujours le cas. Physiquement, il est le portrait craché de sa maman, très mat, un vrai petit Mexicain. Contrairement à son frère et sa sœur, il n'a pas changé depuis l'enfance, toujours la même bouille de poupon. Mais du point de vue du caractère, il me ressemble sur de nombreux points. La musique le passionne et il a une prédilection pour le rap, surtout le Deejaying. Il connaît toutes les nouveautés, les derniers « freestyles » et dissèque les morceaux avec un sens du détail extrêmement pointu. Il écoute surtout du rap américain, mais il connaît par cœur *Le combat continue* de Kery James, preuve de son bon goût. Il s'intéresse aussi aux paroles, mais cela ne suffit pas à mes yeux : je lui répète à longueur de journée qu'il ne lit pas assez. Il est de la génération des jeux vidéo, comme Reyan et Inaya, de vrais petits Japonais fondus de mangas. Inaya dessine d'ailleurs assez bien et j'aimerais la voir aller au bout de ses rêves d'illustratrice. Quant à Yanis, s'il veut faire du rap, pourquoi pas ? Je préférerais cependant le voir assouvir cette passion en amateur et choisir un métier moins tendu, moins compliqué et astreignant. Aisha et moi leur disons toujours qu'ils doivent se donner les moyens d'aller au bout de leur rêve. Nous n'attendons pas d'eux qu'ils soient médecins ou avocats et insistons sur le fait que la « réussite », c'est se lever le matin pour aller travailler avec plaisir, faire son métier par choix et non par obligation. Nous leur répétons : « Si vous souhaitez vendre des beignets sur la plage, pas de problème, du moment que c'est votre choix. »

Chacun a son caractère. Yanis est un grand rêveur, sensible et prompt à se disperser. En ce sens aussi, il est mon portrait craché. Inaya et Reyan, à l'image de leur mère, sont plus pragmatiques. Reyan est doux, tendre, affectueux. Il est aussi le plus impulsif, mais il se calme vite : il est un parfait mélange de nos deux caractères. Ce n'est pas le genre de gamin à se laisser marcher sur les pieds. Depuis l'âge de trois ans, il pratique les arts martiaux, notamment la capoeira avec Inaya, dans un club dirigé par Ze pequenio, un ami de Joe. Dans cette discipline, chacun se voit attribuer un surnom. Joe est « Pantera » et Reyan « Pitombi », une fleur carnivore.

Inaya, elle, s'affirme déjà comme une humaniste. Elle a des principes bien ancrés et affiche une profonde intolérance à l'injustice sous toutes ses formes. Elle n'est pas encore dans la nuance. À ses yeux, le monde se divise en deux : les gentils et les méchants. Vu son jeune âge, elle aura tout le loisir d'apprendre la complexité de la situation planétaire. Évidemment, tous trois connaissent IAM. Ils apprécient surtout *L'École du micro d'argent* et *Saison V*, ainsi que quelques titres de *Revoir un printemps*. Et puis bien sûr *Les Bad Boys de Marseille* et *Le Mia*, qu'ils adorent.

Je me suis souvent demandé comment j'avais pu vivre sans enfants, sans toute cette vie à la maison. Cette interrogation est en partie le thème de la chanson *Chaque jour* :

Chaque jour qui passe, j'entends les sornettes
                   [hors de ta bouche qui me lassent
Qui me laissent un goût amer, je pleure pas sur mon sort, lâche !
Un jour je promis à Dieu de garder le sourire si je m'en sors

Encore filiforme, mon rap est pur, dénué de silicone
Ma vie simili-conne, plate, sans rebonds
Stade, maison, école, images dépeintes par les pupilles
[d'un mini-gone
Bonne place, celle d'un gosse discret
Épie, scrute, le monde adulte, les va-et-vient et les biz si secrets
Moi je parle seulement de mon propre chef, pas sous
[la menace
Car je crains aucun humain, et ici-bas sur terre Dieu seul est
[mon chef
Chaque jour qui passe j'entends les sales news, et ma sono
[qui blaste
Des langues qui se paralysent en live et des vieux cons qui
[se flasquent
Comme si nos cœurs se jouent au blackjack, étrange feeling
Que je transcris en ces lignes, rimes stranges, félines
On voudrait me faire dire que je kiffe le luxe !
Mate le paradoxe : les mêmes me traitent de petit mendiant
[au Velux
Moi je baise les pieds de personne, je demeure brut comme
[au début
À niveau différent, la vie est rude comme au début
C'est ça à chaque jour sa peine où chaque jour a son cortège
[de veine
Chacun porte sa poubelle, moi-même j'ai mon cortège
[de bennes

Chaque jour qui passe, le stress me laisse hélas guère de place
Mec, je suis las des guerres de classe, mic à la main je m'évade
Hors de mon corps limites physiques, surnage comme
[une vague
Emporte avec un beat physique et stabbe comme une dague
Quand j'aime je fais le vide, puis mon stylo danse, selon
[mon humeur
Lyrix denses ! Démagogie le corps, ma bouche, sa tumeur
Pas de pédagogie, sincérité seule, vrai jusqu'à l'agonie
Pas de copinage gratuit, je marche à l'analogie

388

Vraiment chaque jour qui passe, je vois vos sourires
[ce sont mes peurs qui se cassent
Le fait qu'on peut vous faire du mal, c'est mon regard qui
[se glace
Dans vos yeux je vois l'océan, la vie pétille, je voulais dire que
[c'est en
Essayant qu'on se fonde un art de vie seyant
Optimiste je le suis, sûr, voilà mes repères
Non, j'ai pas le droit d'être pessimiste maintenant en tant
[que père
Bienvenue my baby boo, nouveau pan de vie encore
[un tout petit bout
An 2000, La Cosca connaît le baby-boom
J'ai fait une O.D de gris donc un temps je vis rouge
[mais le vert m'a sauvé
Paroles divines faites pour un caractère mauvais
Et je fis mes classes, seul dans le brouhaha
Isolé de mes pairs le mic mon gun, unique issue pour jarter
[hors de ce trou à rat
Tout à l'arrache, pas grave ! Passion livrée tout à la rage
87, dans mes mains : premiers lyrics de Faf La Rage, hommage
Aux frères d'armes, iota alpha, voue mon amour
À ceux qui ont pavé ma route, chaque jour

Mes enfants m'apportent une énergie vitale, ils m'ont expurgé de toute forme de négativité. Chaque jour, je les vois grandir et j'en viens à me languir de devenir grand-père et d'avoir ainsi la chance de vivre une seconde paternité. Les enfants de mes enfants seront mes enfants. Comme nos enfants sont ceux des parents d'Aisha, qui les appellent naturellement « ma fille », « mon fils ».

Cela dit, je dois l'avouer : être père, je n'ai pas tout de suite compris comment ça marchait. Je n'avais pas le mode d'emploi. Si je me suis vite familiarisé avec les aspects pratiques de la tâche – préparer les biberons, changer les couches, me lever la nuit en alternance avec Aisha quand le bébé pleurait, le nourrir... – en revanche, je n'ai pas d'emblée intégré la nécessité de faire certaines concessions du point de vue du travail. La preuve : je suis parti à New York enregistrer *L'École du micro d'argent* huit mois et demi seulement après la naissance de Yanis. Bien sûr, je n'avais pas réellement le choix. Avec le groupe, nous avons également accouché d'un beau bébé, mais était-ce comparable à mon ange ? J'ai vécu ce départ comme une déchirure. Quand je suis rentré à Marseille, Yanis m'a à peine reconnu. Ce fut très dur à vivre. Je me souviens de nos retrouvailles à l'aéroport, de cette façon qu'il a eue de me regarder et de tourner la tête. Ce fut un coup de poignard. J'ai pensé : « Mon fils ne me reconnaît pas » ; j'ai compris à cet instant combien la vie d'artiste pouvait se révéler cruelle pour un jeune père de famille.

Père, donc, est un rôle qui s'apprend. J'ai mis du temps à assumer pleinement mes responsabilités, à égalité avec Aisha. À bien des égards, ma femme fut la moelle épinière de la famille. Je me suis comporté à de multiples occasions comme si j'étais son quatrième enfant, et le plus pénible sûrement. L'homme se caractérise par son égoïsme et son immaturité, c'est une vérité universelle. Je me levais donc le matin, partais travailler, et laissais tout le boulot à Aisha. Je rentrais souvent tard, après une grosse journée au studio. Pendant ce temps, elle assurait les corvées diverses, elle accompagnait les enfants à l'école, faisait courses et ménage... Le temps passant, elle a dû mettre les points sur les i : « Tu es gentil, Philippe, tu es un passionné, mais tu es aussi un papa... » À partir de là, j'ai appris à aménager mon emploi du temps. Je m'organisais systématiquement pour partir moins loin, et moins longtemps. Même si, quand je suis en tournée, j'ai du mal à appeler mes enfants et à leur parler à distance, ça me fout le blues d'entendre Reyan me dire : « Tu rentres quand ? Tu me manques, j'ai envie de te voir. » Les enfants m'ont enseigné une chose simple : la gestion du temps. La famille passe au premier plan, devant mon travail. Je me disperse moins, je me fixe des horaires et je les respecte. Ainsi, depuis quatre ans, j'essaye de ne pas rentrer du studio après 19 h 00. En général, les enfants se couchent vers 21 h 00, ce qui me laisse du temps pour être avec eux. Je ne travaille plus le week-end, il leur est également dédié. J'ai même passé le permis, si bien qu'aujourd'hui je me lève tôt, je prépare le petit déjeuner pour toute la famille et je peux emmener les petits à l'école. Avec Aisha, on se croise ainsi pendant les trois trajets scolaires du matin avant de se retrouver au bureau.

Mes soleils et mes lunes

Pour mes soleils et mes lunes, j'emporterai tous les soleils et
[les dunes
Tous les palais, les jardins, l'or, vus dans mes sommeils et
[mes plumes
Je rendrai aux nues, la pluie d'étoiles qui est tombée
[sur Terre de la voûte céleste
Moi, sommaire poussière assise sur la croûte terrestre
Regard nébuleux car mes songes portent aux éthers
Point de vue fabuleux, insuffle l'air neuf, pur au cœur de
[mes feuilles et mes vers
Mansarde ouverte sur une cité de lumière, l'horizon se perd
[sur des tours et des dômes
Paisible havre de paix pour des femmes et des hommes
Pour vous je porterai une source pure, jaillie d'un rocher
Que jamais l'aventurier n'a touchée, ni l'aîné pour ses sœurs
[et ses frères
Cavalier fier, porteur d'amour au fond du Cypher
Chacune de mes prières sert Dieu, perd maudit Lucifer
Dans la soie de Samarcande, j'envelopperai mes douces pensées
[pour vous et votre mère
Panserai toutes mes blessures au cœur de mon âme et ma chair
Ne voyez pas l'univers comme une frontière entre le sombre
[et le clair
Le sabre et le clair, catégories des classes comme le notaire
[et le clerc
Je poserai au-dessus de vos têtes un bouclier fait de cuivre
[et de fer

393

Où Dieu scellera notre union éternelle comme le tonnerre
[et l'éclair
Je dépose ma vie à vos pieds, je n'en ai qu'une, elle est chère

Pour mes soleils et mes lunes, je ferai du futur une épure simple
[de lecture
Chasserai la peur et ses brumes pour que vos rêves restent
[ce refuge que le ciel murmure
Je paverai les rues d'élans de mon cœur pour que vos pas
[soient sûrs
Parce que chaque jour se fait rude par nature
(x2)

Je rentre les deux pieds dans la tornade de mes nerfs,
[entre la plume et la pierre
Ma prose loge, esseulé je ne sais quoi faire
J'épelle votre nom entre mille qui me viennent aux oreilles
Égrène le temps plus précieux qu'une pierre rare,
[lumière rare génère une rare paire
Je parle du cerveau du pieu, et de ses deux hémisphères
À l'ombre de sycomores, on philosophera sur la genèse
[et ses mystères
Comme un jeune faon pris par un aigle entre le bec et les serres
L'entrave et le fer, je verrai vos chaînes et je viendrai pour
[les défaire
Je léguerai au fond d'une armoire un recueil métaphorique
Comme un adoubement, célébrant une nouvelle génération
[poétique
Un hiver, un de ces mois rudes, où le blizzard glace les rivières
Mon sac sera rempli de dattes et de vent du désert
D'un rayon de pulsar, d'une galaxie qui décline sous le poids
[des âges
S'écroule sur elle-même, je conterai cette histoire pour qu'elle
[m'aime
Longtemps reclus dans le fort, discipline ascétique sévère
Difficile, comme discerner la démarcation entre le ciel bleu
[et la mer
Impact frontal et pontage, d'où contact polaire

Nos yeux se croisent, comme les hauts jets de matière au-dessus
                                        [des taches solaires
Cette strophe, bien plus qu'une lettre vulgaire
Révèle une différence majeure, comme celle existant entre
                                        [le sable et le verre
Levons nos cœurs à la gloire de lampes dans le jardin secret
                                        [des pères
Où chaque seconde passée voit une pensée adressée à ses perles
C'est une pensée adressée à mes perles

Pour mes soleils et mes lunes, je ferai du futur
                                    [une épure simple de lecture
Chasserai la peur et ses brumes pour que vos rêves restent
                                    [ce refuge que le ciel murmure
Je paverai les rues d'élans de mon cœur pour que vos pas
                                        [soient sûrs
Parce que chaque jour se fait rude par nature
(x2)

Éclater un type des Assedic

Peu de temps après la sortie de *Métèque et Mat*, la chanson *Éclater un type des Assedic* a fait couler beaucoup d'encre, pour de mauvaises raisons. D'une manière humoristique, j'y déversais mon courroux sur certains fonctionnaires mesquins qui pratiquent l'humiliation envers les usagers du service public. Dans un même élan, je dégommais les employés de l'ANPE, devenue il y a peu le « Pôle emploi », mais aussi les chauffeurs de bus racistes, les contrôleurs agressifs à l'affût du fraudeur ou les employés robotisés de La Poste. Un simple coup de gueule en souvenir de mes années de galère, mais sans volonté de stigmatiser une corporation dans son ensemble. D'ailleurs, le morceau s'achève sur ces mots :

Que les exceptions dans ces professions m'excusent
Mais c'était un devoir de parler de ceux qui abusent

Pourtant, la machine judiciaire s'est emballée et je suis devenu soudain l'ennemi public numéro 1 des Assedic et du gouvernement de la République française. Dans un premier temps, l'Unedic m'a adressé un courrier furibard. J'avoue avoir été impressionné par la rapidité de l'administration pour me localiser. Elle n'a visiblement eu aucune difficulté à trouver mon adresse, en comparaison du temps où elle renâclait à payer mes allocations. Mais le meilleur restait à venir : une convocation au pénal, de la part d'un juge mandaté par Alain Juppé, Premier ministre de l'époque et Dark Sidius de François Fillon. J'étais poursuivi pour « incitation à la violence envers des agents du service public ». Dans cette chanson, je m'exprimais pourtant sur un mode onirique. Le refrain disait clairement « Je rêve d'éclater » et non « Je vais éclater ». Une nuance de taille mais qui a, semble-t-il, échappé à Alain Juppé, alors empêtré dans une grève historique des fonctionnaires contre la réforme des retraites. C'était en décembre 1995 et toute la fonction publique battait le pavé pour défendre bec et ongles ses acquis sociaux. J'imagine Juppé cogiter, dans son bureau à Matignon, une stratégie de communication. Il a dû se dire, sans doute aidé en cela par un conseiller tout droit sorti de l'ENA : « Enfin un méchant rappeur qui injurie nos chers fonctionnaires. Je vais le traîner en justice et je passerai pour le gentil défenseur des employés de l'État. » Risquer de la prison pour un simple morceau, j'étais abasourdi. Avec mon avocat, nous avons adopté la meilleure des tactiques : aucune communication, refus d'entrer en guerre médiatique. Le dossier était si creux que l'affaire s'est logiquement tassée au bout d'un mois, avec abandon des poursuites.

Cette mésaventure dérisoire, je l'ai toutefois vécue comme une injustice. Elle illustre si bien la considération portée au rap dans les hautes sphères de la société française : une musique de galériens et d'animateurs sociaux juste bons à vociférer dans un micro. Ministère Amer, Sniper... La liste des rappeurs poursuivis par la justice sur ordre des politiques est longue.

Ils sont rarement condamnés, le plus souvent relaxés. Les bien-pensants adorent décrédibiliser le rap et l'utiliser comme un bouc émissaire selon une technique de stigmatisation rodée. Elle consiste à piocher une phrase choc dans un texte, à la sortir de son contexte et prendre à témoin l'opinion publique : « Regardez-les, ces rappeurs, ils sont agressifs, violents, vulgaires, on ne comprend rien à ce qu'ils racontent, ils braillent des clichés… » Dans ce domaine, l'UMP se distingue comme le champion toutes catégories, le roi de la caricature et de l'amalgame fallacieux entre rap et violence, rap et polygamie, rap et islamisme, rap et misogynie, rap et homophobie, j'en passe. Nous nous retrouvons aujourd'hui dans une impasse kafkaïenne : lorsque nous exprimons une critique sociale, nos textes sont considérés comme des ramassis de stéréotypes, des complaintes pleurnichardes, voire des appels à la sédition et à l'anti-France… Lorsque nous utilisons la fiction, un droit pourtant consubstantiel à la liberté de l'artiste, nous découvrons qu'elle nous est interdite. Comme l'exprime la chanson *Dangereux* :

Ce que le cinéma se permet, la télé, les livres, et les magazines
Pour nous, c'est prohibé

Alors, on chante quoi ? *Au bal masqué* ? *Il est vraiment phénoménal* ? *La Danse des canards* ? En son temps, Brassens fut censuré, mais personne ne l'a traîné devant la justice quand il a écrit *Hécatombe*, un brûlot dans lequel il parlait des gendarmes en des termes peu élogieux : « Je les adore, sous la forme de macchabées. » Et lorsqu'en 1975, Renaud a écrit *Hexagone*, il a certes été fustigé, mais jamais attaqué.

Les assauts contre le rap ont connu leur apogée lors des insurrections urbaines d'octobre 2005, quand un certain François Grosdidier, député UMP de Moselle, a décidé d'assigner en justice plusieurs groupes de rap pour « incitation à la haine et au crime ». Soit dit en passant, le même Grosdidier s'était illustré comme incendiaire, au sens propre du terme, en ayant ordonné à sa police municipale de brûler les caravanes des gens du voyage installés dans sa circonscription. Et il vient accuser les rappeurs de pousser les jeunes à brûler des voitures ? Certains politiques ont un talent comique redoutable. Au moment des émeutes, le rap était coupable de tous les maux possibles et imaginables : de la révolte des banlieues, de la défiance des jeunes vis-à-vis du pouvoir et, pour un peu, du chômage, du trou dans la couche d'ozone, du massacre des bébés phoques... J'exagère à peine. Une dizaine de groupes se sont retrouvés sur le banc des accusés, coupables d'exhorter leur prochain à la haine et, de facto, jugés responsables des insurrections provoquées par la mort de Zied et Bouna à Clichy-sous-Bois, en octobre 2005. Doit-on rappeler le fond de l'affaire ? Deux adolescents électrocutés dans un transformateur EDF après une course-poursuite avec des policiers et, au terme de l'enquête, les charges de non-assistance à personne en danger retenues par la justice à l'encontre de ces policiers.

Comble du ridicule, les textes incriminés par Grosdidier ne pouvaient donner lieu à des poursuites. Ils étaient trop anciens, donc couverts par la prescription. Peu importe. L'objectif consistait à agiter l'épouvantail du rappeur pour rassurer l'électorat – notamment celui du Front national – et à créer un effet d'annonce. Pointer un doigt moralisateur sur une musique est une manière rêvée de détourner l'attention de l'opinion publique. Et de se décharger de ses propres responsabilités et manquements ? Citons, au hasard, l'absence d'une véritable politique de la ville, les quartiers laissés à l'abandon, les contrôles au faciès quotidiens, les violences policières jamais sanctionnées, l'échec de l'école dans sa mission d'intégration, les discriminations à l'emploi, au logement... Autant de thèmes martelés par les rappeurs ces vingt dernières années.

Voilà pourquoi notre musique dérange. Voilà pourquoi certains cherchent à tout prix à la museler. Elle exprime une opinion, prend position, met le doigt là où ça fait mal : les hypocrisies de la société, les incompétences et la cécité coupable des autorités. On accuse le rap d'avoir mis le feu aux banlieues ? C'est tout le contraire. Le rap a servi d'exutoire aux jeunes car il donne une parole aux sans-voix. Sans le rap, de nombreuses cités auraient déjà cramé, depuis longtemps. Si les politiques avaient pris la peine de nous écouter au lieu de nous stigmatiser, ils connaîtraient un peu mieux la problématique des quartiers. Encore la connaissent-ils parfaitement. Seule leur manque la volonté d'agir. Les hautes sphères de l'État s'intéressent aux banlieues en période électorale, pour agiter les spectres de l'insécurité ou de l'immigration – des thèmes porteurs et qui mobilisent à tous les coups l'électorat –, mais le reste du temps, ils se soucient peu des zones suburbaines. Voilà pourquoi il est crucial d'inciter les jeunes à voter : quand les quartiers représenteront un véritable poids électoral, il sera impossible aux politiques de les ignorer.

En France, on aime tant s'acharner sur le rap. Et pour cause : c'est une musique produite en grande majorité par des fils d'immigrés, par des Noirs et des Arabes, entre autres, autant de personnes dont le pedigree et le statut social interdisent toute prise de position dans le débat public et que l'on déclare inaptes à développer une réflexion construite et nuancée. Disons-le clairement : la France demeure un pays foncièrement raciste à l'égard de ses minorités ; et, surtout, un pays où le racisme rampant est plus développé et sournois qu'ailleurs. En Italie, en Espagne ou en Angleterre, le racisme est frontal. Les gens ne t'aiment pas ? Eh bien ils te le disent les yeux dans les yeux. Moi, je préfère les situations franches, qui épargnent les mauvaises surprises et autres désillusions : cela crée des rapports durs, mais au moins chacun sait où se positionner. La France, ce « grand pays de la Déclaration des droits de l'homme », se gargarise d'elle-même mais dans les faits, la discrimination exclut au quotidien tout un pan de la jeunesse : des boîtes, de l'emploi, du logement et des médias. Pays des droits de l'homme ? Pays des droits du Blanc et riche ! Pays de « liberté, égalité, fraternité, si t'as du blé » !

Quand, à l'époque d'*Ombre est Lumière*, je cherchais un appartement avec Aisha, nous nous étions inscrits dans une agence de location. Chaque fois qu'Aisha venait dans les bureaux de l'agence, les employés nous disaient, d'un air désolé, que l'appart était déjà loué. Au bout de deux ou trois mois, voyant qu'ils ne trouveraient rien pour nous, Aisha leur a demandé de nous rembourser et le ton est monté. La secrétaire, ne sachant plus quoi faire, a dû se sentir menacée. Elle a pris peur et s'est résolue à sortir plusieurs fiches de location, sur lesquelles les propriétaires avaient inscrit leurs desiderata : « Pas d'animaux, pas de Noirs, pas d'Arabes. » Non, la scène ne se déroulait pas en Afrique du Sud ni même aux États-Unis. Elle avait lieu ici, en France.

Dès lors, il ne faut guère s'étonner de voir tous les préjugés se retourner contre le rap. Nul n'est prophète en son pays : à l'étranger, les rappeurs français sont considérés comme des artistes à part entière. Avec IAM, nous avons joué à Québec devant 35 000 personnes, dans une ville de 500 000 habitants. En Allemagne, nos textes sont étudiés dans les cours de français. La France a beau se dessiner aujourd'hui comme la deuxième nation hip-hop derrière les États-Unis, vingt ans après sa naissance, le rap demeure une musique de « voyous », de « branleurs qui ont eu de la chance ». On utilise le hip-hop dans la publicité, mais les gens de la pub ne nous ciblent jamais : trop pauvres. Quand un rappeur saccage une chambre d'hôtel, il est un dangereux délinquant ; quand un chanteur rockeur à la Pete Doherty saccage une chambre d'hôtel, c'est le comble du romantisme, il est ultra-glamour et rock'n'roll. Je n'évoquerai pas ici les clubs qui jouent notre musique mais filtrent les entrées pour ne laisser passer que quelques échantillons « colorés », et qui ensuite se gargarisent quand Jay-Z, P. Diddy ou Beyoncé viennent boire un verre chez eux.

Heureusement, certains font preuve d'ouverture d'esprit et donnent au rap ses lettres de noblesse. Je pense notamment à Charles Aznavour. Il comprend les jeunes issus des quartiers et apprécie notre musique. Il n'hésite pas à chanter avec des rappeurs ou à les inviter à des émissions de grande audience. Je l'avais rencontré lors d'une interview croisée. Nous avions longuement parlé et en aparté il m'avait glissé cette phrase que je n'oublierai jamais : « Si j'avais été un jeune artiste aujourd'hui, je ferais du rap. » Voilà un hommage touchant venant du boss de la chanson française.

Le rap est victime d'une situation paradoxale. Il est la musique numéro 1, écoutée par des jeunes de tous horizons et de toutes classes sociales : bourgeois, prolos, citadins, ruraux, jusqu'au fils du président Sarkozy. Pourtant il se retrouve ghettoïsé dans une seule grande radio nationale et demeure persona non grata sur les autres stations généralistes. Pourquoi Le Mouv', la « radio jeune » de Radio France, financée par l'argent public et censée représenter la jeunesse française, refuse-t-elle de diffuser un seul morceau de rap ou de reggae ? Sans doute à cause des a priori culturels d'un pays où doit prédominer à tout prix la chanson dite « française » ; mais aussi et surtout à cause des préjugés des annonceurs : ils font la loi. Si un directeur de radio décide de passer du rap sur son antenne, l'annonceur se braque : « Ah non, mon produit est haut de gamme et les gens des cités n'ont pas une thune. Ils ne consomment pas. Si vous jouez cette musique pour cible à faible pouvoir d'achat, je vous achète cet espace 20 000 au lieu de 50 000. » Encore un cliché en béton armé, quand on sait que l'hyperconsommation fait aussi partie des phénomènes qui ont gangrené les quartiers. Ainsi Danone, l'Oréal et consorts deviennent indirectement programmateurs de radio... Que fait le directeur de la radio en question ? Il boycotte le rap et passe de la variété française, de la pop, du rock. Curieusement, les marques de luxe, comme Vuitton, prennent volontiers des rappeurs américains pour ambassadeurs de prestige. Peu importe qu'ils braillent dans leurs chansons : « T'es ma salope number one, je vais inonder tes nichons siliconés de champagne et te niquer sur le bar comme une bête fauve », dans leur esprit, ces rappeurs-là sont classe, tendance. En revanche, le groupe français Arsenik peut toujours attendre pour recevoir le moindre tee-shirt de la prestigieuse maison Lacoste. Ses deux membres, Lino et Calbo ont porté partout et tout le temps des survêtements et des polos Lacoste : sur les photos de leurs albums, en concert, etc. Et il ne s'agissait pas d'un petit groupe de rap de notoriété confidentielle. Arsenik, ce sont deux albums écoulés à plus de quatre cent mille exemplaires. Ils furent les meilleurs VRP de la marque au croco dans les cités. Aux États-Unis, ils auraient reçu des propositions d'accord, de partenariat. En France, rien. Moi-même, le jour où j'ai voulu louer une voiture pour tourner un clip, le concessionnaire m'a répondu le plus naturellement du monde : « Non merci, on ne communique pas sur la banlieue. » Mais qui parle de banlieue ? Moi, je parle de musique. Eux parlent de Noirs et d'Arabes… Ah, liberté, égalité… Tel est le thème du titre *United* :

99 raisons de serrer les rangs
Tous dès l'enfance, rodés à serrer les dents
Bleu, blanc, rouge ouais c'est à nous aussi
United, même si on n'a pas les mêmes racines

Ils parlent de cités à risque et nous, on parle de racines
Souvent ils nous pointent du doigt et nous, on pointe
[au chômage
On parle de riz, d'harissa, eux parlent vin et fromage
On parle de réussite mais eux nous parlent intérim et stage
On parle de reconnaissance, ils appellent ça de la frime
On parle d'argent et d'aisance, pour du pognon ils déciment
Nous la vie on la dessine, à coups d'images et de mots
On veut toucher des cimes même si on part du caniveau
Eux ne connaissent qu'abondance, on s'en remet à la chance

Pas besoin de piper les dés, c'est toujours eux qui les lancent
On veut avoir le choix, on veut avoir des rêves
Ne plus porter ce poids c'est ce qui nous brise les vertèbres
On parle de gastronomie, les nôtres crèvent la dalle
Nous, on parle de métier, mais eux ne pensent que ménage
Nous, on pense famille, les journaux parlent de meute
On veut de l'attention, mais l'objectif n'y voit que les émeutes

Les frères parlent de clans, la presse parle de bandes
Les nazis parlent de sang, la télé parle de gangs
Nos raps parlent de peuple, la radio parle de niches
On se sent tous pareils, la pub parle de cibles
On parle sentiments, ils répondent par des chiffres
On parle de chiffres ils les nient, nous matent et voient
                                                    [des fifres
On vient métèques et mats, ils veulent du scandinave
Du bad boy mais du blanc, estampillé au rang des bandits
                                                    [braves
Eux Pete Doherty, ou encore Sex Pistols
Nous Beanie Siegel pour un son qui sort des rigoles
Leurs écarts des légendes, nous des caricatures
On vient dans ta ville pour kicker pas pour forcer des voitures
Jadis intolérant, c'est du texte, non pas de la com'
Je monte sur scène en United Colors of Akhenaton
Où je vois potes et amis, eux voient Noirs et Arabes
Quand je tends les bras, ils m'remercient avec contrôles
                                                    [et barrages

C'est à nous ça ! Bleu
C'est à nous ça ! Blanc
C'est à nous ça ! Rouge

C'est aussi à nous ça ! Yé

C'est à nous ça ! Liberté
C'est à nous ça ! Égalité
C'est à nous ça ! Fraternité

C'est aussi à nous ça ! Yé

C'est à nous ça ! United
C'est à nous ça ! Unis sous une même bannière
C'est à nous ça !
C'est aussi à nous ça ! Au-delà de toutes les barrières
C'est à nous ça ! IAM
C'est à nous ça ! On exige rien
C'est à nous ça !
C'est aussi à nous ça ! Juste ce qui nous est dû
C'est à nous ça !
United

Évidemment, le rap français peut être aussi son pire ennemi. Il serait bien inspiré de faire son examen de conscience et de régler ses problèmes en interne. Le rap bouc émissaire des émeutes, il fallait s'y attendre. À trop manier l'anathème, la provocation outrancière et la complainte, sans argumenter ni développer de pensée constructive, certains tendent le bâton pour se faire battre. Nous sommes observés et scrutés par nos détracteurs, toujours prêts à dénoncer le moindre de nos faux pas, alors la prudence s'impose. Je l'ai écrit dans la chanson *Une journée chez le Diable* :

Regarde-moi ces enculés qui se frottent
Les mains devant nos dérives
Tenant en compte cumulé nos erreurs
Pour plus tard justifier la lessive

Le rap possède cette singularité, comparé aux autres musiques, il est un médium, un leader d'opinion. Chuck D, le leader de Public Enemy, avait décrit le rap comme « le CNN des ghettos ». L'influence de nos textes sur les jeunes est indéniable, il faut en avoir conscience, et donc se remettre constamment en question, refuser la facilité, soupeser chaque mot, réfléchir aux thèmes et au meilleur angle pour les aborder sans démagogie. Dans *Une journée chez le Diable*, j'ai fait mon mea culpa pour avoir présenté sur un titre la consommation de cannabis sous un angle positif. Sur le coup, j'avais trouvé le texte amusant. Et un jour, je suis tombé sur un reportage tourné dans une cité de région parisienne. Je voyais les petits montrer leur cage d'escalier avec sur les murs des tags du genre : « IAM, le Shit-Squad, nique la police, vive la fumette. » J'étais effondré. Les jeunes s'imprègnent de nos textes, alors on se doit de prendre garde. Beaucoup de rappeurs, les plus décérébrés en tout cas, semblent l'oublier, ou s'en moquer royalement. Ils ont fait table rase de l'éthique du rap : tolérance, créativité, sublimation du négatif en positif. La pochette de notre quatrième album, *Revoir un printemps*, illustre cet état des lieux. Elle montre un tigre blanc – une espèce en voie de disparition – dans une ville en ruines. Comme IAM, tous les B-Boys de l'époque fondatrice du hip-hop ont fini par se sentir minoritaires dans le rap français. Avec cette pochette, nous avons voulu attirer le regard sur l'évolution, et parfois la dégradation, de notre musique.

Au-delà de la dimension artistique pure, l'état d'esprit du rap a incontestablement changé car le marketing en a vampirisé toute la créativité. Je n'ai rien contre l'emballage si le fond existe. Avec IAM, nous avons toujours soigné la dimension visuelle de nos concerts, nos pochettes de disques, nos clips. À la sortie de *L'École du micro d'argent* (ou d'*Ombre est Lumière*), nous avons testé des techniques de promotion inédites, comme les visioconférences dans toutes les Fnac. Mais aujourd'hui, la situation est différente : le marketing, loin de le mettre en valeur, prévaut sur l'artistique ou, pire, est directement injecté dans les chansons. Ces dix dernières années, nous avons mené un combat incessant contre la toute-puissance de l'emballage dans les étapes de la création et, malgré ça, aujourd'hui, le rap me fait penser à l'arrière-boutique de « Secret Story ». Les rappeurs en herbe sont formatés par la « Star Academy ». La « Rap Academy », c'est cette nouvelle génération d'artistes désireux de crever l'écran à tout prix et de faire de l'oseille par n'importe quel moyen. « By Any Means Necessary. » Ils peuvent rester deux heures plantés devant « La Nouvelle Star » et se prétendre rappeurs intègres face à leur page d'écriture ou leur blog favori. Avec notre éthique, ce dédoublement est tout simplement impossible. On a proposé à IAM de chanter à la « Star Ac », et même de participer au jury : nous avons décliné à chaque fois. Question de principes. Bien sûr, de vrais talents peuvent sortir de ces émissions. J'adore Amel Bent et son incroyable voix soul ; j'ai déjà eu l'occasion de travailler avec elle, notamment sur mon téléfilm *Conte de la frustration*. C'est une surdouée. Mais cela n'enlève rien au fait que les « Nouvelle Star » et autres « Star Ac » oublient de valoriser la création. Je les regarderai avec plaisir le jour où elles auront le courage de mettre en avant de jeunes auteurs et compositeurs. Parce qu'écouter de simples interprètes, même bons, chantonner des tubes mille fois entendus et revisités, ou s'exhiber pour doper les votes et l'audience, très peu pour moi. Dans le rap, chaque interprète est son propre parolier – une différence majeure avec la chanson de variété. D'ailleurs, lorsque l'avènement du rap a « chassé » de l'affiche les dinosaures de la variété française à la fin des années 1990, les « amis » de ces artistes, en poste à la télé ou dans les majors, ont trouvé une manière ingénieuse de ramener leurs poulains dans la lumière : les comédies musicales et shows musicaux de téléréalité, où de jeunes gens allaient faire briller ces chansons que plus personne n'écoutait depuis quelques années pour certaines, quelques décennies pour d'autres.

Aujourd'hui, le constat est simple, et cruel : les fans de hip-hop, activistes de la première heure, les vrais amateurs de rap en somme, décrochent. Ils ne se reconnaissent plus dans la production actuelle. Après une décennie d'ultra-créativité entre 1990 et 2000, marquée par des messages responsables, une ouverture d'esprit peu commune et le refus des discours démagogiques – le rap s'est fourvoyé : il est aujourd'hui en échec. La figure du « gangster » a commencé à faire vendre beaucoup de disques, des disques par camions entiers, alors l'industrie musicale s'est, sans surprise, emparée du filon.

Il y a dix ans, après le succès de *L'École du micro d'argent*, les maisons de disques se sont ruées sur les rappeurs, signant le plus souvent des artistes débutants. Manque d'expérience, manque de travail et de professionnalisme ont contribué à développer une sous-culture rap, amplifiée par Skyrock. Je n'ai rien de particulier contre cette radio, mais je refuse de la considérer comme « première sur le rap ». Je ne trouverais, en revanche, rien à redire au slogan « première grâce au rap ». Skyrock est commerciale, tout comme NRJ ou Fun Radio, et ce qui la fait fonctionner, c'est l'argent. Ce n'est pas un crime, du moment que l'on n'attend pas d'elle un contenu culturel. Mais la compromission, c'est-à-dire façonner ses morceaux pour qu'ils passent en radio, et le copinage, ces choses-là ne me plaisent pas. Laurent Bouneau nous l'a fait comprendre à plusieurs reprises lors de la promotion de nos artistes.

Avec Kheops, nous étions venus le voir un soir de 1995, alors que sa radio ne jouait pas encore de hip-hop. Nous voulions lui proposer d'animer une émission spécialisée, proposition à laquelle il a rétorqué : « Non les mecs, le rap, c'est pour une tribu. » Cette tribu lui rapporte aujourd'hui beaucoup d'argent... Tout est dit. Il y a belle lurette que nous avons cessé de l'inviter à l'écoute de nos albums en studio. Je pense d'ailleurs, à regret, que Delabel a inauguré le même genre de procédé avec *L'École du micro d'argent*. Peut-être IAM a-t-il une part indirecte de responsabilité dans cette situation.

Des artistes continuent à inviter Laurent Bouneau aux écoutes et au choix des singles. C'est leur problème. Pour nous, c'est hors de question. Il donne son avis sur tout, influe sur le fond et la forme des disques, calibre les singles ; son droit de regard est exorbitant. Et comme les maisons de disques manquent de certitudes, elles flippent devant lui, oubliant de faire leur boulot : « Attention, il a dit ça, faut changer de single. » Si des artistes acceptent de se soumettre au formatage, cela les regarde. Nous l'avons toujours refusé : même à l'époque où Bouneau venait en studio, sa présence était anecdotique à nos yeux. Comme l'a si bien dit Kery James : « Depuis que les radios mènent la danse, les rappeurs ont des carrières de trois minutes trente. »

Dans *Saison V*, IAM a écrit *Rap de droite*. Ce titre résume la position du groupe sur les dérives de notre musique, sans pour autant donner la leçon. IAM n'est pas un groupe moralisateur, seulement un groupe qui a une morale. Et puis nous n'hésitons pas à nous inclure dans certaines paroles de la chanson. Moi, j'adore les belles fringues, certains parmi nous les belles caisses. Pourquoi pas ? Les rappeurs sont en droit d'aimer le luxe, ils ne se renient pas pour autant. Tant qu'ils ne vantent pas le consumérisme et le matérialisme comme seuls horizons…

Le rap constitue finalement une société à part entière, avec sa gauche, sa droite, son centre, ses cons, ses bons, ses tordus, ses intègres, ses anguilles, ses humanistes et ses fachos. On reconnaît par exemple un facho à son imagerie. Quand on s'interpelle par des expressions comme « négro », « chintoc » ou « toubab » (« blanc » en dialecte sénégalais), peu importe que l'on rigole, c'est du racisme : exclus de leur contexte originel, de tels mots se chargent d'a priori. Quand on prône la violence, la domination des femmes, réduites à des objets de fantasme, quand on fait l'apologie des armes et de l'argent comme valeurs universelles, c'est du fascisme aussi.

Les diamants dehors, les biftons, les salaires exhibés
Les nibards en silicone et les filles désinhibées
Les Audi, les BM, les Humer et les Merco
Le cuir et les pots, le show des V8 dope l'ego des mytho
L'élevage, la race, le combat, les crocs, les clébards, les sapes
Et les marques, les parts de marché, le roro et les strass
Les armes paradent devant les caméras, et les camarades
Apportent le jus à la haine, posée sur son quai d'amarrage
Pas facile à chaque instant, j'essaie d'y échapper, la pub
La vie de chaque jour, pousse, maintient la pression
Avoir, ouvrir et acheter comptant, pire qu'une agression
Alors maintenant dans les clips, ça vient pour compter le blé
On big up, ces tours et ces blocs qui strient le paysage
Les cités, les rues, les barres, les villes qui le dévisagent
On jalouse, on hait, on crache, on râle, on est médisant
En ce sens la France est dans nos veines, on fait de bons
[paysans
Le système de l'État produit le crime par la force
Et en face, on répond en créant la force par le crime

On exige, on impose le silence par les cris
On garde la création du rap juste à deux doigts de l'amorce
Juste à deux doigts de la mort, les couleurs fondent et tous
[bavent
T'entends des bicots, des niaks, des négros, des toubabs
On se croirait au Puy-du-Fou, au Front ou à l'UMP
Non, t'as bien le cul posé au milieu du rap français

Munitions, flingues et balles, c'est du rap de droite
Femmes soumises ou à poil, c'est du rap de droite
Corruption, copinage, c'est du rap de droite
Slogans chocs, affiches et battes, pour un bon rap de droite
Vrais fachos, faux rebelles, c'est du rap de droite
Trop de vent, de cocktails, c'est du rap de droite
Plein de bouches, pas d'oreilles, c'est du rap de droite
Doucement la vie nous formate, pour un bon rap de droite

Je voyais le truc libre sans limite et c'est presque une prison
Où que tu ailles, on t'épie comme commère au balcon
Ça mate chez le voisin au lieu de passer un coup de balai de-
Vant sa porte avec l'ego bien plus gros que le K2
On prend le moyen, on fait croire que c'est bon, souvent
L'emballage est plus solide que ce qu'il y a dedans
On sème et on récolte immédiatement, comprend y a plus
[le temps
Avant c'était le goudron mais c'est le passé et à présent
On veut du caviar, bien gras, pas du 0 %
Gros cigares et vodka, loin du merguez d'antan
VIP et Cristal, diamants dans les dents, tous dans la tendance
Comme tous, y a aussi les juges et leur jugement souvent émis
[dans le noir
Les putes et les petits cons souvent tapis dans le bois
On parle plus de fesse que de fond, de fric que de flow
Toute façon ça sert à rien, ça rapporte moins
[que les strings en vidéo
Y a des réseaux de surveillance qui voient pas du bon œil
[des rumeurs et des ragots
Mais pas à la même taille, ok parfois ça vole pas haut

Mais regarde un peu ma grosse médaille
On aurait dû tourner ailleurs, on s'est perdus, ça fait un bail

En concert, le public adhère aux paroles de *Rap de droite*. Je chante le premier couplet a cappella, pour souligner l'importance du message… Message que certains rappeurs apprécient moyennement.

Cela dit, je ne cherche pas à opposer le rap conscient, supposé vertueux, à un rap de rue décérébré. Je l'ai dit, l'un de mes artistes fétiches s'appelle Schooly D, l'un des fondateurs du Gansgta Rap. Dans ses chansons, il racontait les embrouilles du ghetto, les flingues, la thune, mais il ne trichait pas : c'était son vécu dont il parlait. La voilà la différence avec ces rappeurs qui se créent un personnage et finissent par y croire eux-mêmes. C'est regrettable car ils apporteraient beaucoup à notre musique en acceptant de mettre leur plume au service du bien, ou simplement d'une réalité un peu plus contrastée que celle qu'ils défendent.

Loin de moi l'idée de jouer les vieux combattants. Le rap n'est pas mort. Il a certes vécu son âge d'or, mais il bouge encore. J'adore l'humour décalé et le flow de Salif, la poésie d'Oxmo Puccino – un as du storytelling –, quant à Diam's, elle possède une plume remarquable. Des groupes comme La Fonky Family et Les Psy4 De La Rime m'ont redonné espoir en la relève hip-hop. J'ai adoré travailler avec les Psy. Nous sommes de générations différentes, ils ont grandi avec la variété et la pop, mais nous partageons une même éthique de notre art. Sefyu développe de bons thèmes. Kery James réussit à vendre des disques et à remplir des Olympia avec un rap conscient, sans pour autant oublier d'où il vient ; il est vindicatif et contestataire, sans en appeler jamais à la révolte gratuite ni marteler sempiternellement le même discours. Je le connais depuis longtemps, il a assuré certaines de nos premières parties en 1990, alors qu'il avait à peine douze ou treize ans ! Il a su évoluer, se remettre en question sans se renier.

À Marseille, une nouvelle génération de rimeurs emmenés par Révolution urbaine, Black Marché, Carpe Diem, RPZ ou Mino, retrouve le plaisir de l'écriture et de la versification dans la grande tradition du rap phocéen. Dans toute la France, de nombreux groupes sévissent avec talent, mais ils sont rarement mis en avant, et surtout rarement signés par l'industrie du disque : trop fins pour rentrer dans le schéma du « rappeur proxo-braquo-dealer ». Aujourd'hui, le rap français de qualité existe mais il demeure ultra-minoritaire et sous-médiatisé. Un constat qui a le mérite de décupler notre motivation pour défendre une musique fidèle à son essence.

Déjà les barbelés

Alors que la justice tutoie les coupables
Alors que là-bas la faim reste l'arme de destruction massive
Alors que le policier corrige tes convictions à coups de bâton
Et que les lobbies scientifiques s'imposent comme
                                    [les nouveaux inquisiteurs
Alors qu'on vit sous surveillance
Et que l'économie dissout nos droits fondamentaux
Tu voudrais qu'on ôte la vie à un homme pour quelques mots
                                    [déplacés
Déjà les barbelés

Je voulais être autre chose qu'un chanteur à la mode
Et vivre à leurs dépens, gratter les allocs à la fraude
Là où dans ces rues ça se défonçait à la colle
Alors j'ai pris une plume, avec Imhotep à la prod
Tracé mon chemin, guidé par ce qui bat à ma gauche
Changement de cap, désormais on tape jusqu'à la cloche
Révolution, brisé les principes de la prose
Retourné les portées partant de la ronde à la croche
L'habitude voulait qu'autour on se pète à l'alcool
Réglant nos différends sur un parking noir, à la fauve
Mais j'ai pris ma destinée, l'ai livrée à ma cause
Traînant surtout à Bagneux, Montrouge et Malakoff
MRS, Toulon, bien souvent jusqu'à la Côte
Exportant l'essence d'un petit Rital né à La Rose
Eux croyaient qu'on était faits que pour la maraude
Ça maronne, fils de Rome, on a mis sa rafale à la Gaule

417

Puis misé sur nos lyrics et pas dans la com'
Pour que nos sons soient les plus forts de ceux mis dans l'I-Pod
Que du strict, posé sur les plages de l'album
Si loin de leurs promesses et si proche de Malcolm
Ils ont placé des zigzags, on l'a fait à la corde
Et souhaitaient voir nos écrits allongés à la morgue
Des proches, y a pas eu d'aide, l'unité, l'amour
Sont dead, dès lors chacun ici pense à sa pomme
Je me shoote au hip-hop même quand je n'ai pas la forme
Passerai leur mirador pour l'heure, je n'en ai pas la force
J'emplis mon lit de vie jusqu'à ras bord
Et demande ma part de ciel devant le grillage jusqu'à la mort

Qui veut avancer sans avoir à tout défoncer
On sent déjà les pics des barbelés
Et pour qui sort des traits du modèle de base français
On sent déjà les pics des barbelés
Où est la liberté quand il n'y a qu'un mode de pensée ?
On sent déjà les pics des barbelés
Ouais, on est tous fichés au rang de rêveurs insensés
Et sent déjà les pics des barbelés

Été 2005, l'air est plus froid qu'à l'hiver 54
Justice, Église et politique plongent la main dans le sac
Aux yeux des gamins notant l'acte, s'en tapent cinq sans tact
Quand le peuple affamé implore leurs divers saints en plâtre
La misère cinglante frappe et c'est une fin en soi
Le gouvernement n'empêchera pas qu'il y ait de moins
                              [en moins d'emplois
Le but est évident, rendre l'habitant pénitent
Et maintenir le parti et ce putain de président résident
Dans la presse, Bien et Mal s'articulent en axes
Forçant le sensationnel, on manipule vos angoisses
Le CAC 40 chute comme le monde compte ses défunts
C'est encore de votre faute, tout le monde le dit sur TF1
Pleins d'orgueil, on est fiers d'être de cette démocratie
Où le bonheur n'est qu'à crédit, en vitrine, une démo gratis
Tout ce qu'on en retient vraiment, c'est sa précarité

Ainsi que les arriérés de paiement, plus les pénalités
Alors la distance entre nos rêves et la réalité
On l'oublie en rêvant devant la téléréalité
Et c'est ainsi depuis mes bleus, mes dents et mes couches
À force de vieillir sous le feu, le sang et le joug
On s'habitue à vivre de peu, de manque et de roustes
Et à ces barbelés faits de Bleu, de Blanc et de Rouge
Je sais que je ne changerai rien à rapper ces quelques rimes
Mais continuer à le croire, c'est là qu'on commet le crime

Qui veut avancer sans avoir à tout défoncer
On sent déjà les pics des barbelés
Et pour qui sort des traits du modèle de base français
On sent déjà les pics des barbelés
Où est la liberté quand il n'y a qu'un mode de pensée ?
On sent déjà les pics des barbelés
Ouais, on est tous fichés au rang de rêveurs insensés
Et sent déjà les pics des barbelés

L'École du micro d'argent

L'histoire de L'École du micro d'argent a débuté dans une station de ski des Pyrénées. Nous étions partis en vacances avec Aisha et Yanis, Fabien, Joe, Titoff et une dizaine de potes. Toutes les conditions pour un bon séjour semblaient réunies. Nous avions loué un chalet spacieux avec une vue splendide sur des chaînes de montagnes à perte de vue. Seul problème, mais de taille en plein mois de décembre : l'absence de neige. Pas un seul flocon à l'horizon et, en conséquence, des vacances à la montagne sans pouvoir skier... La misère. Nous avions trouvé une formule pour résumer notre dépit : « Les Pyrénées, c'est pire que réné » – une expression gitano-marseillaise désignant un shit de mauvaise qualité coupé au henné, et signifiant par extension : « C'est pourri. » Nous sommes donc restés enfermés dans le chalet tout le séjour, à tourner en rond. Nous organisions des tournois d'échecs ou de jeux vidéos pour tuer le temps, on se chambrait bien sûr, non-stop, certains picolaient du rosé... L'ennui finissant par nous peser, le réveillon du jour de l'an s'est transformé en un grand moment de défoulement collectif. Nous avions acheté des sarbacanes géantes avec des boules en papier dur. Chacun avait la sienne, paré pour un combat épique. Après le dîner, la soirée a pris

des allures de bataille rangée. La guerre dans le chalet a duré cinq heures, jusqu'au petit matin. Nous étions
répartis en deux équipes : « L'école de la bouteille rose »
et « L'école du micro d'argent ». La première comptait
dans ses rangs mon frère Fabien, Titoff et tous les
autres soiffards adeptes du rosé. J'étais dans la seconde
équipe, avec Joe et une poignée de copains rappeurs. Au
milieu des attaques, Yanis dormait sur ses deux oreilles.

C'est évidemment Joe qui, grâce à sa culture des arts
martiaux, avait choisi le nom de notre école. Beaucoup
de films de kung-fu narrent en effet des rivalités entre
les maîtres vénérables mais impitoyables d'écoles
d'arts martiaux. Joe s'était inspiré du fameux *Eagle's
Claw*, la serre de l'aigle, en français, dont le principal
protagoniste, un maître sans pitié nommé Ghost Face
Killer – nom repris par un rappeur du Wu Tang –
voyage d'école en école pour exterminer ses pairs et
démontrer la supériorité de sa technique de combat.

La pochette du disque, conçue par l'équipe de graphistes Tous des K, illustre parfaitement cette esthétique asiatique et martiale : une armée de soldats du
Japon médiéval, chevauchant leurs montures, regrou-
pés en haut d'une colline au terme d'une bataille vic-
torieuse. Nos noms respectifs sont inscrits sur les
étendards, que les guerriers brandissent avec fierté.
Nous avons toujours eu conscience que faire du rap était
un combat de tous les instants pour rester au niveau
et se dépasser. Quand on est rappeur, chaque album
est une nouvelle bataille. Avoir vendu un million de
disques n'empêche pas de repartir toujours d'en bas.

La création de l'album fut épique. Nous avons traversé des moments de tâtonnements et d'abattement,
de remises en questions souvent douloureuses, mais
aussi d'euphorie collective. La première phase de créa-

tion du disque a débuté en janvier 1996, quand IAM s'est rassemblé à La Friche pour une reprise de contact. Nous n'avions pas travaillé ensemble dans un studio depuis *Ombre est Lumière*. IAM redécouvrait le travail de groupe. Nous étions dans le flou le plus total, mais durant ces deux mois, IAM a abattu une masse de travail impressionnante : une trentaine de titres écrits, composés et maquettés. Seuls deux d'entre eux, cependant, ont passé l'épreuve de la sélection finale pour figurer sur *L'École du micro d'argent* : *Petit Frère*, composé par mes soins et arrangé par Pascal, fut le mètre étalon des futurs morceaux de l'album – et sans doute le troisième morceau phare d'IAM derrière *Le Mia* et *Demain c'est loin* ; et *L'Empire du côté obscur*, inspiré de *La Guerre des étoiles*, une métaphore du combat entre les forces du bien et du mal. Dans mon couplet, j'incarne le sombre Dark Vador, un rôle de composition jouissif. Pour pousser le concept à son acmé, nous avions choisi un sample de *La Marche impériale*, tirée de la bande originale de *La Guerre des étoiles* et signée Sir John Williams. Mais « Mister Sample » refusa de nous accorder les droits de sa composition, pourtant elle-même allégrement pompée sur *La Marche funèbre*. Le thème musical du film n'est en effet rien d'autre qu'une inversion des notes du chef-d'œuvre de Chopin.

Nombre de compositeurs considèrent le sample comme un vol pur et simple, de même que l'on réduit facilement le graff et le tag à du gribouillage ou du vandalisme. Heureusement, certains compositeurs, et non des moindres, lui reconnaissent un intérêt créatif. Bruno Coulais, le compositeur de *Microcosmos* avec lequel nous aurions l'occasion de travailler plus tard, nous a dit un jour combien il était admiratif du travail des rappeurs pour leur capacité à construire un morceau entier à partir d'un simple échantillon musical.

Lors de cette première phase de travail à Marseille, nous composions des instrumentaux avec une multitude d'échantillonnages sonores : ainsi nous ne cessions de faire le grand écart entre classiques souls, musique traditionnelle italienne et répertoire classique. J'ai en effet toujours eu un faible pour les compositeurs russes sombres et torturés, comme Chostakovitch, Prokofiev et Anton Dvorak.

Si la machine IAM s'est remise en route à Marseille, c'est à New York qu'elle a trouvé sa vitesse de croisière, durant les trois mois consacrés, toujours au Greene Street Studio, à l'enregistrement de l'album. Cette fois, nous logions dans un appartement situé dans l'Upper East Side, l'hôtel coûtant trop cher. Un choix finalement judicieux puisque nous vivions ensemble 24 heures sur 24 et que nous pouvions ainsi travailler en continu, créer, débriefer les morceaux de la journée. C'est alors que nous avons véritablement retrouvé une cohésion de groupe, une alchimie dans le travail et dans la rigolade. Je me souviendrai toujours de Kheops, le soir de notre arrivée. Après une bonne douche, nous nous étions tous mis en short ou en jogging. Et soudain, voilà qu'Éric entre dans la pièce vêtu d'un pantalon et d'un peignoir en soie ouvert jusqu'au nombril, une belle chaîne en or « grains de café » sur son torse velu. Fou rire général… Quand il se retirait dans ses appartements, c'était pour regarder *Dallas*, du Kheops pur et dur.

Comment décrire ma chambre, avec sa décoration plus que douteuse ? J'y étais cerné de grands miroirs, sur les murs à droite, à gauche, derrière le lit, et même au plafond. Pour un peu, je me serais cru dans la galerie des Glaces à Versailles. Quelque chose me dit que le propriétaire de l'appartement, un Saoudien, ne devait pas venir à New York pour faire uniquement du shopping... En face du lit s'étendait cependant une baie vitrée immense offrant un panorama fabuleux sur Manhattan. Le soir, j'éteignais la lampe, je m'allongeais et regardais la ville briller de mille lumières, comme si elle avait été éclairée pour moi seul... Le poster de mon enfance s'était matérialisé.

Travail acharné, déconnade et rencontres inattendues rythmaient nos journées au Greene Street Studio. Un après-midi, j'ai appris que George Benson enregistrait dans un studio à côté du nôtre. Je suis allé le voir pour me présenter : « Bonjour, je suis Akhenaton et avec IAM, nous avons fait *Je danse le Mia*. » Il est parti illico acheter du champagne et a payé sa tournée. Il semblait vraiment surpris et heureux de nous rencontrer. Il faut dire qu'avec le succès du *Mia*, il a dû vivre tranquille pendant au moins un an. Comme d'habitude, je bossais sur plusieurs projets à la fois. Quand l'enregistrement de *L'École du micro d'argent* me laissait un peu de répit, je travaillais avec Kamel Saleh à la préparation de notre film. Passi m'avait également envoyé les paroles de son prochain album, qu'il voulait me voir produire. Nous avons aussi profité de deux journées off pour tourner avec la Fonky Family le clip des *Bad Boys de Marseille*. Je venais de sortir une version remixée de cette chanson, mieux produite, plus nerveuse et efficace, et je voulais l'habiller d'une vidéo tout aussi léchée. Pour l'occasion, je retrouvai Florent Siri, réalisateur du clip de *L'Americano* : une petite merveille tournée en 35 millimètres (le format cinéma) et conçue comme un hymne au cinéma italien et italo-américain, de Sergio Leone à Brian de Palma, en passant par Federico Fellini. Cette fois, le scénario s'inspirait de *French Connection* : une histoire de gangsters marseillais venus à New York pour payer une rançon et libérer l'un des leurs, retenu prisonnier par la mafia. Nous avons tourné dans le port de Red Hook ainsi qu'à Brooklyn, le fief des Italo-Américains. Au casting, on retrouvait toute la clique italienne de New York, acteurs et cascadeurs dont certains ont officié plus tard dans *Les Sopranos*. Je me souviens de cet interprète incroyable qui campait le parrain de la French Connection. Il avait vraiment la gueule de l'emploi. Il avait d'ailleurs fait une apparition dans *Casino*, de Martin Scorsese, et distribuait à tout le monde des photos dédicacées de lui en compagnie de Sharon Stone et Robert De Niro. Il les filait en disant bonjour, comme des cartes de visite... On a tourné à l'américaine, avec deux caméras, en format 16 millimètres, celui des séries télé, et nous avons soigné l'image en embauchant un chef opérateur américain. Histoire de nous faciliter la tâche, la lumière, en plein mois de juillet, était superbe. Ça bossait, mais ça se marrait bien aussi, notamment pendant les scènes de courses poursuites, assez épiques. Mine de rien, la version remixée des *Bad Boys* et le clip ont boosté les ventes de *Métèque et Mat* un an après sa sortie. Alors qu'il plafonnait à 75 000 exemplaires, il a atteint rapidement les 250 000 copies. Quand Laurence est allée voir Laurent Bouneau chez Skyrock pour lui présenter le clip et le remix des *Bad Boys*, il a tranché net : « Repassez me voir quand vous aurez un tube, un nouveau *Mia*, là ça ne vaut rien. » *Je danse le Mia*, le single qu'il avait jeté à la figure de Laurence à l'époque où elle le lui avait fait écouter n'était pourtant pas un « tube » non plus... C'est dire le flair du bonhomme. Deux semaines plus tard, quand il a vu le clip diffusé à la télévision, il a retourné sa veste et programmé le titre.

Quand le boulot nous laissait du temps libre, nos moments de détente étaient dédiés au sport en chambre. Je parle des tournois de foot sur console vidéo, le péché mignon d'IAM. J'y prenais systématiquement le maillot de l'équipe d'Argentine. Ce pays, c'est l'Italie bis. Il a subi la plus grosse vague d'immigration italienne depuis le siècle dernier et compte aujourd'hui 60 % d'Italiens, dont un contingent important de Napolitains. Certains membres de ma famille ont d'ailleurs choisi de s'installer à Buenos Aires.

La Fonky, venue initialement pour cinq jours, est finalement restée un mois entier à New York. Le soir, il nous arrivait de partir en virée dans les tripots clandestins de Chinatown. Comme dans les films, ils étaient le plus souvent situés au fond d'une ruelle lugubre. Après avoir payé un droit d'entrée, on accédait à un monde parallèle, celui des paris et des jeux d'argent, dont les Chinois sont très friands. Je garde un souvenir précis des salles en sous-sol, enfumées et gorgées de monde, avec leurs tables de billard et de poker éclairées par des lampes suspendues au plafond.

Avec la Fonky, c'était au ping-pong que l'on réglait nos comptes. Ils étaient bons, mais nous avions une arme secrète pour gagner à tous les coups : la pression psychologique. Quand ils s'approchaient dangereusement de la victoire, nous sortions le grand jeu pour déstabiliser l'adversaire. Et l'adversaire finissait toujours par craquer. Je m'explique : une équipe de foot compte onze joueurs ; l'équipe d'IAM, elle, dispose d'un douzième : Alain dit « Alain Tox », ou plus exactement « à l'intox ». Quand la victoire menaçait de nous échapper, on faisait rentrer Alain, notre botte secrète. L'heure était alors au grand n'importe quoi : hurlements, charriages, coups de pression… Rien à voir avec de l'antijeu. Non, le jeu d'Alain était plutôt l'expression même du sport – dans sa conception italienne du moins. Et américaine. Les Américains ont en effet adopté certains particularismes des Ritals. Même dans la défaite, ils demeurent convaincus de leur supériorité sur l'adversaire victorieux. Quand je perds, je garde ma superbe. Attention, je ne suis pas un mauvais joueur, seulement un bon joueur qui déteste s'incliner, nuance. Je suis un compétiteur dans l'âme et Joe, lui, est encore pire que moi. Quand il n'est pas certain à 100 % de gagner, il ne joue pas. Moi, si on me lance un défi, je le relève, même si je suis perdant à l'arrivée. En cas de défaite, j'arrive toujours à me dénicher des milliers d'excuses, je pourris l'adversaire, je l'humilie en paroles. La joute verbale et le rap prennent alors le relais. Même avec mes enfants, je suis impitoyable, je ne les laisse jamais gagner. Yanis a du talent, il est bon aux jeux vidéos, et je dois l'avouer, malgré l'ascendant psychologique que je m'efforce d'exercer sur lui, il parvient à l'emporter de temps en temps.

Après la phase d'enregistrement, nous sommes allés mixer l'album au Studio Sorcerer, sur Mercer Street, Soho, tout près de Little Italy. Le lieu arborait une décoration surprenante : ambiance vaudou au cœur de Manhattan. Dans l'entrée, crânes et squelettes pendaient au mur tandis qu'à côté de la salle d'enregistrement un python somnolait dans une verrière. À l'étage, on trouvait une salle avec billard, et au-dessus, dans une cage suspendue au plafond, une mygale se régalait d'insectes. Comme souvent en période de mixage, les journées s'écoulaient lentement et l'on passait l'essentiel de notre temps à attendre. Notre présence visait seulement à surveiller et à valider le boulot des ingénieurs du son. Sur douze ou quatorze heures en studio, nous n'en comptions que deux de travail effectif. Alors il fallait s'occuper. Jouer au billard et à la console de jeux, faire du shopping pour tuer le temps, ça va deux minutes. On est à New York, bordel ! Il fallait en profiter pour taffer.

Nous avons donc monté un studio parallèle. Pendant que Nick et Dan bossaient sur le mixage, nous enregistrions des chansons. Résultat, on a refait tout *L'École du micro d'argent* en anglais, avec des titres inédits et surtout une flopée d'invités comme Rahzel, Avenda, Royal Fam, Dark Ages... Nous avions le projet de sortir aux États-Unis cet album américain, mais Delabel n'a malheureusement jamais enclenché le processus. Ils ont dû juger le projet trop risqué, je le regrette. J'ignore si une carrière américaine aurait pu s'ouvrir à nous, mais notre musique rencontrait un écho certain aux États-Unis. En 1997, *The Source Magazine* a élu IAM « meilleur producteur du futur »... Pour nous, cet album en anglais fut un travail dans le vide, mais nous avons eu le privilège de bosser avec des pointures du rap US, notamment les Sunz Of Men, une émanation du Wu Tang Clan. Au Greene Street Studio, nous avions déjà enregistré un duo ensemble, *La Saga* – un morceau décisif, qui allait enfanter une nouvelle génération de titres, notamment lors de l'ultime phase d'enregistrement organisée dans l'urgence à Paris, trois semaines avant la sortie de *L'École du micro d'argent*. Mais ça, nous l'ignorions encore, même si une petite voix dans mon for intérieur me disait : « Les autres morceaux ne sont peut-être pas à la hauteur de *La Saga*. »

Nous sommes rentrés à Marseille au moment où la machine IAM tournait à plein régime. Fin juillet, nous repartions vers Big Apple pour le mixage définitif. Puis retour à Marseille fin août. À ce moment-là, François, alias Khephren, s'est chargé de nous ouvrir grand les yeux. Après avoir écouté le disque, il nous a asséné une claque monumentale, avec toute la franchise et l'amitié qui le caractérisent : « L'album est bon, mais il pourrait être encore meilleur. Il lui manque des morceaux dans la veine de *Petit Frère* ou de *La Saga.* » Son jugement sonnait juste. François avait su mettre des mots sur un sentiment diffus que nous étions incapables de formuler. Depuis cinq mois, nous avions la tête dans le guidon, sans le recul nécessaire pour porter un regard lucide sur notre travail : le disque était trop étoffé, trop orchestré, trop brillant, il lui manquait de la concision dans l'habillage sonore ; les morceaux ne frappaient pas assez… Nous avions réalisé un produit sophistiqué, raffiné, mais congelé. Ce disque, on ne l'assumerait pas. De toute évidence, notre collaboration avec Nick et Dan s'était essoufflée. Ils étaient moins branchés sur notre musique. Eux étaient doués pour les arrangements très orchestrés et musicaux, or nous voulions un son plus mat, percutant et martial. L'évidence s'est imposée, cruelle mais incontournable : il fallait reprendre le travail à la base, sans Nick et Dan. Évidemment, ils ont eu du mal à accepter notre choix, ce que je peux comprendre, mais ils ont su dissocier le boulot et l'amitié. La décision de recommencer *L'École* fut prise à New York, lors du mastering, étape finale dans le processus de création d'un disque. Le lendemain même, il devait partir en fabrication, pour une sortie prévue trois semaines plus tard. Avec Luca, nous avions écouté une dernière fois l'album et étions sur la même longueur d'onde : il fallait recommencer à zéro. Luca a respecté et appuyé notre choix, et pourtant il risquait sa place. De fait, avec le label, les négociations furent ardues. Je me souviens de la réunion à Paris chez Delabel, dans la salle du sous-sol. Certains s'arrachaient les cheveux, d'autres hurlaient, frôlaient la crise de nerf – des réactions légitimes. Nous avions atomisé un budget déjà conséquent. Mais nous étions dans le vrai et notre attitude n'avait rien à voir avec un caprice de star. Luca, Nicole et Laurence l'ont parfaitement compris. Sans eux, *L'École du micro d'argent* n'aurait jamais existé. À l'époque, Fabien, devenu manager du groupe, menait les négociations avec efficacité : nous avons ainsi obtenu un mois et demi de rab pour travailler à nouveau sur l'album dans deux studios situés à Suresnes : deux semaines à Guillaume-Tell et trois semaines à Mega.

C'est alors que nous avons vécu l'expérience studio la plus intense et la plus créative de notre carrière. Bizarrement, nous ne ressentions aucune pression, aucune peur, seulement une énergie euphorisante à l'idée de retravailler le disque. Nos horaires étaient serrés : de 10 h 00 à 3 h 00 du matin. La longue parenthèse newyorkaise nous avait insufflé un regain de dynamisme et une nouvelle fraîcheur s'instaurait dans notre travail. Les idées foisonnaient. En vingt-quatre jours, nous avions réécrit 80 % du disque, mixé par Prince Charles, un ingénieur du son new-yorkais aux états de services impressionnants. Il avait travaillé avec Notorious Big, Mary J. Blige et officiait à plein-temps chez Bad Boy Records. Il avait également été clavier pour les Rita Mitsouko. Catherine Ringer et Fred Chichin l'avaient engagé après avoir écouté l'album de funk qu'il avait sorti au début des années 1980. Il a su respecter nos compositions tout en les optimisant. Nick et Dan bossaient de manière très appliquée, Prince Charles vivait la musique et possédait une énergie communicative. Il restait rarement en place, n'hésitant pas à se lever pour danser sur nos morceaux.

Nous avons écrit en moyenne deux titres par jour : *Nés sous la même étoile*, *L'Empire du côté obscur* dans sa version définitive, *L'École du micro d'argent*, *Dangereux*, *Un cri court dans la nuit*… Soit les deux tiers des morceaux majeurs de l'album. Nous avons retravaillé l'habillage musical des titres déjà existants comme *Chez le mac*, *Libère mon imagination*, *Quand tu allais on revenait*. Et puis nous avons créé *Demain c'est loin*, le classique de nos classiques : l'hymne des quartiers, une fresque sociale de neuf minutes sans refrain. Un format inédit dans l'histoire du rap, tout comme le clip-réalité réalisé par Kamel Saleh, et qui deviendrait la référence du genre.

L'histoire de ce morceau a débuté lors de nos toutes premières sessions d'enregistrement au Greene Street Studio. J'avais écrit un texte baptisé *Tours de béton*, une radioscopie ultra-réaliste et visuelle des quartiers, avec des images chocs, des flashs, des allégories et métaphores urbaines. Quelques mois plus tard, au studio Méga, Joe m'a fait écouter un nouveau son, une boucle minimaliste et envoûtante composée par ses soins. J'étais emballé : « Il tue cet instru, il faut rapper dessus. » Et comme Joe pense à tout, il avait déjà écrit un texte, dans la lignée de *Tours de béton*. C'était un couplet magnifique de cinq minutes sur le quotidien dans la cité, ses codes et sa violence, ses bons moments, ses lueurs d'espoir, l'absence de perspectives, ses talents ignorés, l'impasse de l'illicite… Joe avait trouvé une idée poétique forte : chaque début de quatrain commençait par le dernier mot du quatrain précédant. Dans un coin du studio, je reprenais mon texte, laissé en jachère. J'avais déjà écrit soixante mesures, je l'ai complété de soixante nouvelles, puis nous l'avons enregistré. Ce titre fleuve est le pendant du *Mia*, et le seul à pouvoir rivaliser avec. Il prend aux tripes, captive, impose un silence de cathédrale. À chaque concert, je peux mesurer son impact à la manière dont il est accueilli par le public. D'ailleurs, ces deux morceaux résument l'esprit IAM dans sa dimension sociale et consciente d'un côté ; festive et rigolarde de l'autre.

En studio, tout s'est donc déroulé sous les meilleurs auspices. Des amis rappeurs passaient nous voir : Ali, de Lunatic, Oxmo, les Xmen… Quelques mois auparavant, quand nous avions commencé à travailler sur l'album, un événement tragique nous avait cependant endeuillés. Nous devions enregistrer un morceau avec East, un excellent rappeur originaire de la région parisienne. La veille, il se tuait dans un accident de scooter. Nous étions sous le choc. Nous sommes allés voir Cut Killer, car East avait enregistré un morceau a cappella chez lui : *L'Enfer*. Alors nous avons écrit nos couplets autour de son titre et l'avons intégré à l'album. Ce fut notre hommage.

Une fois l'enregistrement achevé, nous avons organisé une rencontre avec l'équipe Delabel pour leur présenter l'album. Tout le monde était assis en cercle. Une fois l'écoute terminée, le jugement de Laurence et Luca est tombé tel un couperet : « Superbe, mais sombre. » Oui, le disque est « dark », sans doute une réaction au *Mia*. Cependant, l'humour affleurait sur quelques titres, notamment *L'Empire du côté obscur*, *Quand tu allais* on revenait, *Elle donne son corps avant son nom* ou *Chez le mac*. Nous étions revenus à un son brut, épuré et concis, proche de notre première cassette autoproduite *Concept*. La couleur de l'album reflétait bien nos influences musicales : Notorious Big – rappeur américain assassiné à l'âge de vingt-cinq ans –, Mobb Deep – groupe de rap américain formé par Havoc et Prodigy –, et le Wu-Tang Clan. Nos inspirations venaient d'un rap new-yorkais sans fioritures, ancré dans une réalité dure. Nous voulions un album plus réaliste et concret, en rupture avec le mysticisme prononcé d'*Ombre est Lumière*. Nous avions également écrit des morceaux souriants, mais ils ne tenaient tout simplement pas la route, ne rivalisant pas avec les autres, plus sombres. Sans doute était-ce la maturité, et le dernier rempart de l'enfance avait-il sauté depuis *Ombre est Lumière*. Comme chaque album d'IAM, *L'École du micro d'argent* est une photographie, un reflet de l'époque et de notre état d'esprit au moment où nous l'avons enregistré. Or sur les trois années qui en avaient précédé la création, le climat social s'était tendu et incitait peu à l'optimisme. Tous les problèmes sociaux abordés dans *Ombre est Lumière* s'étaient aggravés. Et puis nous voulions sans doute payer un tribut à ces amis qui n'avaient pas eu notre chance. Cette forme de culpabilité, qu'on la juge saine ou malsaine, logique ou illogique, est fréquente chez les gens « du quartier » quand ils réussissent.

Dans le sud donc, le climat politique avait pris une tournure catastrophique. Tandis que le Front national continuait tranquillement à recueillir entre 20 et 25 % des voix à Marseille, nos pires cauchemars sont devenus réalité le jour où Vitrolles, Marignane, Toulon et Orange sont tombées entre ses griffes. La violence des fachos avait aussi frappé l'un de nos proches. En 1995, des colleurs d'affiche du FN avaient assassiné Ibrahim Ali d'une balle tirée dans le dos. Le drame était survenu juste avant mon départ à Naples pour l'enregistrement de *Métèque et Mat*. Ibrahim était un ami, il rappait au sein du groupe B Vice. C'était un jeune homme d'origine comorienne, droit et respectueux, et il s'était fait descendre par des gros bras d'extrême droite, dont deux d'origine italienne. J'en ai été malade... Je n'oublierai pas la veillée qui a eu lieu chez ses parents ; ils ont réagi avec une dignité exemplaire, sans appel à la vengeance. J'ignore si, à leur place, j'aurais fait preuve d'une telle sagesse... Il y aurait sûrement eu du plasticage. Nous avions organisé un concert pour collecter des fonds et couvrir les frais des obsèques, et il y eut également une manifestation de soutien à sa famille organisée sur le Vieux Port. Je m'étais joint au défilé avec les autres membres d'IAM, en toute discrétion, lunettes et casquette vissée sur la tête pour passer inaperçu, loin du cortège de tête truffé de politiques. J'avais tout de même été harcelé pour signer des autographes. En pareilles circonstances, cela m'avait mis mal à l'aise. Depuis ce jour, je refuse de participer à la moindre manifestation. Dans le défilé, émanait plus de tristesse que de colère. Aujourd'hui, le climat serait sans doute plus explosif. Ce genre de drame peut facilement faire voler en éclats la paix sociale.

Ainsi s'expliquent, en grande partie, la noirceur et le dépouillement inédits de *L'École du micro d'argent*. La maison de disques tablait sur un objectif de 150 000 albums. Le jour de sa sortie, il était disque d'or. En moins d'une semaine, nous avions amorti tous les frais engagés. Fabien avait eu l'idée d'organiser une journée spéciale IAM sur Canal Plus, avec diffusion d'un documentaire, longue interview, live... Je pense que cette initiative a été un événement déterminant dans l'énorme succès de notre nouvel album. Je garde aussi un bon souvenir de notre passage sur la radio rap parisienne Générations, à l'ancien hôpital d'Ivry. Nous avions organisé un freestyle d'anthologie, en direct à l'antenne, entre les membres de notre label Côté Obscur et toute l'équipe de Time Bomb : Oxmo Puccino, Pit Baccardi, les X-Men, Futuristic. L'enregistrement a d'ailleurs été pressé en disque.

Nous voulions également promouvoir l'album avec un concept novateur : une trilogie des clips *L'Empire du côté obscur*, *La Saga* et *L'École du micro d'argent* – ce dernier a finalement été trappé, il ne nous convenait pas. En revanche, les deux autres furent des réussites, deux superproductions tournées en 35 mm avec un budget pharaonique, et réalisées là encore par mon ami Florent Siri. Pour sortir des sentiers battus empruntés par le rap, nous avions privilégié une esthétique inspirée de *La Guerre des étoiles* et de l'univers des *comics*. Dans le clip, nous étions les soldats de *L'École du micro d'argent*, dotés de superpouvoirs, sur le modèle des Quatre Fantastiques : Kheops envoyait des disques, moi j'avais la puissance mentale, Joe les griffes de Serval, Imhotep une sarbacane avec de la fumée empoisonnée... Les clips de *La Saga* et de *L'Empire* furent tournés à Marseille, le lendemain de notre retour de New York, alors que nous nous trouvions dans un état de fatigue extrême. Mais nous étions entre potes : la Fonky Family, 3e Œil et le Soul Swing avaient tous été invités à figurer dans le clip. Les membres de Sunz of Men nous avaient également rejoints. Marseille nous était grande ouverte, alors nous avons investi des lieux forts et insolites : la chapelle de la Vieille Charité, l'ancien réservoir d'eau de la place des Moulins et un bateau polonais de transport d'esturgeons. L'écrivain Jean-Claude Izzo avait passé un après-midi entier avec nous sur le bateau. Il était venu de sa propre initiative, par amitié, pour voir comment se tournait un clip. Il observait beaucoup et me faisait penser à un sampler vivant. Les plus grands écrivains sont aussi de très fins observateurs. Il aimait beaucoup IAM et nous avait posé des questions, il disait avoir une idée en préparation, mais je n'ai jamais su ce qu'il en était. Il nous a en tout cas rendu hommage dans son livre *Total Kheops*, dont il a tiré le titre de l'un de nos morceaux. Nous avions beau être issus de générations différentes, nos racines napolitaines nous rapprochaient lui et moi. Jean-Claude comprenait notre musique. Un jour, il m'a donné sa définition du rap : « À Marseille, on tchatche, le rap n'est rien d'autre. De la tchatche. Tant et plus. » Ce fut notre dernière rencontre. Il est parti peu de temps après.

La critique comme les fans considèrent *L'École du micro d'argent* comme le chef-d'œuvre d'IAM. C'est faux : il est simplement l'album d'IAM qui s'est le plus vendu. *L'École* est un disque new-yorkais : efficace, cohérent dans le concept, musical et dépouillé, à la fois puissant et raffiné. Mais il ne surclasse pas à mes yeux *Ombre est Lumière* qui, à ce jour, demeure notre album clef. Et puis *L'École du micro d'argent* a été l'objet d'une force de frappe médiatique écrasante. Skyrock diffusait six morceaux en boucle sur sa playlist, tous les singles passaient sur NRJ et Fun Radio, idem pour nos clips sur M6... Lorsqu'on fait manger du IAM à la télé et à la radio, on touche forcément le grand public et l'on vend des disques en conséquence. Si *Saison V* avait bénéficié d'une telle couverture dans les médias, il aurait certainement obtenu des scores plus élevés : par son minimalisme, sa musicalité et ses textes puissants, il est proche de *L'École*.

C'est la tournée qui, pour finir, a fait décoller l'album vers des sommets inespérés : nous avons atteint 1 300 000 exemplaires, un record absolu dans l'histoire du rap français. Nous jouions tous les soirs à guichets fermés et étions obligés, dans certaines villes, de doubler les dates ou d'investir des salles plus grandes. Notre tour de chant prenait les allures d'une succession de tubes. IAM était à son apogée, à l'image du soleil levant qui se dessinait au fond de la scène en décor de temple chinois. Après le carton du *Mia*, nous avions franchi un nouveau cap en termes de notoriété. Notre popularité prenait des proportions inédites, parfois effrayantes. Un jour, nous avons débarqué à Reims pour un concert. Dans l'après-midi, nous étions allés manger dans un restaurant du centre-ville. Quand nous en sommes sortis, la place était noire de monde : mille personnes nous attendaient pour prendre des photos, nous demander de signer des autographes, nous toucher… C'était à la fois gratifiant et terrifiant. J'ai assez mal vécu la notoriété et j'ai d'ailleurs expliqué pourquoi dans une chanson : « J'étais trop normal pour être une star. » Je le dis sans coquetterie, la célébrité m'a parfois rendu agoraphobe : j'évitais de me rendre dans le centre-ville, j'étais pris d'angoisse à l'idée de me retrouver dans un aéroport, je succombais à des peurs paniques, j'avais à nouveau des crises de spasmophilie… Quand j'allais au Stade Vélodrome, je signais des autographes au lieu de voir le match. Dans les magasins, les emplettes se terminaient forcément en séance de dédicaces, puis en séance photos. Lorsque j'évolue avec le groupe, dans le cadre de mon travail, j'accepte les contraintes de la notoriété, souvent avec plaisir. En

sortant de concert, je vais à la rencontre du public, serrer des mains, parler longuement. Tant que les gens sont
agréables, je reste bien conscient que sans les fans nous
traînerions encore au quartier. Mais en contexte privé,
je suis moins conciliant. Moi-même, je ne me suis
jamais comporté en fan, sauf peut-être lors de mes
années new-yorkaises, quand je fréquentais le gotha du
rap au Latin Quarter. Et encore, ma timidité m'empêchait d'aller réclamer des autographes !

La popularité d'IAM a fatalement attisé l'intérêt
des politiques de tous bords. À Marseille, vies sociale,
culturelle et politique sont intimement liées, au point
d'entretenir des relations parfois incestueuses. À Paris, les
artistes sont nettement moins courtisés qu'en province.
Nous n'avons jamais été dupes des tentatives de récu-
pération, nombreuses et souvent grossières. Si nous
avons cultivé la défiance, nous sommes parfois tombés
dans le piège de la drague politique.

Ma meilleure leçon politique, je la dois à Robert
Vigouroux, maire socialiste de Marseille en 1996. Lors
de l'inauguration du Dôme, la grande salle de concert
du quartier de Saint-Just, M. Vigouroux nous a invités
à la mairie pour un déjeuner. Avant de nous quitter, il
nous a demandé de poser avec lui. Devant notre réticence,
il nous a assuré qu'il s'agissait d'une photographie à
usage privé, pour son album personnel. Le lendemain,
nous l'avons retrouvée imprimée dans *Marseille Magazine*. Une semaine plus tard, tirée à 500 000 exemplaires,
elle était distribuée dans toutes les boîtes aux lettres de
Marseille et de sa région. Cet épisode désagréable a
nourri mon ressentiment à l'égard des socialistes.

Dès lors, nous avons décliné toutes les invitations émanant de personnalités politiques. Et pourtant, elles furent nombreuses. À l'exception de François Mitterrand, tous nous ont fait du pied. Chirac nous a plusieurs fois conviés à déjeuner, comme Royal et tant d'autres... À l'époque où il briguait la mairie de Marseille, Bernard Tapie nous avait invités sur son bateau, le *Phocéa*. Encore une fois nous avions décliné. Beaucoup plus tard, il me dirait à ce propos : « Mais bonhomme, t'aurais dû venir sur mon yacht avant qu'on me le saisisse. Tu te serais tapé un kif. » Une fois ministre de la Ville, il a continué à nous solliciter régulièrement, s'exposant toujours à nos refus. En revanche, nous sommes allés le voir en 1998, quand il était au cœur de la tourmente judiciaire et que tous ses biens avaient été saisis. Je préfère rencontrer les puissants au moment où ils touchent le fond. La débâcle les rend moins arrogants, plus humains et désintéressés. Personnellement, j'ai surtout connu Tapie l'homme de théâtre, guère le politicien. Un jour, nous avons déjeuné dans un restaurant parisien et je garde de ce moment un bon souvenir. Nous sommes originaires du même milieu, partageons un langage commun, de « mec de la rue ». Durant le repas, je l'ai questionné sur Adidas et là, il m'a balancé, avec un franc-parler digne de sa marionnette des Guignols : « Écoute, bonhomme : Adidas, tu t'éclates la première année et la deuxième année, tu te fais chier avec les Chinetoques qui te grattent dix centimes par paire de pompes. » Avec IAM, nous étions morts de rire. On peut penser ce que l'on veut de l'homme politique, je suis loin d'être d'accord avec tout ce qu'il défend. Il n'est ni blanc ni irréprochable. Mais ceux qui l'ont flingué l'ont fait pour une raison simple : il n'appartient pas au sérail politique.

En revanche, il m'est arrivé de débattre avec les politiques sur les plateaux télé. Certains s'en sont mordu les doigts. En privé comme en public, je n'ai pas la langue dans ma poche. En pleine polémique sur le CIP (Contrat d'insertion professionnelle), j'ai participé en duplex à un débat avec Alain Madelin, qui m'a pris de haut et s'est pris en retour une sévère volée de tacles. Il y eut aussi un débat avec Sarkozy. À l'époque, il était déjà entouré d'une impressionnante brochette de conseillers en communication. Dans les coulisses, il était venu me voir pour papoter, et me dire sur un ton faussement innocent : « Alors, il paraît que vous avez eu des petits soucis à La Rochelle ? » Effectivement la veille, des échauffourées avaient perturbé notre concert. Peut-être cette remarque était-elle une manière de me faire passer un message : « Fais gaffe, coco, je suis informé, je sais tout de toi. » De mon face à face avec Charles Pasqua, je garde un souvenir cuisant. Je l'avais rencontré au moment de la sortie de *L'École du micro d'argent*, à l'occasion d'un débat animé par Christine Ockrent. Pendant toute l'émission, j'avais dit le fond de ma pensée, sans langue de bois ni complaisance. Pasqua, chaque fois, répondait de sa voix tonitruante : « Mais il a raison ce jeune homme, mais il a raison ce jeune homme, je suis entièrement d'accord avec lui. » Il me suivait sur tout, usant par là d'une stratégie de communication très déstabilisante. À l'écouter, lui et moi étions sur la même longueur d'ondes. J'avais presque envie de proposer à MC Charles Pasqua de venir rapper sur le prochain album d'IAM. Une fois l'émission terminée, nous avons pris l'ascenseur ensemble et là, dans le fond des yeux, il m'a balancé, de son accent à la Raimu : « Akhenaton, je t'ai compromis. » Il l'avait joué fine, esquivant le choc frontal, réussissant le tour de force de passer pour un mec sympathique et ouvert d'esprit. Moi, je m'étais époumoné pour rien.

Avec le recul, j'ai sans doute participé à trop de talk-shows politiques. Je suis rapidement devenu l'invité obligatoire de ces émissions, où l'on me considérait comme « le maire informel des banlieues ». À ce moment-là, personne n'occupait ce terrain et il me semblait utile d'opposer aux discours des politiciens mon expérience et mon vécu. Mais c'était une erreur : face aux politiques, le débat est forcément biaisé. On peut s'épuiser de sincérité et de conviction, eux sont dans le calcul permanent, la langue de bois, le sophisme et le double discours. Comment oublier cette émission où Éric Raoult a demandé à NTM : « Et vous, vous faites quoi pour votre quartier ? » Il ne parlait pas d'investissement humain bien sûr, mais de pognon. Ou l'art d'inverser les rôles. À force de participer à des talk-shows, j'ai fini par risquer mon statut d'artiste. Les médias voyaient désormais en moi un animateur social. Quand je faisais la promotion de mes albums, les questions des journalistes tournaient exclusivement autour de la politique, de l'état de la société... Mais je suis musicien, je fais du rap, j'ai envie de parler musique !

Aujourd'hui, je me préserve et participe avec parcimonie aux émissions politiques, surtout quand je vois le niveau des échanges. Le débat d'idées ? Fini. Tous fonctionnent à la phrase assassine et à la provocation gratuite, pour créer l'incontournable « buzz ». Dans le rap, on appelle ça la « punchline ». Les politiques sont d'une certaine façon devenus des rappeurs, ils ont piqué et parfaitement intégré les techniques marketing de notre musique. Cela donne une politique à l'image de la télévision hertzienne : braillarde, racoleuse et vulgaire.

La tournée *De L'École du micro d'argent* s'est achevée dans une ambiance tendue. Nous avions donné une centaine de concerts, nous étions lessivés et, depuis quelques dates, un groupe de jeunes s'amusait à foutre le bordel dans le public. Ils squattaient le premier rang, nous provoquaient en portant des tee-shirts du PSG, nous adressaient régulièrement des majeurs bien tendus. Toujours les mêmes. Ces fouteurs de merde ne venaient pas pour le spectacle, mais pour pourrir l'ambiance et le public. Lors de la dernière date, au Zénith de Paris, ils ont héroïquement agressé une fille en lui balançant des tartes derrière la tête. On avait prévenu des potes : « Si jamais il y a embrouille, vous les dégagez. » Ça n'a pas traîné : ils les ont défoncés du bord de la scène jusqu'à la sortie du Zénith. L'un d'eux a eu la mâchoire fracturée et a porté plainte, sans suite. Lorsqu'on joue au voyou, on est tenu d'assumer. On prend sa raclée et on fait profil bas. En tout cas, on évite d'aller chialer au commissariat.

C'est dans ce contexte lourd que Johnny Hallyday, accompagné de Lætitia, nous avait rendu visite dans les loges. Il adorait IAM, avait beaucoup aimé *Métèque et Mat*, et il souhaitait que je lui écrive des textes. Les conditions n'étaient pas optimales pour une première approche : j'étais harassé par la tournée, échaudé par l'incident dans le public et par un accrochage verbal avec la Fonky Family. De plus, je suis rarement disponible après un concert, j'ai besoin d'un long moment de décompression. Johnny a attendu un quart d'heure, puis il est parti. Je le regrette, car je pense avoir une

once d'éducation et mon intention n'était pas de le sno-
ber, loin de là. Cela dit, je n'ai pas cherché à donner
suite à ce rendez-vous manqué. Travailler sur l'un de ses
albums aurait présenté des avantages, mais mon sens
éthique et artistique me disait que je ne pouvais rien
apporter à un artiste si loin de moi musicalement.
Aujourd'hui, je me suis un peu assoupli sur les collabo-
rations, même si mon entourage persiste à m'appeler le
taliban du rap. J'ai écrit pour Enzo Enzo, Julie Zenatti,
Catherine Lara, et pour l'album d'Isabelle Adjani – celui
que produit Pascal Obispo. Johnny est peut-être simplement venu au mauvais moment. Deux mois après la tournée, j'attaquais d'ailleurs, avec Kamel Saleh, le tournage
du film *Comme un aimant*.

Une journée chez le Diable

J'espère un extrait de modestie, ma propre estime
Altérée par le poids des regrets, plus civilités
J'avoue mes propres crimes, bénins
Mais assez graves pour que je signe de mes mains mes aveux
Et travers consignés au fond de ces quelques lignes bleues

Nuits à Médine, et air fantastique
Prêt à envahir les esprits comme Salah-ed-Din
Sur le mur la moquette, sors mon cahier, prépare mes
                                              [roquettes
Et un cocktail de zeb afin de booster mes rimes

Ainsi naît le shit squad et sur ce track j'ai bien ri
Quatre ans après je perçois ce truc comme une démagogie
Pire qu'une semaine de T.I.G, ces gosses de dix piges
Écrivant sur le mur : « Vive la fumette ! » et « J'encule
                                              [la police ! »
On mitige

Avec des arguments aussi nazes que le titre
Aussi facile qu'on incite les mômes à briser les vitres
Une journée chez blîss, pété on se croit fort, on s'hérisse
On pactise avec 6.6.6., et nos cœurs faiblissent

Comme les jeunes poussent de notre sorte, à qui on vend
                                              [des disques
Et par la sottise de nos rimes on fait prendre des risques

Colombes à Sing Sing, incarcérés guettant un autre infime signe
Ma plume saigne, et dans cet état je sème des récits de teignes

Le bien qu'on m'enseigne, 361 magnifique spin
Le savoir se partage, sinon je ne vaux pas mieux qu'un
[stupide skin
Si je te dis ça, quelque chose s'est cassé, au fond de mon cœur
J'ai le souvenir, le goût amer, pour avoir passé
[une journée chez le Diable

Une journée chez le Diable, épaisse fumée dans le corps
Quand la voix de ma conscience me crie : « Sors, sors ! »
Une journée chez le Diable
Une journée chez le Diable

Ma vie se déroule, comme un chemin sinueux, ce que j'insinue
C'est que le shit calciné apparut dans le cerveau, chassant le
[cosinus
Mon pote Omar riait de me voir si nul
Moi, ça me rendait malade de voir des feuilles ainsi nues

Quelque part entre terre brûlée et teh brûlé
Aux sales murelles acculé, où trop de têtes brûlées traînaient
[et trop de pet' brûlaient
Tu vois le bagage de mal qu'un hammal peut véhiculer
Dans le délire, Free, pouvant ainsi circuler

Et l'innocent se trouve percuté dans la mire
Dans la cire moulée, le jour de la rédemption je les verrai
[fuir le navire
Mate-moi ces enculés qui se frottent les mains devant nos
[dérives
Tenant un compte cumulé de nos erreurs pour plus tard
[justifier la lessive

Où est le ciel, quand tu passes une nuit dans leur gîte
À braquer les familles pauvres, et agresser les petites
Je relève la tête, vois les conneries que j'ai écrites

Sincèrement, je demande pardon en ces lignes aussi fort que
[je pisse sur les livres de Céline

Rap sublime, subliminal : message supprime
Donc je crie, pour que ce paragraphe porte
Quand des démons patientent assis devant ma porte
[à l'affût de mes fautes
Futures et m'érode, quand je laisse tomber les combats lâche
[comme Hérode

Sept ans après, mat et métèque, j'affronte encore les mêmes
[cohortes en mes thèmes
Je vois autour, les couleurs vives s'éteignent
La teinte de l'avenir est terne, que puis-je y faire ?
Je vois en face le mur bâti de fer, et les rêveries avortent

Pourquoi la simplicité, sûrement la franchise est morte
C'est trop facile en paroles de ruiner la vie des autres
Je pourrai pas revenir en arrière, mais j'espère expier mes fautes
Prostré sur ma feuille et mes prières, une journée chez le Diable

Une journée chez le Diable épaisse fumée dans le corps
Quand la voix de ma conscience me crie : « Sors, sors ! »
Une journée chez le Diable
Une journée chez le Diable

Comme un aimant

Dans la pyramide de mes passions, le cinéma occupe une place de choix, juste après le hip-hop. Si je me suis investi corps et âme dans le rap, le maniement de la caméra m'a toujours démangé, au point que j'ai réalisé des vidéos clips pour IAM et pour d'autres rappeurs, parmi eux Oxmo Puccino ; le court-métrage *Santino* est également le fruit d'un travail mené avec mon ami cinéphile Kamel Saleh.

J'ai décidé, peu de temps après la tournée de *L'École du micro d'argent*, de concrétiser mon rêve de gamin en tournant un premier long-métrage, *Comme un aimant*. Le tournage, commencé à Marseille en août 1998, s'est déroulé dans la bonne humeur, entre boutades et crises de rire, pour s'achever dans la tristesse. Alhassan, un proche de l'équipe, décédait de mort violente trois jours avant la fin du tournage, d'un coup de lame dans le cœur, à cause d'un pare-brise cassé. *Comme un aimant* lui est dédié. Quelle cruelle ironie...

Durant notre adolescence sur le Vieux Port, Kamel et moi avions l'impression de vivre dans un pays en guerre : crise sociale, chômage, invasion des quartiers par les drogues, avec leur cortège de violences et de destins brisés. Je ne compte plus les amis qui ont fini assassinés, emprisonnés ou internés en hôpital psychiatrique au long de l'hécatombe des années 1980. En ce temps-là, nous riions autant que nous pleurions, et c'est ainsi que nous est venue l'idée de raconter ces histoires extraordinaires de gens ordinaires, dont la vie peut basculer en vingt-quatre heures sur un coup de tête, une mauvaise rencontre, une pulsion mal dominée... Nous souhaitions dépeindre cette mosaïque de vécus à notre manière, sans misérabilisme, sur un mode tragi-comique balançant entre la chronique sociale et la fable, le polar et la comédie italienne réaliste. L'idée avait germé quelques années plus tôt, au cours des soirées ciné-club que j'organisais dans mon studio : trois films à chaque fois, enchaînés en sirotant du thé à la menthe. La projection se poursuivait en général avec des discussions animées sur telle œuvre, telle école de cinéma, tel réalisateur ou tel acteur.

Ma passion pour le septième art remonte à l'enfance. Gamin, allongé sur mon lit, j'ai moult fois fantasmé devant le mur de ma chambre tapissé des unes du magazine *Première*. Mon premier choc cinématographique, je le dois à Sergio Leone ; j'avais huit ans. J'étais en vacances en Haute-Savoie et ma mère m'avait emmené voir *Il était une fois dans l'Ouest*. Une scène en particulier m'avait marqué, pour ne pas dire traumatisé : il s'agit de cet épisode glaçant où des tueurs vêtus de longs manteaux sombres, telle une escouade envoyée par la grande faucheuse, déciment une famille entière. Le crime – un meurtre mafieux dans toute sa cruauté – se déroulait dans le silence, seul résonnait le souffle du vent balayant l'horizon poussiéreux. Je revois encore le visage de Henry Fonda, impassible et dur, la peau tannée par le soleil... Dans le panthéon de mes réalisateurs fétiches, Sergio Leone trône au sommet. Ses films m'ont profondément influencé, ils m'ont permis de développer une écriture visuelle, pensée comme un scénario. Et puis son personnage me fascine : il fut le premier à briser le mythe du western américain et à le dépasser, pour réinventer le genre. Avant lui, John Wayne chevauchait son pur-sang, se battait contre dix Indiens, tombait dans une rivière et se relevait toujours bien coiffé. Leone a su montrer des types avec des chicots défoncés qui crachent, chient, rotent, suent et puent. Ce n'est pas un hasard si Kheops a choisi d'appeler son premier album *Sad Hill*, à l'instar du cimetière dans *Le Bon, la Brute et le Truand*. J'ai même, un temps, pris comme pseudo « Sentenza », le nom de la brute (Lee Van Cliff) opposée à Blondin (Clint Eastwood) et à l'inénarrable Tuco (l'immense Eli Wallach).

Le cinéma s'est réservé une place de choix dans le rap, et particulièrement dans la musique d'IAM. Sur l'album *De la planète Mars*, nous reprenions déjà des répliques de *La Guerre des étoiles* ou de *Scarface*... Le cinéma nous a servi de marchepied pour prendre de la hauteur, donner un décorum à notre musique, délirer et trouver des concepts. Le dernier album d'IAM, *Saison V*, se veut ainsi une référence directe aux séries télévisées, *Les Sopranos* en tête. Le must.

Je pense avoir des goûts assez éclectiques. J'apprécie le western spaghetti, le cinéma italien ou hongkongais, les comédies grinçantes et décalées, dont l'un des sommets me paraît être le *Bernie* d'Albert Dupontel. Son humour noir est d'ailleurs assez mal perçu en France. Je suis évidemment un fan des films dramatiques et autres polars comme *Le Parrain*, *Nos funérailles* ou *To Live and Die in L.A.* Il y eut une époque où j'en connaissais tous les dialogues sur le bout des doigts. Kamel et

moi le regardions à intervalles réguliers, histoire de nous
assurer que rien, dans le film, n'avait changé d'une
semaine sur l'autre. Je me suis d'ailleurs inspiré de ces
souvenirs pour le titre *Métèque et Mat*.

Je suis un 100 % métèque, importé d'un pays sec
Jadis vulgaire pion passé pièce maîtresse du jeu d'échecs
Et si l'obscurité de ces mots encombre
C'est Dieu qui l'a voulu, j'ai dû trop jouer sur
                                        [des cases sombres

En fait mon équipe se respecte, c'est tout
Pas de pions, pas de roi, pas de reine, que des fous
Tous partis sur un échiquier pourri
Vingt ans plus tard, ils ont tous atterri sur du tapis lazuli

Ils disaient ce sont des ramasseurs d'oranges, des naïfs
Mais pas un faisait le mac devant des calibres et des canifs
La pro latinité est mon rôle
Pas étonnant venant d'un Napolitain d'origine espagnole

Les surnoms dont j'écope reflètent bien l'époque
Je suis un de ceux qu'Hitler nommait « nègres de l'Europe »
Et j'en suis fier, peut-être sommes-nous trop coléreux
Mais le respect est sacré, on n'appelle pas nos parents
                                        [« les vieux »

Cousin, si tu changes de camp mon pauvre
Nous te rappellerons le temps où tu avais encore la morve
Elle te sera contée comme une fable grecque
L'histoire des métèques et mats et du jeu d'échecs

Nous avons subi la loi des visages pâles, car mat est le métèque
Pour dix balles accompli les tâches et les travaux les plus
                                        [sales car mat est le métèque
Fascinés par le mirage des idéaux de modernité
Nos peuples se sont acculturés
C'est pourquoi la fierté demeure toute seule dans mon sac
De Métèque et Mat

On dit que les jeunes envient ceux qui
Sont les seuls de ces quartiers à s'en être vraiment sortis
Peut-être est-ce vrai, mais je préfère évoquer
Le fait d'être heureux de ce que l'on est

Petit, on me racontait l'histoire de truands, de boss
Qui pouvaient saigner trois mecs, puis bouffer des pâtes
                                        [en sauce
Scarface, le film est sorti, puis il a vrillé l'esprit
De beaucoup de monde, et moi y compris

Tu venais voir chez moi, on te disait : « Entra, entra, Pana
Bienvenue chez Tony Montana »
On nous a fait croire qu'on était des merdes, et à force
                                        [on l'a cru
Le stéréotype a pris le dessus

Aucun héros à notre image, que des truands
L'identification donne une armée de chacals puants
Donc le métèque est un pur produit génétique
De réactions racistes et de pays pompes à fric

Méfiez-vous de l'eau qui dort et vous dormirez dans l'eau
Inimitiés sincères du plus cruel des « Zingaros »
De nouvelles pièces arrivent, la défense éclate
En échec par des métèques et mats, et c'est foutu pour toi,
                                        [mon gars

Nous avons subi la loi des visages pâles, car mat est le métèque
Pour dix balles accompli les tâches et les travaux les plus
                                [sales car mat est le métèque
Fascinés, par le mirage des idéaux de modernité
Nos peuples se sont acculturés
C'est pourquoi, la fierté demeure toute seule dans mon sac
De Métèque et Mat

Fini le temps où les basanés étaient des esclaves
Les pauvres larves sont sorties de leurs enclaves
Les uns ont engendré une génération d'ingénieurs
Les autres des crapules attendant un monde meilleur

Mais les aspirations sont les mêmes
Fonder un foyer, trouver une femme qui les aime sans problème
Mais l'oppression de la société est telle
Que riche ou pauvre, ils pèlent et en gardent les séquelles

N° 7 l'a condamné, pourtant cette idée roule
Être agressif de nos jours devient de plus en plus cool
Tu chahutes fort dans la masse que feras-tu
Quand une équipe de fondus te tombera dessus ?

Les valeurs changent, les gens sont fous
Pourquoi faut-il que le respect s'enseigne avec les coups ?
Où un de plus donné est une victoire
Mais j'opte pour le profil bas, à la manière de mon ami
                                                    [appelé Nouar

Tu dis ne pas avoir de scrupules tu mens
Et tu peux croire des ex-prisonniers de l'aimant
Et si tu retombes quand tu t'emploies à tes coups bas
Il y aura toujours un métèque pour s'occuper de toi

Le premier film de Martin Scorsese, *Mean Streets*, a joué un rôle essentiel dans mon amour du cinéma. Par certaines références, il m'a évoqué mon enfance et mon adolescence. Robert De Niro en chien fou, Joe Pesci en psychopathe dans *Les Affranchis* et *Casino*, ces personnages me rappelaient étrangement plusieurs de mes fréquentations. J'ai en effet eu la chance – ou la malchance c'est selon – de connaître des sociopathes de leur envergure.

Dans un autre genre, les films sur la guerre du Vietnam ont nourri mon imaginaire. Sur la pochette de mon album *Soldats de fortune*, je pose d'ailleurs en militaire camouflé dans la jungle. Le classique des classiques à mes yeux est évidemment *Apocalypse Now*. La fameuse séquence où, depuis leur hélicoptère, les GI's mitraillent les villages sur *La Chevauchée des Walkyries* de Wagner est ma scène de cinéma préférée. J'ai également été retourné par *La Section Anderson*, de Pierre Schoendoerffer, l'histoire d'une bande de gamins, Noirs, Latinos et Blancs originaires de Brooklyn, perdus dans la jungle du Vietnam. Le documentaire montre comment des généraux cyniques n'hésitent pas à les envoyer au charbon et comment ils meurent, les uns après les autres, au nom d'une guerre qui ne leur appartient pas. J'avais rarement pleuré devant un film, pourtant je n'ai pu retenir mes larmes devant celui-là. Il m'a même inspiré un titre, *Le Soldat*, sur *Ombre est Lumière*, une chanson cinématographique composée de plans séquences, sorte de court-métrage rappé caméra à l'épaule.

Je suis plutôt bon client de tous les cinémas, excepté un : le cinéma d'auteur et plus précisément celui que j'appelle « la vaguelette », sorte d'ersatz dogmatique de la Nouvelle Vague. Il m'insupporte au plus haut point, il est ma bête noire. Le cinéma constitue à mes yeux du divertissement, il est un art populaire par essence. Comme la musique, il doit apporter du rêve, faire voyager, nourrir l'imaginaire. Alors pourquoi aller s'enfermer dans une salle obscure, si c'est pour écouter des pékins disserter sur leurs problèmes existentiels dans une maison du Lubéron, avec en prime une image peu soignée ? Autant regarder « Strip Tease » sur France3 ! Je ne suis pas pour autant un fanatique de l'insipide film d'action à grand spectacle, dont certains me procurent un ennui profond, à l'exemple d'*Independance Day*. Dans le genre insipide, celui-là mérite la palme d'or. Mais le cinéma intimiste à la Desplechin et compagnie, j'y suis totalement réfractaire. Non content de montrer des scènes de la vie quotidienne, ces auteurs en rajoutent dans le cérébral et l'intellectualisation. Les déboires de couples névrosés en huis clos, très peu pour moi... Je suis radical, j'ai des avis tranchés et je les assume.

Après la Nouvelle Vague, une génération de disciples en manque d'inspiration, les sous-Truffaut, sous-Godard et sous-Pialat, ont plombé le cinéma français. On se pignole avec de la théorie et du dogme pour masquer l'incompétence, le manque cruel d'imagination, l'absence d'écriture et d'originalité : c'est du nivellement par le bas. Il y eut un temps où le cinéma français savait faire du grand divertissement populaire, exigeant sur la forme, le scénario et l'esthétique : *Les Tontons flingueurs*, *Le Deuxième Souffle*, *Le Clan des Siciliens*, autant de réussites. J'ai pleuré de rire avec Louis de Funès dans *La Folie des grandeurs* ou *Le Corniaud*. De Funès m'impressionne par son génie ; d'un regard, d'une grimace, d'une intonation, il parvient à transporter son public. Dans tous ses films, il incarne magnifiquement le petit franchouillard mauvais, mesquin et terriblement attachant. Toutes les comédies de Gérard Oury rivalisent, du point de vue de l'image, avec les grands classiques américains. Hélas, il existe une rigidité dogmatique autour du cinéma d'auteur. Le snobisme pousse à faire dans l'ordinaire et le neurasthénique. Et les films de genre sont considérés, dans les milieux dits cultivés, avec dédain ou compassion comme du cinéma de plouc, voire du cinéma « de masse ». Je ne nie pas aux films d'auteur le droit d'exister, malheureusement, la réciproque n'est pas toujours vraie... En France, il est de bon goût de critiquer *Spider Man*, mais nous sommes incapables de produire ce genre de films. Pour une raison simple : nos meilleurs réalisateurs, nos spécialistes des effets spéciaux, les Américains viennent les chercher dans les écoles à Paris ! Et là, je m'arrête au cinéma français, mais il en est de même du travail « intellectuel » de Lars Von Trier et de son école Dogma...

Avec Kamel, nous avions la même conception du cinéma. Pour *Comme un aimant*, nous savions exactement quel type de film nous voulions faire : sans prétention, sans gros moyens, et nourri exclusivement d'histoires vraies. Il fut entièrement tourné caméra à l'épaule (les moyens n'ont jamais aussi bien porté leur nom), dans un décor naturel, en plein cœur du Panier. Pour nous épauler, nous avions choisi une pointure : Denis Rouden, le futur chef opérateur d'Olivier Marchal sur *36 quai des Orfèvres*, l'un des films ont renouvelé avec brio le polar français. Notre casting, nous le voulions composé d'amateurs uniquement. Les rôles principaux revenaient aux copains de Bellevue ou du Panier : Houari, Brahim, Kamel, Sofiane, Titoff. Malek était également de la partie. Le film aurait sans doute gagné en justesse avec des comédiens professionnels, mais nous tenions à notre parti pris de vérité. Certains protagonistes sont néanmoins parvenus à tirer leur épingle du jeu, notamment Kamel Ferrat et Brahim Aimad.

Kamel Saleh et moi étions derrière et devant la caméra. De ma prestation de comédien, je garde un souvenir tragique, ce fut mon grand jubilé. J'adore réaliser, participer au montage, composer des bandes originales, suivre l'élaboration des trucages... Mais jouer s'avère un exercice douloureux, surtout après coup, lorsque je visionne le film terminé. Quand je fais l'acteur, tout sonne mal, mes intentions, mes répliques, ma voix, soudain privée de musicalité… Paradoxalement pour le rappeur que je suis, mes mots d'acteur résonnent faux. Si faux que trois semaines avant le début du tournage, je voulais renoncer à jouer. Kamel m'a convaincu du contraire et encouragé à vaincre ma timidité. Si je peux monter sur scène devant une salle bondée, me planter devant une caméra me fout une trouille noire. Et puis la double casquette de réalisateur et d'acteur confère à celui qui la porte un statut complexe. Avec Kamel, nous avons eu du mal à trouver notre place parmi les acteurs, c'est une chose qui transparaît dans le film. En revanche, nous avons su travailler tous les deux en bonne intelligence, dans un bon esprit, même si chacun a dû faire des concessions sur tel plan, tel dialogue ou telle idée de mise en scène. C'est inévitable quand on travaille en binôme, il faut savoir composer, et vite. Impossible de passer cinq mille ans à parlementer pour imposer son point de vue. Le respect du plan de travail passe avant tout car, dans l'industrie du cinéma, chaque minute perdue se chiffre en milliers d'euros. « Time is money. » L'expression, sur le tournage d'un film, peut être comprise littéralement.

Pendant un mois et demi, nous avons donc enchaîné les journées à un rythme soutenu, mais je me suis marré comme rarement. Avoir tourné avec mes potes reste une grande expérience. Parfois, nous pouvions nous retrouver à plus de cent sur le plateau : équipe technique, acteurs, potes des acteurs, habitants du quartier… Tous savaient qui nous étions : les jeunes, avec qui nous avions beaucoup traîné en soirées ; mais aussi les seniors, qui connaissaient ma famille, mes grands-parents, mes oncles et tantes quand eux-mêmes vivaient dans le quartier. Si nous avions filmé les coulisses, il y aurait eu de quoi réaliser une grande comédie populaire.

C'est avec les flics, en revanche, que nous avons moins rigolé. Trop de monde, trop d'agitation... Ils ont menacé à plusieurs reprises d'interrompre le tournage. Pour la police, nous étions des éléments perturbateurs, elle nous accusait de foutre le bordel dans le quartier. Le commissaire principal avait appelé la production du film, en guise d'avertissement : il ferait des arrestations sommaires. Ainsi comptait-il débarquer et procéder à des interpellations, au hasard, dans le tas. J'ai donc dû aller négocier dans son bureau, et perdre un temps précieux pour lui expliquer des choses simples : primo, je n'étais pas un animateur social ; secundo, le tournage n'était en rien responsable des problèmes récurrents du centre-ville dans leurs aspects les plus pittoresques : ordures à même le trottoir, bruit et violence nocturne.

Finalement, le tournage fut bouclé dans les temps, sans dépassement de budget. Le film a coûté 8,5 millions de francs, malheureusement Why Not Productions nous a fait un contrat de merde et le budget final a été déclaré à 13 millions. L'astuce est fréquente dans le cinéma : gonfler le budget arbitrairement dispense de payer les auteurs-producteurs, censés toucher de l'argent dès que le film commence à faire des bénéfices. *Comme un aimant* a été déclaré dans la revue *Le Film français* 7e film le plus rentable de l'année 2000, pourtant Kamel et moi n'avons pas touché un centime à ce jour.

Nous avons présenté notre travail à l'occasion du Festival de Cannes, en 2000, où il a reçu un accueil mitigé. La presse pointue comme *Télérama* ou *Technikart* l'a dégommé, mais certains critiques réputés en ont tout de même souligné les aspects réussis, notamment son ancrage dans la tradition du cinéma italien et de superbes films comme *I Vitelloni*. Côté public, nous avons enregistré un score honorable avec 350 000 entrées. Et nous aurions sans doute fait mieux si le distributeur n'avait pas eu la brillante idée de le retirer des salles le jour de la Fête du cinéma. Mais il devait s'occuper de *Gladiator* avec Russel Crowe. On ne jouait pas dans la même catégorie.

Après le tournage, je me suis attelé au deuxième volet de *Comme un aimant* : la composition de la bande originale du film. Cette BO, je l'ai conçue comme un mélange de soul, de rap et de chanson italienne. J'ai commencé par écrire les musiques en collaboration avec Bruno Coulais, compositeur réputé. Par le passé, Joe avait déjà samplé l'une de ses compos pour le titre *Samouraï*. Bruno avait été sensible à ce travail et avait demandé à nous rencontrer. Nous avions immédiatement sympathisé. Depuis longtemps, je voulais collaborer avec un compositeur de son envergure. Nous avons travaillé dans mon studio, La Cosca. J'écrivais les morceaux et les jouais sur mon synthé. Il les appelait des « cadavres de sons ». Lui est plutôt habitué aux grands ensembles orchestraux, alors les sonorités de piano ou de cordes sorties tout droit d'un synthétiseur ne lui sont guère familières. Il écoutait mes compos, puis il écrivait la partition, et enfin les arrangements pour l'orchestre. De son côté, il composait des titres que j'ai par la suite arrangés. Nous avons ainsi travaillé en duo et enregistré les parties instrumentales à Méga et à Capri, dans le studio où *Métèque et Mat* a vu le jour. Ensuite, je suis parti à New York pour les sessions vocales.

C'était en décembre 1999, et j'ai réalisé un autre rêve de gosse, enregistrer avec le gotha de la musique soul : Marlena Shaw, Millie Jackson, Dennis Edwards, Isaac Hayes, mais aussi des rappeurs comme Talib Kweli. Je le dis sans emphase, ce fut l'un des plus grands moments de ma vie. Tous ces artistes, je les écoutais religieusement quand j'étais adolescent, j'avais samplé leurs chansons, et ils étaient soudain à mes côtés dans un studio. Comment oublier Dennis Edwards, des Temptations ? Avec son manager, ils débarquaient de Dubaï, où le groupe avait chanté pour des émirs sur un yacht. Ils étaient accoutrés à l'ancienne, manteaux de fourrure et diamants aux doigts ; Detroit résumée en deux mecs. J'ai aussi connu de petites déceptions. J'aurais aimé avoir Anne Peebles, mais elle était entrée en religion et refusait de chanter sur un disque. Isaac Hayes devait venir enregistrer, on s'est ratés : il m'a appelé pour me dire qu'il était retenu à un conseil d'administration de WBLS, la plus importante radio noire new-yorkaise. Finalement, il a enregistré son morceau après notre départ, ce qui, mine de rien, était un petit événement : Isaac Hayes n'avait plus chanté depuis vingt ans. Sur ses rares enregistrements, il se contentait de parler, un peu comme Serge Gainsbourg à la fin de sa carrière. Je voulais aussi enregistrer avec Curtis Mayfield, « The Master », mais il était malade et il est décédé durant l'enregistrement. Nous étions en pleine session, Marlena Shaw chantait dans sa cabine, quand soudainement elle s'est interrompue, en larmes. Elle venait d'apercevoir, sur l'écran télé dans la pièce d'à côté, les images de Curtis Mayfield, à qui l'on rendait un hommage post-mortem. Voir Marlena terrassée par la tristesse, Marlena l'inoubliable interprète du classique *Woman of the Ghetto*, Marlena qui avait chanté cinq ans durant avec Curtis à Las Vegas, ce fut un moment émouvant et douloureux.

Cet album, j'en suis fier, d'abord parce qu'il me paraît avoir de grandes qualités artistiques mais aussi parce qu'indirectement c'est 361 Records, notre société de prod, qui l'a financé. Il m'a permis un jour de m'entretenir avec Emmanuel de Buretel en tête-à-tête et de lui dire mes « quatre vérités ». Malgré l'estime que je lui porte, j'ai un reproche à lui faire : exceptée la production de nos albums, il n'a jamais rien fait pour accompagner nos envies, développer nos carrières comme producteurs, ni lancer des projets spéciaux, insolites et personnels. Je lui ai donc dit le fond de ma pensée en toute franchise : « Tu sais ce qui nous différencie, toi et moi ? Tu fais le gandin avec l'argent des autres tandis que moi, je monte mes projets avec mon argent. » Et je continue à le faire.

Entre 2006 et 2007, je me suis lancé dans un travail ambitieux, à la fois discographique et télévisuel : *Conte de la frustration*. Frustration, le mot résume parfaitement mon état d'esprit à l'heure où j'écris ces lignes.

Je venais d'enregistrer en indépendant mon quatrième album solo, *Soldats de fortune*, sorti en 2006. Je l'avais entièrement financé, écrit et composé à La Cosca, mon studio d'enregistrement. *Soldats de fortune* est un disque important dans ma carrière. Il comporte des titres phares comme *Sur les murs de ma chambre*, une chanson dans laquelle je reviens sur mes rêves de môme ; *Alamo*, un récit introspectif sur mes convictions ; mais aussi *Mots blessés*, inspiré dans sa structure d'un poème d'Omar Khayyām articulé en trois temps : la naissance, la vie d'adulte et la mort.

Si pour finir j'devais décrire ma mort, ce serait en sommeil
Fauché en plein rêve avant de revoir le soleil
Si seulement elle pouvait arriver tard, je finirais mes livres,
Buvant sur tes lèvres tellement de nuits que j'en serais ivre

Sans renier la mélancolie noire de *Sol Invictus*, je renouais avec l'esprit de *Métèque et Mat*. Joe m'avait rejoint pour enregistrer deux morceaux importants, *Entre la pierre et la plume* et *La Fin de leur monde,* un titre fleuve de dix minutes sur le chaos mondial et dont le clip, à base d'images chocs, est devenu un hit sur le Net.

Sur la lancée de *Soldats de fortune*, j'ai écrit et composé un album concept avec une ambition : raconter une histoire en quatorze chansons. Celle d'un jeune coursier dont la vie sentimentale, et la vie entière va basculer en vingt-quatre heures sur un mauvais choix, une décision a priori anodine, mais fatale. *Conte de la frustration*, c'est le concept du storytelling appliqué à un album entier. Lorsque j'ai fait écouter le disque à Didier Daarwin, qui réalise tous nos clips depuis *Revoir un printemps*, il nous a semblé évident de prolonger l'aventure avec un film. Grâce à Fabien, nous avons trouvé un producteur. Il avait entendu parler de l'appel d'offres lancé par France2 pour le développement de programmes atypiques sur la case « identité ». La direction artistique de la chaîne a validé notre projet à l'unanimité. Avec Didier, nous avons commencé à tourner à Marseille durant l'hiver 2008, et avons dû boucler le téléfilm en quinze jours. Le délai, pour quatorze chansons mises en images comme des clips, auxquelles il fallait ajouter les scènes jouées, était surréaliste. Roshdy Zem, Oxmo Puccino, Omar et Fred, Marie Guillard, Faf Larage, Amel Bent ont figuré au casting. Sans oublier les acteurs principaux, Nicolas Cazalé et Leila Bekti. Ce fut une magnifique expérience, un travail collectif enthousiasmant : de la réalisation à la postproduction, en passant par le montage, tout fut géré à Marseille. Nous avions des horaires fous, des tournages de nuit, avec deux, trois heures de dépassement par jour... Il faisait un froid abominable, il gelait, bref, on en a bavé...

Et on en bave toujours. À ce jour, France2 ne nous a toujours pas communiqué de date de diffusion. Le film est prêt, l'album enregistré, mais le projet est en stand-by. Et, problème de taille, sans date de diffusion, impossible de sortir le disque, les deux participant d'un même ensemble. L'un n'existe pas sans l'autre. J'ai passé un an et demi à bosser d'arrache-pied sur ce projet ; et toujours aucune nouvelle de la chaîne. Personne dans ce business ne travaille pour perdre de l'argent. C'est à vous décourager d'avoir des idées, de mener des projets, d'être passionné. J'appelle ça « le revers sans la médaille ».

La Face B

Je m'immisce dans le rythme comme la pieuvre peut flinguer
Mes potes sont tous dingues et la musique commence
[à schlinguer
Une odeur qui pue le hangar moite
Car le rap est né dans les caves et pas dans les boîtes, vu ?
L.A.I. range ta panoplie de DJ
Mets de la danse, pour ces izes qui n'ont rien pigé
Mais sers-moi un rythme qui frappe, un ascète à multiples
[facettes
Quand je pique une nouvelle cassette
Pour le plaisir, pas de ramage, ni de fromage
De racolage, je prends le mic pour faire des dommages
Et j'assure plus que l'UAP, mon style est impec
Le sec, à la tech, mec déclenche le plan Orsec
Fini donc, plus d'embrouillaminis, les règles ainsi définies
Énoncent le rap appartient à l'infini
Éloge à la mémoire des évaporés, unique
Jamais autant de types sont morts pour l'amour d'une musique
Une combinaison d'instruments, de scratches, de samplers
C'est sur la Face B que le HIP-HOP prend de l'ampleur
Cut Killer, voilà de l'espace, en masse, avec classe
Scratche, cutte en place, que je claque l'autre face

C'est du nouveau son qui frappe dans tes woofers
Pas un discours d'esbroufeur, qui confère cette couleur à
[tes boomers

465

Les bœufs badent Balla, les stressés croient en Pasqua
Les FAF deviennent fada, Akhenaton nique hala
J'ai choisi un éventail d'instrus, de disques moisis
Il y avait Saïd, Majid, Mourad et son frère Razi
Et puis Houari, c'était l'été 85
Au centre-ville de Marseille on entendait le bruit des flingues,
[dingue
Les escaliers du Centre Bourse, le quartier Belsunce
Les Carmes, Le Panier, c'est là où tout a commencé
Les jeunes troquaient leurs cyclos pour les GTI, pas pareil
Ainsi se forgea le style des bad boys de Marseille
Des histoires de barbares tous les soirs
Dans les bars il n'était jamais trop tard pour une bagarre
Tu es jeune, tu es le roi, tu as peur de rien
Jusqu'au jour où tu prends un pain d'un marines américain
Je pesais 65 kg et ce type 120
Je suis tombé sec, un cocard, et deux dents en moins
Mais fils, qu'est-ce que j'ai pu rigoler
Chaque fois qu'un se faisait balafrer par les clandos du quartier
Maintenant je vis tranquille
Toujours dans la même ville, mais plus d'embrouilles débiles
Je suis passé sur la face A, j'ai eu la renommée
Mais putain ce que j'aime déchirer sur la face B

Je fonce avec fougue dans le fond du microsillon
Nous sommes des Attila : ce sont des sons que nous pillons
J'aime, je respecte les artistes que je sample, obsédé
Par la destinée du vinyle alors fuck the CD, ouais
Si j'ai pu débuter ce métier
C'est qu'on a pu disposer des faces B, des nouveautés
Sarcastiques, textes sur du plastique
Cent personnes maximum, mais c'était fantastique
J'aurais pu parler d'amour sur la face A
Mais cette face-là ne m'intéresse pas
Je suis de l'autre côté de la force

De l'autre côté du risque, de l'autre côté du disque
La partie émergée d'une puissance occulte
Je demande à ce pays, la dignité pour mon culte
Et tôt ou tard, ils seront bouche bée
Confondus d'avoir ignoré le pouvoir de la face B

La Cosca

J'ai longtemps rêvé de disposer d'un lieu pour IAM. C'est un souhait qui remonte à l'époque de La Friche de La Belle de Mai : posséder notre propre studio d'enregistrement pour travailler et répéter quand bon nous semble, sans entrave de temps ni d'argent. Avec IAM, ce projet a failli aboutir, mais pour de multiples raisons il a finalement capoté. On a beau former un groupe, nourrir une amitié solide les uns pour les autres, tout le monde ne va pas forcément dans la même direction au même moment. IAM n'a rien d'un monolithe, au contraire. Nous sommes cinq fortes personnalités, les discussions et les prises de gueule sont donc permanentes, nous les avons d'ailleurs baptisées « crevage d'abcès immédiat ». Et les abcès sont nombreux, voire incalculables : la direction artistique, le nombre de concerts à donner, le rythme des albums à sortir, l'indépendance ou la fidélité d'IAM à une major...

Cette question cruciale, illustration de notre fonctionnement démocratique, fut posée en 2006 et restera sans doute le débat le plus animé de l'histoire du groupe. Comme toujours en pareilles circonstances, elle fut soumise à un vote à main levée pour aboutir à une égalité parfaite : 50/50. Aujourd'hui la poire est coupée en deux : IAM est un groupe en major, mais avec les moyens d'un label indépendant. Personnellement, j'étais favorable à l'indépendance – j'aurai l'occasion d'y revenir – mais la situation personnelle et l'avis de certains membres du groupe nous ont cependant convaincus de rester au sein d'une major.

Sur la question du studio, nous n'avons pu trouver un consensus. Nous perdions un temps fou en discussions stériles, des plombes et des plombes à palabrer sans avancer, à prendre des décisions de dinosaures… J'ai donc choisi d'accélérer le mouvement, en solitaire. Quand on poursuit un objectif, il faut aller vite, quitte à mener ses affaires en solo.

Le succès de *L'École du micro d'argent* m'offrait la possibilité de mettre des couleurs sur mon rêve. Je pouvais investir, préparer mon avenir et, indirectement, celui d'IAM. Les temps à venir s'annonçaient délicats : une vie de famille plus riche et plus accaparante, une envie moindre de me déplacer à Paris pour enregistrer, et, surtout, la crise de l'industrie du disque… Pour traverser tempêtes et turbulences, il est prudent de disposer d'une quadrirème, cette galère romaine à quatre rangées de rameurs, plutôt que d'une simple barque. Restait à trouver l'opportunité. Elle s'est présentée assez vite, grâce à la mise en vente des locaux de Radio Star, la radio grâce à laquelle j'avais découvert et aimé le rap quand j'étais gamin. J'aime ces clins d'œil de l'histoire. Dès la première visite, j'ai dit « banco », sans hésiter une seconde : 400 m² de locaux spacieux situés en pleine garrigue, avec une vue imprenable sur Marseille. La bâtisse dégageait de bonnes vibrations. En des temps plus reculés, elle avait servi de bergerie lors des transhumances. Les paysans y faisaient une halte avec le bétail avant de partir pour la montagne. Je l'ai baptisée La Cosca, « l'artichaut » en dialecte sicilien. Dans l'artichaut, chaque feuille est reliée au cœur comme le sont entre eux les membres d'une famille. Il symbolise IAM, tous les artistes que nous avons signés, tous les gens qui ont bossé avec nous. Et puis c'est un joli pied de nez au rap, l'artichaut, ça ne sonne pas hip-hop du tout.

Depuis 2008, La Cosca est mon laboratoire, mon bureau, et un lieu de vie pour mes proches. Les membres d'IAM passent régulièrement en famille, nos enfants s'y rencontrent, des amis et des collaborateurs nous rendent visite. C'est un espace de travail et de convivialité, avec une cuisine, des pièces pour se détendre, une grande terrasse au premier étage, où se trouvent le bureau de Fabien, le management d'IAM et de mon label 361 Records.

Je garde des souvenirs extraordinaires de fêtes célébrant la fin d'un enregistrement, un disque d'or, sans oublier nos barbecues pendant la Coupe du monde de football, en 2002. Quand des groupes parisiens venaient, ils se seraient crus à Los Angeles, tout le monde allant et venant sur le parking ou la terrasse, torse nu sous un soleil de plomb, la musique à plein volume, sur fond de grillades à gogo. Le Massilia Way of Life, en somme.

La Cosca m'offre une liberté et une indépendance de création totales. Là-bas, je peux travailler sur mes sons, répéter avec IAM, enregistrer quand bon me semble avec un outil d'une puissance incroyable. Nous avons à disposition deux studios, le A et le B. J'ai également installé les locaux de Cosca TV, ma chaîne télé diffusée sur le Net. Avec Nadia, la sœur d'Aisha, nous l'alimentons chaque semaine de programmes thématiques, de vidéos d'IAM en concert, d'éditos filmés qui me permettent d'intervenir sur un sujet d'actualité. J'anime également une émission de cuisine, dont les dix premiers épisodes ont été diffusés sur Cuisine TV. J'invite des personnalités – souvent des amis – à concocter, devant les caméras, leur plat préféré. Jamel, Faf, Gabrielle et d'autres se sont ainsi prêtés à l'exercice. Sans oublier les interviews d'artistes récurrentes et totalement décalées réalisées par mon ami Bouga. Bouga mériterait un chapitre à lui tout seul, comme Faf d'ailleurs, tant il fait partie de mon entourage proche. Je le connais depuis l'époque du métro, un gamin de Belsunce. Nous avons enregistré ensemble le tube *Belsunce Breakdown*. C'est un Marseillais dans l'âme, doté d'un sens de l'humour redoutable, et un artiste-né.

Je garde un souvenir mémorable de la petite fête donnée à La Cosca pour l'anniversaire de mes trente-trois ans. Il avait imaginé un sketch hilarant, fondé sur un délire messianique assez truculent. Comme j'avais l'âge du Christ, il s'était défini comme mon fils maudit et avait élaboré une théorie selon laquelle je l'avais abandonné sur l'autoroute A7, livré à lui-même. Il me disait : « Oh papa, donne-moi un peu de lumière. » Aujourd'hui, Bouga s'est éloigné de Marseille pour aller vivre dans les Vosges, mais il demeure un membre actif de La Cosca via ses interviews.

En 2000, la Cosca family a connu un baby-boom. La même année, tous les membres de l'équipe ont donné naissance à des enfants. Leila, Véronique, Cécile, l'épouse de Fabien, mais aussi les compagnes de Joe, Malek… Et enfin Aisha, qui a mis au monde notre fils Reyan le 16 octobre.

Même fécondité en termes discographiques ; 2000 et les années suivantes nous ont permis d'accoucher d'une foule de projets : en moyenne trois albums dans l'année, un nombre considérable d'enregistrements. RZA, producteur et tête pensante du Wu Tang Clan, est même venu enregistrer un morceau, *Seul face à lui*, à La Cosca. Il faisait un tour du monde pour son album *The World According To RZA*, un disque de duos réalisé avec des rappeurs de tous les horizons. Nous l'avions rencontré quelques mois plus tôt dans un studio d'Avignon, lors de l'enregistrement de *Revoir un printemps*... et je l'avais pété à Pro Evolution Soccer[1]. À La Cosca, nous avons longuement parlé, surtout de New York et de ses débuts, quand il s'appelait Prince Rakim. Jamais je n'oublierai son garde du corps. Oncle WU, ancien activiste de la cause noire, la cinquantaine bedonnante, était devenu agent secret pour des opérations à l'étranger. Il adorait sortir du studio pour se balader dans la nature, et on le perdait ainsi pendant plusieurs heures. Le deuxième jour, on l'a même retrouvé assis en tailleur, dans un état de méditation intense, au sommet d'une colline !

Beaucoup d'enregistrements réalisés à La Cosca sont encore inédits. J'ai entrepris un travail d'archivage en vue de les sortir un jour, qui sait ? Mes albums solo *Comme un aimant*, *Sol Invictus*, le *Black Album* et *Soldats de fortune* sont nés entre ces murs, tout comme les disques d'IAM *Revoir un printemps* et *Saison V*.

Sans La Cosca, le groupe aurait souffert de sévères problèmes logistiques, budgétaires et artistiques. Elle nous a permis de travailler librement, d'échanger, de réfléchir, d'entretenir la dynamique IAM et de maintenir notre cohésion. Autrement, nous aurions continué à travailler de manière éparpillée et informelle, chacun dans son coin, et notre alchimie en aurait forcément pâti.

1. Jeu vidéo de football.

Chacun aurait peut-être fini par emprunter sa propre voie. La Cosca ne nous a pas empêchés de traverser des crises graves, mais sur la durée elle nous a aidé à les surmonter, notamment en nous affranchissant des maisons de disques pour produire des groupes.

Aujourd'hui, je suis revenu de mes activités de producteur car il est difficile de porter une double casquette. Mais La Cosca reste un lieu à disposition pour IAM. C'est mon atelier d'artisan du rap. Je le dis dans *Une vibe saine*, chanson qui par ailleurs n'a jamais été commercialisée : « Nous sommes la petite épicerie du coin, et Carrefour, il veut qu'on ferme. »

Lilliput

Bienvenue où dans les bars on interdit les baraques de bingo
Alors que la Française des jeux rackette les pauvres au Loto
Bienvenue où on interdit le shit Marocco
Alors qu'on nous vend de l'ammoniac dans les Marlboro
Bienvenue chez l'homme, bienvenue chez l'hypocrite,
                                             [pardonne
Carrefour nous vend la mort dans l'alcool
Bienvenue où tout accélère, sers-moi un verre de pétrole
Que je trinque avec Jr et Blair

Je viens de là où les... se ponctuent par des...
Et les parties dans les stades, accompagnées de...
Comprends notre envie pressante, c'est de percer hors de ce trou
Sans... sur les glaces pour être un mec dans le coup
Et la haine m'a donc présenté l'homme, aigri et virulent
Depuis ce soir-là, voici donc ma vie vue du banc
Mon Dieu si jamais j'écris du vent, rappelle-moi les...
Et ce quartier comme la corde au bout de laquelle tu pends
La pression fait de nous des Hutus, pris entre les... et les...
Non rien d'excitant, écoute
Ils nous vendent une vie en dégainant
Dégueulant par jalousie, on lâche des... trop aisément
Même les... m'ont usé se répétant
Je te dis pas la couleur des bronches, des glaires et des dents
Mais sur d'autres chemins, je suis parti tout en rêvant
Pour plus tard revenir comme Hannibal, marcher sur Mars
                                        [avec des éléphants

Ni maître, ni idole, ni vol, ni tôle, ni de pauvre icône
Je ne suis pas de l'école de ces mômes qui, stonent, picolent
Ni de ceux qui se félicitent, alors qu'ils dérobent dix pommes
Occident voici un hip-hop de boat people
Aujourd'hui pas le choix, on cogne comme mille hommes
Dans nos mégapoles où ces zones que les bombes pilonnent
Tout ce fracas c'est le produit de ces trombes qui tombent
Et tous ces cons qui comptent qu'on trime et qu'on s'y colle

La peur d'échouer double mes capacités de réussir
J'ai pas fini de mourir, j'ai trois intestins à nourrir
Celui de ma Bella, et ceux des deux êtres qu'on a fait venir
Le quartier m'aura pas, le but c'est partir pas périr
Dans ces camps provisoires où on entasse les colonisés
Haineux est le caractère de ces jeunes colorisés
Comment faire un peuple fort avec des blessés
Blasés depuis l'histoire, une vie aléatoire que le système
                        [a dressée
Les moutons rebelles quittent le troupeau, pour prendre le
                        [blé sous les comptoirs
Trop de « mi amor » à Marie-Jeanne le soir
Tu sais, celle qui tapine depuis les années 80 dans le block D
Pour elle, on se lève la vie, des meurtres prémédités par l'État
Ils ont leur alibi dans tous les cas
Combien ça prend un juge pour rendre la vérité,
                        [société d'hypocrites
Vous avez mis mon cerveau dans un sale état

Sous les sièges, où il y a les trois pièces qui discutent
Nos rêves meurent sous les balles du mépris qui tue
Ils se réservent les fusées, nous les minibus
T'es pas chez les hommes grands, bienvenue à Lilliput
Je ris moins, songe moins et j'écris plus
Fini l'un contre un, on te rosse avec dix gus
C'est tout sur l'apparence hijab ou minijupe
T'es pas chez les hommes, mais chez les gnomes à Lilliput

Yes, we can't

J'ai retrouvé New York en juin 2009, après six années de boycott. Durant l'enregistrement de *Revoir un printemps*, je m'étais promis de bouder l'Amérique aussi longtemps que George W. Bush serait le président des États-Unis. J'ai tenu parole. Huit mois après l'élection de Barack Obama, je foulais le bitume de la Grosse Pomme, en compagnie d'Aisha et de nos enfants. Nous avons énormément marché dans Central Park, à Downtown, Broadway, The Village. On a loué des vélos, admiré le panorama de Manhattan depuis le dernier étage de l'Empire State Building. Je pense avoir redécouvert le New York qui était le mien à travers le regard émerveillé de mes enfants. Cette ville coule dans leurs veines, mes gamins ont New York dans le sang ; c'est un héritage paternel. Si demain je leur proposais d'aller vivre là-bas, ils seraient les premiers à boucler leurs valises.

Durant ce séjour, j'ai retrouvé des odeurs et des lieux, mais constaté aussi des changements notables, comme à Soho, dans le sud de Manhattan : mon quartier fétiche a perdu le côté légèrement tiers-mondiste et bordélique que j'affectionnais tant chez lui. Aujourd'hui, Soho s'apparente à la 5th avenue. Avec les années, certains lieux ont tout bonnement disparu. Le Greene

Street Studio a laissé place à des magasins Vuitton, Le Sportsac et Mont-Blanc ; le Deli, où nous allions nous acheter de quoi boire et manger n'existe plus ; seule une artiste, Ana Sui, a gardé son enseigne sur Greene Street. Tout le reste a irrémédiablement changé. J'en ai eu le cœur brisé. Cette rue portait en elle tout un pan de l'histoire d'IAM, elle est le lieu où furent enregistrés nos classiques, des *Tam Tam de l'Afrique* à *L'École du micro d'argent* en passant par *Le Mia*. Devant la devanture, j'ai pensé à toutes les bandes que nous avions dû oublier lors de nos multiples passages, alors je suis entré dans le magasin Le Sportsac. J'avais très envie de descendre au sous-sol, là où se trouvait le studio, mais je n'ai pas osé.

Si la ville a changé, New York reste New York. Elle agit toujours sur moi de façon aussi stimulante. De retour à Marseille, j'avais de nouvelles idées, une énergie supplémentaire, comme à mes débuts. Aisha, les enfants et moi avons ressenti dans les rues un climat décontracté, comme si l'espoir et le formidable élan produits par l'élection de Barack Obama perduraient encore. La tension pénible de l'année 2003, quand IAM était arrivé dans la ville au premier jour de la seconde guerre en Irak, ne semblait plus être qu'un mauvais souvenir.

J'ai suivi la campagne de Barack Obama exactement comme un citoyen américain. Je m'étais rarement senti autant concerné par une élection présidentielle américaine. Même si je n'ai pas douté de sa victoire, le jour J, j'ai tout de même croisé les doigts… Tandis qu'à la maison les enfants sautaient de joie, j'étais heureux et soulagé de voir s'achever huit années de règne républicain. Cette élection va marquer un tournant pour la stabilité du monde, j'en suis persuadé. Lors de sa visite au Caire, pour son premier voyage au Proche-Orient, le président Obama a salué l'audience d'un « Salam Haleykum », cité des passages du Coran et rappelé l'apport de l'islam au monde occidental. C'est autre chose que la menace permanente et l'axe du mal brandis par Bush Junior. L'histoire jugera, le temps venu, s'il aura su se montrer ou non à la hauteur de l'espoir immense suscité dans le monde par sa victoire. Telle est la grande inconnue. Mais quoi qu'il advienne, son investiture à la Maison Blanche restera un moment historique. Le 44ᵉ président des États-Unis est un Afro-Américain, né de l'union d'une Blanche et d'un Kenyan de confession musulmane. Quarante-quatre ans après l'abolition de la Ségrégation, un Noir – un Métis aiment à se rassurer les esprits chagrins –, bref, un homme dont les origines plongent dans l'Afrique, accède au poste suprême. Oui, tout est possible aux États-Unis, « Yes they can ».

On peut certes critiquer le système américain, mais il récompense le travail et l'implication de tous ses citoyens, même si leur culture ou leur couleur est différente de celle des pères fondateurs, même si certaines de ces composantes portent le foulard. Obama a une classe folle, il dégage une assurance jamais arrogante, alliée à une dégaine d'acteur ; et en plus, il sait bouger ! Un président capable de danser sur un morceau de Jay-Z, le magnat du rap new-yorkais et mari de Beyoncé, moi, je dis chapeau. Quand je pense au président français, entouré de ses amis du monde artistique place de la Concorde, lors de son élection le 6 mai 2007... Lui a choisi de célébrer son jour de gloire sur les chansons de Mireille Mathieu, de Jeane Manson et d'Enrico Macias. Cela fait une sacrée différence ; elle veut tout dire.

Loin de moi l'idée de comparer les systèmes français et américain, mais l'élection d'Obama tend un miroir cru aux défaillances de la France. Et encore, parler de miroir me semble inapproprié. Ce serait plutôt la galerie des Glaces ! Au retour des États-Unis, j'ai écrit une chanson baptisée *Yes, we can't*, histoire de pointer les blocages et les hypocrisies de la France.

> On fait les modes à vos fils, mais vous ne comprenez pas
> C'est « yes we can't », ici on est bien loin d'Obama
> Je pose un vingt pour l'Afrique, vingt pour Madinina
> Vingt pour les autres, rien pour qui nous traite en maudits
> [minables
> Quand on parle musique, on nous renvoie les quotas
> Culture ? Tu parles, c'est la famille à Peter Botha
> Les corps entassés en masse, dans les bétons de l'Opac
> Et le futur de nos gosses est dans les caisses à Total
> Je ne peux pas croire que la France ait si peu de mémoire
> Nico, t'es pas assez rentré dans tous les livres d'histoire
> Si je dis le Négus ou bien l'empire mandingue
> Les pharaons noirs nubiens, putain moi, ça me rend dingue
> Comprends au moins l'amertume, qu'on veuille changer
> [les choses
> Comme le stupide bras de fer dans tous les livres d'école
>
> Emploi, études, avenir, logement
> Hip-hop, quartiers, yes we can't
> Pouvoir, confiance, islam, droite, gauche
> Centre, appart, boîtes, yes we can't

Le système républicain français est à l'image de ses cours de musique à l'école : de la flûte ou du pipeau, au choix. Avec sa devise « Liberté, Égalité, Fraternité » inscrit au fronton des mairies, la République me fait penser à une bâtisse prestigieuse, mais en trompe l'œil, à l'image des décors factices des studios de cinéma. Tout est dans l'apparence ; dans les faits, il n'y a que du vent, de grands et beaux principes jamais appliqués, ou si peu. IAM le chante dans *Offishall* : « L'égalité, ouais, on connaît la chanson. Tu peux noter, on est les champions. Bons pour la leçon, nuls pour l'action. » Je suis critique, mais je reste cependant attaché à certaines valeurs héritées de la Révolution française. Avec IAM, nous avons toujours fait un travail de terrain dans les villes pour inciter les jeunes à s'impliquer dans la vie de la cité, à voter, à se comporter en citoyens. Dans *Saison V*, nous nous sommes même réapproprié, le temps de la chanson *United*, l'étendard national.

> 99 raisons de serrer les rangs
> Tous, dès l'enfance rodés à serrer les dents
> Bleu, blanc, rouge, c'est à nous aussi
> United, même si on a pas les mêmes racines

On peut parler d'une petite révolution. Jusqu'à une époque récente, on envisageait le drapeau comme un symbole de fachos. J'imagine que nous sommes devenus plus adultes, et puis le sport a fait son œuvre. Voir une équipe de foot colorée et représentative de la diversité française nous a incités à mieux accepter notre appartenance à la nation. Le drapeau, nous refusons de le laisser en otage au seul Front national, ou à la droite, pour qu'ils le détournent de sa vocation initiale et transforment un symbole révolutionnaire en un symbole réactionnaire. On peut être fiers de notre étendard et de ses valeurs même si IAM les a revisitées et réactualisées : « Liberté égalité fraternité, si tu as du blé » ou « Les droits de l'homme, mais de l'homme blanc et riche ».

La France se gargarise de principes vieux de trois siècles : droits de l'homme, égalité, justice pour tous, méritocratie… Seulement, dans les faits, ils restent lettre morte. Il suffit de voir comment les sans-papiers et leurs enfants, parfois nouveau-nés, sont traités dans les centres de rétention ; il suffit de voir comment les policiers cueillent les étrangers à la sortie de l'école où vont leurs enfants pour les expulser ; il suffit de voir comment toute une jeunesse trop basanée, déjà exclue de l'emploi, subit de systématiques contrôles au faciès. En 2009, selon une étude, les Noirs auraient été contrôlés six fois plus que les Français dits « de souche ». Et les Arabes huit fois plus.

Je ne parle même pas des bonnes blagues de Brice Hortefeux, ministre de la République, sur les Arabes – pardon, les Auvergnats – symptomatiques d'un racisme franchouillard ancré dans les mentalités et dans certaines hautes sphères de l'État. Regardez notre Arabe de service, comme il est gentil et bien intégré, il mange du porc, il boit de la bière, c'est un bon Arabe ça ! C'est du racisme de comptoir, le plus répugnant de tous. Bernard Kouchner grimace au « Grand Journal » en écoutant les propos douteux de l'inculte Berlusconi, mais peut-être ferait-il bien de grimacer tout autant au contact des hommes et des femmes à qui il serre la paluche toutes les semaines en conseil des ministres.

La France est le pays où les barrières sont les plus hautes et les plus difficiles à franchir. Aujourd'hui, une partie de sa jeunesse, issue de l'immigration, se retrouve retranchée du marché du travail, mais aussi du logement et des médias en raison d'un nom de famille, d'une origine, ou de préjugés sur un quartier réputé difficile. Certaines vérités sont douloureuses : la discrimination à l'emploi provoque une fuite des cerveaux, une hémorragie des forces vives de la France. Beaucoup de Français d'origine étrangère, diplômés bac+5 et pourtant au chômage, partent vers de nouveaux eldorados, au Québec ou en Angleterre, des pays où ils sont jugés sur leurs compétences uniquement.

Que les jeunes Maghrébins quittent leur pays d'origine faute de perspectives, je le conçois, mais que des Français agissent de même montre l'ampleur du problème et reflète le malaise de notre pays. Je pense au fameux « plafond de verre » dont parle Yamina Benguigui : les grands discours ont beau nous faire croire en la possibilité d'évoluer, de s'élever socialement, non, nous n'irons jamais plus haut. Nous finirons toujours par nous cogner contre un plafond invisible, mais bien réel. « Yes we can't. » Les blocages ne sont guère différents en ce qui concerne la représentation politique. On attend toujours un (ou une) député(e) noir(e) qui ne soit pas simplement issu(e) des Dom-Tom, mais de l'immigration. Même l'Italie, modèle « raciste » favori des médias français, compte un député noir, né au Zaïre ! Sur la question de la représentation politique des « minorités », la Belgique et la Hollande sont bien plus en avance que la France, cette grande donneuse de leçons. Quant aux médias télévisés – je pense surtout au service public –, ils manquent singulièrement de couleurs et s'avèrent incapables de représenter la diversité du pays. Seule Canal Plus a contribué à l'émergence d'une génération de Noirs et d'Arabes comme Jamel, Omar, Patson, Thomas Ngijol... La nomination, favorisée par Sarkozy, de l'excellent Harry Roselmack comme joker du 20 heures de TF1, a été saluée en son époque comme un séisme politico-médiatique. Tous les journaux ont fait leur une avec la nouvelle : « La première chaîne privée française ose engager un Noir. » Quelle audace, quelle témérité ! C'est dire le retard de la France dans ce domaine. En Angleterre, sur la BBC, on trouve des présentateurs et des journalistes d'origines indienne, africaine, caribéenne, pakistanaise, chinoise etc. Idem sur CNN. Et France Télévisions ? Rien, ou si peu... Le service public n'a jamais assuré la promotion des « minorités », à l'exception de Rachid Arab, à une époque déjà lointaine, et d'Audrey Pulvar.

Une partie des citoyens français – la « deuxième France » que désigne Kery James – se sent persona non grata à la télévision, au cinéma ou dans les publicités. On ne mesure pas le sentiment d'exclusion provoqué par ce déni de représentation. Dans la patrie des droits de l'homme, les mentalités accusent un siècle de retard.

La France souffre d'un gros problème de paternalisme postcolonial. Elle a colonisé des pays pendant cent cinquante ans, continue de les coloniser économiquement, en a fait venir la main-d'œuvre sur son territoire pour construire le pays, néanmoins les enfants de la troisième génération sont toujours considérés comme des Algériens, des Marocains, des Sénégalais, bref, des étrangers dans leur pays de naissance... Et là-dessus, l'ex-socialiste Eric Besson, devenu ministre de l'Immigration, sort de son chapeau le débat honteux sur l'identité nationale ! Un débat lancé à des fins électoralistes pour voler quelques points au FN, en s'appropriant son discours et en mettant en pratique certaines de ses idées ; pour occuper tout l'espace médiatique et surtout éluder les questions fâcheuses comme la crise économique et sociale, ou encore la paupérisation d'une partie croissante des Français.

Mais c'est quoi, l'identité nationale ? La France est un pays de brassages et de passages. Les Barbares, les Romains, les Gaulois, les Celtes l'ont façonnée. Les Francs eux-mêmes sont venus d'Allemagne. Alors, si l'on suit la logique de MM. Besson et Sarkozy, l'homme de Neandertal français pourrait bien réclamer son droit du sol parce que l'Homo sapiens a envahi son territoire ? Non, l'enjeu sous-jacent de ce débat réside dans la défense d'une France européenne judéo-chrétienne. On l'a bien vu à la façon dont le débat a tourné, et notamment après la publication dans *Le Monde* d'une tribune de Sarkozy stigmatisant les musulmans, à grands coups d'amalgames fallacieux entre immigration et musulmans[1]. Tout se passe comme si les musulmans installés en France depuis plusieurs générations étaient dans l'imaginaire collectif, condamnés au statut d'éternels immigrés. Des propos scandaleux ont été tenus par des députés et des ministres. Un élu du Loiret s'est ainsi exclamé : « En France, le problème vient des musulmans, ils n'ont pas la volonté de s'intégrer. » Le Loiret, c'est bien connu, est une terre colonisée par les Arabes. Pire, c'est Bagdad. Nadine Morano a quant à elle déclaré : « Moi, ce que je veux d'un jeune Français musulman, c'est qu'il aime la France, qu'il travaille, qu'il ne parle pas verlan et qu'il ne mette pas sa casquette à l'envers. » Je cite de mémoire. Et pendant ce temps, les Le Pen père et fille peuvent se frotter les mains.

Quel paradoxe de pointer un doigt accusateur sur ces « jeunes qui refusent de s'intégrer », quand ils subissent au quotidien des discriminations, quand on les renvoie

1. Nicolas Sarkozy, « Respecter ceux qui arrivent, respecter ceux qui accueillent », *Le Monde*, 9 décembre 2009.

sans cesse aux origines de leurs parents ou de leurs grands-parents. Mais de tout cela il n'a évidemment pas été question dans le débat. Non, selon le gouvernement, les éléments constitutifs de l'identité se résument au drapeau tricolore, à la *Marseillaise* et à la gastronomie. Mange du porc, bois du vin et tu seras enfin intégré.

La France me fait penser à un athlète qui court sur un pied, ou à un borgne. Elle s'ampute elle-même de sa diversité et de ses forces vives. Elle finira bien, du moins espérons-le, par se réveiller un jour et par s'accepter dans toute sa richesse et sa modernité. Mais aucun responsable politique, et surtout pas l'un de ces hypocrites de socialistes, n'ose faire un pas dans le bon sens. On connaît la situation, on déplore la discrimination à longueur de discours, mais on ne change surtout rien. C'est une autre illustration du racisme rampant. « Yes we can't, sorry. »

Que faire lorsque les politiques cogitent surtout à leur (ré)élection, veillent avant toute chose à ne pas effrayer l'électrice senior, qui se couche à 18 h 00 et pourrait voter Front national s'ils s'avisaient de mener une politique trop progressiste ? Ils sont persuadés que les jeunes ne votent pas, que les jeunes ne consomment pas, que les jeunes ne réfléchissent pas. Alors, dans leur logique, il est plus intéressant de privilégier un électorat plus « mûr ».

Je le dis avec d'autant plus d'amertume que je suis un citoyen de gauche, mais sur cette question, force est de reconnaître que la droite s'est montrée plus en pointe. Quand il était Premier ministre, Dominique de Villepin a confié un poste ministériel à Azouz Begag. Sarkozy a su nommer quelques Noirs et Arabes dans son gouvernement. Et même si les promotions de Fadela,

Rachida et Rama se résument à une politique d'affichage, même si la réalité des discriminations demeure problématique, il a envoyé un signe aux jeunes issus de l'immigration. C'est un premier pas, un symbole fort. Voilà pourquoi je suis l'archétype même du déçu de la fausse gauche. Cette initiative-là, les socialistes auraient dû la prendre depuis belle lurette. Quand ils étaient encore au gouvernement, ils ont été incapables de promouvoir de jeunes Français issus de l'immigration à des postes de responsabilité dans leur parti ou au gouvernement. Mais en théorie, si l'on en croit leurs discours, c'est d'abord à eux de le faire. Leur laïus, je le connais par cœur : « Les quartiers abandonnés, c'est déplorable, il faut les aider… » Dans le concret, c'est walou, nada, du vent.

À l'époque de La Friche, j'en ai rencontré, des types de cette gauche-là. Avec un ami du quartier Félix Pyat, j'ai assisté à des réunions municipales pour l'attribution de la DSU, la fameuse Dotation de solidarité urbaine. Pour faire partir des gamins au ski, il n'obtenait pas la moindre subvention. Et pour cause, les responsables socialistes de La Belle de Mai, justement installée dans le secteur de Félix-Pyat, préféraient pratiquement tout donner à La Friche. Pour faire quoi ? Financer des photographes issus du néant et organiser des raves parties dont les jeunes du quartier étaient de toute façon exclus. La voilà, la conception de la solidarité urbaine des socialistes. On les ramasse par poignée, ceux qui parlent « banlieue » à longueur de temps, avec des trémolos dans la voix, mais qui se foutent royalement de ces quartiers. Et Manuel Valls, député-maire d'Évry, de s'indigner lors d'une brocante organisée en juin 2009 dans sa ville, parce qu'il y a trop d'enfants noirs et arabes. Et de balancer : « Belle image de la ville d'Évry. [...] Tu me mets quelques Blancs, quelques white, quelques blancos. » C'est ça la nouvelle génération du PS : une UMP parfumée à l'eau de rose.

Pour se faire élire, le candidat Sarkozy a renoué avec la tradition d'une droite décomplexée – le refus du devoir de repentance, le slogan « La France, on l'aime ou on la quitte », etc. –, il s'est inspiré de tous les thèmes du FN et a siphonné une partie de son électorat. Je ne pense pas qu'il s'agisse d'une bonne stratégie. Selon moi, elle suscitera (comme tout le cynisme du débat sur l'identité nationale l'a déjà montré) la surenchère chez les extrémistes ; alors le gouvernement fera tout pour garder les électeurs frontistes dans le giron de l'UMP.

Plus largement, ce président de la République gouverne selon un principe à l'efficacité éprouvée : la mise en opposition systématique des Français. Ce sont les fonctionnaires syndiqués qui font grève contre les travailleurs du privé qui, eux, se lèvent tôt ; les patriotes contre les mauvais citoyens ; les jeunes contre les vieux ; les honnêtes gens contre les racailles ; les immigrés contre les « vrais » Français ; et enfin les immigrés clandestins contre les bons immigrés. Sarkozy est totalement bipolaire. Ce sont les gentils d'un côté, les méchants de l'autre ; une conception très américaine de la politique, en somme : « The good guy and the bad guy ». Sarkozy adore les États-Unis, on l'aura compris. Son discours est formaté pour toucher le peuple et, à l'écouter, j'ai parfois l'impression d'entendre Tony Montana dans *Scarface* ; j'en viens à songer qu'il a dû regarder le film de Brian de Palma en boucle. « On va vous débarrasser de la racaille. Okay ? » « Le quartier, on va le nettoyer au karcher. Coño ! » À ce propos, Argenteuil attend toujours son grand toilettage.

Pour faire jeune et populaire, ce président emploie aussi des expressions typiques du quartier et commet des fautes de français. Dans la bouche d'un chef d'État, ça fait désordre, on est tout de même en droit d'attendre un minimum de standing. Il dirige la France comme une entreprise et il a adopté le système américain de communication politique. Il n'est certes pas le premier, mais il est probablement le plus brillant, dans sa manière d'imposer son propre tempo aux médias ; dans son talent, aussi, pour la mise en scène de soi-même au cœur de l'actualité. N'oublions pas que sa carrière politique a véritablement débuté avec la prise d'otage de la maternelle à Neuilly en 1993 – et avec la photo, publiée en couverture de *VSD*, sur laquelle il porte un gamin libéré dans ses bras. J'ai fait remarquer cela quelques années plus tard sur un plateau, à l'époque où il était ministre des Finances et du Budget. Je me suis pris, dans la foulée, un triple contrôle fiscal. Sarkozy est un enfant de la télé et il a compris, mieux que tous les autres politiques, la puissance du petit écran. Il représente non pas le quatrième pouvoir dans ce pays, mais le premier, car la télévision fait et défait les gouvernements, influe sur l'opinion publique, désinforme et déforme pour livrer une vision tronquée de réalités complexes. Il suffit, par exemple, d'observer le traitement médiatique de la banlieue. Les caméras donnent toujours la parole à des caricatures de jeunes en casquette et survêtements dont le vocabulaire n'excède pas deux cent cinquante mots. Où sont-ils ceux qui font des études, ceux qui travaillent ou qui luttent pour trouver un emploi ? Où sont les passionnés, les talentueux, les sportifs ? Nulle part. C'est qu'ils ne renvoient pas l'image attendue... Les journaux télé communiquent systématiquement sur le négatif, plus rentable : braquages minables, vols, délinquance, explosion de la circulation des armes... Comme si la banlieue avait le monopole de la violence. Quand je vois ces émissions racoleuses sur la délinquance dans les quartiers, je me pose des questions sur l'ampleur de la désinformation. Informer, c'est ouvrir sur le monde, éveiller la curiosité, et non pas prendre à dessein le trou du cul de l'actualité pour en faire un sujet. Je dis bravo. Vive l'info marketing. Et quand les élections approchent, la télévision prend toujours soin de ressortir le spectre de l'insécurité, brandi par les politiques. Tous ont retenu la leçon du *Prince* de Machiavel : un peuple qui a peur est un peuple qui ne se révolte pas. Surtout si on lui donne quelques moyens de consommer. Dans notre pays, la peur est un produit, et il se vend très bien. Le pic d'exploitation de l'insécurité fut – pour l'heure – atteint en 2002 avec une campagne présidentielle totalement axée sur ce thème. On sait à quel duo tragique cela nous a menés. Le long de cette campagne tragique, j'ai eu le sentiment de vivre à Bogota. Les images du vieil homme au visage tuméfié, à deux ou trois jours du premier tour, il fallait oser le faire... Encore une manipulation de l'information. Tout cela, je l'avais écrit en 2000 dans la chanson *Écœuré* :

À qui la faute si ce pays est si déchiré, si déprimé
Quand le fait divers est érigé en généralité
Leurs magazines d'info font peur, à qui ça profite ?
La France a besoin de peu pour réveiller ce racisme historique

La France est le pays champion de l'hypocrisie et souffre surtout d'un terrible complexe de supériorité. Elle s'arc-boute sur un passé glorieux, mais rechigne à regarder en face les pages noires de son histoire. Chirac a peut-être reconnu la responsabilité de la France dans la déportation des Juifs pendant l'Occupation nazie, mais il a fallu attendre 1995 ! Quand aux États-Unis la guerre du Vietnam a engendré une filmographie conséquente, les bons films sur la guerre d'Algérie se comptent sur les doigts d'une main. Florent Siri a galéré pendant sept ans pour réunir des fonds nécessaires à son long-métrage *L'Ennemi intime*, avec Albert Dupontel et Benoît Magimel. Et je ne parle pas d'*Indigènes*, de Rachid Bouchareb. Jamel Debbouze a dû mettre la main à la poche pour financer le film et faire connaître la contribution, aussi décisive qu'occultée, qu'ont apportée les tirailleurs sénégalais, marocains et algériens à la victoire des Alliés contre les nazis. Il a fallu organiser une projection privée à l'Élysée pour que le président Chirac découvre cette histoire et se décide à payer leurs pensions de misère aux tirailleurs d'Afrique.

Alors, oui, je suis véhément, je surligne les aspects les plus négatifs de la France. Mais j'exerce juste mon devoir élémentaire de citoyen : j'ose critiquer mon pays car je l'aime. Et je reste. Même si j'ai songé à plier bagages en 2002, quand Le Pen a passé le premier tour de l'élection présidentielle, je suis resté. Avec Jamel, nous avons lancé une campagne, la cassette *Non*, distribuée dans les quartiers, et dans laquelle des footballeurs – dont Zidane –, des gens du spectacle et de la télévision appelaient les jeunes à voter. À chacun de mes voyages, je rentre en France à reculons, toujours déphasé, freiné par une mentalité étriquée, des blocages perpétuels et le recul de certaines valeurs fondamentales comme l'esprit de contestation, la fraternité ou la solidarité. Je reste, mais l'envie de quitter la France me démange régulièrement. Il y a quinze ans, une telle idée m'était étrangère. Aujourd'hui, si mes parents n'y habitaient pas, si je n'avais pas IAM, ma famille et moi serions déjà partis.

La fin de leur monde

Regarde ma terre en pleurs, mais les choses ici prennent
[une telle ampleur
Les fils partent avant les pères, y a trop de mères en sueur
Quand les fusils de la bêtise chantent le même air en chœur
Le mangeur d'âmes à chaque repas s'abreuve de nos rancœurs

Je l'entends toutes les nuits, las des fantômes qui la hantent
Las de leurs complaintes, tellement que des fois, elle en tremble
Par le sang de la haine, constamment ensemencé, aux pas
[cadencés
Quand ce dernier chasse le vent hors des plaines

Rien n'a changé depuis *Où je vis*
Juif, catholique, musulman, noir ou blanc
Fermez vos gueules, vous faites bien trop de bruit
Comme ces orages dont l'eau se mêle à nos larmes
Et leur choc, sur le sol aride dont l'uranium a volé l'âme

Je veux pas d'une ville au cimetière plus grand que la surface
[habitable
Même s'il paraît que de l'autre côté, tout est plus calme,
[plus stable
Je veux pas qu'après le jour J, les survivants survivent
[sans néon
Trop proches du néant car le soleil les prive de rayons

493

Les artères pleines d'amer comme un caddy au Géant
On charge, on charge et à la sortie, c'est tout dans les dents
Je crois que c'est dans l'air du temps, chacun cherche
[son bouc émissaire
D'une simple vie ratée, à l'envoi d'une bombe nucléaire

L'amour manque d'air, dans leur monde, nous, on suffoque
Tout ce qu'on supporte, ça pressurise et c'est les psys qui
[vont exorciser
Que quelqu'un me dise si j'ai des chances de voir enfin
[la paix exigée
Qu'un jour, les abrutis s'instruisent

Perché sur ma plume, j'attends ce moment, observe ce bordel
De petites flammes monter au ciel, pour elles, j'ai saigné
[ce gospel
Héra se barre à tire d'ailes, lasse de la sève qu'on tire d'elle
On clame tous qu'on l'aime mais aucun de nous n'est fidèle

Jalousie et convoitise se roulent des grosses pelles
Et quand les problèmes viennent, on règle ça à coup de grosses
[pêches
Pendant ce temps-là, certains amassent des sous par grosses
[bennes
Et devine qui est-ce qui creuse mais avec des plus grosses
[pelles ?

Quand est-ce qu'on y arrive, là où le bonheur désaltère
Où le futur se construit sans cris, sans mecs à terre
Ni de centrales en fuite, rien sur le compteur geiger
Finalement conscients qu'ici on est que locataires ?

Tu parles d'une location, regarde un peu ce qu'on en a fait
Quand le vieux fera l'état des lieux, on fera une croix sur
[la caution
On aurait dû le rendre comme on nous l'a donné
Clean, sans tâches et innocent comme un nouveau-né

494

Seulement les nôtres meurent de faim en Afrique
Mais y a pas assez de fric pour eux, alors la dalle il faudra
                                                    [la tempérer
Des hommes tombent sous les rafales racistes
                                        [mais on peut rien pour eux
Alors, les balles, faudra les éviter

Le cul devant la télé, occupé à rêver
Le doigt posé sur la commande, on se sent exister
On râle, on gueule, on vote, espérant que ça va changer
Mais dresse les barricades et tu les verras tous hésiter

Garni d'incompréhension et de stèles géantes
Le globe rêve de compassion et de bourgeons renaissant
                                                    [sur ces branches
Les mêmes qu'on laissera crever un soir de décembre
Dans le silence, juste un bout de carton pour s'étendre

Tout le monde a ses chances, de quelle planète vient celui
                                                    [qui a dit ça ?
Un politique je crois, live de Bora Bora
Pendant que les foyers subissent façon Tora Tora
Mais bon c'est bien trop bas, alors forcément ils nous voient pas

Parole, parole, parole, ils ont promis monts et merveilles
Mais les merveilles se sont envolées
Il reste que des monts mais c'est raide à grimper
Et au sommet, y a que des démons en costume cendré

En bas, c'est les jeux du cirque, César Ave
Parce qu'on va se faire bouffer, par des fauves qu'ils ont dressés
On note une sévère chute de sang sur la map
Une montée d'or noir, un jour on paiera cher pour une bouffée
                                                    [d'air pur

Ici c'est chacun sa culture, chacun son racisme
Seulement sur fond blanc, c'est le noir qui reste la meilleure
                                                    [cible

Les temps changent, c'est sûr, mais y a toujours des irascibles
Ils ont le bonjour d'Henri, d'Aaron, Mormeck et Zinedine

À l'heure où les gens dînent, y en a encore trop qui cherchent
Pour eux pas de huit pièces, ils crèchent au parking
Tout le monde s'en indigne, ça dévalue le quartier
Ça effraie Mémé et on sait bien ce que Mémé va voter

Du haut de leurs tours de vice, droites comme la tour de Pise
Jumelles sur le pif, ils fractionnent, divisent à leur guise
On s'étonne ensuite que ça finisse en fratricide
Car tout ce qui compte c'est de gonfler les commandes
[de missiles

Vive la démocratie ! Celle qui brandit la matraque
Face à des pacifistes, t'es pas d'accord, on te frappe
Multirécidivistes, c'est jamais ceux-là qu'on traque
Ils vivent en haut des listes et mettent leur tronche sur des tracts

Ce monde agonise, vu ce qu'on y fait, c'était prévisible
Comme la goutte sur le front dès que la merde se profile
Mais la peur atrophie les cœurs, peur de tout ce qu'on
[ne connaît pas
Alors on se barde de préjugés débiles

De partout, les extrêmes dominent en prime time
À chaque fois qu'ils déciment une famille
Bien avant ces régions où sévit la famine
Images trop crues pour un beauf devant sa viande trop cuite

Lui qui croyait que l'euro ferait beaucoup d'heureux
Pour les vacances, faudra attendre un peu ou gagner aux jeux
Mais là c'est pas trop l'heure, demain très tôt y a le taf
Comprends, ce monde va trop vite, aucune chance qu'on
[le rattrape

Sur la route des principes, ils ont mis des pièges à loup
Des gilets dynamites et des scuds, il y en a un peu partout

Faudra faire gaffe aux mines, aux puits, d'où la mort s'écoule
Il a beau être vif mais, à la longue, il n'évitera pas tout

Un de ces quatre, il finira par tomber
J'espère qu'il y aura quelqu'un pour aider le prochain à
                                                    [se relever
J'espère qu'il sera pas comme le nôtre, aigri et crevé
J'espère surtout qu'il n'essaiera pas de se faire sauter

Tu sais, on vit dans la télé, le globe s'est fêlé
Ils servent de l'emballé, mais en vrai, c'est la mêlée
On se prend à espérer des choses simples, mais leur fabrique
À peur s'est mise en branle, tout ça pour les dérégler

Cris, sang, cicatrices, terreur dans la matrice
Ils disent qu'une vie vaut plus à New York, Paris, Londres
                                                    [ou Madrid
Alors c'est comme ça, une échelle dans la peine ?
On aime les catastrophes quand des gens manquent à l'appel

Surtout s'ils nous ressemblent, on les filme à la morgue
Et nous, dans les sofas, contents d'échapper à la mort
Mais reste dans les cœurs l'anomalie appelée peur
Et grâce à ça, de toutes parts, ils ont recours à la force

C'est une révolution, cette fois elle est de droite
Voilà pourquoi le chantage à l'emploi dans plein de boîtes
Voilà pourquoi ils veulent à tout prix implanter la croix
Et face à la télé souvent on les croit dans leur droit

Ils disent : « C'est humanitaire. » Mais ils niquent les mers
                                                    [et la terre
Pour chaque écart, c'est la guerre
Si le quotidien est précaire, c'est qu'ils nous dressent
                                                    [à être délétères
Et se contenter de joies éphémères

Si l'Afrique est en colère
C'est parce que des trusts la pillent
                    [seuls les généraux corrompus coopèrent
Et jouent des vies au poker
Est-ce que la rancœur et le désir de revanche
                              [est tout ce qu'on leur a offert ?

On parle du droit des femmes, quand leur mari les frappe
Avec des clichés religieux sortis tout droit des fables
Comme si, ici, elles étaient bien depuis le Moyen Âge
Mais c'est en 46 que s'est ouverte une nouvelle page

Maintenant elles nous valent, on le dit dans les ouvrages
Pourquoi elles touchent moins de pognon à compétence égale ?
Pourquoi elles seraient moins faites pour être responsables ?
Alors qu'elles nous ont tous torché, le cul nu dans le sable

On force sur la boisson, parie sur les canassons
Mais la réalité, c'est qu'ils nous font bouffer du poison
Et dans l'hôtel du bonheur, beaucoup font la valise
L'espoir tué par des fanatiques libéralistes

Pas de bombe sale, ni de grosse salve
La stratégie est simple : ils exploitent et ils affament
Quand on les voit à la télé, ces cons ont l'air affable
Mais le monde est à genoux quand ces bordilles sont dix à table

Des comptes sous faux noms, ils prétendent agir au nom
De la liberté, mais c'est la monarchie du pognon
La France et les States par factions interposées
Se livrent une guerre en Afrique et tu veux rester posé ?

Freedom par-ci, démocratie par-là
Mais j'ai maté sous la table et j'ai vu que c'était que
                                        [des palabres
La vraie mafia, non, la cherche pas en Calabre
Mais dans ce bled, ou dans les quartiers pauvres
                                        [à quarante ans

498

On tombe malade, à fumer du mauvais tabac
Et manger de la merde, où le Xanax fait un tabac
Avec l'alcool fort, les rues deviennent des grosses forges
Et le métal y est commun monté sur grosses crosses

La violence au quotidien de tant de gosses pauvres
Et moi j'attends l'apocalypse après cette apostrophe
J'en ai marre, de tous ces mensonges qu'ils colportent
Pour les servir dans de nombreux cas, y a mort d'homme

Tous terroristes, j'entends leur théorie
Vanter le sacrifice pour des principes, c'est horrible
Les mômes survivent nourris à l'eau et au riz
Pendant que leur pouf balade à Aspen ou Saint-Moritz

La flore crame, la faune cane
Dis, c'était des barbus qui lâchaient l'agent orange sur le
Nord Vietnam ?
Non, c'était les boyz
Mais qui peut m'indiquer la justesse d'une cause ?

En partant de là, chacun écrit ses droits
Désolé, je trouve aucune excuse à Hiroshima
On peint l'histoire comme on colorie vite une image
Et peu importe qui se fait tuer chaque fois, je le vis mal

On croit en nos gendarmes, qui servent et nous protègent
Mais moins au Rwanda, quand ils jouent du lance-roquettes
Pour placer le pantin qui conviendra à la France
Une casserole de plus au ministère de la Défense

Ils se crêpent le chignon, au fond ils sont ignobles
Sur la conscience des députés, il y en a plus d'un million
Quand il faut des aiguilles, nos politiques ont des chignoles
Défilent sur des chars, le 14, ils se pignolent

Au son de la *Marseillaise*
Et d'une imagerie guerrière qu'ils veulent tranquillement refiler
[aux élèves
De leur appart dans le 16
On voit un tableau différent, ils disent croire en Dieu
[mais croient en ce qu'ils possèdent

Ils trouvent même pas un corps dans les ruines du World Trade
Et sortent des débris le passeport de Mohamed
Je ne peux plus exprimer combien on trouve ça grotesque
Voilà pourquoi c'est le désert dans les bibliothèques

Au collège de la vie, ils jouent les profs d'histoire
Et abreuvent le quotidien de mille sornettes illusoires
On a bâti une forteresse, l'a nommée Alamut
Coincés physiquement entre garde à vue et garde-à-vous

Compte tenu de la pression patriotique
J'admire les gens de gauche en Israël et en Amérique
Est-ce qu'on vaut mieux en France ? Désolé si j'insiste
Mais regardons-nous franchement, on est aussi racistes

Ensuite ils vendent ma liberté, au marché public
Et me tannent grave, avec les valeurs de la République
La République ? Elle passe ses week-ends en régate
Puis se prostitue de toutes parts pour un Airbus ou
[une frégate

Elle exécute dans une grotte des opposants Kanaks
Et mange à table avec des gars style Giancana
Puis explose le Rainbow Warrior
Et dessine les frontières du Tiers-Monde à la terrasse du Marriot

Sponsorise les fanatiques aux quatre coins du monde
Les entraîne au combat et à manipuler les bombes
Le collier casse, ces cons échappent à tout contrôle
Et quand ils mordent la main du maître, alors on crie au monstre

Ils discutent notre futur autour d'un pichet
Pour notre sécurité, zarma, ils veulent nous ficher
C'est la France de derrière les stores et j'en ai marre
De me faire gruger par des tronches de dispensés de sport

Je me bats pas pour la Porsche, mais pour un meilleur monde
Avec mes petits bras, vivant à cette époque où la terreur gronde
Où la frayeur monte
Travaille sur moi chaque seconde pour être un meilleur homme

On vit en ces temps où dans un taudis de Paris
Trente-six gosses meurent brûlés vifs, quand les demandes
[en HLM
Dorment depuis des années dans les archives
Alors que des employés de la mairie

En obtiennent avec terrasse et parking, et t'appelles pas ça du
[racisme ?
Après ils pleurent quand, perdus, on revient aux racines
Ils ont caricaturé nos discours radicaux
Et l'ont résumé par wesh-wesh et yo-yo

Nous, complexés et si peu sûrs de soi
On s'interpelle entre nous comme Ritals, Rebeus, ou Renois
Chaque jour, la grande ville resserre l'étreinte
Et tu peux voir les noms des nôtres évaporés, écrits sur
[des trains

Ma vie, un mic, une mixette, loin des ambitions
De qui sera élu président en 2007
J'adore ce moment où ils dévoilent le minois
De qui devra tailler des pipes monumentales aux Chinois

À défaut d'argent, putain, donnons du temps
Dans nos bouches, le mot liberté devient insultant

Car c'est les soldats qui le portent et non plus le vent
Comme si le monde était rempli de cruels sultans

Mécontent des schémas qu'on nous propose
Je cultive maintenant les roses dans mon microcosme
Mesure les dégâts minimes que mon micro cause
Ça ne peut qu'aller mieux, alors j'attends la fin de leur monde

France, si tu m'aimais comme je t'aime

Si seulement tu m'aimais comme je t'aime
On n'en serait pas là

Si tu lis ce mot, c'est que j'ai dû rentrer chez moi
Pourtant j'ai planté devant ta porte pendant un mois
Quand tu as ouvert, c'était pour m'insulter
                                [mais je comprends ta peur
Je fais figure de mauvais gars dans le quartier
Je fais pas local, c'est vrai, mais en public
Tu vantes mes qualités, loin des préjugés stupides
Et des laïus sur la moralité, sur la modernité
Des obligations dont j'aurais dû m'acquitter
Aujourd'hui il pleut des cordes, et sur le tarmac
L'eau traverse mon sac pour mouiller mes diplômes
Bon sang, je t'aime, je ne comprends pas que tu me jettes
Et me laisses avec des remords, sans recours, sans ressort
Je sais, y a tant de prétendants qui caressent ta chevelure
Que pour un p'tit mec comme moi, être l'élu va être dur
Alors je serai patient, attendant mon heure
Même les mendiants comme moi ont leur droit au bonheur
Tu vois, je t'ai réclamé que dix minutes
Pour plaider ma cause, mais mon espoir diminue
Je t'aurais dit que j'aurais bossé plus dur que tes frères réunis
Le soir, sur ton épaule, je t'aurais raconté tout ce que j'ai subi
Alors tu m'aurais consolé
Rendu un peu de cette joie que les kakis m'ont volé, c'est triste

503

Maintenant, tu dis mes pensées impures
Et me pries de la boucler vite fait ainsi que ma ceinture

Je te voyais de loin, sans oser t'approcher, presque irréelle
                                              [inaccessible
C'est ce que je me disais
Certains ont essayé, tu les as virés sans détour, sans prévenir
                                              [tels des tueurs escortés
Poignets menottés
Tu me fais la gueule et tu me connais même pas
                         [tout ce que je voulais, c'était une chance
Et ce que j'ai eu, c'est ta sentence
J'aurais voulu que tu guides mes pas, au lieu de ça
Tu me renvoies dans un endroit où je ne survivrai pas

Si tu m'aimais comme je t'aime, t'entendrais mes complaintes
Ma douce, tu sais, on me freine, m'arrête pas à tes confins
Car je suis du genre des gars qu'on jette, qu'on séduit
                                              [et qu'on feinte
Avec un peu d'amour, tu verrais que nous aussi on saigne

Si seulement tu m'aimais, comme je t'aime
Sans poser aucune question, sans aucune condition
Si seulement tu m'aimais, comme je t'aime
Je cesserais d'être un poids, et peut être voudrais-tu de moi

L'avion gronde sur la piste humide, comme s'il roulait sur
                                              [mes pupilles
Chaque seconde est un vrai supplice
Mes pensées se perdent sur les toits
Sur les routes qui serpentent, les forêts, bref, tout me ramène
                                              [à toi
Encore j'ai de la peine à le croire
Mais c'est bel et bien fini, amour déçu, je fais de la peine à voir
Peu à peu, ces riches s'avilissent, ils disent qu'ils
                                              [nous civilisent
Connaissent-ils au moins l'ampleur de tous nos sacrifices ?
Pendant deux ans j'ai erré, témoin de plusieurs homicides

À l'orée de ton domicile
J'ai tenu mon carnet à jour
Dans un gourbi exigu, avec dix autres personnes
                            [qui partageaient mon amour
Comme eux, j'ai laissé mes gosses
Disant à tout le monde au village que j'allais faire du négoce
Ma femme le savait, elle était si jalouse, mais j'étais coincé
Le stress et l'anxiété m'ont rincé
Alors j'ai grimpé sur tes barbelés à Melilla
Mon frère est mort dans mes bras, la liberté se paie à ce prix-là
Chez toi, où ils ont l'air si éduqués à l'image
Pourquoi me traitent-ils comme un animal ?
Je ne t'en veux pas trop, je tenais à te le dire
Et il se peut bien qu'un jour, Dieu veuille que je puisse revenir
Ma vie aura un sens
Et je t'aimerai plus que tes proches, car ces fous ne mesurent pas
                            [leur chance

Grandir ici, c'est un mot qui n'existe pas
Je ne renie rien, mais je sais que ça deviendrait possible
                            [au creux de tes bras
T'es pas parfaite mais au moins chez toi, vivre
Ce n'est pas un risque, et je me prends à rêver en voyant
                            [partir les navires
T'es mon Eldorado, mais ton drapeau reste un mirage
Ok, tu m'as refoulé seulement je suis pas prêt à tourner la page
Un jour je viendrai à nouveau pour fouler tes rivages
En attendant même si c'est vain, je t'envoie ce message

Soleil noir

Si *Métèque et Mat* était un album solaire, *Sol Invictus* est son négatif, son double inversé. J'aurais pu l'appeler *Soleil noir*, tant il irradie d'une noirceur à peine tempérée par quelques pointes d'humour, noir lui aussi. Je le considère comme ma plus grande réussite, mon disque le plus introspectif avec le *Black Album*, enregistré dans un même élan. Ils sont tous deux complexes, baignés de références mystiques ardues et de saines colères. S'ils n'ont pas toujours été bien compris, ils surclassent néanmoins *Métèque et Mat* sur tous les plans : en termes d'écriture, de composition, de profondeur et de phrasé. Quand je réécoute *Métèque et Mat*, je me rends compte que mon flow a pris un sacré coup de vieux. Et puis la mélancolie et les méandres de ma psyché demeurent mon terrain d'excellence.

On m'a souvent reproché l'opacité de ces deux disques, aujourd'hui reconnus à leur juste valeur. J'ai entendu à leur propos des critiques désabusées ou agacées : « Mais où veut-il en venir ? On n'arrive pas à le suivre, on ne comprend rien de ce qu'il raconte. » J'assume cette complexité. Sur ces deux albums, j'ai écrit des textes basiques et directs comme *C'est ça mon frère* ou *Écœuré* pour exprimer mon courroux et pousser un bon coup de gueule. Mais dans le domaine de l'introspection, j'aime user de la métaphore et donner une dimension aérienne, poétique à mes textes. Ils sont peut-être difficiles d'accès, ils exigent une écoute assidue, mais c'est un parti pris que je revendique. Si je commence à me demander comment le public va percevoir mes chansons, s'il va les comprendre, je ne fais plus de musique, mais du marketing. La démarche artistique relève de l'égoïsme pur et cela n'a rien à voir avec de l'égocentrisme. Quand je crée, je me fais plaisir. Les gens décrochent ? Ils trouvent le concept trop ardu ? Peu importe, je tiens à leur livrer mon parcours, mon cheminement tel qu'il est. Un temps, ce cheminement-là a coïncidé avec les goûts du public. Ce fut une chance. Par la suite, il s'est trouvé moins en phase avec ses attentes. Tant pis. *Sol Invictus* était un album compliqué, mais il exprimait l'état de mon moi intérieur à un instant t.

Et puis j'ai commis quelques erreurs de promotion. J'ai par exemple choisi de sortir le single *Juste une impression*, qui ne reflétait en rien l'esprit de l'album. J'aurais dû écouter Aisha et Fabien, qui me tannaient pour mettre en avant *Chaque jour*, l'une des plus belles chansons de l'album. La maison de disques était du même avis qu'eux. Mais j'étais dans de très mauvaises dispositions, alors j'ai fait le contraire pour le plaisir de les contredire. Un appel à l'aide sous forme de sabordage.

Ces deux albums ont été écrits, composés et enregistrés au cœur d'une période particulièrement tourmentée de ma vie, et que j'ai vécue comme un repli. Trois années de tempête intérieure : j'étais en dépression. À l'époque, j'avais encaissé coup sur coup problèmes familiaux, problèmes de couple et professionnels. Les tristes nouvelles et les deuils s'accumulaient comme si le mauvais sort s'acharnait à me bousiller le moral avec un malin plaisir. Ma mère souffrait d'un cancer. Richard le Dramator, mon ami intime, mon complice de Radio Sprint et notre premier manager, mourait dans un accident tragique en 2000, à l'âge de trente-quatre ans. Il s'était installé à Fort-de-France et avait trouvé un boulot de réparateur d'ascenseurs. Pendant une intervention, alors qu'il souffrait d'asthme, il s'était retrouvé enfermé dans un ascenseur sans sa vento-line, restée dans la poche de son blouson. Il est mort d'asphyxie, laissant une femme et trois enfants. Sa disparition m'a anéanti, et je n'étais pas au bout de mes peines. Le 6 septembre 2001, je devais enregistrer le morceau *Musique de la jungle* avec la chanteuse de R'n'B Aaliyah, à New York. Le 25 août, elle mourait dans un accident d'avion. Je suis donc resté à Marseille, laissant à Éric Chevet, mon ami et ingénieur du son, ainsi qu'à Thierry Ottavi, ami et manager au sein d'Al Chimy, le soin d'assurer à New York le mastering de *Sol Invictus*. Il avait été fixé au 11 septembre. Ce jour-là, devant ma télé, j'ai vu les deux avions exploser dans les tours du World Trade Center, et j'ai fondu en larmes. J'ai appelé Kheops pour lui dire : « Tu vois, Éric, c'est un pan de notre vie qui s'effondre. » New York, c'est mon amour, comme Naples et Marseille. Voir ces gens prisonniers des tours et contraints de choisir entre le feu et le vide a été un moment abominable. Et puis j'aurais pu être à leur place. Trois mois plus tôt, dans une atmo-sphère qui fut certainement l'une des plus paisibles de ma vie, j'enregistrais à New York deux morceaux de *Sol Invictus* au studio Electric Ladyland, là où Jimi Hendrix avait enregistré ses classiques. Et là, je pleurais devant mon écran.

Inutile de préciser combien le 11 septembre 2001 m'a mortifié. Il venait s'ajouter à une douleur déjà bien présente et au sentiment pesant d'être au bout du rouleau. Sur le plan sentimental, rien ne tournait rond. Avec Aisha, notre relation souffrait et nous n'avions plus vraiment de vie de couple. Pour ne rien arranger, j'affrontais la trahison de mon ami d'enfance, Christophe, à qui nous avions confié la gestion de Côté Obscur et qui, avec sa sœur Carole, avait fait un trou – que dis-je un trou ? Un gouffre ! – dans la caisse, provoquant la faillite du label d'IAM. L'affaire a dû se régler devant les tribunaux. Au-delà du préjudice financier, cette trahison fut la goutte d'eau de trop dans le vase de ma dépression. Aujourd'hui, j'ai pardonné à Christophe pour l'argent, pas pour le comportement.

Si le soufisme ne préconise pas de tendre l'autre joue, il prône en revanche les vertus du pardon. À l'époque des événements cependant, cette trahison m'avait fait l'effet d'un coup de poignard dans le dos. Pire encore, je m'étais retrouvé pris entre le marteau et l'enclume : mon ami d'enfance d'un côté, mes amis d'IAM de l'autre, qui se posaient de légitimes questions : « Le Christophe que tu nous as mis entre les pattes, il a fait quoi avec l'argent de la société ? » Que fabriquait-il avec les fonds destinés à payer tous nos collaborateurs et à financer nos projets, notamment l'album de la Fonky ? Eh bien, il menait grand train. J'étais emmerdé d'un côté et de l'autre. Je me suis naturellement retrouvé seul, une situation difficile à vivre. Pour certains membres de l'entourage de la Fonky Family, l'affaire était pliée : j'avais voulu les arnaquer de l'argent censé produire leur album, je m'en mettais plein les poches au lieu d'investir dans leur disque et dans celui du groupe 3e Œil.

J'étais soudain devenu « le grand méchant loup du rap français ». Le succès d'IAM avait aiguisé les vieilles rancœurs et les mesquineries, alors les aigris s'en donnaient à cœur joie. J'entends encore dans mon dos les ragots et bruits de couloir : « Si on galère dans le rap, c'est la faute d'Akhenaton. » « Si on n'a pas enregistré d'album, c'est encore la faute d'Akhenaton. » « Si on est mauvais, c'est encore et toujours la faute d'Akhenaton. » Les rappeurs frustrés connaissaient mes proches, ils savaient que si je basculais en mode « balayage », il y aurait du déménagement dans l'air. Toutes les médisances remontaient donc indirectement à mes oreilles, complaisamment rapportées par untel ou untel. C'était bien le pire : j'entrais dans le domaine de l'impalpable, là où il est impossible de se défendre. J'ai donc répliqué en musique, avec la chanson *C'est ça mon frère*, dans laquelle je consigne les malveillances proférées à mon encontre : j'ai grandi dans un village et je me la joue quartier, je serais proche de la mafia, je compterais parmi mes intimes le maire de Marseille, j'arnaquerais tous les rappeurs, un membre du boys band 2Be3 m'aurait foutu une patate… Cette rumeur-là, elle avait été lancée en plaisantant par des potes de Mantes-la-Jolie, Rachid et Saïd, qui avaient fait la blague sur la radio Droit de Cité.

Je voudrais dédier ce morceau à tous les MC's, DJ's, Breakers, graffiti artists qui ont envie d'avancer sans marcher sur la tête des autres, dans la plus pure mentalité du hip-hop. Quant au reste, opportunistes multifaces, racailleux du dimanche et putes à ragots voilà ce qu'ils racontent :

AKH est un enculé, il maque le rap
On est jamais sortis, et c'est sa faute à ce putain de connard
Lui brasse des milliards, amassés avec *Le Mia*
Quand nous, on trime, explosés à la Hia
Wesh Wesh poto, qu'est qu'il y a ? C'est trop un faux

Il est fini, son style est naze, eh mec attention, je suis trop
[un fou
Voilà ma mix tape, écoute comme je kill au mic, édifiant
Marre des vieux MC's, on veut du sang neuf vivifiant
Je ne le connais pas, mais j'ai des potes qui ont dit à des potes
Qu'ont dit à des potes qu'il prenait des extas et de la coke
Ça, c'est le show-biz, ça me dégoûte tu vois
Nous, c'est trop underground, on fume depuis six mois
Mon Sos Hafiz l'a juré, il s'est pris une pêche par un des 2Be3
Paraît que c'était même à la télé, ça m'étonne pas
C'est un fils de bourgeois, un Robs
Un Haza né dans un village, il se la joue quartier
Je suis sûr que ce plouc n'a jamais galéré
Faites-moi sortir un squeud et ce gringalet, je balaierai
Je passe pas à Skyrock, moi ils me boycottent
Paraît qu'il donne des points sur l'album, allez, on t'a grillé,
[Akhenaton
Rappelle-toi de moi, je vais faire des dégâts
Une chose est sûre, on s'embrouillera pas, moi et mes gars
Justement, je les ferai tous croquer
Cherche pas, mec, il y a rien à troquer

Deux ans après je les vois se défroquer
C'est toujours la même chose dans ce couplet
Il suffit de remplacer les o de Sos et de pote par un u
Hein ! Et qu'est-ce que tu connais de ma vie pour parler ?
Strictement rien, au fait range le calibre que t'as à la ceinture
[petit crétin
Y a un coup qui va te partir seul dans les couilles

AKH, il a volé notre musique et se fait des thunes avec
Dis-moi depuis quand ils rappent, les Italiens de merde
Ami du maire, et proche de la mafia
Il les a tous dans sa poche, pour garder le monopole, ce putain
[de rapiat
Pour arnaquer les groupes, il a monté La Cosca
Et ceux qui travaillent avec lui sont des vendus

Des traîtres à la cause car ils ont besoin de lui pour se faire
                                                        [pousser
Et il les utilise pour se faire mousser
Ce connard ! De toute façon, ses projets, ils sont pourris
Electro Cypher ? De la techno de merde
                                [nourri par IAM jamais de la vie
Ces ânes peuvent courir, oui c'est moi le génie
Quand je prends le mic les nègres et les tasspés gémissent
Je reste au quartier, lui dans une méchante villa
Je sais bien qu'il a trois gosses, moi cette vie-là
Je la kiffe et graillerai des grecs frites jusqu'à quarante ans
Et peux te jurer que personne ici bas me trahira, c'est moi
                                                        [le vrai !
Eh AKH, quand tu rappes, on comprend que dalle
C'est quoi ces conneries sur le cosmos, t'as volé le flow
De Ghost Face Killa, dans Suprême clientèle
Elle donne son corps avant son nom, quand je t'appelle
Mec, tu rappelles jamais, merde, pour ce que t'as à faire
Te la joue pas occupé, mec, je connais tes affaires
Mince il commence à pleuvoir, on va se mettre à l'abri cash

Eh dis-moi, petit connard, c'est pas la faute à AKH ?
Oh, espèce de carnaval déguisé en Queensbridge
Écoute bien mes nouvelles résolutions

Je l'avoue, dans ces moments délicats, je me suis senti abandonné par les membres d'IAM. Certains d'entre eux devaient se dire que j'étais le plus médiatique donc que je prenais pour eux, que ça n'était pas très grave. J'étais solide, je pouvais me débrouiller tout seul… Les membres du groupe possèdent beaucoup de qualités, mais s'il en est une qui leur manque, c'est celle de porter collectivement certains fardeaux. Ils ont fait corps, mais trop tard, quand je m'étais déjà reconstruit. Je ne leur en ai jamais voulu, même si j'ai vécu cette épreuve comme un grand moment de solitude.

Je traversais une zone de turbulences généralisée, une dépression profonde, mais de combat, poings serrés. Elle a duré trois longues années. Le matin, j'allais au studio pour m'enfermer et travailler toute la journée, cloîtré dans mon laboratoire. Ajoutée à la dépression, ma timidité m'avait rendu agoraphobe. Pendant deux ans, je ne suis quasiment pas descendu au centre-ville. J'avais développé une forme de paranoïa. Le regard des autres me dérangeait, j'étais devenu misanthrope et surtout convaincu que la terre entière m'en voulait. Résultat, les crises de spasmophilie se rappelaient à mon bon souvenir : difficulté à respirer, hyperventilation, poitrine comprimée, vertiges. Quand j'étais enfant, le simple fait de voir des gens me parler me provoquait des vertiges.

Le docteur m'avait prescrit de l'élixir parégorique, un relaxant opiacé destiné à calmer mes crises. J'en supportais mal les effets secondaires, et quand je me levais, je ne sentais plus mes muscles. J'ai arrêté immédiatement pour me soigner à l'homéopathie, elle fut ma médecine douce. J'étais taciturne, heureux de rien, je n'aimais plus personne. Je rentrais le soir à la maison, fermé comme une tombe, totalement mutique, avec le masque de la tristesse sur mon visage. J'avais beau demeurer affectueux avec Aisha et les enfants, j'étais beaucoup moins attentif. Je me repliais dans ma bulle, et sans la franchise et la confiance d'Aisha, je n'en serais pas sorti. Un matin, elle m'a pris entre quatre yeux pour me dire les choses simplement, et elle a visé juste : « Je ne reconnais plus la personne que j'aime. Tu vis dans ton cocon, il te rassure, mais tu dois en sortir maintenant. Tu as une femme, des enfants, tu n'es pas seul au monde. » Je me suis regardé dans une glace et j'ai compris : « Ok, maintenant, tu vas te prendre en main. Tu es en souffrance, mais n'oublie pas ta femme et tes enfants, ils souffrent eux aussi. »

Je me prenais pour le centre du monde. J'étais un sombre égoïste, comme tous les mecs, obsédés uniquement par leur nombril. Ce thème, je l'ai d'ailleurs développé dans le téléfilm *Conte de la frustration*. Tous mes copains se sont reconnus dans le personnage principal, immature et autocentré, souvent inconséquent. Quand je l'ai montré à Ramzy, du tandem Éric et Ramzy, il m'a avoué en rigolant que j'avais foutu la merde dans son couple : Anne, sa femme, l'avait reconnu !

Je m'en suis sorti grâce à Aisha, sans personne d'autre. Ni antidépresseurs, ni thérapie, ni famille, ni potes. Les potes, ils n'ont rien vu venir, comment leur en vouloir ? Je suis un stoïque, le champion toutes catégories de la dissimulation des sentiments. Joe, qui me connaît par cœur, a tout de même senti l'état de ma psyché. Il m'a épaulé sur la fin du *Black Album*. Il venait me voir en studio, nous avons enregistré un duo ensemble. Mais à l'époque, je m'étais déjà rétabli psychologiquement. J'ai vu le bout du tunnel grâce à un travail de reconstruction mentale consistant à bosser et toujours bosser pour moins cogiter, à prier et à lire pour m'évader, et aussi à appliquer un concept un peu opaque, mais efficace : la projection de soi dans l'univers. Je m'efforçais de projeter mon être, mon travail, tout ce que j'avais accompli dans ma vie à l'échelle de l'univers. À cette échelle, ce tout-là ne représentait rien, strictement rien. Une telle technique est radicale pour relativiser son mal existentiel et se délester du poids de ses états d'âme.

Aujourd'hui, je me sens léger, très léger. Aisha m'a forcé à m'aérer l'esprit, à prendre des vacances. Elle nous a offert un voyage aux Seychelles, avec les enfants.

Ces douze jours inoubliables furent une bouffée d'oxygène libératrice. Pour la première fois de ma vie, je lâchais prise. Jusque-là, les vacances, à mes yeux, ne servaient à rien, sinon à perdre du temps, j'étais constamment tendu. Là j'ai enfin soufflé. Les plages désertes, les forêts primaires, la gentillesse des gens, partager du bon temps avec ma famille... J'ai passé mes journées à nager, faire du vélo, marcher dans la jungle. À ce moment, j'ai réussi à tout relativiser, prendre du recul sur le monde du rap, la notoriété, les jalousies... Je n'avais plus l'impression d'être un rappeur, ni Akhenaton, ni même Chill, j'étais simplement moi, Philippe Fragione. Et je me suis senti bien mieux. J'ai alors mis le rap à sa place, en bonne position derrière ma famille et mon épanouissement personnel.

J'ai vu le bout du tunnel à la fin de *Revoir un printemps*, le quatrième album d'IAM. Je suis sorti grandi de cette époque. Ma dépression fut un passage, j'y ai fait ma mue, comme une chrysalide devient papillon. Je me suis ouvert à moi-même et aux autres. Je suis redevenu coquet, comme au temps de ma première jeunesse. Les fringues, c'est le standing rital. Je n'ai pas un train de vie démesuré, encore moins bling-bling, mais les fringues sont mon péché mignon. Je ne les achète pas forcément hors de prix, mais je fais dans la quantité. Physiquement, je me sens mieux. J'ai repris du poids et, surtout, j'ai retrouvé le teint mat de mon enfance.

Musique de la jungle

J'ai tellement de douleur et de peine, que si je fais le point
[au fond
Je sais plus bien ce que je fais ici-bas et ce qui me fait plaisir
Idées obscures, devenues sombres à force de subir
Stupide vie dure entre haine et désir

Plein d'illusions, métabolisme en fusion
Il n'y a pas de discussion possible
J'en suis arrivé à cette constatation rigide, l'époque et
[son régime
Ont dressé le mirage jusqu'ici depuis l'origine
Et j'ai poussé de violents cris dans le vide
La vérité est rude, le son est mort à la sortie de mes tripes
Mauvais trip, vissé à l'asphalte
L'équilibre se brise à vingt piges, 7 plombes du mat,
[niqué au pur malt
Ouvre les yeux, un nouveau jour, Dieu merci
Super ! Je ris, même si je sais tout de leur supercherie
Mes mots hachent l'eau
Moi dans une arène hi-tech, je vends cher ma peau, avec
[bouclier flèches et javelot
J'attire la haine, comme l'aimant, le fer
Répondre par le crime ? Je ne sais pas si j'aime vraiment
[le faire
Perpétuer les lois de Dieu et Sentences
On s'entasse, et dans ce sens, on adopte la vengeance
Sagesse pendue en place publique, valeurs inversées

J'avoue avoir du mal, à voir le but, de ce sang versé
Aumône de lumière, mon seul trésor reste l'encre, lente
Elle descend vers la plume, musique de la jungle

Ressens le soir, comme une fin d'ère, une petite apocalypse
Atmosphère, hyper minimaliste, enrobe ma vocalise
Regarde mes yeux et mon cœur se serre
À l'approche de la nuit, jungle hostile, drame à la lisière
Mes mains se rident à force de suer sur des plumes
Ma méchante nature harcèle mon esprit comme une harpie
À quoi bon ? Vois l'animal et la souche
Depuis quinze ans rodés, à parler, un bâillon sur la bouche
Serré, diverses expériences, qui laissent espérer
Inséré ? Mon œil ! Ce pays en a trop fait serrer
À qui la faute ? Parfois, je ne peux plus respirer
Je veux me tirer, me virer, avant de voir mon âme expirer
Pas loin le temps où je partais à l'école en ciré
Moins loin, quand l'étau se refermait et que je transpirais
Enivré, je compare l'ignorance au coma
Conséquence je vis, une bombe à retardement dans l'estomac
Vois ma fureur de vivre, fureur de crier je t'aime
Fureur de voir un printemps superbe, à nouveau fleurir
Rose sans épine, fragile, et douce à cueillir
Enferme en son cœur tous les mots purs que je voulais te dire
Aujourd'hui quand je vois le mal que j'ai à sourire
Je frémis dans ces instants aussi tristes, je me fous de mourir
Sois mon étoile, je serais ton humble
Serviteur, mon cœur bat la musique de la jungle

Vingt ans

La plus grosse menace pour IAM, c'est IAM. Ce groupe a autant de potentiel pour briller que de talent pour se saborder. Si je devais user d'une métaphore, je dirais qu'il se verse d'une main un bidon d'essence sur la tête tout en tenant, de l'autre, un briquet allumé. Durant l'enregistrement de notre quatrième album, ce bidon d'essence, nous en avons littéralement fait sauter le bouchon. Et nous avons échappé à l'embrasement de justesse. Six ans s'étaient écoulés depuis la sortie de *L'École du micro d'argent*, et durant ce long intermède nous n'avions pas chômé. Chaque membre d'IAM avait publié son album personnel, j'avais tourné un film et sorti mes albums solos, mon projet d'album *Electro Cypher*, sans oublier le disque de Passi, les bandes originales de *Taxi 1* et *Taxi 2*... La création de *Revoir un printemps* a coïncidé avec une période compliquée dans la vie de chacun d'entre nous. Nous étions tous la proie de soucis personnels, familiaux, et cela a donné un album de torturés. Pour faire un disque en groupe, il faut des idées, du temps pour construire une histoire, et surtout de la cohésion. Or nos retrouvailles se sont déroulées en ordre dispersé. Nous avons commencé les séances de travail avec Joe et Malek. Pascal, Éric et François étaient absents. On les appelait, ils ne venaient pas, j'ignore pourquoi. Peut-être se sentaient-ils moins impliqués. Ils semblaient avoir décroché de l'histoire. De notre côté, Malek, Joe et moi passions des journées entières cloîtrés à La Cosca, à chercher des sons et des instrumentaux pour écrire et rapper nos textes.

Nous avons travaillé sur cet album dans un climat de tension constante. Après le succès de *L'École du micro d'argent*, IAM était attendu au tournant. Il fallait rester à la hauteur de notre réputation et, si possible, se surpasser. De quoi ressentir une grosse pression... Jamais nous n'avons créé un disque de façon aussi cérébrale. Les précédents avaient été conçus dans une forme d'urgence viscérale, d'échange spontané, et de plaisir. Pour *Revoir un printemps*, la crispation a supplanté en nous toute ambition ludique. Et quand Pascal, Éric et François ont fini par nous rejoindre en studio, le climat s'est alourdi plus encore. Je me souviens de cette réunion de crise durant laquelle Joe, avec le franc-parler qui le caractérise, a reproché à Pascal son manque d'implication. À l'époque, je partageais son point de vue et regrette depuis de m'être fourvoyé. Pascal traversait une passe difficile pour de multiples raisons, notamment familiales, exactement comme moi en 2000. Toutes les critiques que j'avais pu faire à l'encontre du groupe durant ma longue dépression, quand je me sentais abandonné par IAM, il aurait pu nous les retourner. Sur le coup, je ne m'étais pas rendu compte combien il était difficile pour lui de s'investir dans la création de l'album alors qu'il se sentait à la fois délaissé et peu concerné. Pour la première fois dans l'histoire d'IAM, il a renoncé à nous accompagner à New York pour l'enregistrement, puis sur la tournée. Mais il a malgré tout assuré sa part du boulot. Il a fourni son lot de créations et d'avis critiques. Il trouvait, par exemple, nos compositions trop orchestrées ; au contraire nous jugions les siennes trop minimalistes pour renouer avec la musicalité de *L'École du micro d'argent*. Nous étions le cul entre deux chaises, incapable de trouver une solution médiane.

Ces moments de tension inédits, je les ai vécus comme l'amorce d'une pente glissante vers l'enfer. Mais, évidemment, je restais silencieux, impuissant. Avec le recul, je me dis qu'à cette époque IAM a bien failli péricliter. Le départ de Laurence et Luca de chez EMI n'arrangeait rien à l'affaire. Leur savoir-faire, leur capacité d'écoute, leur force de proposition nous faisaient cruellement défaut. Avec EMI, le contact était rompu, ou bien se résumait à un dialogue de sourds houleux. Chacun campait sur ses positions, sans bouger d'un millimètre. Ce fut le début d'une nouvelle ère pour IAM, et pour la musique en général. La crise de l'industrie musicale, tu parles ! Crise, le terme a bon dos et vient masquer la pleurnicherie et la perversion de ces maisons de disques qui, d'une main font des plans sociaux, de l'autre alimentent des filiales distribuant de l'Internet à tour de bras. Une main perd de l'argent, l'autre en gagne. Notre maison de disques, c'est SFR, Club Internet, Neuf Télécom et « Téléchargez de la musique gratuitement ». En termes d'abonnements Internet et de forfaits téléphoniques, le bénéfice est énorme. Il n'y a donc aucun souci à se faire pour les producteurs de musique. On ne peut pas en dire autant de nous.

Depuis *Revoir un printemps*, IAM a en effet vu se réduire les moyens qui lui étaient alloués, et pas seulement pour les clips (dont les budgets ont été divisés par cinq), mais aussi pour la promotion, les enregistrements, la visibilité, le marketing. Or, si pour faire rêver les gens les idées sont nécessaires, il faut aussi des moyens pour leur donner vie, réaliser des clips de qualité, ambitieux et originaux. *Le Mia* n'a pas été bricolé avec trois bouts de ficelle… À l'époque de *L'École du micro d'argent*, nous rivalisions, en matière d'image, avec les Américains. C'est le seul moment dans l'histoire du rap où les clips européens ont mis une claque aux productions américaines. Cet âge d'or fut éphémère.

Dès 1999, une nouvelle génération de comédies musicales s'est fait jour ; deux ans plus tard, les émissions de téléréalité musicale explosaient. Tout s'est goupillé à merveille. Les pontes des majors se sont dit tout net : « Les rappeurs, ils nous ont gavés à renégocier leurs contrats. Eh bien on va les dégager avec notre nouvelle variété française. » On nous a ainsi remplacés, et poliment reconduits vers la porte. L'amaigrissement des moyens s'est bien sûr accompagné d'une baisse de considération, et c'est probablement cela que nous avons le plus déploré.

Dans le microcosme parisien en général, et à l'inverse de ce qui court partout ailleurs en France, une espèce de buzz négatif s'est forgé autour d'IAM : « IAM ? C'est fini, c'est le passé. De toute façon, ils sont ingérables. » Être « ingérable », c'est chercher encore à défendre des convictions dans l'industrie musicale ; être gérable, c'est dire à sa maison de disques et aux médias : « Oui, Maître. » Le bon artiste est un artiste docile et malléable qui donne du : « Oui bwana, si vous pouviez me la mettre bien profond, bwana, ça m'arrangerait. » Les producteurs préfèrent ainsi les musiciens en développement à qui l'on met facilement une grosse carotte, à des mecs comme les membres d'IAM qui, avec vingt ans de métier, connaissent toutes les ficelles.

Ainsi, à l'époque de *Revoir un printemps*, nos rapports avec EMI ont commencé à se dégrader sérieusement. Mais en interne, heureusement, une fois achevées nos retrouvailles compliquées à La Cosca, nous avons su recréer un début de cohésion et d'alchimie au fil des semaines passées au Studio Zgen, à Avignon. Pendant deux mois, nous avons vécu, mangé et travaillé ensemble, renouant avec une vie de groupe. Certains de nos amis venaient nous voir ; avec eux, nous organisions des tournois de foot à la PlayStation portable – un job à temps plein. J'ai d'ailleurs été forcé par la suite d'excommunier PES de La Cosca, car il bouffait trop de temps dans mes journées. Désormais, si des imprudents souhaitent me défier, ils doivent d'abord m'envoyer un fax, franchir le barrage des *play-offs* contre mon fils et des joueurs de second ordre – comme Saïd – et si d'aventure ils gagnent, alors ils pourront m'affronter. À condition d'apporter leur console.

Bruno Coulais venait écouter certaines de nos compositions pour les réorchestrer ; des morceaux comme *Mental de Viêt-Cong* ont ainsi été rejoués à Sofia par un orchestre symphonique. Pascal nous avait fourni deux instrumentaux stratosphériques : *Tiens* et *Pause*. Avec leur basse funky, ils tombaient à pic pour apporter aération et légèreté dans un disque dominé par des thèmes lourds et des instrumentaux complexes. J'ai également composé *Noble Art*, le premier single de l'album, un titre dont je suis très fier. Nous sommes allés l'enregistrer à New York le mois suivant avec Method Man et Redman. Malgré leur statut de poids lourds du rap, ces deux-là ont su rester drôles, cartoonesques et accessibles. Redman était venu avec six couplets écrits à l'avance. Method Man, lui, s'était présenté les mains vides, sous pression : il s'était enfermé toute la nuit pour écrire son couplet. Avec Malek, nous avons tiré à pile ou face pour déterminer lequel d'entre nous devrait rapper après Redman. C'est tombé sur Malek, devenu entre-temps le troisième MC d'IAM. Pour la première fois, il a rappé sur la quasi-totalité des titres de l'album, à égalité avec Joe et moi, et de nombreux fans ont eu du mal, par la suite, à accepter son intronisation.

Je garde également un souvenir magique de notre rencontre avec Syleena Johnson. Ensemble, nous avons enregistré le morceau *Ici ou ailleurs*. J'aimerais beaucoup retravailler avec elle car son grain de voix est superbe, d'une intensité émotionnelle rare. Pour le reste, notre séjour new-yorkais n'est pas resté gravé dans les annales d'IAM. À notre arrivée, George W. Bush commandait l'invasion américaine en Irak. Nous assistions quotidiennement au spectacle des manifestations dans les rues : défilés de pacifistes d'un côté ; de l'autre, rassemblements bellicistes de bikers hargneux arborant le drapeau des États sudistes, avec des slogans du genre : « Pendez tous les musulmans haut et court. » Le matin, quand je me rendais à la salle de gym avec Grand Jack, les écrans télé étaient branchés sur la chaîne CNN. Je faisais du sport sur fond d'images de guerre, de roquettes, de missiles et de villes bombardées. La « guerre chirurgicale » – la meilleure galéjade inventée par l'état-major américain ces vingt dernières années – était, comme son nom l'indique, filmée sous tous les angles. Dans ce déchaînement de médias, seule Public Channel sortait du lot. Des vétérans de la première guerre du Golfe y prenaient position contre un nouveau conflit « inutile ». En France, on peut toujours courir pour entendre de telles critiques sur une chaîne publique… Et cela n'est pas près de s'arranger, dans la mesure où c'est désormais le chef de l'État qui nomme les présidents des radios et télévisions publiques.

En réaction aux mensonges éhontés de l'administration Bush, ces « armes de destruction massive » brandies pour justifier l'invasion de l'Irak, nous avons donc écrit le titre *Arme de distraction massive*, sur une composition de Joe.

Et ce sont les mêmes qui payent le prix
La guerre éclate car aucune roquette ne fait le tri
Comme la faim en temps de pénurie
À l'abri ceux qui font les traits sur les cartes, ignorent soucis
                                             [ethniques
Résument tout à stratégie et technique
Ça y va à coups de grands discours sur les marches
                              [pour dénoncer les mauvais tyrans
Et ériger en modèle d'expression le régime du Shah d'Iran
Disant adieu au dictateur chavirant, le comparant à Lénine
À Hitler, aux méthodes brutales de Staline
Omettant volontairement ceux que la CIA façonnait
Les associés, les Noriega, Batista, Pinochet
Il faut croire que pour leur secrétaire d'État
C'est plus cool de buter les gens dans les stades
La guerre c'est sale, ouais ! Y a plus un seul arpent pour
                                             [les braves
Est-ce légitime, parce qu'on voit des scènes de liesse ?
Mais si c'est ton fils qui perd la vie, sous le raz de marée
                                        [des bombes US ?
Qui crée les monstres depuis 45 ?
Les mêmes connards qui mettent Algérie, Congo
                         [La Côte d'Ivoire entre parenthèses !
Le plus grand braquage de l'histoire et ils risquent même pas
                                        [une heure de geôle
Ils mentiront encore dans les livres d'école
La vérité fond comme fond la calotte des pôles
Et dans leurs villes, les ghettos tombent sous l'assaut des armes
                                        [et de l'alcool
Quelle prétention, croire que la démocratie
Les fait sauter de joie dans la rue, mais dis-moi, quelle
                                        [démocratie ?

Celle qui donne ce choix, entre la droite et la droite
Les tragédies frappent, à l'hôpital, une balle entre le foie et
[la rate
Un petit gamin gît, et là, dans son char, un GI abruti
Au QI proche de 20 jouit
Faisons comme le monde fait, remercions vivement :
Bush, Shell, Amco, Exxon, Powel pour leur bonté évidente

On dit que les temps changent mais peu de choses bougent
Chaque jour on sait que le mal accouche, caché sous les
[couches
Pains et jeux, des flashs et du cash plein les yeux
La peur décuplée chez les vieux quand le mensonge devient
[sirupeux
Les leurres abondent et on s'en gave et la pilule passe mieux

Ce titre crucial s'inscrit dans la lignée des chansons
« géopolitiques » qu'affectionne tant IAM, à l'instar de
J'aurais pu croire, sur l'album *Ombre est Lumière*, ou
de notre chanson fleuve *La Fin de leur monde* : dix
minutes sur les mensonges, les hypocrisies et les injus-
tices de la politique internationale, de la perception du
11 Septembre en Occident aux séquelles de l'Afrique
postcoloniale.

Au bout de onze jours, nous avons quitté New York
sans regret, et sans même attendre Busta Rhymes, pourtant l'un de mes rappeurs fétiches. Nous devions enregistrer un titre ensemble, mais son arrivée fut retardée
de plusieurs jours car il refusait de voyager en avion
depuis les attentats du 11 septembre. Un rendez-vous
manqué, comme avec Beyoncé. De retour à Marseille,
nous avions en effet le projet d'enregistrer le morceau
Welcome avec la diva R'n'B. Retour à New York, donc.
Le jour du départ, nous attendions à l'aéroport, prêts
pour un embarquement à 18 h 50. Mais à 18 h 30, les

pilotes ont lancé une grève surprise, nous laissant cloués au sol. À cet instant, nous n'avons pu nous empêcher de penser que, sur terre, des êtres malveillants avaient fabriqué des poupées vaudou d'IAM qu'ils crucifiaient avec des aiguilles d'un mètre. Finalement, Beyoncé a enregistré son refrain depuis New York ; tandis que je lui parlais au téléphone, elle me faisait écouter l'avancement du morceau. À côté, Aisha me harcelait : « Demande-lui où elle a acheté ses bottes. » Moi, je répondais : « Non mais, tu es sérieuse ? Beyoncé me parle boulot, et toi tu me demandes de lui parler de fringues ? » Et elle : « Beyoncé ou pas, c'est une femme avec deux jambes et deux bras comme moi, j'aime ses *shoes*, c'est tout, je ne lui demande pas de me faire un chèque. » Aisha n'est pas une « fashion victim », mais quand elle a une idée en tête, elle n'en démord pas, et ce genre de petite plaisanterie bien décalée la fait rire. Évidemment, je n'ai rien demandé à Beyoncé.

Lors de sa sortie, *Revoir un printemps* a bénéficié d'un accueil mitigé de la part de la critique, mais s'est tout de même écoulé à 280 000 exemplaires. Avec le recul, je lui reconnais un défaut : trop calculé, trop réfléchi, trop de syllabes… Il souffre de surcharge pondérale. Je le décris souvent comme le disque des lobes cérébraux.

Saison V, sorti en 2006, serait plutôt celui du bulbe rachidien, cette partie du cerveau où se concentrent tous les réflexes animaux. Nous avions tiré les leçons de *Revoir un printemps*, alors nous l'avons enregistré d'un seul et même élan, en trois mois, dans une véritable cohésion cette fois-ci, quand le précédent avait été conçu en ordre dispersé sur une période d'un an et demi. Nous avons fait les maquettes à La Cosca et avons tout enregistré au Maroc, dans un riad, comme les Rita Mitsouko avant nous, et comme U2 pour leur dernier album *No Line on the Horizon*. Nous avons installé le studio et tout le matériel dans le salon du riad et avons vécu un mois extraordinaire enfermés ensemble, entre enregistrements, tajines et matchs de champions league.

Saison V aurait été le bon album pour succéder à *L'École du micro d'argent* : c'est un disque basique, épuré, viscéral. *Revoir un printemps* reste cependant un album d'IAM et en ce sens, je l'assume totalement. La différence majeure y naît de l'intronisation de Malek comme troisième rappeur du groupe. J'ai milité pour : durant toute la phase de composition du disque, Malek avait en effet occupé l'espace laissé vacant par les autres membres. Il s'était réellement impliqué à nos côtés. Joe était beaucoup plus réticent que moi, à raison car nous avons brûlé les étapes. Dans *L'École du micro d'argent*, Malek rappait déjà sur un titre. Il venait également de publier son premier album solo, *L'Palais de justice*, produit de A à Z par mes soins, à La Cosca. Mais son arrivée comme rappeur à plein temps a bouleversé l'équilibre du groupe et changé la structure des morceaux d'IAM. Pendant seize ans, nous avions fonctionné en duo. Écrire et rapper à trois était une tout autre affaire. Joe et moi sommes très bons dans les couplets longs, or nous nous trouvions soudainement contraints de nous en tenir à des couplets plus courts. Ce fut ardu, surtout pour moi. Avec *Sol Invictus* et le *Black Album*, j'avais eu tout le loisir d'écrire des textes étirés et denses. Forger de bons couplets sur seize ou douze mesures se révélait un exercice bien plus délicat. Et puis je devais jouer sur les deux tableaux : composer des musiques et écrire mes textes jusqu'aux derniers jours de studio. Pour *Revoir un printemps*, j'ai mis au point une soixantaine d'instrus, dont quinze ou seize ont été conservés, tout en participant aux arrangements des autres titres. Je me couchais à 4 h 00 du matin et me levais à 10 h 00, pour travailler sur la musique. J'ai beau avoir la chance d'écrire avec facilité, certains couplets sont tirés par les cheveux, trop techniques, amusicaux. Si l'on changeait les instrus, je rapperais dessus à l'identique.

En revanche, sur *Saison V*, chaque morceau a son flow, adapté à sa propre musique, sans un mot en trop. Quoi de plus normal ? Pour cet album, je me suis contenté de signer deux compositions. Je me suis nettement moins impliqué dans la production et j'ai donc pu me consacrer pleinement à l'écriture.

Aujourd'hui, après vingt ans de carrière, nous sommes aussi unis qu'à la grande époque de *L'École du micro d'argent* et le groupe continue d'exister. Si IAM passe moins à la télé, si IAM vend moins de disques, nous donnons toujours autant de concerts dans des salles combles en France, et dans les pays francophones. Nous avons beau être des rats de studio, adorer travailler enfermés dans notre laboratoire, la formation doit son salut à la scène. Elle nous a empêchés de péricliter à l'époque de *Revoir un printemps*. La tournée consécutive à la sortie du disque nous a ressoudés comme jamais. Et puis nos concerts ont fédéré énormément de monde, les spectateurs avaient le sourire, dansaient.

Paradoxalement, et pour la première fois de ma carrière, j'ai ressenti à cette époque du trac et de la pression. Auparavant, j'étais un « vatos locos », un chien fou, je montais sur scène sans me poser de questions. Jusqu'à *L'École du micro d'argent*, puis *Revoir un printemps*, nous étions un groupe en construction, sans rien à perdre. Mais quand on vend 1 300 000 albums, alors seulement on commence à gamberger. On apparaît devant le public chargé de tous nos titres et dénominations. C'est lourd à porter et on perd en légèreté. Sur la tournée donc, j'ai connu les affres du stress, de la respiration courte, de la voix qui se resserre ; je perdais en graves et en aigus, je ressentais de légers vertiges : toutes les manifestations de la spasmophilie. Alors j'ai surmonté mes peurs, tâché de retrouver une forme d'insouciance, et une condition physique également. Grand Jack m'a convaincu de renouer avec une pratique quotidienne du sport, en tournée certes, mais aussi chez moi, où je me suis installé une salle d'entraînement. C'est capital pour l'hygiène mentale. Depuis cette réforme, le « vatos locos » est de retour, je monte sur scène sans pression et envisage même de donner des concerts en solo. À l'époque de *Métèque et Mat* et de *Sol Invictus*, la scène sans le collectif m'était impensable, je concevais le live comme un moment de partage avec le groupe. Aujourd'hui, je ressens le besoin de chanter mon répertoire personnel devant le public, comme j'ai pu ressentir auparavant celui d'enregistrer mon premier album. C'est une évolution naturelle.

20 ans... Peu de groupes de rap – et de groupes tout court – ont su résister comme IAM à l'usure. Une chose est certaine, nous nous marrons toujours autant, à La Cosca, en tournée ou sur scène. Le charriage et l'autodérision demeurent chez nous des activités centrales. L'autre clef de notre longévité vient de ce que nous partageons la même éthique d'un hip-hop fidèle à ses fondamentaux et ses racines. Un tel partage est cru-

cial pour avancer dans le même sens sur la durée. Nous formons ainsi une petite famille. Chacun a son cercle d'amis, mais l'on continue de se voir régulièrement, pour le boulot, les anniversaires de nos enfants, ou, en ce qui concerne Joe et Pascal, pour les vacances. Le fait de rester à Marseille nous a sans doute empêchés de nous disperser. Et puis nous avons su préserver une vie simple, avec des horaires décents, sans nous éparpiller ni perdre notre temps en boîte, dans des rencontres superficielles. Ce sont les vertus de la province, elles en sont aussi les limites. Nous sommes loin de Paris, là où tout se passe, mais cela n'empêche pas IAM d'avancer, à coups de projets en marge des contingences purement commerciales – autant de respirations nécessaires pour éviter l'usure et entretenir une dynamique de groupe.

Le concert donné au Caire le 15 mars 2008 est certainement le souvenir le plus émouvant de notre carrière commune, il est la preuve concrète que des rêves fous peuvent devenir réalité. À nos débuts, quand nous demandions dans nos chansons l'exil politique à Moubarak – une connerie de jeunesse –, nous nous étions promis de jouer un jour au pied des pyramides. Et puis le temps a filé. À l'époque de *L'École du micro d'argent*, on trépignait devant Luca et Laurence pour organiser ce spectacle égyptien, en vain, on a loupé le coche. Quand j'ai montré le DVD de notre concert à Laurence, elle m'a dit, stupéfaite : « Je n'en reviens pas, vous l'avez fait. » Eh oui, IAM est un groupe tenace ! Il faut dire que sans Fabien, l'événement n'aurait sans doute jamais eu lieu. Il a porté ce projet à bout de bras. Notre maison de disques, AZ, nous a également suivis et a permis, avec Canal Plus et SFR, au projet de voir le jour. Je déplore tout de même son manque d'implication dans la promotion du DVD. Elle a fait 95 % du boulot, mais n'a pas su ou voulu déclencher un budget marketing à la hauteur de l'événement. Pas de pub, pas de promotion. Le défaitisme d'avant la bataille est une attitude que je ne comprends pas. Depuis, les discussions avec AZ et Valery Zeitoun ont débouché sur une volonté commune de travailler ensemble (*Saison V* ayant été produit par Polydor, nous n'avons jamais collaboré avec AZ sur le moindre album) et surtout de faire un disque ambitieux, prestigieux et déclencheur de rêves.

Malgré ma passion pour la terre des pharaons, je n'étais jamais allé en Égypte. Je redoutais la confrontation de mon Égypte, antique, idéalisée, avec la réalité contemporaine. Je voulais préserver le fantasme intact. Pourtant, je n'ai pas été déçu. J'ai adoré Louxor, les bords du Nil, la verdure, les palmiers et les champs… Avec IAM, nous avons visité Karnak ; les autorités nous ont donné accès à des vestiges archéologiques interdits au public et, dans les pyramides, à des salles habituellement fermées aux visiteurs. L'intérieur en est très impressionnant et étouffant, mieux vaut ne pas souffrir de claustrophobie. Dans les dédales, j'avais l'impression d'évoluer au cœur d'une autre dimension, intemporelle. Après Karnak, nous avons remonté le Nil jusqu'au Caire dans une embarcation traditionnelle. J'avoue avoir moins apprécié cette ville, grouillante, étouffante et polluée, comme toutes les mégalopoles du monde. Le Caire, c'est un peu le Mexico du Moyen-Orient. J'ai néanmoins visité Le Caire islamique et ses mosquées, ouvertes à toutes les confessions. La mosquée Mehmet Ali m'a également impressionné car elle est une réplique exacte de celle de Constantinople. Dans la configuration de la ville, le poids de l'histoire et des passages est omniprésent. Il se lit dans les différentes architectures des bâtiments et des mosquées, avec les minarets d'inspiration syrienne, nord-africaine, turque…

Une fois notre petite visite touristique effectuée, il nous a fallu passer aux choses sérieuses, c'est-à-dire mener à bien les préparatifs pour notre concert, donné sur le site de Gizeh. Évidemment, dans un pays à la bureaucratie digne d'un État soviétique des années 1980, organiser un tel événement n'avait rien d'une sinécure. Nous avons dû négocier avec des interlocuteurs administratifs qui n'étaient pas eux-mêmes accoutumés à communiquer entre eux. Quand nous sommes arrivés à l'Opéra du Caire pour répéter avec l'orchestre, le directeur de la vénérable institution nous a accueillis d'un : « Je ne suis pas au courant. » Nous avions rendez-vous, mais visiblement l'information n'avait pas circulé. Mêmes soucis à Gizeh. Deux jours avant le concert, les responsables du site des pyramides semblaient tout ignorer de notre venue. Nous sommes restés bloqués six heures à l'entrée avec nos cinq camions de quinze tonnes, une configuration kafkaïenne. Heureusement en Égypte, toutes les difficultés trouvent leur solution dans des enveloppes. Bienvenue à « Bakchich Land ».

Pour ce concert, nous voulions bousculer nos habitudes en suscitant des échanges avec des musiciens du cru. Avec l'Orchestre national de l'Opéra du Caire, nous avons pu, une fois dépassées les formalités administratives, organiser plusieurs répétitions. Christophe Julien, un compositeur réputé, s'occupait des arrangements de cordes. Nous avons également collaboré avec l'Ensemble des musiques populaires, une formation de trente musiciens traditionnels. À l'origine, ils devaient se contenter d'interpréter des morceaux sur scène, mais quand nous sommes allés les écouter, je leur ai immédiatement proposé de jouer la chanson *Sur les remparts* en live avec nous. Les répétitions se sont déroulées la veille du spectacle. Latifa, une traductrice du Centre culturel français, transmettait au chef d'orchestre nos envies ; lui donnait ses indications à ses musiciens. Il a fallu s'accorder et ce ne fut pas une mince affaire. Les percussionnistes ne parvenaient pas à tenir le bon tempo, ils avaient la fâcheuse manie d'accélérer sans forcément se caler sur notre rythme. Je suis finalement allé voir le percussionniste lead et lui ai dit : « Pour ne pas que le tempo varie, regarde mon bras et ma tête, je te battrai la mesure. » Ce fut parfait. Il y a quelque chose de magique dans le fait d'accorder les musiques entre elles, de créer des passerelles. C'est même l'essence du rap, qui s'est toujours nourri d'influences et absorbe les autres courants musicaux comme une éponge. Dans nos premiers morceaux, nous avions d'ailleurs samplé des instruments traditionnels libanais et égyptiens.

Le concert a débuté à 16 h 00 sous un soleil de plomb et s'est terminé à la tombée de la nuit. Tout s'est déroulé dans les meilleures conditions devant 1 700 spectateurs, dont 1 000 Cairotes et Alexandrins. Nous avons joué dans la formation IAM classique, renforcée de cinq musiciens, et avons interprété notre dernier album *Saison V* ainsi que nos classiques, dont *Petit Frère* et *Le Mia*. L'Orchestre de l'Opéra du Caire et l'Orchestre des musiques populaires nous ont rejoints sur scène, tout comme le chanteur Khaled et la star tunisienne Lofti Bouchnak. En face, sept mille ans d'histoire nous contemplaient. Donner un concert de rap devant les pyramides, celles des pharaons Kheops, Khephren, et Mykérinos, sous l'œil impassible du Sphinx, c'était tout simplement magnifique et cohérent. Dans *Le Livre des morts*, les anciens Égyptiens reconnaissaient la puissance souveraine de la parole, du verbe créateur. Allez savoir, en des temps reculés, peut-être des rappeurs ont-ils sévi au pied des pyramides ! La fin du concert demeurera dans ma mémoire le moment le plus fort. Quand nous avons chanté *Demain c'est loin*, le soleil couchant imprimait une couleur rouge ocre aux pyramides. Le spectacle était majestueux, et j'ai failli me planter quand j'ai vu ma fille au premier rang me lancer des « Je t'aime ». Ce fut une superbe parenthèse dans la carrière d'IAM, un retour aux sources de l'inspiration première. Quand j'y pense, je me demande si tout cela s'est réellement passé. Au long du concert, j'ai vraiment ressenti un souffle mystique, comme si le temps s'arrêtait, suspendu… Et je songeais à cette phrase : « Les hommes redoutent le temps, mais le temps redoute les pyramides. »

Aujourd'hui que nous avons accompli notre rêve égyptien, nous sommes prêts pour New York et la Grande Muraille de Chine.

Mon texte le savon Part II

Ce que j'te livre ? Non rien de complexe
C'est juste mon texte, Part II
Tu sais…

Je n'ai jamais eu de scrupules, devant le monde ébahi
Chaque matin. Pourquoi ? Je ne me suis jamais trahi
Jamais pensé, calculé ce qu'il m'arrive
Assommé à coups de rames, quand, épuisé, j'ai voulu toucher
[la rive
Jamais bradé ma rime, seulement gravé ma rage, et mes tripes
Dans des plans à l'arrache au cœur d'une ambiance électrique
Survivre et rester à la page
T'inquiète pour moi : j'ai traversé un océan de fientes à la nage
Brisant la sclérose, je viens à genoux
Chanter mon amour pour toi, sous l'ombre douce d'une terrasse
[à Vérone
J'écris mes poésies jusqu'à ce que la mort happe mes atomes
Ou que mes feuilles brûlent sous le déluge d'mille mégatonnes
Archive ces heures que mes gars paument
Je tiens le livre de ceux qui meurent jeunes
[au sein d'une immense mégapole
Demain ? Ça tient du reflet de flammes
Endoctrinés, on remet les maux sur les femmes
Chaque putain de jour, je dois dire pourquoi ces mots
[dans mes phrases

537

Qu'ils aillent mourir, il suffirait qu'ils prennent
[tous nos problèmes à la base
On était tous des anges à l'école
Le Diable est apparu en cherchant du taf, quand on a serré
la pogne à Éole

Je vends mes rimes comme un savon
On sort des tripes tout ce qu'on vit et ce que nous savons
J'applique l'intelligence du turf dans mon giron
Il n'y a pas de putes et pas de place pour les caves que
[nous bravons
Et pour ça, je vends mes rimes comme un savon
Lâche des bombes sur des vinyles que nous gravons
J'applique l'intelligence du turf dans mon sillon
C'est plein de groupes, ici ce n'est que du cœur que
[nous vendons
Pour ça, je vends mes rimes comme un savon

Pourquoi raconter qu'on est un chien quand on ne l'est pas
Une vie de félin, il y a que la lune qui entend mes pas
Je suis exalté et je veux le dire au monde
Le temps s'échappe, son prix est erroné si on le mesure
[aux montres
Je suis un serf mais je ne dois rien aux marquis et aux comtes
Aux bourges et aux prez, aux trusts et aux pontes
Mon moral bouge pas en fonction du pognon dans mon compte
Je fais mon grain avec la qualité d'écriture de mon conte
Si c'est naze, le désert m'attend, pas le choix je l'affronte
Plante ma tente, survit avec la pierre et la fronde
Y a plus de confiance, je sais ; ma méfiance ? Elle foire tout
Tant de fois trahi, que désormais je vois des Judas partout
J'envie les petits insouciants plantés devant cartoon
Rêvant d'exploits comme Muhamad Ahmed à Khartoum
Si je brille, encore une fois, le dernier baroud ?

Non. J'ai regardé, et ce n'était pas la dernière cartouche
Je fais au feeling, enserre la seconde présente
Je suis venu le clamer et le réciter par la présente
Mortifié par la folie que mon espèce montre
Je suis bien un animal, car cet homme-ci est devenu un monstre

Épilogue

Guider sa vie sous le phare de la victoire
Être gravé dans le marbre de l'histoire
Avoir une flamme à sa mémoire comme ce soldat inconnu
Marquer les esprits de mythiques exploits
Bref entrer dans la légende
(Entrer dans la légende)

Entrer dans la légende
Marquer les esprits de mon son, de mon sceau, de mon sang
Être finalement quelqu'un
Faut-il pour autant que je parte à trente ans
Dieu seul le sait, lui seul le sait
(Entrer dans la légende)

Avoir existé entre mythe et réalité
Avoir son image pour premier exemple
Fossilisé pour l'éternité
Les principes des axiomes instaurés pour des générations
[entières
C'est pour l'humanité
Enfin c'est ce que j'aimerais, entrer dans la légende
(Entrer dans la légende)

Si, pour finir, je devais choisir ma mort, ce serait en sommeil
Fauché en plein rêve avant de revoir le soleil
Si seulement elle pouvait arriver tard, je finirais mes livres
[buvant sur tes lèvres tellement de nuits que j'en serais ivre

Traité décisif, ce que je voudrais
Chaque rime subit la gravité, je pousse mes vers comme ce fou
[de Sisyphe
Mon carnet jauni par la lumière des étoiles sous les toits
Peut-être on se rappellera que je noircissais ces parchemins
[sous mes doigts

(Mots blessés)

Je travaille pour la postérité. Marquer son époque, laisser une trace même infime, c'est pour moi le but ultime, une ambition noble, l'aboutissement pour tout artiste. Peu veulent le reconnaître, moi, je l'affirme sans pudeur ni mégalomanie boursouflée. Cette aspiration est présente dans mon esprit, sans pour autant virer à l'obsession quotidienne. Elle est le but essentiel de tous les acteurs du hip-hop qui respectent leur art. Sous-jacente, agissant comme une boussole, elle est une exigence qui permet de ne jamais céder à la facilité, et nous apprend à tendre vers une certaine universalité. Mon objectif au quotidien consiste à écrire une bonne chanson, ni plus ni moins. Quelle est son utilité ? Aucune. Mais elle peut faire rêver les gens, les amener à voyager, créer une étincelle dans les esprits, comme certains artistes, penseurs ou historiens sont, grâce à leurs œuvres, parvenus à m'inspirer, à m'ouvrir de nouveaux horizons et à m'élever. J'ai reçu des témoignages de fans touchés par mes textes et ceux d'IAM. Reste à savoir s'ils survivront à ma disparition pour entrer dans la postérité. Ma quête, au fond, est celle de la vie éternelle. Survivre à son œuvre, c'est accéder à une forme d'immortalité, comme l'ont fait les bâtisseurs de l'Égypte ancienne.

Mais il me reste du temps avant l'issue finale, et j'ai encore quelques chapitres à écrire dans le livre de ma vie. Lorsque je regarde en arrière, d'innombrables souvenirs viennent éclairer le fond de mes yeux, des moments solennels, des fous rires, des exploits, des déceptions, des sentiments amoureux, la venue de mes soleils et mes lunes, des nuits de doute, des instants de bonheur intense, toutes ces images sont ce que j'ai de plus précieux... Car, quoi qu'il advienne, que je sois riche ou pauvre, musicien ou jardinier, en France ou sous d'autres cieux, ces souvenirs, personne ne pourra me les voler.

Tracklisting compilation *La Face B*

1. ENTRER DANS LA LÉGENDE
(Album *Sol Invictus* – Akhenaton)

Auteur : Akhenaton
Compositeur : Hal
Arrangeur : DJ Majestic
Éditeur : La Cosca

(p) & © 2001 DELABEL

2. LE SOLDAT – Extrait
(Album *Ombre est Lumière* – IAM)

Auteur : Akhenaton
Compositeurs : Akhenaton, Imhotep, Mingus Charles
Éditeurs : Emi Virgin Music Publishing France, Côté
Obscur, Jazz Workshop Inc

(p) & © 1993 DELABEL

3. OÙ SONT LES ROSES ?
(Album *Ombre est Lumière* – IAM)

Auteurs : Akhenaton, Imhotep, Shurik'N, Kheops
Compositeurs : Akhenaton, Imhotep, Shurik'N, Kheops
Éditeurs : Emi Virgin Music Publishing France, Côté Obscur

(p) & © 1993 DELABEL

4. IL N'EST JAMAIS TROP TARD
(Album *Sol Invictus* – Akhenaton)

Auteurs : Akhenaton, Le « A »
Compositeur : Akhenaton
Éditeur : La Cosca

(p) & © 2001 DELABEL

5. PAESE + INTRO
(Album *Sol Invictus* – Akhenaton)

Auteur : Akhenaton
Compositeur : Akhenaton
Éditeur : La Cosca

(p) & © 2001 DELABEL

6. LE CORBEAU ET LE RENARD :
Intro du titre *Je combats avec mes démons*
(Album *Métèque et Mat* – Akhenaton)

(p) & © 1995 DELABEL

7. J'VOULAIS DIRE
(*Black Album* – Akhenaton)

Auteur : Akhenaton
Compositeurs : Akhenaton, Coulais Bruno
Éditeur : La Cosca

(p) 2000 361 Records & © 2002 DELABEL

8. DU MAUVAIS CÔTÉ DES RAILS
(Album *Soldats de fortune* – Akhenaton)

Auteur : Akhenaton
Compositeur : Akhenaton
Éditeur : La Cosca

(p) & © 2006 361 Records

9. PETIT FRÈRE
(Album *L'École du micro d'argent* – IAM)

Auteurs : Akhenaton, Shurik'N
Compositeurs : Akhenaton, Imhotep
Arrangeur : Kheops

Éditeurs : Emi Virgin Music Publishing France,
Côté Obscur

(p) & © 1997 DELABEL

10. ÉCŒURÉ
   (*Black Album* – Akhenaton)

Auteur : Akhenaton
Compositeur : DJ Elyes
Éditeur : La Cosca

(p) & © 2002 DELABEL

11. SUR LES MURS DE MA CHAMBRE
    (Album *Soldats de fortune* – Akhenaton)

Auteurs : Akhenaton, Shurik'N
Compositeur : Akhenaton
Éditeur : La Cosca

(p) & © 2006 361 Records

12. AU FIN FOND D'UNE CONTRÉE
    (Album *Métèque et Mat* – Akhenaton)

Auteur : Akhenaton
Compositeur : Akhenaton
Éditeurs : Emi Virgin Music Publishing France, La
Cosca

(p) & © 1995 DELABEL

13. JE SUIS VEXÉ
(Face B single *De la planète Mars* – IAM)

Auteur : Akhenaton
Compositeurs : Shurik'N, Imhotep, Kheops
Éditeurs : Emi Virgin Music Publishing France,
Côté Obscur

(p) & © 1992 DELABEL

14. QUAND ÇA SE DISPERSE
(Album *Sol Invictus* – Akhenaton)

Auteur : Akhenaton
Compositeur : Akhenaton
Arrangeur : Sya Styles
Éditeur : La Cosca

(p) & © 2001 DELABEL

15. L'AMERICANO
(Album *Métèque et Mat* – Akhenaton)

Auteur : Akhenaton
Compositeur : Akhenaton
Éditeurs : Emi Virgin Music Publishing France, La
Cosca

(p) & © 1995 DELABEL

16. PETITE APOCALYPSE
    (*Black Album* – Akhenaton)

    Auteurs : Akhenaton, Shurik'N
    Compositeur : Akhenaton
    Éditeurs : La Cosca, Shurik'N (à compte d'auteur)

    (p) & © 2002 DELABEL

17. MURDER
    (Face B du single *L'Americano* – Akhenaton)

    Auteur : Akhenaton
    Compositeur : Akhenaton
    Éditeurs : Emi Virgin Music Publishing France, La
    Cosca

    (p) & © 1995 DELABEL

18. NEW YORK CITY TRANSIT Extrait
    (Album *Sol Invictus* – Akhenaton)

    Auteur : Akhenaton
    Compositeur : Lai Francis
    Éditeurs : La Cosca, 23 NO 1

    (p) & © 2001 DELABEL

19. NEW YORK CITY TRANSIT
(Album *Sol Invictus* – Akhenaton)

Auteur : Akhenaton
Compositeur : Lai Francis
Éditeurs : La Cosca, 23 NO 1

(p) & © 2001 DELABEL

20. MANIFESTE
(Album *Où je vis* – Shurik'N)

Auteurs : Akhenaton, Shurik'N
Compositeur : Shurik'N
Éditeurs : La Cosca, EMI Virgin Publishing France,
Côté Obscur

(p) & © 2000 DELABEL

21. NOS HEURES DE GLOIRE
(Album *Saison V* – IAM)

Auteurs : Akhenaton, Shurik'N, Freeman
Compositeur : Akhenaton
Éditeur : La Cosca

(p) 2007 AZ & © 2008 AZ

22. LE FISTON
    (Album *Sol Invictus* – Akhenaton)

    Auteurs : Akhenaton, Veust Lyricist
    Compositeur : Akhenaton
    Éditeur : La Cosca

    (p) & © 2001 DELABEL

23. QUAND ILS RENTRAIENT CHEZ EUX
    Remix (Album *Soldats de fortune* – Askhe-
    naton)

    Auteurs : Akhenaton, Toko
    Compositeur : Akhenaton
    Éditeur : La Cosca
    Ce titre contient un sample de l'œuvre *I Wake up
    Crying* de Hal Davis et Burt Bacharach, éditée par
    Casa David et Warner Bros Music

    (p) & © 2006 361 Records

24. JE DANSE LE MIA
    version live au Caire (DVD IAM 20)

    Auteurs : Akhenaton, Temperton
    Compositeurs : Akhenaton, Imhotep, Temperton
    Éditeurs : EMI Virgin Music Publishing France,
    Rondor, Côté Obscur

    (p) 2008 AZ

25. LA FACE B Extrait
(Album *Métèque et Mat* – Akhenaton)

Auteur : Akhenaton
Compositeur : Akhenaton
Éditeurs : Emi Virgin Music Publishing France, La Cosca

(p) & © 1995 DELABEL

26. JE SUIS PEUT-ÊTRE
(Album *Métèque et Mat* – Akhenaton)

Auteur : Akhenaton
Compositeur : Akhenaton
Arrangeurs : Cut Killer, Sansano Nicholas Saverio
Éditeurs : Emi Virgin Music Publishing France, La Cosca

(p) & © 1995 DELABEL

27. DEMAIN C'EST LOIN
(Album *L'École du micro d'argent* – IAM)

Auteurs : Akhenaton, Shurik'N
Compositeurs : Shurik'N, Imhotep
Arrangeur : Kheops
Éditeurs : Emi Virgin Music Publishing France, Côté Obscur

(p) & © 1997 DELABEL

28. L'AIMANT
(Album *Ombre est Lumière* – IAM)

Auteur : Akhenaton
Compositeurs : Akhenaton, Imhotep
Éditeurs : Emi Virgin Music Publishing France,
Côté Obscur

(p) & © 1993 DELABEL

29. MON TEXTE LE SAVON
(Album *Sol Invictus* – Akhenaton)

Auteur : Akhenaton
Compositeur : Akhenaton
Éditeur : La Cosca

Ce titre contient un sample de l'œuvre *Romeo and Juliet - Love Theme* (instrumental) de Rinaldi Rota, éditée par Universal Music Publishing

(p) & © 2001 DELABEL

30. TU LE SAIS PART I ET PART II
(Album *Saison V* – IAM)

Auteurs : Akhenaton, Shurik'N
Compositeur : Akhenaton
Arrangeur : Kheops
Éditeur : La Cosca

Tu le sais Part I contient un sample de l'œuvre *Take me Just as I Am* de James Brown éditée par Warner Chappell Music France et produite par Polydor

(p) 2007 AZ & © 2008 AZ

31. NON SOUMIS À L'ÉTAT
(Album *De la planète Mars* – IAM)

Auteurs : Akhenaton, Shurik'N
Compositeurs : Akhenaton, Shurik'N, Imhotep, Kheops
Éditeurs : Emi Virgin Music Publishing France, Côté Obscur

(p) & © 1991 DELABEL

32. ALAMO
(Album *Soldats de fortune* – Akhenaton)

Auteur : Akhenaton
Compositeur : Akhenaton
Éditeur : La Cosca

(p) & © 2006 361 Records

33. TAM TAM DE L'AFRIQUE
(Album *De la planète Mars* – IAM)

Auteurs : Shurik'N, Stevie Wonder
Compositeurs : Akhenaton, Shurik'N, Imhotep,
Kheops, Stevie Wonder
Éditeurs : Emi Virgin Music Publishing France,
Côté Obscur, Blackbull Music Inc., Jobete Music
Co. Inc.

(p) & © 1991 DELABEL

34. LE LIVRE DE LA JUNGLE
(Face B du single *Tam Tam de l'Afrique*
– IAM)

Auteurs : Akhenaton, Deporte Arnaud
Compositeurs : Akhenaton, Shurik'N, Imhotep,
Kheops
Éditeurs : Emi Virgin Music Publishing France,
Côté Obscur

(p) & © 1991 DELABEL

35. HOLD-UP MENTAL
(Face B du single *Red, Black and Green*
– IAM)

Auteurs : Akhenaton, Shurik'N
Compositeurs : Akhenaton, Shurik'N, Imhotep,
Kheops

Éditeurs : Emi Virgin Music Publishing France, Côté Obscur

(p) & © 1991 DELABEL

36. PLANÈTE MARS
(Album *De la planète Mars* – IAM)

Auteur : Akhenaton
Compositeurs : Akhenaton, Imhotep
Éditeurs : Emi Virgin Music Publishing France, Côté Obscur

(p) & © 1991 DELABEL

37. HORIZON VERTICAL
(Album *Sol Invictus* – Akhenaton)

Auteur : Akhenaton
Compositeur : Akhenaton
Éditeur : La Cosca

Ce titre contient un sample de l'œuvre *Hayati Enta* (H. El S. Sayed/M. Abdelwahab) et de l'œuvre *Eyoun qalb* (A. Rotman/M. El Mougy)

(p) & © 2001 DELABEL

38. CANZONE DI MALAVITA
   (Album *Soldats de fortune* – Akhenaton)

   Auteur : Akhenaton
   Compositeur : Akhenaton
   Éditeur : La Cosca

   (p) & © 2006 361 Records

39. GEMMES
   (Album *Sol Invictus* – Akhenaton)

   Auteurs : Akhenaton, Bruizza
   Compositeur : DJ Ralph
   Éditeur : La Cosca

   (p) & © 2001 DELABEL

40. MOTS BLESSÉS
   (Album *Soldats de fortune* – Akhenaton)

   Auteur : Akhenaton
   Éditeur : La Cosca

   Ce titre contient un sample de l'œuvre *I Go Crazy*
   de Paul Lavon Davis, éditée par Sony ATV Music
   Publishing

   (p) 2005 361 Records & © 2006 361 Records

41. À VOULOIR TOUCHER DIEU
    (*Black Album* – Akhenaton)

    Auteur : Akhenaton
    Compositeur : Hal
    Éditeur : La Cosca

    (p) & © 2002 DELABEL

42. J'AURAIS PU CROIRE
    (Album *Ombre est Lumière* – IAM)

    Auteur : Akhenaton
    Compositeurs : Akhenaton, Imhotep
    Éditeurs : Emi Virgin Music Publishing France,
    Côté Obscur

    (p) & © 1993 DELABEL

43. JE NE SUIS PAS À PLAINDRE
    (Album *Métèque et Mat* – Akhenaton)

    Auteur : Akhenaton
    Compositeur : Akhenaton
    Arrangeur : Sansano Nicholas Saverio
    Éditeurs : Emi Virgin Music Publishing France, La
    Cosca

    (p) & © 1995 DELABEL

44. BIEN PARAÎTRE
(Album *Soldats de fortune* – Akhenaton)

Auteurs : Akhenaton, Sako
Compositeur : Akhenaton
Éditeur : La Cosca

(p) & © 2006 361 Records

45. AU QUARTIER
(Album *Saison V* – IAM)

Auteur : Akhenaton
Compositeurs : Akos, Spank
Éditeurs : La Cosca, Universal Music Publishing, FBI

Ce titre contient un sample de l'œuvre *I Go Crazy*
de Paul Lavon Davis, éditée par Sony ATV Music
Publishing

(p) 2007 AZ & © 2008 AZ

46. CHAQUE JOUR
(Album *Sol Invictus* – Akhenaton)

Auteur : Akhenaton
Compositeur : Akos
Éditeur : La Cosca

(p) & © 2001 DELABEL

47. MES SOLEILS ET MES LUNES
Version acoustique (*Black Album* – Akhenaton)

Auteurs : Akhenaton, Sako
Compositeur : Akhenaton
Arrangeur : Coulais Bruno
Éditeur : La Cosca

(p) & © 2002 DELABEL

48. ÉCLATER UN TYPE DES ASSEDIC
(Album *Métèque et Mat* – Akhenaton)

Auteur : Akhenaton
Compositeur : Akhenaton
Arrangeur : Sansano Nicholas Saverio
Éditeurs : Emi Virgin Music Publishing France, La
Cosca

(p) & © 1995 DELABEL

49. DANGEREUX
(Album *L'École du micro d'argent* – IAM)

Auteurs : Akhenaton, Shurik'N
Compositeurs : Akhenaton, Imhotep
Arrangeur : Kheops
Éditeurs : Emi Virgin Music Publishing France,
Côté Obscur

(p) & © 1997 DELABEL

50. UNITED
(Album *Saison V* – IAM)

Auteurs : Akhenaton, Shurik'N
Compositeurs : Akos, Spank
Arrangeur : Kheops
Éditeurs : La Cosca, Universal Music Publishing,
FBI

(p) 2007 AZ & © 2008 AZ

51. UNE JOURNÉE CHEZ LE DIABLE Extrait
(*Black Album* – Akhenaton)

Auteur : Akhenaton
Compositeur : Hal
Éditeur : La Cosca

(p) & © 2001 DELABEL

52. RAP DE DROITE
(Album *Saison V* – IAM)

Auteurs : Akhenaton, Shurik'N
Compositeurs : Akos, Spank
Éditeurs : La Cosca, Universal Music Publishing,
FBI

(p) 2007 AZ & © 2008 AZ

53. DÉJÀ LES BARBELÉS
(Album *Soldats de fortune* – Akhenaton)

Auteurs : Akhenaton, Sako
Compositeur : Akhenaton
Arrangeur : Sya Styles
Éditeur : La Cosca

(p) & © 2006 361 Records

54. UNE JOURNÉE CHEZ LE DIABLE
(*Black Album* – Akhenaton)

Auteur : Akhenaton
Compositeur : Hal
Éditeur : La Cosca

(p) & © 2002 DELABEL

55. MÉTÈQUE ET MAT
(Album *Métèque et Mat* - Akhenaton)

Auteur : Akhenaton
Compositeur : Akhenaton
Arrangeurs : Cut Killer, Sansano Nicholas Saverio
Éditeurs : Emi Virgin Music Publishing France, La
Cosca

(p) & © 1995 DELABEL

56. LA FACE B
(Album *Métèque et Mat* – Akhenaton)

Auteur : Akhenaton
Compositeur : Akhenaton
Éditeurs : Emi Virgin Music Publishing, La Cosca

(p) & © 1995 DELABEL

57. LILLIPUT
(Mix Tape *La Cosca* vol. 2)

Auteurs : Akhenaton, Segnor Alonzo
Compositeur : Hal
Éditeur : La Cosca

(p) & © 2006 La Cosca

58. YES, WE CAN'T
(Compilation *La Connexion*)

Auteurs : Akhenaton, Curse
Compositeur : Thai Mach
Éditeurs : La Cosca, Blend Music Productions
GMBH, Universal Music, Thaison Mach (Copy-
right control)

(p) 2009 Bodensee Records

59. UNITED
    (Album *Saison V* - IAM)

    Auteurs : Akhenaton, Shurik'N
    Compositeurs : Akos, Spank
    Arrangeur : Kheops
    Éditeurs : La Cosca, Universal Music Publishing,
    FBI

    (p) 2007 AZ & © 2008 AZ

60. ÉCŒURÉ
    (*Black Album* – Akhenaton)

    Auteur : Akhenaton
    Compositeur : DJ Elyes
    Éditeur : La Cosca

    (p) & © 2002 DELABEL

61. LA FIN DE LEUR MONDE
    (Album *Soldats de fortune* – Akhenaton)

    Auteurs : Akhenaton, Shurik'N
    Compositeur : Akhenaton
    Éditeur : La Cosca

    (p) & © 2006 361 Records

62. Si tu m'aimais
    (Album *Saison V* – IAM)

Auteurs : Akhenaton, Shurik'N
Compositeurs : Akos, Spank
Arrangeur : Akhenaton
Éditeurs : La Cosca, Universal Music Publishing, FBI

(p) 2007 AZ & © 2008 AZ

63. C'est ça mon frère
    (Album *Sol Invictus* – Akhenaton)

Auteur : Akhenaton
Compositeur : Akhenaton
Arrangeur : DJ Ralph
Éditeur : La Cosca

(p) & © 2001 DELABEL

64. Musique de la jungle
    (*Black Album* – Akhenaton)

Auteur : Akhenaton
Compositeur : Akos
Éditeur : La Cosca

(p) & © 2002 DELABEL

65. ARMES DE DISTRACTION MASSIVE
(Album *Revoir un printemps* – IAM)

Auteurs : Akhenaton, Freeman, Shurik'N
Compositeur : Shurik'N
Arrangeurs : Kheops, Imhotep
Éditeur : La Cosca

(p) & © 2003 DELABEL

66. MON TEXTE LE SAVON PART II
(Compilation *Double Chill Burger* – Akhenaton)

Auteur : Akhenaton
Compositeur : Akhenaton
Éditeur : La Cosca

Ce titre contient un sample de l'œuvre *Romeo and Juliet – Love Theme* (instrumental) de Rinaldi Rota, éditée par Universal Music Publishing

(p) & © 2005 Capitol Music

67. ENTRER DANS LA LÉGENDE
(Album *Sol Invictus* – Akhenaton)

Auteur : Akhenaton
Compositeur : Hal

Arrangeur : DJ Majestic
Éditeur : La Cosca

(p) & © 2001 DELABEL

68. MOTS BLESSÉS
(Album *Soldats de fortune* – Akhenaton)

Auteur : Akhenaton
Éditeur : La Cosca

Ce titre contient un sample de l'œuvre *I Go Crazy* de Paul Lavon Davis, éditée par Sony ATV Music Publishing

(p) 2005 361 Records & © 2006 361 Records

COMPOSITION : NORD COMPO MULTIMÉDIA
7 RUE DE FIVES - 59650 VILLENEUVE-D'ASCQ

Cet ouvrage a été imprimé en France par
CPI Bussière
à Saint-Amand-Montrond (Cher)
en août 2015.
N° d'édition : 104456-4. - N° d'impression : 2017785.
Dépôt légal : mars 2011.

Éditions Points

Le catalogue complet de nos collections est sur Le Cercle Points, ainsi que des interviews de vos auteurs préférés, des jeux-concours, des conseils de lecture, des extraits en avant-première...

www.lecerclepoints.com